跨越太平洋

北美华人文学国际论坛文选

主编

黄汉平　吕　红

学术顾问（以姓氏笔画为序）

王列耀　王灵智　陆建德　陈　洪

Across the Pacific

Selections of the International Forum on Chinese Literature of North America

暨南大学出版社
JINAN UNIVERSITY PRESS

中国·广州

图书在版编目（CIP）数据

跨越太平洋：北美华人文学国际论坛文选/黄汉平，吕红主编．—广州：暨南大学出版社，2018.5
ISBN 978 - 7 - 5668 - 2387 - 8

Ⅰ.①跨…　Ⅱ.①黄…②吕…　Ⅲ.①华人文学—文学研究—北美洲—国际学术会议—文集　Ⅳ.①I710.06 - 53

中国版本图书馆 CIP 数据核字(2018)第 088490 号

跨越太平洋——北美华人文学国际论坛文选
KUAYUE TAIPINGYANG——BEIMEI HUAREN WENXUE GUOJI LUNTAN WENXUAN
主　编：黄汉平　吕　红

出 版 人：徐义雄
策划编辑：晏礼庆
责任编辑：亢东昌
责任校对：叶佩欣　苏　洁　王燕丽
责任印制：汤慧君　周一丹

出版发行：暨南大学出版社（510630）
电　　话：总编室（8620）85221601
　　　　　营销部（8620）85225284　85228291　85228292（邮购）
传　　真：（8620）85221583（办公室）　85223774（营销部）
网　　址：http：//www.jnupress.com
排　　版：广州市天河星辰文化发展部照排中心
印　　刷：佛山市浩文彩色印刷有限公司
开　　本：787mm×1092mm　1/16
印　　张：25.75
字　　数：410 千
版　　次：2018 年 5 月第 1 版
印　　次：2018 年 5 月第 1 次
定　　价：85.00 元

（暨大版图书如有印装质量问题，请与出版社总编室联系调换）

目 录

代序：会议致辞与贺信

一次百年回望的寻根之旅
　　——在"北美华人文学国际论坛"开幕式上的致辞　罗林泉　/1
"跨越太平洋——北美华人文学国际论坛"欢迎词　王灵智　/3
世界新局与华文文学　张　炯　/5
世界华人文学的跨文化交流及意义　陆建德　/7
文学传播是跨文化交流的重要途径　陈　洪　/9
华人文学发展历史的一个新篇章　王列耀　/10

世界华人文学的宏观视野

新移民文学三十年刍议　公　仲　/12
北美华文文学的后殖民思考　赵稀方　/16
跨区域跨文化的新移民文学　刘　俊　/20
新移民文学经典与经典化思考　江少川　/23
全球化时代世界文学语境中的华语语系文学　黄汉平　/35
从变与不变看百年来的加拿大华人文学
　　——离散文学的一个解读角度　梁丽芳　/44
北美新移民文学的历史挑战　陈瑞琳　/51
法律身份、现实身份、文化身份、史学身份
　　——新移民小说的四重焦虑和身心游离　汤哲声　/55
北美新世纪华文小说综论　张俏静　/62

历史的表述和表述的历史

    ——论加拿大新移民华文小说的加华史书写　池雷鸣　/73

作家与作品评论

从东方到西方

    ——中国知识人的文化旅程　张重岗　/85

"异"和矛盾的"他者"形象

    ——《美国视察记》中的美国形象　向忆秋　/103

论张爱玲与中国文学传统的关系　钟海波　/116

梦幻之境：谭恩美长篇小说的空间属性　邹建军　/128

游离中的追寻

    ——严歌苓小说的意象选择与文化思考　白　杨　刘红英　/134

论张翎的长篇小说《金山》　胡德才　/146

"所有移民迁徙原因"

    ——由《美国情人》看新移民小说的现代内涵与叙事创新

        程国君　韩　云　/154

亲情至爱的交响诗

    ——读曾晓文的《小小蓝鸟》　陆士清　/167

异域的位置

    ——探寻陈谦小说美学特质的可能路径　颜　敏　/171

虹影：写实，是因为不满足于虚构　倪立秋　/182

无处安放的肉身

    ——表演研究视野中的海外华文文艺　邓菡彬　/192

跨文化与女性文学研究

跨文化视野与女性文学研究　乔以钢　/198

"穿透性"写作与潜在性别立场

    ——龙应台的创作　王　宇　/202

新移民华文女性写作新象观　林丹娅　周师师　/211

女性华文作家中的跨国性爱和主体性构建

　　——从《曼哈顿的中国女人》到《美国情人》　鲁晓鹏　/224

蝴蝶裂变与文学之质

　　——解析华人女作家创作特色　宋晓英　/231

儒家父权和西方救赎意识中突围的女性书写

　　——以异族文化语境中的女作家作品为例　徐　榛　/246

新移民小说中的女性与战争叙事

　　——以《上海之死》《南京安魂曲》《金陵十三钗》为例

　　　　　　　　　　　　　　　　　焦欣波　/253

为何恋爱，怎样婚姻

　　——作为"操演"的海外华文女性文艺　曾不容　/263

生命的繁华与苍凉

　　——论美华作家吕红《午夜兰桂坊》的女性主义特质　张清芳　/271

社会透视、文化思考和女性关怀

　　——论美华作家施雨小说创作的三维空间　古大勇　/280

走出虚幻的爱情沼泽

　　——读施玮小说《红墙白玉兰》　虞　谦　/292

现代传媒与华文文学传播

简论美国华人文学传播语境的差异性问题　张三夕　/295

北美华文文学在媒介传播中的嬗变　张斯琦　/300

业余的专业写作

　　——论北美华文网络文学　周志雄　/310

海外华文文学与中华文化传播途径及影响

　　——以美国《红杉林》杂志及作家群为例　吕　红　/323

北美华人的精神纽带与深层思考

　　——论《红杉林》创新及文化建构　石　娟　/334

《金陵十三钗》：小说文本与电影叙事研究　黄金萍　/343

后殖民语境下《水浒传》英译文化词语转换研究

　　——以登特·杨译本为例　孙建成　张丽静　/352

比较：解读《西游记》的"另类"方法　陈千里　/364

作家与翻译家论坛

全球视野　文学情结　汉语表达

　　——在旧金山"北美华人文学国际论坛"上的演讲　舒　婷　/374

翻译的权利与边界

　　——以中国当代文学作品的韩文翻译为例　朴宰雨　/376

从"乡愁"往前一步

　　——在旧金山华文文学研讨会上的发言　刘荒田　/381

我为什么要写长篇小说"金山伯三部曲"

　　——在旧金山"北美华人文学国际论坛"分组会上的发言

　　　　　　　　　　　　　　　　　　　　伍可娉　/383

我为什么会在海外写作　马慕远　/388

我的文学梦奇缘　王克难　/390

新移民文学的历史挑战　黄宗之　/393

新局面、新视野、新思维

　　——在"新世纪跨国华人文学论坛"上的发言　陈浩泉　/396

海外华文文学的类型　马　森　/399

当代诗歌的两大语境　青　洋　/401

编后记　黄汉平　吕　红　/403

一次百年回望的寻根之旅

——在"北美华人文学国际论坛"开幕式上的致辞

罗林泉

女士们、先生们，各位来宾：

上午好！

非常高兴今天有机会出席"跨越太平洋——北美华人文学国际论坛"，与来自大洋两岸的华人文学家和文学界人士共同探讨海外华人文学的发展问题。首先，请允许我代表中国驻旧金山总领馆，对论坛的召开表示热烈祝贺，并对远道而来的各位贵宾表示衷心的欢迎。

海外华人文学是中国现当代文学的重要组成部分，在近百年中，涌现过林语堂、梁实秋这样的文学大师和林海音、郁达夫、白先勇、陈若曦等无数中国现当代文学的栋梁。从最初的乡愁乡恋，到逐渐立足本土回望故乡，再到新生代作家站在自己更加熟悉的海外审视异域文化与母国文化的交融与碰撞，海外华人文学不仅展示着中国移民在海外生根成长、开枝散叶的历史，寄托着海外华人对故乡无法割断的深情，也为国内的民众审视自身文化、放眼海外提供了全新的视角，更为中国的现当代文学注入了新鲜的血液，是中华文化的一笔精神财富。

自古以来，文学都是一个物质清寒、精神富足的行业，专心从事文学创作的人都是凭着对文学与文化的热爱走下来的。在海外坚持文学创作，同时面临着生活与创作的压力，尤为不易。我非常欣喜地看到，今天有这么多海内外的文学界人士相聚一堂，这么多人关注着海外华人文学的发展，相信海外华人文学创作在更加多元化和新生代不断涌现的今天一定能够不断发扬光大，结出更加丰硕的成果。

旧金山是一个美丽的城市，也是华人移民最早来到的美国城市。在旧金山天使岛移民羁留所的木墙上，至今还清晰地留有几百首一百多年前中国移民的题诗，寄托着他们的愤怒与迷惘，也寄托着他们对家乡的思念。这些诗作既是现代海外华人文学的雏形，也是现代海外华人文学的灵魂。今天，"跨越太平洋——北美华人文学国际论坛"在旧金山召开，应该也是一次百年回望的寻根之旅，对于推动海外华人文学的发展，促进中美文化交流必将产生积极的影响。

最后，对中国世界华文文学学会、美国华文文艺界协会、《红杉林》杂志社、加州大学伯克利分校等主办单位为举办这次盛会付出的努力致以崇高的敬意。

预祝本次论坛取得圆满成功！

2015 年 5 月 11 日

（作者为中国驻旧金山总领馆总领事）

"跨越太平洋——北美华人文学国际论坛"欢迎词

王灵智

　　我谨代表加州大学伯克利分校亚裔美国人和亚洲散居人口研究系（AAADS）、《红杉林》杂志社，以及本届会议委员会共同主席吕红女士，欢迎参与今天盛会的各位嘉宾。今天，我们在旧金山市政中心总图书馆举办"跨越太平洋——北美华人文学国际论坛"，各方精英齐聚于此，展开这次意义深远的交流对话。

　　本次论坛在旧金山举办可谓依天时、尽地利。太平洋通往中国，华人在旧金山拥有深厚的历史渊源。自 19 世纪中期"淘金热"起，华人来到美国，开始在北美地区繁衍生息，这里一直是华人聚集的政治、经济、文化中心，如今仍然是中国以及整个东南亚地区移民及商务人士和游客青睐的目的地。

　　这也正是旧金山成为创新思维、文艺创作、科技创新和经济增长集大成之地的原因。20 世纪 60 年代的民权运动使美国华裔重新焕发活力，而中国移民新浪潮更促进和振兴了北美各地的社区。正是在这里，活跃着众多才华横溢的英文和中文作家，如汤婷婷和严歌苓，以及有影响力的文学学者，如加州大学伯克利分校黄秀灵教授和斯坦福大学刘大卫教授。

　　本次会议的初衷是促进太平洋两岸美国华文文学的中英文作家学者之间的对话。在北美，作家们获得了更多的创作自由和机会，享有众多的出版渠道，以及在北美和世界其他地区传播作品的便利。本次对话堪称 2001 年美国加州大学伯克利分校主办的"开花结果在海外"国际会议的自然延伸。当年的会议主题围绕世界各地华侨的多语言文献展开，而本次对话曾意图将话题集中于北美地区华侨华人的中英文文学作品。由于时间和资源有限，我们特将本次会议讨论范围侧重于北美地区中文文学作品的跨太平洋对话。

在此，我们感谢本地及海外作家和学者的参与，希望跨太平洋对话能促进文学创作和学术研究，并鼓励年青一代华裔积极从事写作和研究。《红杉林》杂志社主办的青少年征文大赛恰如其分地体现了我们的辛勤努力。今晚，我们将宣布大赛结果，并在论坛结束后举办颁奖晚宴。

加州大学伯克利分校亚裔美国人和亚洲散居人口研究系与《红杉林》杂志社，为能够与国内相关重要机构联合组织本次跨太平洋对话深感荣幸。亚裔美国人和亚洲散居人口研究系于近半个世纪前在加州大学伯克利分校成立，通过教学和研究促进了亚裔美国人的历史、文化和社会研究。本次会议为亚裔美国人和亚洲散居人口研究系 50 周年系列庆祝活动拉开了序幕，同时，也为《红杉林》杂志创办 10 周年画下浓墨重彩的一笔。我们深为主办此次重要的国际对话感到骄傲自豪。

在此，我们要感谢众多个人和组织为本次会议的成功召开而付出的人力、物力和财力。特别感谢赖劳拉女士（已故）及其先夫麦礼谦先生多年鼎力支持华侨研究、提供捐助。同时，亚太公共事务联盟（APAPA）主席尹集成先生也一直是《红杉林》杂志最积极的支持者，为中美青少年写作比赛无私地付出了心血和财力。我们深深感谢尹先生的慷慨奉献；也感谢旧金山市政中心总图书馆为本次会议提供优美宜人的环境，使各方嘉宾得以欢聚一堂，共襄盛举。

2015 年 5 月 11 日

（作者为加州大学伯克利分校亚裔美国人和亚洲散居人口研究系主任、会议委员会主席）

世界新局与华文文学

张　炯

21世纪世界格局发生了新的变化。中国的崛起势不可挡，中华民族的复兴，已成为新时代的重要标志。华人以前所未有的规模走向世界五大洲，他们也把中华文化带到全世界。而网络的兴起更有利于文化的高速传播，这为华文文学的繁荣和播向更广阔的领域创造出新的历史前景。

新世纪华文文学的发展格外令人瞩目。无论是中华板块、东南亚板块、北美板块、西欧板块、大洋洲板块都有引人注目的作家涌现，南美洲和非洲也出现了华文作家群。而高行健和莫言先后获得诺贝尔文学奖，更大大提高了全球读者对华文文学的重视度。华文文学与世界的接轨，它的高度思想性和艺术性，已为世界各国越来越多的读者所称誉！

事实上，在中国，像王蒙、王安忆、贾平凹、李佩甫、陈忠实、张炜、苏童等许多作家，他们的创作都达到了很高的水平。新作家更如雨后春笋般涌现。近年，北美华文文学尤获得广大读者的关注，像加拿大的张翎、李彦，美国的严歌苓、吕红、刘荒田、少君、施雨、沙石等众多作家的创作，都在中国产生了广泛的影响。东南亚和大洋洲也有不少新的华文作家登上文坛，为读者所喜爱。华文文学在世界上将占据重要的地位，已无人能够否认。

经济全球化、政治多极化、文化多样化成为全球发展的态势。这是世界华文文学发展的大背景。而中华民族的复兴和中华文化重新耀目于世界舞台，中国追求和平发展和共建人类共同体的宏愿，则为华文文学发展提供了崭新的前景。在此前景下，我以为华文文学的发展更应注意：

首先，要将张扬中华传统的优秀文化、民族精神与当代人类的进步要求结合起来，寻求新世纪文学的思想高度。平等、自由、公平、正义，越来越成为人类的共同追求。"泛爱众而亲仁"至今仍然是人类应该十分珍惜的传统。

其次，必须继续关注弱势群体，关注普通人民群众的生活和命运，表达他们的思想情感和要求、愿望。因为，不论什么时代、什么国家，人民归根结底都是民族的主体，都是创造历史和推动历史前进的重要力量。

再次，在艺术创新中不忘坚持民族的审美要求和艺术特色，重视发挥华语的丰富表现力和纯洁性、优美性。鲁迅曾说，越有地方性就越有世界性。事实上，只有民族的独特性，才能够丰富世界文学。

我预祝在北美旧金山召开的"跨越太平洋——北美华人文学国际论坛"获得圆满成功！我虽然没有能够前去参加盛会，但我的心是跟大家在一起的，谨向会议的主办方美国华文文艺界协会等团体和此次到会的代表致以诚挚的问候和崇高的敬意！

2015 年 5 月 5 日于北京花家地

（作者为中国作家协会名誉副主席、中国世界华文文学学会名誉会长）

世界华人文学的跨文化交流及意义

陆建德

很高兴再次来到北美、来到风和日丽的旧金山，参与这次颇具规模也深具意义的"跨越太平洋——北美华人文学国际论坛"。

文学领域一个重要的观念就是要跨越边界，按照美国 CNN 电视台的说法就是"Go beyond the boundary"。跨越边界，就是要走到一个更高的层次。我们知道，中国现当代文学从一开始就和世界文学有很密切的联系，早期的作家如鲁迅先生，他首先是翻译家，从其他语言文字中获得新的视角和灵感，促进了现当代文学创作的发展。就像英国作家哥尔德斯密斯的《世界公民》中那位来自中国河南的哲人，用后来习得的语言创作得心应手。这些文人智者为文学的国际交流起到了不可替代的作用。

我们生活在一个多变的时代。"唯变为不变"是这个时代的重要特征。全球化的时代，人们的生存状态，过去千百年来的传统观念及文学表现方式，甚至传播手段都已经发生了几乎可以说是颠覆性的改变。改革开放以来，一些中国作家、诗人旅居世界各地，尝试着不同的创作理念及创作手法。与老一辈华侨华人相比，与 20 世纪五六十年代的台湾留学生相比，新移民作家的视野完全不同了。与此相应，文学题旨也更为复杂、更为深刻。

随着时代的变化，随着文学内容的变化，文学必然发生风格和形式上的变化，也只有变化了的形式和风格才能反映不同的时代内容。事实上，现在不管是海外华人的生活状态还是世界华人文学的创作手法都已经脱胎换骨。这些都是很有趣也很有意义的变化。

当然，他们的作品一部分在海外发表及出版，另外还有相当一部分以母语写就，毕竟其创作的灵感，来自语言文化共同体的现实和历史。每个人都有一座坚固的记忆之城，只有依靠外力和内力的共同作用才能打破，才能够更坦然地面对自己。要善于反省，要同自己惯性的记忆打仗。要敢于和自己对话，质疑自己，那样的作品才有可能赢得人心，具有普世意义，也才能够深受世界人民的喜爱。

走出这一步实在太重要了。我们一起远行。要看到历史是曲曲折折走过来的，非常不容易，要看到历史中有哪些偏差，在新的时代应该怎样去认识。过去有些作品，我们一直以为是没有好的翻译家，不然一定会受到全世界的喜欢。就像那些引起人们关注的作品一样，莫言作品的成功就在于吸取本民族及其他民族文学的精髓，化腐朽为神奇。一个民族也是这样，慢慢会有新的因子进入文学创作，这是非常美好的。文学创作和批评应该立足本土，放眼世界，要有敏锐的语言生态和文化生态意识。为了我们未来更加强大，当代文学作家，特别是在海外的华人作家，更应该有掌握多种语言的能力。

我们已经看到了新的因素与新的成果，作品既有作者个人特点，又是特定历史、社会环境的产物，各种思想观念和价值取向暗中参与了创作。华人作家善于发掘自身储备的优秀的历史文化资源，并且大胆借鉴和挪用外国文学经验，善于用比较的眼光来认识自己的文化及其价值。

冀望北美华人坚持创作，不断地在海内外产生更大的影响。从其他语言的文学作品中汲取营养，调动一切文学技巧并提高思想高度，写出和国内有所差异或更为杰出的作品，在世界文学艺术园林中，为华文文学争得一席之地。同时用其他语言，把北美华人文学推向主流社会。

将文学视为一种文化存在，以文化相关性为原则适当拓展文学研究的边界，在宏观的大文化背景下，突破语言与思维方式的障碍，打破单一的政治、经济、社会历史视角，在不同的语言及文本创作中吸取新的因子，融合创作，拓展研究，进而丰富与发展我们的文学艺术，这是值得努力的事。

谢谢美国伯克利大学亚裔系的邀请，谢谢为筹备论坛、推动交流而付出极大努力的美国华文文艺界协会与《红杉林》。并谢谢参加北美文学盛会的诸位同道，祝大会圆满成功！

（本文根据演讲录音整理）

（作者为中国社会科学院研究员、文学研究所所长）

文学传播是跨文化交流的重要途径

陈 洪

尊敬的会议主席、各位学界同仁、媒体朋友：

很高兴和大家聚首于大洋彼岸——这当然是从本人的立场来讲的，一起回顾与展望这个有趣的话题：跨越太平洋。

太平洋是地球上最为广阔的水域，此岸到彼岸有万里之遥，而我们这些人却在此放言，要"跨越"！凭的是什么呀？

我想起了唐代大诗人李白的一首诗——《梦游天姥吟留别》。相信这也是大家都很熟悉的名篇。很有趣，这首诗开端第一个词就引发了我的联想："海客谈瀛洲，烟涛微茫信难求。""海客"，不正是我们这些跨海而来的人吗？后面他写道："我欲因之梦吴越，一夜飞度镜湖月。"李白也是要跨越的。那时他不可能想到美洲，但也是大幅度的跨越。怎么跨越呢？怎么圆梦呢？他是借助于文学想象，借助于诗歌的力量。

从这个意义上讲，我们正在做的事情和李白是相似的。

我们就是通过文学，让太平洋两岸的人在精神上连接起来。

这项工作已经有很多先行者在做，包括今天很多在座者。我本人的专业不是这个方面，但我所代表的南开大学却是这方面的学术重镇。我们不仅设有"跨文化交流研究院"，有西方文学的专业研究者，还有专治北美史的学者。因此，我们欣然与中国社科院文学所，以及美国的朋友一起组织了这次会议。而且愿意把这次开始的工作继续下去，共同搭建长效的学术平台。

"跨越太平洋"，这本身就是诗意盎然的文学表达。我认为它包含了交流、借鉴、合作，既是学术的，也是文化的；既是当下的，又是历史的、未来的。这是何等诱人的工作！相信本次会议定能取得预期的成绩，祝愿各位会议代表羊年诸事如意！

（作者为南开大学跨文化交流研究院院长、天津市文联主席）

华人文学发展历史的一个新篇章

王列耀

尊敬的王灵智教授、吕红会长、各位嘉宾代表：

初夏时分，"跨越太平洋——北美华人文学国际论坛"在风景秀丽的加州伯克利大学开幕，我谨代表中国世界华文文学学会以及以我个人的名义，对大会的召开表示热烈的祝贺，同时对于我因故未能应约赴会而表示歉意。

最近三十年来，在全球化语境和东西方跨文化交流的大趋势下，华人与华文文学的迅速崛起令世人瞩目，在世界多元文化格局中日益凸显其重要性。中国世界华文文学学会于2002年由国家民政部批准成立，是国务院侨办主管下唯一的国家一级学会。2014年11月，在国务院侨务办公室和暨南大学直接领导下，中国世界华文文学学会参与策划和组织了"首届世界华文文学大会"，会议以"语言寻根、文学铸魂"为宗旨，以"华文文学的文化传承与时代担当"为主题，来自三十余个国家和地区的37个文学团体、400余名海内外文学代表、嘉宾和媒体人士参加了这次大会。全国政协副主席韩启德在开幕式致辞中称赞："这是一次国际性、开放性的全球华文文学盛会。"在大会成功召开的同时，由中国世界华文文学学会发起，海内外三十多个重要文学团体作为首批创立单位，在广州成立了"世界华文文学联盟"，并且发出《广州倡议》，呼吁世界华文文学界人士"以文化人，以侨为桥，以和促赢，以美含章，以德立文"，共同促进华文文学的发展与繁荣，提升华文文学的国际影响力。

我深信，此次由美国加州伯克利大学、美国华文文艺界协会、加拿大华裔作家协会等机构发起，中国世界华文文学学会、中国社科院文学所、南开大学等单位参与的"跨越太平洋——北美华人文学国际论坛"，将是一次以文会友、互学互鉴、跨界融合的盛会，成为华人文学发展历史上的一个新篇章。

首夏犹清和，芳草亦未歇。愿华人文学事业如夏花一样绚丽，预祝大会圆满成功！

（作者为暨南大学文学院教授、中国世界华文文学学会会长）

新移民文学三十年刍议

公　仲

2000 年初，我在《世界华文文学概要》一书中，写了这样一段话："世纪之交，在华文文学世界里有一种新兴的繁华茂盛、绚丽多彩的文学现象，令人瞩目。这在世界华文文学正面临着文学观念日渐陈旧，文学视野日趋偏窄，思想意蕴日显肤浅，语言文字功底日益单薄的严峻境况下，无疑带来了一个新的生长点，一个新的生机。它为世界华文文学注入了一股新鲜的血液，并正逐步形成一支新生的主力军。它所创造出的欣欣向荣的文学新景观，成了世界华文文学走进新世纪的新成就的新标志。这就是人们经常约定俗成地称之为的'新移民文学'。"[1] 这约定俗成的新移民文学的概念，尽管并不十分科学精确和完整，但它毕竟概括了 20 世纪七八十年代以来，我国移民或侨居海外的作家、文学爱好者们的文学活动创作成果。如今，新世纪已到 2015 年，新移民文学从 20 世纪后期到现在，已走了整整 30 年的历程，当年所说的"新的生长点""新的生机"，"正逐步形成"新的主力军，而现在就能以无可争辩的事实宣告，新移民文学已经完全成了世界华文文学大军中的绝对主力军。

新移民文学在 20 世纪的形成和发展，是与当时国内改革开放的形势密不可分的。史无前例、汹涌澎湃的新移民大潮席卷全国，也就催生了新移民文学在全球遍地开花。经过 30 年的辛勤耕耘，现已是功成名就、硕果累累了。

初期的新移民文学（指 20 世纪末期），大体是经历过上山下乡的新

---

[1]　公仲主编：《世界华文文学概要》，北京：人民文学出版社，2000 年，第 477 页。

"五七"大军的知识青年所创造的。① 他们大多是出国的留学生，因而，也可称之为"新留学生文学"。它有别于 20 世纪五六十年代从台湾出来的那批留学生的文学，它逐步走出了白先勇、於梨华、陈若曦、陈映真等老留学生文学的那种充满了孤独感、失落感的悲悯文学的阴影，代之而来的是一种长期封闭后初出国门所产生的新鲜感和惊奇感，同时，还显现出了某种挣扎、抗争、进取、奋斗的意愿。当然，生存的困境、前途的茫然在所难免，怀乡思亲的乡愁仍是无可取代的基调。从艺术的水准、语言的锤炼方面来看，初期的新移民文学尚未能超越白、於等前辈。大量作品属经验性、倾诉性的宣泄，缺乏更深层的对思想人性的关注，可列为"输出的伤痕文学"或"洋插队文学"，就是当年风靡一时的如《曼哈顿的中国女人》《北京人在纽约》等，也还是初创时期的较肤浅之作。

21 世纪头十年，新移民文学开始进入一个健康的成长期。从激情燃烧的岁月步入清醒冷静的思考阶段，感情的宣泄有了节制，哲理的探寻得到了开启。历史的厚重，人性的深掘，艺术架构的灵巧，语言文字的精工，把新移民文学推到了一个新的高峰。哈金的《自由的生活》，写在美国的新移民，从对自由生活的追寻，到反而失去了自由的境地，这二律背反的思考，发人深省。严歌苓的《小姨多鹤》，写战后的日本小姨在中国的生活遭际。爱恨的交织，灵魂的搏斗，演绎出最美的广博宽大的胸怀和最纯净的真诚善良的人性。张翎的鸿篇巨制《金山》，更是从 130 年五代移民的血泪史中，探寻着时代、国家、社会和侨民互动演进的规律，可谓"中国百年移民历史的一面镜子"。而以真诚、坦率的《饥饿的女儿》蜚声海内外的虹影，又摘下一朵《好儿女花》，这株生命力最强也最卑微的小花，把母亲的身世和至爱和盘托出，真实的人性，颤抖的心灵，点点滴滴，洒落无遗。还有刘荒田、于疆，他们一个是旧金山华文作协的老会长，一个是洛杉矶华文作协的老会长。他们的散文，老辣而冷峻。历史的拷问，人性的袒露，哲理的思考，在幽默调侃的风格里尽情恣肆，既妙趣横生，又寓意隽永。

21 世纪的第二个十年，我看，该到了新移民文学发展的一个成熟期，2014 年在南昌大学召开的"首届中国新移民文学研讨会"就是证明。"这是一次经历了 30 年的五湖四海，走南闯北，风雨兼程，艰辛跋涉后的胜利

---

① 所谓新"五七"大军，是指根据毛泽东"五七"指示而下乡的知青。

大会师；这是一场笔耕了30年的呕心沥血，披肝沥胆，潜心创作，硕果累累的光荣的群英会；这是一回积蓄了30年的文学经验，切磋交流，探寻研讨，立意创新的成功的大总结；这是一座中国当代文学发展史上的极其珍贵、光彩夺目的历史里程碑。"① 全球五大洲能来的新移民作家，严歌苓、张翎、虹影、少君、陈瑞琳、施雨、施玮、刘荒田、于疆、陈河、陈谦、曾晓文、李彦、周励、张奥列、华纯、王性初、王威、袁劲梅、吕红、胡仄佳、卢新华等60多位，悉数到场。在研讨会的"新移民文学成果展"中，他们所带来的丰硕成果，令当代文坛为之震惊。

新移民文学成熟的重要标志是历史和人性的深度开掘。哈金的《南京安魂曲》，就是以悲愤的笔触，挑开了历史和人性的大视野，让全世界为南京的冤魂，为南京的国际友人的冤魂唱出一支动人肺腑的安魂曲。严歌苓完成了她最重要最有代表性的巨著《陆犯焉识》。"那人性的呼唤、悲悯的情怀，那忏悔的意识、批判的精神，那'不可救药的忧国忧民'的思想，那顽固不化的'独立的精神自由的思想'的理念，喷薄迸发出来。"② 这是一部中国知识分子的精神史诗，也足见作者自身可贵的人格魅力。还有她的新长篇《床畔》（原名《护士万红》），写了一位救护植物人战士的护士万红。她一直不信那战士是植物人，为他，她忍受了各种艰辛痛苦和委屈，牺牲了青春、爱情乃至一切。这又是一位与"第九个寡妇"王葡萄一样的"只认死理，一根筋"的典型形象，而且人物个性更突出，思想意蕴更丰富深沉。

新移民文学的成熟，还表现在题材的拓展，艺术手法的多种多样，语言的精雕细刻上。张翎的新长篇《流年物语》，流年与流言并存，物语和故事齐进。家族史，血脉缘，政治运动、社会变迁，纵横交织，错综复杂，她用一种非传统的西方的结构方式和叙述手法，抽丝剥茧，去伪存真，构建了一幅当代清明上河图，对历史和人性的阐释，精辟而独到，耐人寻味。她的新中篇《死着》，更是贴近国内社会现实生活。凭借高超娴熟的艺术技法，把"死了"硬撑成"死着"；正年尾，再坚持三天，医院全年死亡统计报表数据就不超标，就有奖金，家属就可多领半年工资；还有弄虚作假，多捞多得，贪污腐败，无孔不入，竟钻到医院死人身上来了。这小说倒像个讥讽的活报剧，也显现出作者的社会正义感和责任感。

---

① 公仲主编：《新移民文学的里程碑——首届中国新移民文学研讨会文集》，南昌：百花洲文艺出版社，2016年。

② 公仲：《灵魂是可以永生的》，南昌：二十一世纪出版社，2014年，第92页。

知名作家沈宁，生于书香门第，沉寂一段后又文性突发。他别开生面地以音乐为题材，写出了一系列短篇"奏鸣曲"。《两份手抄的乐谱》可为代表，那位为保存珍贵乐谱而冒名顶替、慷慨就义的志士，令人扼腕！小说中那悠扬激越的乐声，定能驱散法西斯焚尸炉的乌烟瘴气，让人性的光辉重回大地。还有一位颇有传奇色彩的加拿大华文作家陈河，我说过，"陈河神奇的经历，成就了他神奇的小说，他那神奇的小说又彰显出他写小说的神奇才华"①。他小说的背景从东南亚沙捞越的丛林到东欧小国阿尔巴尼亚，现在又来到了北美的加拿大。他小说的人物，从游击队员到商人，现在竟又转到动物小猹身上来了。《猹》写了一场人兽大战，悬念迭起，扣人心弦。人性与兽性，自然保护与生存竞争，矛盾与斗争，调和与化解，如何处置？这里超前敲响了世纪的警钟，难能可贵，发人深省。

　　新移民文学还有一点值得特别关注的，就是新一代留学生文学的新发展，或许还可以说，这是新留学生文学进入了一个节点，一个新走向。新世纪前后从中国出来的新一代留学生，他们的生活状况与过去的留学生有了很大的不同：他们大都有着较高额奖学金，读过名牌高校，拿有高学位，有份较高薪的工作，虽还不能说已完全融入了主流社会，但已算是中产阶层，达到了小康水平，在华人圈子内，可算是佼佼者了。特别是，在这网络信息时代，他们与故国故乡的联系，再不是那样的"阻隔"，在空中，大半天的航程；在网上，分分钟的时间。他们现在的新问题是，在异国所接受到的现代价值观念、人文关怀，以及子女教育、自然环境等，与国内已有相当的距离，而国际经济的危机，失业的威胁，国内经济的发展，高科技事业的诱惑，迫使他们在归与不归之间作出抉择；同时，他们在青春期生长出来的海内外的种种感情纠结，延续还是割舍，也时不我待。这样就产生了陈谦的《繁枝》、洪梅的《梦在海那边》、黄宗之和朱雪梅的《平静的生活》等优秀作品。归与不归，是时代的新课题，人生的新抉择。他们的小说，用新世纪前后新留学生真实平静而又暗流涌动的生活与实，生动形象地回答了这个问题：海归与否、爱国与否，是不论身在何方，只看心系何处。人性的大爱、正义、善良、宽厚、忍让，会给我们指引出一条正确的人生道路。新移民文学的发展，我们正期待着。

（作者为南昌大学教授）

---

① 公仲：《灵魂是可以永生的》，南昌：二十一世纪出版社，2014 年，第 116 页。

北美华文文学的后殖民思考

赵稀方

华语语系（Sinophone）文学论述，与后殖民文学的思路相接近。首先，它强调海外华人与中国本土的差异性；其次，它将华语语系文学与中国的关系，等同于法语语系之于法国，英语语系之于英国的关系，强调海外华语语系文学对于中国具有异质互补作用。

海外华语文学，与中国大陆文学具有差异性，这是一个事实。沿此思路，史书美在《视觉与认同：跨太平洋华语语系表述·呈现》的开头认为，李安导演的电影《卧虎藏龙》运用不同的方言，"直接再现了现实生活的语言，拒绝掩盖语言的驳杂的真实，此足以推翻以标准语言达成统一的霸权想象"。

的确，海外华语文学虽然是中文写作，然而已经过不同时空、不同文化的交融，产生了中国文学所不具备的自主性。在语言、文本、读者上，有着政治、历史、种族、地理等不同层面的印记，疏离着中国。针对中国民族国家（政治意识形态、文化制度）文学来说，不同时空的海外华语文学与中国文学构成了一种异质关系。

在海外华文文学的写作中，我们常常能够看到我们在国内难以意识到的对于中国文化的反省。

在张翎的小说《羊》中，威尔逊和史密斯在那里创办学校，救济贫困，把当地儿童长长的裹脚布一层一层地打开，让孩子们在阳光下伸直了自己的身体。这些温馨的场面，与我们在传统叙事中所塑造的传教士形象显然大相径庭。在我看来，作品赋予传教行为以温情，一方面将其从"文化侵略"的历史中救赎出来，另一方面其实以世俗性改写了西方冷冰冰的基督教。小说中的牧师并非如通常所想象的清心寡欲、道貌岸然以至呆板冷酷之徒，却是温存得近乎浪漫的绅士。

不过，以后殖民文学为样本的"华语语系文学"论述，有一个较大的问题，即中文文学并非殖民地文学。将华语语系文学与英语语系文学、法语语系文学相提并论，混淆了问题的界限。英语语系文学、法语语系文学是英国和法国在世界各地开拓殖民地、推行帝国语言的结果，殖民地文学由此而来，因此存在着殖民地英语或法语文学抵抗宗主国英语或法语文学的问题。中国近代以来并未开拓殖民地，中国人散落四方缘于移民，有过去的战乱流落，更有当代主动向欧美地区移民。这些移民与中国的关系，并非被殖民者与殖民者的关系，而是平等的文化交流关系。不同地域的海外华语文学由于历史、地域、政治、文化多方面的原因，肯定会发展出与中国本土不同的特征，但若把两者的关系描绘成殖民对抗，显然是不合适的、荒谬的。

身处海外的华语文学可能的确面临着殖民主义问题，但这种殖民主义恰恰不是来自中国，而是海外帝国主义。中文文学身处异国他乡，属于少数语言，不得不面临着宗主国主流文化的排斥。

当代北美华人，最早可以追溯到爷爷辈在美国修铁路的历史时期。在刘慧琴的小说《被遗忘的角落》里，爷爷辈的苦难命运一直延续到今天。丹尼尔的爷爷是早期华人铁路工人，奶奶是印第安人。家里苦苦挣扎，供养丹尼尔，希望他出人头地，改变命运。丹尼尔也不负众望，以优异成绩获奖学金进入大学，毕业后在象征着繁华富贵的金融商业中心的大厦里拥有了工作。但苦难的命运似乎阴魂不散，丹尼尔怀孕的妻子遭遇车祸，一尸两命，他从此染上毒品，最终回到了原来他所在的这个城市最为破落的街道。小说中有这样的句子："唐人街和印第安部落聚居的街道相邻并列，像两个苦难的民族相互扶持着。"这仿佛成为西方内部移民和殖民关系的一个暗喻，展现出从前不为人注意的历史维度。

如果说刘慧琴注意到了华人与印第安人的相互扶持，老摇在《路口》中则将"我"与美国南方黑人的命运互为映衬。老摇其实很年轻，70年代生人，小说的写法也很先锋。黑人对"我"并无兴趣，他们不喜欢外人打扰。小说运用章节的交叉，写了两个互不相关的故事。一个是黑人的故事：罗伯特和魔鬼签约，成为布鲁斯乐手，但最终偿命；另一个是"我"在美国奋斗或者说流落的故事：先在美国留学，后在一家电脑公司工作，被解雇，因为解决不了身份问题，终至于订了回国机票。"我"和罗伯特的故事的交叉点，看起来是在"路口"。在南方，基督徒埋在教堂，而"路口"是流浪者的归宿。"路口"是撒旦的地盘，不仅罗伯特经不住撒旦的诱惑，"我"也在路口徜徉徘徊。老摇对于美国黑人及印第安人的历史文化的书写，在中国文学的视野里应该是较为独特的一种。

华语语系文学所运用的一个理论是"少数文学"。事实上，按照德勒兹和加塔利的说法，严格定义的少数文学只能说是外国人在中国的汉语写作，或者如史书美所说，是国内少数民族运用汉语进行的写作。海外华文文学写作，相对于中国文学来说并不是"少数文学"，如果一定要说海外华人作家的华文写作是"少数文学"的话，那只能是针对他们所居住的所在国而言的，比如上面提到的在美国的中文写作，针对美国的主流英文写作而言，是一种"少数文学"。

对于中国而言，海外作家运用汉语写作，属于母语写作。它们并非少数文学，而恰恰是一种经由语言而得到民族归属感的写作。因此，我们在华文文学的创作中不断看到怀乡、流离、叶落归根、血浓于水、月是故乡明等原型主题。不过，移民的边缘性造成了他们与中西文化的双重紧张，他们不但与西方"他者"疏离，同时也与自己的母国疏离。离开了既有的政治社会的塑造，他们有可能挣脱原有的民族国家及民族文化的约束，而取得一个反省的距离。海外华文文学对于所在国来说，是一种少数文学，或者说少数民族文学，具有揭示所在国主流殖民话语的特征。对于中国而言，它只是华文或汉语文学的一个部分，虽然是相对疏离，具有一定距离的部分。

国内的世界华文文学和海外的华语语系文学是对中文文学建构的两种相反的方式。两者指称的是同样的对象，但对其定位迥异。华文文学强调海外文学与中国文学乃至中国文化的认同性，强调源流关系，华文文学的论述强调怀乡、流离、叶落归根、血浓于水、月是故乡明等；相反，华语语系文学强调海外文学与中国文学及至中国文化的异质性，华语语系文学的论述强调本土性、抵抗、反中心、非正统等。在我看来，两种建构不必如此各执一端。一方面，应该注重海外华语文学的特殊价值，它与中国的中文文学互为补充。在国内，长期以来，中国文学、台港澳文学、华文文学，重要性递减，的确有等级的意味。华语语系文学的提出，扭转了这一秩序，有其批判功能。但另一方面，又不应该直接套用后殖民论述，将其截然对立起来。同是中文文学，我们可以将两者看成一种异质互补关系。

　　事实上，各地华文文学并非各自为政，而是充满了地域流动和文化交融。白先勇游走于中国台湾和美国之间，是台湾作家还是北美作家？施叔青从台湾到香港再回台湾，每个地方都留下代表性作品，她到底是台湾作家、香港作家抑或北美作家？东南亚移民作家很多都在香港、台湾或大陆发表作品，他们算哪里的作家？北美新移民作家游走于中国和美国之间，但作品市场主要在中国，他们是中国作家还是北美作家？这些都打破了华文文学的界限。如果将海外华语作家与国内的作家截然隔离，强调对立或抵抗，显然不容易。只是说，他们是独特互补的中文文学共同体的成员。

（作者为中国社会科学院文学研究所研究员）

跨区域跨文化的新移民文学

刘 俊

"新移民文学"主要是指中国改革开放以后走出国门，在海外以汉语进行创作的作家以及他们的作品所形成的文学。以"新移民"为主体的"新移民作家"，具有这样几个特点：在海外主要用汉语写作；他们的作品所描写的世界，都会与中国的历史、社会和现实发生某种直接或间接的关联；这些新移民作家和他们的作品深度介入中国当代文学，作品主要在中国发表、出版，作家常常在中国获奖，以至于有些学者干脆将他们"收编"进中国当代文学史，认为新移民文学就是中国当代文学的一部分。

一、具有较为明显的中国当代文学的影响痕迹

新移民文学的出现，从某种意义上讲，可以说是中国当代文学在海外开的花结的果——因为新移民文学作家群中的代表性人物如严歌苓、陈河等，出国前就已经是颇有成就的作家，而那些到了海外才走向文学创作的众多成员，也基本在中国完成了文学教育，有些还接受了文学训练，并直接或间接地受过中国文学观念的熏陶乃至灌输，即便到了国外，他们也非常关注中国文坛的动态，与中国文学界保持着相当密切的联系。种种因素的共同作用，就使得新移民文学具有较为明显的中国当代文学的痕迹，受欧洲批判现实主义文学和苏联文学影响较深，并带有非常强烈的中国当代文学"气质"，具有强烈的现实性和代入感，历史感强。

然而，我们并不能就此断定新移民文学就是中国当代文学的一部分，因为新移民文学既然是由移居海外的作家所创作，那么他们的作品，自然就成为海外华文文学的一部分。并且，由于他们的生活环境、文化背景、文学观念、创作形态与生活在中国的作家有所不同，他们在文学诉求、情

感表达、主题关注、创作自由度、艺术理念等方面，也逐渐地形成了他们自己的特点，与中国当代文学，形成了既有相似之处，又有不同之处的独特性。

二、兼具"中国文化"与海外"异质文化"的特质

新移民文学这种既从中国当代文学中脱胎而来，又与中国当代文学有所区别，既有中国当代文学影响的印记，又有自己新生出来的特点的文学，事实上是个跨区域跨文化存在的文学世界。说它跨区域，是指它既寄生于中国当代文学之"内"，又独立在中国当代文学之"外"；说它跨文化，是指它看上去似乎与中国当代文学的文化气质相仿佛，新移民作家基本上都是在中国的文学环境下成长起来的，与同龄的中国当代作家有一种"同根性"，但它毕竟是"生产、生长"在异质文化环境之下，直接受到异质文化的影响和熏陶。因此，它在文学写作的纯粹性和自我要求方面，在文学写作的超然态度和大胆突破方面，在异质文化对文学观念的渗透和体会方面，都自有一种有别于中国当代文学的文化特性。也就是说，新移民文学的文化特性，兼具了"中国文化"与海外"异质文化"两种文化内涵，并升华出一种不同于两种文化的新文化。

新移民文学这种跨区域跨文化的属性，与其说是我们的理论概括，不如说是它的"生产方式"和"生存形态"的真实写照。当严歌苓、张翎、查建英、陈河、陈谦、虹影这些海外新移民作家在中国频频获奖，在《人民文学》《收获》等中国重要文学刊物上一再亮相，并在中国的知名出版社密集出书的时候，他们的作品其实已经以"新移民文学"的身份，在中国当代文学的版图中，跨入了一只脚。

与此同时，沙石、余曦、卢新华、北岛、苏炜、曹桂林、周励、沈宁、施雨、少君、刘荒田、陈瑞琳、王性初、冰凌、曾宁、邵丹、宣树铮、曾晓文、阿黛、易丹、于蒙、坚妮、叶念伦、戴舫、刘慧琴、马兰、晓鲁、朱琦、程宝林、孟悟、巫一毛、力扬、秋尘、吕红、李南央、融融、蒋濮、刘观德、张奥列、薛海翔、刘索拉、钱宁、吴民民、王毅捷、高小刚、小草、施玮、戴宁、刘瑛、叶周、黄宗之、章平、孙博、华纯等新移民作家，以在中国发表、出版作品的方式，在中国当代文坛显示自己的"存

在"，更是屡见不鲜。甚至，像查建英、施雨、华纯、章平、刘荒田这样的作家，更是从新移民作家变成了"海归作家"。可以说，新移民作家这个数量颇为可观的群体，已在中国当代文坛留下了独特而又坚实的脚印。

三、将"中""外"文化嫁接、杂糅、重组和再造

与新移民文学跨区域的特性比起来，它的跨文化属性显得隐性得多。

新移民文学的跨文化属性，主要体现为"心态文化"上的"中""外"兼具，以及在高级文化、大众文化和深层文化三个不同层面上，将"中国文化"和"异质文化"进行嫁接、杂糅、重组和再造。

"心态文化"上的"中""外"兼具，在众多的新移民文学作品中有所体现。以陈河的小说《黑白电影里的城市》为例，当陈河在写中国经验中的《宁死不屈》经历——小说主人公李松在中国观看阿尔巴尼亚电影《宁死不屈》的历史和记忆——的时候，他的"文化心态"完全是特定时期"中国心态"的呈现：饱含难忘的英雄记忆和青春记忆；可是当他在写阿尔巴尼亚经验中的吉诺卡斯特经历——李松在阿尔巴尼亚真的踏入《宁死不屈》电影中故事发生的城市所遭遇到的一切——的时候，他已经不再用"中国心态"来看待这一切，而是用"在外国的中国人"心态，以一种融合了西方历史观念、宗教意识、经济优越感等复杂的多元心态，来回忆、反观、审视、重组所面对的中国历史和阿尔巴尼亚现实。

将中外文化进行嫁接的现象在新移民文学中可以说十分常见。在沙石的作品中，我们可以看到西方对人性"不可理喻"一面深入挖掘的"高级文化"，已渗入沙石的那些新移民故事之中；而在吕红笔下的中国爱情故事中，则可以看到"新移民作家"对西方流行小说、大众文化的汲取和借用；至于施玮将基督教的灵性文化融入自己的中国故事，则体现了中国文化和异质文化的深层对话。类似的例子，在新移民作家的作品中，不胜枚举。

因此，可以把跨区域跨文化特性视为新移民文学的"身份标识"和本质属性。

（作者为南京大学文学院教授）

新移民文学经典与经典化思考

江少川

在当下媒介化、视觉化盛行的互联网时代，大众文化潮流强烈撞击着文学经典，"经典危机""去经典化论"一时似乎颇为流行。此时呼唤新移民文学经典合时宜吗？新移民文学产生了经典吗？现在讨论文学经典为时过早吧？新移民文学经典与经典化研究要留给后人评说，面对诸如此类的疑惑诘问，我们如何回答？答案是毋庸置疑的，即新移民文学经典化的时代已经到来。

移民文学，孕育经典的文化土壤

论及移民作家，会想起一串长长的杰出而响亮的名字：康拉德、纳博科夫、昆德拉、奈保尔、贡布罗维奇、布兰迪斯等。他们留下的文学经典影响深远，如《大河湾》《洛丽塔》《不能承受的生命之轻》《黑暗之心》《费尔迪杜凯》。为什么移民作家创作中会产生具有世界影响的文学经典？因为从母国移民到异域，这样一种独特的双重人生经历、跨文化视野为作家提供了一种特异而富润的文化土壤。

一、边缘化的跨界生存

移民文学是一种具有世界性的文学现象，它的跨地域、跨文化的特征注定着它的边缘状态。移民作家从母国移居他国，在移居国他们被视为少数族裔、"他者"。用华语创作的新移民文学更是属于远离主流文化系统的少数族裔的小语种文学。由于文化差异、语言障碍、陌生化的环境以及"他者"的身份，处于边缘状态的寂寞、孤独与痛楚等都在移民作家的心灵中埋下了种子，较之本土作家尤胜之。移民作家，他们一生中的前后两段，生活在完全不同的文化传统、文化氛围与语境之中。奈保尔处于跨界生存中的混杂化写作，既依附又背离，形成英国文化"养子"的两难心态。昆德拉曾分析移民作家的艺术问题，指出移民生活的困难，认为最糟糕的是陌生化的痛苦，"他不得不调动一切力量，一切艺术才华，把生存环境的不利因素改造成他手中的王牌"。① 严歌苓说："移民，这是个最脆弱、敏感的生命方式，它能对残酷的环境做出最逼真的反应。"② 这种边缘状态、痛苦环境不断给作家"施压"，成为一种"驱动力"，所谓"造成王牌""逼真反应"，恰恰是提供了滋生文学经典的土地与温床。

二、双重人生经验与视野

新移民指的是第一代移民，他们的前半生在祖国度过，而后半生则在移居国生活。他们有着原乡与异乡两种不同的人生体验，在创作中也就具有了双重的人生经验与视野。俄裔美国作家纳博科夫在俄国生活了二十年，在西欧生活了二十年，在美国生活了二十年，后来移居法国与瑞士。他精通俄语、英语与法语，多重人生经历与文化视野使他创作出被誉为经典的《洛丽塔》，造就了他的文学成就。康拉德是波兰人，移民后用英语创作，他的创作成为"被迫的国际多声部"。他小说中的人物有多种种族身份，文化内容多样。旅加作家李彦指出："我发觉，长期生活在海外的人与长期生活在海内的人，在看待东方、西方、历史、现状等诸多东西，都存在着不少差异。"③ 这些作家都深刻地体会到：移民作家的人生经验、思想意识、观察视野是双重或多重，或曰"混血"的，这一切对文学而言，又是异常宝贵的财富与矿藏，给作家的文学创作以多重眼光、体验与思维方式。

---

① 昆德拉著，余中先译：《被背叛的遗嘱》，上海：上海译文出版社，2003 年，第 100 页。

② 严歌苓：《主流与边缘》（代序），《扶桑》，上海：上海文艺出版社，2002 年，第 4 页。

③ 李彦：《红浮萍·后记》，北京：作家出版社，2010 年，第 30 页。

三、文学创作的自由度

移民异域，他们在文学创作上，会摆脱许多非文学的东西的约束。新移民作家，他们在母国接受教育，其文学观由于文学与政治、意识形态复杂的牵制关系，有形无形地受到制约，从而影响到自身的创作。而移居到一个陌生的异域环境，这种制约、羁绊被剪断了，摆脱了体制上的捆绑，文学回归到文学本体上来。同时，作家的创作也摆脱了"稻粱谋"的依赖，"不为生存而写作"，写作不再是他们谋生的手段，他们的创作是为了抒发身处异域的复杂情感，如旅美作家吕红所深刻感受的，结合东西方跨区域视野与写作技巧的优势，应该会比从未出去过的作家具有更大的潜力、更多的发挥空间。的确，"新移民作家是有其自身优势的：大都受过良好的教育，文化素质较高，属'精英文化'阶层。浪迹天涯的经历，打开了眼界，又得天独厚地享有中外多种文化传统的滋养，加之生活平稳安定，写作是可以达到创作心境的'自由王国'的。海外作家努力让自己的作品进入人性深处，表现灵魂所经历的种种磨难，并上升到悲悯情怀的高度"。① 黄宗之、朱雪梅也谈道："这些离乡背井的新移民在经历过颠簸流离，许许多多的坎坎坷坷后，内心积累起来在心理上、情感上、物质上、精神上很多郁闷，需要发泄，需要倾吐，由于身处异乡，远离亲朋旧友，与人群疏隔，很难找到倾诉的对象。用文字把自己的这些感受表达出来，成为一种现实的精神需要，比面包和牛奶更为重要。"② 移民作家从事创作摆脱了非文学元素的羁绊，不依赖创作谋生存，它是一种人的情感的倾泻、思想的驰骋，是"文学梦"的回归。

四、双语思维与创作能力

移民作家接受过母国与移居国的双重教育，具有良好的双语能力，他

---

① 江少川：《海山苍苍——海外华裔作家访谈录》，北京：九州出版社，2004 年，第 187 页。

② 江少川：《海山苍苍——海外华裔作家访谈录》，北京：九州出版社，2004 年，第 223 页。

们的外语修养，使得他们能比较顺利地吸收与借鉴西方文化的优良传统，比如直接阅读西方文学原著，吸收西方语言的长处，比较中西文学的优劣等。西方学者提出"双螺旋文化"基因结构的理论：为什么犹太移民是世界级人才的孵化器？如爱因斯坦、弗洛伊德、马克思等，这些都源于移民的"双螺旋文化"基因链设计。这种"双螺旋文化"理论也可以移植于移民作家创作研究。新移民作家接受了两种不同的文化营养、东西方的复合结构，也必然会渗透到创作之中。严歌苓指出："有多少移民作家在离开乡土后，在漂泊过程中变得更加优秀了？康拉德、纳博科夫、昆德拉、伊莎贝拉·阿言德……"① 许多新移民作家都具有双语思维与创作能力，这无疑也成为助长其文学创作飞升的羽翼。

呼唤新移民文学经典

20 世纪以来，中国称为的留学生文学自"五四"以来有过三次文学潮，准确地说，前两次都应该称为留学生文学。第一次是"五四"以后，20 世纪 30 年代前后的留学生文学潮，其间著名作家有鲁迅、林语堂、郭沫若、巴金、老舍、闻一多、徐志摩等。第二次是 20 世纪 60 年代前后的台湾留学生文学，这一时期的代表作家有白先勇、於梨华、聂华苓、赵淑侠等。第三次是始于 20 世纪 80 年代中国改革开放以后，随着持续不断的移民大潮而逐渐兴起、蓬勃发展起来的新移民文学，就人数之众、规模之大、地域之广，都远远超过了前两次留学生文学潮，这一次形成的汹涌澎湃的文学潮，不仅有作为主体的留学生，也包括技术移民、经商移民、投亲移民等，可谓名副其实的移民文学大潮，席卷美洲、欧洲及大洋洲等地，不仅在中国史无前例，在世界范围内也属罕见，其势头可谓方兴未艾。

经过三十多年的发展，新移民文学涌现出一批优秀的作家作品，它取得的成绩有目共睹，受到海内外学者专家的高度评价充分肯定和褒奖。

新移民文学这个概念，是针对从中国移民海外的作家群体而言的。就

---

① 严歌苓：《主流与边缘》（代序），《扶桑》，上海：上海文艺出版社，2002 年，第 3 页。

时间而言，所谓"新"，只是对一定历史时间的界定，主要指中国改革开放以后到现在；就空间而言，它辐射五大洲，主要地域或重镇在北美洲、欧洲与大洋洲。

新移民文学走过了三十多年的历程。如果以 20 世纪 80 年代初作为起点，大体经历了三个阶段：早期为 20 世纪八九十年代之交，以苏炜的《远行人》、查建英的《丛林下的冰河》为滥觞，到 90 年代初的《北京人在纽约》《曼哈顿的中国女人》风靡一时，新移民文学就给国人带来过热浪的冲击与新奇之感。中期为新旧世纪之交，2000 年，高行健的小说获诺贝尔文学奖，哈金的小说在美国获两项文学大奖，一批优秀作家脱颖而出，如陈瑞琳提出的"三驾马车"中几位女作家的力作的问世等。近期为新世纪十年，新移民作家队伍更为壮大，中年作家愈加成熟，作品沉甸、厚重，新生代作家佳作频出，形成群星灿烂、交相辉映的文坛壮观宏景。

就欧、美、澳三大块地域而言，三十多年来涌现的作家群可以列出长长的名字。仅从选集、作品集、丛书看，2006 年成都时代出版社出版了少君主编的"海外新移民文学大系·北美经典五重奏"系列，2007 年又推出按海外华文文学社团结集的七卷本"新移民文学社团交响曲"。北美新移民作家融融、陈瑞琳主编的《一代飞鸿：北美中国大陆新移民作家短篇小说精选述评》，就汇集了美国、加拿大有代表性的移民作家 44 人的作品。庄伟杰主编的"澳洲华文文学系列丛书"五卷本收录的澳大利亚、新西兰作家有百人以上。孙博主编的加拿大作家作品选有中篇小说、短篇小说、散文集等。南开大学出版社出版有"南开 21 世纪华人文学丛书"。特别值得一提的是《世界华人周刊》张辉总策划的"世界华人文库"系列丛书已出版到第三辑，共出版了包括小说、散文、诗歌、随笔、作品评论等多种文类的作品集、选集共 50 多本，是迄今为止规模宏大、品类多样、汇集作家最多的大型新移民文学丛书，可谓大气魄、大手笔，为新移民文学的发展做出了重要的贡献。

而作品集的出版更是难以统计，国内就有多家出版社出版过哈金、高行健、严歌苓、张翎、虹影等多位作家的作品集。

海外重要的华文报刊此处不细数，仅就北美地区而言，《世界日报》《星岛日报》《国际日报》《侨报》《红杉林》《中外论坛》《美华文学》等报刊都是发表华文文学作品与评论的重要阵地。

从获奖情况而言，新移民作家在海内外获得过各类文学大奖，其中包括国际上有重大影响力的文学奖项，以及国内权威文学刊物的奖项，产生了广泛而深远的影响。哈金曾获 1999 年美国"国家书卷奖"、2000 年美国笔会/福克纳基金会所颁发的"美国笔会/福克纳小说奖"，是第一位同时获此两项美国主流文学大奖的中国移民作家。《等待》和《战争垃圾》曾在 2000 年与 2005 年两度入围普利策奖小说类决赛名单。高行健的小说曾获 2000 年诺贝尔文学奖。严歌苓的短篇《少女小渔》获 1991 年台湾"中央日报"短篇小说一等奖，根据小说改编的电影获亚太国际电影节六项大奖，《小姨多鹤》获全球首个华侨文学最佳作品奖，《天浴》英译版获哥伦比亚大学最佳实验小说奖，由严歌苓本人改编的电影问鼎台湾金马奖七项大奖。张翎的小说曾获加拿大袁惠松文学奖、第四届人民文学奖、第八届十月文学奖，《金山》获得由中国出版集团、人民文学出版社主办的 2009 年第六届《当代》长篇小说奖。虹影曾获纽约《特尔菲卡》杂志"中国最佳短篇小说奖"，长篇《饥饿的女儿》获台湾 1997 年《联合报》读书人最佳书奖，2005 年获意大利"罗马文学奖"。陈河曾获首届郁达夫小说奖，长篇小说《沙捞越战事》获第二届中山杯华人华侨文学奖的最佳作品奖。陈谦获《人民文学》茅台杯文学奖。李彦的《红浮萍》曾获加拿大 1996 年全国小说新书提名奖，同年获加拿大滑铁卢地区"文学艺术杰出女性奖"。刘荒田于 2009 年获首届中山杯华人华侨文学奖散文类首奖。章平曾获中山杯华人华侨文学奖诗歌奖。《人民文学》《收获》《十月》《当代》《江南》等著名文学刊物的大奖，新移民作家都一一斩获。在中国小说排行榜上，新移民小说的长中短篇，多次与中国当代著名作家"同台竞技"，榜上有名，并几次夺冠。

以上统计并不完全，作品获奖虽不等同于文学经典，但它也是评判一部作品的重要标尺与参照系。它从一个方面显示：新移民文学已引起国际文坛的高度重视与关注，在海内外获得广泛的认可与很高的评价，影响日益深远。

在当今资讯高度发达、文化多元的"地球村"时代，认定、评判文学经典没有也很难有一个公认、固定、一成不变的标准。但是文学本体自身无疑是首要的标尺，而与之难以分离的是对它的阐释与评价。黄曼君认为：要从"实在本体论"与"关系本体论"两个维度来理解经典。"从实在本体论角度来看，经典是因内部固有的崇高特性而存在的实体"；"从关系本体论角度来看，经典是一个被确认的过程，一种在阐释中获得生命的存在。"① 而文学经典亦是属于时代（即一定的历史坐标系中）与特定地域的。雨果在谈到文学与时代的关系时说：每个时代的文学都与那个时代相适应：抒情短歌、史诗、戏剧。佛克马的一段话值得我们深思：他非常欣赏的一点就是，布鲁姆把自己的著作叫作西方的经典，他认为："每个国家或许都有自己的经典，因为他们有着不同的需求或者不同的问题。显而易见，所有的经典都具有某些地方风味。""我宁愿相信一种根植于某种特定文化中的经典。然后，理所当然地，譬如说，有一种世界文学的中国版经典，一种世界文学的欧洲版经典，一种世界文学的尼日利亚版经典。"② 这些经典言论启示我们对当今蓬勃发展、实绩可观的新移民文学进行新的思考。或许在这个文化多元的时代，"没有经典"的声音不绝于耳，正因为如此，我们才更要理性地高声呼唤：新移民文学迫切地需要经典。

一、跨域性影响

真正的文学经典可以超越民族与国界。美国著名学者尹晓煌在其《美国华裔文学史》中指出："经济与文化全球化是促进华语文学视野发展的另一个关键。随着环太平洋各国在经济文化和社会领域合作的进一步加强，亚洲的华人世界与太平洋彼岸的美国之联系也更加密切。"③ 前述哈金、高行健的作品在西方获文学大奖就足以证明这种影响巨大的辐射力。新移民文学的影响不限于一个国家或一种文化，它的影响是跨地域跨文化的。这种跨地域性影响还表现出双向流动的特征：一是从移居国流向母国，哈金的小说原著为英语创作，后翻译为中文在中国出版，《等待》已被翻译成二十多种文字在全球发行。二是从母国流向移居国，一些新移民作家的作品在中国出版，被译为外文后又流向移居国，并向其他地域辐

---

① 黄曼君：《中国现代文学经典的诞生与延传》，《中国社会科学》2004 年第 3 期。
② 生安锋：《文学的重写、经典重构与文化参与——杜威·佛克马教授访谈录》，《文艺研究》2006 年第 5 期。
③ ［美］尹晓煌：《美国华裔文学史》，天津：南开大学出版社，2006 年，第 184 页。

射，虹影作品都是用中文创作后再被译成三十多种文字在世界各国出版。李彦的小说也是先出英语版，后翻译为中文在国内出版。严歌苓等作家都用中英文双语进行创作。

二、时代精神体现

如同每一个时代、每一个民族、每一个国家都会产生文学经典一样，特定历史时期的移民文学也会有其经典。新移民文学发生在地球上人口最多的国家社会转型的特定时期。新移民文学虽然题材各异，风格多元，但就整体而言，其题材、人物形象塑造、文化蕴含都表现出一个民族的变迁、漂泊、寻梦以及对原乡中国与异乡西方的省思与想象；它在书写华人，从一百多年前移民先辈到美洲、澳洲淘金直至当下的海外中国人的命运沉浮、生存状态与人性。它是世纪之交的几十年间华裔族群生存状态和生命意识的审美表现。这都是在中国当代文学中难以寻觅，而在移居国主流文学中也无从得见的。新移民文学具有强烈的时代感。在母国，被视为中国当代文学的延伸，它从一个新的视野、新的窗口表现了中国社会三十多年的巨大变化、转型与变迁。如表现移民先辈远去异域淘金、做苦力的《扶桑》《金山》《淘金地》等长篇，表现海外新移民生活的艰辛、漂泊、寻梦、奋斗的异域人生，表现"地球村"时代"海归"与"海不归"的双向追寻与抉择。新移民文学作品，风格各异，多姿多彩，烙上了强烈的时代精神与文学审美的印记。

三、经典性评价

就当下而言，海内外学界对新移民文学的阐释与评价，已逐渐摆脱了意识形态的束缚，不再受政治话语的约束而回归到文学本体上来。文学经典因阐释与再阐释的循环而得以不朽。海内外学者与作家从文学本体层面、阐释人性的深度以及审美的角度给予了优秀的新移民作家独到而精辟的评价。如美国老一辈的大作家厄普代克非常赞赏哈金的小说，余华评哈金的长篇《南京安魂曲》为"伟大的小说"。刘再复评价高行健为"全能冠军""孤独才子"，认为"《一个人的圣经》则是20世纪下半叶中国最优秀的小说"。美国华裔文学史家尹晓煌、学者王德威、《纽约时报》《洛杉矶时报》高度评价严歌苓的小说，陈思和教授从《扶桑》中读到了"东方民族文化的真正精魂所在"。莫言、李敬泽都极力肯定张翎的特色，陈瑞琳评《金山》是"中国人的海外秘史"，莫言认为，"在海外这些坚持着用汉语写作的作家中，张翎终究会成为其中的一个杰出人物"。美国学者葛浩文、瑞典BTG杂志对《饥饿的女儿》评价极高，陈晓明说："把虹影的书放在伍尔芙和玛格丽特·拉拉同一书架上——这是迄今为止任何一个中国内地作家都未享受过的殊荣。"法国巴黎大学教授韦遨宇评价林湄的《天望》是"对人类精神家园给予终极关怀的巨著"。刘再复认为李彦的《红浮萍》"是欧洲世纪交接时期的一份历史见证"，这些论述均为海内外权威学者的经典型言论。

新移民文学经典化的建构

一、新移民文学经典化的困境

就当前中国文学界的研究状况来看，存在以下三种倾向：①厚古薄今：有的人总是仰视古代，而对当下"视而不见"，见也冷淡。而且存在着偏见，认为研究越古越有学问，当代文学研究，尤其是华文文学研究当然是最次之，是末流了。②重洋轻华："洋"指的是外国文学研究，如同过去神化诺贝尔文学奖，等到中国人获奖以后又有不过如此之说一样。这里的"华"包括中国当代文学，特指当代华文文学，尤其是新移民文学。③解构者多，建构者少：说到当代为什么不能产生文学经典振振有词，对当代文学缺乏热情与勇气，而对新移民文学更是持困惑、质疑的态度，呼唤的声音却很微弱。

新移民文学研究与新移民文学一样，也处于边缘状态。在学界亦处于他者地位。新移民华文文学研究，在异国重洋轻华，在母国厚古薄今。以英语语系的国家为例，文学研究者、高等院校无疑是把英语文学研究放在首位，研究华文文学者凤毛麟角。而在中国，新移民文学自然是属于当代的，而在中国的当代文学中它也只是处在延伸的位置。当代文学领域的学者早就指出了学界厚古薄今的倾向或偏见，而新移民文学更在当代文学之外。对新移民作家作品的解读、阐释、评价与研究，与新移民文学的蓬勃发展、取得的实绩比较起来，一是相对滞后，二是力量薄弱，三是队伍分散。中国高校从古代到当代都有比较庞大的教学研究队伍，而研究海外华文文学者却少之又少。这无疑影响到新移民文学经典化的研究与建构。为此，我们的研究者更需要以极大的勇气与魄力去开拓，挑战，执着勇往，披荆斩棘。

二、新移民文学经典化研究的建构

哈金曾提出过创作"伟大的中国小说"，并解释它是"一部关于中国人经验的长篇小说，其中对人物和生活的描述如此深刻、丰富、正确并富有同情心，使得每一个有感情、有文化的中国人都能在故事中找到认同感"。[①] 哈金呼吁的其实是中国小说的文学经典化，而这也正是他小说创作的追求与标高。从文学史的角度考察，每个时代都会涌现出优秀而富有才情的作家。新移民作家群体是改革开放以后出现的，这是一个特定的历史时期，海外新移民文学既与中国当代文学有血肉相连的血缘联系，同时又移植于异域的土壤生长，在移居国，华文不是母语，只是该国少数民族的族裔文学。海外华文文学跨地域，跨文化，以及它在中国及他国的双重边缘的特质，决定了它的发展的困境。严歌苓、张翎、虹影分别为移居美国、加拿大与英国的华文作家。"三驾马车"的提法，首先是对严歌苓、张翎、虹影三位作家创作成就的充分肯定，是把她们作为领军人物的赞誉，同时更是对三十年来蓬勃发展的新移民文学的实绩的充分肯定，以引起海内外文坛的高度重视与关注。笔者认为这种提法是有见地而富有开创性的，对海外华文文学的发展有积极的推动意义。

对新移民文学经典化的建构，笔者提出几点思考：

1. 要勇于挑战传统观念

文学经典一定要隔代才能产生吗？中外文学史上的所谓经典化有两种

---

① 江少川：《海山苍苍——海外华裔作家访谈录》，北京：九州出版社，2004 年，第 7 页。

情况：一种是经过较长或者很长时间的沉寂与冷落、遗忘，后来被挖掘、发现而经典化，声名鹊起，被人们奉为经典；另一种是该作家作品在当时就影响很大，受到很高的评价，随着时间的推移，这种阐释与研究不断被深化、再评价，而使作品成为公认的经典之作。应当看到，文学史上优秀之作，在作家所处的时代就受到重视，获得肯定的例子是很多的。最为典型的莫过于俄罗斯文学史上出现的那个"黄金时代"，一批杰出的作家如普希金、托尔斯泰、契诃夫、果戈理等在当时就得到了同时代的著名文学批评家别林斯基、车尔尼雪夫斯基、杜勃罗留波夫等文学批评大师的高度肯定、认同与赞扬。就当代而言，台湾留学生文学的优秀作家白先勇、於梨华、余光中、洛夫等作家离我们也不太远，而他们的作品，在台湾亦是公认的经典之作了。

在当下"地球村"时代，互联网等高科技迅猛发展，文学作品的传播、批评、反馈之速度是以往任何时代都无法比拟的。当今时间的"同时性"也在向传统的"时间观"发出挑战。

2. 同代学者要做文学经典的"发现者"与"拓荒人"

文学经典不会从天而降，作家在世，其作品就被誉为经典的，绝非个案。文学经典固然要经过时间的检验与淘洗，经过读者与研究者的解读与评价，也需要"发现者""拓荒者"。这固然需要几代人用更长时间来完成，然而它却开始在第一代，或者说同代人，同代的学者、评论家承担着这样的重任。有学者指出："当代文学出现评价危机的重要原因，在于经典化的滞后"，"把经典的命名权推给时间和后人，这使得当代文学经典作品的确认成了被悬置的问题。"① 我非常赞同这位学者的看法。要特别指出的是，新移民文学经典化较之中国当代文学存在的问题更加有过之而无不及。福克纳在获诺贝尔文学奖前，名不见经传，获得诺贝尔文学奖后，他的小说备受赞扬，其代表作《喧哗与骚动》成为公认的经典。海明威的《老人与海》、马尔克斯的《百年孤独》同样是他们在世时就被确认为经典的。这些文学经典作品传到中国，似乎无须再经典化就被接受了，被"移植"过来了，因为他们在西方被公认为经典了。由此观之，新移民文学的经典化，其重担落在了作家的移居国与母国的身上，由于作品用汉语创

---

① 吴义勤语，《文学报》，2013 年。

作，中国的学界与批评界则更是重任在肩。

3. 要集结学术队伍与兵力谋划研究策略、路径与方法

新移民文学的经典化需要海内外的学者与评论家携手合作，同心协力。国内高校与研究机构要整合、集结学术力量，如有计划地策划出版大型海外研究评论丛书，包括宏观的综合性研究、作家个案研究与比较研究等。大力培养青年学者，壮大研究队伍。海内外作家、学者、批评家联手，加强学术交流活动，召开国际研讨会，拓宽研究路径，重视方法论的研究与实践等。

新移民文学经典的春天已经来临。

（作者为华中师范大学文学院教授、华中科技大学武昌分校中文系主任）

全球化时代世界文学语境中的华语语系文学^①

黄汉平

最近十多年来，关于"华语语系文学"（Sinophone Literature）的讨论和研究在国内外学术界越来越受到关注和重视。在文学史意义上，它的诞生、发展和推广呈现出延伸学科边界与拓展研究视野的趋势。在认识论的层面上，它显示出海外中国文学研究者通过"边缘"取代现代西方汉学"中心"话语的努力。但与此同时，"华语语系文学"从理论建构、内涵阐释到研究方法等方面都与中国大陆提出的"世界华文文学"存在着差异。有学者指出，"华语语系文学"的提出，解构着某种用来建构第三世界身份认同的"技术"，寻找一种真正摆脱"西方中心主义"的谈论"全球文学"的方式。^② 但也有学者认为，"华语语系文学"最初倡导者的论述乃是后殖民理论在华语文学领域的运用，应该有所限制，因为它强调了海外华语语系文学对于中国具有"反殖民、反中心"的作用。^③ 还有学者断言，"华语语系文学"的"语系"一词不甚恰当，指涉不清，本质上与"华语文学"或"华文文学"无异。^④ 学界中关于"华语语系文学"的争论，似乎都可以从它的提出、定义和命名来谈起。

---

① 本文为国家社科基金重大招标项目"百年海外华文文学研究"（项目编号11&ZD111）之部分研究成果。感谢项目首席专家饶芃子教授以及子课题负责人杨匡汉研究员、王列耀教授等人的指教和支持，感谢我的博士研究生刘汉波、叶婷协助收集资料。

② 汤拥华：《文学如何"在地"？——试论史书美"华语语系文学"的理念与实践》，《扬子江评论》2014 年第 2 期，第 58 页。

③ 赵稀方：《从后殖民理论到华语语系文学》，《北方论丛》2015 年第 2 期，第 31 – 32 页。

④ 黄维梁：《学科正名论："华语语系文学"与"汉语新文学"》，《福建论坛（人文社会科学版）》2013 年第 1 期，第 105 页。

　　"华语语系"与"华语语系文学"研究起源于新世纪的北美汉学界，目前这一研究领域最为活跃的学者是美国加州大学洛杉矶分校教授史书美、哈佛大学教授王德威以及耶鲁大学教授石静远等华裔学者。"Sinophone"作为一个新名词而被创造出来，在汉译上尚存分歧，但最为常见的译法是"华语语系"。①"华语语系文学"的产生与"世界文学"的发展密切相关。1827 年，歌德首次预言了"世界文学"（Weltliteratur）的时代即将来临。在与艾克曼所做的关于世界文学的一段对话中，歌德相信"文学"是一种普世性的东西，它为所有时代所有地域的所有人类文化所共有。②随后，英国学者伯斯奈特在《比较文学》中专门探讨了世界文学，强调其民族性和多元性。丹麦批评家勃兰兑斯借由《世界文学》一文审视了欧洲的地方文学，并指出了世界文学建构过程中的不平等现象和认知偏差。在 20 世纪，艾田伯（René Etiemble）、沃勒斯坦（Immanuel Wallerstain）、卡萨诺瓦（Pascale Casanova）等学者就现代世界体系和世界文学理论等问题进行了广泛讨论。世界范围内的文学生产和传播越来越受到重视，世界文学空间里的中心和边缘的对立与限制，也进一步进入批评家的视野内。20 世

---

　　①　据刘俊教授考证，目前所知最早在文中提及"Sinophone"的华人学者是陈鹏翔（陈慧桦）。1993 年 5 月，他在《文讯》杂志革新第 52 期（总号 91）上发表了一篇文章《世界华文文学：实体还是迷思》，文中提及"华语风"（Sinophone），并称"Sinophone"为其"本人杜撰"。其实早在 1988 年，英语学术界就有学者使用这个词。基恩（Ruth Keen）在其一篇论文中首次使用了"Sinophone"一词，并且用"Sinophone communities"来定义包含"中国大陆、台湾、香港及新加坡、印度尼西亚和美国"在内的中文文学（Ruth Keen, Information Is All That Counts: An Introduction to Chinese Women's Writing in German Translation, *Modern Chinese Literature* 4. 2 （1988）, pp. 225 – 234. ）。刘俊认为，虽然陈鹏翔（陈慧桦）提及"Sinophone"一词比史书美要早了 11 年，但"Sinophone Literature"却是史书美的"创造"。而"Sinophone"和"Sinophone Literature"虽然关系密切，但两者毕竟有所不同。史书美不但是"Sinophone Literature"这一概念的创造者，而且相对于陈鹏翔（陈慧桦）对"Sinophone"只是简单提及，她还是对"Sinophone"一词有自己独特的界定和指向的使用者，因此他在论文中仍将史书美视为华人学者中率先使用"Sinophone"和"Sinophone Literature"并产生了重大影响的开创者。将"Sinophone Literature"翻译成"华语语系文学"则是王德威的"发明"，即便是史书美，也接受了王德威的这一汉译。参见刘俊：《"华语语系文学"的生成、发展与批判——以论史书美、王德威为中心》，《文艺研究》2015 年第 11 期，第 59 页。

　　②　J. 希利斯·米勒著，生安锋译：《世界文学面临的三重挑战》，《探索与争鸣》2010 年第 11 期，第 9 页。

纪后半叶，随着解构主义和后殖民主义的兴起，尤其是在全球化时代，多元文化并存、打破"西方中心主义"、加强世界各民族文学的交融和对话等观念日益普遍。2004 年，史书美在其英文论文《全球文学与认同的技术》中首次提出了"华语语系文学"概念。① 文中"Sinophone"一词的使用显然是参照并效仿了"Anglophone"（英语语系）和"Francophone"（法语语系）的概念。史书美指出，创造"Sinophone Literature"这一概念是为了"指称中国之外各个地区说汉语的作家用汉语写作的文学作品"，以此区别于出自中国的"中国文学"。② 王德威则将"华语语系文学"定义为"中国内地及海外不同华族地区以汉语写作的文学所形成的繁复脉络"，重点是从"文"逐渐过渡到语言，期望以语言——华语——作为最大公约数，作为广义中国与中国境外文学研究、辩论的平台。"Sinophone"意思是"华夏的声音"。简单地说，不管我们在哪儿讲中文，不管讲的是什么样的中文，都涵盖在此。③

事实上，除了史书美和王德威之外，张错、鲁晓鹏、黄秀玲等学者在著述中都使用过"Sinophone"话语。在 21 世纪，无论是经济、政治还是文化，世界范围内都面临着一轮又一轮的变革，文学的创作与研究也不断地刷新着各种命题。面对新的世界背景和历史情境，海外汉语作家的创作进行着何种转变？面对这些转变，以及所处的文化语境本身，文学研究者和阐释者在探讨当代中国文学以及中国大陆以外的华文文学的时候，如何辨别并诠释"眼前的中国""世界的中国""文学中的中国"？而这些诠释又如何与变动中的阅读和创作经验产生对话关系？在过往，面对不同历史时期的不同语境，针对北美、欧洲、澳洲、东南亚，以及香港、澳门、台湾等中国大陆以外的文学创作，产生过"华侨文学""华文文学""台港澳暨海外华文文学""世界华文文学"等专有名词。从不同的角度去切入，这些名词的内涵在不同程度上产生着某种交集，这不仅是意义交叉和重组

---

① Shu‐mei Shih, Global Literature and the Technologies of Recognition, *Publications of the Modern Language Association of America*, Vol. 119, No. 1, 2004, pp. 16 – 30.

② Shu-mei Shih, Global Literature and the Technologies of Recognition, *Publications of the Modern Language Association of America*, Vol. 119, No. 1, 2004, p. 18.

③ 王德威：《华语语系文学：花果飘零，灵根自植》，中国作家网，http://www. chinawriter. com. cn/bk/2015 – 07 – 24/82280. html。

的结果，更是文学在世界格局发生剧变的同时，作家、批评家乃至整个学术界对文学进程和发展走势的定位、梳理、归纳和判断。"华语语系文学"在全球化时代世界文学观念转变之时，在"华侨文学""海外华文文学""世界华文文学"之后被提出和推广，并不断进入学界的研究视野，基于不同的知识结构、判断取向、立场动机和切入角度，不同使用者的使用效果和影响程度不尽相同。但"华语语系文学"的主张者和阐释者大都立足于一种"反中心情结""多元诉求"和"理论阐释欲望"。

"反中心情结"意在打破"地缘"和"民族"等范式对华语文学的限制，是问题意识的寻找和表述范式的更新。"华语语系文学"的出现，是对目前研究现状的重审，也是对作为华语中心的中国话语体系和理论体系的反思。它更像是海外华人学者以"海外华人"的身份本身来对文学理论体系和学术评价体系作出的一次集体思考，正如有学者所指出的，"从这个角度来讲，'Sinophone'话语的建构是海外华人学者的一次理论介入。在'语言'（华语）政治的论述之下，文学的等级秩序、'一统'神话似乎面临着动摇的危机"。① 而史书美也一再强调她"以'华语语系'这一概念来指称中国之外的华语语言文化和群体，以及中国地域之内的那些少数民族群体——在那里，汉语或者被植入，或者被自愿接纳"。② 正因如此，"华语语系"话语最开始的使命就是试图突破中国的整体化表述或中国主流学界的"中国中心"判断，它强调"在地"文化和本土生成等差异性或异质化的观照对象。也就是说，在华语语系的视野里，不同时空的文学本土生成、文学场域（literary field）得到仔细而切实的观照。这也是它们可能以边缘消解中心、返回中心，甚至逆写（write back）中心，或自我超越中心的资本。华语语系文学"最大的优点在于可以对各个区域的华语文学有着历史的尊重和切实的了解，从而在'本土性'建构的基础上，从地域的角度切入华语文学比较研究，重视文学与区域（国家）的微妙互

---

① 李凤亮、胡平：《"华语语系文学"与"世界华文文学"：一个待解的问题》，《文艺理论研究》2013 年第 1 期，第 56 页。

② ［美］史书美著，赵娟译：《反离散：华语语系作为文化生产的场域》，《华文文学》2011 年第 6 期，第 8 页。

动。这种'本土性'建构的理论冲动来源于反殖民和去中心化的关切"。①

除了"反中心情结","多元诉求"也是"华语语系文学"的基本立场。"Sinophone"不是单一而是多元的，它所包含的不仅是该体系中的创作人群在国籍/身份上的多样性，也不仅是其作品所承载的内涵和所建构的审美空间是异质化的，还在于作家使用的语言本身的混杂，这是从文学艺术构成要素——语言——出发的"文学内部的多元性"。史书美在其主编的《华语语系研究：一个批判性的读本》（*Sinophone Studies：A Critical Reader*）长篇导论中，就专门论述了"华语语系多语制"（Sinophone Multilingualism）问题。她认为，各种华语（Sinitic languages）属于世界上最大语系之一的汉藏语系，华语社群是指所有讲普通话、广府话、闽南话和客家话等群体，因此"华语语系研究乃是涉及多种语言的研究，华语语系文学本身就是一种多语制的文学"。② 这不仅涉及艺术内部的语言表述法则的问题，还关乎一个判断标准。正因为"华语语系文学"系统中的作家，其创作并非单纯用普通话创作，也不仅仅是用所在国语言创作，还囊括了一切他们认知范畴内的语言应用法则和语言加工途径。在此意义上，"华语语系文学"便从文学艺术构成上区别于以往的"华文文学""海外华文文学"和"世界华文文学"等概念。当然，"华语语系文学"阐释者的观点不尽相同。史书美强调的是"处于中国和中国性（Chineseness）边缘的各种华语文化和群体的研究"，是一种多元诉求下强烈的"去中心化"价值趋向。这时候，中国的作家群则被排除在外。而王德威、石静远等学者则主张弱化甚至舍弃国别和族裔的立场，将中国、华侨、华裔甚至其他离散的华人群体都纳入观照对象，试图探勘跨文化互动交流衍生出来的各种文化混杂现象。因此，对于"华语语系文学"而言，如果说"反中心情结"是出于研究对象的合法性的定位，那么"多元诉求"则是探讨了其研究边界的合理性。

此外，"华语语系文学"在客观上还呈现着一种"理论阐释欲望"。这

---

① 李凤亮、胡平：《"华语语系文学"与"世界华文文学"：一个待解的问题》，《文艺理论研究》2013 年第 1 期，第 57 页。另参见朱崇科：《再论华语语系（文学）话语》，《扬子江评论》2014 年第 1 期，第 16 页。

② Shu‒mei Shih, Introduction：What Is Sinophone Studies? *Sinophone Studies：A Critical Reader*. New York：Columbia University Press，2013：p. 9.

种欲望归根结底还是回到"反中心情结"和"多元诉求"之上。我们不难发现，一方面，"华语语系文学"既试图以一套独立的价值体系、语言范畴和文化语境来开辟一个新的"批评生态"，但另一方面，其发起者和倡导者又似乎需要从来自"另一个中心"的理论体系中发掘理论，通过后殖民主义的"边缘—中心"的学术思维进行理论的重新建构。"Sinophone"主张"去中心化"和辨析"中国性"与"本土性"的关系，强调以语言本身作为基础去框定范围和切入研究，谋求海外华人创作的"最大公约数"。为了求得这个"最大公约数"，需要突出原有的阐释机制和理论基础的局限性。对此，"理论阐释欲望"的合法性恰好回应了新的阐释途径的迫切性。这种阐释欲望，实质上是"既要反对西方殖民者的'殖民'，也要警惕大中国主义的'收编'，身处殖民语境中的华语文学必须用'本土性'来抵抗'被殖民'的危险，同时又必须对文学的'大中国主义'保持理论的清醒"。① 这时候，"华语语系文学"就成了一种试图在"双重殖民"中突围的理论策略。因为正是有了英语语系、法语语系、西班牙语语系（Hispanophone）、葡萄牙语语系（Lusophone）等，才有"Sinophone"的相应出现，将华语语系与其他语系相提并论，并不表明在西方学术语境之中它们已经平起平坐，但至少可以部分地提高华裔/华语的地位，同时增进彼此的了解和对话。②

"反中心情结""多元诉求"和"理论阐释欲望"，从总体上囊括了"华语语系文学"的理论内涵。它的提出、提倡和发展，是从新的维度打破地域限制、融入世界文学、超越固有民族文学空间、重新设置文学坐标系的努力尝试。史书美、王德威、石静远等学者致力于通过新的文学坐标系，寻找一种更适应全球化语境的理论范式和对话机制，弱化民族和国家间的对立，解除西方中心主义的捆绑同时又警惕"大中国主义"的限制。

因此，"华语语系文学"自身并非毫无缺憾，其理论建构的基础、理论指涉的对象和理论演绎的方式都决定了它不可避免地产生不同程度的争论点。

---

① 参见李凤亮、胡平：《"华语语系文学"与"世界华文文学"：一个待解的问题》，《文艺理论研究》2013 年第 1 期，第 57 页。

② 参见李凤亮、胡平：《"华语语系文学"与"世界华文文学"：一个待解的问题》，《文艺理论研究》2013 年第 1 期，第 56 页。

首先，从文学坐标系的设置和理论边界的分布来看，"华语语系文学"的首倡者史书美把中国文学剔除在"华语语系"之外，存在着剑走偏锋、矫枉过正之嫌。"华语语系文学"的提出，其中一个基本诉求是消解西方中心主义的同时又警惕"大中国主义"，但若完全按照史书美对"华语语系文学"的厘定和划分，其行为模式和逻辑本身又跟西方中心主义和所谓的"大中国主义"有何区别？如果说西方中心主义通过诸种合力进行文化殖民，"大中国主义"通过某种"国族认同"来限制和框定海外作家和批评家的认知基础，那么，将中国文学剔除在外的"华语语系文学"本质上就是另一种中心主义，是经由某种"反本质主义"途径来实现新的"本质主义"。对此，王德威的观点就显得宽容得多。他力主从文学的多元共生和长远发展的层面来倡导"华语语系文学"。对于史书美在其"华语语系文学"中剔除中国文学以及她的"反离散"倾向，王德威指出："在这个意义上，她的 Sinophone 作为一种政治批判的策略运用远大于她对族裔文化的消长绝续的关怀……史教授将 Sinophone 落实在对当前中国论述的对抗上。那就是，相对于中华人民共和国作为'中国'的政治主权，海外华语地区的言说主体也有权决定他们不是'中国'人。而他们既然自认不是这一狭义定义的'中国'人，他们就必须捍卫他们的立场，那就是'华语语系'立场。同文同种并不保证对特定国家/政权的向心力。华语语系立场因此永远是一个抗衡的立场，拒绝被收编、被自然化为'中国'的立场。"①

其次，通过语言来划分"华语语系"，其过程也受到很大争议。"华语语系文学"的提倡者从政治话语、社会结构、历史语境和艺术内核等不同维度，试图建构出一个"华语语系"的"实体"，确保其合法性，并借此为之争取跟英语语系、法语语系、西班牙语语系、葡萄牙语语系等同样的地位。但是，剔除"华语语系文学"中的"政治—文学"因素，单凭语言的多元来厘定，似乎也跟"华文文学"所指涉的内容相差无几。此外，在理论塑造和技术处理下将语言的多元性和混杂性归纳在"华语"上，似乎是对语言的扩散性和流动性所导致的文化问题的一种隐蔽和简化。在当今

---

① 王德威：《文学地理与国族想象：台湾的鲁迅，南洋的张爱玲》，《扬子江评论》2013 年第 3 期，第 12 页。

的全球化语境下，中国境内外的华语社会的文化差异因为时间的流变而日益明显，不同的状态下会产生不同的语言共同体。诚如黄维梁所言，不同国家地区的汉语（粗糙地说，则为中文、华文、华语）文学，其相同是存在的，差异也是存在的。然而，我们有必要"巧"立名目，去强调划清界限式的"阵营""霸权""对抗"吗？① 这是"华语语系文学"所面临的一个重要争论。

最后，"华语语系文学"在其提出和传播过程中也暴露出一种"反离散"倾向。针对"中国中心论"或"大中国主义"，史书美曾多次强调"反离散"的观念。她将离散华人视为国别上区别于中国、但思想和行为上导向中国的一个游离的群体。她认为，"在离散中国人研究中，对于以中国为祖国观念的过多倾注既不能解释华语语系人群在全球范围内的散布，也不能说明在任何给定的国家里面族群划分和文化身份上不断增加的异质性。"② 在此基础上，她主张"反离散"以对抗"中国中心论"。朱崇科对这种具有颠覆性和对抗性的观点提出质疑和辩驳，认为史书美的"反离散"是基于欧美华人的研究个案，但东南亚华人聚居区产生的新马文学显然比她的概括复杂。"某种意义上说，离散或移民性是马华文学、新华文学不可逃避的命运：对于马华文学来说，整体而言，对于她的身份认同指向，如果不能上升为和马来文学平等的国家文学，那么她其实就是在国家内部永远的陌生人和流浪者，同样要面对在地霸权（local hegemony/hierarchy）的压迫，甚至同时可能是无法回归文化祖国（cultural China）的多重离散；而若归入到文学内部，留台生文学的文化认同，无论对于大马还是中国母体，都有不同的离散感。"③

总而言之，华语语系文学是一个极具理论冲击力和内涵发掘性的前沿理论。它不仅是一个跨越国别、种族和文化间隔的全新思路，还是一个兼具本土性的理论建构。它通过"反中心""多元诉求"和自成一体的阐释

---

① 参见黄维梁：《学科正名论："华语语系文学"与"汉语新文学"》，《福建论坛（人文社会科学版）》2003 年第 1 期，第 107 页。

② ［美］史书美著，赵娟译：《反离散：华语语系作为文化生产的场域》，《华文文学》2011 年第 6 期，第 8 页。

③ 朱崇科：《再论华语语系（文学）话语》，《扬子江评论》2014 年第 1 期，第 17 页。

机制，试图以一套独立的价值体系、语言范畴和文化语境来开辟一个新的"批评生态"。但是，"华语语系文学"从提出、建构到传播的过程中，也暴露出不同的问题。"华语语系文学"是否因其语言划分的特殊性而具备独立性，是否应该把中国文学纳入其中，又以何种角色与中国文学对话和互动，都是极具争论性而有待解决的问题。

（作者为暨南大学文学院教授）

从变与不变看百年来的加拿大华人文学

—— 离散文学的一个解读角度

梁丽芳

从 19 世纪后期到现在，加拿大华人文学从无到有，在许多内在与外在因素的作用之下，逐渐成形，如今健硕发展，成果累累。这些内在和外在的因素中，有些是持续不变的，有些却不断变化，有些是变中有不变，不变中有变，若断若续，波涛起伏，相辅相成。梳理这些变与不变的语境、内容和产生的现象，结合离散观念的变化，我们或许能为华人文学找出一些规律来。

华人文学的创作者是离散华人，这是不变的。可是，是哪里来的华人（地域），什么时期、为什么来的华人（历史），什么文化水平的华人（背景），是第一代或是第二、三代或更后的华人（代际），用什么语言写作（表达媒介），以什么文学形态表达（表达方式），隐含读者是谁（受众），作者们以什么方式凝聚（结社），与原籍国有什么样的联系（家园意识），移民政策对他们产生什么样的影响（歧视与平等），离散华人与移居国有什么样的关系（认同），等等，都意味着错综复杂的关系与变数，以及其变中的某些不变。在全球化的语境下，尤其 21 世纪以后，在中国迅猛的经济发展和华人以前所未有的流动性向域外纵横驰骋的时候，更需要重新思考，寻找合乎现状的论述。

因为篇幅的关系，我只从创作语言、作家的背景和文学生产，以及作家群聚和身份认同这几个角度来探讨。

一、创作语言的变与不变

第一代移民作者带着原乡的文化记忆，在异乡际遇和氛围的刺激下，用母语书写离散文字，乃是最自然不过的现象。对于华人来说，用华文写作是顺理成章，也是第一代移民的精神寄托和坚守民族文化精神的特征。有些作家因受语言的限制，在海外只能用母语写作，这样的作家以第一代移民居多；有些虽然英（法）语流利，却仍然选择用母语创作。因此，华文文学的创作与作者本人是否懂英（法）语并非存在百分之百的因果关系。例如来自台湾的小说家东方白，是个水利工程师，他数十年来用华文写小说，还有当税务师的散文家和小说家朱小燕，也一直坚持用华文写作。当然也有个别第一代作家用双语写作，例如加拿大女作家李彦。也有第一代移民作家完全不用华文写作，只用法语写作的应晨，就是一例。到了第二、三代移民，他们长于斯受教育于斯，能用华文写作的极少，他们没有选择地用英（法）语写作居多，例如余兆昌和崔维新等都是佼佼者。他们的英语作品从 90 年代开始腾飞，屡屡获奖，进入主流文学空间。他们的人数日益增多，作品日益成熟，华人文学遂产生两个阵型发展，一个是用英（法）语写作，另一个是用华文写作。

华文文学能否在移居国占一席位呢？承认（recognition）的政治也影响着华文文学。直到 20 世纪后半叶，加拿大华文文学作为族裔文化的产物，仍然自生自灭，不受注意。20 世纪 70 年代后，受惠于多元文化的国策，华文文学与其他族裔的母语文学构成了加拿大文学的"莫萨克拼图"（MOSAIC），才算在加拿大的文化空间中占一位置。然而，除了作为组成部分的存在外，华文文学由于语言的差异能否进行有效的交流是另一回事。除非通过翻译，否则它仍是不能融入的外来物（即使写的是身边事物）。华文文学与其他族裔文学，以及所谓主流文学的真正交流，只有通过翻译才能达到。

华文文学与原籍国的关系却不同。在 20 世纪 70 年代之前，加拿大华文文学先受累于排华，后受累于"二战"，而产生了严重隔阂。直到 20 世纪 80 年代以后，中国才陆续有杂志登载海外华人的文学作品（例如《海峡》），其后有评论杂志（如《华文文学》）的出现。近年来，还设立世界华文文学奖，华文文学已经被纳入大学课程和研究范围，评论家数量持续增加，华文文学研究会议的频密召开就是证明。反讽的是，离散华人的母语创作，其读者、评论以及获得的承认均来自家乡，而不是移居国。

从交流的角度来看，无论用华文还是英法文写作，二者都起到了文化桥梁的作用。华人的英（法）语作品，把华人移民的种种向世界读者展开。华文文学把移居国的种种传送给 原籍国读者，特别是在中国开放年代，读者渴望了解域外情况，其桥梁作用更为立竿见影。这跟早期华人的写作自娱、遣怀，对原籍国起不了什么作用的情况不可同日而语。

二、华文作家来源地和背景的变与不变

华文文学像海绵，是个不断接纳、补充、替换、加丰的文类。新添的资讯多少，与移民入境人数多少，以及原籍国和移居国的政治社会经济情况有莫大的关联。移民入境不是一次性的，而是延续性的，间歇性的，或突发性的。入境人数多了，创作者的基数大了，文学生产相对增多。如果新的移民数目减少，甚至是禁止入境（例如 1923—1947 年"排华"期间），那么，华文文学只能在原来的基础上运作，负面结果是滞后于原籍国的最新文学潮流，正面结果是它有机会持续在地化，孕育本身特色。例如，20 世纪 20 年代到 40 年代，正值排华时期，加拿大华人入境者骤然减少，这正是新诗在中国本土蓬勃发展的时候，但是，在加拿大华人文化社区，古典诗和对联的创作和富于岭南民间色彩的民歌创作仍占主导。新诗直到 20 世纪五六十年代，才在华文报纸出现。

第一代移民的背景深深地影响着离散文学及其相关活动的开展方式。19 世纪中后期开始到 20 世纪中期，来自广东珠江三角洲四邑（台山、开平、新会和恩平四个县）的先侨占了绝大多数。人口组成的单一性，使得华人文化社区具有浓厚的岭南文化色彩。我曾在拙作《试论前期加拿大华人文学活动的多重意义：从阅书报社、征诗、征联到粤剧、白话剧》① 谈论过，此处只简要点出。20 世纪上半叶，华人虽然只有数万，文化活动却相当频密，原因是从 19 世纪末到第二次世界大战后的 1947 年，由于制度性的歧视，1923 年到 1947 年之间加拿大实施排华政策，征收高昂的人头税（1905 年开始每人 500 元），妇女被排阻门外，使得绝大多数华人不作长久打算。他们工作之余精神生活需要寄托，很自然地，成为唐人街文化活动的积极参与者。早期第一代移民不少有旧学训练，民国时期由华侨捐

① 见《华文文学》2011 年第 6 期，第 52 – 60 页。

赠成立的西式中学崛起于侨乡，他们成为 20 世纪上半叶华人文化活动的主力。其实，华人登陆加拿大西部卑诗省省府维多利亚，被安置在拘留所，写在墙上的古典诗，反讽地成为加拿大华人文学的开始。先侨与家乡亲人跨越太平洋的家书，应运而生的侨刊，成为他们与家乡的纽带。从 1910 年代到 1960 年代，华文报纸（比如《大汉公报》《侨声日报》等十多份报纸）乃是维系华人社区重要的媒介。群体性的文化活动成为他们重要的精神寄托。民国年间出现的白话剧社，演出的内容往往反映祖国的政治、社会状况和离散华人对祖国的关怀，也最能体现华人追求文学现代化的一面。粤剧历史更悠久，从 19 世纪后半叶开始，与后来的话剧一同扮演了从娱乐和文化传承到为革命、抗战、天灾筹款的角色。古典诗吸引了甚多分布各地的参与者，印证了他们的旧学训练背景。《大汉公报》经常举办对联和古典诗歌比赛，历久不衰，还有个人诗集（如雷基盘的诗集）和合集（如《诗词汇刻》）出版。现代小说写作之所以未能在 20 世纪中叶流行于华人社区，可能跟上述排华政策所造成的与原籍国文学思潮脱节有关。打开当时的《大汉公报》，连载的长篇小说都是晚清的官场、言情、黑幕、怪异事件等题材，便可想而知。

1967 年是加拿大前后两期华人文学的分界线。到了 1967 年移民计分法实施，华人的背景发生了很大的变化，华人文化社区不再是单一的广东四邑人了。香港移民大增，生活习惯与老华侨不同，第一次给华人文化社区带来新元素，来自台湾的留学生也持续增加。加西校友会成立的中文学校就是一个例子。1975 年，不少越南华侨以难民身份进入加拿大，增加了说不同方言（多数为粤语、客家话）的华人面孔。第二批讲国语（或普通话）的华人自 80 年代初开始登陆。他们绝大多数是政府派出的公费留学生和学者，20 世纪 80 年代后期，来读研究院的学生逐渐出现在加拿大的大学校园。1997 年前后，大量的香港移民入境。到了 21 世纪前十五年，进入加拿大的华人，港台人数减少，相反，来自中国大陆的各类人士，迅速增加。数十年间，华人重复了由于原籍国的形势变动而迁移海外的浪潮。

华人背景日益多元化，南北东西共冶一炉。台湾留学生和专业人士在 20 世纪六七十年代相继以加拿大为背景写长篇小说（朱小燕、马森），为加拿大华文小说第一波。[①] 他们一来便能写现代长篇小说，不能不说是受到了原居地现代派浪潮的影响。1980 年代后期，定居下来的中国大陆留学生，跟台湾来的作家风格相异。前者先受社会主义革命文学的洗礼，再受伤痕文学的影响，在移居国体验文化震惊之余，混合异域观感和现实主义，开启留学生和新移民文学的初潮（张翎、李彦、孙博等），是为第二波。同时，香港来的作家陆续发扬香港独特的专栏文化，在本地报纸（尤其是《星岛日报》和《明报》）嬉笑怒骂挥洒自如地占一空间。随着时日迁移，无论来自台湾、大陆，还是香港，他们的作品会日益在地化。粤剧持续发展，1982 年有红线女带团来演出《搜书院》，恢复"二战"前粤剧的传统。白话剧除了广东话演出外，又多了普通话戏剧，近年来也有了京剧。戏剧的娱乐和文化传承功能，或为原籍国的自然灾难筹款，或为当地慈善事业筹款，与 20 世纪上半叶的操作目的没有两样，只是更有效率。

三、华人作家的结社、认同的变与不变

结社是文化认同的一种体现。19 世纪末，维多利亚有黄梅诗社；20 世纪初，有《大汉公报》旗下的大汉诗社。此外，李氏宗亲会成立阅书报社，带动了其他地区纷纷成立了类似的组织，20 世纪上半叶出现了十来个阅书报社，它是个谈文说艺和学习英语的平台。白话剧社跟粤剧异曲同工，都是群体为了共同文学艺术兴趣而成立的。例如，80 年代初，温哥华有白云诗社，专门写新诗。1987 年成立的加拿大华裔作家协会，一直活跃，推动着写作和文学欣赏，并与中国作家交流，成为加中之间的桥梁。在 20 世纪后半叶之前，特别是"冷战"期间，这种国际性的交流是不可思议的。

早期经济移民居多，在歧视政策（例如人头税）之下，赚够钱就回乡，买田买地，光宗耀祖，对于移居国认同感比较弱。相比之下，那些有幸在移居国成婚者的后代，是最早对移居国认同的华人。但是，这并不意味着他们忘记了祖国和祖国文化。有些华人把孩子送回中国学习中文这个传统没有变，例如，2014 年不列颠哥伦比亚大学出版中英对照的日记《思

---

① 梁丽芳：《加拿大华文小说第一波：港台作家们的开拓角色》，《华文文学》2013 年第 3 期，第 75 - 80 页。

故乡》（*A Year in China*），作者黄光大（Bill Wong）就在 1937 年夏天之前，回广州培正中学学习中文，据他说当时该校来自北美和东南亚的学子有数百人，可以媲美于今天一些中国大学的汉语学习部门。① 但是，也有华人，特别是第二、三代人逐渐脱离原籍国的"根"，全然融入了移居国。

20 世纪 90 年代后期，随着中国经济的强盛，移民的目的除了经济还有其他更多的考量。他们穿梭于加拿大与原居地之间，有些几乎长期不在加拿大生活，近来一个被控诉的温哥华非法移民顾问，居然伪造了超过一千个中国护照，让来自中国的新移民可以用这些护照出入境，以达到制造没有离开加拿大的假象，获得公民资格或其他利益的目的（《星岛日报》，2016 年 1 月 15 日）。可见他们并不把移居国当作"家园"，他们的家园仍然是原居地，前者只不过是权宜居所，是子女读书求学的地方，甚至，移居国也只是他们的居住地之一。第一代移民最为认同的仍然是文化记忆最深的原籍国。

我们不得不注意到全球化下"离散"概念的一些转变。有学者指出经济全球化，人口流动的国际化，国际城市的建立，国际经验与原籍国文化并举，国家社会认同弱化，都促进着人的跨国流动。②而且，现在交通方便，互联网技术发达，手机、电脑、电视等媒介，使得离散人与原居地的交流更为直接与频密，此地与彼地的地理距离和由此产生的心理距离，已经迅速消失。20 世纪移民的那种破釜沉舟，那种勇往向前，那种到某一发达国度追求"梦"的决心，在海外落地生根的无奈，已经发生变化，现在的离散人群多了选择和后退之路。他们来往于移居国与原籍国之间，企图获得更大的利益。一个例子是，有取得外国护照的华人作家长期居住家乡，而自称为海外华人作家。到此，离散这个概念长期以来所意味的单向性，已经慢慢转化为双向性或多向性。离散的华文文学最重要的主题——乡愁——最先被冲淡，进而变色、变味。小说人物的流动往往成为推动故事情节的元素，时空的变换或对比成为常见的结构特征，至于移居国则是人物归宿的权宜之地了。

---

① 与 Bill Wong 的对话，2016 年 1 月 13 日，温哥华。

② Robin Cohen, *Global Diasporas*: *An Introduction*, Seattle: The University of Washington Press, 1997: pp. 157 – 176.

结语

　　本文初步从变与不变的角度，以加拿大华人文学百年来的发展为个案，思考离散文学的过去、现在与未来。得出的一个结论是，变是不变的，人与历史同行，回应历史又创造历史。在朝向未来的道路上，人的流动将会更加国际化、全球化。在全球化的语境之下，传统的离散观念已经变质，游离性已经生成，与此相应的离散文学也必然有所变化。

　　（作者为加拿大阿尔伯达大学终身教授，加拿大华裔作家协会创会副会长、现任会长）

北美新移民文学的历史挑战

陈瑞琳

北美华文文学，是当代世界华文文学的重镇，其作家阵容最为强大，历史积淀深厚，长河浪花滚滚。

一、两代作家，两次浪潮

美华文学的真正局面，形成于 20 世纪五六十年代，大量赴美的台湾留学生涌入了文学创作的领地，创造了北美华语文学的第一个高峰。他们的作品，深刻地表达了漂泊异乡的"无根"痛苦，在"接受与抗拒"的文化冲突中寻找着自己的位置。

从 20 世纪 80 年代开始，伴随着中国大陆赴美留学人数的增加，由来自大陆的留学生及新移民组成的创作队伍，正在逐渐成为美华文学的主力军。

这股"新移民文学"的力量，发端于 20 世纪 80 年代，发展于 90 年代，成熟于 21 世纪初。他们犹如割断了母亲脐带的孩子，先有阵痛，还有些营养不良，但是很快就成长起来，并且学会了发出自己的声音。在经历了近三十年的沉潜磨砺之后，从早期的"海外伤痕文学"描写个人沉沦、奋斗、发迹的传奇故事，逐渐走向对一代人历史命运的反思，以及对中国百年精神之路的追寻，进而在中西文化的大背景下展开了对生命本身价值的探讨。

比诸上一代台湾留学生作家，大陆新移民作家在汹涌而来的美国文化面前，显得更敏感更热情，同时又不失自我，更富思辨精神。他们放缓了漫长的痛苦蜕变进程，增进了先天的适应力与平行感。他们浓缩了两种文化的隔膜期与对抗期，在东方文明的坚守中潇洒地融入了西方文明的健康因子，他们中很快地就涌现出了一批有实力、有创见的作家和写作人。

二、新移民文学的精神特质

海外新移民作家，首先是解放了心灵，卸下了传统意识形态的重负，因而能坦然地面对外部世界，并冷静地回首历史。他们的创作，不仅要告别"乡愁文学"的局限，还有对个体生存方式的深入探求。在他们的作品里，更看重人的本源意义，即人在这个世界中所承担的各种角色，他们最善于在纷纭复杂的情感世界中，再现出人的冲突与力量。

如果以"离散"观点来观照海外的新移民作家，就会发现，他们身处本土与异质文化巨大的矛盾漩涡中心，难以割舍的母体文化精神脐带直通他们心灵最隐秘的深处，双重的离散空间，双重的经验书写，使他们产生了巨大的思考能量，从而在创作中形成更为广阔的艺术张力。这种文化的"边缘性"，正是他们所呈现的宝贵精神特征。

三、新移民文学的创作成就

1. 正面书写异域生活的文化冲突

新移民文学的异域书写，从早期20世纪80年代的《曼哈顿的中国女人》《北京人在纽约》，到查建英的《丛林下的冰河》、苏炜的《远行人》，再到闫真的《白雪红尘》，同时还有严歌苓的《少女小渔》、张翎的《望月》、虹影的《阿难》、程宝林的《美国戏台》、卢新华的《细节》、薛海翔的《早安，美利坚》、沈宁的《走向蓝天》、范迁的《错敲天堂门》、宋晓亮的《涌进新大陆》、陈河的《致命的远行》等，其主要的精神特征，就是正面表现异域世界的文化冲突，或成功，或失败，都是一种浩然前行的勇气和探索。

进入21世纪之后，正面书写异域生活的文化冲突则更多表现在情感生活的焦虑上，如孙博的《茶花女》、李彦的《嫁得西风》、融融的《夫妻笔记》、陈谦的《爱在无爱的硅谷》、吕红的《美国情人》、施雨的《刀锋下的盲点》、曾晓文的《梦断德克萨斯》、沙石的《玻璃房》、鲁鸣的《背道而驰》、瞎子的《无法悲伤》、黄宗之的《阳光西海岸》、汪洋的《洋嫁》、海云的《冰雹》等，各种情感经历的苦乐悲欢，构成了当今海外情感小说的巨大空间和人性张力。

2. 从新的角度进行独特的中国书写

在正面书写异域生活的文化冲突的同时，近年来，大量的新移民作家开始回归"中国书写"并大放异彩。

如严歌苓，不断穿梭在"海外"与"本土"之间，她渴望在多年的"离散"与"放逐"之后重新回归"中国书写"，并推出了一部部震撼之作。人们不难发现，严歌苓的"中国书写"，已经跳出了所谓的政治判断，她要表现的是一种个体生命的存在形式。严歌苓要突出的是人，而不是时代，她要在"人性与环境的深度对立"中，展现出"文学对历史的胜利"。

张翎的目光从未离开过故土，但她不是纯粹意义上的"乡土作家"。她的长篇小说《唐山大地震》《阵痛》，写的是"中国"，表达的却是人类生命中至深至亲的疼痛，以及人性灵魂所爆发的能量。

虹影，这个从川南重庆的江边走到伦敦泰晤士河畔的中国女人，写的不仅是自己的灵魂，还是一个时代。她的作品中所充满的那种忏悔精神和洗涤精神，既是为她自己，也是为了我们的时代。

此外，陈谦的作品对"文革"的伤痛叙述令人称道，她不是正面强攻，而是巧妙地侧面袭击。陈河的长篇小说《布偶》则独辟蹊径，揭开了历史神秘的一角。此外，苏炜的《米调》、王瑞芸的《姑父》、袁劲梅的《罗坎村》等，都以其不动声色的"中国书写"表现出对历史记忆的深刻解读。2012年，加拿大作家薛忆沩的5本新书，在时空的跳跃中再将历史还原，并在对历史的追诉与反思中展开对中西文化的思考与眺望。还有，卢新华的《紫禁女》、叶周的《丁香公寓》、施玮的《世家美眷》、哈金的《南京大屠杀》等，也都是具有特别意义的"中国书写"。

上述海外新移民作家的创作努力显然弥补了中国当代文学所缺乏的某些质素。"海外身份"赐予海外华文作家的不只是西式生活的域外奇闻，更重要的是文化的交融与冲突所带来的多维角度。

四、新移民文学所面临的历史挑战

首先，尽管海外新移民作家的创作优势是正在走向跨国界、跨族群、跨文化的写作方向，自由地在"原乡"和"异乡"之间切换，无论是对历史的回首还是对现实的反省，无论是怀恋的寻找还是超越的兼容，都在呈现出多元化的创作格局。但是这还仅仅是一种自然的发生呈现，而未能成为一种主动自觉的理性追求。

其次，海外新移民作家的创作，在题材内容上虽然进行了大胆开拓，如历史小说、家族小说、宗教小说、战争小说等，但多是单枪匹马，如细流涓涓，还未能形成波澜。例如在"海外书写"的作品中，关于中国对世界的早期贡献、华工对美国的贡献、现代留学生对美国的贡献、台湾留学生对美国的贡献、大陆新移民对美国的贡献等的表现，还都远远不够。

再次，海外新移民作家的创作热情虽然空前高涨，但在整体上却未能上升到肩负华文文学走向世界的大使命感。海外作家的创作，需要进入更深重的对人类命运的关怀，展现出"地球人"的广阔视野，这将是当代新移民作家所要面临的巨大跳跃。

最后，虽然很多新移民作家已经意识到要努力吸收世界范围内文学创作的优秀技巧，但是大部分作家在创作中还需要继续寻找与世界文坛接轨的表现方式和创作技巧。

结语

2011年3月3日，海外著名作家痖弦先生在他的《大融合——我看华文文坛》一文中这样指出："以华文文学参与人口之多、中文及汉学出版之广泛，以及中文在世界上的热烈交流激荡等现象来看，华文文坛大有机会在不久将来成为全世界质量最大最可观的文坛。"

为此我们相信，本世纪伟大的华文作品，可以在中国出现，也可以在海外出现。

（作者为国际新移民文学笔会会长）

法律身份、现实身份、文化身份、史学身份①

——新移民小说的四重焦虑和身心游离

汤哲声

新移民小说（文学）本身就是一个尚需完善的概念。为了便于下面的论述，我将新移民小说的概念界定为：新时期（20 世纪 70 年代末以后）以来，为了留学、打工、投资、定居等出国的中国公民用华语写就的文学作品。

新移民小说真正地红火起来是从 1991 年曹桂林的《北京人在纽约》出版开始的，这部小说凭借着同名电视剧和那则"回家"的广告的热播而为人们所熟悉。如果以这样的作家作品作为范式的话，以后周励、严歌苓、虹影、戴思杰、卢新华等人都属于这个系列，所以，可以这么说，新移民小说已经有了一个相对完整的作家群。由于是华人，具有中国的文化思维惯性，但又是在异国的文化氛围和国土中打拼，新移民小说表现更多的是中国人在移居国奋斗的艰难过程以及与当地文化的冲突。这些人们所熟悉的文本分析我不加赘述，我关心的是这些文本给中国当代文学提供的有特色的东西：焦虑心态制作下的焦虑文本。

所谓的新移民是那些在移居国居住并有可能成为移居国公民的外来者，获得一个合法身份是他们的当务之急。为了获取合法身份，作家笔下的那些主人公费尽心思、奇招迭出，最常见的解决方法是情感和肉体的交易。曹桂林的《北京人在纽约》中王起明之所以能在美国立住脚，与阿春的帮助分不开，而阿春愿意帮助他，与王起明的情感外移分不开。写情感

① 本文为作者承担的中国社科基金项目"中国现代通俗文学评估价值体系建构与文献资料整理"（12BZW107）、国家社科基金重大项目"百年中国通俗文学价值评估、阅读调查及资料库建设"（13&ZD120）的阶段性成果。

与肉体的交易最能吸引眼球的当然是女性，于是女性交易就成为新移民小说中的一道"风景线"。树明《绿卡》中的常铁花，为了得到绿卡，可以和肮脏龌龊的鞋店老板结婚；卢新华的《紫禁女》中的女主人公，为了得到居住权，与并不相爱的大布鲁斯办结婚手续；最有影响力的还是严歌苓的《少女小渔》，为了绿卡与澳大利亚老头假结婚。法律身份的获取是新移民小说作家和小说里的主人公们人生奋斗的目标，也是推动情节发展的动力。

其实，无论是获得了居住权还是没有获得居住权，那些新移民们最焦虑的还是现实身份。他们想融入移居国的主流社会，可是移居国就是不容纳他们，他们只是一些移居国中的社会边缘人。新移民小说中那些人物的活动空间毫不例外地还是华人社区，展示的还是中国社会，只不过事情的发生地移到了国外。令人尴尬的是这些小说人物，又不被中国本土的主流社会所承认。作家友友曾这样感叹："如今我是什么？回到自己的家园，人家说你是假洋鬼子；呆在外面又浑身不自在，既不是中国人，也不是外国人；不是华侨、不是自己，四不像。"① 为了融入移居国的主流社会而打拼，回头看看似乎什么也没有得到，连自己的身份都没有了，于是"回家"又成了这些新移民的情感归宿。这种现实身份的焦虑构成了新移民小说的情感波动和情节结构。

当然，新移民小说最吸引读者的还是它所构造的中外文化冲突。游走于两个社会和两个传统之间，文化的对比和文化的冲突的确是新移民小说最容易出彩的地方。作家们将中国的传统文化放置于移居国中去展示，引起的不只是不解和误会，不只是对立和冲突，还有小说情节背后的深层因素。如果说法律身份的奋斗和现实身份的改变构成了新移民小说的审美要素，文化的展示则体现了作家的价值观念。综观这些年的新移民小说，作家的价值观念可以分成三个层面：

在中外文化的对比中，严歌苓显然更看重中国传统文化的得和失，正如她自己所说："对东西方从来就没停止的冲撞和磨砺反思，对中国人伟大的美德和劣处反思。"② 最能体现她的文化价值观念的小说就是《少女小

---

① 友友：《人景·鬼话》，北京：中央编译出版社，1994 年，第 6 页。
② 严歌苓：《主流与边缘》，《扶桑》，上海：上海文艺出版社，2002 年，第 4 页。

渔》。这部小说的可贵之处，不仅在于展示了中华美德，还在于在传统文化与现实利益的取舍中，作者肯定了传统文化的力量和价值。小渔表现的是一种善良，更是一种传统的人格。这种人格哪怕是展现在外国的国土上，哪怕是面对一个工于心计的肮脏老头，哪怕是丢掉了自己的爱人，都依旧那么顽强而充满魅力。严歌苓说得好："我在《少女小渔》中抒发的就是对所谓输者的情感。故事里充满输者。输者中又有不情愿的输和带有自我牺牲的输（输的意愿）。小渔便有这种输的意愿。她的善良可以被人践踏，她对践踏者不是怨愤的，而是怜悯的，带一点无奈和嫌弃。以我们现实的尺度她输了，一个无救的输者。但她没有背叛自己，她达到了人格的完善。"① 也许这过于理想，但是，作者对中国传统文化的尊重激起的是读者对作者的尊重。

　　与严歌苓对中国传统文化的赞美不同，大多数新移民小说写的是中外文化在冲突中的不可调和。比较典型的例子是虹影的《K》和王小平的小说《刮痧》。虹影将中外文化的冲突安排在中国土地上。小说的两个主人公都是文化的符号。林是英国布鲁姆斯伯里（英国伦敦一个街区的名字，此街区住过很多名人，特别是范奈莎和弗吉尼亚·伍尔芙姐妹等自由主义者）的中国传人，朱利安却是英国布鲁姆斯伯里团体的正宗传人，英国自由主义文化第二代的骄傲。朱利安来到中国，标志着正宗的英国自由主义文化进入中国，他的逃离标志着正宗的英国自由主义文化在中国根本无法立足。他与林的悲剧，与其说是爱情悲剧，不如说是文化悲剧。他与林从聚合走向分离，与其说是小说情节的跌宕起伏，不如说是英国自由主义文化的消解过程。小说首先消解的是中国布鲁姆斯伯里团体传人们身上的自由主义。小说中，林说她身上有着双重人格："在社会上是个西式教育培养出来的文化人，新式小说作家；藏在心里的却是父母、外祖父母传下的中国道家传统，包括房中术的修炼。"此话不错。问题在于她身上的这双重人格究竟哪一种是主导人格呢？小说的情节发展告诉我们是后一种。前一种只是一个面子，一个在中国土地上的对外形象，她骨子里浸透的还是中国文化。反过来说，布鲁姆斯伯里团体的自由主义精神在中国这块土地

---

　　① 严歌苓：《弱者的宣言——写在影片〈少女小渔〉获奖之际》，《波西米亚楼》，北京：当代世界出版社，2001 年，第 132 页。

上能不能实行呢？小说的回答是否定的。如果说林这些人骨子里流淌的还是中国文化的血，朱利安则是地地道道的布鲁姆斯伯里团体的传人，甚至自诩是比他的长辈更具有自由精神的新自由主义者。他来到中国剥掉了中国自由主义者的表象，同时，他的所作所为以及最后的结果说明他所奉行的自由主义精神在中国根本就扎不了根。他跑了一趟四川，终于狼狈地回来了。在一个雨停的秋天的上午，这个"骨子里还是一个真正的英国绅士"的人似乎明白过来了："他的确是个十足的英国人，中国女人，中国革命，中国的一切，对他来说，永远难以理解。他既不能承受中国式的革命，也不能承受中国式的狂热的爱情。"他带着无法说清的情感，离开了这块神秘的东方大地："他只能回到西方文化中闹恋爱，闹革命。此时，他突然想起，K，是'神州古国'，中国古称 Cathay 的词源 Kitai，他命中注定无法跨越的一个字母。"自由主义精神在中国的失败，有着自身的原因，因为"这儿的一切真像一个差劲透了的小说"。朱利安的父亲，老自由主义者克莱夫作了一个很中肯的评价：它脱离生活，脱离社会的现实。但是，尽管它脱离现实和社会，自由主义精神还能够在英国存在下去，甚至还很风光，在中国则寸步难行了。说到底还是一个文化土壤的问题。

　　与《K》的深沉不一样，《刮痧》在轻松的戏剧性的描述中展示中外文化差异。刮痧是中国传统的医疗手法，在美国医生眼中却成了虐待子女的证据；教育子女是中国父母的责任，在美国法官那里却成了具有虐待子女的倾向；孙悟空在中国人的眼中是正义的化身，在美国有些人眼中却成了妖魔；让孩子一个人在家玩在中国是平常事，在美国却成了父母不负责任的表现。小说主人公在生活中的处处碰壁，其根源是文化的差异。小说的最后，许大同在圣诞之夜扮成圣诞老人爬窗看自己的儿子，浓浓的父子之情打动了法官，让他们团聚了。这看起来有一丝暖意，但是这股暖意根本就无法排解压迫着许大同和读者的那种文化重负。

　　从文化展示的角度上说，曹桂林的《北京人在纽约》多少有些卖弄之嫌。作者在描述王起明异国奋斗的同时，始终向中国读者表述所谓的"美国精神"。"如果你爱他，就把他送到纽约，因为那里是天堂；如果你恨他，就把他送到纽约，因为那里是地狱……""美国是儿童的天堂，青年人的战场，老年人的墓场。""在美国，为什么人还没有老，可处处总想老了以后的事呢？这里有一个非常简单的原因，就是美国不养老。""美国人崇拜三种人，一是体育明星，二是电影明星，三是成功的商人。那么多的人，凭什么只崇拜这三种人呢？说来简单，因为这三种人的背后都有一个共同的物件：钱。""都是中国人，都离不开省钱的一个省字。在北京行，这地方不行，它挤着你把钱都吐出来呀。""在美国，你只要能做别人没做过的事，你只要敢于独出心裁，你只要敢于异想天开，就成功了一半。你要是跟在别人后头，入了别人的辙，在美国就没人理你。"……小说不仅反复诉说着美国是什么，在小说结尾作者还特地设计了这样的情节：王起明在机场接到老朋友邓卫后，给邓卫留下一个信封，里面是 500 美金，让邓卫先拿去用，加上房租和押金共 900 美金，等邓卫有了钱再还他，之后王起明借口有事走开了，留下了目瞪口呆的邓卫。这与王起明刚来纽约时，郭燕的姨妈对待他们的态度是一样的。作者明显地在强调，这就是美国，没有什么人情，要活下去就要靠自己的奋斗。作者以一个过来人的身份开导着国人，让人们感觉到文字背后透露着一股成功人士的傲气，但是，对于刚刚睁开眼睛看国外的中国人来说，一个具有不同文化观念的中国人在美国的"真实故事"以及在磕磕绊绊中前行的新移民心目中的"真实的美国"，是相当有吸引力的，"毕竟，我写的是一个从八十年代到九十年代，一家新移民的真实故事；毕竟，我写的是真实的美国"。[①] 曹桂林所说的"真实性"正好满足了当时中国人的好奇心。

曹桂林的那点卖弄似乎可以理解，但有些新移民小说则在炫耀那"外国人"的身份和国外生活的经历。九丹的《乌鸦》写了一群中国人在新加坡打拼的经历，这里没有友谊，没有温情，没有怜悯，只有实实在在的毫无掩饰的生存本能。这些生存本能包含着很多既有的道德标准所鄙视的邪恶和不耻，既有的人生目标所憎恶的堕落和沉沦，然而，作者将这些生存本能移植于异国他乡，移植于一群毫无背景的女孩个人奋斗史中，移植于沉重的生存压迫之中，似乎在为其存在的合理性寻找一些解释。然而，这些解释还是难以说服读者，为什么呢？问题不在于对性的描写，"性是现实生活中的一部分，我无法回避"。[②] 作者这话不错，问题不在于小说的主

---

① 曹桂林：《北京人在纽约·前言》，北京：中国文联出版社，1991 年。
② 九丹：《一本关于罪恶的书——与友人的对话》，《乌鸦》，武汉：长江文艺出版社，2001 年，第 5 页。

人公是一个妓女，妓女也是人，只要是人，小说都可以写；也不在于那些邪恶和不耻、堕落和沉沦，小说已经从生存压力和生存技巧上做了相当多的解释；而在于小说中这些人所谓的人生理想具有相当的自私性。读这部小说很容易使人联想到郁达夫的《沉沦》，主人公的困顿和走向末路，异族的傲慢和游子的无助，两部作品所表现出来的情绪有着相当的一致性。但是两部小说所表现出来的人生理想是完全不同的。《沉沦》中的"他"追求的是身心健全的现代人性，感叹和不满的是弱国子民的社会现实，呼唤的是祖国的快快强大。而这部小说中的人物追求的是什么呢？小说说道："真想在这里长久地住下去，即使回去，也只是衣锦还乡，小住几日而已。在亲朋好友的眼里我永远是一个神话，一个公主，即使他们常年见不到我，但他们知道我在新加坡，是在一个文明高度发达的国度里，他们的心里就会很温暖，就会像有一缕阳光始终照耀着，真不想让他们失望啊。我们在这里失去尊严就是要在那边得到更多的尊严。"他们寻求的是一份能在自己的同胞面前炫耀的虚荣，追求的是在自己的同胞面前"神话"的地位、"公主"的身份和"阳光"的形象。在外国人面前丢弃了一切，目的是要在国人面前抖擞，怎么不引起人的厌恶呢？作家自己说："可以说《乌鸦》就是一本关于罪恶的书。"① 此言不假。

促使新移民小说焦虑的还有这些小说的史学地位。首先，流派名称就一直确定不下来，有的称"留学生文学"，有的称"旅外文学"，有的称"海外大陆小说""大陆海外文学""海外大陆汉语文学"。② 名称不确定的实质是这类小说的性质确定不下来。小说的性质不能确定与人们对其的关注不够有关。尽管它们成绩显著，读者不少，但就没有得到社会主流的认可，或者称它们是华文文学的一个分支，或者就将它们看作通俗文学，处于一种边缘化的状态。对此，这些作家是相当不满的。严歌苓在《扶桑》序言中的这段话很能代表这样的心态，她说："为什么老是说移民文学是边缘文学呢？文学是人学，这是句 Cliche。任何能让文学家了解人学的环境、事件、生命形态都应被平等地对待，而不分主流、边缘，文学从不歧

---

① 九丹：《一本关于罪恶的书——与友人的对话》，《乌鸦》，武汉：长江文艺出版社，2001 年，第 2 页。

② 胡少卿、张月媛：《中国—西方的话语牢狱：对 20 世纪 90 年代以来几个"跨国交往"文本的考察》，《文艺理论与批评》2004 年第 1 期。

视它生存的地方，文学也从不选择它生根繁盛的土壤。有人的地方，有人之痛苦的地方，就是产生文学正宗的地方。有中国人的地方，就应该发生正宗的、主流的中国文学。"① 与严歌苓这样论理的态度不一样，虹影似乎有些激愤，她说："我自己玩得很着迷，每年出一本长篇。只是批评家几乎全体失踪，报刊上的评论几乎全是研究生写的，我不知道他们的导师现在玩什么去了。"② 她们的这些话既表现出对自我创作成绩的自负，也表现出她们要挤进主流话语圈的焦虑。其实什么是主流，什么是边缘，只是人们认知的角度不同而已，如此焦虑大可不必。

（作者为苏州大学文学院教授）

---

① 严歌苓：《主流与边缘》，《扶桑》，上海：上海文艺出版社，2002 年，第 3 页。
② 虹影：《文学要不要拒绝游戏》，http//blog. sina. com. cn/u/46efa010001go。

北美新世纪华文小说综论

张俏静

新世纪海外华文小说创作在题材开掘和艺术形式创新上都有比较明显的发展。海外作家身份的特殊性，使得他们的创作视域和创作形式更加开阔和多变。海外华文小说为新世纪的中国小说发展增光添色，为繁荣中国小说起到了不可或缺的作用，使整个中国小说在21世纪的第一个十年里更加流光溢彩。

一、螺蛳壳里做道场：民族、人类大命题的微型书写

从小角度、在小角落里写历史长河中的人性、人类大命题，是美籍华文作家严歌苓反复采用的创作方式。她的小说总是创造一个凄美的故事，在这个故事中，不一定呈现纵横捭阖、翻江倒海、天崩地裂那些大场面，但是质感强烈的人性光辉却是鲜亮的。中篇小说《金陵十三钗》（2005），把日本侵华期间"南京大屠杀"这一灭绝人性的残忍事件，放在教堂这个"小死角"里来写，把最孱弱的生命放到"屠城"这个残酷的事件中来写，13个女学生和一群妓女躲在教堂这个小角落里面，她们谁能活下来？最后妓女们用自己的性命去换女学生的性命，一刹那我们看到了弥漫血腥的天空闪过一抹美丽的人性光辉。在长篇小说《穗子物语》（2005）的自序中，严歌苓写道："穗子是'少年的我'的印象派版本。"她选择了童年、少年的"我"，以一个小女孩儿的角度，完成了从"文革"到改革开放的历史书写，真切地使读者感受到历史从来都不纯粹是个人的，而国家和民族的历史，从来都属于个人。《一个女人的史诗》（2006）描写一个不起眼的女人在近乎一生的爱情叙述中，重新认识爱情的真谛，发现人性的魅力的故事。女主人公田苏菲为了心中的爱情，倾尽一生的情感力量，她爱得很笨

拙，甚至让人怀疑这样做是否值得，但是我们最终感受到爱情执着的力量，一个人一辈子都在追求一个心爱的人，始终不渝，这恐怕才是真正的幸福。在这部长篇小说中，一个新的爱情观潜滋暗长。难道一个人的历史就不能成为史诗吗？在这部小说中，一个人的经历更像是一个民族没有浮出地表的史诗。严歌苓 2008 年创作的两部长篇《第九个寡妇》《小姨多鹤》都是写柔弱的小女人，从抗日战争结尾写起，历经解放战争、"土改"、大跃进、三年自然灾害以及"文化大革命"，半个世纪的风云变幻，政治更迭，使小寡妇王葡萄、小姨多鹤遭受了长时期的磨难，可她们坚守不变的是人性的善，不论在怎样严苛的环境中，都用海水一般的爱包容一切，她们失去了很多，却收获了人性的光辉，表面上她们好像很值得同情、怜悯，其实她们最让人佩服尊敬。她们是我们在现实生活和以往的文学作品中都极其陌生的平民英雄。2009 年出版的长篇小说《寄居者》，故事发生在 1939 年的上海。美籍华人女孩 MAY 爱上了一个刚刚逃离集中营的犹太男子彼得。为让彼得逃离被屠杀的命运，MAY 把一位爱上她的美国青年哄骗至上海，让彼得用他的护照与自己一起逃往美国。故事离奇曲折，感情复杂独特，爱情与信仰，忠诚与背叛，自我追寻与自我迷失，孰是孰非？作者颠覆了传统意义上的价值观，在一个小人物传奇的救人故事中，彰显了人的生命高于一切的价值观，实现了战争文学反对一切战争杀戮的目的，因为所有的战争都免不了对生命、人性的毁灭。严歌苓的这些小说从小处着眼，细密绵实；故事好看传奇、有趣丰富、真实感人，立意深远、大气不倚，有很高的审美价值，小中见大、细中显真、弱中看韧、善中含美，在中国产生了轰动效应。

美籍华人作家沈宁的长篇纪实小说《唢呐烟尘》和《百世门风》，也是从对个人家庭、家族血脉的追寻中，书写出中华文明的高贵气质。长篇传记小说《唢呐烟尘》，表现的是中国 20 世纪的政治风云在一个家族内部演绎出的悲怆故事。小说以国民党著名人物陶希圣的活动线索为背景，以其女陶琴薰的坎坷一生为主线，展开了波澜壮阔的历史图卷。沈宁在书中自题："这是一个母亲及一个时代的血泪传奇。"书中透过描写母亲一生的艰难困苦，让读者看到了不管时势如何变幻无常，母亲始终不变更自己的善良、爱心。《百世门风》通过对沈陶两家众先辈的传神刻画，展现出中国读书人的精神面貌：富贵不能淫，贫贱不能移，威武不能屈；玉可碎而不可改其白，竹可焚而不可毁其节；从来不与暴力专制妥协合作。沈宁展现了世代读书人的精神，这种精神经百代积淀陶冶已经像血液一样流传不衰，书中写到"家族的血液在我血脉里流淌，家族的情感在我胸膛间震荡，家族的荣誉在我头顶照耀"。以家族故事为背景谱写时代风云的长篇传记小说，也是海外华文文学的新质。而这些都是从个人的、侧面的角度来完成的。

二、大洋两岸交错更替：中西文化交融的新篇章

海外华文作家一般表现最多的是华人在异国的生活，超越物质生活困境之后的文化冲突是海外华人最焦虑纠结的精神状况。20 世纪六七十年代的海外留学生文学在这个方面有不俗的表现，比如，白先勇、丛苏、於梨华、聂华苓等人的作品。寻找新形式表现当今海外华人的心境，是新世纪海外华文小说创作的贡献。

加拿大籍华文女作家张翎用纵横交织的叙事方式，讲述了华人远走异国他乡寻梦的意义所在，同时也发现了东西方文化的契合点，为人类搭建了共同的精神家园。求同存异似乎才是众多海外华人的精神价值乃至信仰的皈依所在，而不再是先前的非此即彼式的归属寻找了。

张翎的多部中长篇小说都精心安排了故事的结构方式。继 1998 年发表长篇小说《望月》后，她于 2001 年出版了第二部长篇小说《交错的彼岸》，整个故事穿梭于加拿大和中国温州两地，通过时空的交错变换，展现中西两种文化的对话，通过留学移民、爱情婚姻、家族历史、个人命运等复杂多层的内容安排，揭示了超越民族和文化冲突的普世人性。2003 年出版的《邮购新娘》，用穿插的写法讲述了一个当代最普通的移民故事。一个加拿大的鳏夫，一个从中国邮购的新娘。小说中的人物都在寻找，寻找精神家园，寻找文化归属，寻找心灵慰藉，而那漫长的寻找过程显得那么富于人性，以至于寻找本身随着小说的逐步展开变得无关紧要了，人类的脚步有多远，寻梦的路程就有多长，这是永恒的主题。2007 年发表的中篇小说《余震》构建了一个地震之后疼痛与梦魇交相纠缠的生命历程。张翎更注重描写的是地震灾难之后的心理创伤，唐山大地震过去几十年了，可是并不能消除创伤带来的终生疼痛，作者发现在极度环境中生存下来的

人是需要终生治疗的，同情、宽恕、理解是人性中高贵的情感。2009年出版的长篇巨作《金山》，依然沿用了大洋两岸交错更替的叙述方式。《金山》以家书为引线，牵动着大洋两岸，一地在中国的广东开平，一地在加拿大卑诗省的温哥华，小说叙事不断来回穿梭。烽火连三月，家书抵万金，随着对一封封家书的展读，中华民族走向世界的百年历史就鲜活地铺在小说人物的琐碎生活和悲欢离合的儿女情长中。整部作品既是中国海外劳工的百年血泪史，更是海外劳工的寻梦史诗，在残酷悲惨的海外生活书写中隐含着作者深深的诗意抚慰。作品通过方氏家族五代人在海内外为生存而拼搏创业的艰苦卓绝的奋斗历程，折射出中国走向世界的步履维艰，反映了华人挣脱一切向着远方奔走以实现个人价值的拼搏精神。更为难得的是，小说不但将目光投向海外的"金山客"，捕捉到他们在异国他乡修铁路，做劳工，当佣人，开洗衣坊、烧腊店、照相馆，在餐馆打工，做着"拼命攒钱，亲人团圆"的"金山梦"的一面，还看到那些常被忽视的在故乡守活寡的女眷，小说中方得法的母亲麦氏和妻子六指这对共同守望又爱恨交织的婆媳尤其令人印象深刻。这部小说的历史跨度、空间广度、思想深度、题材创意都达到了新的高度。张翎小说叙事模式的独特性，是新世纪海外文坛非常值得关注的新气象，她用这种模式成功驾驭了各种海外华人生活题材，使得她的小说创作视野横越大洋两岸，纵贯上下百年。

对于东西方文化中的深层次问题的全方位思考，是新世纪海外华文小说创作的新收获。旅美华人作家卢新华2004年发表的长篇小说《紫禁女》，凝聚了他对中国文化和历史数十载的潜心思索，更融汇了他对中西文化碰撞的深刻感悟。女主人公石玉身体上留下的那个"半封闭"的烙印，其实也象征以儒学为主导、佛道为呼应的中国文化在不同历史条件下，给中华民族留下的后遗症。《紫禁女》从深远的层面上对中国历史和文化进行思索。并且，作者在力求作品的娱乐性的同时，仍不忘文学对现实的批判功能。在《紫禁女》中，作者试图通过女主人公石玉与三个男人的情感故事，表现民族从闭关锁国走向开放的艰难历程。复旦大学中文系教授陈思和评价《紫禁女》说："显性故事层面上叙述的是一个含有世俗气息的好看故事，熔生命奥秘、男欢女爱、身体告白、异国情调、情色伦理等于一炉，可以当作一部畅销的时尚小说来读；而在隐形结构里，它却沉重地表达了一个打破先天封闭限制，走向自由开放的生命体所遭遇的无与伦比的痛苦历程。"

黄宗之、朱雪梅的三部长篇小说《阳光西海岸》《未遂的疯狂》《破茧》，也讲述了中西文化的冲突。《破茧》是一部极具普遍现实教育意义的以中小学教育为题材的好小说。作者通过两个新移民家庭在美国的社会环境下教育培养子女的艰难曲折的故事，真切生动地反映了中西两种文化、两种观念的矛盾冲突，探讨了当前海内外最广泛关注的家庭子女的教育问题。作品深刻之处就在于用活生生的事实说明，子女的教育不仅仅是不同的教育体制、教育观念的问题，更本质的是对子女作为"大写的人"，应如何尊重他们的人权，他们的尊严，他们的自由自主和自信力的问题。只有尊重他们，信任他们，才能正面引导他们，帮助他们在德智体美等方面全面发展起来。从这点来看，国内外、中西方都是相通相融的。这就是人类共同的人性。

美籍华人女作家秋尘的三部长篇——《时差》（中国文联出版社 2004 年版）、《九味归一》（《钟山》2004 年新锐女作家专号）和《酒和雪茄》（《钟山》2005 年春夏版 A 卷），都是关于在异域工作和学习的故事。她的小说在飞散视野的观照下，进行跨民族、跨国别、跨文化的语际书写，对海外华文文学母题既有所继承，又有所超越。其主要精神支点是对"生命原乡"的回望与对"心灵故乡"的渴慕。以中国文化和人文关怀为底蕴，对人类生存的价值和意义进行形而上的知性思考，以期实现"诗意栖居"的人类生存理想。

三、墙外开花墙内也红：海外小说最先揭示出人类新困境

1. 秉承"文学艺术为人生"的传统，用艺术形象表现社会问题

享有"留学生文学鼻祖"美誉的美籍华人女作家於梨华，以近八十岁的高龄创作了具有高度现代精神的小说。2009 年，她发表了长篇小说《彼岸》。书中以一位独居养老院的老人洛迪的视角，刻画了一个美国华裔中产阶级家庭中三代女性的人生悲欢。於梨华用她细腻的笔触，全方位描写在中西文化语境之下三代母女的关系，她们如何彼此相爱又彼此伤害，最终又如何彼此原谅，显示了女作家纯熟的叙事技巧和对女性家庭情感题材的掌控力。在丰富婉转的叙述中，小说直面现实，巧妙地表现了老龄化、

单亲家庭与代沟这三大社会现实问题，题材既贴近当代人的生活又具有独特见地。首先，在老龄化问题日益突出的现代社会，很少有文学作品观照到老年人的精神世界。作品主人公洛迪所遭遇到的一系列问题是当今世界老人的共性问题，本书的撰写会引导我们走进老人的内心世界，聆听他们的真实声音，对他们的暮年疾苦感同身受从而反观自身。其次，文章直面代沟问题，解析了母对子精神哺育的重要性。现代家长往往过多关注孩子物质生存条件，却忽略了为子女提供健康的精神成长环境。作品中两代母亲因为自己婚姻触礁而搁浅了对下一代的精神抚育，让两代少女的成长苦涩又无助。在社会生存重压下，家庭结构和成员关系都在发生巨大变化，如何找到家庭成员关系的平衡点是发人深省的问题。最后，小说对母女关系的关注也达到了异乎寻常的地步，这也发挥了"美国华裔母系文学传统"。於梨华的《彼岸》将在东西方文化语境下不同的母女关系融化在点点滴滴耐人寻味的生活细节中，且走得更远，她用恬淡的文字、深刻的体验，道尽了几代美国华裔移民的情感变迁。在语言上於梨华沿袭了其小说创作的一贯风格，借用西方文学的语法和句法，流畅婉转，同时吸收了欧美小说心理描写的技巧。

2003 年，於梨华发表的长篇《在离去与道别之间》，是一幅描摹北美华人知识圈的"士林百态图"。小说中一段段发生在美国高等学府里的爱、恨、情、仇故事被作者展现得淋漓尽致：同事间的冲突，家庭的纠纷，爱情的纠葛，友情的考验，人性的揭示等。故事丰富耐看，情节高潮迭起。离去与道别之间只是短短一刹那，小说却在於梨华心里酝酿了许多年。与《围城》和《儒林外史》中的辛辣笔调不同，这本书的字里行间更多的是一种难以言喻的伤痛和感慨。於梨华既展现了美国高等学府里华人教授的精神面貌，也借这些华人的生活百态，表现了超越种族文化的恒定人性。中国知识分子为什么远在美国，身上的人性弱点还是如同在国内一样，奉献精神、自律诚信等人性的高贵品质究竟与什么样的人才是相辅相成的？小说的回答是反正不是与知识、学历成正比。这个疑问和感叹又一次被於梨华在 21 世纪对美国华人高级知识分子提出，可小说针对的又何止是美国华人，国内的读者也应自身。

美籍华人作家鲁鸣，于 2005 年发表了长篇小说《背道而驰》，这是一本有关艾滋病、性心理和中美文化差异的文学著作，书中刻画了两个纽约华人男子：画家米山和生物教授李之白。鲁鸣的这部小说是华文文学中第一部反映艾滋病的文学著作，他不想在此过分强调文学为社会服务的功能，然而，文学若不反映时代重大变迁里的重要隐患，那文学的审美意义也要大打折扣。鲁鸣的这部小说把现实生活中最恐怖的致命疾病——艾滋病，用文学虚构的形式反映出来。作者显然想通过故事来唤醒中国读者的公共卫生意识。作者运用小说鲜活的人物塑造，把艾滋病毒的基本知识贯穿在小说中，这些都是这部小说的社会学价值所在。《背道而驰》还是一部关于男人性心理的小说，同时整部小说展现了海外特定的文化语境，揭示了大量中美文化的差异。由于《背道而驰》题材很特殊，作者运用了非常适于揭示人物内心世界的艺术手法，那就是大量的心理描写，这也使得这部小说的文学价值大大提升了。

2. 表现华人在北美主流社会的奋斗奔突的生活

从过去的华人争取生存权，到现代华人争取参政议政权，移居国主人意识的强势，是海外华文小说创作的又一个关注点。加拿大华裔作家余曦的《安大略湖畔》和施雨的《刀锋下的盲点》把视线转向了北美的主流社会，写北美的华人在异国他乡的逆境中拼搏奋斗的故事。《安大略湖畔》写华人在豪华公寓之中与白人物业管理人员的斗争，《刀锋下的盲点》写华人在医院里与死亡病人的家属——市长大人抗争的故事，而且，两部小说都关系到法律诉讼，要依照他国的法律来进行抗争。异国他乡的华人们，为了维护自己的合法权益、天赋人权，与邪恶势力进行了不屈不挠的斗争，还学会了运用法律，团结一切正直的人，无论白人、黑人，终于取得了胜利。这种反映在境外他国捍卫华人尊严、正义、公理的作品，在今日的开放时代，是十分具有现实意义的。

四、永恒的话语诉说：女作家视野中的女性生命体验

女性视野中的爱情婚姻、女性意识、女性生命体验是海外华文女作家表现得比较多的题材。海外华文女作家比较多地书写了永恒的话题——爱情婚姻。生活的移植，文化的冲突，爱情婚姻能有什么样的不同呢？有一批海外女作家在小说创作中做了探寻。旅美作家吕红的长篇《美国情人》，把"情人"这个概念理解成心中的理想，是不断追寻的一种境界。小说表

现了人活在这个世界上，有意无意地都在寻找一种身份。不管你漂流在何处，总要寻找自己的生存空间，面对各种各样的矛盾或冲突。作为新移民，在边缘重建自己的文化身份，这个过程很漫长也很痛苦。这里包括中西方文化的差异，女性自身在社会矛盾的角色冲突中的尴尬。小说就是希望透过活生生、有血有肉的人物来表现这一艰难历程。旅美作家陈谦的《爱在无爱的硅谷》（2002），很像是在表现一种灵动的生命状态，超越了以往那种有情人不能终成眷属的遗憾，表现了一种爱情理想终于实现后的失落和茫然，传递出世上没有真正完美的爱情的观念，追寻的过程才是激情二灵性的生命体验。《爱在无爱的硅谷》以苏菊对王夏的爱情选择为主线，但选择后的生活并不是作者写作的侧重点，重点是她追寻的过程。《爱在无爱的硅谷》本质上是以苏菊对理想的自我传奇的寻找和实现为主线的。这种寻找的结果并不重要，重要的是寻找的激情、过程甚至姿态，一种高于生活的向上的生命流动性的呈现，也展现了现代人的追寻自我传奇和想要飞翔的激情与梦想，从而展现了文学超越世俗的向上追问的引导性力量，这在当下文坛盛行庸俗写实的境况下，是可喜的。

陈谦的长篇小说《望断南飞雁》（《人民文学》2009 年第 12 期），以深切的生命之痛书写了一个 20 世纪 80 年代以"陪读太太"身份出国的女性南雁在家庭责任和自我实现之间辗转挣扎的心路历程。小说专注于讲述个人的故事和命运，却以血肉之躯撞开了日常生活之下女性困境的坚冰，在中西文化的深层碰撞中探寻女性独立生存的价值和意义，无论在女性文学还是海外华人文学的历史上都将留下深刻一笔。旅美华文女作家施雨的长篇《纽约情人》（2004），采用了"一章在中国一章在美国"的对比写法，最后把故事结束在美国的"9·11"事件中。小说写了女医生何小寒的爱情遭际。小说中的每个人都以自己的方式接纳爱，表达爱。说不上谁对谁错，爱情本身就无对错可言。我们生活其中，唯有爱才能坚强我们脆弱的灵魂，"为了爱，梦一生"。小说也许是想表达在没有信念的时代里，爱情被升华成了一种信念、一种理想。这些海外女作家对异国爱情婚姻的思索，对人性美好精致的一面有了更新的诠释，在物欲愈发膨胀的时代，这无疑是一剂清醒剂，在不再谈情说爱的人中，表达了爱情始终存在，只不过有时是"东边日出西边雨，道是无晴却有晴"的观点。

五、"后文革小说"的海外崛起

这类小说创作的独特性远非"输出的伤痕文学"就能概括的，它们有了更丰富多彩的表现形式。

美籍华人作家苏炜在海外创作的长篇小说《迷谷》（2006）和中篇小说《米调》（2007），以"文革"与"知青生活"作为叙事背景，特别值得注意的是小说在叙事艺术上对传统"知青小说"的超越。这两部小说的故事，都以"文革"为背景，但是，作品的叙述脉络和旨趣，其实远远脱离了一般意义上的"文革小说"。比如《迷谷》，它写的是海南岛下乡知青的生活，但是，它并不像大多数有关"文革"的写作那样，以现实主义的、写实性的知青经历——知青作为一个群体在历史上的实在遭遇——作为线索，而是选择了一个非常独特的空间和事件：在海南岛深山里，一个放牛的知青和一个流散户相遇，然后从这里铺陈出一个非常浪漫、传奇的故事。像《边城》一样，在大时代的浪花中截取一点独特的吉光片羽。《迷谷》就像是"文革小说中的《边城》"。《迷谷》和《米调》表现了作者持有的自觉意识所进行的一种思考和追求——浪漫、激情、诗性。《米调》中写的不是爱情，而是理想，写理想的幻灭、荒诞与寻找、坚持。《米调》的叙事主线，是米调和廖冰虹的爱情故事，而让读者最感兴趣的东西，不是这两个人的爱情悲剧，而是这两个人长达三十年之久的互相寻找。这个"找"是推动苏炜小说叙事不断向前的主要动力，对解读这篇小说至关重要，或许是解读的关键。首先，在小说的发展中，这个"找"无论对于廖冰虹，还是对于米调，其实都缺少充分的、合理的理由——叙事者也似乎有意模糊这一点。爱情本来应该是他们互相寻找的一个最合理的理由。但是这两个人的爱情在三十年前，不过是革命浪漫曲中的一个小小变奏，并没有坚实的基础。在三十年后，由于时间的灼烤，这爱情又已经完全蒸发，不复存在。有意思的是，在这种情况下，两个人不但坚持相互寻找，而且还都愿意以相当夸张的方式，不断在回忆中重温他们三十年前的爱情，似乎这样回忆就能为他们的"找"提供使他们自己信服、也使别人信服的理由。可是，他们越是试图把"文革"时期的那段爱情说得美好，他们后来的相互寻找就越显得虚妄，那"找"的理由就越不可信。很显然，他们"找"的不可能是爱情，而是别的东西。那是一种具有相当心理变态意味的证明——证明他们还在坚持某种理想，证明他们还能够坚持。复杂的是，两个人，特别是米调，完全清楚他们当年的革命理想已经完全破灭，在今天的现实里，那些理想不仅是过时的，而且是荒诞的。不过，这两个昔日的红卫兵又都具有超人的顽强和意志，如果说他们已经没有理想可以坚持，那么他们就要以某种形式证明，至少他们还有"坚持"的品质和能力，他们可以为坚持而坚持。

六、借助域外文化视角，打捞被遮蔽的历史

借助域外的文化视角，打捞被遮蔽的历史，从而在不同的族群文化中展示华人的精神特质。这种表现方式和题材选择，是新世纪海外小说创作别致的风景，极大地扩大了文学的承载量，也显示了文学总是能在不清的混沌处挺立。

加拿大华文作家陈河的小说《黑白电影里的城市》（2011），表现了在大大扩张的世界背景中人的漂泊、离乱、怀乡。兵荒马乱的生活与传奇的、英雄的黑白影像构成了深具反讽意味的对比：他乡在记忆中成为故乡。小说的故事原型最早可以追溯到陈河的青少年时代。他在 20 世纪 70 年代看过一部叫《宁死不屈》的阿尔巴尼亚电影，女主角米拉是"二战"时一个地下游击队员，后来被德军抓去绞死。1994 年，陈河去了阿尔巴尼亚。在第一个落脚的城市城门广场的一棵无花果树下，他看到了一尊少女的雕像。"后来，新华社的一个记者告诉我那就是米拉的原型。我听了内心很震动，就像回到以前看电影的时光。"就在陈河于阿尔巴尼亚做药品生意期间，他遇到了《黑白电影里的城市》里的人物原型，一个叫杨科的老药剂师，他因腿脚不便去邻国马其顿做手术，不料死在手术台上。杨科的女学生伊丽达，有一段时间兼职在陈河的公司上班，后来，她自己开了一个药店，找了一个当外科医生的未婚夫。想不到的是，有一天她的前男友闯进店里开枪打死了她，然后举枪自尽。陈河巧妙地把电影里的女游击队员米拉和现实里的伊丽达糅合起来，找到了通往小说深处的路。

在 2010 年出版的长篇小说《沙捞越战事》里，陈河同样以"在别处"的独特视角，描述了"二战"时期的东南亚战场。沙捞越是日本军队的占

领区，那里活动着英军 136 部队、华人红色抗日游击队和土著猎头依班人部落等复杂、混乱的力量。生于加拿大、长于日本街的华裔加拿大人周天化，本想参加对德作战却因偶然因素被编入英军，参加了东南亚的对日作战，一降落便被日军意外俘虏，当上了双面间谍。从加拿大的雪山到沙捞越的丛林，从原始部落的宗教仪式到少女猜兰的欲念与风情……在错综复杂的丛林战争中，周天化演绎了自己传奇的一生。

总之，21 世纪头十年的海外华文小说，摆脱超越了前期倾诉式的对海外华人艰苦创业的艰难生活的表现，视野更加开阔，注重反映海外华人的精神状态、中外文化的融合和差异，从人类人性的高度去审视人的丰富多变，表现形式更加艺术化，更多地从文学审美的角度去创作小说。不仅仅是华文小说，华人作家用外语创作的小说也获得了世界范围内的关注，比如美籍华人哈金的长篇小说《等待》《战废品》《自由生活》，加拿大华人女作家李彦的长篇《红浮萍》《嫁得西风》等。这些海外华文小说既丰富了中国小说，也繁荣了世界文学。

（作者为南昌大学人文学院教授）

历史的表述和表述的历史

——论加拿大新移民华文小说的加华史书写

池雷鸣

就"加华史书写"① 而言，加拿大新移民华文作家的"殊途"，除了客观存在的文学个性差异，还有历史叙事形式的区分，如张翎的"通史"（《金山》）、陈河的"断代史"（《沙捞越战事》），但在以"表述"为中心的一系列问题上他们却有相通之处。这既体现在叙事细节的共通上，又表现在对历史宝藏的挖掘与揭示，更内在地生成于对共同历史的多重性表述中。

事实上，"表述"是新历史主义所关注的核心问题，也是其成员共同关心的问题，正如其"机关刊物"取名"表述"（representations）所表明的那样。② 在新历史主义看来，"所有的文本都是关于表述的，而表述又关乎我们如何观照自己，如何为他者所观照以及如何将我们自己投射到他者身上"。③

我们在加华史书写中所发现的"他者表述""自我表述"和"表述他者"的多元性共生与对立，恰好与之相应。小说中英文史料的存在，正是"他者表述"（白人表述华人）的明证；中文史料的引用是一种历史性

---

① 顾名思义，"加华史书写"是指以加拿大华人史为题材、对象的文学书写，特别是以加拿大的华人劳工史、华人参战史、华人涵化史为主要书写对象。就加拿大新移民华文小说而言，具体涉及张翎的《金山》《睡吧，芙洛，睡吧》《阿喜上学》，陈河的《沙捞越战事》等小说。

② Catherine Gallagher & Stephen Greenblatt, *Practicing New Historicism.* The University of Chicago Press, 2000：4.

③ John Brannigan, *New Historicism and Cultural Materialism.* Macmillan Press Ltd., 1998：219.

"自我表述"的体现，而在"事件"基础上的构造，是另一种现实性的"自我表述"，比如《金山》中所蕴含的华人涵化史；至于"表述他者"，即如何将我们自己投射到他者身上，对于小说叙事而言，实质上牵扯到异族形象如何、为何塑造的问题。

需要明确的是，"表述他者"不可能是一种单一性的行为，正如从"他者表述"（自我）中反观出他者一样，（自我）"表述他者"时，也同样可以反观出自我。这样，"表述他者"或者异族形象塑造，就不能仅仅被视为一种文化对另一种文化的解读和诠释，还意味着一种文化在另一种文化中的"镜像"或与之在"对话"中进行的批判与自省。

在下文将要进行的分析中，我们将以"批判"与"反省"作为中华文化自我反观意识之所在，来观照加华史书写如何表述同一时空下的"异族"，具体指《金山》中的印第安人、《沙捞越战事》中的依班人以及无所不在的白人。

一、叙事细节的共通

印第安人形象（以桑丹丝为代表）和依班人形象（以猜兰为代表），虽分置于不同的文本语境中，又为具有不同创作个性的作家所塑造，却因其与华人（分别为方锦山、周天化）的交往、为华人（分别为张翎、陈河）所表述而具有一定共通性。两个时空相距甚远的原住民形象的共通，不仅体现在交往、表述等"骨架"上，而且表现在两部小说中的叙事细节上，即故事情节的独立性、叙事风格的传奇色彩和道德层面上的角色功能设置。

在两部小说中，与桑丹丝和猜兰相关的故事都表现出一定的独立性。《金山》中，方锦山与桑丹丝之间的情感故事，甚至在印第安部落的经历一直被方锦山所塞藏，不为其他华人所知，成为他一个人的秘密，直至随着他的逝世而一起消失于时间的终点。《沙捞越战事》中，周天化与猜兰之间的情感故事虽然为依班部落众人所知，但是否被白人、其他华人所知，小说中并没有明确交代，而且被简化为周天化的一次违纪行为，也随他的死亡而消逝，仍然具备一定的独立性。需要指出的是，这种独立性仅指向相关人物的叙事层面，除了方锦山、周天化之外，不仅与他者（尤其指其他华人）没有产生任何联系，而且也不为他者所知。

有关印第安人和依班人的故事情节都具有传奇色彩。所谓传奇，从内容而言，大概是指对奇闻逸事的记录与叙述，所谓"搜奇记逸"是也；在《金山》中有关印第安人部落的描述和《沙捞越战事》中对依班人的讲述都在一定程度上体现出"无奇不传，无传不奇"的传奇叙事特征，比如印第安人的独木舟、求婚礼俗、帕瓦节等，依班少女的初潮与禁忌、猎头风俗等；在文笔上讲，用明人胡应麟的话来说，即是"作意好奇""尽设幻语"（胡应麟《笔丛》三十六）；与写实的张翎相比，陈河的笔法明显趋于传奇，尤其体现在猜兰形象的塑造中，比如当周天化在丛林中疾走时，他感受到了猜兰如影相随的身形，而当猜兰现形时，他摸到了她羽毛状的手。

在角色功能的设置上，若从道德层面着眼，桑丹丝和猜兰，对于与之相应的方锦山和周天化而言，都是施救者。与桑丹丝相比，猜兰的施救行为从人格、伦理等精神层面抽取出来，更多地体现在物质方面，即拯救周天化的身体，具体表现为两次从依班武士手中救出周天化，并在最后埋葬了他的尸体。下面将重点阐述桑丹丝在精神层面的施救行为。

桑丹丝对方锦山的施救，不仅体现在前文已经陈述的对方家血脉的延续上，而且表现在对方锦山个人人格的维护上。

在北美华人文学语境中，重塑被白人弱化的华人形象，弘扬华人史诗式的开天辟地精神，无疑是华人史书写中一个狄尔泰意义上的"熟悉的标记"。《金山》也不例外，张翎曾在序言中说过要着力塑造"一个在贫穷和无奈的坚硬生存状态中抵力钻出一条活路的方姓家族"[1] 的创作动机，正是对华人族群共同记忆的精神呼应，并在小说中通过一个枝节庞大的家族故事予以实践。然而在方锦山的形象塑造中，却出现了一段足以对形象产生负面影响的插曲。

在这段插曲，即方锦山与印第安人的交往中，除了前文中已呈现出的因家族伦理而抛弃桑丹丝的负心汉形象之外，方锦山还是一个说谎者。

方锦山在印第安部落度过的那段时间里，总共说了三次谎。第一次是在桑丹丝的阿爸询问他的家在哪里以及落水原因时，他连续说出了"女

---

① 张翎：《金山·序》，上海：华东师范大学出版社，2009 年，第 6 页。

人""流浪""烧木炭"等几个谎言，真相是他不能没有辫子就回家见方得法，所以要暂住在桑丹丝家里，等着把辫子留回来；第二次是谎称自己没有见过神父的照相机，而真相是他把它藏在河边的一个树洞里；第三次是得知要和桑丹丝结婚时，在和桑丹丝一家一起去参加帕瓦舞会的路上，谎称忘了带照相机，而事实是为了逃婚。在三次说谎中，如果说第一次是年仅十六岁的方锦山不知轻重的"小谎言"的话，那么随后的"偷相机"和"逃婚"则是他绞尽脑汁的"大谎言"①。它们将削弱他的人格力量，特别是在桑丹丝及其阿爸的正义形象的映照下。

在"偷相机"的谎言中，与"脸色唰地白了""没有吱声"的方锦山相比，阿爸在"客人住在我家里，就是我家的人。客人的名声，就是我的名声。请你来亲自找一找，有没有不是我们家的东西"，"你若是条汉子，就当着酋长的面，帮我洗刷你的名声"，"我们家，从来不住不能替自己洗刷名声的人"②等充满正义的言辞中展现出了一个高尚的形象。在"逃婚"的谎言中，与懦弱、优柔寡断、欲盖弥彰的方锦山相对，桑丹丝是一个坚强、果断、通情达理的强者形象。

可见，无论是负心汉形象，还是说谎者形象，这段方锦山形象塑造的插曲显然已经偏离了华人史书写的某些创作动机。然而，耐人寻味的是，因这段插曲故事情节的独立性，除了桑丹丝之外，并不为其他人所知晓。

事实上，对方锦山的每一次谎言而言，桑丹丝都是唯一的知晓者，她不但不揭穿他，反而每次都以参与者的姿态完善谎言并及时化解谎言的后果。比如在"偷相机"事件中，神父所说的"那个，照相机，是我，送给这，这位年轻人的。我在教他，拍，拍照片"③，显然是一个新的谎言，而它的发生与桑丹丝的恳求紧密相关，尽管这一番恳求为叙述者所省去，却留在了方锦山"盛不住的惊讶"中。正是桑丹丝的恳求让方锦山保住了名

---

① 当方锦山说出第一个谎言时，叙述者对此有一段评述："许多年后，当他回忆起在红番部落的那段日子时，他才醒悟到，一个随意的小谎言，却是需要十个百个绞尽脑汁的大谎言来涂抹掩盖的。……然而在当时，十六岁的锦山还没有能够想得那么远。此时的他，只想快快地从那个小谎言里冲杀出一条路来。"见张翎：《金山》，上海：华东师范大学出版社，2009 年，第 206 页。

② 张翎：《金山》，上海：华东师范大学出版社，2009 年，第 215–216 页。

③ 张翎：《金山》，上海：华东师范大学出版社，2009 年，第 217 页。

声，维护了他在印第安部落里的个体尊严。于是，桑丹丝的施救者形象便再次得以彰显。

二、塞藏的历史与"负心者"镜像

在整个加华史书写的文本语境中，这些与原住民形象相关的叙事细节上的共通都展现出极强的特殊性。值得一提的是，与无须再论的故事情节的独立性和传奇风格相比，道德意义的角色设置还留有一定的阐释空间，而与原住民形象相关的叙事差异所应有的意义正蕴藏其中。

我们发现，华人与白人的交往和华人与印第安人及依班人的交往，虽在华人的文化涵化方面具有一定的相似性，但在道德意义的角色设置上却存有相当大的差异。

在华人与白人存在施救行为的互动交往中，我们很难寻找到一个纯粹意义上的施救者，因为华人与白人在救与被救之间保持着一种大致的平衡，比如方得法与亨德森的友情，方锦河与亨德森太太的畸恋，芙洛与丹尼的爱情等都是建立在救与被救之间的。与之相对，桑丹丝与方锦河，猜兰与周天化之间的施救行为并不存在类似的平衡对等关系。虽然目前我们还不清楚在角色设置差异中可能蕴含怎样的意义，但有一点可以确定的是，这意义的生成与族群差异（白人—华人—原住民）必有紧密的关联。

从族群差异的角度重新考虑与原住民形象相关的故事情节的独立性，可以发现原住民与华人和白人相比，并不在历史之中，而是游离于历史之外。从《金山》的人物叙事层面来看，正是现实中的欧阳云安、艾米和方延龄等人通过碉楼、书信等历史遗迹或者个人记忆对方家历史进行不同程度的挖掘，才拉开了一百多年来的加华史序幕，然而由于方锦山对在印第安部落里的经历和印第安人血脉存在的塞藏，他与印第安人之间的交往是不可能出现在艾米等人建构的方家家族史之中的。事实上，由于隐性的镜像结构①的存在，这种历史的缺失已经超越了家族史的范畴而蔓延至整个

① 此处的"镜像结构"，虽然受了拉康的"镜像"理论的启示，却与它无多大关联，而实质上更接近于"水中月""镜中花"所蕴含的美学意味，强调在叙事中的对照与复映现象。

族群史。

实际上，方锦山并不是唯一一个因对家庭伦理的坚守与捍卫而抛弃印第安女人的华人，桑丹丝的外公也是其中之一。当方锦山告知桑丹丝他要逃婚的原因（"祖宗，不认你的"）时，桑丹丝喃喃地说："我外公当年走的时候，也是这样跟我外婆说的。"① 这样，在这一新的叙事线索中就隐藏着一个华人作为负心汉的镜像结构。

在这一镜像中，方锦山和桑丹丝的外公之间既相互对照又互相呼应。在听完桑丹丝给他讲的有关中国外公的故事之后，"锦山听了怔怔的，却一时无话，只觉得那红番并不真的刁蛮，倒是那个淘金的，反而有些薄情寡义"。② 然而，当自己真要与印第安人成婚的时候，方锦山却忘却了自己对外公的批判而决心重蹈他人覆辙做一名新的负心汉。如若我们超乎这个故事之外，将其置于整个文本语境中来看，"负心汉"并不仅仅指华人对印第安人的情感遗弃，而且还涉及对华人与印第安人交往史的塞藏。

在前文中，我们已经分析过方锦山对他与印第安人交往经历的塞藏，而从锦山在听到桑丹丝有个中国人外公后"梳子咚的一声掉在了地上，咣唧一声溅飞了几片树叶"③ 的震惊中，我们再次寻觅到一个镜像，即外公对其与印第安人交往经历的塞藏。由于叙事中镜像的存在，方锦山、外公等华人的个人行为具备了映射的能力，并随即拥有群体的属性，最终扩展为华人的群体行为。

于是，对印第安人的塞藏就演变为一种华人集体记忆的历史性缺失。在这个意义上，与之相关的故事情节具有独立性的叙事特征便已然是印第安人历史游离在外的象征。然而，众所周知，印第安人才是加拿大真正的主人，但如何理解这一永恒的历史性存在竟在华人的集体记忆中转变为一种历史性缺失呢？

当渐渐苏醒的方锦山突然意识到面前的女孩是一个长得有点像唐人的红番时，"锦山一身的热汗唰地凉了下去，头发一根一根地竖了起来"，陷入了极大的恐惧之中，因为"从小他就听说过红番的故事，割头皮，挖

---

① 张翎：《金山》，上海：华东师范大学出版社，2009年，第223页。
② 张翎：《金山》，上海：华东师范大学出版社，2009年，第212页。
③ 张翎：《金山》，上海：华东师范大学出版社，2009年，第212页。

心，用人牙齿做项圈"①。显然，印第安人在方锦山心中的刻板印象是野蛮。这一印象的来源之一（另一个来源是白人文化的有意识塑造，在下文再作解读），从"从小听说"可以推测，是来自于家庭教育，而最有可能的出处，即是方得法。

当有人建议给方锦河找个红番女人的时候，方得法不仅将印第安女人比作母猪，而且还理直气壮地说："到时候生下孩子，到底认的是什么祖什么宗？我方家的孙儿，虽不是龙种，也不能是猪种。"② 这实质上流露出方得法等华人因文化中心主义而形成的对印第安文化封闭的姿态。由此可知，"负心汉"镜像的形成实质上正是华人执意坚守和捍卫文化价值观的结果，而塞藏镜像的存在也源于这份坚守与捍卫以至有意回避与印第安文化的联系。这在人类文化学中被称为文化涵化的分化现象③。

从方锦山个人的文化涵化进程来看，这种分化现象是不大可能成立的，但印第安人历史性的缺失又足以折射出它的存在。这种个体与群体涵化态度的对立，一方面表现出个体意识对群体意识的屈服，另一方面也体现出群体意识中个体意识差异性的存在；或者说，华人的自我中心主义既连续又存有缝隙。正因其连续性而归顺与之冲突的华人，并无消灭断裂的可能性，致使镜像中的方锦山和中国人外公只能塞藏他们的交往经历，用沉默掩盖他们的情感亏欠，导致对印第安人刻板印象的扩散，最终形成了欠缺的华人集体记忆。而缝隙所在的断裂处，正孕育着"突围"的希望和"瓦解"的可能。即是说，只有走出自我中心主义的阴霾才能实现缺失的

---

① 张翎：《金山》，上海：华东师范大学出版社，2009 年，第 203 页。

② 张翎：《金山》，上海：华东师范大学出版社，2009 年，第 281 页。

③ 文化涵化的分化现象是美国人类学家 J. W. 贝里所称的四种"涵化态度"之一。他认为，持何种态度取决于两个不同方面的相互作用：一是愿意保持并反对放弃原有文化（如认同、语言、生活方式等）的程度；二是愿意与异文化进行日常接触，反对只在本文化圈内活动的程度。根据对这两个问题的不同回答，贝里将涵化态度分为 4 类，即同化现象、分化现象、整合现象和边缘化现象：①当一文化模式中的个人不愿保持原有的认同而愿意与另一文化模式进行密切交往时，则会出现同化现象；②与上述现象相反，若执意坚持其固有的文化价值观，同时有意回避与其他文化发生联系，则出现分化现象；③若既保持了原有的文化特征，又不可避免地同异文化相接触，就会出现整合现象；④若既无意保持原有文化，又不愿与异文化相联系，会出现边缘化现象。参见马季芳：《文化人类学与涵化研究》（上），《国外社会科学》1994 年第 12 期。

弥补。至此，"断裂"与"弥补"实现了对立中的共生。但这一共生状态的实现与完成并不出现在人物的叙事层面，而是在更高一级的叙述者和隐含作者的叙事层面中。

之所以在前文中强调与原住民相关的叙事细节，正是因为我们在阅读中感受到了一种突兀感的存在，而这种突兀感来源于小说情节结构和叙事风格在连续中的缝隙，而"故事情节的独立性"和"传奇叙事风格"正是引起突兀感的缝隙。故事情节的独立性在打破小说情节结构连续性的同时，也彰显出自身的特殊性。传奇叙事风格所产生的陌生化和间离效果，在引起读者距离意识的同时，也获得了他们的凝视与关注。对特殊性的彰显、凝视与关注的尽可能的获取，便保障了这条叙事线索不为其他线索所遮盖或混淆。于是，缺失的弥补才得以实现。

但我们应该在更大的镜像结构中来理解与原住民相关的叙事细节及其丰富的蕴藏，换句话说，在那些用来拼贴的史料和其余的叙事线索中，也存有"负心汉"和"塞藏"的镜像，甚至可能还会有新的镜像被发现，比如"缺失的弥补"镜像。

在原住民的叙事线索中，对印第安女性而言的负心汉，不只在华人族群中出现，在白人群体中实际上更为常见，小说中用"白人的旋风"来形容这一常见的现象。然而，这种常见并没有改变印第安人受屈辱的历史地位，事实上，被遗弃的印第安女性仅仅被她们的白人丈夫简单地称呼为"帮手"。在直接引用的英文史料中有一段有关印第安人的新闻评论：

> 我们有理由相信，作为一个低劣的种族，印第安人应该给文明的种族让路，因为文明的种族更适宜于承担将蛮荒之地改建成良田和幸福家园的重任。
>
> 《不列颠殖民者报》1861 年 6 月 9 日①

上文中我们提到方锦山对印第安人刻板印象的来源，除了华人文化中心主义之外，白人文化中心主义显然是另一个源泉，而且是一个主要的原因。紧接着，在这则资料引用之后，即是我们一直在分析的独立而富有意

---

① 张翎：《金山》，上海：华东师范大学出版社，2009 年，第 197 页。

味的叙事线索。在桑丹丝及其阿爸的形象塑造中，显然出现了"低劣"与"文明"的逆转，而且原住民（桑丹丝、阿爸、阿妈、奶奶、外婆、酋长等众相）要比所谓的"文明的种族"更加文明。但这一切，如同不在华人的集体记忆中一样，也不会保存在白人的共同记忆中。换句话说，白人群体同样对原住民的文明进行了塞藏。但白人群体的塞藏，还不止如此，正如众所周知的那样，他们还塞藏了华人的贡献。

这样，白人群体的塞藏就具备了双重性特征，也因而成为双重的"负心汉"。至此，厘清了族群间的"情感债务史"，我们重回"表述"这一中心议题。

三、多重性表述：呈示真正的历史思维

"表述"从来都是一个复杂的过程与意义生成点。当斯皮瓦克向世人询问"底层①人能说话吗?"并在那篇以此为名的文章中咬文嚼字般甄别马克思在《路易·波拿巴的雾月十八日》中所使用的两个词，即"vertreten"和"darstellen"以及"试图运用并超越德里达的解构方法"来阐释"白人正从褐色男人那里搭救褐色女人"时，她已经清晰又含混地指明了这一点。② 而当我们在加华史书写中遭到不同程度的"他者表述""表述他者"和"自我表述"时，也应该谨慎地聆听斯皮瓦克等人的指示，决不能简化"表述"。

就前文的分析来看，"他者表述"，首先指白人表述华人和原住民，它既附着在英文史料中又隐性地蕴含在"塞藏""负心汉"等镜像中，既是"事件"又是"事实"；其次指华人表述原住民，它仅是"事实"，主要蕴

---

① Subaltern，曾出现过多个译法，如"属下""贱民""农民""臣属""底层"等，这里采用的"底层"是陈永国的译法。陈永国曾在罗钢和刘象愚主编的《后殖民主义文化理论》（中国社会科学出版社，1999 年）中将 Subaltern 译为"属下"，但在斯皮瓦克所著的《从解构到全球化批判：斯皮瓦克读本》（北京大学出版社，2007 年）中，又将其译为"底层"，并在注释中对此进行了相应解释。详见［美］斯皮瓦克著，陈永国、赖立里、郭英剑主编：《从解构到全球化批判：斯皮瓦克读本》，北京：北京大学出版社，2007 年，第 17 - 18 页。
② 参见［美］斯皮瓦克著，陈永国、赖立里、郭英剑主编：《从解构到全球化批判：斯皮瓦克读本》，北京：北京大学出版社，2007 年，第 90 - 137 页。

含在"塞藏""负心汉"等镜像中。从文本语境看,"他者表述"意味着一种已然的、以族群间等级关系为逻辑架构的历史生成模式,可简单表现为:白人 > 华人 > 原住民。即是说,华人和原住民相对于白人都属于底层(subaltern),但二者之间仍然存在等级区分,即华人相对于白人是底层,而相对于原住民却是"精英";或者说,原住民相对于华人是底层,相对于白人是底层的底层。等级的存在,即意味着权利控制的中心场域与被压抑的边缘区域的非对称并存,但对于加华史书写中的族群关系而言,控制与压抑、中心与边缘同样不是简单的二元对立,因华人在等级秩序中的居间地位(既是底层又是精英),因此是三元的鼎立并存。

"表述他者"指华人表述白人和原住民,它少部分附着于中文史料的"事件"中,而主体则是想象性的"事实"。在表述白人时,"事件"和"事实"之间产生了对立:"事件"主要是控诉白人的种族歧视,暗合精英与底层对立的等级秩序,而"事实"却着力营造族群交往中"救与被救"的道德平衡状态,是对"非常浅薄的种族歧视故事"的回避,也是对已然历史生成模式的一种搅扰。它展现出霍米·巴巴所言的殖民者与被殖民者既相互吸引又相互排斥的矛盾状态(ambialance);华人与白人之间的二元对立,不能只是铁板式的、僵化的、本质性的,仅存在于严格的等级关系中,还可能是流动的、发展的、非本质的,存在于互补性关系中。在表述原住民时,若从情感、道德等层面来重新考察族群关系,以权力为中心的等级秩序将为以正义为轴的新秩序所扭转,即原住民 > 华人 > 白人;即是说,原住民享有最高荣誉,华人次之,白人最低。权利和正义的冲突造成历史的错位,引发历史真相的混乱,从而释放出重新表述历史的必要性。而在新的历史表述中,作为施救者的原住民,因白人和华人的"负心"而始终处在历史的缺失中。这是对已经建构的表述疆界的控诉,也是对正义的呼唤,同时显露出表述主体的愧疚与自省。

"自我表述"有狭义与广义之分:狭义的"自我表述"仅指华人表述,具体指中文史料的已然表述和基于"事件"的想象表述,比如华人涵化史;广义的"自我表述"除了指自我眼中的自我之外,还指他者眼中的自我,对话与镜像中的自我。

前文已经指出狭义的"自我表述"中存在已然表述和想象表述的混合

状态，这是"我们不应该忘记那些先侨们的路"① 这一作家心声的艺术凝聚。《华人的旧金山》的作者曾说过，"早期华人移民的历史已经深刻地影响了我自己在美国的经历。在这个意义上，他们有着比先祖更直接的关联。在那一刹那间，我比以往更深刻地意识到，我正在撰写的学术著作在很大程度上也是与我自己相关的"。② 从中流露出一种华人族群意识的归属感，这一史家的书写目的对于我们理解与认识张翎、陈河等新移民作家的创作动机，不失为一个极好的参照。

"先侨"与"先祖"在心理距离上的比较过程及其结果（"比先祖更直接的关联"），折射出新移民群体在离散经验中的一种根意识的建立愿望。这一根意识，与先祖之根不同，不是中国之根，而是加拿大之根；不是本土文化之根，而是加华文化之根；不是血脉之根，而是文化之根；不是个体之根，而是族群之根；甚至不是延续之根，而是创造之根、更是展望之根。

广义的"自我表述"，是指白人眼中的自我和原住民眼中的自我。前者的表述是反抗的、批判的，却是理性的反抗与批判，并没有湮没华人与白人之间建立友谊和平等互助的可能性，方得法和亨德森之间就是绝佳的例证。后者的表述通过对负心汉和说谎者等华人群像的塑造而表现出深刻的反思与自省意识。

四、结语

伽达默尔曾说："一种真正的历史思维必须同时想到它自己的历史性。只有这样，它才不会追求某个历史对象（历史对象乃是我们不断研究的对

① 张翎在一次演讲中曾说："我们作为后代，可以行走在异国的土地上，我们可以说，可以使用一些很奢侈的语言像多元文化、种族平等等等，但我们不应该忘记那些先侨们的路。"（见张翎：《加拿大华人150年历史》，蒋士美整理，《世界文学评论》2012年第2期）此外在《金山》的序言中她也表达过类似的心声，即"其实，我是可以写一本书的，一本关于这些在基碑底下躺了近一个世纪的人的书"。（见张翎：《金山》，上海：华东师范大学出版社，2009年，第2页）

② 陈勇：《华人的旧金山：一个跨太平洋的族群的故事，1880—1943》前言，北京：北京大学出版社，2009年，第1页。

象）的幽灵，而将学会在对象中认识它自己的他者，并因而认识自己和他者。真正的历史对象根本就不是对象，而是自己和他者的统一体，或一种关系，在这种关系中同时存在着历史的实在以及历史理解的实在。"① 显然，张翎、陈河等加拿大新移民作家，在加华史书写中，向我们呈现了这种能够认识自己和他者的"真正的历史思维"，并在历史思维之中展现出"面向他者"的精神，以反思而非审视的姿态在他人眼中完善自我。

（作者为暨南大学《暨南学报》编辑部编辑）

---

① ［德］汉斯－格奥尔格·伽达默尔著，洪汉鼎译：《真理与方法：哲学诠释学的基本特征》（上卷），上海：上海译文出版社，1992 年，第 384 – 385 页。

从东方到西方

——中国知识人的文化旅程

张重岗

中国和西方的文化交往，自 18 世纪启蒙思想家褒扬中国文化之后，西学东渐便似乎占据着历史的主流。但在西学偏胜的背景下，同时存在着各种各样的潜流，在东西方之间建立起了双向互动的文化通道。活跃于其间的一个学者群体，便是在西方世界的中国文人和汉学家。自晚清至现代，他们承担着中学西进的文化责任，在中西文化交往史上留下了浓重的一笔。近期，张凤《哈佛问学录》（2015）和夏志清编注《张爱玲给我的信件》（2014）等作品出版，让人们得以近距离接触这些西游的华人学者和作家在美国的生存状况和学术思想。这一华人的知识群体，从清末民初的戈鲲化、赵元任和裘开明等，到战后的张爱玲、夏志清、叶嘉莹、孙康宜、张光直、傅伟勋和杜维明等，形成了一个思想文化的系谱。以下尝试顺着张凤的描述，对此作一简要的梳理；同时结合《张爱玲给我的信件》等材料，围绕张爱玲后期在海外的生存、跨语境写作、传统回归等问题，进行更深一层的展开。

一、汉学史的细节：从戈鲲化到张爱玲

张凤海外汉学写作的最大特色，是为汉学史带来了随处可感的情调和细节。在她的笔下，博大的汉学史被幻化成一股股人生的细流，不时透露出生命的脉脉温情。游走于学术和文学的两端，其文字显示出举重若轻的从容。在汉学草图的全幅景观之中，她勾勒出一个个生动、感性的片段，

令人难忘。其中值得细细品味的场景，有 1879 年戈鲲化的赴美、1968 年前后韩南与张爱玲的相遇等。

（一）戈鲲化的赴美合同

戈鲲化的赴美任教，与之前容闳的赴美留学可有一比。戈鲲化得以成行，与三个美国人有很大关系：一个是哈佛大学的校长伊利奥（C. Eliot），一个是波士顿商人蒲德（Francis P Knight），一个是曾任职于英国驻宁税务司的杜德维（Edward Bangs Drew）。杜德维曾跟戈鲲化学习中文，了解他的学问和性情，故而向校长作了推荐。此时，伊利奥校长正在进行校务改革，计划把传统学院改造为现代大学；国际政商文化环境的变化，也使得汉学在美国高等学府中成为一个小小的热点。耶鲁大学就曾于 1876 年由完成《中国岁月》和《中国总论》的传教士卫三畏（Samual Wells Williams）开设中文课，结果无人选修，但汉学热的势头仍难以阻挡。于是，哈佛大学在蒲德的建议下作出决定，延聘饱学之士戈鲲化赴美教学。

1879 年是值得记忆的一年。张凤在《中国赴美教学第一人——哈佛1879 年首聘中文教师戈鲲化》一文中，以感恩之心去感受了那历史的回声。那个时刻，对华人来说虽然算不上特别的荣耀，但依稀可见两国文化交往前景的开启。

回到历史，触动人心的是戈鲲化的赴美合同。在文章中，作者用感性的词汇提到"顶教人悸动的是那墨色依然鲜明的合同"，又以细腻的心思解读了这份"哈佛百年档案中绝无仅有的中文合同"。合同由中英文对照缮写，主要内容是：延聘三年，每月束修 200 美元，路费全免。看到如此优厚的条件，作者不由地感慨："比起其他华工契约，规定要扣路费，每月 7 美元到 16 美元，工作从天明起，到日暮止，更甭提西部华工所受的私刑惨案屠杀……无疑是天壤之别。"① 看得出来，19 世纪的美帝国主义固然有剥夺劳工的一面，也有优待知识人的另一面。如果说前者体现了其外在的原始积累的残酷部分，后者则是其内在的尊礼本性、求知动力的自然表达。只不过在那个可悲的时代，后者更多地遭到了压抑而已。

戈鲲化凭借自己的修养和学问，赢得了异国的尊重。作者以女性的敏

---

① ［美］张凤：《中国赴美教学第一人——哈佛 1879 年首聘中文教师戈鲲化》，《哈佛问学录》，重庆：重庆出版社，2015 年。

感，感受到了戈鲲化在赴美行程中受到的礼遇。除了行止之外，照相、报道俨然成了一个特殊的仪式。文章虽然提到当时华人在美国的人数之少，但能够赢得如此礼遇的显然是那句"高深又有学问的士绅"。照片中的戈鲲化，也确实具有这种与内在学问相匹配的外观，朝服表明了他的士人身份，皮衣和朝珠则恰当地衬托着这位客人的雍容气质。这位体面的教师，当时确实为国人挣得了一些面子，令作者满溢着为戈鲲化感到的骄傲。

从戈鲲化的所作所为中，能依稀看到他作为一个文化播迁者的影子。最初，戈鲲化选用的是威妥玛（T. Wade）1867 年编的课本《语言自选集》，后又采用自译的诗词教材《华质英文》进行授课。因是小班授课，他的学生并不多，作者仍赞美他的"成绩可观"。除了戈鲲化授课有成之外，他在美期间与卫三畏、刘恩、杜德维等的文化社交活动也有声有色，践履了一个文化开拓者的使命。

作为文化开拓者，戈鲲化有权享受这份人性化的合同。合同本身只是一个工作和酬劳的协定，值得回味的是其中的人性化条款。不过，其中的第三条则令人嗟叹再三："戈鲲化如三年之内病故，应将其妻子仆人，全数送回上海，一切盘川戈姓不须花费。"① 这份合同中的"三年之约"，最后竟然一语成谶。对此变故，校方虽然尽心竭力，最终仍然无奈，只得在教堂隆重追思，并如约把孤儿寡妻妥善送返故乡。

作者对戈鲲化在异乡最后的遭际颇生同情之心。她的用笔，与这份合同的人性化内涵若合符节。暂且抛开所谓的历史使命感，作者专注于此刻的移情想象："他病卧酷寒的异国，命在旦夕，抛下言语不通的妻儿子女，该是多么的悲怆！"② 这种难抑的情思，或许可视作那份人性化合同的连带效应。

戈鲲化的文化遗产，可以从这份人性化合同之中看出些许的端倪。他并未做出惊天动地的事业，只是以自己的开明态度得到了文化交往中应有的尊重；却也意外地染病、殒命于异国，以一个普通人的悲怆结局完成了自己的文化旅程。按照作者的说法，这算得上一种在离散中难免的牺牲

---

① ［美］张凤：《中国赴美教学第一人——哈佛 1879 年首聘中文教师戈鲲化》，《哈佛问学录》，重庆：重庆出版社，2015 年。

② ［美］张凤：《中国赴美教学第一人——哈佛 1879 年首聘中文教师戈鲲化》，《哈佛问学录》，重庆：重庆出版社，2015 年。

吧。此行更大的价值，则是戈鲲化在这次交往中所播下的文化种子，在此后的赵元任、梅光迪、杨联陞、赵如兰、杜维明和王德威等人身上得以生长延续，并逐渐形成了哈佛的华人汉学传统。这些学人在张凤的笔下亦有温情生动的描述。在传承学术的另一面，他们同时也在享受着人性化合同带来的福荫吧。

（二）张爱玲的绣荷包

与戈鲲化的合同相比，张爱玲的绣荷包传递了更多的私人信息。张凤在《绣荷包的缘分——哈佛中国古典小说史家韩南与张爱玲》一文中讲述了张爱玲绣荷包的来龙去脉，令人印象深刻的是韩南与张爱玲的相遇。

在追忆中，韩南把两人在哈佛的这次相逢，称为"开心惊喜的遇合"。1968 年深秋或 1969 年初春，他们在燕京图书馆的古典小说书架旁初次邂逅，谈论双方共同感兴趣的话题。张爱玲说喜欢韩南的《金瓶梅探源》，又谈到自己正在翻译的《海上花列传》，称赞"《海上花列传》真是好！像《红楼梦》一样好！"①

两人的这次相遇，提供了几个历史的细节。首先，在时间上，此前张爱玲的美国丈夫赖雅刚刚去世，她需要平复心境，重新规划自己的生活。之前，她的英文小说写作并不成功，翻译则稍有起色。与韩南的相遇，毋宁是内心另一扇窗户的打开。即便从韩南的讲述中，也能够体会到二人之间的惺惺相惜。其次，张凤提到，此后张爱玲确实应韩南之约，为《哈佛亚洲研究学报》写了文章，且最终完成的是一整本的《红楼梦魇》。该书可谓张爱玲后半生的杰作，对此刻的她来说，则兼具心灵疗伤的功能。该书序言提及韩南的《金瓶梅》考据，可与该处喜欢《金瓶梅探源》的说法相互比观。再次，关于《海上花列传》的谈话又引出一个话头，那就是此后郑绪雷（Stephen Cheng）以该书为题撰写博士论文，涉及与张爱玲及指导教授韩南、海陶玮和夏志清之间的一段佳话。郑绪雷后来又以司马新为笔名，出版中译作品《张爱玲与赖雅》，为研究张爱玲的后半生提供了一部资料丰富的佳作。

顺着张凤的描述，可以了解到张爱玲对这次相遇的看重。之后不久，

---

① ［美］张凤：《绣荷包的缘分——哈佛中国古典小说史家韩南与张爱玲》，《哈佛问学录》，重庆：重庆出版社，2015 年。

她竟邀请韩南夫妇赴自己在剑桥的临时寓所餐饮，此举对于一向离群索居的张爱玲来说实属难得。正是在这次聚会上，她赠送韩南夫妇两件礼物：一是亲笔签名的英文版《北地胭脂》，一是祖母李菊耦（李鸿章女儿）传下来的一个绣花荷包。

张爱玲的绣荷包，就此成了韩南的珍藏。他深知此物在文化史上的价值，于是在 2006 年经王德威推荐转托张凤为其寻找一个藏宝之处。后者也不辱使命，在张爱玲最后任职的柏克莱加州大学东亚图书馆找到了归宿。虽然她在陈世骧手下的任职经历并不十分如意，但此后生计改善，亦可暂时释怀。

在张凤的笔下，对绣荷包的描摹可谓极尽辞藻之能事。貌似不经意间的文字，妙得古典美文之神韵，衬托出百年宝物的内在气质。

这里留下一个小小的疑问：这件绣荷包，到底是民族文化的象征，还是私人情思的流露？外国人对中国文化的兴趣，或许是赠礼的起因。但绣荷包暗含着什么样的隐喻，则是中国文化中被公开的密码。熟悉中国传统文化的韩南，对此颇有神会。作者提到，当自己想要为韩南与绣荷包照张相时，"常是和风细雨的他，竟透着俏皮诙谐轻笑着说：'我可不愿拿着这个照相。'我不觉会心"①。作者可谓韩南的解人，韩南亦算得上张爱玲的知音。一个小小的绣荷包，竟然引发了如此妙趣横生的人生情味。

为了避免不必要的猜疑，作者特意说明绣荷包是张爱玲赠送韩南夫妇的礼物。不管是否掺杂了个人性的情思，对于张爱玲来说，这件私有对象的送出，终究暗示着一个身处异国他乡的女子内心的敞开。此刻最好的解释指涉，应是她在与韩南相遇之时谈话中所提到的古典小说世界。在异国流离徘徊的张爱玲，在品尝了人生艰辛和丧夫之痛后，亟须重新找到心灵的寄托。《海上花列传》《红楼梦魇》乃至韩南的《金瓶梅探源》，因此成为她的心灵寄托所指向的对象。

---

① ［美］张凤：《绣荷包的缘分——哈佛中国古典小说史家韩南与张爱玲》，《哈佛问学录》，重庆：重庆出版社，2015 年。

二、跨语境的生存：夏志清的后期张爱玲观察

谈到美国的现代中国学，夏志清是不能绕开的一个路标。张凤专门写了几篇文章，对夏志清的学术、性情和个人交往作了生动描述。她提到自己对张爱玲哈佛踪迹的寻找，源于夏志清的一句话：张爱玲曾在哈佛赖氏女校瑞克利夫学院。在此提点下，她于 1995 年 11 月发现了张爱玲在哈佛的故居、档案和留有她手迹捐赠的善本书，并完成《张爱玲与哈佛》等文章的撰写。这一学术因缘，涉及一个有意味的话题，即后期张爱玲现象。

后期张爱玲的状况作为一个现象，关涉华人作家在美国的生存、跨语境的小说写作、传统文化的回归等一系列问题。2014 年夏志清编注的《张爱玲给我的信件》的出版，披露了张爱玲在美国的诸多信息，有助于了解她从小说创作转向传统小说释读的心路和背景。

夏志清和张爱玲的关系，历来是一个为人津津乐道的话题。张爱玲于 1943 年开始在上海走红。据夏志清介绍，他当时在沪江英文系章珍英家派对上听过后者谈话，但对她并没有深入的了解。对张爱玲的真正发现，来自写作小说史时宋淇的赠书："香港盗印张爱玲的两部作品，《传奇》与《流言》，也是宋淇赠我的，使我及早注意到这位卓越的作家。我在上海期间，即把钱钟书《围城》读了一遍，当时张爱玲作品更为流行，却一直没有好奇心去读它。"① 至 1957 年，他把完成的关于张爱玲的章节，交由他的哥哥夏济安译成汉语，分成《张爱玲的短篇小说》《评〈秧歌〉》两篇，发表于在台北创刊不久的《文学杂志》第二卷第四、六两期上。自此引发了台湾小说界对张爱玲越来越浓厚的阅读兴趣。此后《中国现代小说史》的成书，更是以明确的褒贬态度颠覆了现代文学作家的旧有架构，把张爱玲推上了历史的前台。

另一个值得注意的时间是 1995 年 9 月，张爱玲去世。夏志清旋即撰文，对张爱玲做了盖棺论定："我们对四五十年代的张爱玲愈加敬佩，但同时也不得不承认近三十年来她创作力之衰退。为此，到了今天，我们公

---

① 夏志清：《〈中国现代小说史〉中译本序》，上海：复旦大学出版社，2005 年，第 8 页。

认她为名列前三四名的现代中国小说家就够了，不必坚持她为'最优秀最重要的作家'。"① 与夏志清在其小说史中的极端说法相比，这一论断表现出了适当的分寸感，反倒显现出对张爱玲神话的某种解放。其间发生变异的是张爱玲的后期写作。

夏志清提到的"创作力之衰退"，是了解他的后期张爱玲论的一把钥匙。有趣的是，这是在把张爱玲与美国大小说家亨利·詹姆斯比较的情形下做出的判断，并且在 1972 年为水晶《张爱玲的小说艺术》所作的序中即有类似说法，张爱玲当时亦读到，且在该年 9 月 25 日的回信中称"看了感奋"。在序言中，夏志清比较了詹姆斯和张爱玲二人的文体、意象和成就："在我看来，张爱玲和詹姆斯当然是不太相像的作家。就文体而言，我更喜欢张爱玲，詹姆斯娓语道来，文句实在太长（尤其是晚年的小说），绅士气也太重。就意象而言，也是张爱玲的密度较浓，不知多少段描写，鲜艳夺目而不减其凄凉或阴森的气氛。但就整个成就而言，当然张爱玲还远比不上詹姆斯。我想，这完全是气魄和创作力持久性的问题。"② 夏志清感叹詹姆斯老而弥坚，越写越好，史上罕见；但反观张爱玲，她的创作欲在 1943 年《沉香屑》发表之后的三四年达到了顶峰，此后仅有一部《秧歌》被夏志清视为"经典之作"，移居美国之后，则只剩下《怨女》和《半生缘》，并且是早期作品《金锁记》和《十八春》的重写或改编，这就不能不令人感到遗憾。其中的缘由固然很多，比如翻译、小说考证和中共研究，但在美国与世隔绝的孤独生活，可能是其创作源泉枯竭的根本原因。故而夏志清又以普鲁斯特、乔伊斯为例，鼓励张爱玲像他们一样，在离群索居、回忆过去中找到创作的动力。

《怨女》的写作，浓缩了张爱玲移居美国后文字生涯的辛酸。夏志清保存的张爱玲给他的最初几封信，谈的都是有关这一文稿的审阅、出版等事宜。据夏志清的信末按语，这部英文小说最初脱胎于《金锁记》，原题 *Pink Tears*（《粉泪》），写作于 1956 年，即到美国后的第二年，当时张爱玲正参加麦道伟文艺营（MacDowell Colony），但脱稿后却遭遇打击，未能被

① 夏志清：《超人才华，绝世凄凉——悼张爱玲》，载《中国时报·人间》，1995 年 9 月 13、14 日。

② 夏志清：《〈张爱玲的小说艺术〉序》，见水晶：《替张爱玲补妆》，济南：山东画报出版社，2004 年，第 7 页。

列入曾出版其第一本英文小说《秧歌》的 Scribner 公司的计划。十年之后，该书改写为 *The Rouge of North*（《北地胭脂》），终于于 1967 年由伦敦 Cassell 书局出版，但也未见成功。

夏志清追问当年张爱玲在美国不吃香的原因，这在 1964 年 10 月 16 日张爱玲的来信中有所提及。她在信中转述了 1957 年收到的出版社编辑退稿信中的大意："所有的人物都令人起反感。如果过去的中国是这样，岂不连共产党都成了救星。我们曾经出版过几部日本小说，都是微妙的，不像这样 squalid。"[1] 张爱玲在该信中点名与夏志清同系的日本文学专家 Donald Keene 审阅了其《北地胭脂》的书稿，并写了推荐信，但反应不太好。由此可知，张爱玲与美国语境之间的隔膜，是显而易见的。张爱玲自己也有所察觉，在 1964 年 11 月 21 日的信中说："我一向有个感觉，对东方特别喜爱的人，他们所喜欢的往往正是我想拆穿的。"[2] 夏志清对此见解倒是颇为赞同。令他们感到无奈的是，这里流露出的五四批判精神的遗绪，在西方世界遭遇了文化上的阻碍。

当张爱玲的英文小说不克成功之际，她另一面的才能随即显现出来，即对中国传统小说的翻译和阐释。她的写作本意或在于对东方闹剧的嘲讽和悲叹，却阴差阳错回到了对传统小说的阐发。这是颇有意味的错位。虽然埋没了小说的才华，却成就了《红楼梦魇》《海上花列传》的释读传奇。张爱玲看上去游移不定，实则听从内在引导的精神漫游，这在 1968 年 7 月 1 日的来信中表达得再充分不过了："我本来不过是写《怨女》序提到《红楼梦》，因为兴趣关系，越写越长，喧宾夺主，结果只好光只写它，完全是个奢侈品，浪费无数的时间，叫苦不迭。"[3] 从另外的角度来看，这何尝不是张爱玲骨子里的尊严的体现。驱使她有所作为的不仅仅是衣食之虞，还有内在的兴趣。回到当时的语境，对中国古典小说的解读算得上美国汉学圈的共同兴趣，因此其于张爱玲亦是另一种寻觅知音的取向。当时适逢夏志清的《中国古典小说》英文版问世，张爱玲收到赠书，即复信告知心得，夏志清多年后仍然心有戚戚焉。他认可红学专家宋淇对张爱玲的

---

[1] 夏志清编注：《张爱玲给我的信件》，武汉：长江文艺出版社，2014 年，第 10 页。

[2] 夏志清编注：《张爱玲给我的信件》，武汉：长江文艺出版社，2014 年，第 13 页。

[3] 夏志清编注：《张爱玲给我的信件》，武汉：长江文艺出版社，2014 年，第 104 页。

溢美之词，认为《红楼梦魇》证明了张爱玲对《红楼梦》确实"比谁都熟"；同时，对张爱玲评他的《红楼梦》论所说"你讲宝黛的话完全对，宝玉对婚姻的观念也是你第一个说"①，也感到由衷的欣喜。在这种貌似平淡无奇、实则用意深远的文字往还中，隐藏着这些精神漫游者的心灵共感。

即便在美国的生活时有困顿之感，但张爱玲仍然未曾失去那份精神贵族的骄傲。夏志清对此亦心领神会，甚有相契之感。在关于张爱玲 1974 年5 月 17 日来信的注解中，他写道："此段文字的主旨，我想不在评论而在于告诉我和水晶：谢谢你们把我同詹姆斯相提并论，其实'西方名著我看得太少，美国作家以前更不熟悉'，即如詹姆斯的作品，看后有印象的只不过四五篇，长篇巨著一本也没有看过。假如你们把《谈看书》仔细看了，一定知道我属于一个有含蓄的中国写实小说传统，其代表作为《红楼梦》和《海上花》。把我同任何西方小说大师相比可能都是不必要的，也是不公平的。"② 这样一说，关于詹姆斯与张爱玲比较的叙述暂且可以休矣。经过一番挣扎和最后的失败，张爱玲终于告别美国小说，回到了她所钟爱的中国小说的传统之中。

令夏志清微感不快的是张爱玲为了生存，一度准备接手香港中文大学关于丁玲小说研究的项目。虽然这项研究比起之前曾困扰张爱玲的中国年度术语研究有趣得多，但在夏志清看来，张、丁二人的才华和成就有天壤之别，大天才去研究次级作家，于情于理均有不通之感。③ 好在香港中文大学因经费紧张取消了这个项目，让夏志清松了一口气。不过梅光迪的长女梅仪慈关于丁玲的研究，夏志清倒不存芥蒂，还推荐给张爱玲看。梅仪慈后来继续下去，还完成了一篇名为《丁玲的小说》的哈佛博士学位论文。如果不存偏见，张爱玲与丁玲在这个历史瞬间的遇合，或许会书写现代文学的另一段传奇。张爱玲在 1974 年 6 月 9 日的信中，曾提到一句关于丁玲的议论："宋淇最注重她以都市为背景的早期小说，大概觉得较近她的本质。"④ 这一说法，可与多年之后夏志清对丁玲的重新理解相互比照，

① 夏志清编注：《张爱玲给我的信件》，武汉：长江文艺出版社，2014 年，第 110 页。
② 夏志清编注：《张爱玲给我的信件》，武汉：长江文艺出版社，2014 年，第 179 页。
③ 夏志清编注：《张爱玲给我的信件》，武汉：长江文艺出版社，2014 年，第 183 页。
④ 夏志清编注：《张爱玲给我的信件》，武汉：长江文艺出版社，2014 年，第 181 页。

竟有某种跨越时空的感觉。

在现代文学史上，与张爱玲内心相契的是张恨水的民国俗文学传统。这倒是与她对《金瓶梅》《红楼梦》《海上花列传》等旧小说的喜好有一致之处。在 1968 年 7 月 1 日的信中，她提到："我一直喜欢张恨水，除了济安没听见人说好，此外只有毛泽东赞他的细节观察认真，如船，篮子。"[①] 夏志清对此的评论也有令人解颐之处："真正喜欢张恨水的读者，要数她自己、先兄济安和毛泽东三人，这句话想是实情如此，但也富有幽默感。"[②] 所谓幽默感云云，指的不只是一种巧合，而更接近于吊诡之意，大概他心里还是放不下那份政治的隔阂吧。不过他对于兄长还是颇有了解的，在后者去世后还特意辑录了一篇《夏济安对中国俗文学的看法》，发表在白先勇办的《现代文学》杂志上。除了张恨水，张爱玲喜好的还有朱瘦菊等一干鸳鸯蝴蝶派作家，水晶在拜访张爱玲时正是从《歇浦潮》打开了她的话匣。

从夏志清的视角，可以勾勒出张爱玲这位重量级华人作家的流离之路。同时反过来，张爱玲后半生的遭遇，也令夏志清对自己的现代文学和中国文化论调有所反省。从最初排斥中国文化的欧洲中心主义立场，到借助张爱玲、钱钟书等颠覆中国新文学传统的取径，再到重新回归五四传统并批判性地接纳中国文化的态度，夏志清经历了思想上的巨大转变。1978年，夏志清在《〈中国现代小说史〉中译本序》中自道心事："我对中国新文学看法之改变，在本书三篇附录里即能看出些头绪来。在近文《人的文学》里，我采用这个新观点来审视胡适、周作人二人的成就，更强调他们不断'在古书堆里追寻可以和自己认同的思想家、文学家'，以便建立中国文化'真传统'这番功不可没的努力。如把'文学革命'这一章同《人的文学》对读，本书读者一定可以看出近年来我对中国新旧文化态度上之转变。"[③] 这一段话中的观念，对于台湾和大陆学界来说或许并不新鲜，但放在夏志清身上，则可说是石破天惊的变化。但对此的解析亦应作

---

① 夏志清编注：《张爱玲给我的信件》，武汉：长江文艺出版社，2014 年，第 105 页。

② 夏志清编注：《张爱玲给我的信件》，武汉：长江文艺出版社，2014 年，第 105 – 106 页。

③ 夏志清：《〈中国现代小说史〉中译本序》，上海：复旦大学出版社，2005 年，第 15 页。

两面观，其中一方面透露出一个最初浸淫于欧美文学、后又旅居美国多年的西学主导论者的心路变化，另一方面亦提示着文学现代性在跨域和在地之间的内在张力。对此，王德威心领神会，在重读夏志清小说史的文章中作出如下阐述："夏的方法学因此促使我们重新思考文学跨国语境与个别特色间的张力。……夏的观点毕竟体现了我们追求文学现代性的症结。"①他注意到夏志清虽然表露出欧洲中心主义的弱点，但将中国文学推向国际场域的用心，亦体现了其感时忧国意识的一面。确实，不管是张爱玲还是夏志清，均在以自己的方式与西方语境纠缠，寻找文化的生存空间，他们的相似之处是都以自己的方式回到中国新旧文化的传统上，在与现下的纠葛中完成新旧文学精神上的疏通。

关于张爱玲这位天才的夭折，我们不必过分地遗憾。或许更好的观察方式，是从反省其后期创作力的减弱，转移到考察她的生存、她在西方语境中的挣扎及其在流离中的精神寄托。正是后者，使得张爱玲跳出了创作的围困，无意间展示了养成其创作取向的底蕴部分。有意味的是，正是这些文化的底蕴，在异域文化中成为解救其精神孤寂的扁舟。以上种种，虽然与夏志清对张爱玲的期望有所背离，但也恰恰是这一调整，显示出了后期张爱玲另一面的价值。

三、文化出路的探寻：从叶嘉莹到杜维明

从学术传记的角度来描绘海外汉学思想的群像，是张凤的写作路径。思想传记的难点在于如何契会传主的心灵。作者在此表现出了善解人意的天赋和性情，因而在理解对象方面显得游刃有余，最终落实在文字上，就是一个显著的长处，即与传主的"不隔"。她的文章，以实地勘察的功夫见长，同时融入了对个人海外流离遭际的同情。有此两点，足以令文字生动而有情。更难得的是文化飘零的感受、超越性的文化感怀和对意义归趋的追问。张凤在处理这些大的主题时，往往从自己的点滴心得切入，因而消除了生涩之感。与此主题相关的，是现代中国社会和文化的阵痛，其中

---

① 王德威：《重读夏志清教授〈中国现代小说史〉——英文本第三版导言》，夏志清：《中国现代小说史》，上海：复旦大学出版社，2005 年，第 43 页。

伴随着知识人个人的苦痛，也促动着对中国文化出路的探寻。

（一）苦难孕育的学问

叶嘉莹的西游，是这出历史剧的一个缩影。剧情的演变，与一个西方人有关。之前提到韩南与张爱玲在哈佛的相遇，也不能忘了海陶玮教授。海陶玮本人是词学专家，撰有《论周邦彦词》和《词人柳永》等。当时，海陶玮正在竭力为哈佛延揽人才，终于如愿聘请到在中国古典小说领域卓有成就的韩南。几乎同时，他发现了处在困厄中的天才词人叶嘉莹。

张凤在《融汇古今卓然有成——开拓古诗词现代观的叶嘉莹教授》一文中对叶嘉莹璀璨人生的描述，附带着展示了造化弄人的人生黑暗面。前者固然荣耀风光，后者才称得上是人生的真义。女词人的气质高华、才调无伦固然值得倾慕，她的命运多舛、磨难不断也令人唏嘘。世人往往看到词人风华的一面，却很少去探究这风光背后隐藏着多少人生血泪。

叶嘉莹的故园，称得上词人的精神家园。这座旧式的庭院，孕育了她对这个世界最初的感知。在那里，她留下了儿时的美好记忆，同时打开了与古诗词共感遥契的心灵之窗。张凤对此契合无间，并引用学者邓云乡和叶嘉莹自己的言谈，诉说那座"弥漫着诗词意境"的庭院的独特魅力，及对于词人而言心魂所系的生命联系。在这里，物我相通，境心合一，达到了内在生命与外在世界相生相成的理想状态。

但造化的无常，亦在冥冥之中把叶嘉莹推向人生的波涛，以成就其词学的博大境界。叶嘉莹所经历的患难，有历史的，也有个人的。前者是丈夫在台湾"白色恐怖"时期被关押，后者是在美期间大女儿和女婿遭遇车祸双双丧生。

对于台湾的"白色恐怖"，学界已积累了不少的研究成果，但张凤的思想传记，仍以历史情境中的真切感受，给读者以强烈的心灵冲击。她在文中记述，叶嘉莹在1948年底随丈夫抵台之后，仅仅过了一年的家常生活，次年12月25日凌晨，军警闯入家门，带走了她的先生赵钟荪。半年之后，她自己也因1950年6月的彰化女中校长案件而遭关押，同时与她赴监的还有不满一岁的女儿。此后她虽被无罪释放，但教职被开除，宿舍被没收，原本就在动荡之中的生活，从此陷入难熬的长夜。叶嘉莹在困苦之际，作诗抒怀："转蓬辞故土，离乱断乡根。已叹身无托，翻惊祸有门。覆盆天莫问，落井世谁援。剩抚怀中女，深宵忍泪吞。"种种磨难，折磨着天才词人敏感的内心。令人揪心的是，她将如何度过这种种困厄？

与叶嘉莹相近的是孙康宜。叶、孙二人，一个以词名世，一个以诗立身。她们在各自的专业领域卓然成家，均以西方适用的新观念，融入中国传统文学的精神生命，成就了令人耳目一新的学问。

孙康宜比叶嘉莹晚一辈，但同样亲身经历了台湾的"白色恐怖"。她在《走出白色恐怖》一书中追溯了涉及自己和家人的这段历史脉络。事件的起因，是她的大舅陈本江在"二二八"事件之后，发起组织了"民主革命同盟"（不同于谢雪红的"台湾民主自治同盟"）。当时因国民党政府采取恐怖政策，参加这一组织的同仁们便逃亡到了鹿窟山上。1952 年 12 月 29 日，这一暂时的避难所被国民党军警攻破，被枪决者 36 人，判刑者 97 人，此后受牵连者不计其数，史称"鹿窟事件"。其实这些人无枪无炮，只有左翼青年的思想热情，遭到如此对待实属历史的误判。至今，值得深深品味的除了当事人陈本江和作家吕赫若的思想碰撞，及他们为寻求自己的存在空间而作的努力之外，还有相关人士为此付出的沉重代价。孙康宜的父亲孙裕光就因为受此牵连，于 1950 年 1 月被逮捕，后竟然被判 10 年有期徒刑。此后母亲带领全家挺过了那些艰难岁月，并把姐弟三人培养成才。对于成长中的孙康宜来说，这是一段刻骨铭心的记忆，并留下生命根底处的疑问：她将如何从幼年的创伤中转身，进而理解这个世界？她在专业上的造诣将如何感应人生的苦难，凝铸为真正的生命的学问？

张凤深谙此中奥妙，因而才有对叶嘉莹的问询：有没有借宗教力量平抚心情？叶嘉莹流连于佛家、基督之间，相信所有宗教或是古典诗词都能给人智慧，并出入其间，转化、提升自己生命的品质。孙康宜则以宽容的精神审视苦难，使生命的力量愈加坚韧博大，在苦难意识和女性意识的交织中传达出诗学的精神。张凤在《文学的声音——孙康宜教授的古典文学研究与生命情怀》一文中对这一诗学精神的体会颇为传神："我感知这就是承膺符合她所说的耶鲁精神——诗的精神，那种对'人的言辞'之尊重和信仰，而焕发出的真情。"[1]

叶、孙二人以诗词名世，但这收获应归功于她们的人生。从苦难出

---

① ［美］张凤：《文学的声音——孙康宜教授的古典文学研究与生命情怀》，《哈佛问学录》，重庆：重庆出版社，2015 年。

发，在宗教和文化中得到慰藉、滋养，无形中拓展了诗词的内涵，进而使自身的生命拥有了坚韧的自我救赎的力量。这可谓叶、孙二人生命之奥秘。

"白色恐怖"时期因莫名其妙的思想罪而遭受不白之冤的例子数不胜数，张光直是另一个。

张光直的父亲张我军，在1946年春与孙康宜的父母一起乘船到台湾。两家在北京时就有愉快的交情。但到了1949年，张光直却因为"四六"事件而被捕，那时他不过是建国中学的一个学生。张我军在儿子被捕之后，内心苦不堪言，但遇到孙康宜的父亲亦只能沉默以对。而后者不久即因妻兄之事被系入狱，家人同样陷入漫长的沉默期。

孙康宜曾对这种"沉默"的状态做过令人动容的社会心理分析。她在《走出白色恐怖》中写道："动乱时期的冷酷之一就是，连小小年纪的孩童也必须学习控制自己的舌头。"① 沉默带来了两重后果：对个人而言，或许可能培养观察周围世界的能力；对历史和社会来说，则不只许多真相遭到遗忘，人与人之间的互信机制被破坏，民族的文化信心也受到重挫。

但苦难的经历，亦往往以另外一种面貌出现，成为生命和文化再生的契机。张光直在《番薯人的故事》中讲述了这一年牢狱之灾给自己带来的人生变化，说它影响了自己一生做人的态度，出狱后他在家潜心读书，后以同等学力考入台湾大学考古人类学系，目的也是想知道"人之所以为人"的奥秘。② 人生的苦难，使他沉下心来读书，完成了静默中的转身。

这一转身，不仅是个人的，也是中国文化的。张光直对考古人类学这一冷门专业的选择，与两本书有关：一是他父亲翻译的日本西村真次的《人类学泛论》，二是裴文中的《中国史前时期之研究》。考上台大后，得益于史语所迁台后的中国第一代考古学精英如李济、董作宾等人的学养的熏陶。他于1954年赴哈佛大学人类学系留学后，又掌握了欧洲传统的田野考古方法和聚落形态的理论，并完成博士论文《中国史前聚落：考古学理论和方法研究》。1963年，他在耶鲁大学出版社出版的英文著作《古代中

---

① 孙康宜：《走出白色恐怖》（增订版），北京：生活·读书·新知三联书店，2012年，第9页。

② 张光直：《番薯人的故事：张光直早年生活自述》后记，北京：生活·读书·新知三联书店，2013年。

国考古学》，改变了之前学界对中国文明起源的解释，由过去的单线说转为区系类型的多元理解。当他于 1977 年返回哈佛大学任教时，已经是该领域名声远扬的顶尖学者。此后他在耶鲁、哈佛兼任人类学系主任和哈佛东亚咨询委员会主任，皆首开百年华裔之先河，后更荣膺美国国家科学院和美国人文科学院院士。

张光直的价值，在于中西学术文化的互通。他把中国考古学的成就介绍给西方世界，又把西方考古学的理论方法带回中国。在他手中，中西考古学完成了融合。这一努力，使得过去局限于中国历史的中国考古学，与世界文化的复杂演变作了有效的连接。他对中国文明所作的解释，则指出了有别于西方文明的另外一条路径。

（二）文化中国的追寻

面对个人和民族的苦难，寻求解救之道，对于遍布世界各地的中国知识人来说是一个切身相关的问题。除了上述叶嘉莹、孙康宜和张光直等文学家、人类学者之外，傅伟勋和杜维明等哲学家更明确地提出了"文化中国"的理念。他们通过中西哲学的会通和对儒释道思想的重释，寻找中国文化在现代情境中的出路。

傅伟勋的文化观念，源自其独特的生命理解。作为一个富有原创精神的哲学家，傅伟勋在思想格局上深受方东美的影响。他构建了"生命的十大层面及其价值取向"的模型，从身体活动层面到终极存在层面，形成了关于万物之灵的博大而贯通的系统。张凤在《生爱死与生死智慧——探索生命哲学的傅伟勋教授》一文中，描摹了她在日常交往中感受到的傅氏性情。[①] 她笔下的傅伟勋，纯真自在，开朗豁达，可与陈来的《追忆傅伟勋》中的描述相比较。傅伟勋看重学人的学思历程，曾经一度着手编纂当代学人备忘录，难怪他对张凤的思想传记有惺惺相惜之感。与他所倡导的"文化中国"联系起来，这一生命的学问可谓其精神的鲜活的诠释。

傅伟勋的问学，始于"二战"末在台湾新竹的一次死亡体验。当时他只有十一二岁。新竹因是日本神风特攻队的重要基地，成为美军轰炸的目标。在一次大空袭中，日军基地被炸毁，同时殃及市区，引发了新竹有史

---

① ［美］张凤：《生爱死与生死智慧——探索生命哲学的傅伟勋教授》，《哈佛问学录》，重庆：重庆出版社，2015 年。

以来最大的灾难。他目睹了邻居一家的惨状，此后便陷入了无尽的恐惧：
"这次可怕的经验，在我心灵深处留下了一种'创伤'（trauma），使我对
于死亡更加恐惧，直到中年。"① 这次体验，决定了此后他选择哲学作为自
己终生的志业。

在他的问学路上，从西向东的转变是关键的一步。这就是他所说的从
"学问的生命"到"生命的学问"的转向。② 其中的理路，是由海德格尔
的存在主义出发，寻求其与东方庄禅学的相契之处，并进一步发现二者的
差异。海德格尔虽然批判西方的形而上学传统，但摆脱不了西方哲学的思
维；东方庄禅之学则注重悟觉，一开始就在生命的本然体验上下功夫，是
真正的超形而上学路数。于此，他找到了东西方哲学的会通融贯之路。

更重要的发现则是他于1992年患病之际对阳明学的参悟。在病床上，
他体悟到阳明致良知教的源头，那是一种超越儒道佛表面结构差异的深层
体验。这一深层的结构，就是"心性体认本位的生死学与生死智慧"。③ 他
认为，王龙溪对阳明致良知教的禅学化，符合阳明的本义。经由这一转
折，儒家的道德理想主义终于打开了世俗化的路向。

沿着这一理路，他找到了儒释道三教合一的真正理趣。对三教合一之
旨的阐发，可谓傅伟勋哲思成熟期的一次绽放。经由生死的亲历亲证，他
得以建立自己的生死学，并与古今佛儒诸大师憨山、熊十力和牟宗三等展
开对话，发挥其未尽之处。④

傅伟勋对"文化中国"的宣讲，与中、西、日哲学佛学的会通，是一
个硬币的两面。不管是道家哲学、大乘佛教，还是中日禅学、西方存在
论，均指向生命存在的理解，并在不同的存在层面显现其价值的取向。他
对佛禅的解释，力图与现代的生活世界联系起来，以此使得传统学问落

---

① 傅伟勋：《我与淋巴腺癌搏斗的生死体验》，商戈令选编：《生命的学问》，杭
州：浙江人民出版社，1996年，第223页。

② 傅伟勋：《悟觉亦即生命的学问——海德格尔、老庄与禅学》，商戈令选编：
《生命的学问》，杭州：浙江人民出版社，1996年，第63页。

③ 傅伟勋：《突破传统佛教，开展现代佛法》，商戈令选编：《生命的学问》，杭
州：浙江人民出版社，1996年，第26-27页。

④ 傅伟勋：《儒道佛三教合一的生死智慧》，商戈令选编：《生命的学问》，杭州：
浙江人民出版社，1996年，第202-222页。

地。他所面对的不仅是中西学问本身，更是人类的心理问题、精神问题和实存问题。他对于生死、精神治疗、宗教解脱的讨论，是充满了人间色彩的生命关怀。这种生命与学问的相互激荡，是傅伟勋哲思的魅力所在。

杜维明以第三代新儒家闻名于世，曾受教于徐复观，此后走的亦是面向生活世界的学思路向。他的学术宗旨，是发掘儒家的传统人文资源，以助推中国现代精神的发展，并进一步建构全球伦理。

在《现代精神与儒家传统》等系列著作中，杜维明试图解释儒家伦理与东亚现代性之间的关系。他认为，儒家命题，即儒家伦理和东亚现代性之间有选择的亲和，虽未反证清教伦理和西方资本主义精神兴起的韦伯命题，但却迫使韦伯命题只通用于现代西方。也就是说，西方的现代化虽在历史上引发了东亚的现代化，但没有在结构上规定东亚现代性的内容。因此，东亚现代性是西化和包括儒家在内的东亚传统互动的结果。

杜维明强调，植根于儒家传统以吸取西方现代精神这一自相矛盾的命题，为儒家传统的现代转化创造了契机。在视儒家为东亚文明的体现的前提下，杜维明提出了儒家第三期发展的可能性和全球性的新轴心时代的构想。

杜维明不仅在思想上与西方积极对话，在生活实践中也是中国文化的有力推广者。他早先在台湾的《大学杂志》上撰文，针砭当时的台湾学子重西轻中的流行风气，进而呼吁，我们必须先有系统地了解自己，然后寻求中外之间的对话，发出自己的声音。这种强烈的文化使命感，令当时刚入台湾师大历史系念书的张凤深受触动。她在《为往圣继绝学——致力于儒学现代化转化的杜维明教授》一文中，记述自己读到此文时的感受："懵懵懂懂的我，仿佛是有点领悟，也因此扩展对中西史学的兴趣，读起《史记》《罗马帝国衰亡史》……"[①] 两相对比，杜维明的深沉思虑、宏大气魄，与张凤为文的机敏、为人的诚挚，形成相得益彰的连接。

张凤的思想传记，在这里凸显了独特的视角和定位，即在个人生命感触和文化感怀之间找到恰当的平衡。从以上角度来观察张凤的汉学思想群像，可以看到其思想传记式写法的用心所在。有意味的是，作者本无意做

---

① ［美］张凤：《为往圣继绝学——致力于儒学现代化转化的杜维明教授》，《哈佛问学录》，重庆：重庆出版社，2015 年。

一个布道者，却通过系列的学术思想群像，表达了对这个世界的关怀和思考。

以上借助张凤《哈佛问学录》、夏志清编注《张爱玲给我的信件》及其他相关材料，讨论了美国华裔汉学家们的个人遭际和思想脉络。特别是从后期张爱玲现象入手，针对华人作家在美国的生存、跨语境的小说写作、传统文化的回归等问题，做了更深一层的分析。在中西文化交往中，这些来自中国的文人学者不仅在美国学界占据着独特的位置，且经由不同的人生际遇而萌生不同的文化感怀，最终发出了学术上的强音。他们以其富有见地的学术思想，在中国和西方之间建立起了文化沟通的桥梁。

（作者为中国社会科学院文学研究所研究员）

"异"和矛盾的"他者"形象

——《美国视察记》中的美国形象

向忆秋

　　《美国视察记》是 20 世纪早期一部非常重要的旅美华人文学作品,[①]作者是生于新加坡华裔家庭的伍廷芳。[②] 他于 1896—1902 年和 1907—1909年两度出任清政府驻美公使。出于对美国朋友热情请求的"回应"和自己的使命意识(伍廷芳曰:详研美国之要务以为他山之石实吾政治家当今之急务乎),伍廷芳于 1914 年在美国弗雷德里克出版社出版了英文随笔集 *America Through the Spectacles of an Oriental Diplomat*。该书共有 17 篇随笔,包括"正名""美国之兴""美国之政府""美国与中国之关系""美国之教育""美国之商业""自由与平等""礼仪""美国之妇女""美国之服制""中国之文化上""中国之文化下""筵宴""戏剧""乐部""幻术与马戏""运动"等,可谓对 19 世纪末到 20 世纪初的美国社会、制度、文化等进行了全方位的观察记录。1915 年中华书局出版了由吴县陈政译述的

---

　　① "旅美华人文学"研究范畴,指涉的是从美国境外移民、定居美国的第一代华人(不管是否获得法律身份),或者因为种种原因暂时在美国逗留的华人,用汉语或非汉语创作的文学作品。也就是说,它开放性、动态地涵盖了自有旅美华人创作以来,以及未来的汉语和非汉语文学。参见向忆秋:《华裔美国文学·美国华文文学·美国华人文学·旅美华人文学》,《华文文学》2008 年第 5 期, 第 59 页。
　　② 伍廷芳(1842—1922 年),号秩庸。早年就读于香港和新加坡的英国学校,1874 年自费留学伦敦林肯法律专科,两年后获博士学位,取得英国大律师资格,是第一个获得外国律师资格的华人。在香港担任律师没几年,通晓经商、刑名、律例、万国公法的伍廷芳得到清政府洋务派官僚重视,入李鸿章幕府,此后历任洋务局委员、外交部右侍郎、刑部右侍郎、修订法律大臣、会办商务大臣、海牙万国仲裁庭裁判员等要职,一生仕途得意。参见李欣译:《一个东方外交官眼中的美国》"译者序",上海:学林出版社,2006 年。

中文版《美国视察记》①。伍廷芳的教育背景和人生经历使他对西方文明的了解和领会远远超出同时代华人。虽然伍廷芳在书中屡屡以谦卑的姿态请求美国朋友原谅自己也许不中听的意见，但总体体现出的是一种不卑不亢的绅士态度。在对美国的全方位观察中，伍廷芳以平和、通达、宽容的人文情怀介绍了中国的"仁"本文化，在中美文化的比较中显示文化的差异以及作者对差异的惊奇、兴趣。②

一

《美国视察记》首先建构的是"异"形象。伍廷芳虽然长期接受英国正统校园教育，两任驻美公使的经历又使他长期耳濡目染美国文化，但文本中作者自我身份定位乃是纯粹的黄种人、中国人。从中国"自我"文化视野出发，伍廷芳建构的美国形象，乃是"他者"形象。"他者"只有在和"自我"的对照中，才能够建立起意义和身份，"他者"首先就意味着与"自我"的"异"不同。因此，《美国视察记》之美国形象，首先就是"异"形象。文中处处是让传统中国人咋舌称奇的"异"或"异趣"。

第一，美国政治体制和商业经营策略之"异"。

美国政治体制让异邦人"深致骇异"的是"美国各州与中央政府之关系至为奇特"：州政治独立于中央，"州有州议会，亦为两院制，而由人民所选举。各州各有其立法行政之权，而无所咨询于中央。即各州之间亦单独进行不相统系"（二四页）。美国联邦政府和州政府的奇特关系显然和中央集权的中国专制政体大不一样。这样复杂的政体居然在美国通行无阻且效果显著。尤其奇特的是，在美国"一国之人皆为嗣主，众意所推即可身

① 原著者新会伍秩庸、译述者吴县陈政：《美国视察记》，中华书局，民国四年十二月发行。2006年上海外国语大学的李欣将之直译为《一个东方外交官眼中的美国》重新出版。本文采用《美国视察记》，是因为原著者"新会伍秩庸"和译述者"吴县陈政"乃是生活在同一时代的人，他们的思维方式更为一致。此外，本文引用《美国视察记》原文时，只注明页码，断句、标点符号都是笔者根据个人理解所加。

② 在伍廷芳心目中，中西文化只存在"差异"和"不同"而没有优劣等级之分，这和梁启超《新大陆游记》在对中美"差异"的强烈感知中，得出"东西人种之强弱优劣可见"的种族主义观点截然不同。当然，梁启超的主观愿望是新民和强国，对美国"强者"文化和人种的赞颂应是为了更好地激起国人奋发图强。

任元首，数年期满复为平民"（二页）。每一个美国人都是总统大位的合法继承人，这对习惯了封建社会家族宗法制度帝位传承的中国人又是一个惊奇（伍廷芳显然赞同这样民主的政治，所以才在辛亥革命爆发时以古稀之年支持革命）。

在《美国视察记》中，伍廷芳同时给读者描述了一个"不独富厚甲于全球，美国一言重于九鼎，能使天下列强折节而听之"（一页）的富强帝国形象。而美国之富强繁荣，作者认为得益于它新奇灵活的商业经营策略，这就是"广告"。美国铺天盖地的奇特广告成功地促进了美国的商业运作。① 电话也被用于广告或商业推销，是美国经济竞技场须臾不可离的"生意助手"。电话和广告深刻影响到人们日常生活。与"酒香不怕巷子深"的传统中国思维方式根本不同，美国人的商业经营思维注重"造势"、宣传。遍地皆是、见缝插针的各类广告和各种营销方式，对中国人而言可谓见所未见、闻所未闻，显示出和传统中国商业模式的极大"差异"。而美国的金融投机运作，即使见闻广博的伍廷芳博士也不甚了解，所以他笔下的美国股票交易所非常奇特怪诞："股票买卖之所，时见熊或牡牛等兽，虽叫哮可惧，而从无噬人触斗之事。"（二页）"余所见美国商业中最奇之事，莫如纽约之股票交易所者。股票交易所为各货买卖之大市场，然曾无丝微货物之陈列。商人在所中谈论叫嚣往来不已……然虽叫嚣甚剧，而从未有流血互斗之事。"（四七页）这些描述今天读来叫人忍俊不禁（假如不是译述者问题）。每日交易额巨大、足以引领美国市场的纽约股票或货物交易所，即使是先进开化的伍廷芳也感觉不明就里，这是中美商业和金融文明巨大"差异"带给中国人必然的感觉。

第二，中美两国人的性格、人生观及人伦关系之"差异"，也构造了让作者惊奇的"异"形象。

在伍廷芳眼里，美中两国人民的性格和处事方式深有差异。中国人说

---

① 伍廷芳描述广告铺天盖地的盛况是：报纸、杂志、书本等印刷物上"无不有多数之广告"，"足迹所及之处无不有特制之广告牌"（四二页），市街上电车中"可以容字之处无非各家之广告"（四二页），"入夜之广告尤为奇特，苟闲行市衢，常可见智巧之广告，为各商人自出心裁而创造者。有为五色电灯，时明时暗，而成其店铺或货物之名者，或成其货品之象形物者。犹以此为不足，则广发传单、遍赠廉价券，以声明其货物之佳妙、机会之难得。更有店铺例于每年贱卖一二次"。（四二页至四三页）

话讲究"铺垫",迂回曲折的处事方式令美国人难以理解、不可思议。相反,"美人性多抗爽,人有善面称之,人有过面斥之,心有所属言即随之,誉之不为谄,毁之不为谤"(六〇页)。因此美国人的说话方式从未有"迂曲其词而骈生枝节者"(六〇页),他们往往直接简洁地表达出自己的意思。

在人生观上,伍廷芳认为"人生于世当以求快乐为正宗"(四九页)。但快乐的概念在各国并不一致。中国人的快乐不仅来自财富的积累,也来自恰当的休息、享受和健康。对比中国人的安静自守,伍廷芳认为"美国人求财之心最殷,致富为其唯一之目的"(四九页),他们"终日营营勤于所业,舍聚财而外别无他念。其求富之心不以饮食奄息而少止。日有思、思财,夜有梦、梦财"(八七页)。故"行动举止无一不取急迫主义,行于市途几如竞走,进膳之时不暇辨味"(四九页)。美国人因为"越于常规""几无止境"的巨大欲望而忽视了人生享受、损坏了他们身体的健康。一句话,中国人"以道德为标准",而白种人"以聚财为人生之标准"(一〇四页)。

在人伦关系上,可以说不同文化孕育不同伦理关系。[①]中国封建社会人伦关系强调的是等级服从关系,而美国文化强调的是平等人际关系。伍廷芳深觉"骇异"的就是"美国少年无奉食父母之事"(七三页)。甚至有美国少年说,父母不经子女同意而生下子女,因此父母应该尽教育和抚养子女的义务,而子女"奉食父母则殊非其职分内事"(七二页)。美国的父母子女之间关系"纯如友朋",即使不乏敬爱父母的少年,"然以之为恩谊而不视若天职"(七三页)。这对在源远流长的中国伦理观念中成长的中国心灵将是巨大冲击。伍廷芳说,"美国独立主义之极致"是美国青年男女婚姻完全自主。他们认定婚姻仅仅关涉当事人双方,所以甚至在不禀明父母的情况下就自行组成家庭。这较之于来自父母之命、媒妁之言,"迨至结婚之日,新郎新妇十之八九为初次晤面者"(七一页)的中国婚姻方

----

① 梁启超论中西伦理差异,认为中国"旧伦理"(中国封建社会"五伦"分为君臣、父子、兄弟、夫妇、朋友)重视的乃是私人对于私人的关系,而"泰西新伦理"[梁启超将它分为家族伦理、社会(即人群)伦理、国家伦理]重视的乃是私人和团体的关系。参见易鑫鼎编:《梁启超选集》(下卷),北京:中国文联出版社,2006年,595页。

式，不可谓不异常新奇。不过伍廷芳在此问题上是矛盾摇晃的：他一方面认为中国婚姻方式因为有世故的父母"把关"而较为妥当，另一方面又认可青年男女自由交往、增进了解是家庭美满的基础。

可以说，美国人从性格到人生观、伦理观等各方面，都在中国人传统视野中显得极富"异趣"。其实伍廷芳也认识到，"甲国以为可异者，乙国或以为当然"（七八页）。所以在伍廷芳心目中，中西文化（文明）和中西人种只有"异"的区别而无优劣区分，所谓文化等级秩序只是"人为"造成的。① 针对西方人散布的"中国文明落后论"和"中国人种劣等论"，伍廷芳甚至激愤地说，"亚细亚当再以文化灌溉西方"，"白种人当受教于有色种之同胞者，其事尚多"（一〇四页）。

法国学者巴柔说过，"一切形象都源于对自我与'他者'，本土与'异域'关系的自觉意识之中"，因此，"形象即为对两种类型文化现实间的差距所作的文学的或非文学，且能说明符指关系的表述。"② 晚清东方中国和美国是两种完全不同类型的文化体系，中国运行了几千年的古老文明，在

---

① 在伍廷芳随笔中，针对西方人散布的"中国文明落后论"和"中国人种劣等论"，伍廷芳明显地有辩护之意。他说，世人称欧美为文明国，东方民族只有日本被认为进化到了文明阶段，而古老中国则被认为属于"半文明或虽文明而程度不及西方之民族"（九三页）。对此，伍廷芳提出自己的"文明观"：他认为一个文明的民族必须具有良好道德、教育和风俗习惯，人民具有公正思想和坦诚勤劳品性、为他人服务的精神；快乐健康即是这些高尚品质、高尚行为的产物和体现。他说，最大限度地拥有这些良好品质的民族和人民才是文明的民族和文明的人民。伍廷芳辩护中国即是如此。而"西方民族，上世纪之进化诚不可谓不伟且速矣，新发现新发明之事物不知其凡几"（九三页）。但美国在征服自然界、获得物质上巨大胜利的同时付出了极大代价，精神上失去了透视灵性深处的洞察力。由此伍廷芳可谓掷地有声地否定了"中国文明落后论"。在阐述各国尤其是美国"排华"论者认为白人知识、教育、风俗习惯等皆高于黄种人这样的种族主义观点时，伍廷芳却认定人种肤色就像语言一样只是偶然性造成的，它只有"异"和"不同"而绝无优劣之分。这和梁启超先生又是多么不同，梁启超不光认为东方人种远不如西方，甚至认为中国文字也不如西方文字。他说："言文分而人智局也。文字为发明道器第一要件，其繁简难易，常与民族文明程度之高下为比例差。列国文字，皆起于衍形，及其进也，则变而衍声。"认为西方言文合一的"衍声"文字要比中国言文分离的"衍形"文字先进和便于传播文明。梁启超的论述参见易鑫鼎编：《梁启超选集》（下卷），北京：中国文联出版社，2006 年第 621 页。

② ［法］达尼埃尔－亨利·巴柔著，孟华译：《形象》，见孟华主编：《比较文学形象学》，北京：北京大学出版社，2001 年，第 155 页。

政教、风俗习惯等方方面面都与西方文明扞格不入。因此，"天生"自由主义传统的美国从国家政治体制到人们日常行为方式，都在中国文化视野里显示出根本的"异质性"。伍廷芳《美国视察记》中的美国形象即始终是一种与东方中国"不同"的"异"形象。和晚清中国或者"异痴迷"或者"异排斥"的两类旅美华人不同，伍廷芳对"异"美国保持着清醒的文化心态。从文本中我们看出，伍廷芳的美国想象建构在其对美国的亲身体验和悉心了解的基础上，基本属于"再现式想象"。他对美国形象的建构较少"复制"时人或前人的美国想象。

二

《美国视察记》也建构了一个矛盾的"他者"形象。从第一章"正名"开始，伍廷芳就指出了"美国"这个博大的国名寓含着歧义，虽然它声称仅仅是 1776 年宣布独立的美利坚合众国，但因为"美国"大名隐含了南北美洲大陆而易于引起世人的疑虑。在之后的十几章中，作者进一步从切身的观察体验出发，在描述美国各方面成就的同时，也以谦逊平和的文化姿态指出美国各方面的矛盾性。美国从国名到政治、教育乃至日常生活，处处充满矛盾和歧义。也就是说，《美国视察记》同时呈现为矛盾的"他者"形象。

首先，伍廷芳笔下的美国为世界"民主国之良好模范"，但它也有不完善之处。伍廷芳说，全国人民"有天赋平等之权、无尊卑贵贱之别"（六页）。并且美国作为"新造之邦"，在政治制度方面力图改革，不沾染一丝一毫君主制度或等级制度的习气。美国政治制度的精神所在就是它的平等、自由、独立。他阐述说："美乃自由发生之地，英雄崛起之邦，人民无束缚，种族无阶级，"人民"同隶美国之土即同为自由之民。"（五一页）"自由平等美人视为第二生命。"（五二页）极其重视"民权"成为美国民主政治的特征所在："民权主义之在美国，正如群卉当春奇花怒放，发育已至全盛之期。"（一七页）民权的重要体现就是美国公民享受选举权和被选举权。伍廷芳同时批评美国虽然号称重视"民权"，声称"平等"，但在对待黑人等有色人种上，却显示出极不公平和残酷的一面。美国南部"黑白两种人所乘车辆判若鸿沟、不容混淆"（五二页）。美国宪法所谓的平等、自由、独立精神存在着实际"应用"的不完善问题。"在自由最发达之美国，人人心目中必认为其民随时随地可以使行其自由权，而非他国之所可企及矣。抑知事实上有不尽然者。"（五四页）显示了美国自由和民主的"选票政治"，实际上就常常被一些势力、团体或负面社会思潮所操纵。加利福尼亚一段时期内选举听命于工党，因为加省"工业最发达、工党之势力至钜〔巨〕"（五九页）。美国的"选票政治"使得政客们为了一己私利而屈从、听命于工党，独立自由精神成为一句空话。伍廷芳仅举出加州，实际上，伍廷芳两度任职驻美公使时期，美国全国政治选举都受到"排华"势力左右。美国两大党共和党和民主党候选人竞选总统时，竞相拿华人问题争取选票，甚至"每一个担任公职的人都受这种势力的支配。在华人问题上他们必须接受人民中普遍流行的思想，事事必须向这种势力屈服。谁要实事求是地讲真话，谁的政治生涯就会即刻完蛋"。① 是否支持"排华"政策成了一个政客是否爱国的体现。看来，真正的民主和自由永远不可能在民族国家和阶级社会实现。"民主"和"自由"本来就是一些意识形态的政治概念，它也反映了专制和束缚。又如，伍廷芳在第十章《美国之服制》中，尖锐地指出美国人民对"时尚"趋之若鹜，其服装"必采取巴黎流行之式"而成为时尚的奴隶。"何谓时行？时行者，万恶之魔渊也。恶魔之刽狗人类也，时行为其披坚执锐之先锋。"（七六页）伍廷芳认为"陆离诡异"的"时尚"奴役人心而剥夺人的自由。美国人以"自由之民"为自豪，却"日宛转于时行命令之下而莫敢或叛"（八二页），被"时尚"所牵制而失去了自由判断，"此又安得为自由者？"（八二页）伍廷芳思想之深刻，为常人所远远不及，他对于"时尚"奴役人心的判断，在今天同样富有启示意义。显然，在伍廷芳看来，美国标榜的"独立、自由、平等"的立国精神是经不起实践——验证的。

其次，伍廷芳随笔中的美国、美国人热心公益、爱好和平，但又不断扩军备战以至于威胁和平。他说，美国富民"孜孜焉惟公益是谋"，"其人民类皆醉心和平、厌闻兵革"（二页）。他特别赞颂美国人对国际和平的努力和贡献，并提及斯密兰君私人独创、已召开 19 届年会的"马霍克湖之

---

① 亨利·K. 诺顿：《加利福尼亚史话》，见［美］宋李瑞芳著，朱永涛译：《美国华人的历史和现状》，北京：商务印书馆，1984 年，第 46 页。

万国平和会"，"与会者皆一时名宿"。最突出的是安特鲁卡匿奇君曾经用一千万美金创立"卡匿奇和平基金会"，以"专供销〔消〕灭国际战争之用"。因为"战争之行决于力而不决于理者，又乌得为人道，故战争与罪戾常为不能分离之事"（九六页）。战争与罪恶不可分离，罪恶乃是战争本身所固有的，因为它偏袒的并非正义一方而总是强权一方。伍廷芳相信当今天下各国无法固守闭关主义政策，近世交通的发达和便利只会促进东西方"益形亲睦"，而东西方利益的趋同也会促进世界的安全与和平。和平主义成为世界性潮流不可避免。但对于和平主义，各国"一方面竭力提倡之，而一方面仍不能丝毫有所遵守"（九六页）。包括美国在内的西方列强缔造殖民地，开辟新领土，不断扩军备战，"徒使弱国深其畏惧、强国积其猜嫌，而公理日趋消灭"（一○二页）。伍廷芳替美国人分析说，美国的强大倚仗其工业，而且美国与欧洲列强相隔大洋，不易被攻击，所以美国不应该追随列强扩展海陆军的潮流，徒有海陆军力强大只可谓为强国。"美为大国，自当有其独立不羁之行动。"（一六页）而"所谓大国者，必其尊和平重人道而有公正之行动。其国中复有多数公平正直之人能发言于政府"（一五页），作者进而建议美国行和平人道政策成真正"大国"。伍廷芳对世界趋势的认识及其"大国"理念无疑发人深思，他的著作今天读来依然具有振聋发聩的力量，给我们以思想启示。

　　由于作者自己的独立判断和切身观察，伍廷芳能够从方方面面发现美国的矛盾。在第五章"美国之教育"，伍廷芳通过一些数据比例，认为美国为教育大国，就1910年来说，"学生与人口相较，其差数之近，世界各国罕有与此"（三五页）。在世界罕见的巨额教育经费支持下，美国各州各地公立和私立学校如林。因为人口稀少实在不能成立学校的地方，也由政府出资派遣教员到农家"聚三四小学生而施其教授"。但美国教育是不平衡的，因为"新移斯土及黑人等则不在此例"（三五页）。即使对于"故有之美国人"也是实行教育的歧视性隔离。作者说，"共同教育（男女合校）在美国甚为通行"，"全国小学及大半之高等学校，皆男女同校且同班教授，不分课室"（四○页）。但"惟南方诸省则异色人种另有小学以教授之"（三五页）。伍廷芳随笔所叙述的教育矛盾，其实是美国精神观念的虚伪性必然导致的教育歧视现象，而教育的不平衡必将加深美国社会的灾难性后果，这一直为美国历史所证实。此外，美国妇女的优秀品质和在社会日常工作中的出色表现,与她们的政治地位很不相称。伍廷芳极力赞誉美国妇女,"美之妇女,活泼诚心,优于才智,且复临事不惧,独立不挠,和易可亲,无间贵贱"(七五页)。(伍廷芳唯一诟病美国女子之处,就是她们超出别国妇女的那种探听隐私的特长,可谓"皆侦探才")美国未婚女子"读书后于教育界中或商业场中,均可占一位置而自谋生计,一有学问独立匪难"(四一页)。她们"大率志愿高而擅才艺"(七三页),因此容易找到工作。在美国各种职业场都有美国女子的身影,甚至美国女子"亦可习法律作律师,为男子辩护"(二页)。可以说,美国女子有机会接受美国正统校园教育,有能力在工作中独当一面。但美国男权社会的妇女观念仍旧显得落后,最恶劣的后果就是美国女子被剥夺了公民权利中至关重要的选举权。"在美国这样一个民主国家,剥夺一半公民的选举权就是对自身合理性的一种否定。"① 美国历史上,从 19 世纪中叶就开始有人呼吁的妇女参政权,经过长期与世俗偏见、男权主义做艰苦斗争,才逐渐得到社会的理解和支持,直到 1920 年 8 月,一项在全国范围内给予妇女选举权的宪法修正案(第十九修正案)才正式被国会批准生效,它规定"合众国公民的选举权,不得因性别缘故而被合众国或任何一州加以否定或剥夺"②。这已经是伍廷芳著作面世后的第六年了。

细读《美国视察记》,其实作者对美国的描述也时有矛盾之处。伍廷芳笔下一个矛盾的美国形象,给读者造成一种印象,即作者在进行客观公正的美国评述。但我们必须指出,伍博士的随笔在多处存在着故意"美

---

① 庄锡昌:《20 世纪的美国文化》,杭州:浙江人民出版社,1993 年,第 15 页。

② 纪念美国宪法颁布 200 周年委员会编,劳娃、许旭译:《美国公民与宪法》,北京:清华大学出版社,2006 年,第 272 页。

化"美国的嫌疑，或者有意无意无视事实的全面性。①

三

在 20 世纪早期的旅美华人文学中，《美国视察记》所建构的美国形象具有自己的特殊性。

在《美国视察记》之前，有两位著名的旅美华人。一位是梁启超。他在 1903 年游历美国本土，于诸多城市作了差不多 10 个月的旅行、演说和考察之后，重返日本整理而成《新大陆游记》，针对"美国政治上、社会上、历史上种种事实"进行悉心评述。另一位是容闳。他被誉为"中国留学生之父""开步学世界的第一人"②。容闳最大的贡献乃是在他 18 年不懈努力下，得曾国藩、李鸿章支持，开创了中国官费留学美国的历史先河。

---

① 伍廷芳想象美国人超越种族国际的平等主义，他说："他国人对于异族存种族之见，美则对于异邦人亲密益甚。此亦美之特性，美人对于己国之民与他国之民固同抱平等主义，未尝存歧视之心者也。"（六七页）但实际上伍廷芳是无法自圆其说的。作为清政府驻美大使，伍廷芳其实完全明白美国"禁止华工政策"的污点。追寻美国"禁约"历史，他指出 1904 年中国政府向美国提出意见，"此约乃遂失其效力而不复存在"。但美国税关和移民官仍旧排斥中国人来美，"不特出于国际权能以外且大背乎条约之规定矣"（三三页）。如果说美国本土禁止华工有理由说"有害于白工"，但夏威夷与斐律宾（今译菲律宾）群岛的华工禁约"尤其无理"。不过伍廷芳虽然看出"所被禁绝者，乃独为吾中国人也"（三三页），却自欺欺人地说，"余知华工禁约之真相，有为多数美人所不知者"（三三页），相信"公正之美人"若是知道真相的话，不会愿意如此无理地对待他们"诚率之友人也"，甚至以 1902 年自己受工党邀请进行演说、得"厚意"招待之事，而证明美国"排华"运动的煽动者工党领袖及其会员工人都是通情达理之人，"毫无种族国故之见介诸胸中"（三四页）。伍廷芳的叙述和历史事实是不相符合的。实际上，19 世纪 50 年代开始于美国西海岸的"排华"运动，后来在美国成为全国性"排华"浪潮，1882 年联邦"排华法"的通过，使全国性"排华"暴力行动如同拿到"许可证"一样更加肆无忌惮。华人被虐杀、被驱逐，华人的生命和财产时刻处于危险之中。美国"唐人街"的形成就是华人被歧视和迫害的历史证据。按斯坦·斯坦纳的说法："排华行动把唐人街变成了'这个国家所特有，而其他国家所没有的现象'。"陈依范说："在旧金山，中年的华人还记得，由于他们害怕遭受凌辱，不敢越出唐人街一步的情景。"（陈依范：《美国华人》，北京：工人出版社，1985 年，第 178 页）

② 王杰：《"容闳与留美幼童研究"丛书序》，见［美］勒法吉著，高宗鲁译注：《中国留美幼童史》，珠海：珠海出版社，2006 年。

王杰说："容闳以一人带动一批，一批影响一代，一代造福一国。"[①] 确是的评。1909 年容闳在纽约出版英文自传 *My Life in China and America*[②]，对自己一生的人生遭际和近代中国风云变幻做了一次历史观照。在《新大陆游记》中，梁启超虽然敏锐地发现了"自由祖国"背后的专制、商业帝国隐寓的强权、文明美国暗含的野蛮等诸如此类的复杂性，但在总体上，梁启超所想象的美国，属于一个种族优越的条顿民族、文明国家，美国始终被赋予商业、物质和科技高度发达，处于开拓和引领世界潮流的先进国形象。甚至从梁启超的文明观来看，[③] 美国成为引领世界进步和文明潮流的大国，是世界文明发展的必然。在自传中，容闳虽然也认识到"美人种族之见日深，仇视华人之心亦日盛"，[④] 毫不回避美国的种族歧视，但《容闳自传》基本上建构的是心术仁慈、博爱、热心公益和教育的美国人形象。也可以说，《容闳自传》中的美国形象基本上属于亲善的、正面的美好形象。相比较而言，《美国视察记》中美国形象的建构，最显著的是"异"形象，它和东方中国有着根本"异质性"，而并非梁启超想象中处于世界文明的顶峰。在伍廷芳心目中，文明只有"异"和"不同"，而没有等级优劣的区别。《美国视察记》所建构的"异"形象，也不同于《容闳自传》中的美国形象。容闳自幼年到大学，接受的是完整的西方教育。当他暮年撰述《容闳自传》时，"异"文化早已经"内化"为"自我"的一部

① 王杰：《"容闳与留美幼童研究"丛书序》，见［美］勒法吉著，高宗鲁译注：《中国留美幼童史》，珠海：珠海出版社，2006 年。

② 霍尔特出版社，1909 年。后来容闳自传多次出版，最早的中译本当是恽铁樵、徐凤石翻译，1915 年上海商务印书馆出版的《西学东渐记》。本文使用中英文合刊的《容闳自传：我在中国和美国的生活》，北京：团结出版社，2005 年。

③ 梁启超自号"中国之新民""新民子"，意图以"新民"理念改造国民性。他从"进化论"所谓"物竞天择、适者生存"理论观念出发，对封建专制中国进行了猛烈的全面批评。"自地球初有人类以迄今日，其间孳乳蕃殖，黄者白者黑者棕者有族者无族者有部者无部者有国者无国者，其种类其数量何啻京垓亿兆？……而存焉者不过万亿中之一，余则皆萎然落澌然灭矣。岂有他哉？自然淘汰之结果，劣者不得不败，而让优者以独胜云尔。"［参见易鑫鼎编：《梁启超选集》（下卷），北京：中国文联出版社，2006 年，第 633 页］这种"进化论"观念在《新大陆游记》中，体现为对西方"优等"文化和白人"优等"人种的认同和推崇。

④ 容闳：《容闳自传：我在中国和美国的生活》，北京：团结出版社，2005 年，第 139 页。

分，伍廷芳笔下"异"的冲击力在《容闳自传》中淡化得好像了无痕迹。

与《美国视察记》的出版时间（1915）差不多同时或稍后，还有两位著名人物写作的留美日记。一位是胡适，一位是吴宓。胡适于1910年考取第二批留美庚款官费生，1917年在哥伦比亚大学获得博士学位。胡适于留美时期创作的《胡适留学日记》，记录、呈现了旅美期间胡适"私人生活，内心生活，思想演变的赤裸裸的历史"，① 其中多有胡适与美国人亲密交往，对美国文化（人情风俗、宗教、政治等）的观感，是考察这一批旅美留学生文学中美国形象的重要资料。在胡适"留美日记"中，美国首先是一个张扬民权、平等自由的民主国，它显然代表了世界的进步潮流，是世界的楷模。政治的民主、物质的繁荣、美国人体现于思想和行动上的独立精神和慈善行为，都是《胡适留学日记》建构的美国形象，美国从物质文明到精神文明都显示出它的进步性和生命力。

吴宓是现代中国文化守成主义的重要代表。吴宓从清华学校毕业后，于1917年赴美国弗吉尼亚大学留学，1918年转入哈佛大学。吴宓留学美国的1917年，胡适学成归国，他们留学美国的时间紧密衔接。吴宓和胡适一样，对美国社会深有感触，但《吴宓日记（1917—1924）》给读者展示了完全不同于胡适的"吴宓版"美国形象。《吴宓日记（1917—1924）》首先描述了一个人欲纵横、道德堕落的美国。他笔下的美国功利主义盛行，"耶教仅存形式"，风俗之坏令人触目惊心："今日之美国，虽多不婚与迟婚者，然其人十之八九，大率皆有淫乱之事，视为固然。彼惟功利货财是图，无暇问及是非。"② 美国文艺界一派乌烟瘴气：报章影戏多是谋杀、奸拐、盗劫、艳情，"其文章美术，日益堕落，遑言风俗道德"。③ 吴宓和胡适一样看到了美国物质的繁荣。不同的是，胡适认定美国的物质文明与精神文明相互促进，吴宓却认为美国的物质繁荣恰恰是其道德堕落的原因、催化剂。其次，吴宓描述了一个种族歧视深重的美国。吴宓说：

---

① 胡适：《胡适留学日记（一）》自序，台北：远流出版事业股份有限公司，1986年，第4页。

② 吴宓：《吴宓日记》（1917—1924），北京：生活·读书·新知三联书店，1998年，第25页。

③ 吴宓：《吴宓日记》（1917—1924），北京：生活·读书·新知三联书店，1998年，第163页。

"美人处处则怀'非我族类'之见，无论外貌谦恭与否，内心亲密与否，其歧视如故也。"① 在吴宓笔下，美国的种族歧视无处不在。概而言之，同为 20 世纪早期的旅美留学生，《胡适留学日记》和《吴宓日记（1917—1924）》所建构的美国形象却大相径庭，分别呈示为"光明"（进步、繁荣）和"黑暗"（堕落、歧视）的美国形象。相较于两位留学生留美日记中所呈现的"异痴迷"或"异排斥"，伍廷芳《美国视察记》所建构的美国形象，则呈现出与美国"对话"的从容姿态。较之于胡适和吴宓所建构的美国形象"单纯性""片面性"特点，《美国视察记》所建构的美国形象显得复杂、立体、理性多了。

结　语

《美国视察记》所建构的美国形象，既是与"中国"完全不同的"异"形象，也是一个极其矛盾的"他者形象"。文学中的异国形象总是"自我"和"他者""对话"的产物。在 20 世纪早期旅美华人文学中，《美国视察记》所建构的美国形象，另一方面表明了美国本身的特殊性、复杂性、多面性，一方面反映了旅美华人对美国认知的深化、理性化，也表现了伍廷芳在面对异国、异文化时从容、自信的文化心态。《美国视察记》在对美国方方面面的描述中所呈现的立体美国形象，更接近于一个现实、客观的美国。伍廷芳本人的旅美经验、深刻的洞悉和判断能力，也使他所建构的美国形象具有更高的认知价值、文化价值和社会价值。而伍廷芳从容、自在、自信的文化心态，正是百余年来旅美华人面对"异"文化时所应有却相对缺乏的文化心态。正是在这双重意义上，伍廷芳及其《美国视察记》值得我们回顾、关注和重视。

（作者为闽南师范大学闽南文化研究院副教授）

---

① 吴宓：《吴宓日记》（1917—1924），北京：生活·读书·新知三联书店，1998年，第 153 页。

论张爱玲与中国文学传统的关系

钟海波

张爱玲出身于世家大族、书香名第，她的出身几乎是先天性地决定了她对传统文化的继承。张爱玲在回忆文章中说，她能够清晰地记得自己在三岁的时候立在清朝遗老的藤椅前背诵唐诗，她七岁的时候开始写章回体小说，十多岁就戏拟《红楼梦》写了《摩登红楼梦》。这种先天的继承和环境的熏陶使张爱玲一生都有着清晰、执着的民族文化认同感，传统文化成为她后来接受西式教育的一个牢固的底色，从她的人生态度到她后来的创作手法，不管有多少西化的成分，总体风貌上仍然是中国文化的风貌。而她晚年在美国加州大学的时候则把主要的时间和精力用来研究《红楼梦》和翻译《海上花》，而且她的后期创作的风格也从《传奇》时期的绚烂而归于传统小说白描式的平淡。以下从三方面论述张爱玲小说的创作与传统的关系。

一、续世情小说余脉

中国传统小说题材丰富多样，有历史小说、侠义小说、公案小说、神魔小说等，其中世情小说是中国古代小说中重要的门类之一。世情小说是指那些以描写普通男女的生活琐事、饮食大欲、恋爱婚姻、家庭伦理关系、家庭或家族兴衰历史、社会各阶层众生相等为主，以反映社会现实的小说。中国世情小说萌芽于唐五代，成熟于宋话本。宋代由于工商业逐步发展起来，城市经济随之繁荣，市民阶层壮大，一些新的思想观念也因之出现，市民文学应运而生。宋代市民文学内容十分丰富，有"讲史""讲经""小说"，其中"小说"又分"灵怪""烟粉""传奇""公案""朴刀"等目，"灵怪""烟粉""传奇"属于小说中的"银字儿"，（灌园耐得翁《都城纪胜》）它是后世长篇章回体世情小说的先祖。鲁迅在《中国小说史略》中说："当神魔小说盛行时，记人事者亦起，其取材犹宋市人小说之'银字儿'，大率为悲欢离合及发迹变态之事，间杂因果报应，而不甚言灵怪，又缘描摹世态，见其炎凉，故或亦谓之'世情书'也。"① 宋代比较典型的世情小说有《闹樊楼多情周胜仙》《刎颈鸳鸯会》《新桥市韩五卖春情》《碾玉观音》《小夫人金钱赠年少》《金明池吴清逢爱爱》等，宋代世情小说多歌颂男女纯真热烈的爱情，表现出对人性解放的渴望。

　　元代由于受异族统治，文化遭受摧残，世情小说不发达，流传后世的作品不多见。明代正德、嘉靖年间，经济发展，商品经济水平超过以往的任何一个时代。在中国江南地区，手工业部门出现了资本主义萌芽。"机户出资，机工出力"便是这种新型生产关系的明证之一。与这种经济相适应，在文化思想领域出现了启蒙思潮，代表者是李贽。这一思潮强调人的价值和尊严，肯定人的感情和欲望。与此同时，政治上也出现宽松的局面。在这样的语境下，明代世情小说获得了难得的发展机遇，很快迎来一个高潮。高潮期产生的《金瓶梅》是明代世情小说的一座高峰。

　　《金瓶梅》以清河县里的西门庆一家为中心，向外辐射，几乎写了一整整个社会，涉及八百多人，有名有姓的也近五百人。人物则上写朝中显宦，下写衙役吏胥；有富商巨贾，也有小本经营的摊贩；和尚尼姑、道士、士大夫三教皆具，帮闲、流氓与乞儿、娼妓九流并呈。生活则政治、经济、军事、文化娱乐以及婚丧嫁娶各种风俗等都有反映。尽管它以《水浒传》"武松杀嫂"一段情节生发开去、衍化而来，却实实在在地反映了《金瓶梅》产生的时代——明季嘉（靖）万（历）朝的现实。谢肇浙在《金瓶梅跋》一文中即云："书凡数百万言，为卷二十，始末不过数年事耳。其中朝野之政务，官私之晋接，闺阃之喋语，市里之猥谈，与大势交利合之态，心输背笑之局，桑间濮上之期，尊罍枕席之语，驵侩之机械意智，粉黛之自媚争妍，狎客之从臾逢迎，奴怡之稽唇淬语，穷极境象，藏意快心，譬之范公抟泥，妍媸老少，人鬼万殊，不徒肖其貌，且并其神传

---

①　鲁迅：《中国小说史略》，北京：东方出版社，1996 年。

之。信稗官之上乘、炉锤之妙手也。"①除了《金瓶梅》，明代世情小说还有《浪史》《闲情别传》《肉蒲团》等。

清代世情小说较为发达。清乾隆年间，有手抄本小说《石头记》者，出现于北京，五六年后世人争相传阅。之后正式刊印，改名为《红楼梦》。《红楼梦》以贾宝玉、林黛玉、薛宝钗之间的恋爱婚姻悲剧为主线，以贾、史、王、薛四大家族兴衰沉浮为背景，描写了封建贵族家庭各种错综复杂的矛盾，塑造了一系列贵族、平民以及奴隶出身的女子的悲剧形象，暴露了封建贵族阶级及其统治的腐朽与罪恶，曲折地反映了封建社会必然崩溃、没落的历史趋势。小说全面真实地展现了广阔复杂的社会生活，堪称我国封建社会后期社会生活的百科全书。作品对封建社会的婚姻、道德、文化、教育的腐朽、堕落进行了深刻反思，歌颂了封建贵族中的叛逆者和自由美好、违反礼教的爱情，体现出追求个性自由的初步的民主主义思想。同时，作者以梦幻作为小说缘起，又以梦幻作为故事归结，并在文中时时强化人生如梦、世事无常的观念，流露出了作者强烈的宿命论和虚无主义色彩。《红楼梦》是中国古代世情小说的巅峰之作。

近代以降，世情小说品类极多，品格较之《红楼梦》大为逊色。鲁迅在《中国小说史略》中称之为狭邪小说，作品有《品花宝鉴》《花月痕》《青楼梦》《海上花列传》《海上繁华梦》等，但民国年间也有一些纯情作品如《泪珠缘》《恨海》《断鸿零雁记》《玉梨魂》等出现。五四文学革命以后，世情小说新文学的力量受到打压，生存空间很小，但并未销声匿迹，它们依然存活着，20世纪二三十年代张恨水的《春明外史》、刘云若的《红杏出墙记》颇有影响。

20世纪40年代，张爱玲出版的短篇小说集《传奇》引起文坛轰动，由上海红遍全国。张爱玲的小说不表现史诗性的重大题材、重大事件，不表达对生命的终极关怀，不展示宏大场景，而热衷于表现普通人（市民）生活中的吃穿用度、日常琐事、婚丧嫁娶、节庆礼仪。而对于男女间的那些小事情尤为偏爱。《传奇》中十五篇小说：《沉香屑》《倾城之恋》《心经》《金锁记》《花凋》《茉莉香片》《封锁》《等》等，题材大同小异，

① 中国金瓶梅学会编著：《金瓶梅研究》第三辑，南京：江苏古籍出版社，1992年，第22页。

情节接近同一模式：那些生活在殖民文化色彩浓厚的上海、香港的男女青年之间悲欢离合的故事，充满悲凉的意味，小说为满足市民的猎奇心理，在男女婚恋描写中多少涉及一点与性事有关的内容以增加小说的艺术"魅力"。正如傅雷所说：

> 恋爱与婚姻，是作者至此为止的中心题材；长长短短六七件作品，只是 variations upon a theme。遗老遗少和小资产阶级，全都为男女问题这噩梦所苦。噩梦中老是霪雨连绵的秋天，潮腻腻，灰暗，肮脏，窒息的腐烂的气味，像是病人临终的房间。烦恼，焦急，挣扎，全无结果，噩梦没有边际，也就无从逃避。零星的磨折，生死的苦难，在此只是无名的浪费。青春，热情，幻想，希望，都没有存身的地方。川嫦的卧房，姚先生的家，封锁期的电车车厢，扩大起来便是整个社会。一切之上，还有一只瞧不及的巨手张开着，不知从哪儿重重地压下来，压痛每个人的心房。这样一幅图画印在劣质的报纸上，线条和黑白的对照迷糊一些，就该和张女士的短篇气息差不多。[①]

从中国小说史的发展脉络看，张爱玲承续了中国世情小说之余脉。她是中国世情小说之殿军，最后的大家。当然，与以往中国世情小说相较，张爱玲的世情小说虽有浓重的中国底色，但西方现代派色彩也极为明显。这一特征也反映出中国现代文学与世界文学的交融渐趋加深。

二、"红楼"遗韵

张爱玲家学深厚，自幼酷爱文章，对《红楼梦》痴迷有加。据说她十二岁读《红楼梦》，读到八十回以后，只觉得"天日无光，百般无味"，可见她对此书的艺术感觉之了得。她在《存稿》一文中，追忆自己十四岁那年写了个纯粹鸳鸯派章回小说《摩登红楼梦》，还像模像样地拟订共计五个回目。《红楼梦》这部作品里的艺术元素与张爱玲的生命元素融为一体了。对《红楼梦》的研究，考据的名义下是她对《红楼梦》的诗艺渊源、

---

① 迅雨（傅雷）：《论张爱玲小说》，《万象》1944 年第 11 期。

审美情趣、风格意蕴等"诗眼文心"的入迷，这甚至影响到她自己作品的叙事模式。张爱玲创作中的爱情婚姻题材选择、饮食男女琐事铺陈和心理描写、形象塑造和语言风格等文本构成因素，都可以确证她和它之间有着千丝万缕的联系。

张爱玲对《红楼梦》情有独钟，反过来，《红楼梦》也深刻地影响到她的生活、创作与研究，张爱玲自己也承认，《红楼梦》是她的创作源泉。美籍华人评论家夏志清对《红楼梦》和张爱玲都予以过极高的评价：他赞《红楼梦》"就写世态的现实主义水平和写心理的深刻而言"，"堪与西方传统最伟大的小说相比美"；誉张爱玲是"今日中国最优秀最重要的作家"，其代表作《金锁记》是"中国从古以来最伟大的中篇小说"。总之，都是文坛最丰硕的成果。

张爱玲以明察秋毫的眼睛去审视《红楼梦》，总能在不知不觉的情况下走进红楼梦的情境当中，因此她的小说创作深得《红楼梦》的真传：无论是人物、情节、语言，还是风格、意境、韵味等，都可以找到与《红楼梦》之间千丝万缕的联系。而这种联系的基点，就是深入张爱玲骨髓的"红楼梦情结"。要探究这种情结对其小说创作的影响，涉及方方面面，倒是一个说不尽的话题。对此，本文依然化繁为简，从四个基本方面入手，解析《红楼梦》对张爱玲小说创作的影响和浸透。

第一，小说中人物的形象塑造及关系处理。《红楼梦》最大的特点就是善于将人物放置在纷繁复杂的人际关系中，进而展开故事情节。刻画人物性格，这既是长篇小说创作的需要，更是作者艺术功力和水平的体现。而张爱玲的小说多为短篇和中篇，甚至有的小说人物数量很少，但这并不妨碍张爱玲构建复杂多样的人物关系。比如《倾城之恋》里的白流苏，她在白公馆内有不糊涂却装糊涂的母亲，利欲熏心而又虎视眈眈的兄嫂，败下阵来的同父异母的妹妹，还有两个年幼且早熟的侄女……在白公馆外有徐太太、徐先生、萨黑荑妮公主，甚至还有那些没有展现面目的周围的人，白流苏就是在这样内外夹攻的局面里，最后只有妥协于范柳原。《金锁记》的情况就更为复杂，开篇由两个丫鬟的对话推出姜公馆里的异数——小说的核心人物曹七巧。紧接着，一个平常的晨省场景，就将婆媳、姑嫂、妯娌、叔嫂、夫妻、亲兄嫂、主仆等诸多关系精彩呈现，后半部则集中展现七巧家庭内部的复杂关系：子女之间、儿媳之间、兄嫂侄子之间等，在看似浪漫富贵的事件里面，那种种得失和利害关系，被张爱玲展现得如此真切、尖刻和冷酷。

第二，日常生活场景的描写。《红楼梦》写出了一个很细腻的生活空间：宴饮、睡觉、洗漱、论医、论药、出行……以灵活多变的笔墨对环境、氛围、用具和陈设进行大量的描写，再现了生活的千姿百态。张爱玲同样沉浸于琐碎、繁复、华丽的生活细节中，描写衣着、吃食、屋内装饰……当然，她的笔下还出现了很多现代产物：喝下午茶、看电影、跳交谊舞等，但性质并没有改变——对生活琐事有一种近乎奢侈的关注。如《金锁记》中，"七巧翻箱子取出几件新款尺头送与她嫂子，又是一副四两重的金镯子，一对披霞莲蓬簪，一床丝绵被胎，侄女们每人一只金挖耳，侄儿们或是一只金锞子，或是一顶貂皮暖帽，另送了她哥哥一只珐琅金蝉打簧表，她哥嫂道谢不迭"。在这一段描写中，将礼物的数量、质地、分配交代得细致清楚，颇像刘姥姥二进荣府时，平儿将贾府送与她的物品，一一交割的情景："这是昨日你要的青纱一匹，奶奶另外送你一个实地子月白纱作里子。这是两个茧绸，作袄儿裙子都好。这包袱里是两匹绸子，年下做件衣裳穿。这是一盒子各样内造点心，也有你吃过的，也有你没吃过的，拿去摆碟子请客，你们买的强些。这两条口袋是你昨日装瓜果子来的，如今这一个里头装了两斗御田粳米，熬粥是难得的……"精致的摆设、华丽的服装、讲究的起居、高雅的欣赏，张爱玲在这些生活细节上流连忘返，将它们与爱情、婚姻、家庭、金钱的叙事扣在一起，字里行间满是对奢华的叹息。

第三，对话语言。张爱玲小说的语言明显受到《红楼梦》的影响，尤其是人物对话语言。如《心经》里小寒一把揪住米兰道："仔细你的皮！""仔细……"就是《红楼梦》常用的句式。其他使用频率比较高的句式还有："是……不成？""没的……""偏生……"等。有的则直接套用《红楼梦》的文句，如《沉香屑·第一炉香》葛薇龙姑姑家的两个丫鬟对骂"浪蹄子"；薇龙夸赞姑姑是"水晶心肝玻璃人"等。而《红楼梦》四十六回中鸳鸯痛骂她嫂子的经典段落（"我若得脸呢，你们在外头横行霸道，自己就封自己是舅爷了；我若不得脸败了时，你们把忘八脖子一缩，生死由我。"）竟在张爱玲的小说中有多个翻版。

第四，美学风格。家族盛衰之变是作家复杂情愫的重要源泉。张爱玲与曹雪芹有着相近的身世和经历。和曹雪芹相似，张爱玲也有着显赫的家世，祖父张佩纶是清末"清流派"的重要人物，任李鸿章的幕僚，祖母是李鸿章的女儿。但祖辈的煊赫遮掩不了父辈的衰落。她对自己的贵族渊源是刻骨眷念的，这也影响着她创作时倾向于写《红楼梦》式的悲剧。曹雪芹对颓败了的贵族世家感情复杂，无奈的末世唱叹与悲愤、质疑的否定批判共存于文本中。曹雪芹没落贵族的宿命思想和深刻的悲观主义都诉之于这部家族史和情爱史中。有学者认为曹雪芹对没落贵族的哀叹和惋惜要大于其对没落贵族的批判和讽刺。张爱玲深受《红楼梦》悲剧意蕴的影响，1943年至1945年，她出版的小说集《传奇》和散文集《流言》，最能代表她的创作意识和创作风格，也是她与《红楼梦》之间渊源关系的确证。不可逃离的困境，无可奈何的式微，无能为力的挣扎是贯穿于张爱玲作品的深沉悲叹。张爱玲用时代的故事印证了曹雪芹的"落了片白茫茫大地真干净"的悲剧归宿的永恒意味。在新旧交替的时代，绝大多数作家以自觉的意识和积极入世的精神呼唤新生活或抨击旧世界，而张爱玲却专注于乱世中的俗人俗事，将世俗的丑陋冷冷地呈现给人看；读者在这一幕幕人间悲剧中观照各自人生这个"审丑"的过程，和阅读《红楼梦》的"审美"过程是异质同构的。

此外，张爱玲的叙事策略也无不深受《红楼梦》的影响。比如"林黛玉进贾府"式的人物出场，以主人公视角观察和叙事等，在《金锁记》《沉香屑：第一炉香》等作品中体现得十分明显。

纵观张爱玲的生活经历以及性情禀赋，她与曹雪芹甚为相似，这就不难理解张爱玲对《红楼梦》的极度喜爱之情。那种洞察人类普遍生存困境的荒凉感，家世荣辱兴衰的失落感，是两位天才作家可以跨越时空的最好切合点，也是其文人品格的共性，正所谓"相知无远近，万里尚为邻。"所以周汝昌说："只有张爱玲，堪称雪芹知己。"

三、传统意象使用

意象被赋予了丰富的含义，不同时代的文论对此有不同的理解，有的把它看成"表意之象"，有的以刘勰对意象的理解为主，把它看成"内心之象"。童庆炳的《文学理论教程》则作了宽泛的定义，将其等同于"文学形象"艺术形象"。意象是有意义的物象，它是人物之外的物象与作家或者人物心灵的交融，意象是对外在"物象"的客观描写，却暗含、渗透了作品中人物或作家的主观感受，它把外部世界和人的内心融为一体，可以说，意象是主体与客体的审美融合，是以具体的感性形态表达出来的主观感觉或思想感情。在叙事文学中，意象常常是人物内心感情、心理感觉的象征或隐喻，它往往和人物的背景描写联系在一起，是人物所处环境的一部分。

　　张爱玲在她的小说中喜欢运用意象。她大量使用意象的目的不仅在于增强故事的生动性与画面感，也不仅在于联想的丰富、修辞的巧妙、摹写的逼真，而是她更善于用意象来传达人物特定的心理状态。这些意象多数是对中国古代文学中文学意象的继承与改造，十分明显的是对《红楼梦》《镜花缘》等小说中主要意象内涵功能及的丰富与发展。比如，《红楼梦》《镜花缘》中有"水、月、镜、花"意象。水中月，镜中花，比喻虚幻景象。水月镜花，这四个高远清虚、幽悠宁谧的字，便是禅境的最高形式。水月乃是天上之月和地上之水因缘合和而生；镜是镜中之相，比喻缘生性空，镜中相也作镜花，这四个字组合在一起，遂幻化出虚幻缥缈、空灵幽深的境界。这四个字的合和，也表明汉字的非线性效果，即组构灵活、诗意盎然的特征。它所展现的是一切众生的实质。曹山本寂禅师说：佛真法身，犹如虚空，应物现形，如水中月。到了水月镜花的境界，则观心心明，察性性空。所谓"一尘不染冰霜操，万境俱空水月心"，意即观心如幻，离诸生老病死众苦。静心观之，世上的事情正是这样，譬如两镜相照，重重涉入，迭出无穷，总之，万物只是心境相对而造成的无穷变幻而已。所以，认识到人生虚无的实质，体悟出清虚空灵的禅境，也必然觉察到水月镜花的境界美。同时，它也是佛教文化中色空思想的体现。

　　张爱玲在她的作品中喜欢用"月亮"的意象。夏志清曾这样评价："张爱玲的世界里的恋人总喜欢抬头望月亮——寒冷的、光明的、朦胧的、同情的、伤感的，或者仁慈而带着冷笑的月亮。月亮这个象征，功用繁多，差不多每种意义都可表示。"[①] 在中国的传统神话的流传中，月亮神是

---

① 夏志清：《张爱玲小说述评》，《张爱玲与苏青》，合肥：安徽文艺出版社，1994年。

太阳神曦和的妻子，自从"嫦娥奔月"后，"月"常常是女性孤独的象征。中国文化赋予月亮两个基本的象征含义：其一，与日相对，月代表阴性，月亮是母亲与女性的化身，反映女性崇拜的生命意味，代表母系社会的静谧与和谐，她反映着女性世界的失意与忧伤；其二，月亮时晦时明，时圆时缺，周而复始，它既是运动的代表，又是永恒的象征，于是它总是引起人们对人生变幻莫测的联想，也启示人们对宇宙永恒的思考，激发人们宏大的天问意识和人生喟叹。所以，多情的诗人总是见月伤怀，见花泪下。张爱玲很好地运用了中国文化中月亮的意象。

张爱玲笔下的女性常常和月亮相伴，"是和月亮同进退的人"。也许她笔下的月亮只是生活习惯使然，没有更多的刻意，但月亮却和她笔下的女性吻合得相当贴切。每当主人公的生活发生重大转折或者感情上出现大的波澜时，总会有一轮眨着冷眼的月亮静静地挂在天上。张爱玲的月亮不是思乡思亲的明月。她的月亮苍白、抑郁，总让人想到洪荒时代的荒凉和神秘。

……我生在里面的这座房屋忽然变成生疏的了，像月光底下，黑影中现出青白的粉墙，片面的，癫狂的。

Beverley Nichols 有一句诗关于狂人的半明半昧，"在你的心中睡着月亮光"，我读到它就想到我们家楼板上的蓝色的月光，那静静的杀机。（《私语》）

年轻的人想着三十年前的月亮该是铜钱大的一个红黄的湿晕，像朵云轩信笺上落了一滴泪珠，陈旧而迷糊。老年人回忆中的三十年前的月亮是欢愉的，比眼前的月亮大、圆、白；然而隔着三十年的辛苦路往回看，再好的月色也不免带点凄凉。（《金锁记》）

在长达两千多年的封建时代中，中国女性长期处于男权的压制之下。在这一封建制度下，女性一直作为男性的附属品而生存着，在家从父，出嫁从夫，地位低下，没有任何属于自己的权利和地位，女人对于男人来说，是他们传宗接代的工具。应该看到，张爱玲受到西方文化影响，她有极强的女权意识。她对男权有强烈的抵触感。因此，在她的小说中以月亮的自身无光，围绕地球的特点，隐喻女性的附属品生存地位，表达出对旧时代女性的边缘地位的不平与愤慨。月色的凄凉喻指女性命运的凄凉。

　　总的来看，张爱玲笔下的月亮意象在小说中具有重要的叙事功能：渲染环境，烘托心境，增强小说艺术感染力和在场感。

　　镜子很久以前就被人们用来整仪容、正衣冠，与我们的生活密不可分。因此我们在日常生活中也经常会想起镜子，将它和一些事物系起来。几个常用的有关镜子的词语：①镜花水月：镜子里的花，映在水中的月亮，比喻虚幻的景象。②波平如镜：水很平静，就像一面镜子一样。形容水的平静，或是事情的顺利。③镜里观花：比喻看得见，得不到。④破镜重圆：比喻夫妻失散或离异后重又团聚。⑤镜破钗分：把铜镜破开（各执一半，作为夫妻重逢的凭证），把钗饰分开，比喻夫妻分离。⑥明镜高悬：比喻执法严明。⑦前车之鉴：鉴，镜子，引申为教训。前边的车翻了，后面的车就应引为教训，不应再沿老路走，比喻可以引为鉴戒的往事。综观古人对镜子的认识，可以大体分三类：其一，以镜子的易碎比喻夫妻关系，通常隐喻夫妻的离散；其二，以镜子反映物象（虚像），比喻人生如梦幻般空虚；其三，以镜子的真实反映事物，比喻执法严明。

　　张爱玲小说中的“镜子”意象主要以镜子的易碎、易破、不牢固比喻夫妻关系的不可靠，同时，象征了人生的虚无。在小说集《传奇》中，她多处运用镜子的意象，主要取镜子的易碎性作为意象的功能意义。当然，作品中的玻璃、眼镜、瓶子、瓷器等，都属于单薄、易碎的物品，也可归属于镜子意象。

　　对镜子的易碎感受之所以这么强烈，源于张爱玲幼年的体验。她自幼离家，与姑姑同住。“真的家应当是合身的”（《私语》），所以在姑姑家也没有自然和自如，在她的散文中时有打碎东西的记录。对张爱玲来说，破碎的不是这些易碎物品，而是家庭，是心，这使她感到这个世界“无论什么东西都是一捏就粉粉碎，成了灰”（《中国的日夜》）。

　　张爱玲小说在刻画人物上也采用了大量的意象化手法，或将人物命运、心理、情绪、感觉等意象化，或把人物动作、神态、衣饰等意象化，笔法摇曳生姿，修饰繁复多彩。

　　风从镜子里进来。对面挂着的回文雕漆长镜被吹得摇摇晃晃，磕托磕托敲着墙。七巧双手按住了镜子。镜子里反映着的翠竹帘子和一副金绿山水屏条依旧在风中来回荡漾着，望久了，便有一种晕船的感觉。再定睛看时，翠竹帘子已经褪了色，金绿山水换为一张她丈夫的遗像，镜子里的人也老了十年。(《金锁记》)

流苏觉得她的溜溜转了个圈子，倒在镜子上，背心紧紧抵着冰冷的镜子。他的嘴始终没有离开过她的嘴。他还把她往镜子上推，他们似乎跌到镜子里面，另一个昏昏的世界里去，凉的凉，烫的烫，野火花直烧上身来。(《倾城之恋》)

鸟的意象。在《茉莉香片》中有一段传庆揣测自己母亲碧落的境遇的描写：

她不是笼子里的鸟。笼子里的鸟，开了笼，还会飞出来。她是绣在屏风上的鸟——惨郁的紫色缎子屏风上，织金云朵里的一只白鸟。年深月久，羽毛暗了，霉了、给虫蛀了，死也还死在屏风上。

这一段既是比喻，又是意象，还融入了象征手法和心理描写，这不仅是聂传庆母子生活和命运的象征，也反映出他内心的空虚和绝望。

蝴蝶的意象。

她顺着椅子溜下去，蹲在地上，脸枕着袖子，听不见她哭，只看见发髻上插的风凉针，针头上一粒钻石的光，闪闪掣动着，发髻的心子扎着一小截粉红丝线，反映在金刚钻微红的光焰里。

她睁着眼直勾勾朝前望着，耳朵上实心小金坠子像两只铜钉把她钉在门上——玻璃匣子里蝴蝶的标本，鲜艳而凄怆。(《金锁记》)

四、结语

总之，张爱玲小说虽然带有西化色彩，但是它更倾向于中国古典文学传统。张爱玲与中国文学有着血肉相连的密切关系。从文学史的角度看，张爱玲小说是中国世情小说发展的余脉，张爱玲是最后的世情小说大家。

具体而言，张爱玲小说颇具"红楼"神韵，是《红楼梦》的现代衍生物。此外，张爱玲小说在意象运用方面，与中国传统文学有明显的继承关系。总之，张爱玲小说是扎根中国文化土壤里的奇葩。

（作者为陕西师范大学教授）

梦幻之境：谭恩美长篇小说的空间属性

邹建军

作为美国华裔文学的代表作家之一，无论在题材、主题、思想上，还是在艺术、形式、体式上，谭恩美及其长篇小说都是一个独立的、显著的、重要的存在，在时间关系与空间属性的创造性方面，也同样如此。研究美国华人文学的学者，都不可忽视其小说里存在的这方面追求以及由此所形成的超越性特质。

谭恩美长篇小说中的时间往往是过去、现在与将来的统一，而不是单一的现在时态，也并非单一的物理时间，而是以心理时间为主，且心理时间与物理时间得到了有机的统一。小说的主要故事情节发生在过去，而不是发生在当下，但过去所发生的故事是通过现在的人物讲述出来的，没有直接地回到过去，而现在的故事与过去的故事交替进行，让整个小说显得曲折而复杂，这使得其作品在时间与空间的建构上，与古希腊悲剧具有一定程度的相似性。在谭恩美第一部小说《喜福会》中，八位女主角分别讲述各自的家庭与家族故事，并且延伸到两代以前所发生的事情，而那些事情对于今天还具有重大的影响力。故事的讲述者就像中国麻将桌上的四个主要角色，只是她们在四个家庭的母女之间轮流进行，所以形成了一种典型的麻将式叙事结构。主要的故事发生在过去，而现在的故事成了整个故事的一个引子。其后的《接骨师之女》《灶神之妻》《通灵女孩》《沉没之鱼》等长篇小说，基本上也是按此叙述方式进行，过去故事所占的比重是很大的，甚至像《沉没之鱼》里所讲的故事，是通过已经成为幽灵的陈璧璧讲述出来的，当然都是现在对过去的回忆，所以在这部小说里存在的几乎全是心理时间，而非物理时间。因此，谭恩美小说里的时间、时间与时间之间的关系，是很值得重视与探讨的一个问题。因为我们要讨论故事的结构、小说的叙事方式和主要人物形象性格的构成，就不得不联系时间的意义。与此相关的另一个问题，是其特有的空间结构与空间性质，本文主要探讨这个问题的来由及其复杂性。

无论谭恩美如何定义自己，她的华裔血统与东方文化根性，都成为其作品的深厚基础与重要前提，与东方中国产生种种联系并形成不同的结构，艺术空间属性的梦幻性质是其最重要内容之一。在她的六部长篇小说中，从《喜福会》到《灶神之妻》，从《接骨师之女》到《通灵女孩》，从《沉没之鱼》再到最近的《奇幻之谷》，虽然作品最直接与最主要的主人公都生活在今天的美国，然而没有哪一部小说的故事情节与人物形象，不与遥远的、过去的或现实的中国相关，不与中国的社会、历史、文化、哲学、伦理、思想等发生密切联系。几乎其小说里的每一个人物，都与中国或东方发生了关系，有的是现在的联系，有的是过去的联系，有的是直接的联系，有的是间接的联系。因此，我们说它们是当代美国作家所讲述的东方故事或中国故事，是西方视角下的中国人生与中国历史，这样的判断与论定不仅不会产生问题，反而具有相当的合理性与科学性。

《接骨师之女》是露丝讲述从小开始的与母亲之间的冲突，而这种冲突又与母亲的母亲有关。母亲来自于中国，她的前半生是在中国度过的，而母亲的母亲即外婆则一生都在中国度过，她对于母亲的影响是如影随形的。因此，出生于美国、接受美式教育而作为美国人的露丝这一辈人，似乎都与古老的中国有关，与自己的家族相关，与自己的家庭相关。因为没有过去就没有现在，没有中国的文化就没有现在的华裔美国传统，也就没有华裔美国文学。

《沉没之鱼》所讲述的故事有一部分是发生在美国的，即作为夫妻男女主人公在性生活方面出现了严重的问题。而当他们来到中国广西长鸣生活了一段时间之后，一切问题都得到了解决。小说中有大量的篇幅用于讲述自己的前世在太平天国期间的所见所闻，而它们与今天所发生的一切，都有这样或那样的关联。谭恩美几乎所有的小说都是站在今天讲过去的故事，今天的故事很短，发生在美国；过去的故事很长，发生在中国。过去对现在的影响实在太大，以至于在面对现实的问题时不得不回到过去，只有这样才可以思考与探索眼前一切的来历与原因。

谭恩美作品里的人物形象，虽然出生于从前的中国或生活在当下的美国，但他们的生活方式、情感形态与人生道路、个人命运等，都与东方中国有着这样或那样的联系，这种联系是千丝万缕的、复杂多样的、剪不断理还乱的。因此，其小说中的地理空间与艺术空间，往往表现出一种梦幻的性质、记忆的性质、交错的性质，成为其小说在艺术空间建构上的重大优势。这里所说的空间就是人物所生存的环境、故事情节所发生的地域，以及小说里所展示出来的美学与思想内容本身。空间是一个相当宽泛的概念，具体的事物与抽象的事物，以至于情感、思想、文化、伦理、哲学、宗教等，都存在空间问题，值得我们集中时间与精力进行探索，从而得出符合作品与作家事实的、有意义的结论。

谭恩美长篇小说里所讲述的故事发生在过去，所以绝大部分人物都生活在作家的记忆之中，并且这种记忆具有多重性与变异性。从中国到美国，从东方到西方，从美洲到亚洲，从过去到现在，从现在到过去，其故事的跨空间性与人物的跨时间性是大量存在的艺术事实，成为其长篇小说空间结构的主要形态与重要方式。而所有这些在地理空间基础上建构起来的艺术空间，主要是通过想象的方式、记忆的过程、情节的展开实现的。即使是对美国人现实生活的描写，往往也具有一种记忆的品性，虽然它们在小说里所占据的比重是比较小的。把所有的故事与人物放在梦幻的空间里进行展示，把所有的情感与思想放在记忆的时间里呈现，正是谭恩美长篇小说最为独到与深刻的地方，也是特别引人入胜的地方，体现了作家在艺术构思上的匠心独运，也体现了作家的美学追求与艺术思想。

从本质上说，小说里所呈现的一切，都是作家的记忆与想象，因为所有的故事与人物作家都是了然于胸的，不然他也没有办法进行创作，因此，从此意义而言，谭恩美长篇小说里所展示与呈现的一切，都是作家本人的记忆之梦、幻想之梦、情感之梦。更为重要的是，谭恩美长篇小说里最主要的内容，是由小说的主人公或一人或多人分别进行讲述的，他们所讲述的多半不是发生在当下的故事，而是发生在过去的故事，不是发生在美国的故事，而是发生在中国的故事。当下的人物似乎只是一个由头，而过去的故事才是讲述的主体内容，而取得了引人入胜的效果，小说的核心内容是过去的中国而不是现在的美国。主人公的讲述方式，则是通过回忆与想象，讲自己从小所接受的母亲的故事、母亲所讲的母亲的故事，以及相关的其他人物的故事。所以从空间上来说，现在的空间是存在的，但占故事的比重很小，过去的空间所占的比重很大，大到百分之八十甚至九十的地步，小说里绝大部分的人物与故事都是过去生活在中国的人物与发生在中国的故事，因此，这些故事都是在双重记忆里展开的，即作家的记忆与小说里讲故事的人物之记忆，这种大故事里套小故事的结构，与中国古典小说的结构也有异曲同工之妙。西方的现代派小说多半呈现为片断的故事与残缺的人物，而谭恩美的小说虽然与它们有联系，但主体内容与主要框架则与中国古典小说关系更密切，这是让人奇怪的事情。

在她的小说里，现代意味最浓厚的是《通灵女孩》，因为它极为具体地展示了阴间与阳间的相通，现在与过去的相连，许多神秘与神奇的事情真实地发生了，并且还将继续发生，但小说中也有中国传统的艺术要素。前世、今生与来世的故事框架，显然是受到了佛教生死轮回观念的影响，不然阴阳就不可能相互凝视，已经处于阴间的人也不可能与现实中的人进行转换，所以空间的过去性与现在性在她绝大部分小说里是统一的，以现在表现过去，以过去表现现在，过去的空间与现在的空间交错地编织在一起，成为统一的空间叙事模式。

谭恩美的小说之所以在空间上呈现出这样的特质，其根源在于作家本身的华裔身份、文化上的中华传统、对东方中国的观察角度以及对小说艺术的独到追求。如果谭恩美不是美国的第二代华人，她就可能没有自我的中国家族历史与故事，也就很难了解东方中国的历史与文化传统，因而没有将西方与东方联系起来的思维方式，更不会有回头看历史的思想倾向，也就不会有跨越时间与空间的故事与人物。每一个作家都是一个独立的存在，都有着自己的历史、传统与文化，来自所来之处、去到当去之地，他所有的优点与缺点、所有的成就与失误，都是他的自我造成的，并不是他者所塑造的。虽然谭恩美的小说并不是自传，然而在一定程度上具有家族史的性质，也具有自传的性质，是讲她自己的故事，自己家族与家庭的故事，只不过她特别会讲这一类的故事，所以她的每一部小说都取得了巨大的成功，成了名副其实的畅销书，在美国文学史与中美文学交流史上占有重要的地位。

谭恩美长篇小说里空间的梦幻属性，绝对不只是艺术想象的产物，也不是作家的故作惊人之举。想象是作家的基本思维方式，没有想象力不可能从事文学创作，特别是纯文学作品的创作。说谭恩美小说里的所有内容都是其想象的产物，也不会有错。然而，其小说里有关美国现实生活这一部分，基本上是一种写实性质的东西，而有关中国过去生活的部分，则是一种想象，因为她不可能去到她母亲与外婆所生活过的时代，因为时光不可能倒流，过去的人物也不可能复活。不过，她的想象是有根据的，她的根据就是自小母亲所讲述的历史，外婆所讲述的历史，它们本身也是记忆的产物，而成为谭恩美自我的记忆，这也就是记忆之记忆，那所有的东西都是一种记忆，并且越是后来的记忆，多半越是一种想象的产物，只不过有一定的历史根据，一定的生活依据，一定的社会依据。

所谓梦幻之境，并不是说谭恩美的小说中所写的都是梦幻，而是说她小说里的许多故事与人物是出自于作家的记忆，作家母亲的记忆，作者外婆的记忆，当然就是虚幻的、不可靠的。所以许多时候，作家自己也分不清哪些是母亲的，哪些是外婆的，哪些又是自己的。记忆碎片的拼接，梦中所得的一些故事，最后形成的就是追忆性质的东西，虽然是令人向往的，然而却是人物内心世界的表现，并非现实生活的实有。她小说里的故事与人物，也是难于还原的，具体的故事、情节与人物，往往无法考证；北方、南方、东方、西方的框架是存在的，而具体的方位与地点，却无从得知。这也许就是谭恩美小说的思想与艺术魅力之所在。

美国华人文学是一个总体概念，它包括了美国文学里的一个重要部分，就是由华人所创作的文学，以与黑人文学、白人文学、犹太文学等区别开来。而所谓华人也就是有华人血统的人。美国是一个多民族的国家，一些人也只有很少一部分华人血统，然而他也是华人。而在华人文学里面，可以分出华裔文学、华文文学两个大的分支。华裔文学是指华人的第二代、第三代及其后代，用英语所创作的文学作品，他们一般不会用汉语创作，因为汉语已经不是他们的母语，英语才是他们的母语。华文文学则是指移民到美国的第一代华人，用汉语创作的文学作品。值得指出的是，移民中有一些华人可以用英语进行文学创作，但数量极少，也没有产生很大的影响。而华文文学，根据历史的发展轨迹，主要由三个部分构成：一是早期的华人移民所创作的文学，如黄玉雪与"天使岛"文学；二是20世纪50年代从台湾到美国的留学生所创作的文学，通常被称为"留学生文学"，出现了许多大家，如白先勇、聂华苓、陈若曦等；三是改革开放以后从中国大陆到美国的华人所创作的文学，通常被称为"新移民文学"，也出现了许多大家，如严歌苓、哈金、刘荒田、黄宗之、王性初、吕红、施雨、陈宝林、陈瑞琳等，并且数量庞大，还处于发展演变的阶段。而本文所讨论的谭恩美，则属于美国华人文学中的华裔文学部分，也产生了一些大家，包括汤婷婷、谭恩美、赵健秀、黄哲伦、任碧莲、伍慧明等。谭恩美长篇小说取得了重大的成就，产生了很大的影响，在美国华人文学史乃至美国文学史上都具有比较重要的地位。研究其小说空间属性的梦幻性质，有助于我们更清楚地认识美国的华人小说特点与优势。

（作者为华中师范大学文学院教授）

游离中的追寻

——严歌苓小说的意象选择与文化思考

白 杨 刘红英

严歌苓喜欢将笔下的人物置于某种非常环境中去展示其"层出不穷的意外行为",因为"人的多变、反复无常是小说的魅力所在"。① 不过,对"非常环境"的设置在一些作品中会显露出特定的思维方式,我们发现就意象选择而言,她写国内题材时常常选择弗莱所说的"启示意象",如《第九个寡妇》中的"地窖""侏儒""监啸",《雌性的草地》中的"鬼",以及《陆犯焉识》中的"梦游",都具有"纯粹隐喻"的特征;而国外生活题材的作品中所运用的意象则显然接近于现实世界,属于"类比意象",如《屋有阁楼》《阿曼达》《青柠檬色的鸟》中的"阁楼",《海那边》中的"大海"等。弗莱认为文学原型中有五种基本的意象结构,即启示意象、魔幻意象、天真类比意象、自然和理性类比意象以及经验类比意象,前两种意象如但丁、弥尔顿笔下的天堂和地狱是两个隐喻世界,后三种意象根据它们趋向于理想与现实的不同程度,分别对应于传奇(浪漫主义)、高级模拟(现实主义)和低级模拟(自然主义)。严歌苓笔下的意象选择呈现出从虚幻想象到现实世界、从启示意象向类比意象的递变规律,她在东西方文化碰撞中的思考与坚持在一定程度上为当代中国文学研究提供了新的视阈。

---

① 严歌苓:《主流与边缘》,庄园编:《女作家严歌苓研究》,汕头:汕头大学出版社,2006年,第211、213页。

一、鬼魂、地窖、梦游："中国经验"的隐喻书写

作为出生于 20 世纪 50 年代的作家，严歌苓的成长经历使她对政治事件施加于个体命运的残酷影响有切身感悟，她的叛逆意识在其出国前的作品《一个女兵的悄悄话》《雌性的草地》中已经开始显露出来，并在移居国外以后的创作中不断得到丰富和强化。"政治"成为她建构"中国经验"的重要因素，她借此进行历史叩问，同时表达对所谓"绝对价值"的质疑与消解意识。值得注意的是，严歌苓在其国内题材的创作中有时会借助某种神话原型来隐喻现实，意象的选择不仅蕴含着文化意义，而且成为推动叙事的内在结构要素。

《雌性的草地》中有一种"地狱"原型的隐喻。沈红霞是一个承载着作家政治反思的形象，因为坚守"崇高"的理想，她同牧马班的其他女性之间产生了隔膜和分歧，始终伴随在她身边的是两位先烈的鬼魂，一个是 30 年前就已经死去的女红军陈芳，另一个是 10 多年前死去的青年垦荒队的陈黎明。小说中共有 16 处写到他们之间的相遇和交谈，大都围绕奉献与牺牲、信仰与集体观等问题展开。在沈红霞看来，"理想这类话题只有与牺牲者交谈起来才感到不空洞"。追求牺牲者"悲壮苍凉的姿态"不是挂在口头上的，而要内化为生命本质的一部分，为此她主动奉献了青春乃至生命——踏进沼泽，毁了双腿；长期夜间看护军马，导致双眼失明；因为不停地"哦呵"呼喊而哑了嗓音。在接连三天断粮的情况下，班长柯丹命令吃草料来维持生命，沈红霞却一再拒绝，并忏悔自己曾经偷吃过几颗料豆，忏悔时目光坚定，面貌泰然，但事实上沈红霞的言行越是庄严就越显示出荒诞性的色彩，她空具人的躯壳却没有人的意识，作家安排鬼魂与她相伴的情节，也隐隐暗示出她生活在非人的境遇中。"这块草地的自然环境是严酷的，每年只有三天是无霜期"，还有着"各种各样的危险：狼群、豺狗、土著的男人"，对年轻的女性来说，这里就如同神话传说中的地狱，它无情并令人恐惧地毁灭一切有价值的东西。

小说《第九个寡妇》中有更明显的绝对隐喻性神话结构（天堂、地狱、炼狱）。王葡萄在死人堆里救下自己的公爹孙怀清，将其藏于地窖中 20 多年。行刑场上帮她救下公爹的是一群侏儒，他们之后又帮她抚养了孩

子，并杀死刁民史五合。陈思和教授指出"那群呼之即来挥之即去的侏儒，仿佛从大地深处钻出来的土行孙"①。他们生活在废弃的庙宇中，俨然是神的使者，使困境中的王葡萄得到救助。如果说由庙堂、侏儒构成的世界带有令人向往的天堂的意味的话，那么与之对应的史屯则近似于人间地狱，小说中不止一次地写到猪圈和人们吃的糠秕，它们成为对现实生存状态的形象隐喻，这是一个堕落的世界，是真正的地狱。夹在天堂和地狱之间的空间是孙怀清赖以偷生的"地窖"，这既是他避难的处所，也是他受难的地方，对他而言，"地窖"犹如"炼狱"，如同神话传说中孙悟空被压在五行山下，白蛇被镇在雷峰塔下的劫难一样，他只有经过炼狱的煎熬才能得到解脱。多年以后，孙怀清一身仙气地从地窖中走出来，"白发白须，脸也白得月亮似的"。"脸容、皮肉一天天干净起来。"在矮庙里，他和已经去世多年的妻子相遇互谈，与小豹子互相抚摸，与树木气息相通。在他的世界中，万物有灵，物我同一，真正实现了灵魂的升腾和对肉体生命的拯救与超越。

对原型意象的运用使严歌苓能够超越现实时空限制，表现出丰富的艺术想象力，它们在不同的作品中互为映照，也形成了作家特定的美学风格。在小说《陆犯焉识》中，作家再次运用此种写作方式。曾经风流倜傥却在"文革"中被流放至西北荒漠的才子陆焉识，历尽磨难才发现自己的真爱。西北荒漠可以看作《雌性的草地》中的西南草原在这里的置换变形，对陆焉识来说，流放西北荒漠的经历就是一次地狱之行。"陆焉识是在 1954 年 12 月 3 日被作为重刑犯押到监狱的底层的。似乎是地下室。"监狱底层的"地下室"，与《第九个寡妇》中的"地窖"具有互文同构意味，重刑犯们在这里向死求生，但他们却没能得到孙怀清式的宁静结局。小说中描写了一个令人震撼的梦游者仪式，"所有死刑和死缓犯人都走着水底步伐，不疾不徐地行进，似乎在进行一种史前的神秘仪式。"陷入梦魇中的人们"有种灵魂出窍的感觉：灵魂看着自己的肉体自行其是，无法去控制它。经历了巨大心理恐惧的人以这种方式逃避恐惧。那暂时失去灵魂的肉体是自由的，可以不顾约束和禁锢"。有研究者指出，"仪式是人的

---

① 陈思和：《自己的书架之五：第九个寡妇》，《献芹录》，上海：复旦大学出版社，2009 年，第 20 页。

一种有目的的活动，它以无意识的外在形态反映着人的有意识的行为，以非理性的举动为理性的目的服务"。① 重刑犯们的梦游仪式既是对环境的一种示威与反抗，也潜隐着渴望获得某种神灵庇佑的心愿，是在苦难中尝试进行自我救赎的努力，然而抗议最终在权力的威逼下变成了出卖灵魂的丑剧，小说巧妙地把政治性反思引入对复杂人性的思辨之中。

　　总体来看，以上三篇以国内题材为主的小说都运用了神话构想的模式，营造出天堂与地狱的对立结构，暗含着作者对现实批判和对理想憧憬的深层心理意识。作为地狱隐喻出现的现实大地均以"文革"为背景，对于"文革"，严歌苓的书写和国内其他一些作家相比少了宣泄和控诉，只是将之作为背景与底色铺排在人物的背后。但是，我们读来也绝不轻松，在幽默诙谐中多的是含泪的凄凉。每个人都有追求自由的权利，帕斯卡尔说："我可以想象一个无头无腿无胳膊的人，但不能想象一个没有自由思想的人。""那片大草地上的马群曾经是自由的。黄羊也是自由的。狼们妄想了千万年，都没有剥夺它们的自由。"（《陆犯焉识》）然而，智力超群的留美博士怀揣着深厚的学识却要在这里接受改造，如花似玉的青春美女却要在这里牧马，较早就具有商业意识而又聪明机智的"能人"却要在"地窖"下生活二十多年，这种政治意识和社会批判是深刻而睿智的，作者的历史责任感和民族意识在这里得到了彰显而不是减弱。这是一种艺术表达力，而不是作者对历史的淡化，这种表达比宣泄与控诉来得更痛更彻底更具讽刺性。严歌苓说："'文革'是我人生观、世界观形成的最重要的阶段。很多年后回想很多人的行为仍然是个谜，即使出国，我也一直没有停止这种追问，人为什么在那 10 年会有如此反常的行为？"② 所以，在她的作品中，她总是有意无意地就写到了"文革"。严歌苓生于 1958 年，"文革"发生的时候，她只有八岁。童年经验和心灵创伤成为她日后写作的对象与主题，但因为女性的心理意识与移民生活的经历，对过去的回忆就有了更多的理性与审视，即使残忍也具有了远观的凄美与移情后的冷静。所以，她不再纠缠于其中，而是转而刻画人性，描写"在极致环境中

---

① 程金城：《原型的内涵和外延》，叶舒宪编：《神话——原型批评》，西安：陕西师范大学出版社，2011 年，第 161 页。

② 严歌苓：《洞房·少女小渔》，沈阳：春风文艺出版社，1998 年，第 248 页。

的极致人性"，她的创作因而更有美感，也更有深度。

沈红霞是时代的牺牲品，严歌苓刻意用"雌性"来形容她笔下的女性，她写被剥夺掉了雌性（人性）的女子，要借此来"伸张'性'"，"以血滴泪滴将一个巨大的性写在天宙上"。[①] 但作品呈现的气氛是如此阴暗与清冷，有一种没有出路的苦闷感，唯有小点儿的一丝亮色，也被沈红霞压下去，那是一个"无我"的年代，火的焚烧意味着决绝的姿态，但也带有一点无奈。考虑到作品的写作背景，这是写于作者出国之前的一篇小说，那么，可以推想作者此间的心境，旧的否定了，可新生之路何在？真正符合人类理想的"天堂"在哪里？这里有着探寻的意味，是对理想与人性、自我与新生的探求。若干年后，《第九个寡妇》（2006）出现，王葡萄以一种脱胎换骨后的干练热情、豁达奔放的姿态出现，小说字里行间充满了生命的强力与热力，西方个性主义质素彰显无遗，"自我"得到了肯定，"天堂"之境清晰、亮丽而完整地出现在作者笔下，我们可以看出作者获得了一种来自异质的力量，对已有人生观、文化观进行了重新铸造。而此后的《陆犯焉识》（2011）中，王葡萄式的个性减弱了一些，但也绝无《雌性的草地》上的阴湿与悲凉，对东西方文化的互渗和交融的体悟，使作家在面对人性问题的思考时有了新的取向。陆焉识接受了西方的自由思想，形成了放荡不羁的个性，到头来却在一个自己曾经无视的东方女子身上找到了生命的真谛，所以陆焉识的逃跑意味着回归与希望，是对那"一低头的温柔"的回溯。然而，时过境迁，曾经的美只是梦境，陆焉识苦苦找寻的东方女子婉喻已经失忆，婉喻是一个文化符号的象征，婉喻的失忆意味着陆焉识追忆的文化只是镜中的花，可寻而不可得。面对失却的伦理亲情、已被异化了的子孙，他满目凄凉与失望，陆焉识再次出走。真正的获得是对自我的拥有与寻求。所以，将《雌性的草地》《第九个寡妇》《陆犯焉识》联系起来看，可以发现作者不断变迁的心理轨迹，在创伤心理机制下对自我的寻求—获得—再寻求，同时也包含着作者的人生历练（受难—复活）与生命意识的迷茫、困惑到觉醒的过程。

---

① 严歌苓：《雌性的草地》，沈阳：春风文艺出版社，1998 年，第 5 页。

二、"阁楼""大海"：焦灼情感中的异域生命体验

同国内题材的写作比较而言，严歌苓在国外题材的小说中不再运用明显的启示意象，也不再有凄美的意境与明晰的自我追寻，而是凸显在异国的身份探寻与文化认同意识，以及在异质文化语境中来自生命深层意识中对现代性感受的焦灼、躁动、不安和压抑。在这种心理驱使下，对意象的选择就没有了远距离的透视与审美观照，而是来自当下情境的现实体验和心灵震颤，其中夹杂着东西方文化交融碰撞中的矛盾、冲突与博弈。

《屋有阁楼》中申焕的父亲申沐清住在阁楼上，每晚都听见女儿受到男友的性虐待，"他一边听一边糊里糊涂失着眠"。为此，他去找心理医生，医生却认为他与女儿之间的关系不正常；他跑图书馆翻阅了很多关于"性"的书，最后自己也不知道是自己的幻觉还是事实如此，于是在不眠之夜喝了大量安眠药。我们注意到，"阁楼"在空间结构上处于"悬置"状态，似乎隐喻着离散在异国的游子的孤独感、无根感和飘零感，申沐清最终在极度郁闷的状态下选择自杀以结束生命。《青柠檬色的鸟》中洼在少年时代就来到美国，一生都在暗恋着楼上的同胞香豆，可是旧金山之行归来，却发现香豆已死。于是，洼陷入一种追忆与想象之中，陪伴他的是香豆留下的八哥与楼上新搬来人家的小男孩佩德罗。佩德罗陪伴洼的原因是喜欢听八哥的叫唤，洼需要的是佩德罗为自己读"成年人读物"。洼在小男孩单调的童音中，想象着香豆的身体。八岁的佩德罗并不懂得他所读的内容，"但他的本能是懂的"。他在洼的意淫满足中隐约感到受了骗，无形的冲突横隔在他们之间。有一天，佩德罗邀请几个小朋友来听八哥叫唤自己的名字，可是，八哥始终没有发声使佩德罗恼羞成怒，举起和自己一样重的木棍向八哥打下去，而把八哥当作香豆的影子的洼拼命保护它。小说中写到，佩德罗"瞄准那鸟便抢过木棒，却听见洼闷闷的一声'哎哟'"，"佩德罗看见无数根血注从洼的老脸上流下来，灰色眼镜摔在地上，成了两只空洞的眼眶。男孩愣住了，他就那么愣愣地看着这个中国老头在越来越大的血泊中抽动，发出他听不懂的哀怨之声"。如果申沐清是因压抑而产生幻觉才自杀，洼则是在欺骗与替代性满足中死于他杀。小男孩对洼的看似无意的伤害其实在潜意识中早有抵触。他们在一起只是相互利用

而绝无友善与情感，语言与文化上的隔膜如他们年龄的悬殊，眼镜碎裂处，幻想也随之破碎，空洞的眼眶意味着生活本身的空洞。

然而，申沐清、洼之死不能仅仅归于压抑与孤独，福柯对"性压抑说"提出质问，他认为性压抑不是历史事实，所谓压抑是和文化与权力联系在一起的。在《性经验史》中，他说："我们的文明需要并且组织了一个庞大的、喋喋不休的制造与性有关的话语的机器。"① 在这里，"性"的概念不是生理的，而是一种历史与社会现象，它被纳入权力机制之中，引导人们在性中实现自己。"权力"也不同于我们习惯上理解的宏观性的政治层面上的概念，而被称为"微观物理学"，它不是君主权力，也不是某个阶级与党派的权力，而是诉诸我们个体的经验，他说，权力"不应被看作一种所有权，……这是一种被行使的而不是被占有的权力"，"生活的每一处都有可能发生冲突、斗争，甚至发生暂时的权力关系的颠倒"。② 申沐清在幻想中认为女儿被保罗施以性虐待，是因为他在内心深处对保罗不认可。保罗到了门口不进门，在已经开了的门上叩一叩，"申焕很骄傲保罗这份礼貌"。但申沐清只是"含混地跟他打了个招呼"。保罗对申沐清回个"你好"，"就把申焕抱进怀里去亲"，"申沐清其实并没有去看，他眼睛其实是盯在腌鸡肉上，肉上有皮，皮上一粒粒凸着鸡皮疙瘩"。鸡皮疙瘩，其实是申沐清的疙瘩，是他内心深处对西方文化的陌生感与拒斥感。于是就出现了一种无形的争夺——申沐清和保罗对申焕的争夺。但保罗一开始便"有主宰的意味，使得申家父女一左一右成了伺候"。女儿心甘情愿做着一切，对保罗的举止方式不仅认同，而且以此为骄傲，所以作为岳丈大人的申沐清只能因失势而失败，他的自杀与其说是压抑与幻觉，不如说是抗衡力量上的失败。

同样，在《青柠檬色的鸟》中，也存在这样一种潜在的争夺关系。洼保留着香豆留下的八哥，而小男孩佩德罗甘愿陪着洼并帮他读"成年人读物"的目的也是为了八哥。于是八哥便是他们争夺的对象，佩德罗终因得不到八哥（八哥主人本是香豆）而将洼打死。我们可以把申沐清、洼看作

---

① ［法］福柯著，佘碧平译：《性经验史》，上海：上海人民出版社，2000 年，第 28 页。

② ［法］福柯著，刘北成、杨远婴译：《规训与惩罚》，北京：生活·读书·新知三联书店，1999 年，第 29 页。

东方文化符号的代表，保罗、佩德罗则是西方文化的符号象征，申焕、香豆（八哥）便是东西方文化博弈的对象，但两次都是以西方文化的胜利而告终，申沐清是放弃而自杀，洼则被对方打死。从福柯的微观权力概念来看，我们可以认为申沐清和洼的死是文化权力使然。在这场文化的角逐中，西方文化以自己的强势与文明占了上风。《阿曼达》中同样如此，但与前两者不同的是，"权力"公然出场。杨志斌到美国是做博士妻子的伴读的，伴读的身份使他觉得自己从没有有用过。偶然帮楼上的波拉搬床垫，使他赢得了波拉及其十四岁女儿阿曼达的好感。他禁不住阿曼达的诱惑与追求，和阿曼达约会并同居，结果却被阿曼达及其父以"诱奸"的罪名告上法庭。杨志斌为此被判刑十五个月，刑满的时候，妻子已通过了律师资格考试拿到了执照，原谅他并等着他。但杨志斌拒绝了妻子，没有任何身份地流落在"黑人"行列。在这里，杨志斌被判刑，而妻子却获得了律师身份，极具反讽意味。法律是权力的象征，杨志斌如果是作为一种文化符号象征的话，他对阿曼达的占有就是一次东方文化的胜利，在阿曼达的父亲与杨志斌的争夺中，杨志斌胜利了，但在特定的语境中，权力出场了，虽然杨志斌的律师一再为他辩护，阿曼达没有证据证明他"进入"了她的身体，但法律术语的"进入"对杨志斌而言正是他心理上的阴影处，意味着他没有确定的身份。妻子已经获得的身份显然与他已经是两种文化的表征。在此意义上，杨志斌、洼与申沐清都是文化角逐中的失败者，都是海外华人的漂泊、离散境遇的真实写照。学者洪怡安指出："不管他们心系或想象中的中国，是作为民族/国家、历史、文化、家园还是记忆来看待，相对的，认同想象中的故国，往往是弱势族裔在居留地被边缘化的征兆。"① 在潜意识的深处，他们认同的仍然是自小就浸淫于其中的中国文化，于是在异质文化的境遇中便有了更多的龃龉尴尬的困境、碰撞中的冲突和不能见容的争夺。

"人在寄人篱下时是最富感知的。杜甫若不逃离故园，便不会有'感时花溅泪'的奇想；李煜在'一朝归为臣虏'之后，才领略当年的'车如流水马如龙'，才知'别时容易见时难'；黛玉因寄居贾府，才有'风刀霜剑严相逼'的感触。寄居别国，对一个生来就敏感的人，是'痛'多于

---

① 庄园编：《女作家严歌苓研究》，汕头：汕头大学出版社，2006 年，第 66 页。

'快'的。"① 在这"痛"之中，就包含着文化的陌生感与身份的确认性。土生土长在中国文化的背景之下，忽然被连根拔起而融入另一个民族和文化中，又是何其艰难。《失眠人艳遇》中，"我是一个来自中国大陆的年轻女人"，"脸上浓稠的冷中有异国的陌生"，在无数个失眠的夜里，彻底的孤独。《方月饼》开篇就质疑"月饼方的？想不通"。即便如此，这是中国传统的节日，朋友们想要聚聚，但因为生存的压力拼命挣钱聚不起来。于是，在像垃圾场似的凉台上"独坐、闷坐、枯坐"，月亮"很白很圆，像一枚阿司匹林大药片"。"月"自古以来意味着乡愁，多少文人墨客写尽了月的比喻，但严歌苓用最通俗的题材写出了独特的心境。失眠需要阿司匹林，中秋夜晚天空的"阿司匹林"却不仅不是催眠药，而适得其反地成为让人头疼的清醒剂。这种比喻既是作者真实处境的写照，也增添了语言的陌生化效果。《海那边》中泡与李迈克的期盼，虽然泡与李迈克不一样，泡一无所有，而李迈克有妻子有女儿，但实质上他们还是一样的，对"海那边"都是一场无望的空等，却又决然不可能归去。《无出路咖啡馆》《集装箱村落》等作品，在标题的命名上即显示出喻指无所逃遁的困境，如果"集装箱村落"因封闭而找不到出路，而"咖啡馆"却是在敞开的空间里无处可走，所以截然相反的意象却有着同样的所指。

　　但严歌苓并不仅仅在描写这样一种异域中的窘境，她的独特就在于能从不同角度、以不同身份去写作，移民固然有着不能融入的孤独与困境以及争夺的失败，但如果融入了呢？变质了的"自我"会是什么样？《集装箱村落》里麦克·李"是十一岁跟着父母从香港移民到美国的，性格却比美国人更热闹。从十一岁起，他有意无意地对中国人的含蓄和内向矫枉过正"。偶然一次路过集装箱村落，邂逅能歌善舞的女孩玛利亚，出于既是欣赏也是调戏的动机，他口头承诺带玛利亚走出集装箱。一句戏言成为小女孩的美好憧憬，最终却也只能是无期的空等。这里的"教堂只有一间教室那么大，里面什么也没有，连基督的画像也没有"。真诚乏善可陈，却"是人们在道德和法律中给自己留出来的休假地"。十一岁就很美国化的麦克·李早已没有了法律和道德观。值得注意的是，此处有意味的不是美国人对中国人的淡漠，而是已经美国化的中国人比美国人更过而甚之。我们

---

① 严歌苓：《洞房·少女小渔》后记，沈阳：春风文艺出版社，1998 年，第 340 页。

不禁要质疑法律与道德是否具有同一性，在西方语境下，是如此含混不清，带着迷乱与焦灼的现代性体验，气氛是这样的压抑以至于窒息。

三、《扶桑》：自我救赎与文化反思

但同样的国外题材，《扶桑》却另辟蹊径，别具风貌。作者对《扶桑》的驾驭又回归一贯本色——古老意象的运用、冷静的叙述与从容客观的写作态度。有关"扶桑"的最早记载有《山海经·海外东经》和《墨子·明鬼》。《山海经》曰："汤谷上有扶桑，十日所浴，在黑齿北。居水中，有大木。九日居下枝，一日居上枝。"① 《墨子》曰："燕之有祖，当齐之社稷，宋之桑林，梦之云梦也。此男女之属而观也。"② 可见，扶桑的寓意在生殖与生命，是远古母性的神话表达，它意味着受难与包容，忍辱与宽厚。小说中的扶桑没有对抗，没有争夺，有的只是宁静、和谐与美。"她的身体在接受一个男人……那身体没有抵触，没有他预期的抗拒。有的全是迎合，全面的迎合。""他以为该有挣扎，该有痛苦的痕迹，而他看到的却是和谐。"这是一种美，最原始也最本真的美，是庄周所言的"大美"。母性体现的就是容纳，即使是"堕落"的容纳，陈思和教授将其称为"藏污纳垢的宽容"。在克里斯看来，"她眼睛晕晕然竟是快乐，那最低下、最不受精神干涉的快乐"。这样一种近于低智、痴傻、愚钝的快乐，却又魅力无穷。

严歌苓在谈到《扶桑》的创作动机时说："中国人被凌辱和欺压史惊心动魄，触动我反思：对东西方从来就没停止的冲撞和磨砺反思，对中国人伟大的美德和劣处反思。"③ 但是何谓美德，何谓劣处？悖论式的命题具有趋异性，但也有着同一性，审美张力因此而生成。《扶桑》是对历史的重构，但事实上也是文化的寻根。在这里，作者找到了困惑已久的心理病因——"连根拔起"后的生命失衡，只有在自己生于斯长于斯的文化氛围中，才有自己生命的支撑。文化从来就没有优与劣的区分，现代文明的种

① 郭郛：《山海经注证》，北京：中国社会科学出版社，2004 年，第 653 页。
② 墨子：《墨子明鬼下第三十一》，参见 http：//mingzhu66.db66.com，2006 - 01 - 24。
③ 严歌苓：《扶桑》，上海：上海文艺出版社，2002 年，第 2 页。

种危机使人焦虑不安，只有在古老的东方文明中，才能获得精神的依归，确认自己的重心。所以，《扶桑》尽管也写国外题材，但由于历史的视角，与东方文化的参照，而与其他的国外题材的小说大相径庭，意象的选择也就离现实较远。

尽管如此，相较国内小说而言，它只属于浪漫传奇，而没有神明世界。继弗莱之后的原型批评，理论家约翰·怀特认为："一个被现代小说家引入自己作品中的神话能够照几种不同的方式预示并加入作品情节。"①戈尔德则进一步指出，神话的运用并不是重复出现的母体，而是作者的某种"理性的结构"②。在严歌苓国外题材的小说中，看似属于经验范畴的意象选择，其实也包含着作者理性的思考。当以西方文化为参照来审视中国文化时，会发现中国文化中种种的陋习与痼疾——儒家文化中的忠孝礼仪，要求女性的三从四德，道家文化中的反智式文明，不思进取的消极状态，以及在这两种文化合流影响下将集体主义提高到至高无上位置时的"文革"时代，整个历史的传统里没有人性与个性。但当以东方文化为参照，会发现西方文明社会中，看似繁花似锦的背后却盛行着工具理性，看似现代文明的背后却是一场幻想与骗局，越是现代，越有危机感。而超越东西方区别建构"文化和合"是否可能？对于跨国越洋的海外华人来说，这是他们的期盼，但在现实的阻击下只能是乌托邦想象。于是，伴随着在强势文明的西方世界中的现代性体验的是文化寻根，这是对多元文化进行脱色处理后的单色坚持，是在开放性与世界性的前提下，在对本土文化否定之否定的基础上，所选择的文化观与价值观。所以，无论对国内还是国外题材，严歌苓都坚持在批判的基础上建构，在否定的基础上肯定。无论在东方还是西方，传统还是现代，世界还是本土的角逐中，都重在突出对"人"与"人性"的书写。弗莱指出："每一个时代有一个由思想，意象，信仰，认识，假设，忧虑，记忆，希望组成的结构，它是被那个时代所认可的，用来表现对于人的境况和命运的看法，我把这样的结构称之为神话叙述，而组成它的单位就是神话。神话在这个意义上，指的是人对他自身

———————————

① 叶舒宪编：《神话——原型批评》，西安：陕西师范大学出版社，2011 年，第230 页。

② 叶舒宪编：《神话——原型批评》，西安：陕西师范大学出版社，2011 年，第232 页。

关注的一种表现——而神话叙述则是一种人类关怀，我们对自身关怀的产物，它永远从一个以人为中心的角度去观察世界。"①

　　因为始终"以人为中心的角度"，突出人的生存处境与"极致环境中的极致人性"，严歌苓的写作具有了人类性视野与对人本身救赎的意义。而这种救赎不是宗教，也非审美，而是弱者的微笑与女性的经验。所以，在她的作品中，常常是让一个弱小的女性来承担"救赎"的角色，《少女小渔》中的小渔，《扶桑》中的扶桑，《一个女人的史诗》中的田苏菲。她们是弱势的，但不是弱者。弱者充当拯救者的主题，不仅关乎个体生命的日常生活，而且具有文化反思的意味，包括对东方和西方、传统与现代的反思。自古以来西方文明一直以"强"思想与"强"姿态统领世界，然而置身其中就会发现它的污秽与不堪，意大利哲学家贾尼·瓦蒂莫提出"弱思想"来思考当今人类的生存处境与生活态度，他说："谎称同那些不受记忆、怀旧、感恩祈祷支配的价值观念有关的言辞，往往是一种恶魔的言辞。""处于瓦蒂莫弱思想理论核心的是海德格尔式的概念 Andenken（'回忆'或'再思'）和 Verwindung"（不同于更常见的词 Uberwingdung 或'克服'，可用'治愈''康复''放弃''接受'等词来译）。"② 尽管中国传统文化尤其道家文化思想与海德格尔式的思想千差万别，但其共性与相通之处也是有目共睹的，那就是人与人、人与社会、人与自我，无论处于怎样的语境或情景当中，坚持"接受"的态度和对话的可能。在这个意义上，严歌苓的小说为海外华文文学的写作格局提供了新的言说可能性。

　　（作者简介：白杨，吉林大学文学院中文系教授；刘红英，浙江越秀外国语学院讲师，吉林大学博士研究生）

---

　　① ［加拿大］诺斯罗普·弗莱著，盛宁译：《现代百年》，沈阳：辽宁教育出版社，1998 年，第 74 页。
　　② ［美］马泰·卡琳内斯库著，顾爱彬、李瑞华译：《现代性的五副面孔》，北京：商务印书馆，2003 年，第 272 页。

论张翎的长篇小说《金山》

胡德才

离乡背井，外出谋生，近者境内，远者外洋。有人发家致富，甚至移居他乡，落地生根；有人颠沛潦倒，乃至音信杳无，客死异邦。近代以来，闯关东、走西口、下南洋、赴金山，多少人前赴后继，含垢忍辱，多少人历经磨难，脱颖而出。有辛酸、有血泪，有佳话、有美谈。再看当今境内，农民进城，外乡打工，风起潮涌，蔚为大观；出境者则有"留学热""移民潮"，持续升温，如火如荼。其实，这就是一种人生状态，特别是中国社会开始转型以来，自给自足的经济封闭状态被打破，人们的观念视野随着交通通信的发达而拓展，外出寻找机遇闯荡世界谋求发展的人越来越多。本来，人生百年，乃匆匆过客。若在传统社会，囿于一地，休养生息，喜怒哀乐，相对平淡无奇；而近代以降，越来越多的人背井离乡，甚至漂洋过海，与亲人聚少离多，也更加牵肠挂肚，在陌生的环境难免遭逢奇遇坎坷、历经兴衰成败，于是演绎出更多悲欢离合的人间传奇。尤其因为人是有感情、有才智、有精神追求的动物，他们远离故土，首先当然是为了追求物质财富，而伴随物质财富的获取，他们也得到个人梦想实现后的精神满足。正如研究旧金山华人历史的陈勇先生所说："他们背井离乡，远赴美国是经过深思熟虑后的行为，为的是承担家庭责任和实现个人梦想。"① 这种追求的过程就使他们始终处于一种"人在旅途"的状态，一方面是在他乡异邦的挣扎拼搏，一方面是对家国亲人的魂牵梦绕。他乡的诱惑与故乡的召唤，梦想的追求与亲人的等待，物质的困境与精神的焦虑，身体的痛苦与情感的煎熬，自始至终困扰着他们、撕扯着他们，于是才有一串串如泣如诉、可歌可叹的感人故事。

---

① 陈勇：《华人的旧金山》，北京：北京大学出版社，2009年，第304页。

　　《金山》是著名旅加华人作家张翎截至目前最厚重的长篇小说，《金山》问世以来，获得广泛好评，海外学者称"它对人性和社会描写的深度和广度使加拿大华人文学的金质达到了空前的高度"。① 国内学者认为："张翎的《金山》至少是近几年来出现于我国文坛上的最优秀的长篇小说之一。她厚重、沉稳、扎实、大气，纵览风云细腻入微，洞悉人性淋漓尽致。"② "它在海外华文文学地图上新耸起一座界碑。"③

　　《金山》是一部关于近现代史上海外华工生活题材的小说，它展示了华人近一个半世纪以来越洋过海、挣扎拼搏的血泪史和奋斗史，结构严谨，气势宏大，内容厚重，描写细腻，具有史诗般的规模与意蕴，是同类题材创作中的集大成之作，堪称北美华人移民题材小说创作史上的一块里程碑。但《金山》的成功并不仅仅在于题材的独特。《金山》的创作对张翎来说是一种难以抗拒的诱惑，她说："我对这个题材又爱又恨，爱是因为它给了我前所未有的感动，恨是因为我知道这是一项扒人一层皮的巨大工程。"④ 从最初萌动一丝创作灵感，到最后小说创作完成历时 20 余年，与其说是张翎对金山华工历史着迷，不如说是张翎不能忘怀初履金山时发现野草丛中先侨墓碑时的那份感动，事实上，她当时已有创作这样一部小说的念头。后来在广东开平的碉楼里意外见到那件年代久远的绣花夹袄和一双破损的玻璃丝袜，则更使她感动不已，进而浮想联翩。张翎原以为"这样一部涉及异域的沉重历史题材，和当下社会的审美阅读习惯偏离得很远，应该是没有多少读者的"。而《金山》在国内的广获好评以及在国际版权市场的良好收获，使她意识到，"还是有一些感动，是具有全球意义的，可以跨越国界语种和肤色的界限的"。在张翎的创作谈中，"感动"一词可能是出现频率最高的关键词之一，她甚至认为："对于一个小说家

　　① 徐学清：《金山的梦幻与淘金的现实——试论张翎的长篇小说〈金山〉》，王红旗主编：《中国女性文化》第 11 辑，北京：社会科学文献出版社，2009 年，第 221 页。

　　② 梁鸿鹰：《捍卫与重建尊严的写作——谈张翎的长篇小说〈金山〉》，《小说评论》2009 年第 6 期。

　　③ 江少川：《底层移民家族小说的跨域书写——论张翎的长篇新作〈金山〉》，《世界华文文学论坛》2010 年第 4 期。

　　④ 张翎：《〈金山〉序》，《张翎小说精选四·金山》，上海：华东师范大学出版社，2009 年，第 5 页。

来说，我觉得最重要的是他/她是否写出了自己内心最深层的感动。真实地还原内心的感动是一部好小说的内核，这样的好小说任何一个圈子都会愿意'认领'的。"《金山》的创作正是源于作者"内心最深层的感动"，正因为有这种感动，她才能避开生活的烦琐与喧嚣，守住一份孤独与寂寞，作为一个纯粹的小说家进入创作的佳境。张翎对自己创作《金山》时的状态是很满意的，作为小说家，她"希望自己依旧能保持在《金山》写作过程里的那种带着傻劲的固执和坚守状态"。[①]《金山》正是写出了作者"内心最深层的感动"而赢得了不同肤色读者的共鸣，而感动作者也进而感动读者的正是一种跨越种族国界也跨越历史时空的人生况味，一种人性的复杂与纠结，一种出走与回归的矛盾，一种坚守与等待的执着与辛酸，一种流年似水往事如烟的苍凉与无奈。

谈到自己创作的基本主题，张翎曾说："我一直在写、或者所要写的是一种状态，即'寻找'……就是说一个人的精神永远'在路上'，是寻找一种理想的精神家园的状态。可以是东方人到西方寻找，也可以是西方人到东方寻找，但这种寻找的状态是人类共通的。"[②] 青年画家、富有的上海小姐望月移民加拿大，在经历了许多人世的坎坷和情感的困惑与挣扎之后，开始远离世俗功利而趋于宁静淡泊，是寻找一种精神归属（《望月》）。心高气傲的服装设计师江涓涓作为邮购新娘来到多伦多，最终与加拿大老板解除婚约、离加回国，显示了自己的人生追求（《邮购新娘》）。黄蕙宁为了逃离小城死水般的生活而来到加拿大寻求别样的人生，几经波折后又不辞而别，踏上了新的人生旅途（《交错的彼岸》）。张翎笔下众多的新老华人移民或来到中国的洋人们都有着自己曲折的寻找之路。

《金山》的主人公方得法十六岁时为了一个朦胧的黄金梦想随着同村的红毛伯踏上了远赴金山的漫长旅程，他亲历了修筑太平洋铁路的艰辛困顿和铤而走险，有过竹喧洗衣行生意的发展兴隆及最后的横遭毁劫，而郊外农场的开发算是他金山事业的顶峰，后来遭人暗算诬告导致农庄破产则使他一蹶不振。要强的方得法曾不甘心就此罢休，尚思做最后的挣扎。可

---

① 《有一些感动可以跨越国界——采访加拿大华人作家张翎》，《上海采风》2010年第6期。

② 南航：《十年积累的喷发——张翎访谈录》，《文化交流》2007年第4期。

是弹指一挥间，他已是年近花甲的老人，一文不名的他甚至不能养活自己。和结发妻子六指新婚之夜相许却最终未能履行的"金山约"让他心里隐隐作痛，不能衣锦还乡又不愿落魄回家的他，只能在与"同是天涯沦落人"的粤剧名伶金山云的丝弦唱腔中打发时日，维系风烛残年。排华法案的颁布、个人晚景的凄凉，使得"拼命攒钱，亲人团圆"的梦想更加遥遥无期甚至彻底破碎。出洋66年，其间仅三次返乡与亲人团聚的方得法，等到抗战胜利他已82岁，正准备返乡时却猝死异邦。为了圆一个美丽的"金山梦"，为了践一个平凡的"金山约"，方得法奋斗拼搏了66年，付出了一生的代价，最终约未践，梦破碎。而先后来到他身边以助他一臂之力实现金山梦想的两个儿子也先后客死异乡。血气方刚的方锦山初到金山，因同情革命而遭保皇党暗害，被抛入江河，幸得印第安原住民相救而脱险，却因此与印第安少女桑丹丝发生恋情。后来又因救了从来春院逃出的妓女猫眼并与其同居而与方得法十数年父子不相认，再后来因骑马去外地给人照相中途落马而摔成残疾，从此生活每况愈下，终至悻悻而亡。懦弱内向的方锦河顶替母亲来到金山，被父亲送进亨德森家中做佣人，且一去25年，直至亨德森太太去世，其间随着年岁的增长，他已成为长期处于病中的亨德森太太生活的依靠和忘年的情人。后来，他将亨德森太太留给他的私人资产四千加元全数捐给中国政府购买抗日飞机，同时报名参加加拿大军队奔赴法兰西，最后在盟军胜利前夕因特工身份暴露而为国捐躯。方得法父子的金山传奇、家国情怀、惨淡人生、悲剧命运正是无数先侨的生活、情感与命运的缩影。

方得法是作者着力塑造的一位早期海外华工的典型，他在作家的心目中孕育多年。他少年出洋，初通文墨，重义识理，追求执着，勤劳勇敢，性格刚强。早年修铁路冒险放炸药引爆岩洞、挺身而出为捍卫华工的生存权利几乎丧失性命最终落得一脸疤痕，显示的是他的勇敢、剽悍、正义和刚强；初次返乡因赏识六指而宁愿奉送全部从金山带回的彩礼以退亲，却坚持非六指不娶的执着表现了他不凡的见识和个性的坚强；和瑞克·亨德森一生的友情可见其通情达理、仁义为先的厚道与美德；将大儿子锦山赶出家门十数年不相认以及最后一次返乡归来后因金山事业的衰落长达三十余年有家不归，其中都有中国人过于讲面子的劣根性在作祟，同时也可见其性格的固执与倔强。方得法的人生尤其是六十岁以前是有声有色、非常精彩的，他的要强、执着、刚毅、勇敢，不安分、有主见给人留下了非常深刻的印象，我们甚至从他出洋前九岁那年拽住父亲野蛮殴打母亲的那根扁担的力度与气势见出他性格的端倪。可是，就像他六十岁以后性格渐趋萎缩、人生日益平淡一样，作家描写后期方得法的笔力似乎也渐趋绵软。其实，不只方得法，还有方锦山、方锦河两兄弟，都是精彩在前，贫乏在后。无论写锦山和桑丹丝的青涩初恋与分离，还是锦河与亨德森太太之间的主仆之义、不伦之爱，都笔翰墨饱，细腻传神。但到锦山伤残之后，似乎性情大变，甚至鸡肠小肚，庸碌无为，简直一无可取。而锦河自亨德森太太去世之后，仿佛无路可走，作家索性让他报名参战、在前线牺牲了事，这样的安排未免有些简单，也缺少人物性格发展的内在逻辑性，难以满足读者的阅读期待，不免有些遗憾。

可以弥补遗憾的是六指形象的创造。《金山》的艺术世界是由远赴金山的男人和留守家园的女人共同构筑起来的。如果说以方得法为代表的金山华工以冒险闯世界挣财富的方式在追求个人梦想的实现，他们始终处于"在路上"的状态，直至客死外乡。他们的执着、顽强、悲苦、凄凉，令人唏嘘感慨。那么，以六指为代表的"金山客"的女人们则以青春和生命顽强地守候着一个渺茫甚至虚妄的希望和梦想，她们是以等待的方式在寻找，她们甚至一生都在守候那个希望，而结局收获的常常是绝望。就像六指守候了58年，从青春美貌的少女熬成白发苍苍的老妪，终于等来丈夫带着一个女人回乡的消息，可是还没等她分辨清楚究竟是该高兴还是该难过，丈夫魂归他乡的书信已同时到达。六指的遭遇是不幸的，又是普遍的，然而在众多留守故乡的"金山客"的女人们中她还不是最不幸的。在广东侨乡和美洲华侨社会流传的大量民谣中多有表达女人闺怨的内容，如"别乡井，出外洋，十年八载不思乡，柳色灿灿陌头绿，闺中少妇恼断肠"。① 其辛酸，其凄苦，其无助，其无奈，令人感动不已！

六指虽是广东开平乡间的一位普通女子，却有着过人的胆识，强悍的性格。六指形象之独特，体现在如下方面：其一，六指有着不幸的身世，奇特的遭遇。她因天生多一个指头，父母担心嫁不出去又养不起，就将幼

---

① 转引自陈勇：《华人的旧金山》，北京：北京大学出版社，2009 年，第 126 - 127 页。

小的她当作陪嫁跟随姐姐来到了金山客红毛家。可还未等到她长大成人，红毛客死外洋，姐姐一家因传染霍乱全部身亡，孤苦伶仃的六指被同村的留守女人昌泰婶收留，并与之相依为命。具有苦难身世的六指，也具有底层劳动妇女勤劳善良、贤惠孝顺的美德，而且心灵手巧，有胆有识。在为方得法布置新房准备迎娶新人的时候却被刚从金山归来的方得法看中，从此嫁给金山客，开始演绎她守候58年的传奇。其二，六指有文化，能写会画，聪慧过人。出嫁前在乡村社会可以因此糊口谋生，这是她陪嫁到金山客家里伴侄儿读书所获得的意外收获。正因为有文化，她才获得了同样有文化的方得法的赏识，六指的书画就成了她和返乡的方得法相识相知的媒介，他们的婚姻也因此才有了自由结合的性质。这在六指生活时代的乡村社会无疑也是罕见的特例。其三，六指心高气傲，性格刚强果敢。方得法坚持要娶六指为妻，母亲却因其六个指头不吉利勉强答应娶之为妾。六指竟然自握菜刀砍下了自己的第六个指头，险些丢了性命；遭土匪绑架后匪首朱四想轻薄她，六指用头上的玉簪做武器捍卫了自己的清白，却留下了永远的疤痕；婆婆生命垂危，六指亲手剜下了自己腿上的肉，炖汤救回了老人的性命，也使婆媳之间的隔阂从此冰释。六指的所作所为，令人肃然起敬，也使人顿生悲凉之感。其四，六指性情贤淑，刚柔相济，通情达理，处世有度。面对婆婆麦氏的怨气与伤害，六指善解人意，长期隐忍，不断化解，最终以自己的坦诚和胆识赢得了婆婆的理解和关爱。对于远在金山的丈夫，六指忠心地等待，在家侍奉婆婆，养儿育女，守着碉楼，治理家庭，虽心有苦楚，但也无怨无悔，因为这就是"金山客"女人的宿命。对于仆佣，六指宽厚和善，从不颐指气使。连佣人阿月打碎了一只古瓷供碗，众人吓得鸦雀无声，六指却为避免瞎眼婆婆的责怪，故意大声说是"一只粗碗"以掩护佣人。而对于义仆墨斗，六指更是视其为平等的朋友。事实上，一生困守家园的六指与丈夫只有短暂的三次团聚，她接触最多的男性也是她一生唯一能有精神和感情沟通的男人就是墨斗。虽然他们生活上是主仆，精神上却是朋友，他们之间的感情是微妙而甜蜜的，也是纯洁而神圣的。因为有了墨斗，六指惨淡的人生才少了一些遗憾，也因为有了墨斗，六指的精神世界才更丰富多彩。

《金山》的感人还在于细节描写的真实细腻。张翎深知好细节对于好小说的重要性，她说："好细节不一定保证产生好小说，可是好小说却是绝对离不开好细节的。"① 小说中关于方得法与方锦山的父子关系、方锦山和桑丹丝的青涩恋情、六指和墨斗数十年的主仆情与精神恋、方锦河与亨德森太太主仆之间的义与爱，都以大量生动而具有感染力的细节来演绎。如锦山初到金山因同情革命而捐款却不愿说明真相遭到父亲的毒打，一个盛怒之下，欲罢不能，一个沉默忍受，决不告饶。做父亲的虽然大打出手，其实心里早已软化，只是希望儿子的一句解释好走下台阶，将满16岁的儿子却正处在少年和成人的分界线上，16岁的倔强使他选择沉默与父亲对抗。这就是远离故土没有女人的家庭里金山客父子的生活一景。方得法最后猛然看见默默吃饭的儿子鼻孔里流着一线半干的鼻血，他很想替儿子擦去，但刚愎男人的那双手却沉重得无力抽出衣兜里的那方手帕。他想起了六指，甚至有点想哭。小说写道："他和锦山是两块在山底下压了千年百载的硬石头，死死地顶在了一起。六指若在这里，六指就是这两块硬石头中间的那一丝缝隙。有了那一丝缝隙，就有了阳光，雨水。那一丝缝隙是万物滋生的天地。若没有这一丝缝隙，他和儿子之间便是万劫不复的干涩对峙。"这段话正是对这两父子倔强的性格及其关系的生动描述和形象概括。还有墨斗对六指一生的心仪、敬重和守护，六指对墨斗的信任、尊重和爱护，都描写细腻，令人印象深刻。至于小说临近结尾处，"土改"运动中，忠诚老实的墨斗为维护六指及其家人的尊严，掏枪连杀四人，先杀了区大头，后杀了被侮辱者六指一家三口，最后自己飞身跳楼身亡。作者神思妙想，笔墨酣畅，气氛凝重，节奏繁密，读来令人心惊胆战，拍案惊奇！仔细想想，墨斗忠厚老实其表，智勇双全其里，当年将鞭炮火药装进烟袋只身入匪寨救出六指锦河母子，已初显身手，现在假装掏金器，拿出藏在裤腰带里的手枪，实不奇怪。他不得已用最残忍的方式杀了小人得志丧心病狂的区大头，也结束了自己一生最心仪最敬慕的女人六指的性命并与之一同赴死。此乃所谓"宁为玉碎，不为瓦全"。墨斗的惊人之举，是作家的神来之笔，将小说的情节推向最后的高潮。同时，它也在向世人宣告：人活着，得有人的尊严！

《金山》在艺术结构上也别出心裁。小说所叙述的横跨海内外纵贯百

---

① 张翎：《〈金山〉序》，《张翎小说精选四·金山》，上海：华东师范大学出版社，2009年，第7页。

余年错综交织的复杂故事是放在方氏家族的第五代传人——一个有一半洋人血统的社会学教授艾米·史密斯——代替母亲方延龄回广东开平老家签订关于托管古旧碉楼协议的一周时间里展开的。碉楼原是方得法远赴金山、妻儿遭土匪绑架之后为了家人的安全所建，在改革开放年代，人类跨入21世纪的时候，碉楼要申报世界文化遗产，当地政府恳请方得法唯一健在的亲人——外孙女方延龄回国签订托管协议。艾米就这样受年届八旬的母亲方延龄之托来到了广东开平。在海外出生、成长的艾米原想不过是例行公事、签过协议就可当天离开，没想到走进碉楼、随着负责接待的侨办领导欧阳云安富于诱导性的介绍和自己作为社会学者职业的敏感与好奇，艾米逐渐对方氏家族的历史产生了浓厚的兴趣，并由此拂去历史的尘埃，揭开了方氏家族的百年传奇。到小说结尾的时候，艾米已完成了她实际意义上的"寻根之旅"，并约来男友马克，准备在协议签署之前，在自家的碉楼里举行一场婚礼。《金山》以艾米探访碉楼引出碉楼主人及方氏家族跨洋跨世纪的传奇故事，这样的构思和完整的"封套式"结构明显和作者当年参观碉楼有所发现并被深深感动进而产生好奇和思考有着内在的联系，张翎选择这样一种结构形式也正是为了更好地写出"自己内心最深层的感动"。

（作者为中南财经政法大学新闻与文化传播学院院长、教授）

"所有移民迁徙原因"

——由《美国情人》看新移民小说的现代内涵与叙事创新①

程国君　韩　云

　　"没有人类的探索和转变，就没有现在高度发达的我们。不，应该说没有那第一个爬上陆地的鱼儿，就没有现代的我们。""寻找机会实现自身价值为所有移民迁徙原因之一。"② 与《地母》《金山之路》等新移民文本不一致，也与《扶桑》《金山》《巨浪》和《情徒》两样，《美国情人》紧紧围绕现代移民迁徙的这些现代性内在动因，书写了新移民全新的价值追求，展现了当代新移民之所以"新"的内在精神底蕴和人类探险性品质，把移民书写从简单写实的经历及其历史反省书写转换到其心灵史和哲学的高度挖掘上，从而将新移民文学引向了更为深入发展的境地。

　　新移民文学当前繁荣发展。获得 2014 年南昌大学"首届中国新移民文学研讨会"新移民文学杰出成就奖的十名作家就是这一文学思潮的引领者。其中，吕红以她作为一个文化学者对于现代移民史、现代移民精神历程和华文文学发展及其研究的了解，对于世界电影艺术、艺术观念的独特理解——视自恋和宣泄为文学的本质的理解和作为一个现代女性新移民具有的"在场"性经历以及现实生命体验的创作主体身份优势，对新移民叙事内涵的丰富进行了极具意义的探索。

　　① 本文为国家社科基金项目"《美华文学》杂志与北美新移民文学研究"（13BZW134）研究成果。

　　② 吕红：《彼岸追寻》，《美华文学》秋季号，2005 年第 59 期。

一、从水莲到芯：新移民全新的价值寻求

《美国情人》这部新移民小说是"旧金山作家群"重要作家吕红的代表作品。与该作家群的主要作品曾宁的《地母》、黄运基的《狂潮》《巨浪》、沙石的《情徒》和穗青的《金山有约》等比较，这部作品在移民叙事内涵和形式上有了新的变化：《地母》等是过去的移民史和移民光影的摄掠与书写，《美国情人》是对于当代新移民"移民"动因与文化认同和融合的书写，后者把移民叙事从"淘金梦"的书写转换到了新移民的现代性寻求的路径上来了。

这些作品的故事都发生在移民之都美国旧金山。先看曾宁的《地母》。这是一篇反映旧金山华人生存历史今昔（访地母庙的此刻，第二夜，第三日，又到了秋天与1849年、1900年、1906年对比）变迁的短篇小说。它以"我"（伊人）访问旧金山唐人街的"地母庙"为线索，通过"我"与80多岁的老金山孟婆婆以及阿平、阿伯爷爷的对白，将"我"之好奇探索和"我"的梦幻交叉重现，将"我"变成水莲，描述了旧金山早期女性移民——一个名叫水莲的妓女帮助早期华人如阿良、小栓子等的平凡而无私的献身精神、行为的故事，反映了早期移民在异乡与不同族裔冲突中的复杂命运变迁，也用今昔对比方式，反衬了"我"和阿平等现代金山新移民对于自身及其历史的深刻反思。

孟婆婆和老阿伯是小说中两个神秘而诡异的早期移民人物。首先，孟婆婆是一个穿越历史、看透前世今生的智者与鬼一般神秘的人物，是她让"我"最终明白："'今世的地母，只能是一个为生活所迫、远嫁他乡的软弱女人，与前世的区别不大。'我无言以对，我不知道我是谁？我是水莲，我是地母，还是一个陷身不如意婚姻'围城'的普通女人？孟婆婆扫视长无尽头的唐人街：'别死守百年前的东西了，该忘的还是要忘掉。"[①] 其次，老阿伯，这个旧金山的早期移民，尽管现在是旧金山历史的守护者，地母庙的庙祝，但他最终与地母庙一样，被一场大火烧为灰烬。他是一个守着前世今生的人，尽管他神志不清。《地母》通过这两个人物，书写了早期

---

① 曾宁：《地母》，《美华文学》秋季号，2004年第55期，第19页。

金山客，对于老移民命运做了反思。

《美国情人》则以芯为主人公，并以她为典型全面展示了一个现代新移民的心路历程。芯是一个现代新移民。她在国内已经成家、立业，在国内一个文化人具有的一切她都有了，她还有更好的发展前途，但她却放弃一切，只身来到大洋西岸的异域——旧金山来闯荡。她知道，这个异域，完全是一个陌生而未知的世界，环境、种族、语言、文明和文化与她所生活过的地方，距离异常遥远，但她还是闯进了这个陌生、未知的世界。初到异域，漂泊到西方世界的芯，经历了身份的焦虑、生存的磨难、情感的多重折磨以及事业的多方磨难，最终找到了她的身份，获得西方世界认可的杰出贡献成就奖，昂然站立在了人生、社会和生命的高点上。最后，她"就像是沙漠中生命力极旺盛的植物——仙人掌，或人们所形容的'有九条命的猫'！即便在逆境中，仍能找到自身价值，焕发出独特的魅力"，成了凤凰涅槃般的女人之歌，华人之光。

与水莲不一样，芯作为一个新移民形象能够在陌生的西方世界生活下来，关键在于她的移民动因的支撑："彼岸的追寻"和"寻找机会，实现自身价值"：

> 人，从呱呱落地开始，就以口鼻眼耳去感觉和观察；手脚去触摸；用车轮纵横四方，用独木舟、轮船、潜水艇穿越横渡江河湖海，飞机穿越云霄，火箭卫星太空船穿越大气层，向着宇宙无穷无尽的未知去探索。人类不停地求索，爬过一山又一山，一岭又一岭。既探索可感知的，又探索难以明了的四度空间、负微粒和黑洞……
>
> 寻找机会实现自身价值为所有移民迁徙原因之一……
>
> 人类和动植物的探索和转变，都是周围环境逼的，但人类有思维，有动植物无可比拟的主观能动性。从一个人自身的发展来说，在竞争激烈的当今社会，优胜劣汰会越来越逼近每一个人。要战胜对手，获得成功，你必须探索其中的秘密、规律……当然，做出探索的同时，牺牲是难免的。鱼要想飞向天空，少不了为此窒息死亡的，鸟要想生活在水中，少不了溺死的。人类要想获得真理，少不了做出牺牲的……（"彼岸追寻"为《美

国情人》的重要组成部分而融入该小说中）①

人们能否给自己忙乱的生活找到一个意义？一个精神的支撑点呢？比如研究历史，寻找爵士珍宝，追逐梦想或换一个活法，还有写作等等，都是生命价值的寻找和超越。在身份寻找和转换中，完成自我超越……我之所以写作，是为了抓住那流水一样的时间，让孤独的灵魂有所支撑，有所依托。写作会让人自由。当人为现实卑微所驱使时，是没有尊严的。写作，却可以让灵魂抵达现实达不到的深度和广度。②

就是说，芯这些新移民，与水莲们已经不一样，有了新的移民动机，有了真正意义的现代追寻。芯等新移民的移民动因，显示了这群新移民之所以"新"的内在素质——"追逐梦想或换一个活法""完成自我超越"和"让灵魂抵达现实达不到的深度和广度"。她们的移民，包含着对于自由的寻求，自我生命价值实现的善的目的，人性求变、求动和求新的合理性，因此《美国情人》的意义也就在于，它详尽书写了具有这种动机的一代新移民移居现代化西方国家及美国的心路历程，塑造了一批具有新价值追求的新移民形象。

就目前的移民叙事来说，反映旧金山华人移民历史及其生活的小说很多，黄运基的《奔流》《狂潮》、穗青《佳丽移民记》《金山有约》就颇具代表性，是"大陆人、台湾人和香港人的错综交织的'美国梦'"。③但与这些移民小说人物特写中的人物——移民相比，《美国情人》中的"芯们"的"美国梦"有了新的内涵——改变、自我追寻，实现自身价值。这是新老移民的重要区别，也是新移民书写内涵深入的标志。因为"芯"这些现代新移民，是在高度现代化的历史背景下，在全球化及其文化融合发展的基点上新移民，具有了别样的精神向度。所以，《美国情人》挖掘和表现移民心理动机，从而展现一代新移民的奋斗的心理历程，是拓展了新移民叙事思想内涵的。这一具有伦理和美学制高点的移民独特心理挖掘为焦点的移民叙事，为移民叙事拓展了新的空间。通览小说整体，芯的心理辩解

① 《美华文学》秋季号，2005 年第 59 期，第 28 页。
② 吕红：《美国情人》，北京：中国华侨出版社，2006 年，第 338 页。
③ 宗鹰：《草根文学长篇新收获——从〈佳丽移民记〉到〈金山有约〉看穗青创作》，《美华文学》2003 年第 4 期，第 66 页。

构成了小说主要内容。因为事实上，除去序外，小说的94节，几乎全以心理辩白的方式展开。这不仅具有重要的历史文化价值——揭示当代新移民内在的现实动因，逼真再现他们内心迷人的风景，又有重要的审美价值——对于人的心理及其精神美学追求的准确把握而显示了新移民叙事审美的新向度。

二、"情人"：女性新移民与"永远的追梦人"

《美国情人》的书写背景是1990年代后的美国旧金山。它书写的历史文化背景已经与过去的移民叙事的背景不同了：《扶桑》《地母》等的故事是在19世纪中期和旧金山发生地震的20世纪初，《金山》的背景是北美初期工业化时代的加拿大，而《美国情人》的背景则是世纪之交的具有后现代语境的移民之都旧金山。

什么是后现代语境？按照杨伯淑等历史学家的确认，就是"大众（离散）社会"："发生在后工业化时期的家用电器进入寻常百姓家，工作场所自动化程度的提高、女权运动、性解放、妇女参加工作和政府有关政策的颁布实施，无不和离婚率的上升以及家庭的支离破碎有关。……支离破碎的家庭和孤独的人群形成了所谓大众（离散）社会。在这种社会里，人们和外部社会之间不再有缓冲区。他们直接暴露于外界世界或压力之下……在资本主义经济占主导地位的社会里，他们的全部生活好像都已经'麦当劳'化。这些离散大众不但机械而且越来越依靠他人的导向，其结果是社会成为'单维'社会，组成这个社会的大众也成为'单维'人。"①《美国情人》中的旧金山就是典型的"大众（离散）社会"："跨美金字塔矗立在蒙哥马利街，素有旧金山地标之称，白色的尖尖顶几于刺破青天。据说那曾经是密西西比河以西最高的建筑。塔内办公室豪华，有律师，商人，主流报社。据说前个世纪，马克·吐温在此遇见他作品中的原型；辛亥革命先驱孙逸仙，就在大楼的一间律师办公室酝酿起草了那份改变命运的宣言大纲，而今，巍然矗立的巨型建筑，每个门窗，每个墙壁，甚至每段路

---

① 杨伯淑：《全球化：起源、发展和影响》，北京：人民出版社，2002年，第127页。

径，似乎都有前人足迹和豪情万丈的印痕……迷瞪中不知怎么就转到了百老汇红灯区。路边的霓虹灯招牌暧昧地闪，裸体女人的轮廓时明时暗；性感的金发美女巨照透过薄薄的一层玻璃橱窗妖冶地挑逗着行人。色情脱衣舞引诱着色眯眯的眼光。轻佻刺耳的乐声，在夜风中荡漾着。店内堂而皇之地摆着各种硕壮的器官、性感人体模型。逼真得要命。"

　　这个后现代都市，按照丹尼尔·贝尔的描述，是"单独的个人各自追寻自我满足的混杂场所"。①《美国情人》这部书写"单独的个人各自追寻自我满足"的小说，其场所正是这个"混杂场所"——离散社会。该小说借书写旧金山这个后工业化社会里的"情人"这一具有独特的内在文化张力的个体人类身份及其现象，塑造了离散社会全新的新移民，展现了后现代化、后工业化时代的一代新移民的现代性自我追寻。

　　"情人"在离散社会的孤独人群中存在具有别样的意义。《美国情人》以此为书名，以"美国"和"情人"这两个对于新移民文学来说具有独特意义的意象书写为主，其意图就是力图展示这种意义。西方社会很重视"情人节"，从少年以至老人，无不对其重视有加，这是这个离散社会里孤独人的极其温暖的一天。情人，也是这个冰冷坚硬社会里的温暖所在。通览小说，我们会发现，芯和皮特这对情人，就是在生活、生命、内在激情需要意义上的后现代文化语境下的至真情人。他们不是传统风流意义上的情人，这对情人，全是"精神漂泊者"，这个后工业化时代的"新人"——为了在自由世界里更自由，走出家庭，蔑视婚姻，轻视社会性的伦理约束，自我感觉，幸福第一，为了自我实现的世界公民。比较而言，他们显然已经没有了惯常情人书写包含的那种否定性意义。他们移民的现代性动机昭示了他们本身存在的意义：

　　风从车窗流入，风景一一向后倒。耳畔，妮娜仍在喋喋不休。其实，她一点也不喜欢美国，单调沉闷，比起上海的繁华和勃勃生机不知道差哪儿去了。国内人真是不晓得，拼命考 TOEEL 和 GRE，以为出国有什么好，嗛，纯属"洋受罪"！我现在只想把 MBA 读完，然后做个跨国公司代表，

---

　　① ［美］丹尼尔·贝尔著，赵一凡、蒲隆、任晓晋译：《资本主义社会的文化矛盾》，北京：生活·读书·新知三联书店，1989 年，第 68 页。

自由自在的"空中飞人"，高兴住哪儿就住哪儿，想怎么活就怎么活！

芯若有所思，自由，究竟有无通行证？当告别家人，戒除物质主义陋习的青年男女，揣着希望怀着梦想，踌躇满志跨洋过海来美之后，莫不经历了巨大的文化冲击……"身份"问题，无形中左右了人的生存意识和生存状况。这也就是，为什么那些成千上万非法移民，甘愿忍气吞声做"三等"或者等而下之的打工者？总在眼巴巴期盼"大赦"？为什么人为自由而来，却偏偏陷入不自由之中。这，难道不是人生谬悖？……所谓排外意识、种族歧视往往是潜藏在诸多理由和借口之下的，并错综复杂地渗透到社会层面。即便你是入了籍，是有身份地位的美籍华人，但在老美眼中，从骨子里你还是异类。那些案例，或许正印证了卢梭的名言：人是生而自由的，无往却不在枷锁之中。"黑夜给了我黑色的眼睛，我却用它来寻找光明。"浩瀚的大海和无垠的天空，永远是追梦人的渴望。①

就是说，芯这些以情人身份出现的新移民，他们因移民而陷于人生的悖论，与投机性的为移民做情人不同，他们大多是为了自我实现才移民海外的，明知自由是有条件的，他们仍然追求自由，哪怕漂泊。她们作为"精神漂泊者"，体认到自我身份后，在如此多元的世界里实现自我价值，成了他们不倦的追求。所以，由旧金山这个离散社会的背景决定，《美国情人》这部新移民文学潮流中涌现出来的新移民文学的扛鼎之作，它的现代性内涵就此得到彰显：它首先书写了后工业化社会的这群自我实现的人，考辨了她们移民的深刻的现代性动机，并对于她们给予了深切的赞美与同情——《美国情人》实际上是一曲新移民的自恋与自信的歌。因为，甘愿做情人，其存在如此符合生命本真，人性之真。做情人，追寻情人，是在家庭支离破碎，女权主义盛行，性自由、性解放的语境下，孤独自我的新移民当然的选择和身心慰藉。我认为，这是吕红以"美国"和"情人"为意象自信书写《美国情人》的潜在依据。作为女性新移民，她们移民的自我实现、寻求改变和寻找世界生命存在的新的意义的现代性动机，使他（她）们具有了内在人格的高度、伦理和审美的双重性的积极意义。因为"美国情人"与叛逆家庭、有违小城镇思维的中西体制下的情人完全两样！

① 吕红：《美国情人》，北京：中国华侨出版社，2006 年，第 10 – 11 页。

所以，王红旗说："华人女作家的'情人'写作是非常有意思的，值得关注。所谓'情人'之作，关照人物命运的跌宕起伏悲欢离合，感悟和升华到'活出自己'的精神价值。会爱自己的人，才会去爱别人。过去，情感几乎是女人的全部，而今女人的'情人'实际上是自己！"（见《美国情人》序前评语）此论一语道破了《美国情人》的实质：《美国情人》是一部书写自我、书写自我实现的小说。因为《美国情人》借"情人"书写，整体上就是反映现代新移民别样的自我追寻与自我实现的。事实上，正是书写离散社会的一批"精神漂泊者"与"追梦人"，使《美国情人》这部新移民小说具有了同期新移民小说中没有的崭新的现代性文化内涵。

三、I Am Chinese：文化认同与融合思想

吕红认为："以敏感反映移民社会生活和移民情绪的海外华文文学，身份焦虑亦愈来愈多成为描述和深层开掘的主题。"[1] 她认为严歌苓的《少女小渔》、张翎的《邮购新娘》、啸尘的《覆水》、虹影的《饥饿的女儿》和她自己的《海岸的冷月》《英姐》等，反映的正是这一主题。《美国情人》开头的"引子"，就直接展现了这个主题。在这一节里，芯关于"I Am Chinese"的宣称，实际上为整个小说的叙事奠定了基础。按照拉康的象征秩序理论，"我是"就是说话主体将自我身份表达出来的明确语言所指。这里，"I Am Chinese"的主体身份确认，可以这样来理解。[2] 因为这一节书写的是芯作为一个小说家在夏威夷度假时在海涛中和白人、日本人、菲律宾人关于年龄、身份的相互指认，其中芯对于不同族裔对她身份的询问"Are you Japanese"的回答"I Am Chinese"就是整部小说的主题——身份焦虑和文化融合与认同的一个巧妙寓言：在身份认同、融合中确认自身的文化主体身份。该小说"引子"后的94节，就基本上以芯以及一批女性新移民的价值追寻叙事，传达了新一代移民的中华文化属性辨

---

① 吕红：《海外移民文学视点：文化属性和文化身份》，《美华文学》冬季号，2005 年第 60 期，第 88 页。

② [英] 索菲亚·孚卡著，王丽译：《后女权主义》，北京：文化艺术出版社，2003 年，第 41 页。

析，新一代移民的文化认同与文化融合思想。

93 节是小说的倒数第二节，在这一节里，芯的个体生命的身份追寻终于获得了这样的认知。小说的 86 节，教授念着移民局来信"经审核你的申请已被批准"后芯和友人的电话对白与辨析，也传达了小说的基本思想："友笑着说，的确是个喜讯！有了新的身份，该将以新的精神状态在这个世界打拼……如今满世界都是漂泊人，比如北京、上海、深圳、甚至香港，都有不少的漂泊一族。有的，离开家乡已经很久，仍然不能算扎根了，无论从身份、从口音、从对当地的情感来看都有差异。漂泊，无法感知自己与过去、现在、未来的切实联系。个体生存因此失去了内在根基，沉入孤独的困境，最终陷入深深的焦虑中。这种体验有时是共通的，自视甚高但又无法融入当地社会，自认为有点成就却又无人喝彩，总是找不到身份或者归宿感。芯说，是啊，从文化层面来说，现代社会人们无论身处何方，对定义自己身份都有无法解脱的惶惑。换句话说，每个身份都形成一个集合，而这无数多个集合交汇的那一点，恰是自己所在的坐标。在社会急速流动的今天，人的矛盾身份也在不断地游移，没有一个固定的所在。换句话说，移民身份焦虑与其说表现了一种认同感的匮乏与需求，不如说是深刻的现实焦虑的呈现；与其说是自我身份的建构、实现自我，不如说是如何在身份中获得认同。"① 所以，我们看到，《美国情人》中一批华人对于身份及其文化身份的追索，实际上是关于文化认同与文化融合的追索，自我确认和自我实现的追索。这是目前全球化世界的一个基本的世界性认知，它也由此深入了新移民叙事的书写主题。因为对于芯这一代移民来说，"落地生根"已经不再是她们移民的根本目的了，不断地游移倒是他们永远的处境。"移"成了他们的本质性根性了。"移"与自由追索，在这里是同义的。移民，将永远面对文化身份的认知这一永恒命题。《美国情人》以此透彻的书写，扩大了新移民文学的思想美学向度。

陈瑞琳针对这一问题说："从早期的《北京人在纽约》《曼哈顿的中国女人》《新大陆》等作品内容看，表现的是人物的个人经历，并没有深入到新移民的心态及情绪发展、对自己归宿的考虑以及对自己未来的思考，而后来出现的《白雪红尘》《留学美国》等作品，思考的成分就远远超过

---

① 吕红：《美国情人》，北京：中国华侨出版社，2006 年，第 238 页。

早期的新移民文学作品。这些作品的眼光已经放开了，出现了全局性的观照，作家考虑的已经不是个人的经历，而是这一代人的命运——追求什么，失去什么，得到什么，将面对什么。这个时候的新移民文学已经上升到一个新的高度了。"① 吕红关于"I Am Chinese"的新移民的文化身份与融合的书写，对于新移民文学内涵的提升，显然是在这个基点之上。因为转换视点，转换重心后的新移民文学的书写内涵，比之这些理论家、批评家的要求与期望已经有了进一步的转向与变化——从传统美学的命运关注转向了现代文学的深层自我及其文化身份的焦虑层面，从这些身份认同焦虑转向对世界大同理想的想象。

因为如前所述，对于芯等新一代现代性移民来说，在异乡他国"落地生根"并非根本目的，他们移民，首先不是仅仅为了改变国籍身份，从中国人变成一个美国人，而是变成一个融合了丰富文化的世界人、世界公民；他们从此岸世界到彼岸世界，根本目的是为了改变，求得探索和转变，是为了换一种活法，是对于新的生活方式的探求，是为了寻找新机会，实现自身价值。《美国情人》的新移民书写就在这个基点上：它紧紧围绕世界华文文学的基本视点或焦点——文化身份与文化交流融合的视点展现叙述，以挖掘移民心理内涵为主，极其详尽地展现了当代新移民如何"移民"，如何在美国找情人、做情人，如何实现自我价值，如何在异域文化、社会和历史语境下探寻文化身份认同与自身生命价值实现的历程。这使其书写站在了一般移民史书写没有的社会、文化、心理和哲学的制高点上，充分地展现了自我确认，文化融合、认同以及世界性的全球化的现代性思想。所以，《美国情人》已经不像我们熟知的新移民文学经典——严歌苓的《扶桑》和张翎的《金山》那样，去史诗般地展现百年来移民的历史进程，一代移民在种族、文化、语言等差异下的艰辛奋斗的苦难史，甚至去反思那些过去了的历史，从中找出人性、历史和文化的复杂性，也不仅仅是现代个体新移民的传奇式生活奋斗的经历书写，而是芯这一代新移民的心灵史书写；不是移民漂泊史和新移民文学惯常的"二元对立叙事"的文化冲突、割裂史的书写，而是芯、倪蔷薇等一代女性新移民的文化思

---

① 陈瑞琳：《追溯历史的脚步：北美行杂志关于新移民文学的首次探讨》，《北美行》1999 年第 1 期。

考、认同史和世界大同理想的书写。由此我们看到，对于新移民的内在心理动机的挖掘，对于新移民在现代都市化、后工业化离散都市语境下的情人追梦境遇的书写，对于新移民在全球化历史语境下走向世界化、全球化中的自我确认、自我实现的详尽书写，使《美国情人》书写的移民和移民书写站在了伦理和美学的制高点上，使其表现的"现代性"思想内涵和全球性意识也骤然提升了。移民，走向世界，走向全球化，实际上是一个以经济发展为主导的全球性人类文化融合运动，它预示着"人类由追求社会的、物质的、科技层面的进步将演进到注重'心灵''精神'层面的探索，找到超越人种、肤色、民族、国籍以及宗教派别的人类心灵的共同点，认知人类的'同源性'和'平等性'，从而达成四海一家的和平的远景"。①《美国情人》最终实现了陈公仲先生所期待的新移民文学张扬世界大同这种文化理想的文学使命。②

四、自恋与电影叙事：文学审美创新

新移民诗人李兆阳认为，自恋和自我宣泄是艺术发生的真正源泉："文学艺术作品的最初动力是普遍存在的自恋情结。""艺术作品是作者自身一种经过审美化的自我审美再现或表现。大凡艺术创作力旺盛的人，必定是极度自恋的人。比如梵高……梵高自恋的程度，远高于一般人——我每翻开梵高画册，都为梵高许多副自画像着迷：一个农民形状的荷兰人，两只深而忧郁的眼镜，从各个角度观察自己，欣赏自己，仿佛要把自己骨子里的好处都要看个透，回味个够似的可爱的让我舍不得放手的梵高，就是这样个极度自恋的梵高。至于大家熟悉的蒙娜丽莎，有考证说那是达·芬奇的自画像，只不过被画家加了女人的外形而已了……至于诗人，自恋的例子数不胜数……在我读郁达夫文字的时候，我读来读去总读出这个神态来：瞧我郁达夫，一身才气，我的出身，我的相貌怎么能配上我呢？里

---

① 《拙火——生命的秘密》总序，王季庆译，转引自吕红：《海外移民文学视点：文化属性和文化身份》，《美华文学》冬季号，2005 年总第 60 期，第 88 页。

② 陈公仲：《新移民文学的新思考》，《文学新思考》，南昌：江西教育出版社，2009 年，第 59 页。

尔克念念不忘自己的贵族血统，而但丁七八百年前就说自己是有史以来第六大诗人，屈原'世人皆醉独我醒'，更是自恋。"① 这阐释了艺术产生源泉的部分原因。因为没有这种自恋与自我宣泄，梵高和郁达夫们的艺术便不能做出清楚的阐释与赏析。《美国情人》将自恋与自我宣泄上升到了艺术哲学的高度来书写——它从现代性的自我宣泄及自我心灵辩白的艺术观念出发，展现了新移民的心灵史以及现代移民的现代性追寻。它是一部书写自我追索、自我实现的小说，必然就是这种艺术观的产物。

与小说书写自我、自我实现的现代内涵相一致的，是小说在叙事上的独特创新。这同其展现的新移民小说的现代内涵完美结合：为了突破新移民叙事通常的题材雷同化、叙事趋同性的藩篱，表现新移民叙事全新的思想内涵，《美国情人》采取了与表现这种内涵相一致的现代小说的叙事方式——心理剖白和电影叙事化的叙事模式。②

《美国情人》有两条并列平行的叙事线索：新移民芯与美国情人皮特、国内前夫刘卫东之间的爱恨情仇为一条线索，新移民倪蔷薇和投机政客移民林浩的情感纠葛为一条线索。其中整部小说以第一条线索为主，在引言和94节合计的95节里占了76节，第二条线索占了19节，它们分别是第5、6、9、14、19、28、29、30、34、38、40、42、55、57、65、66、82、83、94节。它们穿插在第一条线索里，但和第一条线索构成了平行关系。两组故事，采用了共同的叙事模式：心灵剖白与电影叙事的叙事模式。这首先在小说的"引子"与第1节以及结尾的第91、92、93、94节上充分展示了出来："引子"自说在夏威夷度假的经历，第1节以电影手法呈现总裁豪宅中的热闹场面，第93节展现芯获奖的精彩场面，第94节是倪蔷薇的心灵追索。这是《美国情人》的基本叙事结构与叙事模式。在我看来，这种叙事模式至少包含以下三个方面的内涵：一是心灵考辨式叙事，二是电影蒙太奇、画面呈现式叙事，三是现代心理小说的意识流叙事。因此，我们读《美国情人》，如同读《追忆似水年华》一样，能感觉到人物意识深处的深刻颤动，也如同在看电影一样，能欣赏到一个个精彩纷呈的

---

① 李兆阳：《自恋与艺术》，《美华文学》夏季号，2005年总第58期。

② 江少川：《女性书写·时间诗学·影像叙事》，吕红：《午夜兰桂坊》，武汉：长江文艺出版社，2010年，第382页。

诗意的画面，还能够发现精微细致的心理分析与驳难，从而得到多样的审美感受与体悟。

事实上，《美国情人》的叙事性探索，受现代小说"探求生活意义"的现代叙事观念影响极深。小说的故事性弱化，现在进行时的叙事，日常生活及其细节的呈现，叙事视角的含混化，作者、叙述者和主人公的分离和混合，抒情性、议论性因素及其成分大量涌现等诸多方面，都呈现出现代小说叙事的明显痕迹。这是我们阅读《美国情人》最先得到的审美认知。因为《美国情人》由一个"引子"和94节内容构成，它的故事的连贯性和环环相扣是存在的，不是一盘散沙，但很难说它是一部传统意义上的好看的情节化小说，小说名为《美国情人》，似乎是讲丈夫、情人的俗滥的情爱故事，其实小说里这些内容都是碎片化的，芯与情人皮特的情人关系，只是几个画面及其回忆的片段，与丈夫刘卫东的夫妻关系，也只是书信之间的相互穿插。整部小说可以说是新移民芯和倪蔷薇"如烟往事"的心灵独白。小说的现代主义和印象派特色非常浓厚。也就是说，当作者把新移民现代追寻的"如烟往事"以自我独白和电影叙事的模式呈现出来的时候，新移民文学及华文文学文学史上真正的扛鼎之作便诞生了。《美国情人》在叙事上的这种探索是成功的，这使它与当下流行的数以百计的新移民小说相比较，简单写实的雷同化倾向没有了，有的是深刻的意识流动和心灵思辨色彩。可以说，《美国情人》以独特的新移民叙事探索，自我宣泄的表现主义艺术观，书写具有新移民动机的新的移民，传达新移民的现代性追寻意识，推动了新移民文学的长足发展，它也由此成了新世纪以来新移民叙事除张翎《金山》之外真正的扛鼎之作。

（作者简介：程国君，陕西师范大学文学院教授；韩云，陕西师范大学文学院文学硕士）

亲情至爱的交响诗

——读曾晓文的《小小蓝鸟》

陆士清

《小小蓝鸟》（刊于《小说月报》原创版 2015 年第 1 期），写的是棒球明星诺瑞斯在病童医院与中国男孩展飞相遇的故事，是一曲亲情至爱的交响诗。

小说构思巧妙，在情节展开和情感的律动中雕刻和升华人物，揭示意蕴。

小说从诺瑞斯、展飞相遇进入故事核心。诺瑞斯是多伦多蓝鸟棒球队队员，上门与突然离开他的同居女友艾玛理论遭拒，与保安人员争斗而遭法律制裁。除在电视台向公众道歉外，还被罚去病童医院打扫卫生。在医院遇到了展飞。

展飞生在中国，长在加拿大，刚好 8 岁。他在母亲湄的陪护下，到多伦多病童医院治病，在电梯口发现了诺瑞斯："妈妈，你看！蓝鸟！好酷的蓝鸟！"戴着蓝鸟队帽的诺瑞斯"停下脚步，摘下帽子，把它戴到了小男孩的头上，'送给你！'"

诺瑞斯体格强健，名声赫赫；展飞幼小体弱，病童一个。两者对比落差较大！他们的相遇，将碰撞出怎样的火花呢？小说设下了悬念，接着的描写即是悬念逐步解开。

相遇后的几天中，诺瑞斯与展飞母子多次相见。从湄的叙述中，他了解到展飞的身世；了解到展飞的脑瘤已转化为癌症，病情愈益恶化；了解到展飞热爱棒球。5 岁那年，父母带他到美国纽约州参观美国国家棒球名人堂博物馆。父母对棒球几乎一无所知，展飞却对棒球明星了如指掌。他最崇拜贝比·鲁斯，因为他出身贫穷，长大后却成了美国的"棒球之神"。尽管生命垂危，展飞仍梦想成为棒球队员，他对理想的执着，感动了诺瑞斯；但更深刻、更强烈触动诺瑞斯的是展飞母子之间的亲情。

最初，诺瑞斯赠队帽于展飞，是球星对于粉丝友好的作秀；在初步了解后，诺瑞斯对展飞母子产生了同情，但同情更多倾向于展飞的母亲。他试探地问湄："早知儿子这么受苦，还会失去他，如果当初没生他，现在会不会感觉轻松些？"湄吃惊地看了他一眼，像看一个变形金刚般的怪物，说："不是每一个人都懂得亲情。""不是每一个人都懂得亲情！"这是批评，触动了诺瑞斯，使他想到艾玛也曾这样说过，她想要一个属于他们的孩子，但他始终没有做好精神准备，所以艾玛为此出走了。诺瑞斯在帮练投掷时问展飞：怕不怕到另一个世界去（死去）？展飞摇摇头，又点点头，"我只怕我妈妈伤心"。因为妈妈已失去了生育能力，再也不能为他生弟弟妹妹了，妈妈将承受永远失去孩子的痛苦。人之将死的展飞，担心的不是自己，而是母亲，这种亲情吐露，再次震动了诺瑞斯，使"诺瑞斯低下了头，不敢正视湄，甚至不敢细细揣想她的心情"。诺瑞斯醒悟了，他从棒球明星入世不深、不谙亲情的浅薄中，真正感受到了亲情的凝重和高贵，他要出手相助。

诺瑞斯怎么帮助展飞呢？展飞梦想成为蓝鸟队队员，他对诺瑞斯说："我要是能参加一场职业棒球比赛，该多好啊！那是我最大的愿望！"诺瑞斯觉得，展飞对棒球的追求，甚至比当年练球的他还要强烈。他下决心帮助展飞实现最后的愿望——"成为蓝鸟队员"。他说服方方面面，在蓝鸟队迎战美国圣路易红雀队时，打破常规，不请名人或官员，而是请展飞开球。

比赛轰动了多伦多，能容纳五万观众的罗杰斯中心体育场座无虚席，蓝鸟队的支持者将它变成了一片蓝色的海洋。尽管展飞身体羸弱，但病痛折磨挡不住梦想，他在诺瑞斯的帮助和鼓励下，站到了棒球投掷手的位子上，以蓝鸟队一员的身份，投出了他生命最后的一掷，实现了自己的理想，赢得万众欢腾。

小说写出了"小小蓝鸟"在母爱滋润下的超乎寻常的坚强和明理，以及生命最后的灿烂；也生动而饱满地刻画了诺瑞斯这个人物，他这样一个强调自我、淡薄亲情，甚至狂傲任性的西方青年，在华人母子情深的感染中，真正感受到了亲情对于人生的意义，从而担起成全展飞梦想的责任。正如作品所写的："他突然意识到自己的语调成熟，居然担当起在精神上撑持展飞全家的角色，心里暗暗骄傲起来。艾玛曾叫他'被上帝宠坏了的孩子'，也许，这个称呼不适合他了。"他升华了。

同时，小说也从诺瑞斯与展飞相遇、相识（认识、理解）到相助的描写中，完美地体现了作者要表达的主题：淡薄亲情会失去爱，珍惜亲情，关爱亲人或友人，从而唤回了爱。同居了三年的艾玛，就是觉得诺瑞斯淡薄亲情，缺乏准备做父亲的担当而不辞而别的。是展飞母子唤醒了他，他像父亲一样地关爱展飞，成全了展飞的梦想，从而感动了艾玛，她回到了诺瑞斯的怀抱。小说写道："比赛过后，艾玛给诺瑞斯发了一条短信，说她目前在一家新开的面包店工作，还给了他详细的地址，请他有空过来看看，随后调侃，条件是不要砸碎面包店的玻璃。他在心里悄悄地笑了，小小荧屏上的字母都雀跃舞蹈起来。"当然，他也获得了展飞的深爱。在生命最后时刻，展飞在视频短信里感谢他。"诺瑞斯，谢谢你……你真棒！我爱你！"

值得指出的是，小说有着明显的女性意识和女性的细腻、温婉。亲情至爱主题的选择，以及所要达到的美学预期，就是女性意识的表现。如诺瑞斯第三次在医院见到湄时，"湄披散着头发，斜坐在一个单人沙发上，望着窗外"，疲惫不堪。诺瑞斯提出要到病房看望展飞时，湄去洗手间洗把冷水脸，"她再次出现时，又把头发盘起来了，面孔也恢复了清新"。这里，既有女性时刻保持优雅的意识，更是一位母亲觉得要以清新的形象给病儿积极的影响。又如：诺瑞斯陪展飞到后院树林里练投球。后院的树似乎在一夜之间都染上了秋色——橙红、褐红、橘黄、淡黄。而陪他们的湄，则低垂着头，坐在两颗枫树中间，像一座被忧伤浇注成的雕像。显然，秋色映衬的是这位母亲的凄苦。再如前文提到的，诺瑞斯问展飞，到另一个世界去怕不怕，展飞摇摇头，又点点头，"我只怕我妈妈伤心"。展飞的回答是震人心魄的，但接下来的描写，却没有夸饰和渲染，只是"两人不约而同地向湄望去"。

当然，细腻是小说的特点之一，但细腻而不乏大气。小说的高潮处，即展飞作为蓝鸟队员入场开球的描写，则是细腻而大气的精彩之笔。

这里写到了球场的宏大、气氛的热烈和广播员高调的宣传解说；写到了身体情况恶化坐上轮椅的展飞、展飞爸爸在诺瑞斯面前表达对孩子的歉意；写到推着展飞轮椅上场的诺瑞斯的内心活动，他看到艾玛坐在他为她订的座位上。"艾玛梳着清爽的马尾，身上的纯棉小背心遮不住光洁的肩头。"甚至"在那肩头上，诺瑞斯留下过无数热吻。"接着浓墨重彩写那神圣的一刻：

　　诺瑞斯推着坐在轮椅上的展飞出现了。从出口到投掷区短短的十几米路，他似乎走了一个世纪，像一位父亲送儿子奔赴战场，每一步都印下骄傲和悲壮的脚印……那一刻，全场观众陷入了静默，不错眼珠地注视他们的一举一动，甚至风的翅膀都停止了扇动。世界似乎只剩下了他们两个人。展飞慢慢地站立起来了！诺瑞斯牵着他的手，走到了投掷区，从轮椅上取来棒球手套，小心翼翼地帮他戴上，又递给他一个全新的棒球，轻声说："你现在就是蓝鸟队的队员啦！"诺瑞斯慢慢退到对面的本垒板上，目光一刻都没有离开他，担心他会因体力不支而猝然跌倒。展飞把两只小脚分开站立，与肩同宽，微微屈膝，放松身体；接着把持球的右手放在胸前附近，随后挥动手臂，投出了棒球！他目光紧紧追随棒球，整个身体随着投掷的方向朝前移动，如森林中的一只小小蓝鸟，脱离了病痛的桎梏，自由地展翅。那是无可挑剔的一掷……棒球在空中急速地划了一个优美的弧线。诺瑞斯敏捷地伸展右手，洒脱地接住了棒球。

　　在全场观众爆发的掌声和欢呼的热浪中，展飞高举双手，在原地慢慢转了一圈，微笑着向坐在不同区域的观众表示谢意，感谢帮助他实现这精彩一刻的所有人！
　　这里，不仅尽显这场开球不同凡响的悲壮气氛和意义，而且紧凑的文字节奏，与赛场兴奋的气氛以及诺瑞斯、展飞内心的紧张情绪，形成了和谐交响，精彩得耐人回味！

（作者为复旦大学中文系教授、中国世界华文文学学会名誉副会长）

异域的位置

——探寻陈谦小说美学特质的可能路径①

颜　敏

近现代以来，中国作家已经积累了不少叙述"异域"的文学经验，从晚清的官员日记开始，实录精神、反思意识替代了"海客谈瀛洲"的神话思维，异域的风物制度、人物事件、文化心理等以各种方式进入文本之中，在拓展中国文学表现领域的同时，对作家的审美思维和文本的美学品格等都产生了影响。但我们或是将这类作品简单归类为异域风情小说，或是从非文学的角度去探讨其异域叙述的意义，很少从创作角度去总结异域叙述的审美意义。在我看来，"探讨一个作家如何定位异域、怎样和为何叙述异域"等问题不但有利于真正发现异域题材小说的价值，也将从深层面上敞开异域文学创作的审美意义。

陈谦是旅美华裔作家中的后起之秀，凭借为数不多的几部小说，她已确立了在当代华文文坛的地位。她的小说，无疑具有地理疆域和文化心理上的游移性，很难鉴定其文本中异域和本土的绝对界限，但其笔下人物的自我意识和空间意识极为清晰，其创作也较为自觉地反思了异域之于自我建构及创作的意义。因此，本文尝试细读陈谦的几部小说，通过梳理其异域叙述的脉络以探寻作家创作的独特性，借此呈现新一代海外华文创作在表现异域时可能达成的新境界。

---

① 本文为国家社科基金青年项目"华文文学的跨语境传播研究暨史料整理"（13CZW080）研究成果。

一、异域的抽象指涉：别处的生活

所谓异域，是相对本土或故乡而言的，在具体层面，它可以指向某个特定地理疆域的风景人事；在抽象层面，则可以赋予各种寓意和象征。在陈谦的作品里，具体层面的异域在其文本中已经朝两个方向延展，一是美国，一是中国。若从陈谦小说的叙事主体来看，异域首先指向美国。借助那些在中国度过青春岁月再移居美国的华人，文本反复追问美国经验对这一代旅美华人的意义，追问诸如"他们为什么要离乡背井，在美国又是否真正摆脱了生存困境"等问题。对于这一类华人而言，故乡永远是中国的某个地方，而美国则意味着截然不同的时空和处境，是异域。从早期《爱在无爱的硅谷》里的苏菊、《覆水》里的依群、《望断南飞雁》里的南雁、沛宁、王镭到晚近《莲露》里的莲露，都是哪怕在美国飞得再高，中国的故土经验也无法抹去的人群。而陈谦小说中另一些人物眼里的异域，则又变回中国。2002 年发表的《覆水》中，老派的美国人老德和新一代的知识精英艾伦都将从中国来的依群作为遥远中国的投影和化身。2013 年发表的《繁枝》和《莲露》中，在重回中国创业的旅美华人志达、朱老师眼里，改革开放的中国也成为具有诱惑力和未知数的异域，再次改变了其人生轨迹和生活信念。不过，陈谦的小说中无论关于美国还是中国的具体指涉都非常有限，所涉及的地点、风景和人事虽然也有具体的空间线索可寻，却不以事无巨细的客观再现见长。这种具体层面的异域呈现方式，既无法与专注再现的现实主义传统媲美，也无法与近现代集观看、体验、反思于一体的风土记、游记文学匹类。

事实上，与其说陈谦是从具体层面展现我们通常所谓的"异域"的，不如说她已经从抽象层面对之重新定位与命名。早在《覆水》中，陈谦借助女主人公依群在困境中的两次突围，提出了"生活在别处"的命题并对之作了反思。如依群一样，人们在遭遇困难时，总将希望寄托在远方，希望通过出走来实现人生的转变，然而，当别处变成了此处时，我们一样跌落生活的繁尘之中，一样遭遇人生的诸多挫折。那么生活的意义到底是在别处还是在此处呢？此处的生活与别处的生活真的大相径庭吗？这一连串的问题由陈谦在《覆水》中提出并尝试回答，但此时陈谦对异域意义的探索才刚开始，立场尚未坚定。一方面，她让依群喊出"生活在此处"的口号，告诫人们要珍惜自己所拥有的；另一方面，依群又处在无法回头的宿命之中，再次踏上未知的追寻之路。在后来的小说中，陈谦的天平已经倾向于选择"别处"，"去远方"变成了她笔下人物的共同抉择。《望断南飞雁》中，南雁离开安逸的中产阶级家庭生活，去更远的南方完成学业，寻找自我生命的价值；《莲露》中，莲露为了摆脱心灵的痛苦和记忆的伤痕，朝海的尽头奔去。《繁枝》中的锦芯选择了自我放逐，飘然于熟悉的人群之外。虽然出走是现代人为适应资本主义生产方式而衍生的基本生活方式，但陈谦却将之看成人的宿命，在别处寻求生命新的可能，成了必然选择。由此可知，当她将异域定位成"别处的生活"并赋予其体现生命内在价值的意义时，实际是将异域抽象成了具有普遍性内涵的所指——人在现实困境中寻求的希望之境。

这种带有形而上意味的异域观，远远超越了近现代风土记和游记的异域定位，也超越了1960年代到1990年代留学生文学、新移民文学中的异域观。近现代以来的风土记和游记中，往往呈现具体而微的异域空间，未能对其进行抽象的思考。而1960年代到1990年代的留学生文学、新移民文学中，异域作为与中国对立的异质空间，常常象征着政治霸权等否定性的固化意象。上述文学创作中，其异域思维模式都建立在中西二元对立的语境之上，从而使得一些有关华人移民的虚构性文本不自觉地陷入了民族寓言的审美模式："文化冲突成为基本的叙事动力，个人的悲欢离合被放大成民族国家的整体遭遇。"新世纪以来，一些海外华文创作慢慢远离了这种旧俗的审美模式，作出新的探索，陈谦就是其中比较突出的代表。对陈谦来说，中国经验和美国经验都是异常重要的创作资源，其小说叙事几乎无法避免呈现本土与异域、故乡和异乡这样的空间结构；但通过赋予异域更为宽泛灵活的普遍指涉，陈谦将自己的创作从民族寓言的审美模式中释放出来。当异域指向的是"别处的生活"而不是特定国家民族的投影时，叙事的视角也更容易从"文化空间（包括民族属性、国籍身份等）的变动在个体生活中的投影"转化为"个体在变动的生活空间里的心路历程"，宏大的空间叙事就变成入微的心灵叙事，由此，涉及本土和异域双重空间结构的小说就成为探索个人心灵之旅的场域，不再被国家民族的先验性叙事框架所局限。

关于陈谦小说"向内看"的特质，旅美学者陈瑞琳有专文论述，她认为陈谦小说是以女性作为载体找到了通向灵魂的艺术通道。[①] 我想对她这一表述加以补充。其实陈谦选择的不是一般意义上的女性故事，而是一个个辗转异国他乡、寻找自我的女性的故事。如果陈谦意在表现"人"这个命题，必然如陈瑞琳所言去"呈现灵魂的痛苦挣扎"[②] 及在痛苦中自我的成长；那么，她让人物在新的生存空间遭遇新的挑战，让生命的韧性和人性的复杂程度在变动的生活空间里得以呈现，也是一种值得称道的艺术策略，更是一个旅居国外的华裔作家的自然选择，因为这些女性所能具有的灵魂重量，是在她的经验范围之内的。陈谦曾经说过："在海外遇到的女性，去国离家，走过万水千山，每个人都走过很难的路，将自己连根拔起，移植到异国他乡。所以我身边的女生都很厉害，没有那种很强的意志力，是走不远，也无法存活的。"[③] 严格地说，陈谦不是一个女性主义者，在她笔下，无论男女，在新的生存空间中都有着同样的困惑，同样体现了追寻的勇气。如《望断南飞雁》中，无论是沛宁还是南雁，都将美国作为实现自己梦想的空间，在美国数年的奋斗历程中，他们都面临着莫大的压力，表现出极大的勇气、耐性和干劲。对移民来说，异域都是比故乡更重要的成长空间，《望断南飞雁》中，正是在美国，沛宁和南雁才各自成了自己。

如果出走是人的宿命，那么，对以创作来思考生命奥秘的作家而言，将异域作为追寻者自我设定的乌托邦就是合理的叙事策略。正因此，"主人公离开熟悉的此在，奔向未知的异在"成为陈谦小说的基本叙事模式；呈现"在异域中生命的挣扎"也成为陈谦小说探索生命意义的重要审美手段。可以说，由于赋予了"追寻"以本然的意义，"异域"在陈谦小说中呈现出一种形而上的崇高感。当然，作家不是直接使用这一词语，而是将之重新命名与诠释，并使之内化在小说叙事之中，它的位置是稳固的。

---

① ［美］陈瑞琳：《向"内"看的灵魂——陈谦小说新论》，《华文文学》2013 年第 3 期，第 91 页。

② ［美］陈瑞琳：《向"内"看的灵魂——陈谦小说新论》，《华文文学》2013 年第 3 期，第 92 页。

③ 江少川：《从美国硅谷走出来的女作家——陈谦女士访谈录》，《世界文学评论》2012 年第 2 期，第 13 页。

二、异域的淡笔描摹：再现的简化

异域在中国近现代作家的笔下，主要以几种方式呈现。一是随意化，作家无意中将自己所熟知的某种异域元素散落在其文本中，还谈不上对异域进行自觉再现与概括；二是景观化，作家将所见所闻或如实记录或略加选择，呈现人类学式的日志或浪漫主义的奇观；三是生活化，作家在文本中主要呈现异域生活的日常层面，风景退居其后，人事变成了主体。陈谦的异域呈现方式接近第三种方式，又有自己的特色。

陈谦小说中异域呈现方式的独特性在于，她所呈现的生活空间看似具有纪实性，实际是一种再现的简化，具体而言，是她以选择性的点染笔法提供一种接近生活常态的空间感觉，但在看似现实主义的风格后隐藏着象征化的现代主义思维。她说："我并不喜欢魔幻现实主义对现实时空的组合方式，像那种魔幻现实，那种重构的 A 城、B 城，不是我的个人的风格能所亲近的。每个作家的选择不同，我就喜欢一种很清晰的，有个人标记的东西，各人的来历才搞得清楚，我是这样想的。"[①] 在她笔下，的确没有出现纯粹虚构的地点和扭曲的空间想象，出现的都是旧金山、硅谷、广西北海、广东广州之类的真实地点；活跃其中的人也接近生活常态，缺乏传奇色彩。这看似与写实传统的再现方式一致，其实不然，在陈谦小说中，像巴尔扎克式精雕细刻的场景建构和风俗人物描写是找不到的。事实上，异域的元素，无论是风景还是人事，在她的小说中都以服从叙事需要的白描笔法来简约呈现，以一种随主人公情感流动的方式来安放运转，淡笔描摹的场景和人事都成了有意味的形式，具有象征性和仪式性，符合现代主义的隐喻原则。如《覆水》中，提及依群和母亲旅行经过美国西部最大的哥伦比亚河时，并无关于河景致的一字描写，而仅将之作为连接父亲投江自尽的节点，以这浩浩荡荡的河引发母女俩对难以捉摸的生命归宿的哀叹之情。就是在描写美国景致较多的《望断南飞雁》里，渲染那场冰天雪地的尤金城的大雪、那绵绵不绝的旧金山的寒雨，都只为映衬主人公沛宁当

---

① 黄伟林、陈谦：《在小说中重构我的故乡：海外华人作家陈谦访谈录之一》，《东方丛刊》2010 年第 2 期，第 202 页。

时的心境，少见客观的笔墨。一些海外华文小说里浓墨重彩呈现的异域生活场景和异族情人，在陈谦的笔下也不过寥寥几笔、色调淡雅。如《覆水》中的美国工程师老德、职业规划师艾伦，《莲露》中的风险投资家吉米·辛普森，都是以气质、精神人格取胜，少见精细的再现式描写。试看："那个叫辛普森的老头齐刷刷的灰白短发，着深黑紧身运动衫，身板笔直地站在一艘神气的帆船前端，正抬手摘取架在头顶的太阳镜，一脸由衷开心的笑容，顺着脸上那些因常年户外运动晒出的深纹四下散开，让他的脸相显得立体有力，跟我在沙沙里多水边撞见的时候几乎一模一样。"① 必须指出的是，陈谦小说有关异域的元素虽以淡笔描摹，却不乏力度，其审美效果恰如中国画里的铁线描，力透纸背。如《望断南飞雁》里的那场大雪和大雪中驾车独自行驶在路上的南雁，水乳交融，精彩地呈现了一个在异域环境中独自跋涉的女子之精神境界。《覆水》里写中国女孩依群初次见到美国工程师老德时，只有以下两句："老德足有一米九的个子，正值壮年，身子骨十分硬朗。"② 此时只突出他身体的健壮，而不涉及其他特征，显然是经过选择的。因为当时犯有心脏病的女主人公依群所向往的只是健康而无其他，故她只看到异族男人壮硕的身体；但后来正是老德的年老力衰造成了两人婚姻的困境，这一描摹又成为具有讽刺意味的伏笔。在陈谦小说中，这种颇见功力的描摹方式处处可见，使得其异域叙述的细部与小说的整体诉求十分协调，可以承载丰富的内涵。

以"再现的简化"方式来呈现异域，无疑是陈谦追求简约的审美风格的体现，在她看来，简化反而有利于确立一种真实感。她说："为了使小说看起来更'真'，我必须去掉真实生活里更为复杂的戏剧性元素，因为我清楚地意识到，如果遵循'忠实于生活'的老话，善良的读者甚至可能拒绝小说的'真实'。"③ 的确，点染式的白描笔法，去掉了那些带有偶然性的、难以赋予意义的元素，突出了那些能够凸显主题的细节，从而可以确立起一种审美的主体性。

---

① 陈谦：《覆水》，选自小说集《望断南飞雁》，北京：新星出版社，2010 年，第 1 页。

② 陈谦：《覆水》，选自小说集《望断南飞雁》，北京：新星出版社，2010 年，第 137 页。

③ 陈谦：《莲露写作后记》，《北京文学（中篇小说月报）》2013 年第 6 期，第 31 页。

　　但这种异域呈现方式，与陈谦异域经验的性质不无关系。一般而言，对于刚刚踏入异域的移民而言，他们容易感受到来自差异空间的琐碎景观，产生的感情体验也往往比较极端，异域在其创作中容易被前景化，成为推动叙事、改变人物命运的突出因素。如《芝加哥之死》《曼哈顿的中国女人》《北京人在纽约》《到美国去，到美国去》等作品中，异域都是叙事的焦点，是处在舞台中心的形象。这种对异域的审美设定，往往催生戏剧化的情节结构，呈现片面肤浅的异域经验。如《北京人在纽约》中说到的：如果你爱一个人，就送他去纽约，因为那里是天堂；如果你恨一个人，请送他去纽约，因为那里是地狱。将纽约安置在天堂和地狱这两个极端，将之作为主要人物命运极速沉浮的隐喻，体现了被前景化的异域和戏剧化效果之间的内在关联。但这种过于粗暴的异域呈现方式，逐渐被成熟的移民作家所舍弃，尤其是对于那些深入其中，安稳下来的移民作家来说，他们的异域定位、观察方式及表达方式都在发生变化。陈谦从事小说创作时，已人近中年。在中国度过了最难忘的青春岁月，对"文革"存有模糊的记忆；在美国走过了留学打工的最初阶段，进入技术精英荟萃的美国硅谷，当上了工程师，过上了中产阶级的生活。无论是中国，还是美国，她都有了更为全局深入的把握，因此，在她对有关异域的抽象化认定中，两者都可以是反思回望中的异度空间，但两者都不可能是黑白分明的戏剧化场景，而是意味深长的生活世界。

　　陈谦的异域呈现方式，还可从写作目的的更高层面寻求理解。她的写作，可视为一种宗教性写作。每一篇小说，都在呈现灵魂的苦痛、寻找生命可能的救赎之途；恰如面向神父，也面向天父的忏悔祷告，在为迷失的人招魂。这种忏悔祷告式的意义构造，决定了其文本的外在形式。小说往往采取特定人物的单一视角来展现情节、构思全文，在该人物的回望追忆中，不同时空中的诸多细节被连缀成整体以构建探索人性迷宫的生活空间。这种近乎意识流的时空组合方式，使得为表征人性复杂性而出现的异域也成了点染式的背景。实际上，因为陈谦小说的聚焦点是呈现"某种人生的困局与生命的困惑"，文本的诸多元素包括故事情节和人物都是淡出的背景，更遑论异域因素。但是，既然小说试图呈现人性的幽微挣扎，那么作为考验、表征人性的背景而出现的异域并非可有可无。一方面，如前所述，人的苦难总是在变动的环境中得以呈现，异域作为对人性考验的实际存在意义非凡；另一方面，宗教性写作需要依赖特定文化空间才得以存在，就好比忏悔祈祷中的教堂，作为仪式性的背景确保了心灵的声音畅通无阻。无论是《望断南飞雁》里沛宁茫然若失的忏悔录，还是《特蕾莎的流氓犯》里红梅杂乱无章的心灵呓语，都只有依托基督教文化的异域背景才具有了铺展的可能性。

当然，在资讯、交通极度便捷的时代，各种空间元素的水乳交融、不同国家族群的人流交汇已成常态，文学中出现异域景观已是极为自然的现象，根本无须戏剧化、前景化。如此看来，陈谦的异域表达方式也折射了时代的感觉结构。

三、异域感：一种审美距离和观察视角的根源

我们已明白，文学不需也不能作为认知异域的主要方式；如果对异域的再现复制不是目的，那么对它的想象和借用将给文学带来什么呢？现在，我们从陈谦的创作入手尝试对以上问题进行总结。

如前所述，一方面，陈谦小说中的异域是以点染笔法勾勒出具有抽象指涉的背景，在这一具体指涉漂浮不定的背景之下，文本重在探索有关人和人性的种种疑惑与思考；另一方面，其小说中本土与异域的空间结构是稳定的，异域虽不是聚焦点，也不是目的，却内化在叙事结构之中，成为不可或缺的成分。那么，应如何理解陈谦小说中异域叙述的矛盾性呢？

在我看来，文学创作的价值，除了依附作家个人的写作才华之外，也会与思想立场、观察视角等有关联。某种程度上，文学的价值就在于能以审美的方式提供与众不同的观察方式和思想立场。而海外华文作家的独特性在于，在本土和异域的空间构造中，他们将自己放在游移不定的中间位置，以自身为聚焦点，不但可以更换本土与异域的位置，更能确立一种有利于审美观照的疏离感，这使他们拥有了与本土作家迥异的观察视角，很多海外华文创作的审美价值正是从这一中间性位置生发出来的。也就是说，与其说这些作家要再现某个具体的异域空间，不如说他们要借此确立一种异域感，进而形成独特的观察视角乃至表达方式。陈谦小说所具有的独特魅力，也在这一视野之中；理解陈谦小说中异域叙述的矛盾性也要从此开始。

从陈若曦的《尹县长》开始，海外华文创作就以独特的观察视角和思想立场深入中国历史和文化的反思之中，显现了以凸显人性的复杂幽深为宗旨的趋势。陈谦的小说《特蕾莎的流氓犯》《下楼》《莲露》等也被归属其中。如宋炳辉认为《特蕾莎的流氓犯》的叙事特色正是"在异文化场域来反顾本土历史与文化"。① 但是，陈谦文本中的异文化场其实是在中国和美国之间游动，恰恰是在对两种生存空间的双重审视与批判中，其小说从自我存在的角度呈现了"人无家可归"的悲剧性。我想，这正是陈谦小说具备感人至深之艺术魅力的重要原因。

小说《覆水》中，陈谦尝试以文化差异来构造人生困境，展现敞开灵魂的苦痛和挣扎过程。华裔女子依群和美国男人老德的婚姻因生理的不和谐而名存实亡，但他们都在苦苦支撑着这一局面。如果说依群是受了"知恩必报"的中国文化传统的约束，老德则是为了信守当年与依群姨妈相伴一生的约定，无论是报恩的中国传统人伦还是西方的婚姻契约，都给两个人带来了伤痛和孤独。依群和另一位美国男子艾伦的邂逅也不是一个简单的情感故事，而是展现了另一种异域生存困境——文化沟壑造成的情感交流障碍。职业规划师艾伦带着专业主义的兴趣，走进硅谷丽人依群的生活，但他们之间存在一种无形的文化阻力，表面意气相投，实则无法深入交流。当依群明了他们关系的症结所在时，选择了退回原位，原本躁动的心也变得更加脆弱焦虑。《特蕾莎的流氓犯》中，陈谦的技法和思考更加成熟，文化空间的印记及其与个人命运的纠葛都透过人物内心的瞬息变化被聚焦。在女主人公红梅（特蕾莎）的黑暗之心中，她在年少时犯下的诬告罪和在美国接受基督教洗礼后的忏悔意识相互纠缠，使她一直处在罪与罚的阴影之中，不得安宁。她心存侥幸，以为只要向受害者道歉，得到对方谅解就可以获得新生。但说出来又怎样？当她向中国来的王旭东诉说了一切时，心中的怪兽仍呼啸而来，心灵仍在荒漠之中。另一悔过者王旭东费尽周折得来的"文革"纪实，尽管真实动人却无法抚慰自己，更不用说抚慰他人。无论是中国式的立此存照主义还是基督教的忏悔精神，在陈谦笔下，都未必让沉重的心灵得以解脱。

---

① 宋炳辉：《陈谦小说的叙事特点与想象力量》，《中国现代文学研究丛刊》2012年第 8 期，第 160 页。

在稍后的《繁枝》和《莲露》中，陈谦对技术理性主义主宰的美国和改革开放以后的中国进行更为清晰的双重审视和批判。她笔下的美国硅谷是一个冷冰冰的机器世界，人们在狂热地投入技术革新、创造财富的时代潮流之时却丧失了生活的激情。《繁枝》中女主人公锦芯的丈夫志达，在美国硅谷依靠个人奋斗拥有了不菲的财富、完整的家庭，可依然找不到归宿感；随着海归潮到中国创业，抱着重新来过的劲头，全力投入一场婚外恋中，美国的精英教育、夫妻的患难经历、几个儿女全被抛在脑后，剩下的只有待解放的欲望。《莲露》中，女主人公莲露的丈夫朱老师，在美国文化氛围中暂时摆脱处女情结，与妻子和谐共处了几十年，但一回到中国就旧病复发，在伤害妻子的同时，自己也走上堕落之路。而原本可以让莲露打开心结的华裔心理医生，严格遵守不与病人产生任何私人联系的治疗准则，在她即将走上康复的半途中将其抛给无常的命运。这一小说，作者或许本意在试图呈现人无法战胜自我的困境，但客观上却批判了中国鄙陋的处女情结，反思了西方的理性原则。某种意义上，正是它们共同毁掉了一个原本可能璀璨的生命。

如果个体就算游走于中西之间也无法摆脱困境，如果出走或回归都无法获得心灵的平静，那么，我们的灵魂之所究竟在哪里？当陈谦认识到"人无路可走"的结局后，她有关人的探索还能以怎样的方式继续呢？她的创作会舍弃本土与异域的空间结构吗？《下楼》是陈谦酝酿中的长篇小说的序曲，其中依然存在中国和美国的双重空间结构，中心情节是：一个女人在爱人坠楼死后再也不下楼，困守在静止的空间里，直到老死。由此看来，陈谦依然在变与不变的辩证法里思考人的生存空间。实际上，变动的生存空间给予人的影响，是陈谦写作的原动力。她说："在美国经历，打开人的眼界，开放人的心灵，甚至改变人的世界观。震撼和感慨之后的思考，是我写作的原动力。"①

我认为，异域感的存在，的确是一个移民作家特有的资源，有才华的作家，会充分挖掘这一来自自身经验的宝库。但对不同作家而言，异域在其创作的位置会有所偏差，对其处理方式也有所不同。在陈谦的写作中，

---

① 江少川：《从美国硅谷走出来的女作家——陈谦女士访谈录》，《世界文学评论》2012年第2期，第9页。

异域恰似一个能剧表演者的面具,已成为一种艺术得以成为艺术的框架,内在于其创作思维之中。其内在性在于,它与叙述主体自我建构之间有着紧密的联系,借助异域所具有的投射性和他者性,叙述主体才得以不断自我确认、自我反思。因此,这个异域面具就算镌刻出真实时空的某些印记,我们也不可将之作为复制再现的范本,而只能作为渗透着叙述主体印记的心理影像。异域一旦成为作家的表征符号,就像表演者自己不可能脱离面具而存在一样,两者相互叠合,催生了新的主体形象。这样,异域叙述就成为某些海外华文写作的重要标签,其表述方式则可以发生微妙的变化。

当然,对于作家而言,带上这一异域面具之后,自我的位置也变得模糊歧义,他可能需要不断重构和反思自己的异域经验来确认自我及其写作的位置。对于陈谦等海外华文作家而言,只要处在异域和本土的张力空间,这种自我探寻的忏悔祷告式写作就不会停止,我们期待的只能是另一种异域表述方式的出现。

结语

在陈谦笔下,作为再现的简化,异域不只是现实主义的布景与现代主义的符号,而是一种类似面具标示的生活成分和身份要素。与其说作家要再现某个异域空间,不如说她要借此确立一种异域感。异域感的存在,使作家对其所书写的双重文化空间具有疏离感的审美距离和独特的观察视角;异域感的存在,也使得创作主体的身份处在模糊不清的边界,需要不断重构和反思异域经验以确认自我及写作的位置。由此,陈谦的小说获得了一种越界性的美学特质:心灵世界在空间的斗转星移中出现令人眩晕的复杂性,古典的叙事方式获得了一种后现代的精神质地。在以追寻自我、反思人性为主旨的宗教性写作中,陈谦小说远离了民族寓言的审美模式,开辟了海外华文创作异域书写的新境界。

(作者为惠州学院中文系教授)

虹影：写实，是因为不满足于虚构

倪立秋

了解虹影是因为她的小说，见到虹影是因为 2014 年 11 月南昌大学主办的"首届新移民文学研讨会"，她和我都是应邀参加此次会议的作家和研究者。站在我面前的虹影和其很多书上所附照片中的她看上去没有明显区别：卷曲的刘海，长发披肩，身材苗条，笑起来脸上满是羞涩，一点都看不出她是 1960 年代早期出生的人，岁月在她身上似乎未曾留下明显痕迹。而她迄今为止所出版的数十部作品，却是她在与岁月同行中收获的沉甸甸的果实和礼物，尽管在这期间她的作品受到的评价褒贬不一。

一、重庆私生女蜕变为知名华人作家

虹影，原名陈红英，1962 年出生于重庆，乳名小六或六六。曾移居伦敦，已入籍英国，现常居北京。当代著名小说家、诗人，新移民文学的代表作家之一。

虹影是笔名，相信是本名红英的谐音，但在公开出版的著作中，虹影绝少提及她的本名陈红英。而在《K》和《女子有行》等书中，虹影引经据典，曾对"虹"字进行过多次阐释。这或许是她在为自己的出身寻找经典证据，也或许是在暗示其私生女身份，而这个身份在童年、青年、成年阶段都曾带给她无尽和无形的压力。

1981 年，虹影开始写诗，加入"流浪诗人"行列。1983 年，发表处女作《组诗》。1988 年出版诗集《天堂鸟》。1989 年，到复旦大学鲁迅文学院作家班学习。

1991 年，虹影持留学签证到伦敦，与当时是伦敦大学东方学院讲师，也是诗人、作家和翻译家的赵毅衡结婚。婚后的虹影安心写作，完成第一部长篇小说《背叛之夏》，并在台湾《联合报》等华文报刊频频获奖。

1992 年，台湾文化新知出版社出版《背叛之夏》，之后，虹影又在台湾和大陆出版了七本散文和短篇小说集、四本诗集，还编辑了海外华人作品集在大陆出版。

从 1993 年到 1996 年，先后出版诗集《伦敦，危险的幽会》，中短篇集《你一直对温柔妥协》《玄机之桥》《带鞍的鹿》，散文集《异乡人手记》，短篇集《玉米的咒语》《双层感觉》《六指》。

1997 年出版《女子有行》《饥饿的女儿》，中短篇集《风信子女郎》《里切之夏》。其中《饥饿的女儿》获 1997 年《联合报》读书人最佳图书奖。《背叛之夏》同年被翻译成英、荷、日等十五种语言在各国发行。第三部长篇小说《K》在台湾《联合报》连载。

1998 年出版诗集《白色海岸》；《饥饿的女儿》被翻译成英文，书名改成《大江的女儿》（*Daughter of the River*）。1999 年出版短篇集《辣椒式的口红》，诗集《快跑，月食》，长篇小说《K》。

2000 年，虹影开始定居北京，被中国权威媒体评为十大人气作家之一，出版中短篇集《神交者说》。2001 年，被评为《中国图书商报》十大女作家之首，还被称为"脂粉阵里的英雄"。

2002 年，长篇小说《K》由于涉嫌侵犯现代作家凌叔华与其丈夫陈西滢的名誉权，而被法院判为"淫秽"禁书，这个判决是中国现代史上第一次。官司打输后，《K》被迫改名为《英国情人》。《英国情人》被英国《独立报》（*Independent*）评为 2002 年十大好书之一。同年出版《阿难》，散文集《虹影打伞》。

2003 年，虹影与第一任丈夫赵毅衡离婚，出版《孔雀的叫喊》，短篇集《火狐虹影》《英国情人》《上海王》。和 2002 年一样，被《南方周末》、新浪网等平面和电子媒体再次评为"中国最受争议的作家"。

2004 年，出版重写笔记小说集《鹤止步》，中篇《绿袖子》，散文集《谁怕虹影》《饥饿之娘》。在一个驻北京的英国记者朋友的生日聚会上，认识英国作家亚当·威廉姆斯，此人后来成了她的第二任丈夫。

2005 年出版中短篇集《康乃馨俱乐部》《上海之死》，获意大利"罗马文学奖"。2006 年，《上海魔术师》出版。2009 年，《好儿女花》出版。

从 2011 年到 2015 年，先后出版《小小姑娘》《53 种离别：一种自我教育》《奥当女孩》和《里娅传奇》。

另外编著《海外中国女作家小说精选》《海外中国女作家散文精选》《以诗论诗》《中国女作家异域生活小说选》《墓床》等。作品已被译成 20 余种文字在欧美、以色列、澳大利亚、日本、韩国、越南等地出版。

二、"无法归类"的作家：勇于探索、尝试改变、勤于实践

虹影一直在尝试做多方面的写作探索：尝试写剧本并公演成功；喜欢写诗歌，已有《鱼教会鱼歌唱》《天堂鸟》《伦敦，危险的幽会》《白色海岸》《快跑，月食》等诗集问世；同时也写散文，已有《虹影打伞》《异乡人手记》《谁怕虹影》等散文集出版。

单是写小说，虹影就进行了多方面尝试，已出版重写笔记小说集《鹤止步》，自传体小说《饥饿的女儿》，反映三峡移民题材的《孔雀的叫喊》（对明代冯梦龙《古今小说》中度柳翠故事的改写①），以优伶、名人与抗日历史等为题材的《上海王》（也是妓女题材）、《上海之死》（也是间谍题材）、《上海魔术师》《绿袖子》《阿难》《K》，纯幻想型作品（虹影自称未来小说，赵毅衡也曾以此名称谈及虹影小说②）《那年纽约咖啡红》③（本书又被赵毅衡归入"流散文学"范畴）、《女子有行》（又名《一个流浪女的未来》），还有被称作典型女性主义写作④的《康乃馨俱乐部》，在小说《阿难》出版后接受访谈时自称为"流散文学作家"⑤ 等。

名目众多的类别、涉猎广泛的题材，足可显示出虹影在小说创作探索上所做的努力、所费的心血，但这许多名目也同时令虹影被一些论者归入

---

① 张茵：《虹影长篇新作〈孔雀的叫喊〉再现当代"度柳翠"故事》，《北京青年报》，2003 年。

② 赵毅衡：《20 世纪中国的未来小说》，《21 世纪》1999 年总第 56 期。

③ 虹影：《那年纽约咖啡红》，天津：百花文艺出版社，2004 年，封底页。

④ 虹影曾多次在出版作品时，在作者介绍中自称为"中国女性主义文学的代表之一"。

⑤ 参见胡鹏：《虹影：我是一个流散作家》，《精品导报》，2007 年。又可参见虹影、止庵：《关于流散文学，泰比特测试，以及异国爱情的对话——虹影与止庵对谈录》，《作家》2001 年第 12 期。

"无法归类"① 的作家行列，她自己也多次在不同场合和各种访谈中提及"无法归类"这一点，或许"无法归类"就是读者、评论界和虹影自己所认定的创作特色，另外，"无法归类"也反衬出虹影在创作上是一个勇于探索、不断尝试改变、勤于创作实践的作家。

虹影重视市场，走市场或通俗路线。《中国青年报》曾评价说："虹影的小说，一向题材多变，情节诡谲，发出夺目慑人的光彩。"② 应该说这句话道出了虹影创作的一部分事实。从现有创作来看，虹影热衷于讲故事，而且重视故事情节的传奇色彩和小说的可阅读性，似乎有意让读者在读完故事后获得一种猎奇感。无论是重写的笔记小说，还是抗日时期东北的优伶故事；无论是上海滩的昔日传奇，还是今日三峡的移民工程，虹影都在不停地向读者显示她注重把故事讲生动，让小说吸引人，以刺激读者购买和阅读她的小说。

离开中国之前，虹影曾有"新锐诗人""先锋作家"之称，出国之后转而重视讲故事、吸引读者和阅读市场，与先锋创作理念南辕北辙，她在文学写作态度上发生的重大转变有点儿耐人寻味。

有资料显示，虹影其实并不满足于其小说只在市场上赢得读者的支持与青睐，也不满足于仅仅走通俗路线，她同时还想给人留下走纯文学路线的印象，想赢得主流作家、学者或批评家对她作品的关注与青睐。她曾抱怨说，自己始终未得到主流作家和评论家的认同，只是处于边缘状态，形同异类。③ 这说明虹影不光想得到普通读者在市场上的支持与拥护，同样还想赢得作家同行、学者、评论家在写作专业上的认同与肯定，为其在纯文学领域、在文学史中争得一席之地。但她仍然乐意将自己归入"无法归类"的作家之列，究其原因，不俗不纯，多向探索，不易归类，应该是虹影对自身创作形成独特风格的一种理想追求。

另外，虹影专事写作，并未从事贴近现实、亲身经历所有新移民为了求存而不得不从事的各种职业，也不像严歌苓等新移民作家为了生存不断打拼，对异域生活有着深刻的切身感受，因此，虽然长期身处海外，虹影

---

① 钟钟：《虹影：无法归类的叛逆女人文字》，《今日文摘》2004 年第 8 期。

② 徐虹：《虹影批评文坛"茶凉"现象》，《中国青年报》，2002 年 7 月 27 日。

③ 赵明宇：《〈上海魔术师〉出版　虹影抱怨文坛漠视自己》，《北京娱乐信报》，2006 年 12 月 12 日。

却并未真正了解海外，更没有真正融入异国生活，而是游离于移居国的主流生活之外，其小说对异域他乡的描写也因而显得浅层次、表面化，是近乎印象式的。

虹影已出版的多部小说，大多涉及的仍是中国生活，以中国为小说人物的活动背景，跟她的异域生活并无多大关联，只有《那年纽约咖啡红》《千年之末布拉格》《阿难》等少数几部作品以纽约、布拉格和印度等地为背景。细读这几部小说，读者不难发现，这几部小说虽然有部分内容以异域为背景，但作者并未深入描写当地人的日常生活细节，而是以观光客或过客的眼光来描述人物在当地的所见所闻，其描写是浮光掠影、走马观花式的，并无多少深度和生活气息，因而无法给读者留下很深的印象。为了弥补这方面的不足，增加小说的厚重感，虹影还通过翻查史料，在小说中增加有关历史事实的陈述，再加上充分发挥想象力，以使自己的作品血肉丰满。这样做固然可显示出虹影的努力，某种程度上或许也能弥补小说厚重感的不足，但跟《饥饿的女儿》等有分量的作品相比，能打动读者、给读者留下深刻印象的成分不多；跟严歌苓等其他新移民作家的创作相比，其作品的海外气息明显不足，对异域生活的描写和感受明显单薄和浅层得多，能打动人的地方更少。这进一步证明虹影的作品没有深刻揭示华人移民在海外求存的真实生活面貌，难以取得理想的厚重感和震撼力，也无法给读者造成强烈的冲击力。

虹影只用中文作语言媒介进行创作，而海外知名新移民作家中大多数都在使用双语进行创作。她的作品大多以中国为背景，很少以海外生活为题材，涉及的海外文化元素也很少，很难让人相信她已移居英国多年。因此，她与同期国内作家差别最小，是海外纯中文小说作家的重要代表。

迄今为止，虹影的小说作品主要可分为以下几类：最成功的要算与她个人生活经历有关的作品，如《饥饿的女儿》，叙述细腻，感受真切，生活气息浓郁，最能打动读者，给读者留下非常深刻的印象，这是第一类。

第二类是"史料＋想象"式的作品，如《K》《阿难》。虹影通过翻查大量历史资料记载，再加上丰富的想象，赋予人物以真实感和新面貌。

第三类是改写中国古典作品并结合中国现当代社会现实的重写或改写之作，如《鹤止步》《孔雀的叫喊》，以古典笔记小说或经典传奇故事为蓝本，加以改写或重写，融入当今或现代社会现实因素，赋予原著以时代感或新生命。

第四类则是以传奇故事的方式写成的，如"上海三部曲"、《绿袖子》等，虚构色彩很浓，虽然虹影极力强调这些作品有其真实性和历史感，但它们明显生活气息不足。

以上分类概括了虹影小说创作的基本模式，除少量与现实生活结合得较紧、生活气息较浓郁的作品之外，虹影创作大致是遵循史料＋想象＋传奇或游记的写作套路，这决定了其作品生活厚重感不足，虽然好看、可读性较强，但文学价值有待提高。

虹影迄今所走过的创作历程大致可以分为四个阶段：

第一阶段，开始学习写作到《背叛之夏》（1992）完成，虹影处在创作摸索阶段。具体表现为她想学习先锋式的创作风格，甚至有时冒充先锋，但事实证明其模仿之路并不成功。

第二阶段，以《饥饿的女儿》（1997）的出版为标志。虹影回归自我，不再盲目模仿。该小说回到现实，深入底层，着重写"文革"时期底层人民——那些非知识精英们的生存状态，写"文革"给普通人所带来的深刻影响，可以说这部自传体小说是虹影创作走向成熟的标志。

第三阶段，以《K》（1999）的出版为标志，虹影进入成熟期。《K》的出版虽给她带来一场旷日持久的跨国官司，且以其败诉告终，但它涉及跨时代、跨国界、跨文化的社会历史背景，进行深刻的人性刻画与暴露，给读者留下了难忘的印象。《K》也显示出虹影在历史、文化等方面为写作所做的充分准备与努力，体现了她丰富、惊人的想象力，如果没有这些，之前从未去过武汉和珞珈山的虹影，是无法生动形象地写出20世纪30年代的武汉和珞珈山的。

第四阶段，以《奥当女孩》（2014）和《里娅传奇》（2015）的出版为标志。虹影有了女儿，成了母亲，有意为少年儿童写作，表现出她把作家和母亲这两个角色有机结合的实际行动，也代表她为儿童写作所做的尝试与努力。

不管是哪一阶段的作品，虹影都努力对人性或人的欲望作深入的挖掘，对个体生命的价值进行执着的探寻，这是她作品中最有分量和深刻之处，值得重视。

三、残酷而深入的写实是因为不满足于虚构

《饥饿的女儿》是虹影被公认的最具实力和代表性的作品之一。"这本书出来后，好些十多年都没联系的朋友们看到了这本书后，都泪流满面，来信来电话。在今天这个心灵坚硬、冷漠的社会，一个作家的作品能让一个人哭，应该是值得欣慰的。这证明我的书触碰到了一个人的灵魂深处，触碰了我们不敢触及的部位。我的写作和当今文坛流行的东西截然不同，就在于我敢于触碰那些内心的阴暗。"①

这部作品是虹影创作走向成熟的标志，自传色彩非常浓厚，写"我"（六六）的成长过程，某种程度上也可以看作六六的家史记录。虹影曾多次提到这本书是她的自传，② 书中所讲述的事情完全真实，评论界也大多将这部作品当作她的自传来看待。

读者从六六及其家人的经历与遭遇中，可以窥视到自20世纪40年代末以来几代中国人曾经所共有过的经历，看到中国近半个世纪的历程。正如葛浩文③在为该书所写的《序》中所言："这本书固然说的是一个年轻姑

---

① 《最能伤害你的是你最亲的人》，《南方都市报》，2009年。

② 2003年8月24日，虹影应新加坡之邀参加以"文字撞击感官的巨响——现代文学中的性与暴力现象"为题的讲座，她在该讲座中谈到《饥饿的女儿》一书时，曾这样说："《饥饿的女儿》是我的自传，那个堕胎的女孩就是我，十八岁的我……我想真实地记录当时的一切，就像黑白电影。"当时出席这个讲座的还有大陆作家苏童、台湾作家兼诗人焦桐、新加坡国立大学中文系讲师吴耀宗博士等人。

③ 葛浩文：Howard Goldblatt，美国加州人，现任北美著名的圣母大学"讲座教授"。30多年前曾在中国台湾学汉语，后来在内地和香港住过。30余年来，他一直关注东北女作家萧红，撰写过她的传记，翻译过她的几本小说。他为中国文学翻译到美国做了大量卓有成效的工作，是把中国现当代文学作品翻译成英文最积极、最有成就的翻译家，曾翻译过包括老舍、巴金、莫言、苏童、冯骥才、贾平凹、阿来、刘恒、张洁、王朔等人的大量作品。夏志清教授在《大时代——端木蕻良40年代作品选》的序言中说，葛浩文是"公认的中国现代、当代文学之首席翻译家"。由于葛浩文的英文、中文都出类拔萃，再加上他又异常勤奋，所以他在将中国文学翻译成英文方面的成就十分惊人。

娘与她的家庭的事，但也属于一个时代……属于一个民族。"① 是一本"将中国近几十年来的社会史，活生生地呈现给读者的作品"。②

小说表面上是写六六的成长史，以及她成长过程中所走过的非常艰难的道路，实际上六六在回忆家族历史的同时，也回忆了现代中国的全部成长史。

葛浩文对此书的概括是："贯穿全书的特点是坦率诚挚，不隐不瞒。"③虹影并未给六六及家人脸上贴金，而是坦率直陈六六及家人的经历和处境，这包括母亲与男人私通的"家丑"，父亲充满悲剧意味的人生，生父对两个女人及两边子女带有原罪性的处境与凄凉结局，大姐的自私而泼辣，二姐的矜持有心计，三哥的顽劣又开朗，四姐的美丽却不幸，五哥的残疾与善良，六六的叛逆和倔强，还有历史老师的政治命运，街坊邻里的恶劣关系，亲戚朋友的生存困境，六六本人的生涩青春及其付出的成长代价等，所有人物的故事都在虹影的笔下娓娓道出。作品语言质朴，真实呈现，大胆直陈，作者对六六及家人所做过的"丑事"似乎未有丝毫隐瞒，未见丝毫的夸张与矫饰，这样残酷而深入的写实是因为她不满足于虚构，这种写作风格给读者以刻骨铭心的真实感，读者也因此会在心目中对作品建立起不可动摇的信任感。

葛浩文说："《饥饿的女儿》最成功之处，在于其情感不外溢的叙述风格。"④ 关于小说中人物的经历，虹影采用的都是平静叙述的口吻，没有感情上的大起大落，没有愤愤不平的指责谩骂，更没有惊天地、泣鬼神的情节冲突，让人难以想象她创作时如何控制感情，读者从作品中所能看到的只是冷静的叙述与真实的呈现，还有小说中那些主要人物在艰辛苦难中所获得的人性经验。

---

① 葛浩文：《饥饿的女儿·序》，见《饥饿的女儿》，台北：尔雅出版社，1997年，第 1 页。

② 葛浩文：《饥饿的女儿·序》，见《饥饿的女儿》，台北：尔雅出版社，1997年，第 2 页。

③ 葛浩文：《饥饿的女儿·序》，见《饥饿的女儿》，台北：尔雅出版社，1997年，第 1 页。

④ 葛浩文：《饥饿的女儿·序》，见《饥饿的女儿》，台北：尔雅出版社，1997年，第 2 页。

六六的生活原型其实就是虹影本人，其成长经历实际上就是虹影的成长经历，这一点可从虹影的多次公开谈论中得到证实。[①] 因而六六的生命体验也就可当成虹影本人生命最深处、最真实的个体经验。

六六对生父恨之入骨，主要原因在于六六是生父和母亲的私生女，而她是到十八岁生日那天才知道这个既令她震惊又令她悲伤的秘密。她对生父的仇恨，不仅在于"私生女"这个身份在她成长过程中给她所带来的羞耻感，及家人和外人从小到大对她的不公平看待，更在于生父在她成长过程中所应该给予她的爱的缺席。她把自己童年和少女时代缺少生父之爱的责任，全部推到原本处境就已经极为可怜的生父身上。无论母亲对她怎样解释，她都不肯原谅生父，甚至变本加厉，不仅不愿承认生父，而且直到他死，她也不肯再见他。不仅如此，她还因此对家里每个人都失去了信任，因为全家人共守这个秘密十八年，竟然无一人曾试图告诉她有关她身世的确切真相。

她在缺少生父之爱的环境中生活了十八年，饱受家人与外人的排挤与歧视，却无从得知自己有如此恶劣遭遇的真正原因。她一直生活在谜团中，一直在苦苦猜谜，力图揭开谜底，到最后谜底终于揭开，生活中的部分迷雾终于散去之后，她非但没有因此从苦难中得以解脱，反而在震惊之余又掉进了一个更加巨大的耻辱之中，得到的是更大的悲伤与痛苦。六六处在这种心境之下，即使生父在她成长的十八年中曾经给予她再多的关爱与资助，即使生父再善良无辜，她也是不会在内心里真正接受生父并对生父心存感激的，她将多年来内心中存有的怨恨一股脑地倾泻在生父身上，将所有的委屈和不平都归因于这个本来就已很不幸的生父身上，这种举动有着一定的心理基础。

也许正因为从小缺少来自生身父亲的爱，上中学的六六才会爱上在年龄上可做自己父亲的历史老师，她在寻找情人的同时其实也在寻找父亲，以弥补自己所缺失、所渴求的成熟热烈的异性之爱和安全博大的父亲之爱。而且六六在缺少父爱中还走向另一个感情极端，那就是她心中开始怀

---

① 虹影说过这样的话："《饥饿的女儿》是一本百分之百真实的自传，沿着书中描述的地址，你会找到我的家。自传就是自传，我是有知者无畏，不会对别人有遮掩地说，小说只是小说，与自己的生活无关。"参见董慧：《虹影：搅动文坛的"汉字魔女"》，《北京青年周刊》，2000 年 9 月 14 日。

有对父亲的恨。尽管对生父充满恨意，但她在潜意识里仍然不放弃对父爱的找寻，这也许就是她和她的历史老师发生恋情的最主要原因。小说对六六成长经历的叙述是非常真实的，真实到可把六六看作虹影本人，这种真实是一种作者返回到个体经验最深处的那种真实。这种真实性不仅是非常可信的，而且还有着撼动人心的作用，读者由此可以窥见六六在青春成长时期的心路历程，或许还可以窥见虹影在生命的早期岁月中的成长心路。

虽然有些不完美，但虹影的创作成绩仍然可圈可点，《饥饿的女儿》和《K》等作品所取得的成功，使虹影成为新移民小说创作中重要的代表作家之一。或许虹影是难以归类的，但她却是独特的，大量的作品问世，庞大的读者群落，高数额的版税收入，所赢得的世界级声誉，都可作为其成功的证明，她所取得的这些成绩，令很多新移民作家所望尘莫及。

2015 年 11 月 15 日定稿于墨尔本

（作者为文学博士，现居墨尔本，拥有澳大利亚专业翻译资格和多所大学学历）

无处安放的肉身

—— 表演研究视野中的海外华文文艺

邓菡彬

人开口说话，就要选择词句。在"二战"后的"语言论转向"中，人们惊呼："到底是人说话，还是话说人？"人被语言控制的程度有多深？这个话题往一个既肤浅又极端的方向聊下去，容易导致某种通俗的虚无主义，无非是把《庄子》里的"无所逃于天地之间"改为"无所逃于语言之间"。通俗的虚无主义最容易连着投降主义——既然无所逃，那就别逃了吧！在一个泛媒体时代，"语言论转向"的哲学思考难以避免地被简化，然后被搁置一边，似乎是真理的发现并没有改善人们的处境。但思想演进的实际情况是，"语言论转向"的发现，推动了其他思潮的继续发生，比如"表演转向"。人被语言控制，未必是一个静态的问题。既然是动态的，那么，去梳理它的运动轨迹，就会促使另外一种主动性的产生。这也是为什么文艺批评有可能不再被看作文艺作品的衍生品。

本文所讨论的海外华文文艺，有一个特定的定义域。"海外"，意味着"海内"是它潜意识里的基本参照点。"海内存知己，天涯若比邻。"向"海外"的迁徙，意味着这个想象的文化共同体被打破，但它仍然无时无刻不存在。在较近问世的张西长篇小说和同名话剧《海外剩女》中，虽则不断比附欧洲移民迁移美洲的历史，不断强调人有迁移的自由和权利，但与最早确定了"美国"这个概念的那些移民相比，故事中的中国移民最大的区别是不能为自己立法。海外和国内生活环境有诸多不同，但诸如"剩女"这样的法则还是不由分说地套了下来。正如网上的一则评论所言，为什么号称工作也有自由选择权、居住也有自由选择权，结婚却仿佛是女性必须得完成的一件事情？这就是"海内"对"海外"的影响。

在此，我先从一个小的表演研究视角切入：为什么海外华文文艺很少有喜剧性故事？

　　这是一个非常有趣的问题——不提不觉得，一旦提出，皱眉琢磨，就会发现这个问题颇有深意。根据黑格尔《美学》对喜剧的定义，当一个主体的人确定了自己对另一个人有优越感的时候，就会笑。而对于海外华文文艺的主人公来说，主体性的稳定本来就如梦幻泡影，就更别提对另外一个主体的稳定的优越感了。

　　在严歌苓最被业内称道的长篇小说《无出路咖啡馆》中，女主人公在不断到来的身份拷问面前，看穿了世事，看淡了恋人，选择了放弃。然而，在生活中，严歌苓则与她的外交官男朋友结婚了。虚构是文学的自由，而且小说里虚构的也不只是这一点，但这一点确实很有趣，因为我们都很想知道严歌苓本人的生活经验是怎样导致和经历了这一次婚姻。但是作者选择了遮蔽，也许是把很多很重要的生活经验留给了以后的创作。而在这部小说里，年轻帅气的外交官成了最佳男配角。作者还特别地划开了两个世界的鸿沟——特意渲染女主人公"我"的穷苦的艺术学生生活和安德烈的温馨富足的外交官生活之间的鸿沟。而同样是艺术青年的里昂的出现，最终完成了一种意识形态：物质安逸必将麻痹艺术智慧，如果可以允许自己"变笨"，愿意过笨而简单的生活，才可以选择安逸。

　　这是一种非常漫画式的对比，艺术青年和安逸外交官都被塑造成漫画式的形象。很多读者承认里昂等艺术青年的所行和所言并不能引起大家的好感，只是因为严歌苓文笔的代入感才认同了他们。当然，因为他们实在是很极端，他们做的事情似乎非常缺乏合理性——完全摒弃正常生活而在这里过不靠谱的艺术生活。当然，这些人肯定有生活原型。但问题是严歌苓偏偏选这些原型来塑造男一号及其朋友们。只有王阿花的一组绘画作品是受到了"我"的理解和赞许。里昂完全是个愣头青。为什么？而安德烈，除了相识那一场之外，越来越像一个高高在上的资产阶级形象。作者还不惜找出一个不知为什么会如此无功利的莫名其妙杀出来的波兰女富二代来帮衬这种形象，甚至还有一个在富人商场里服务的被资产阶级严重同化当然也是异化的劳动阶级售货员玛丽。当这些人帮"我"挑好了860美元的礼服和鞋子去参加人均消费100多美元的芭蕾舞会时，漫画形象就彻底建造起来了。

　　注意，是漫画，却不是喜剧。因为在这组人物关系中没有一个稳定的主体。

漫画式的形象是一种绝对的客体，以这种客体作为参照，小说主人公"我"的主体形象也就虚构出来了。唯一的问题在于，这个主体，并不来自经验逻辑，而是顺着意识形态的伟大引力奔向了对资产阶级生活进行摒弃的逻辑。

人对自己的主体性的构建，取决于身上包裹的意识形态，取决于相信什么，不信什么。《无出路咖啡馆》的主人公"我"的意识形态很清晰，因而导致她分手；那么导致作者不分手反而走向婚姻的意识形态是什么呢？肯定是有的，但是作者不一定能理得清楚。否则就不会在这样一部重要的小说中舍弃它了。

我们试着从小说提供的素材来理一理。这部小说其实是有裂缝的，尤其是开始部分，给我们暴露出很多可供挖掘，可供作表演分析的地方。

《无出路咖啡馆》中，"我"和安德烈在美国相识（或曰重逢）的细节是一个很好的切入点。安德烈停下车子帮助汽车抛锚的"我"和阿书，交谈之中，"我"不经意地向他抛出一个笑容，后来又有一个。正是这笑容与安德烈来上电。按照阿书的解释，"我的姿态、笑容简直就是在向安德烈撒网"，按照"我"的解释：

> 我一点儿准备也没有，这笑容是"走火"出来的。一个刚刚踏上异国国土的二十九岁女人，她束缚不了这个暧昧的、微妙的笑容。二十九岁的女人什么也没有：她赤贫，无助，只有这个笑容为她四面八方地抵挡。

其实"我"跟阿书共享的是同一种意识形态。"我"尽力地在意识里为自己这个不受控制的笑容做出解释，而解释的内容就是它"不受控制"，言下之意，"控制"本身是自成体系、自有一套合法性的规则。这就是福柯的主题了：规训与惩罚。有一个笑容逃出了规训，它应该遭受惩罚。

阿书的整个生活都处于惩罚体系之内。看上去她似乎逃出了规训——她对自己的描述是"职业学生，业余保姆，看护，业余厨子，业余情妇"，充斥着一股放荡不羁的气息，但其实已经在遭受惩罚了，因为她是自己把自己置身于一种自我贬低的处境。她并没有逃出这个体系，因而不得不接受一个自贬的形象。

　　这个形象因为跟强烈的规训/惩罚和道德评判捆绑在一起，所以也仍然缺乏喜剧性。它是点到为止的。小说的叙事者不会放任哪怕是阿书这个配角跌落到喜剧形象——用角色的自贬来阻止了"刺激/反馈"链条的自我蔓延。

　　接下来的一场戏，安德烈把两位女孩哄上车，就一路往外开，也不说去哪儿（其实是去餐馆），女孩很恐慌，想下车却下不了。如果我们仔细观察的话会发现，阿书成了这一场戏的主角，镜头都对着她，听她哇啦哇啦用中文说着一些以为安德烈不懂的话（其实安德烈精通中文）。那么，这时候"我"在干什么？即便她真的如这叙事中给我们交代的一样，只说了寥寥的话并且没有行动，那么此时此刻她在想什么？从表演的角度来说，人和人的交互关系体现为一系列非重点的"刺激/反馈"。安德烈在这个场景中给予的"刺激"是强烈的，从阿书不断作出的"反馈"来看，"我"也一定是有"反馈"的——即便它不以台词的形式呈现。然而小说刻意回避将镜头聚焦到"我"的身上，"我"此时只可疑地出现在镜头的角落里。

　　如果我们像考古学和侦探学的研究一样，不断回放镜头，并像安东尼奥尼的电影《放大》那样，放大那个处于角落的画面，就有可能揭示一个巨大的空洞。

　　她现在绝不可能脑中一片空白，什么也没有想。当时的内容一定很丰富。只是，在事后的追忆和书写中，当意识形态体系催马赶来的时候，作者或者"我"无法重现当时那些脑中的东西——她只有两种选择，一种是重现，但必须处于意识形态体系的"规训与惩罚"之下，那么恐怕就只能重现出一个自贬的形象；另一种就是拒绝重现，反而留下了一点供自己和读者咂摸的余地，在此无疑显示出了相当的艺术智慧。

　　但同时也是遗憾的。因为小说所给的信息太少了。这么一场戏就草草收在安德烈抖出他会汉语的包袱之时，然后继之以"后来安德烈告诉我，那天晚上他很感激阿书，她给了他很大、很关键的一个机会，让他把他逗乐的天分、语言的天分展示给了我"——这么一个中性的过渡句把叙事打断后，小说就切回审讯的场景了。

　　FBI的问讯是这部小说的贯穿性情节，也是对这部小说的简介和评论最喜欢说的部分，但我觉得总体而言这条线只不过增加了小说的可读性，吊起读者的胃口，让大家期待这一重大事件会带来什么。其实这条线并未带来多少真格的东西。换句话说，这条线引发的"刺激"所可能带来的"反馈"并没有真正在小说中得到展现。

这条线最让人动容的信息是年轻的外交官安德烈特意从华盛顿飞来芝加哥，向"我"展示他收到的问讯表格："你接触了一位来自共产党国家的女性，你和这位女性发生了①临时的性关系；②较长期的性关系；③趋向婚姻的正式罗曼史"——这还不算什么，更厉害的是后面一项——"①打算中断此关系；②打算将此关系转化为非正式的一般同居关系；③打算将此关系发展成为婚姻。"安德烈特意飞来就是为了在"我"的面前在第三项上打钩。非常的仪式化。此时此刻他真像一个主角。

但，还是那个问题：此时此刻"我"在做什么，在想什么？如此巨大的"刺激"引发的"反馈"是什么？

作者再次选择了把这个巨大的空洞留给读者。

这最后一次正面描绘两人之间恋情的机会，就这么错失了。此后，里昂这个人物横空出世地插了进来。等到安德烈再次出场之时，等到小说的笔触不得不同时放在两个人身上的时候，安德烈已经无法逃脱被漫画化、被客体化的命运。叙事者或曰追忆者很得体地与意识形态握手言和，此时可以不再用空洞而是可以用大量的笔墨来描绘"我"在面对安德烈时的种种心情，因为已经取得了合法性，只是此时能够被描绘的心情一定必须是对资产阶级氛围进行批判的心情。这才是合法的。唯一必须做出牺牲的就是"我"的肉身。"我"不得不一路奔向与安德烈分手的命运。好在这个肉身是用笔写在纸上的，也不会认真地痛。而真的肉身，则无处安放。

就像齐泽克在《意识形态的崇高客体》中所言：牺牲的价值就在于这种牺牲毫无意义，牺牲就是牺牲的目的，你必须在牺牲这种行为中而不是在它的工具价值中，发现实证的满足，正是对于快感的弃权、放弃，才能派生出某种剩余快感。

"剩余快感"一词是精神分析哲学大师拉康比照马克思"剩余价值"创造出来的术语，齐泽克认为"剩余快感"也就是"不再有快感"，剩余快感的产生正是因为其中包含了快乐的对立面，即痛苦。通过奇妙的转换，日常生活中痛苦的物质组织产生了剩余快感。这种矛盾的快感来源于参与压迫性的意识形态仪式，而其具体状态是被剥削者，是为自己的臣服所领取的报酬。臣服关系依靠幻想机制运行。每种意识形态之所以会依附于某种快感的内核之上，正是因为幻想以既定的方式构造我们的快感，使我们依附于主人，接受支配性的社会关系框架。

为什么是漫画而不是喜剧？就是因为无法产生真正的充盈的快感，只能在接受支配性的社会关系框架的情况下，得到"剩余快感"。

很多读者在感觉到了别扭的同时仍然喜欢这部小说，也许是因为它毕竟向我们展示了缝隙。透过缝隙，我们似乎更能明白小说为什么能打动我们。有位网友评论这部小说："我喜欢这种美感，但我不喜欢她的智慧。"说美感有点模糊，其实所谓美感就是那些缝隙向我们展示的当时没有被意识形态体系及时制止的生命智慧——如果读者自己恰好有类似的记忆贮存，是会被小说中的情境唤醒的。于是我们会有那么一些冲破意识形态规训和惩罚的美好时刻。在这一时刻，被意识形态充分他者化的主体获得了复活，不再依赖那些漫画式的客体而存在，而拥有了自己充盈的生命根基。

《无出路咖啡馆》只是一个经典的案例。在海外华文文艺中，"无处安放的肉身"是个普遍状况。因为意识形态在华人向"海外"迁徙的过程中，还会有一个逆向强化的机制。很多传统的道德和规训，对于身在中国本土的人来说，反而有可能松绑，但对于一个海外的"形象"，则需要全副武装。海外学子和侨民流行的对国内亲人"报喜不报忧"的传统，就是一个鲜明的例子。

（作者为纽约大学表演研究系访问学者）

跨文化视野与女性文学研究

乔以钢

2001 年 11 月 2 日，联合国教育、科学及文化组织大会第 31 届会议通过了《世界文化多样性宣言》，重申应当把文化视为某个社会或某个社会群体特有的精神与物质、智力与情感方面的不同特点之总和；除了文学和艺术外，文化还包括生活方式、共处的方式、价值观体系、传统和信仰。从这样的理解出发，"跨文化"这一概念的内涵自然更具有包容性。对于文学创作和文学研究的主体来说，它不仅意味着在立足自身文化基点的同时有所跨越，纳入更为丰富的人文内容，而且势必要求我们的思维方式愈加多样，观察、分析事物的眼光更为深邃。就长期以来国内女性文学研究的状况而言，在跨文化理念的自觉及将其运用于实践方面尽管取得了一定的成绩，但还需要结合百余年来的女性文学实际而付出更大的努力。

"五四"新文化运动前后"浮出历史地表"的女作家中，相当一部分人曾较长时间留学国外，经受了异域文明的熏陶。对于这些因着各种机缘得风气之先、最早突破闺阁传统迈入社会生活的女性来说，域外经历不仅开拓其生活视野，而且塑造了她们新的精神面貌和人生姿态，同时也很自然地影响了早期的文学实践。对此，从 20 世纪 80 年代开始就有学者进行探讨并取得收获，但此后在对史料的进一步挖掘以及深入细致的个案研究方面进展并不明显。应当看到，相当一部分女作家在成长过程中所接受的文化资源、立足的文学背景是复合型的，具有跨文化特征。这对于女作家个体创作特征的形成以及现代中国女性文学的建构究竟有着怎样的意义？迄今为止，这方面还缺乏建立在充分的个案考察基础上的有说服力的理论分析和整体认知。

改革开放作为基本国策得以确立之后，中国作家走出封闭几十年的文化环境、重新建立起跨文化视野。20 世纪 90 年代以来，中国女作家的跨文化写作颇为令人瞩目。中华血缘和母语文化传统在她们身上打下深深的烙印，空间位移带来的异国生活体验赋予她们全球意识和文化比较的眼光。不同文化之间的碰撞以及多元文化的交互作用在她们的创作中有着鲜明的体现，同时也受到许多研究者的关注。与文学研究的其他分支领域相比，或许这一领域的研究者更早一些意识到，立足于两种或多种文化交叉地带的作家，其创作有可能产生某种新质；由此出发，形成了在跨文化视野中探讨研究对象的自觉。该领域的研究起步之初，首先注意到台湾、香港女作家在特定的政治、文化背景下所形成的与大陆女性创作不同的异质性；此后，研究者在"跨文化"思路导引下，进一步拓展到海外华文女作家研究。而无论中国台湾、香港以及澳门地区的女性创作还是海外华文女性文学，其"跨文化"特质都是具有特殊性和丰富性的。多样的文化形态为女作家的创作提供了更多的可能。当然，她们的具体情况有很大差异。面对复杂的研究对象，跨文化视野的建立，一方面需要研究主体具有一定的知识、阅历和研究实践的积累；另一方面，其所运用的方法论系统应该是"开放的、立体的、多层次的"（饶芃子语）。

就现状而言，北美华文女作家创作的研究相对比较充分，而其他地域则偏于薄弱甚至少有关注。这种状况与特定地区女作家的创作实绩及其影响力直接相关，自有其合理性；但从宏观来看，"跨文化"视野的展开毕竟需要从母语文学与世界文学更为丰富的关联出发，覆盖更为广阔的时空，为此有待继续努力。例如，海外华文女作家（不限于小说的）创作文体的探讨，女性双语写作的比较研究，女作家在中国与海外写作的互文性探讨以及跨文化背景下女性文学史观念的更新等，都是有价值的课题。

而当前女性文学研究尤须加强的，或许是对始终生活在中国的当代女作家跨文化写作的探讨，因为正是此类创作构成了极富时代感的女性文学现象。生活在国内并不意味着就一定缺少跨文化意识。改革开放以来，不少女作家多次走出国门，对域外的人文景观、风土民俗有所观察和体验，更何况她们还可以借由阅读等各种方式拓展空间，形成跨文化思维和创作视野。我们可以看到，一些女作家在创作中以自己的方式融入跨文化意识，使作品拥有多样的面貌，相应地也留下了带有时代标记的印痕。

　　这里须指出的是，所谓跨文化视野并非仅限于跨越不同国度的不同民族；在中华民族内部，建立在族别意义上的"跨文化"现象同样客观存在。中国是多民族聚居的国家，我们所处的是一个多语言、多文字并存的社会。正因为如此，汉语言文学与少数民族语言文学之间同样存在值得重视的"跨文化"课题。以往，研究界对少数民族文学的性别研究较少关注。近年来，一些学人立足于跨民族文化的视角，探讨生活在黑龙江、吉林、内蒙古、新疆、西藏、广西和云南等地区的少数民族女作家的汉语创作，一定程度上触及了特定地域性别文化背后所蕴含的民族、宗教以及社会文化机制等方面的问题及其与以汉族文学为主体的民族文化之间的互动关系，取得了可喜的收获。不过，由于目前绝大多数研究者身为汉族，在少数民族语言、文化的理解和交流方面存在比较大的障碍，故而影响到对部分少数民族女作家同时采用汉语和本民族语言（如藏语、哈萨克语、景颇语等）进行的跨族别"双语写作"展开深入研究。这恐怕是一个很难在短时间里得到突破的难题。

　　在对创作层面的关注之外，国内研究界有关女性主义理论本土化的探索从一开始也内含着"跨文化"质素。在坚持性别平等的前提下，来自西方的女性主义原本有着复杂多样的理论形态，其内涵、边界和生成机制伴随着思想与社会的复杂运动而变动，处在不断生长、持续开放的过程中，构成了一个充满自我反思、扬弃和更新的理论场域。在有关中国文学与性别文化的探讨中，如何恰当地融入对本土语境的理解，直接关系到借鉴国外女性主义批评的有效性和本土的理论建设。毋庸讳言的是，在 20 世纪80 年代以来的女性文学研究实践中，存在着忽略西方理论的生成背景、体系特征以及实践方面与本土的差异，将某些概念和批评话语生硬地剥离其语境加以套用的现象。也有研究者习惯于提取男/女二元对立的思维框架，简单地做出判断，无形中抹杀了文学的复杂性。在这样的情况下，尽管对女性文学的研究长热不衰，成果数目增长可观，但在基础性研究和理论建设的切实推进方面，总体状况还很难说是比较理想的。

　　近年来，部分青年学者在借鉴国外女性主义批评和性别理论的同时，注重贴近本民族的历史语境，审视和剖析考察对象与社会文化多方面因素之间的互动和牵连，在此基础上提出自己的见解，寻求研究的突破。这方面的成绩一定程度上超越了本质主义、二元对立的思维模式，推进了相关问题的探讨，在促进性别批评方法论的思考方面具有建设性意义，同时也体现出"跨文化"不仅有助于我们拓展视野，而且促使我们在扩大的视野中反观自身，切实推进具有本土特色的性别理论的建设。

总之，跨文化视野中性别理论资源的开掘及整合是一个重要课题。毕竟，性别问题不仅具有世界性，而且具有历史性、民族性和地域性。在"国际化""全球化"已成为常见语词的今天，女性文学领域的跨文化研究理当得到更多的重视。它启发人们的新思维，也挑战实践者的功力，可望促进研究水平的提高。

（作者为南开大学文学院教授、中文系主任）

"穿透性"写作与潜在性别立场

——龙应台的创作

王 宇

龙应台曾在一次演讲中提到第二次世界大战期间一首表达爱情、厌倦战争的歌曲《莉莉玛莲》（又译《提灯下的女孩》），穿透你死我活的军事对抗、政治意识形态、价值立场的差异，在盟军、德军士兵中传唱不已，引起广泛而强烈的共鸣。她认为自己的写作也应该寻找这种"穿透性"的东西，穿透不同华人世界的种种屏障。她的《目送》《孩子你慢慢地来》这一类文字显然已经达到了这样的效果。

其实，纵观龙应台的写作，她始终寻找在华人世界甚至在全人类中具有"穿透性"的东西。这不仅仅指人性、人情这样本来就具有很强"穿透性"的话题，即便那些原本被厚厚的族群、地域、阶级、政治意识形态屏障所包裹而根本无从穿透的话题，她也会努力寻找、建构其中穿透的可能性。这种"穿透性"意味着，游离出任何意识形态，族群、地域的界限，注重历史情境的复杂性、差异性，以对抗同质性的集体伦理。这是龙应台在20世纪90年代以后日益显著、成熟的文化立场。这种对差异的敏感，本身就是后现代女性主义潮流所提倡的多元文化主义立场。① 这一立场需要一种超越任何共同体的位置，一种"游离者""他者"身份，这与女性在父权文化中的处境恰好契合，具有彼此互相表达的基础。

女性主义思想对于龙应台这样于20世纪七八十年代在欧美接受硕士、博士教育的台湾女作家、女学人而言，实际上已经成为一种"不思量，自难忘"的世界观和知识论。尤其像龙应台这样又有过早年写作《美丽的权

---

① 参见伊娃—戴维斯著，秦立彦译：《妇女、族裔身份和赋权：走向横向政治》，见陈顺馨、戴锦华选编：《妇女、民族与女性主义》，北京：中央编译出版社，2004年，第45页。

利》，表达激进女性主义文化实践经验的。尽管20世纪90年代以后她已不再像早年那样关注性别议题，但并不等于放弃女性主义的立场，而是将这样的立场带到更广阔的社会历史场景中。将女性主义最核心的精神——对父权文明及其形形色色的文化表现形态的深刻质疑发扬提升，进而以质询的目光投向任何主流人群、主流价值观念，从而获得一种她自己所谓的"穿透性"的写作视界。

一、身份游离与多重主体位置

父亲来自湖南衡山，母亲来自浙江淳安，龙应台算是地道的"外省第二代"。但她出生于南部高雄县大寮乡，童年、少年时代跟随父母辗转于高雄、新竹、苗栗乡下，中学毕业后考入位于台南的成功大学，大学毕业后到美国继续攻读硕士、博士学位。那也就是说，大学毕业前她的成长过程基本上都是在台湾南部。我们知道，台湾南部相对于北部，是本省人聚集地，尤其是南部乡村。因此，龙应台必然格外感受到身为"外省人"／外来者的孤独、边缘甚至异端的身份。"一班六十个孩子里，我是那唯一的'外省婴仔'，那五十九个人叫做'台湾人'。"（《大江大海1949》）而且，她还不固定在南部一个地方，总是跟着父母不断游走，无法和她所羡慕的台湾孩子一样，"带着一种天生的笃定"。"那种和别人不一样的孤单感，我多年以后才明白，它来自流离。"（《大江大海1949》）与此同时，她又不像那些生活在台北都市或自成一体的眷村中的"外省第二代"那样，有着共同的外省族群记忆，她甚至还与外省族群聚集的台北格格不入：

台北人和世界各国的都会人一样患有自恋症和自大狂。用台北人的眼光来画一幅台湾地图，恐怕有90%的范围都是台北市，剩下的快掉进海里的一点点尾巴就统统称为"南部"，好像新竹和嘉义是一回事，好像台东和台南是同一块。（《南来的女孩》）

也就是说，无论是在外省人还是在本省人中，龙应台都觉得自己是个游离者。在解严之后的台湾，身份认同成为一个普泛性的社会问题和情绪，族群的记忆成了救命稻草，"幸好一个族群有他们共同的记忆；共同的记忆像一泓湖水，拨开水面上的落叶，就可以看见自己的脸孔"（《南来的女孩》）。于是，一个个族群浮出历史地表。但是，龙应台却发现自己对20世纪70年代的记忆竟然与同一时代的台北外省人完全不同。原来族群记忆也有不同的版本："拨开共同记忆的芜枝杂叶，在涟漪微皱的湖面上，我想，我看见南北不同的记忆版本。"（《南来的女孩》）成长过程中的边缘、孤立的处境，成年以后去美国、欧洲求学、工作、居住，到世界各地旅行、从事文教活动，所体验到的漂泊、流离感，铸就了龙应台深入骨髓的边缘感、孤独感、游离感。她多次在散文中表达过这种孤独、游离、边缘的状态，在《译本》中，她写自己回到台北，"走着走着，怎么一种孤单的边缘的感觉，那么熟悉地，从心底浮了上来"。"难道说，放逐久了，即使原本也只能是一个隐晦的译本？"在《一只白色的乌鸦》里，她写一只将自己的羽毛染成白色的乌鸦，"白里透黑，被鸽子赶了出去，回到鸦巢，因为黑里透白，又被乌鸦驱逐"。这正是作者游走于"外省人"和"本省人"之间、第一和第三世界之间、东西方之间、华洋之间游离的身份、暧昧的认同，变动不居的主体位置的绝妙写照。

正是这样流动的主体位置使得她总能以质询的目光投向任何主流人群、主流价值观念，超越任何族群、意识形态、本质主义的界限，注重历史情境的差异性、异质性，文化的多元性、复杂性：

在强人政权下，反对蒋家王朝、推动闽南语、鼓吹女权运动、赞成同性恋等等都是被压抑的声音。民主之后，这些被长期压抑的声音——一跃为主调，很好，可是在同时，不合乎主调的声音却变成了新的被压抑者。民意张开一张"政治正确"的大伞，没有多少人敢大声地赞美蒋家父子，敢大声地支持两岸统一，敢大声地批判闽南文化的新沙文主义之可能，敢大声地批评女权运动或大声地宣布自己不喜欢同性恋。让我暂用"自由"和"保守"这两个并不精确的字眼。如果说十年前是保守派当道的日子，自由派受到打压，那么十年后便是自由派掌权，而保守的言论受到抑制。我们从"什么都不可以"的时代走进"什么都可以"的时代，而反对"什么都可以"的却不可以。（《我的十年回首》）

《国破山河在——知识分子心灵的流亡》写到，当"东德"的民众为"西德"的丰裕的物质所吸引，狂热地拥抱统一，"东德"的知识分子精英却在自己的土地上流亡，"群众寻找的，正是知识分子所鄙视的约翰走路!"龙应台并没有偏向哪一种意识形态，而是表述出"东德"消失后，"东德"知识精英的怀旧情感、尴尬历史处境以及整个"东德"历史的复杂性、多元性，并将此与台湾历史相比较，既批评戒严时期国民党政权对台湾本土文化的消音，又批评20世纪90年代喧嚣尘上的本土化运动对外省文化的消音。这两种消音看起来水火不相容，但其思想方法却是如出一辙，都是针对"异端""他者"的党同伐异。如果说，《野火集》时期，龙应台更关注台湾社会问题，而到了20世纪90年代以后，她更多地将台湾问题和欧洲、世界问题综合思考，在人类立场上关注东西方知识分子的共同经验，因此也赢得东西方读者的青睐。尤其是那些涉及欧洲历史、"东西德"、柏林墙这些20世纪复杂历史事件的篇章，如《国破山河在——知识分子心灵的流亡》以及《德国，在历史的网中》《"婚礼"前夕》《当国家统一的时候》等。

如果说，"知识分子的重大责任在于明确地把危机普遍化，从更宽广的人类范围来理解特定的种族或民族所蒙受的苦难，把那个经验连接上其他人的苦难"。[1] 那么，龙应台的超越具体族群、地域的写作已然具有典型的知识分子写作的特征。只是，由男性知识分子主导的知识精英传统常常隐含了一种排他的倾向，包括蔑视弱者和庸者，他们所关注、推崇的个体常常是尼采式精英、超人。龙应台的个人主义立场固然也使她敬仰尼采式精英，《小城思索》从追溯德国小城魏玛如何从歌德、席勒、尼采的精英时代沦为如今的平庸的大众时代，慨叹"平庸主义以大众之名对菁英异类的压抑"，最贴近大众的往往也是最平庸的文化品位。但这只是在美学层面上，在社会历史层面上，龙应台恰恰又格外关注宏大历史中庸常卑微的个体。"任何崇高的、慷慨激昂的理想，在我的理解，最后都无非要为卑微而平凡的个人服务。"（《中国人，你为什么不自卑》）她饱受争议的《大江大海1949》最基本的立足点其实就是对历史缝隙中那些卑微庸常个

---

① ［美］爱德华·W. 萨义德著，单德兴译：《知识分子论》，北京：生活·读书·新知三联书店，2002年，第41页。

体的悲悯。萨义德在批评班达的知识分子论时曾指出："班达的知识分子不可避免的是一群少数、耀眼的人——他从未把女人算在内——这些人由高处向芸芸众生发出洪亮的声音和无礼的叱责。"① 而龙应台的写作恰恰通过对他者、弱者、庸者的包容、守护，为我们呈现了一个女性知识分子的视界，这样的视界正是傲慢的知识分子精英传统中一向缺席的。这使得龙应台的写作又游离出了知识分子的写作传统，但这也可能正是龙应台的写作之于主流知识分子写作传统的特殊意义。

龙应台总是不断将个人经验中的"外省第二代"/"来自南部的女孩"/女性/知识分子/旅居欧美的华人等多重身份、主体位置代入写作中，这是造就她"穿透性"写作立场的重要原因。

二、个人记忆：作为历史的肉身

正如我们前面提到的，写作中的龙应台，其主体身份是不断流动的，"外省第二代"/"来自南部的女孩"/女性/知识分子/旅居欧美的华人等，而在这流动中有一个不变的核心，那就是"个人"，"个人"始终是她言说的起点和终点，或者说一个基本框架，种种身份诉求无不内置于这一框架中。《清清楚楚的个人，在群众里》尖锐批判欧洲人对中国人的"同质化"，宣誓中国人的"个体"身份主权，"欧洲人自觉对'个人主义'这个东西有专利权，使他们有别于伊斯兰教民族，有别于中国人，有别于整个非西方社会"。因此，在他们眼里，中国人不过是"面貌模糊的群众集体"。这种对他者的同质化，正是来自"我者"的傲慢与偏见。要克服这一偏见，"惟一的条件是你必须和'非我族类'站在同一高度的平地上，因为惟有如此你才可能直视他的眼睛，认出他独特的个人面貌"（《清清楚楚的个人，在群众里》）。任何主体面对"非我族类"的他者之时，都极易将对方同质化。任何一个共同体，实际上都可能造成对个人的遮蔽和省略，因此，文学的任务就是要拆开国族的、族群的、阶级的、地缘的种种共同体的坚硬外壳，关注其中孤独、脆弱的个人。最集中体现龙应台这一

---

① ［美］爱德华·W.萨义德著，单德兴译：《知识分子论》，北京：生活·读书·新知三联书店，2002年，第14页。

文化立场的可能是她出版于 2009 年的《大江大海 1949》。这部作品最有价值的地方，也许就是对历史中卑微"个人"的守护。

正如我们在第一部分提到的，个人经验中的游离感、孤独感，造就龙应台对任何共同体、集体经验的不信任。《大江大海 1949》对历史的叙述几乎都建立在个人记忆的基础上。那么，以个人记忆为基础的历史叙述到底意味着什么？我们知道，历史是已经消逝了的过去，本体意义上的历史事实具有不可再现性。我们所获得的历史事实，实际上只是经过历史认识主体重新建构的、历史认识层面上的事实，是人们依赖历史的中介物、遗留物，如记忆、文字（文献档案）、符号、历史遗迹等，借助分析、推理、判断甚至想象建构起来的。文字、符号、历史遗迹等中介物是记忆的承载体，因此，赖以建构历史事实的中介物实际上只有一种，那就是记忆，正是记忆将现实与历史连接在一起。西班牙著名的超现实主义电影大师路易斯·布努艾尔（Luis Buñuel）说："没有记忆的生活不算生活，正如没有表达的智慧不能称之为智慧一样。记忆是我们的内聚力，是我们的理性，我们的行动，我们的情感。失去它我们什么都不是。"① 记忆分为集体记忆与个人记忆。由于个人记忆与每个个体的特殊情境相关联，必然导致它与集体记忆之间的差异性。争论个人记忆与集体记忆谁更接近历史真相，这个问题是无解的。无论集体记忆还是个人记忆，都不是历史本身，而只是"当下"不同主体所建构的过去影像。"所有群体都有对过去的认识，但他们都倾向于用它来强化他们自身的信念和认同感。像个人的记忆一样，集体或社会的记忆也可能是错误的，被诸如对传统的认识、或怀旧感、或对进步的信念等因素所扭曲。"②

个人记忆的意义不在历史的维度上，而在人性、生命的维度上。集体记忆承载公共领域的事件，不涉及私人领域的日常生活。个人记忆则是公共领域与私人领域的联结点，它承载了更丰富的历史信息、人文资源，让历史有了丰满的肉身，更具身体感与疼痛感，呈现的是历史中存在的人的生命状态与历程。"一场战役，战争史中只有一句话，还不一定有人读，

① 路易斯·布努艾尔著，傅郁辰、孙海清译：《我最后的叹息》，北京：中国广播电视出版社，1992 年，第 2 页。

② ［英］约翰·托什著，吴英译：《史学导论》，北京：北京大学出版社，2007年，第 1–2 页。

但这背后却是成千上万的活生生的生命。"(《大江大海 1949》)正是出于这一原因，现代口述史主张："写滑铁卢战役，不再以威灵顿如何率领反法联军打败了拿破仑·波拿巴的军队，从而决定了欧洲历史命运，而是从一个普通士兵威勒的角度叙述他所经历的这一战役的每一细节。"① 普通士兵威勒的个人记忆也许并不比传统的战争史更接近历史真相，但有一点可以肯定的是，威勒个人记忆中的滑铁卢战役是有血有肉的，是围绕这场战役的生命史，所承载的信息远比正统的战争史丰富得多。正统的"书写历史"基于"自上而下"的治史观，偏向精英，忽略平常百姓，现代口述史又基于"自下而上"的治史观，偏向下层民众，拒绝精英。龙应台的叙事则不分精英和民众，或者说，她将精英和民众全都还原成"个人"，然后记录他（她）们被历史省略的个体记忆。这也许就是文学叙事与历史叙事的区别所在。

其实，"五四"以来中国新文学中的任何一部历史叙述，无不以个人故事来写大历史，正如杰姆逊所言："第三世界的文本甚至那些看起来好像是关于个人和力比多趋力的文本，总是以民族寓言的形式来投射一种政治：关于个人命运的故事包含着第三世界的大众文化和社会受到冲击的寓言。"② 在这样的历史叙述中，个人只是历史的注脚，个人故事只有在大历史的框架中才获得叙事的合法性和意义。而《大江大海 1949》所讲述的个人故事，则一再游离出大历史的框架，不再是大历史的注脚，不再承担杰姆逊所谓"民族寓言"的功能。这样的叙事姿态无疑要表明，任何个体历史、个人记忆本身都是有意义的，无须依赖共同体大历史的框架才能获得意义，无论你与共同体的大历史、集体记忆的走向是一致或不一致。而对与大历史走向不一致的处境、身份尴尬、游离的个体的刻意关注则是《大江大海 1949》历史叙述的一个突出特征。这不仅仅与龙应台自身的经历有关，可能还因为只有这样的个体才更具个人性。因为在很多时候，正如著名社会学家哈布瓦赫在《论集体记忆》一书中指出的那样：个体的记忆总

---

① 参见李小沧：《现代口述史对传统历史学的突破与拓展》，《天津大学学报（社会科学版）》2011 年第 1 期。

② 《处于跨国资本主义时代的第三世界文学》，见詹明信著，陈清侨等译：《晚期资本主义文化逻辑：詹明信批评理论文选》，北京：生活·读书·新知三联书店，1997 年，第 523 页。

被置于“集体记忆”中，“集体记忆的框架把我们最私密的记忆都给彼此限定并约束住了”。[①] 这是龙应台刻意选择那些与集体记忆框架不一致的游离/异端性个体作为叙事支点的重要原因。

“二十二岁的田村、二十三岁的南京战俘利瓦伊恂和南投埔里那四十个年轻人，是在同一个时候，一九四三年的早春，到达新几内亚的。”由于站在个体立场上，个人所从属的国族、族群、政治意识形态都被淡化了，抗日的国军战俘、日军兵士、殖民地台湾兵，这些身份标签一一脱落，剩下的就是历史滚滚车轮下卑微、脆弱的个体，一样的青春、一样的梦想、一样的无辜，一样的以血肉之躯去承受战争的肆虐。田村的战地日记流露出的是对战争的厌倦，对文学的热爱，对故乡和自己暗恋姑娘的思念，对季节和风景的多愁善感，这些都是龙应台一向重视的“穿透性”内容。热爱文学、向往爱情的田村被迫走向战场，而那些主动参战的台湾士兵，实际上也是被一只看不见的历史巨手带向战场，“就如同弟弟们在三年以后会排队去报名加入国军一样，这些哥哥们在一九四二年努力地要报名加入日军”。在大历史中看起来是个人的主动选择，其实根本就是一种宿命。即便没有看得见的外力的强迫，在信息高度不透明的情况下，尤其是身处底层的卑微个体，实际上很难看清形势，从而做出正确的判断和选择。那些报名参加日军的台湾少年竟然“心里充满了报效国家的激动和荣耀的感觉”。历史就是这样的吊诡！“如果每一个十九岁的人，自己都能独立思考，而且在价值混淆不清、局势动荡昏暗的关键时刻里，还能够看清自己的位置、分辨什么是真正的价值，这个世界，会不会有一点不一样呢?”（《大江大海 1949》）当然会，并且会完全不一样。只是历史从来都没有“如果”！个人很多时候根本无从选择，临了却要为所谓的“选择”来买单。那些“‘福尔摩沙’的监视员，走上了他们青春结伴出发时做梦也想不到的命运”(《大江大海 1949》)。历史中的个人其实都是宿命的，只能听凭历史的滚滚车轮在你的血肉之躯上肆无忌惮地碾过。文学所做的也许并不是要揭露什么历史的真相，而只是为历史车轮下无数冤屈的个体招魂，“我不管你是哪一个战场，我不管你是谁的国家，我不管你对谁效忠，

① ［法］莫里斯·哈布瓦赫著，毕然、郭金华译：《论集体记忆》，上海：上海人民出版社，2002 年，第 94 页。

对谁背叛……我可不可以这样说，所有被时代践踏、侮辱、伤害的人，都是我的兄弟和姊妹?"（《大江大海1949》）也正因此，龙应台有意选择一个母亲的视角，不仅面对即将成年的儿子菲利普，更面对历史中一切受难者。访谈中对那些沉浸在创伤性记忆中的老人，她表现出母亲般的抚慰："管管不哭!""……别难过，弦。"这不仅是一种母性情怀，还是一种女性历史叙事立场，也是一种超越历史理性，进入宗教层面上的悲悯。这样的悲悯已然是龙应台一贯的"穿透性"写作的题中之义。

以个人记忆为肉身的历史，必然是沉重的，它泄露了大历史覆盖下的那些具体性、差异性、芜杂性和多元性。个人的记忆、经验与大历史、集体记忆之间的关系既不是简单的从属关系，也并不全然是对立的反抗与压迫，颠覆与被颠覆的关系，而是一种非常复杂、错置的关系，从而呈现出历史的多元、复数的面貌。龙应台的叙事事实上并没有完全摒弃大历史材料，而是将个人的记忆（如个人访谈，平常百姓无法出版的回忆录、家书、日记）与大历史材料一再并置，无所谓孰重孰轻，孰是孰非，而是让两者缤纷并置，甚至消弭彼此之间的界限，去尽量接近历史最原初的兼容并蓄的状态，犹如混沌、包容的母体。这已然也可以看作一种隐性的女性主义历史观。

（作者为"两岸关系和平发展协同创新中心"兼职教授、厦门大学人文学院中文系教授）

新移民华文女性写作新象观

林丹娅　周师师

　　20 世纪 70 年代末 80 年代初中国的改革开放促使知识青年留学海外风行，随之通过各种途径出国并获得居留国移民身份之群体形成，"新移民文学"随之产生，带来华文文学创作的新景象，涌现出为华文世界读者所熟知的女作家和她们的优秀作品。

　　本文旨在论述这批新移民女作家们用一种超越二元对立的女性思维，在其写作中表达出对东西方文明互相借鉴、彼此受益和平等对话的愿望。这首先表现在对中国记忆的书写中，女作家们一方面用"女性叙事"完成对东方集体文明的深刻反思，另一方面又借"女性"扬东方文化之优势；其次表现在女作家们采用性别策略重新演绎东西方关系，或颠覆、或错置，将文化冲突导引至文化融合；最后表现在她们通过"娜拉出走"的女性叙述模式升华移民作家"身份认同"的主题，转具体国别的认同为普遍性的"爱"与"意义"的认同。总之，拥有鲜明女性主义立场的新移民女作家们将女性与东西方问题紧密地关联起来，开创了迥异于前辈的新移民文学风貌。

一、中国记忆里"女性叙事"之内涵

　　"冷战"结束后，地理上的全球村概念与文化上的全球化以及个体主观上的进取与文化自信，使得新移民女性作家超越了早期移民文学中弥漫着的情感宣泄式怀乡母题，也不再聚焦弱势者在新文化语境中奋斗挣扎的沉重和压抑，而是将笔触转向"中国记忆"的书写，在沉甸甸的历史中沉淀对中西文化的理性反思。

　　女作家们在讲述"中国故事"的时候，侧重点各异，风格迥异，却几

乎都以"女性"为载体进行叙事。在这里,"个体的女性"背负着新移民
女作家的两种叙事意图:一是在现代性视野中通过女性个体的生命经历重
述历史,建立一种区别于主流和父权话语的新历史观;二是赋予女性"民
族"意义,以此来表达对原乡文化和家族精神的认同,只是在这种文化认
同中并不构成对异乡文化精神的否定和拒绝,而是把不同文化和价值观作
为自己成长与成熟的共同资源,突出显现了对中西文明的共同尊重。

　　首先,处在"边缘"的新移民作家擅长从民间视角、边缘的文化思
想、人性的精神、女性的柔情和孩子的眼睛进入叙事,突显人的情欲挣
扎、人性的张力和人存在的困境,由此发出对公共权力的消解性和颠覆
性,达到对"大历史"线条的弱化及撼动的企图,"个体的女性"正是这
种西方文化视野和自由诉求的代表,北美多位一直耕耘在华文文坛为读者
所熟悉的知名女作家,在其文本中贡献了她们的感知与思考。

　　如严歌苓的小说《第九个寡妇》和《一个女人的史诗》中王葡萄和田
苏菲皆用"自由伦理"① 抵抗着"人民伦理"② 的正义性。前者不救抗日
的共产党员而救自己的丈夫,还偷藏被"革命"判为有罪的公爹 20 年;
后者在欧阳萸历次被组织审讯、拷问、批判的活动中,用自己的民间机智
始终不渝地帮助他渡过难关。李彦的《红浮萍》讲述了自己的母亲"雯"
从一个地主家极聪慧的女儿成长为革命队伍里极忠诚的共产党员,却始终
得不到组织的承认和信赖的悲剧人生。张翎在《雁过藻溪》《望月》《金
山》《交错的彼岸》《邮购新娘》中擅长用三代或两代母女、婆媳的命运
辐射出整个中国 20 世纪的现代史。虹影的《饥饿的女儿》则通过"我"
在物质和精神上所忍受的"饥饿"折射出一个时代的社会缩影。

　　也就是说,移民到西方国家的女作家们基本都熟谙了西方的关于"个
体尊严"的价值系统,并纷纷以此为基准来重新组织中国红色资源的叙

---

　　① 自由伦理的个体叙事只是个体生命的叹息或想象,某一个人活过的生命痕印
或经历的人生变故。自由伦理不是由某些历史圣哲设立的戒律或某个国家化的道德宪
法设定的生存规范构成的,而是由一个个具体的偶在个体的生活事件构成的。见刘小
枫:《沉重的肉身》,上海:上海人民出版社,1999 年,第 7 页。
　　② 在人民伦理的大叙事中,历史的沉重脚步夹带个人生命,叙事呢喃起来围绕
个人命运,实际让民族、国家、历史目的变得比个人命运更为重要。见刘小枫:《沉重
的肉身》,上海:上海人民出版社,1999 年,第 7 页。

述，宣示着个体伦理的合法性，消解了时代、历史、社会、政治等男权制的主流宏大"主题"，以女性主义的立场彰显了自己的新历史观："历史是陪衬女人的，女人却拒绝陪衬历史。女人的每一个故事，都是与历史的抗争。"①

这样的价值立场很容易被批评家质疑为"自我东方主义"的。一些批评者提到新移民女作家之所以喜欢此类题材，多是为了满足西方人对中国历史的特殊兴趣；另一些学者则对用一种以满足人性快乐的个人价值观能否真正阐释洞察出中国历史的真相与内涵表示怀疑。② 这是对新移民女作家的历史书写片面解读形成的误区。事实上，女作家们并不纯粹用"西方的眼光"观照"中国的历史"，她们同样用凝聚在女性身上的民族文化精神传达对中国的认同。这又是新移民女作家的神采之笔与创新之处。

女性一直是历史的缺席者，能够象征民族精神的也往往只有男性，女性在历史上出现的几乎都是被动的附庸者形象。正如西苏所说：所有的父权制——包括语言、资本主义、一神论——只表达了一个性别，只是男性力比多机制的投射，女人在父权制中是缺席和缄默的，"女人不是被动和否定，便是不存在"。③但新移民女作家们让那些被掩埋的作为历史创造主体的女性进入了当代人的视野，并且深化其性别内涵为民族寓意，对中国文化的认同在新移民女性作家们鲜明的女性主义立场中得到充分发挥。

严歌苓的"中国故事"以真实生活为基础，规避了对中国文化劣根与人性蒙昧的反复展览，其女性形象凝聚着厚实的乡土性与活泼的民族性。《第九个寡妇》中王葡萄，那一双无邪无畏的大圆眼睛包容一切，消融一切，又孕育一切，其所具有的"浑然不分的仁爱与包容一切的宽厚"④ 正是中国传统儒家的核心精神，即所谓"仁者爱人"；所谓"君子以厚德载

---

① ［加］张翎：《关于〈邮购新娘〉的一番闲话》，见《邮购新娘·后记》，北京：作家出版社，2004 年，第 414 页。

② 如陈思和指出，"一个以人性的快乐为宗旨的浅薄的现代文化观念里"，不足以"解剖一个盘根错节的古老文化积淀"（《人性透视下的东方伦理——读严歌苓的两部长篇小说》）。见庄园编：《女作家严歌苓研究》，汕头：汕头大学出版社，2006 年，第 35 页。

③ 张京媛：《当代女性主义文学批评》，北京：北京大学出版社，1995 年。

④ 陈思和著，颜敏选编：《行思集：台港澳暨海外华文文学论稿》，广州：花城出版社，2014 年，第 54 页。

物"，女性的坚韧和独立，宽容与博大，以及在历史中所起到的作用，被
一一彰显出来。中国没有哪位作家如此肯定过女性在历史上如此重要和关
键的地位。而"葡萄"本身寓意在干燥的环境下生长出甜蜜多汁的果实，
也是我们这个多灾多难的民族孕育出如此辉煌绚烂的文化的自喻。

李彦的作品《红浮萍》中，从小自立自强[①]，参加革命后不怕吃苦，
秉信自己坚定的信仰并有执着的理想和信念的雯正是新中国朝气蓬勃的化
身。李彦破除了《青春之歌》永远需要一个男性引路人的"林道静模式"，
用自己的脚走出了自己的路。而外婆的故事与"平"自身的坦率都承载着
中国的文化、哲理与价值观。正如贺绍俊所言："事实上，在我们自己的
思想意义话语系统中，同样也包含着普适的精神价值，这正是不同文化系
统能够形成对话和交流的基础。"

《饥饿的女儿》中是母亲而不是父亲不仅生育了八个儿女，而且通过
干体力活，支撑了一个完整的家，她才是家里真正的顶梁柱。《金山》中
麦氏和六指多次在家族危机之际用自己的力量延续了方家，儿媳妇猫眼到
最后成为全家唯一一个可以挑起生活重担的人。在新移民女作家的文学世
界里，男性多是被现代文明异化的世界的毁灭者或无能者，女人成为人类
文明的救赎者与人类文明之火的延续者。

新移民女作家就这样以母亲为中心建立起生命传承的"女性谱系"，
一方面是对女性真正贡献的昭彰，由此确立自我身份、寻求自我价值、建
构自我历史，同时解构父权制男性霸权秩序；另一方面将女性身上的特质
赋予民族的内涵，并以其独特的女性想象和话语方式建构"中国"的文化
属性，挖掘中国的人性之美和文化之根。

也就是说，具有文化"间性"的新移民女性作家，在现代性的叙事方
式中，在女性救赎生命与繁衍善良的历史书写中，一边肯定了西方世界文
化之理想的人性美，并借此反思东方文化的积弊；一边又保持自己的独立
品格，颂扬东方文明自身的文化特性，并期待东方文化和西方文化在相互
体认和观照中都能有创造性的转化。

---

① 雯说："我上学受教育，是为了有能力凭自己的本事打天下，岂会为了找个饭
碗去嫁给什么俗不可耐的男人！"见李彦：《红浮萍》，北京：作家出版社，2010 年，第
31 页。

二、性别关系中"东—西"母题之演绎

除了"中国记忆"的书写，新移民女作家对于移民母题——东西方关系也持有强烈的关注。我们知道，很久以来，在西方人心目中，殖民与被殖民的关系在性别文化政治学层面已被置换成男人与女人的关系，殖民统治与性别政治也已定性为西方殖民文化中的模式，成为西方中心视角下想象与虚构的产物，"东女西男"的模式深入人心。

但作为异质文化果实的新移民女性作家却在文本中大胆颠覆和改写了既往的性别关系所隐喻的文化模式，并在跨族裔的性别关系里撰写赋予东西文化理解沟通的象征意义，且凭借性别修辞描写出两种文化平等对话、相互受益的美好图景。她们将东西方文化冲突的主题转换为文化融合的憧憬。

在新移民女作家们的文本中，我们可以看到三种用性别策略来演绎东西方关系的模式。一种是激进地颠覆性别强弱地位，解构东西方之间的权威模式，代表作家和作品是虹影及严歌苓的部分文本；另一种则比较平和，希冀通过跨族裔的情人、两性的关系表达东西方文化双向艰难理解的可能性，这突出集中在施雨和严歌苓的文本上；第三种类型则是在性别平等关系中蕴含着东西方的平等对话及相互影响的深意，代表作家是加拿大移民女作家张翎。

虹影的《K》用激进的性政治颠覆了传统的性别与东西方关系的表达方式。小说描写了东方女性"林"彻底扭转了朱利安与自己的族群关系，改变了朱利安傲慢的"殖民者心态"①。两个人关系伊始，"林"就处在了主动地位。她先开口搭讪"警告"朱利安在上课的时候不要只看她一个人；又主动邀请朱利安去北京；还设计了一场丈夫捉奸的戏，逼迫朱利安死心塌地钟情于她；同时采用中国"采阳补阴"的房中术完全翻转了性关系中的男女政治，也翻转了东西方的结构。因此，正如有论者所言："《K》这部小说再一次通过性的隐喻，完成了后殖民文化意义上的'被殖民者'

---

① 朱利安·贝尔来到中国后无法避免地用一种优越种族的视角俯瞰"脊背佝偻""都是肺病相"的中国人，见虹影：《K》，桂林：漓江出版社，2001年。

对'殖民者'的强力解构。"①

与虹影的大胆、强烈、先锋不同，严歌苓的"女性主义路径"有一个保守的外壳②，所以她的女性看起来比弱者还弱。《扶桑》中扶桑是一个半痴半傻的妓女，然而严歌苓却赋予弱者的灵魂一个无限的高度，由此把白人男孩克里斯与中国女人扶桑之间本来应该是西方男人对东方女人的征服喻示第一世界对第三世界的殖民关系，改写成母亲宽恕和原谅了蛮横娇惯的"孩子"的"母子"强弱关系，这种精神"强势"所具有的文化攻击力如水似无骨，却暗含摧枯拉朽的劲道和力量。

但与颠覆和改写相比，严歌苓更多的文本是在两性的关系尤其是爱情中表达两种文化互相理解的艰难性与可能性。比如在《女房东》中展示了流落他乡的中国人老柴终于在一个偶然的契机中抱住了西方的沃克太太，虽是艰难的，但不是完全隔绝的。其他作品如《太平洋的探戈》也叙述了两个超越了文化身份的男女在目光的触碰间听懂了彼此的心灵之音。《栗色头发》中，"栗色头发"长期在报纸上登着"请给我回电话"的寻人启事，即使因为文化差异，两人早已分道扬镳，但两性之间微妙的感情使人们能够放下原文化的包袱，冲破自己所属文化的藩篱，达到沟通交融的境界。

具有代表性的还有施雨的短篇小说《你不合我口味》。故事讲述的中国医生茉莉和法国医生亚当斯经过一番努力终于消除了东西方彼此误会冲突的幕帐，走到了一起。茉莉与亚当斯相互吸引，但茉莉的西方男友曾以"你不合我口味"拒绝了茉莉，择偶标准的差异是文化差异的反映，西方前男友认为自己需要的是开放的、非保守的西方女性而非极端在意自己贞洁的东方茉莉，这样的前车之鉴让茉莉也担心自己不合亚当斯的"口味"。亚当斯也有相似的担忧，但小说以团圆的喜剧结局，因为"在茉莉和亚当斯他们以'文化'为背景的'口味'背后，还涌动着一种超越'文化'

---

① 吴奕锜、陈涵平：《寻找身份：全球视野中的新移民文学研究》，北京：中国社会科学出版社，2012 年，第 141 页。

② "不要把自己作为第二性，女人是无限体，只要不被打碎打烂，她一直可以接受。我有一定的女权主义，只是藏得比较深，比较狡猾。"见庄园编：《女作家严歌苓研究》，汕头：汕头大学出版社，2006 年，第 210 页。

('口味')的力量,那就是任何文化都难以'规范'的爱情"。①

"两性关系"以及"爱情"在新移民女作家们的手里已经成了东西方的一条窄细的桥梁。张翎的《睡吧,芙洛,睡吧》中刘小河与丹尼冲破族裔结为夫妻,小河一方面帮助同胞阿珠、阿妹、吉姆等屡次化险为夷,另一方面依靠中国土法和民间偏方挽救丹尼的生命,也是此类作品的同义反复。正如张翎自己一再申明的,"从老一代移民到他们的后代,观念已经发生了很大的变化,最初是落叶归根,后来是落地生根,到现在,应该是开花结果的时候了,所以,我要在'文化冲突'的这个旧瓶里装上新酒,让读者从作品中感受到中西文化中共通的东西"。②

"文化冲突"在新移民女性作家手里已经辗转变体为"文化融通"了。正如霍米·巴巴所言,坚持文化的固有原创性或"纯洁性"是站不住脚的,因为文化"永远不是自在一统之物,也不是自我和他者的简单二元对立"。③

要融通,而且要在平等的地位上进行融通,张翎的《邮购新娘》就借林颉明与塔米和江娟娟的关系表达希望东西方文化彼此吸纳,扬长避短,而不是只知一味地互相诋毁或全盘吞咽的良愿。

小说中原本投靠林颉明的江娟娟在来到西方之后,吸收新文化的各种新质,不仅在爱情的世界里变被动为主动,而且其设计的服装也融合了多元文化的因子。与女性江娟娟的变化相比,一直都是以"树"的形象呵护娇嫩女性的林颉明却找到了"一棵在他疲惫的时候可以让他靠上去歇息片刻的树"——塔米。张翎错置林颉明和塔米的东西方性别修辞,实是一种"中和"的策略。男女或者东西方实现真正的平等,不仅女性需要改变男权制下柔弱、娇婉的依附性,"以一棵树的形象"和男性并肩在一起,同时男性刚硬的刻板印象也必须得到消减,柔软性则应同比例增长。这象征着不同性别和不同文化的力量的平等对话与相互作用。

---

① 刘俊:《越界与交融:跨区域跨文化的世界华文文学》,北京:人民文学出版社,2014年,第206页。

② 《华裔女作家张翎:写出落地生根的情怀》,http://chinese.people.com.cn/GB/42316/3091959.html,2004年12月31日。

③ [美]霍米·巴巴:《献身理论》,见朱立元主编:《20世纪西方美学经典文本》,上海:复旦大学出版社,2000年,第366页。

严歌苓的《少女小渔》也显示出相似的意图，文中的意大利男性老头事实上与小渔一样"弱势"，两人在某种程度上共同"平等"地承担用假结婚骗取绿卡这项违法的负压。我们从中可以看到男女两性以及东西双方在互为彼岸，在互相观看的双向流程中体现着内在文化意义上的平等与公正。

由此，我们得出新移民女作家们不再过多地描写移植到新的社会文化土壤中由文化冲击形成的不适感，而是更集中聚焦于对"文化融通"的探讨。在面对西方强势霸权话语时，她们不卑不亢地用性政治或者母子关系瓦解西方的权威姿态，扯平具有差异性的强弱势身份，并在一对对跨族裔恋情中偷窥到彼此理解沟通的欢愉；她们不再强调自己所受的精神伤害和文化心理压力，而是不断发出如此诘问：东西方难道只能以一种强弱对抗的姿态彼此隔膜，互相仇恨吗？答案在她们的笔下是否定的，她们描绘出了截然相反的美好图景——只要人类有共同的情感与共通的品质，东西关系也会朝善的方向推移。

总之，她们努力寻找文化融通的可能性，建立交互共生的文化场域，一方面确实蕴含了新移民女性作家们渴望了解和融入居住国的潜在意识，另一方面也体现了她们的女性主义立场与建构新的文化身份的努力，这与她们在中国记忆中的"女性叙事"旨归一致。

三、"娜拉出走"与"身份认同"主题之升华

作为他乡和故乡中间的双重边缘人，移民作家通常要经受两种文化的拉扯、撕裂和争夺，由此便会自然而然产生身份认同的危机。20 世纪 60 年代以於梨华的《考验》和聂华苓的《失去的金铃子》等为代表的"留学生文学"通过难以自我确认的身份与生活叙写，加固了"无根一代"的文学意象，她们往往在认同西方文化时又深感惶恐困惑，回归母体文化时也颇觉不安和犹豫。

但新移民女性作家在处理相同题材时，却不再纠结于此类问题的政治化与简单化回答，而是在全球现代化的新历史语境中，在现代性所造成的种种文明弊端的背景下，以一种新思路和新视角将移民作家传统的具体国别的"身份认同"升华至形而上的"人之为人"的"爱"及"意义"的

认同。在这方面做出突出贡献的是林湄、吕红和陈谦。三人皆以"娜拉出走"的女性叙述模式反思男性本位的现代性文化，将女性寻找自我认同之路从反抗男权扩容为宏大而细致的现代世界人的"救赎"与"信仰"之途。

众所周知，现代社会的性质即为现代性，它主要涉及以下四种历史进程之间复杂的互动关系：政治的、经济的、社会的和文化的过程。具体表现在世俗政治权力的确立和合法化，现代民族国家的建立，市场经济的形成和工业化过程，传统社会秩序的衰落和社会的分化与分工，以及宗教的衰微与世俗文化的兴起。①

在经济化与工业化的发展过程中，从效果最大化的功利角度考虑问题的"工具理性"成为现代性的核心价值观，这种价值观指行动者纯粹借助理性达到自己的预期目的，完全漠视情感和精神价值，漠视"信仰"的安慰性，它在解放生产力的同时也带来许多生产关系的困境。

早年移民荷兰的女作家林湄，在其沉淀多年创作的长篇小说《天望》的序言《边缘作家视野里的风景》中开宗明义地说道："威胁着人类精神走进坟墓的不是温饱问题，而是战争、贪婪和物欲和随之而来的冷漠、空虚和恐怖感。"正是对这种现代性"工具理性"的指控，小说也借男主人公弗来得的传教之路进一步凸显种种现代生存的丑陋镜像：人与自然的对立，人与人的隔阂，不信任，残杀，淡漠，等等。《天望》在此人类普通型的生存背景下，借微云出走的故事，叙述了微云性别身份的认同与族群身份的认同最终得以在"爱"的认同中崭新复活的独特文化经验，由此将具体的国别政治认同转化为超越国家、政治、种族和文化界限的人类普遍性认同。

文中东方女人微云嫁给西方男人弗来得之后，两人在生存方式、生活习惯、道德伦理以及信仰②等方面有着巨大的隔膜感，虽然弗来得提供给微云安定的物质场所，微云也不断强调自己的"认同"是当个好妻子、好

① ［美］乔纳森·弗里德曼著，郭健如译：《文化认同与全球性过程》，北京：商务印书馆，2003年，第2页。

② 微云不断说"洋人不承认中国神，可华人也不易忘祖背神呀"。见［荷］林湄：《天望》，武汉：长江文艺出版社，2004年，第68页。

母亲，所谓"吃饭、睡觉，跟随男人"①，但微云仍常常感到忧郁，遇见老陆之后，她更加意识到自己与弗来得之间"有一条鸿沟，怎样努力，也不像与老陆交谈那么融洽"。不过，不久后微云却在谋生的过程中不断受到同族的排挤，于是终于不再拘囿于"故乡"的情感蛊惑，而是回到了极需要她的、真心对她的、病入膏肓的弗来得身边。她对弗来得说："是你的'爱'征服了我，这个世界没有比爱更具有征服力的。"② 也就是说，微云真正认同的是弗来得对工具理性价值观的彻底背叛与对人善的坚定信念，她认同的不仅是"女性"的真正内涵，同时也是超越东西方民族冲突的"世界性"的"人的意义"。

近年愈加活跃在北美华文文坛上的女作家吕红与陈谦，显示出敏锐的问题意识与创作实力。吕红的《美国情人》以"娜拉出走"的叙事模式反思的不只是现代性的工具理性弊端，而且着重于现代性对"杂草"（新移民）的排斥的深刻反思。社会学家鲍曼详细分析了依赖于"想象的共同体"的"现代民族国家"为了减少本国内部有碍祖国统一的一切效忠与分歧，因此不断致力于鼓吹"共同的使命感、共同的宿命、共同的好运"③，力促道德的、宗教的、语言的、文化的"同质性"，并在其基础上虚构出关于"本地人"与"外地人"对立的神话。这种神话是地球村中粗暴的沟壑，也是每一个以世界为自己立场和立脚点的触目的伤痕。

小说讲述了中文系出身的芯为了寻找自我，离家别夫，独身到美国闯荡，一番寒彻骨之后，荣获全美少数族裔发展协会颁发的杰出贡献奖。小说在前夫刘卫东和美国情人皮特之间进行，辅以芯的朋友蔷薇等人的故事。其与前夫的故事几乎是吕红的短篇小说《不期而遇》中那个为了家庭放弃梦想的女性的翻版和后续，也是经典的中国女性走出儒家传统伦理构建的家庭步入社会的演绎，而与皮特的故事则瓦解了传统中女西男前弱后

---

① 这是对传统女性性别身份的认同，见［荷］林湄：《天望》，武汉：长江文艺出版社，2004 年，第 141 页。

② ［荷］林湄：《天望》，武汉：长江文艺出版社，2004 年，第 448 页。

③ ［英］齐格蒙特·鲍曼著，邵迎生译：《现代性与矛盾性》，北京：商务印书馆，2003 年，第 97 页。

强的"东方主义"结构，芯没有在"优秀"① 的西方男人那里寻求到东方女人的身份认同，这一位勇敢的"娜拉"最后凭自己在"少数族裔"那里找到了自己的位置。"既然我来了，我是，也应该是主人。"② 这不仅是女人对男性振聋发聩的讨伐，同时也是对现代性区隔人类的不公的抗议，且是对自己世界立场的"身份认同"。

陈谦在《爱在无爱的硅谷》和《望断南飞雁》中也是借用"娜拉出走"式的叙述模式讲述类似的主题。两部小说讲述了一个想要实现自我的现代女性离家出走，寻找有价值有意义的人生的故事。故事象征着对现代性"工具理性"带给当下世界的物质化、理性化、机器化的抗议，陈谦在并不复杂的叙事结构中释放出极其强大的精神批判力量。

《爱在无爱的硅谷》中男主人公利飞是硅谷成功的商人，挣钱是他唯一的事业，他具备现代工具理性人所具有的典型特征：理性、物质、实用。所以在与苏菊两个人的感情世界里，这个典型形象也只能是在物质上满足苏菊。因此想要"一种有灵性的生活"的苏菊做了出走的"娜拉"。另一部小说《望断南飞雁》中南雁的老公沛宁是典型的理工科博士，他辛苦做实验，在顶尖的杂志上发论文，获得俄勒冈大学的终身教授资格。当南雁追问他人生的意义时，他从生物学专业的角度判定：基因本来就是没有意义的。以"科学精神"为指导的现代性消除了生命的奥妙。很显然，两部小说的女主人公是坚决不认同此类观点的，所以苏菊选择了"跟着感觉走"的王夏，南雁高呼出"人不是随机地给挂到基因链上的一环，活着更不只是传递基因！而是要听从自己内心的呼唤"。③ "娜拉们"的出走确实是女性自主性的彰显，但毫无疑问，这样的外壳下包裹着"对人生意义的执着叩问和追求"，走出去，飞起来既象征着女性得以从男权文化的压迫中脱身而出，也预示着对当下"丰裕的物质生活与贫瘠的精神状态"的

---

① "皮特温文尔雅，机智善辩，有着非同一般的政治才干和令人艳羡的政治地位，情趣高雅，格调脱俗。"研究者王澄霞认为此类形象仍是"东方主义"式的叙事，"美国情人皮特的完美无瑕正是通过刘卫东的丑陋猥琐得到强烈反衬"。见王澄霞：《女性主义与中国当代文化》，北京：社会科学文献出版社，2012 年，第 223 页。但吕红真正的解构在于芯对皮特的放弃。

② 吕红：《美国情人》，北京：中国华侨出版社，2006 年，第 64 页。

③ ［美］陈谦：《望断南飞雁》，北京：新星出版社，2010 年，第 104 页。

尖锐责问。

《天望》中微云与弗来得激烈地争辩过只有在现实生活的淬炼中才能得到真正的信仰。《爱在无爱的硅谷》中王夏代表的对抗现代性的市场经济和世俗生活的方式只是一种消极逃避的空洞与矫情的"诗意"，他承担不起任何重量；反而苏菊的姐姐苏玟一方面不放弃自己的舞蹈爱好，另一方面也不逃避真实环境的挑战，选择开舞蹈班授课以生存并快乐地生活着，这才是有力量地以"寻觅意义"对抗"工具理性霸权"的方式，苏菊最终在同性姐姐那里寻找到了认同而非男性王夏。《望断南飞雁》中南雁在初始的时候，为了自己的梦想不断地让位于现实，因为只有来到美国，通过困难的英语考试，有一定的收入，梦想才有根基。所以她做了许多年的"贤妻良母"，生儿育女，操持家务，全都是为了积攒自己追求梦想的物质条件，而一旦时机成熟，她毅然决然地践行了"对心灵之路的坚定选择"，这同时是"对生命自由的深在宽解"。[①]《美国情人》则通过芯的努力表达了填平沟壑、抹除伤痕的愿望。

而更有意义的是，三位女作家的体察微妙或深刻之处都在于并没有将物质与精神、肉体与灵魂、现实和理想、庸俗与灵性等用非此即彼、非黑即白的思维方式对立起来，然后站在道德的立场对前者肆意谩骂，对后者则无比褒扬，这是男性如张承志的惯性思维。两位新移民女作家采用了超越二元对立的思维方式，既承认现实的合理性，也肯定理想的重要性，因此必须驻扎在现实世界的尘土里来坚守自己的理想主义。

与其他移民女作家致力于在中国记忆中注重东西双方文明的双重书写，或者在性别政治和性别关系中冀望两种文明理解沟通、平等交流一样，三位女作家将"娜拉出走"的问题升华为人类普遍性的"意义"认同问题，这其实都是新移民女性作家的超越二元对立思维的逻辑结果，她们通过各种各样的方式和途径反复述说在不同肤色、不同语言、不同文化之间，只要有关怀人类命运、生存状况的博大胸襟和普济之心，人们就可以相互理解、信赖、宽容与博爱。正如吕红所言："新移民作家应该承载着传统和现代、东西方文化的精髓，在全球化和现代化的进程当中，他们任重而道远。而方兴未艾的华人文学将在此一历史进程中，以视野广阔和无

---

① ［美］陈谦：《望断南飞雁》，北京：新星出版社，2010 年，封底推荐语。

羁的精神活力，担当承前启后的重任和融合多元文化的独特角色。"①

　　总而言之，具备超越男性二元对立思维模式的新移民女作家们，在东方文化与西方文化之间，在古典情结与现代认同之间，在传统观念与现实问题之间，在男性社会与女性自我之间，努力寻找两端沟通的可能性，彼此的冲撞常常是为了更进一步的沟通与理解，从而寻求文化间的共融或共存。她们的写作既昭示了自身存在的价值与意义，又为世界奉献出独具美学况味与艺术品格的文学作品。

　　（作者简介：林丹娅，厦门大学中文系教授；周师师，厦门大学中文系博士生）

---

　　① 王红旗：《爱与梦的讲述：著名女作家心灵对话》，北京：社会科学文献出版社，2010 年，第 292 页。

女性华文作家中的跨国性爱和主体性构建

——从《曼哈顿的中国女人》到《美国情人》

鲁晓鹏

全球华文文学包括中国国内的中文文学和在海外用中文写作的作品。当一个作品在中国国内产生和流传，华文文学和中国文学是相同而重叠的。然而，海外的华文作品则不等同于中国文学。海外的华文文学与传统的中国国籍存在着不对称性。国家、疆界、语言、身份认同不再是同型和同质的。应当说，全球华文文学或海外华文文学对民族、国家、身份、历史和中华性的刻画有了更多的途径和方法。在全球化时代，一个作家的身份认同，一部作品的国籍变得更加模糊。多元性、跨区域性、跨国性是当今华文文学愈加明显的特征。[①]

许多海外华人作家不是中国公民。华文作家不等同于中国作家，甚至华裔作家。华文作家包括在世界各地任何一个用中文写作的作家。语言——中文，是全球华文文学的最大公约数。作家的国籍、族裔是次要的。全球华文文学所构造的身份认同是超越国家疆界的泛中华性。它不是构建中华主体性（subjectivity），而是打造融括中国大陆、台湾、香港、澳门和海外的主体间性（intersubjectivity）。在世界华文文学里，中华主体性可以更恰当地理解为泛中华主体间性。这类作品的内涵溢出了现代"民族国家"的疆界和范围。

本文旨在探讨跨国语境中的女性华文作家对于性别、性爱和主体性的建构。女性华文作家经常大胆探索性爱的尺度，描述跨国、跨民族性爱，

---

① 在这方面，华文文学的概念和华语电影的概念有相同之处。见鲁晓鹏、叶月瑜：《华语电影之概念：一个理论探索》，《文化研究》2005年第5期，第181–192页。鲁晓鹏：《华语电影概念探微》，《电影新作》2014年第5期，第4–9页。

强化女性意识。她们作品里的女性是"大女人"，是生活中的主体。她们小说里的亚裔男性有时则被弱化，变成少有作为、羞涩的小男人。相比之下，似乎男性华文作家少有涉及跨国语境的题材，缺乏对全球化时代的华人男性的主体性刻画。本文将谈论以下作品：周励的《曼哈顿的中国女人》（1992），虹影的《英国情人》（2003），吕红的《美国情人》（2006），贝拉的《魔咒钢琴》（2007）。女性作家通过描述跨国恋情来勾勒亚洲女性在多元文化环境下的艰难取舍，描述华人女性与"他者"白人男性的爱情经历是这类小说建构女性主体的一个重要策略。东方文化和西方文化之间的二元逻辑被化解、演绎、包装为东方女子和西方男性之间的跨国恋情。

这些作品都涉及跨国爱情并描写亚洲女性与欧美男性情人的关系：《曼哈顿的中国女人》里的欧洲情人，《上海宝贝》里的德国情人，《英国情人》《美国情人》顾名思义，《魔咒钢琴》里的东欧犹太情人。所有这些小说都讲述一女两男的三角爱情关系，华人女子是这个三角关系的中心和主导。一方面，她有一位中国丈夫或前夫，或未婚华人恋人；另一方面，她遇到一位欧美情人。随着故事的发展，女主人公做出一个抉择。在和欧美恋人交往过程中，女主人公意识到她现在或以前的中国恋人的多种不足：缺乏绅士风度、乏味、性无能，等等。而欧美男性恰恰拥有中国男人缺少的品格和气质。其中几部小说用浪漫乃至夸大的笔调美化白人男性，为女主人公的婚外情或多角恋爱增添了小说内容的刺激和浪漫。

吕红的《美国情人》似乎用反思的笔调讲述华人女性与"美国情人"的微妙关系，揭露"美国情人"的双面性和不可靠，从而质疑"美国梦"的完美性。《美国情人》代表新一波更成熟的华文文学。这类作品不再一厢情愿地塑造成功的移民经历，不再把作为"他者"的欧美男性单纯地浪漫化、理想化，而是多维地探索文化差异和身份认同。美国情人，或"旧金山的中国女人"，更贴切地表述了美国社会的广阔内容，展现了其多面性和矛盾性。新移民的身份认同也变成一个更复杂的过程，而不是简单地接受和拥抱欧美男性所代表的文化、文明、权利和政治。

周励的《曼哈顿的中国女人》是早年轰动一时的华文小说。① 它讲述一个中国女留学生在美国纽约的奋斗经历。小说的叙事者——女主人公反

---

① ［美］周励：《曼哈顿的中国女人》，北京：北京出版社，1992 年。

复强调她找到了一个蓝眼睛的、善良的欧洲情人。她赞美她的白人情人和未来的丈夫：麦克。"他给了我一种真正男性气质的刚柔相济的温暖。"（350 页）她带麦克去中国旅行。小说写道："在我的可爱的祖国的上空，处处都有麦克那豪放动人、无忧无虑的笑声。"（372 页）"伏尔泰说：上帝赐给人类两样东西：希望和梦想。麦克——我的蓝眼睛的欧洲小伙子，你的心地像水晶般透明善良！"（372 页）欧美情人给了华人女性从她的前夫那里得不到的快乐。传统的中国父权文化的缺失显而易见（这也是新移民文学最初在描写华人与异族异性交往所带来的感性经验及联想，对国内读者产生无比强烈的新鲜感及震撼力）。

贝拉的小说《魔咒钢琴》讲述一个中国女人和犹太钢琴演奏家的跨国恋情。[①] 在书的后记中，贝拉写道："我是一个白日梦者，一个爱情至上主义哲学的信奉者，正是通过编织各种乌托邦式的梦境，把一个中国女人'爱的宗教'传递出来。""我会一如既往地远离文学圈，却与圣洁的文学天使越来越近。是的，高贵，不仅是心灵和气质，也是我坚守的文学品质。"（298 页）显然，贝拉旨在刻画"高贵"的人物。她笔下的人物，一个是红军后代、新四军女战士李梅，另一个是历经磨难的波兰裔犹太钢琴家亚当。李梅和亚当一起坠入爱河的那一时刻，李梅有个中国未婚夫，亦为红军后代的赵克强，而亚当是已婚之夫，妻子是薇拉。小说这样写道：

"梅，你是上帝派来的东方女神，我爱你；薇拉曾使我获得神圣的救赎，而你给了我爱的激情，激情，知道吗？……你让我无法控制自己，梅，我的宝贝，让我拥有你……"亚当把李梅搂在怀中，然后双双又滚落在琴旁的厚地毯上……

虽然李梅在那刹那的瞬间，眼前闪过她的未婚夫赵克强的影子，但很快就被淹没在爱的热烈之中了……（47 页）

异国恋人之间的吸引力短暂地超越了道德规范和婚姻约束。周励、贝拉似乎有一个共同特点：以东方女性和西方男性之间的异国恋情展示东方与西方各自的文化特征、价值观点、社会风貌。她们小说中的东方女性对

---

① 贝拉：《魔咒钢琴》，上海：上海人民出版社，2007 年。

白人男性的爱慕情结似乎也暗示了一定的价值取向。

《魔咒钢琴》里的跨国恋情背后有一个更大的历史背景。"二战"时期，上海成为两万犹太人的避难所。上海的宣传部门和上海电影集团有限公司正在与美国影人合作，把这部小说搬上银幕，拍成电影。他们说，把这个上海故事拍成电影是他们的"历史使命"。全世界都应当知道上海曾经为犹太人提供避难所，使他们免遭纳粹德国的迫害。这部小说被官方看好，成为一部光亮的"主旋律"作品。它讲述一个浪漫的、美好的跨国恋爱故事，并引发一轮全球化时代的中西方文化合作。红军、新四军、上海、中国现代史、世界反法西斯战争、西方古典音乐、欧洲、美国，被这部洋洋大作巧妙地连贯在一起。

旅英华人女作家虹影的小说《英国情人》叙述了一个发生在中国的跨国恋爱故事。著名英国作家弗吉尼亚·伍尔芙（Virginia Woolf）的侄子裘利安·贝尔（Julian Bell）来到中国工作，他认识了青岛大学系主任夫人闵。闵是有夫之妇，但是机会到来时，她与"英国情人"裘利安相恋，产生婚外情。小说把中国女人自我东方化。闵在与英国情人做爱时几乎像个神秘的巫师。① 她掌握东方做爱的秘诀，使得英国情人满足。

吕红的《美国情人》与上述小说的笔法有很大不同。② 女主人公芯与她的中国丈夫刘卫东关系紧张，以致最后离婚。她与美国男人皮特相识、相爱。但是小说并没有把这段跨国姻缘理想化，皮特最后离开芯，这段恋情无果而终。作为他者和西方文化化身的皮特，最初对东方女人芯具有一定的"差异性"和吸引力。小说如此描写他们的第一次交往：

> 临到公寓楼前，皮特敏捷地跳下车，为芯拉车门，温柔地牵着她的手，呵护她下车，送她到门口。你的头发真美！他轻声赞叹。
>
> 西方男人天生的幽默感，自然流露的温情细腻，给她留下最初的印象。（66 页）

显然，西方男性的绅士风度给了从中国来的女性一个好印象。小说中

---

① 虹影：《英国情人》，沈阳：春风文艺出版社，2003 年。
② 吕红：《美国情人》，北京：中国华侨出版社，2006 年。

的人物和事件也不断发展。临近小说结尾，芯对她从前的美国情人皮特有这样的全面思考和评价：

从前他似乎拥有的很多，却又空落。对人生，他认真过也游戏过；对女人，他迷恋又迷失；尽管他是女人最体贴温馨，浪漫无比的情人。但面对各种诱惑，就像爱吃巧克力的，被甜蜜优裕宠坏了的男人；不，是男孩！心理学家说，男人或多或少都会有的心理，害怕成长，沉溺于自我，不愿面对矛盾的现实。有时候就好像无知男孩一般，逃避女人的认真和执着。责任感似乎令他承受不了，有畏惧感……（258 页）

吕红似乎没有重复东方女性与西方男性之间的二元对立的老程式。小说没有把白人男性描写为过分"高尚"，特别善良。小说并不过度地将白人男性作为"他者"理想化、浪漫化。"美国情人"和任何国家的情人一样，有他的弱点、不可靠性，不是完美无缺的人。

女主人公"芯"的名字寓意深刻。小说讲述一位华裔女性移民美国的心路历程，即"心"的故事，给女主人翁取名"芯"再恰当不过。《美国情人》气势恢宏，社会内涵丰富，大千世界，林林总总，尽在笔下一一描绘出来。同时文笔细腻而优美，心理描写惟妙惟肖，娓娓动人。它是这类海外华人文学的典范和力作，也是当代华文女性小说创作的一个鲜明例证。

小说里有大量的景物描写，而外在景物与小说人物的内心活动紧密关联。旧金山是一个烟雾迷蒙、千姿百态、充满魅力的海滨城市。作者常常能以其特有的性感而生动的笔调勾勒出这座城市的风貌和人物的心理。作者如此描述女主人因公路过旧金山市区的泛美金字塔的感受，那时她刚到旧金山：

记不清多少个夜晚，芯下班路过金融区，踏着星空下闪着细小光泽的路面，便会回忆初次走过金字塔的情景。幽暗路灯下踩着自己身影踽踽独行，茫然而又果决，去寻觅不可知未来的那个寒冷的深秋。

那年 Halloween（鬼节），芯怀着一点儿隐隐约约的兴奋和初识的几位朋友一起去旧金山广场，看五颜六色奇形怪状的男男女女，装鬼弄神，或唱或跳，群魔乱舞。那是刚来旧金山寻梦的第二天。她根本不知道自己的脚，会落在何处；心，会落在何处，就这么大大咧咧硬着头皮来了……怎么说呢？捡好听一点讲，是闯荡；说穿了，就是漂泊。（12 页）

这是一位华人女子初到美国打拼的感受。她满怀个人奋斗的志向，但是具体的生存状况却漂泊不定。临近小说结尾，经过多年的努力和磨炼，主人公芯终于在美国拿到"身份"（绿卡，永久居留证），她的喜悦之情可想而知。也是在小说这一节的开始，作者再次通过描写旧金山的风土人情来分析芯的心路历程。吕红的文笔还是那么引人入胜：

焰火是从海滨的愚人码头发向夜空的。

伴随着一串巨响，五光十色的烟花在深蓝的背景中绽开时分，芯在小屋里敲电脑。探身从二楼窗口看去，西天上荧光闪闪。璀璨光斑及人潮的喧闹隐隐拨动心弦，芯随意披件外套出门，朝海滨方向而去。绚丽夺目的焰火在旧金山北岸哥伦布大道两侧，成双成对地升起，绽开。越来越密集，热烈。人群在欢呼，有夫妻结伴观看的，有父子或母女同行的。此情此景再次触动她心中那最柔软最感伤的一处，真不敢想象，当一个模样个头声音都认不出来的孩子来到身边，是什么感觉？

梦想到底还有多远？（236 页）

作为母亲，芯很久没有见到留在国内的女儿了。她感叹人生的遗憾和悲欢离合。伴随着成功移民海外的是一缕忧伤。海外游子有着与中国割不断的亲情、母女情。这种情感上的联系永远不可能消失，而且会与日俱增。在芯追寻美国梦时，她在情感上付出了不小的代价。在热闹的节日期间，看到别人结伴出游、万家团圆的时候，更感到漂泊他乡的孤独。

总的来说，华人男性作家对跨国恋情描写得少一些，也没有华人女性作家大胆和深刻。20 世纪 90 年代初期的一部著名的华裔小说是曹桂林的《北京人在纽约》。① 小说被改编为电视剧，在中国热播。《北京人在纽约》主要讲述男主人公王启明和他的妻子郭燕以及华人女老板阿春关系的故

---

① 曹桂林：《北京人在纽约》，北京：中国文联出版公司，1991 年。

事。小说没有着意刻画亚洲男性在美国的跨国恋爱经历。小说的风格和语言有浓厚的北京风味，北京俚语充斥其间。在电视剧中，北京"爷们儿"姜文扮演男主人公王启明。应当说，这部作品很有中国北方男子的气概。小说对纽约的描写是双向的："如果你爱他，就把他送到纽约，因为那里是天堂；如果你恨他，就把他送到纽约，因为那里是地狱"。在小说的"前言"，成功的新移民、"外商"曹桂林解释他写小说的冲动：他要讲述移民给他造成的"内伤"。

在 21 世纪交替之际，中国出现了所谓的"美女作家"现象。① 来自上海的卫慧便是美女作家中的佼佼者。随后又产生了所谓的"美男作家"小说。江南才子葛红兵的小说《沙床》是美男作家的开山之作。② 小说的男主人公诸葛与许多女子产生恋情，其中包括在中国的外国留学生（日本留学生 Onitsuka，美国留学生 Anna）。但是这两段异国恋情在小说中的篇幅不长，这些外国情人也不是小说里的主要角色。对于小说情节的发展和男性主人公的主体构建，中国男性与外国女性之间并没有形成至关紧要的关系。男主人公并没有将那些外族女性理想化，没有将她们视为文明、浪漫、摩登的化身而追求和占有。

多年来，我主要从事文学和电影的学术研究，近年来也偶尔练习小说创作以自娱。在小说里，我试图从男性的角度来正面描绘在跨国语境下的华人男性的主体构建。③ 这是我本人的初步尝试。男性作家有待共同进一步探索写作途径，一道推进海外华文文学的发展和繁荣。

（作者为加州大学戴维斯分校比较文学系教授，同时兼任东亚研究、批评理论、表演研究和电影研究等系所中心的教授）

---

① 鲁晓鹏：《身体写作——论世纪之交的"美女作家"现象》，张柠、董外平编：《思想的时差：海外学者论中国当代文学》，北京：北京大学出版社，2013 年，第 186－203 页。

② 葛红兵：《沙床》，武汉：长江文艺出版社，2003 年。

③ 鲁晓鹏：《回北京》，载《长城》2014 年第 6 期，第 84－116 页。《西域行》（又名《乌克兰之恋》）节选在《红杉林》杂志 2015 年 夏季刊发表。其中篇小说集《爱情三部曲》于 2015 年由中国华侨出版社出版。

蝴蝶裂变与文学之质

——解析华人女作家创作特色①

宋晓英

海外华人女作家因经历各异、代际不同而风格相异，创作纷呈。她们坚守与决断的原因，是我穷究不解的一个难题。2014 年底的"首届中国新移民文学研讨会"给了我机缘。通过近距离观察、促膝访谈及把其文字细读多遍，我做出了初步的判断。

在我看来，海外华人女作家秉承了 20 世纪 50 年代与 60 年代前期出生的中国女作家的理想主义、完美主义、人文情怀等，却不像严歌苓那样批判得尖刻，不像虹影那样追问得执拗，也不像李翊云、郭小橹那样决绝前卫，她们的文风人格更多地体现为知性、理性、温情与亮丽。她们也犹豫与彷徨，却有杜拉斯、波伏瓦、伍尔芙等的坚定，不再屈从于时代、社会、他人的压力。她们与传统并非截然对立，但目标坚定，再苦不辞，温文的面容与绰约的风姿掩遮不住一路向前的果断。较之于"向内转"的"新生代"女作家，她们的文学底蕴包含了外部世界的宏阔，也不排斥集体意识中的"他我"，没有完全如引小路般"飘来飘去"，洒脱无羁与个性表达。应该说，她们的命运与社会的关系不再是随风飘逝，顺水漂流，但也不是逆流而行，而是一种"到中流击水"。由于其"击水"时的自信与自为，方向明确，内心少纠结，两岸的风光尽收于眼底，文本中人文、社会与族群的内容更丰富与深刻，不像某一些女作家般在写作中基本把"自我"作为唯一的意象，把"女性命运"作为一再纠缠的主题。

① 本文为国家社会科学基金项目"美澳华人自传体写作发展史研究"（11BZW113）研究成果。

一、吕红：生命之本、蝴蝶裂变、文学之质

　　我认为在以女性命运为关注点、以新移民漂泊寻梦为特色的海外女作家中，吕红的作品尤为深刻，因为她的写作最接近生命的"质"，有切肤之痛，其创作也因此更加接近于文学的"质"，超出了对命运的"记录"，达到了"心灵史"的深度。

　　看吕红其人，仙风瘦骨，白云出岫，天然去雕饰，清清爽爽的模样。通读其作品，却看到她的描述在生命图册上刻下的深重的划痕，悟到这就是一种"质"，不带枝蔓，少含闲杂，是经历了心灵炼狱、生命提纯、凤凰涅槃的结果，只有这样才能够这般天高云淡，如水墨丹青。她不拘泥，随遇淡然，但我总在疑惑，她似乎还有一种放达与决绝，有一种"越唱越高，忽然拔了一个尖儿，像一线钢丝抛入天际"那样的感觉，这哪里来的呢？读完了《美国情人》《尘缘》《午夜兰桂坊》《红颜沧桑》与《女人的白宫》，才得其三昧。

　　其一，吕红之笔锐气凌然，直达人性"本质"，祛魅与解构均有划时代意义。她落笔总是独辟蹊径，从浮躁生活的表面探入深处，写出精神的力度。较之于夫唱妇随、举家全迁的移民家庭，在海外华人界单打独斗、屡败屡战的独身女性可能不少，但如吕红的女主人公一样血拼到底，永不言败者则为数不多。历程中所遭遇的阻碍，所悟到的善恶肯定比别人多，恰在于身为弱势，孤身独立，却敢于向男性主流霸权挑战，誓不投降。反映为其文风，我们就看到一支笔如冰冷的钢刃把人性的外衣一刀刀揭破。无论是世界视野中"Caucasia"之"白"马王子的"谦谦君子"貌，还是秦邦大汉自诩的豪迈情怀，还是港台"成功"人士的"精明果断"，层层的面纱都被她划烂，裸露出促狭算计与虚伪自私。但吕红的深刻远超于性别、阶层、种族等对立，她的客观在于详述了女人在埋怨遇人不淑的时候的借口，缺乏觉悟与自省，弱国之人在批评种族歧视的当口，也没有反观自己的内心，回视个体民族的褊狭。"在竞争的过程中，人的自私的本能得到具体的展现，人性的复杂也得到集中的表现。当面对弱小者时，人身上便会表现出狼性；当面对强者时，人身上又会表现出羊性。"吕红不是单纯地以道德量人、阶层分人，而是把各种身份解构，将生活的原态细磨

了碾碎了去看，从而揭露生命的真相。如果"芯"没到美国访学，"林浩"没到美国创业，生活还照着原样局限在"制度"的"磨道"中，背叛与遗弃、男情与女色、趋利与避害等人类本性也就不会暴露得如此彻底。行为与结局均不能单纯地归因于道德或命运，那是人性的本质，只不过被历史的沉积、文明的虚饰暂时蒙蔽或掩饰了而已。

其二，吕红对美国"平等自由"虚像的揭示。她指出人们自 A 地至 B 地的迁移固然是艰难的，"归去"也同样不易。华人文学中原乡不再是故乡的主题被重复了多次，但具体到如何"不易"，如何"归去难"，目标如何的欲近不能，道路如何的折返与不可逆，因为许多"为己者讳""为尊者讳"等原因，大多一窝蜂地描述成功的花，适当暴露点悲壮，磨难与纠结都被简单化、概念化了。像吕红这般极力暴露"本质"与"原色"，表现撕去皮肉的万箭穿心、切肤之痛者，可谓非常少见。如移民中的华界婚姻，大家都写贫贱夫妻百事哀，或夫妻临难鸟分离，见异思迁，随景移情是通常的情节，却少有人写出情感中的百般纠结，万般优柔，空虚失落，两头不落地。早在 2005 年的散文《美国梦寻》中，吕红便写出了华人男性知识分子情感历程中的复杂。有一些移民题材的作品给读者这样的误解：较之于白先勇的"孽子"与阎真的"高力伟"，少数民族知识女性作为新移民，在海外还是受到一定的欢迎，甚至有一定的优势的。漫说西方"满地是黄金"，一个职业女性只要勤勉能干，就能有所斩获，勤恳的人早晚会遇到伯乐，美人更会得遇良人，虽然不太容易出现纯情少女遇到白马王子，丽萃遇到达西不太容易出现，但简·爱遇到又老又丑的"浪子"罗切斯特，还是极有可能的。这种种描述都让汉语读者认为西方是创造爱情奇迹的地方，从而忽略了西方社会的本质是"适者生存"。只有吕红的作品揭示出了种种生存厮杀以及"竞争"本性的残酷：一个文科生，访问学者，单身女人，在一群群"中气十足"实则"外强中干"，越发"飞扬跋扈"的男人群里怎能轻易获胜？移民者的天地本来就局促，"性别歧视""阶层歧视"中的倾轧如何避免，嫉贤妒能的状况怎样才能不出？比之于中国的争斗，还多出了"土生字"与"陌生者"，"先来"与"后到"，"暂栖"与"永居"，"寄宿"与"主人"等更多的复杂方面。"美人"与"绅士"良缘梦碎，是否在根本上存在"在情感上也许你们很投缘，但在实际上，你和他之间还是缺乏平等的"①等问题？杜拉斯写的"异国恋情"，均因为杜拉斯生在法国，是"白种人，上帝的骄子"，其间的难言之隐，骄傲的杜拉斯哪能获知？吕红道出了北美社会钢筋水泥般的"质"。即使在男欢女爱中，西方社会也表达着人人必须对自己负责，而不能把自我命运押在别人生命赌注中的铁律，这是西方资本体制与东方宗族社会截然不同的简单的道理。夏洛蒂·勃朗特为什么让简·爱转手拿到舅舅的遗产后才让她获得爱情？"阁楼上的疯女人"伯莎·梅森之所以理直气壮，岂不是因为她本是属于"上等人"？简·爱的僭越与跨界，在她看来如此的不合情理、不守道德。还没有到美国就做上美国式"蝴蝶梦"的人，怎能想象到隔膜、仇恨与嫉妒的大火会如何烧毁"借居"的"家园"，这梦想的虚妄也许是必然的！

其三，很少有人能像吕红般细描出涅槃与蝶变。华人作品大多写命运，历经艰难后精诚团结。成功来之不易，但最终众志成城是一种写作通例，吕红却打破了这种写作模式。她进行了人性解剖与文化自剖，亲人的、爱人的亲近与疏离，有皮肉撕裂与蜻蜓点水之区别；情感的变化可谓百转愁肠。但恰因这千回百折，才能百炼成钢。刀子扎在心里的时候，起初冒的是血，后来就只见到一道道白印，最后麻木到刀口自合。在痛的过程中，血与肉有膨胀、破碎与收缩，心与胸的器官有钙化点吗？多年之后，再去看风雨情，霜刀路，脚下的罡风会怎样喧腾，天上的云朵会几层流转？无论是皮特还是刘卫东，吕红都没有像某些女作家那样把其妖魔化或恶俗化。林浩经历了移民是否"性难移"？皮特真的一如既往为"温文尔雅"的"绅士"？是女主人公用理想主义、有色眼光看的时候，林浩的朴拙才被视为缺乏精神的釉彩？刘卫东的患得患失、小人气度是情势使然，还是"心机与谋略"所掩盖的物质主义与狭隘主义本就是他的天性？21世纪球员转会、股市变盘、关系洗牌、风云变幻都是正常的，婚恋关系是否也可以用交换原则、经济法则来阐释？如果现代"东方神女"还在幻想"遥远的他乡有一个知音知遇的他"，追求欲望表达与利益交换中的有情有义，是不是有点痴人说梦？"芯"遭遇了"皮特白"，恰如张爱玲之遭遇胡兰成，他们同样是"御用文人"。"白"马王子必然是风流倜傥的，男

---

① 吕红：《美国情人》，北京：中国华侨出版社，2006年，第247页。

人被"御用"就明证着他的"犬儒性",女人还想在这样的男人那里找到港湾,安全着陆,岂不是南辕北辙?张爱玲的"知心一个"变为"四美团圆";"皮特白"如此热爱东方文化,腕子上再挽上一个"小野洋子"有什么可奇怪?心灵的交合酝酿过几何,像雾像风又像雨。终于雨过天晴,都过去了,总体上看,"女人本位"的立场也是不公正的,是一种有色眼镜,换一种"男人本位"去看,女人既要讨面包讨房子又讲求精神独立、人格高尚,这可能吗?刘卫东、皮特、林浩可怜之人必有可憎之处,"男神"的幻象被打破,在爱情的炼狱与事业的磨难中,女主人公终于练就了自强的"质",这是移民生活赠予她的精神本色、理想特质。

当然,并不是每一个移民者都会更刚强、更成功,风雨后风轻云淡。移民生涯中青春早逝,才华暗淡,生命凋零,折戟沉沙者不在少数。吕红能"凤飞凰舞",最终成为独立媒体人,学术成就与创作实绩累然,在于她始终如一的"法拉奇"梦想不灭。正如她的女主人公,无论历经怎样的磨难,意志也不消沉,人活着不就应该有这点精神吗?不然,亲族、朋友与敌手怎样看你?在群体与异境中何谈独立?这种在乎与坚持,与服从于"集体意识"、挣扎难行的 50 后,强调内心感受的 70 后,放浪情怀的 80 后作家颇有区别。其小说主人公对电影、歌曲、浪漫故事的热爱只是外部表现,内心深处,"至少我们还有梦"的信念像一种精神咖啡,或者吗啡,早已成为她生命中不可或缺的元素。

《美国情人》中女主人公"芯""就像是沙漠中生命力极旺盛的植物——仙人掌,或人们所形容的'有九条命的猫'"。[①] 婚姻角力与职场厮杀中的独身女人想生存,要发展,都是九死一生的,但也必将百炼成钢。

在遥远的异国,中国的一只勤奋的蚕钻出万年的窠臼,化身为轻盈的蝴蝶,嬗变为美丽的凤凰,其生命之树必然常青,这就是吕红。她对移民生涯的揭示已达到揭出本"质"与内核,"心灵史"般穿透与大彻大悟,为海外华人文坛少有。

---

① 吕红:《美国情人》,北京:中国华侨出版社,2006 年,第 258 页。

二、施雨：小女人，知性女人，还是大女人？

深知施雨的人都知道她是一个完美主义者，同时也是一个行动主义者。保持思想的自由、文风的独立、情感的晶莹透明、人格的温润如玉是她给我们的一贯印象。她的文字对身份、人性、生命的开掘理性、含蓄、细致而缜密。

施雨的形象在我的银幕上是一部后现代电影，穿越前生今世、昨日与后天。《下城急诊室》中这个"安静得像一滴水"的"小寒"与陈瑞琳笔下"书卷气""灵性"与"训练有素的职业气质"并存的"诗人施雨"，还有当垆掌舵的"文心社"总社长到底哪个是黑白镜头，哪个是彩色视频呢？交往越多，施雨的"文雅""利落"与"大气"印象越深，我越加臆断那个清丽的"小寒"是施雨的"本我"，爽净利落的职业女性是她的"自我"，而"大气磅礴""以一当十"的"文坛阿庆嫂"是"超我"，因为，施雨是一个生于诗性热土，长于医学世家，学于大洋彼岸，纵横捭阖于世界文坛的自由知识分子。

我"臆断""小寒"是施雨的"本我"，出自于她一贯的勤勉与利落，没有大多数"女文青"的拖延症、抱怨与戾气。作为"世界华文文学平台"的总社长、总编辑、作家、编剧与两个孩子的母亲，施雨可谓日理万机。但任何读者的来信她都马上回复，作者的稿件马上编辑、剪辑、导语与评论马上搞定见网，从不拖延。我很是纳闷，她什么时候休息来着？好像中美两个白天，24小时都在工作。"今日事，今日毕"，来源于医学世家的教养，还是多年的职业习惯？我好像看到那个手术前在白布上细细摆好刀具器械的安静的"小寒"，手术中成功补位，快捷地结束主治医师"烂摊子"的那个舒静的实习女医生。

施雨在华人女性中最早组织文学社团、期刊、网站、活动，"果实"累累，用"小女人"来定义她肯定是不妥的，她是一个"大女人"，做的是容括世界华人创作与评论的"大事业"。

"大事业"来自于"大视野"。用"知性女人"来形容施雨或许更恰当。她理性谦逊，成为"大女人"与杨平先生赞赏的"一竿秀竹"精神有很大关系："无论一袭青衣的出入名山/或藏身闹区小巷/都是爱梦想的自由主义者。"①

"爱梦想的自由主义者"，道破了其知识分子与独立女性的身份与立场。"小寒"与现实握手，但她是"爱梦想的"，职业的克制与操守她有，自由的灵性与张力她也不缺乏。她与别的女作家的区别在于她是一竿秀竹，一直在吸收知识的雨露，也在吸纳他人的见地。她秀高于林木，却不意味着张扬，而是站得更高，视野更宽。精神世界的高远追求，脚下的根基也并不动摇。施雨就是一竿秀竹，身姿袅袅，却虚怀容阔，灵秀机智，像竹子拔节一样生长得很快，朝"自由独立的栋梁之材"的方向一直成长。

安静的"小女人"的自由之思想，独立之意志，高远宏阔源自哪里呢？是出于小时候的心性敏感，由己而推人吗？《怕严父》《偷窥热》念念难忘那个玻璃心被武断碰碎的纯情少女。在严酷的时代，被忽略、被轻视的少女"小寒"没有呐喊，没有反叛，悄悄在岁月中弥合了伤痛。但这种痛楚练就了"诗人施雨"，练就了安静的小姑娘澎湃的激情主义，思想与时代一起脉动。"写诗"的热血青年成为一名职业医生，又去沐浴欧风美雨，"翠竹小寒"不再是那个内心战栗的少女了，她吸收阳光，聚集雨露，与千万颗竹子一同成长，成为一个"现代人"。施雨不放过任何一次与同道交流的机会，勤访作家，笔耕唱和，对每一个评论者兼听并蓄，练成了她人文作家的睿智，也形成了她自己细雨润物、绵里藏针的独特风格。施雨的人格与文风都不矫饰，力求简练，散文、随笔题目尽量用三字口语，《食为天》《身外身》《二狗子》《怕二世》《不说不》等，以"说明"为宗旨，但内涵极为丰厚，代际误读、中西悖论、文化尴尬、历史扭曲与现代之夹缝感尽藏笔端，叙事长篇如《苦儿学琴记》《倾巢出游图》《落日的背后》或笑谑，或讽喻，生动隽永，令人回味。

"秀外慧中"只是"知性女人"的表象，"知识埋性""人文理性"才是"知性女人"的视角立场。知识女性是血热性沉的，现代人的逻辑与克制战胜了感性与随意，对世情人事"格物致知"便顺至而生，著名女作家杨绛是自由知识分子的翘楚。施雨做事情也是看大处，讲效率，能退舍，

<hr>

① 杨平：《一根竹子的自语》，http：//wxs. hi2net. com/home/news＿ read. asp？ NewsID＝783，2003－10－03/2015－02－13。

知理度，这都是一般"女文青"所欠缺的。她的创作用"平视"与"对视"视角，置中西风物、世相纷争于"无我"之境。"我"可以是一个线索人物，但绝不把自己的观念强加于读者。杂文评论中，她客观冷静如执手术刀的手不会颤抖，层层剖析，刀至痼除，有叹息有无奈，但并不执意亮剑。我所认知的女作家，大部分倾向于"挚性写作"，难免成为"执性写作"①，50后执着，60后偏执，70后剑走偏锋，80后解构虚无。如这般"知性"，以科学家的冷静与精微观察表达，有一定的难度。文科出身的"女文青"免不了"五里一徘徊"，既想独立，又怕孤立；老生代囿于时代环境，难免怨天尤人；新生代解构一切，怯魅又放逐。我的80后、90后学生们均以"韦小宝""八戒"精神自我标榜，签名档不少是"小猪"或"猪猪"。"猪人"可做，厚黑学意义上的"狗人"可做，"有奶便是娘"或"难得糊涂"、勤奋认真的"人"难免被视为反常，精英主义、完美主义肯定被看作一种精神病患。施雨的逢信必回，逢稿必复，创作、评论、社团活动都追求"世界"格局，在这些人眼中肯定是"强迫症"。但处于"现代"，为"现代人"，做"现代事"，施雨般"契约精神""效率观念"、精益求精，完美主义难道不是必需的吗？

施雨的诗玲珑，文透辟，小说充满理性却不乏诗情。小说《下城急诊室》对城市切脉，场面宏阔明晰，画出一幅幅纽约第五大道俯瞰图，且是动态的。《刀锋下的盲点》对中西医道的描述属补白性质，很少人涉及。多数人写异国恋情免不了落入文化相吸、文化相斥的窠臼，道德伦理文化等帽子很容易乱扣。施雨的小说则借情色表达了人性的复杂：在"小寒"的情感中有成长的阵痛，也有文化的剥离，裸露在不合时宜的环境中，保护层难以长出的"连根拔起"的人有许多屈辱与投诚。散文《我的老公谁做主》论"老公"的"主权"问题皮里阳秋，跨文化、超性别，代际、阶层各等因素考虑得周全，将"老公的主权"问题置于各种法度下比量，揭出了矛盾的张力。"打小三"全民运动中的"闯将"们哪里懂"都对她好，也都对她不好……对她好，是对她很客气。对她不好，是这种客气背后的生分与隔离"② 之复杂与纷繁。陈瑞琳总结道："她原是在医学的冷酷

---

① 宋晓英：《精神追寻与生存突围》，北京：中国文史出版社，2006 年，第226 页。
② 施雨：《小说：你不合我的口味》，《侨报副刊》2008 年第 5 期。

世界里浸染多年，却能金蝉脱壳，幻化在文字的天地里恣意翱翔。多年的人性解悟，使我对笔耕的人有直觉的理性判断，但仔细地端详施雨，我心绪涌动，感觉她是近年来活跃在美澳华文文坛上一位具有奇异张力的女性作家。"这道出了施雨人格的丰富与文风的奇崛复杂。

2011 年 5 月 11 日央视"华人世界"栏目推出"施雨专访"——《北美文坛的阿庆嫂》，她还被文友誉为"北美文学青年之母"①。这均印证了她的气度，不是"无意苦争春"，而是"她在丛中笑"。熟悉华文网络文学史的人知道，施雨确实如"播种机"。比如她不仅自己一如既往参与、经营网络文学社团，还努力帮助他人，期待华文文学的繁荣，如协助新泽西州文友苑月、雪域分开论坛。2002 年与人合办《新诗歌月刊》，从"网上新州"到"宇华网"，直到"文心社"在美国注册，被经营为一个全球影响最大的国际社团。"文心网"作为一个"文人共同体"，"意味着的并不是一种我们可以获得和享受的世界，而是一种我们将热切希望栖息、希望重新拥有的世界"。②"文心社"被称为"温馨社"，不仅因掌门人施雨的笑面春风，使之成为一个壁炉，"靠近它，可以暖和我们的手"，更在于大家参与其中，共商理想，砥砺思想，在中华语言文学史上写出有力的一笔。

但在我的眼里，"母"的霸气与"嫂"的飒爽与施雨无关。尽管她的风格不乏恢宏的气势，手术刀般的冷静，但在我记忆的屏幕上，她一直是那个小女人。明湖秋月般的空灵，江南细雨般的绵密是这个眼睛会说话、长发飘飘的仙子独有的风姿。"嫂"与"母"是施雨的后生吧。"此生"的影像中，这一袭竹风瘦影，袅婷的身姿，文文静静、简简单单、拳拳之心的"小寒"永驻我心。

三、倪立秋：底色、底气、底线

知道倪立秋，是自她 2008 年复旦大学的博士论文《新移民小说研究》

---

① 庄志霞：《从大洋彼岸飘来的秋雨》，《文化月刊》2007 年第 1 期，第 41 页。
② ［英］齐格蒙特·鲍曼著，欧阳景根译，《共同体》，南京：江苏人民出版社，2003 年，第 4 页。

始。我开"华文文学研究"研究生课程，给学生推荐学术论文时，发现部分研究较重复空洞，思路有时候形不成体系，对我们少具参照与效仿性。看到倪立秋的博士论文时我大为高兴，其有深度，还有逻辑的美感，以及怎样做华文文学批评，使我们有了典例。我继而对她从中国至新加坡，从新加坡至澳大利亚的"三生三世"产生了浓厚的兴趣，把网上的散文搜了个遍，在文字里有了"共识"。如媒体与公众对现代"女文青"的误读，不是把我们看成林黛玉，就是看成萧红，好像女性人文从业者之悲剧命运皆性格使然。其实，"女文青"中的"王熙凤"与"阿庆嫂"并不乏其人。如倪立秋，在新加坡与澳大利亚"舂米便舂米，割麦便割麦"，啥事难不住，特地撰文说信息时代难不住咱"中文系的学生"，这事儿是我一直想要写的。作为一位"比较文学"课程教师，我对她跨洲、跨行的"陌生化"经验充满好奇。中文在武汉、上海、新加坡、墨尔本各地发挥了怎样的作用？教学、翻译、编辑与管理中倪立秋是怎样把其作为了"耍大刀"式的谋生利器？好奇心一直存在。"新移民国际会议"上一拿到手册，看到她的名字，就遍寻其人。万花丛中不见，众里寻她，安静的角落中端坐着一个"本色"的女士。

人家真的是"端坐"，且"女士"范儿十足。众声喧哗中，有老友相见的欢声，有故知重聚的笑语，惊喜不断，"文青"得渲染。这位复旦校友稳坐餐台，双耳不闻，餐盘中排列有序，荤素不掺。相互交流后她果真见识不一般，我断然选她为"座友"，不放掉采访她的机会。

交流砥砺，我们学术上真的有相长之处。视角立场不同，但论题相似，倪立秋看问题非常准，好像经验丰富的老中医。她的立足点是"本"。在本源的基础上，拨开文人思维的"云雾"，披沙拣金。关于她的"三生三世"，她归结出"本色"与"底蕴"是异地生根的关键，即在变化的世界中存底色、底气，把持做人做事的"底线"。

她的思维在我看来可称为"剪断"，就是王熙凤之"顽笑着就有杀伐决断"。同学的博士论文论题为"怨恨"，是中国现代文学的情绪主线。我也认为中国现当代文学女性作家中冯沅君、庐隐式"寻寻觅觅冷冷清清凄凄惨惨戚戚"与鲁迅式"纠缠如毒蛇，执着如怨鬼"太多了一些。看似是个体经验，文学使我在人生中"却步""犹疑"，放不下、拿不起的时候更多一些，我的女性研究生也大多如此。当然，这肯定是性格使然。但至少从现当代女作家创作的主调去看，倪立秋式"该怎样就怎样"，到什么山上唱什么歌的豁然，是女性文学所缺乏的一种气魄。说不好听的，"屁股决定脑袋"，难道我们在比尔·盖茨的时代，还真的能长出一颗陶渊明的心，做得成伯夷叔齐？李清照、林黛玉我们做得成吗？至少电影《黄金时代》中的萧红，在这个时代是做不成的。

她是我所闻的唯一以"中文"专业在西方世界立足并大为自豪的人。民族的才是世界的，在国外，计算机、微生物、数理统计、云算法可能都不单单是我等华人的唯一优长，中文，才是最"民族"的，可作为立足之"本"。10年前我也是这样想的，但在三个国家的大学中文系看到别人练"汉语"把式儿的明枪暗战之后，知道没有一定的"底色"与"底蕴"，中气与磁场，无论在凹国还是在凸国，"轮着蹲儿"还是"花生屯儿"，以"汉语"或"中文"自立于职场，都是说起来容易做起来难。人家倪立秋能以"专家"的身份在"凹"国"末"城，一个华人"流散"的洋码儿的世界里自成一家，混出"底线"，能不"端坐"一方，睥睨群雄吗？

读过了倪立秋《六零后的求学故事》，使我明了不是任何一个中国人，任何一个聪慧或勤劳的女性都能轻易在海外立足的。倪立秋从乡村出来打拼，从中学教师的身份做起，两地分居，调动手续，在职读博，异国独立，所经历的苦难波折，所面对的残忍的生活与灰暗的人性，其"子欲养而亲不待也，往而不可追者"，艰难日子里的咬牙硬撑，比她所用的文字描述，比我们所想象的要多得多。"端坐"是以"力争"为基础，"攀缘而上"是在多少次"徒劳奔走"之后的。底色、底气、底线一样都不能少，这是倪立秋告诉我的，2014年的新知，我会告诉自己的学生们。

四、冰清：澄澈、亮丽、人间温暖

比较我们文科出身的人，旧金山作家冰清的研究视角非常独特，是真正的比较文学理论上的"跨界"。她早年以科学研究者身份出版《美国生活大爆炸》，为汉语读者揭开了硅谷生活的方方面面。高科技码工的生存与思维怎样与众不同？硅谷的魅力何在？加州各民族的众生百态是怎样的？给汉语读者放足了料。

10年以上的女性华人文学研究，每当沉湎于作家作品的时候，"战士的责任重，妇女的冤仇深"总是海外女作家的主调，使得我这个"研究者"面临的墙壁格外冰冷，夜读的灯光格外苍白，我孤独的影子格外孑然。存在主义、荒诞主义甚至虚无主义意识是我解读这些作品用得最多的理论。环视众多同行学者，其海外华文文学研究切入点也不过在悲剧意识、孤独意识甚至"饥饿"研究之外加上"漂泊""流亡""放逐"等主题。难道文学的主调就只有忧伤深重？在疑惑中，一看到冰清澄澈的大眼睛，灿然的微笑，上扬的嘴角，就像在冬天里看见蔚蓝的天空。

"敢于面对惨淡的人生，敢于直视淋漓的鲜血"这是创作的主调，也是我们沿袭下来的研究的传统。习惯了点灯熬油，顶多在殚精竭虑的时间从缝隙里仰望一下"星空"。前辈传承的责任感让我们更加关注生命里的悲剧，不是饥饿，就只是反思，还有反抗。思想的、精神的、责任的重负仿佛与日常生活无关，我们的古人就把"饱暖"与"淫逸"相提并论。

冰清是极少数的在文字中表达人间"饱暖"的人，她是一个"美食"作家。她与广大的读者、网友接气儿，混谈，到任何地方都"吃喝玩乐"，不像我们，是月亮上的嫦娥，对"乌鸦炸酱面"嗤之以鼻。有幸与冰清同屋，交流砥砺，对比与反思后，不禁反问：在文学的意义上，人间的"饱暖"较之于"思想"真的不那么重要么？这"饱暖"与"饮食"中包含有更天然、更健康、更符合生命理念，不破坏生态平衡的价值观之外，与人际的、思想的平衡、健康、天然有关吗？

通过冰清对我的"洗脑"，我发现这人间"饱暖"是至关重要的，或许也更符合人性。试想，我们寒夜里归家，记住的会是母亲的一碗热汤面，还是她的一段教导？职场上征战、垂败的男人，或胜利归来的男人，更需要女人的一杯茶、一盏莲子粥、一碗醒酒汤，还是我们一番精彩的人生启迪、一顿教训？当然，文学女青年有许多是被推杯把盏、拥红抱绿的男人所"遗忘在角落"里的女人，比如当年那个诗人的妻子，笔名叫"蝌蚪"的女作家陈泮。有时候好像只有文学才是我们唯一的依靠，比如萧红。但文学并不是读者唯一的依靠，我们就应该走出角落，去看看大街上、餐馆里的"饮食男女"，不只总思恋杜拉斯咖啡馆里的异国情爱，安妮宝贝的夜梦细语；不只在书桌的寒壁前不忘鲁迅，甚至杜甫，甚至陆游，而是在作品里表现厨房的温暖，欢笑中的推杯把盏，描述父亲厨房里不语而忙碌的身影，母亲看着我狼吞与虎咽的眼神；而不只是那些流浪与漂泊中的"饥饿"，特别是我们心灵的碎碎念。我们不能一直要求读者与我们一起歌哭、愤怒，像永远的杜拉斯。因为伍尔芙的书桌我们也有了，丈夫也下厨了。如果丈夫也下厨了，餐桌上五彩斑斓，我们还忽略日常生活，执着于给读者"心灵鸡汤"，念叨"独身女子卧室"里的碎碎念，否认一日三餐的价值，那是否就证明文学只是"窄化"与提纯后的生活与艺术，与百姓无关呢？文学难道不需要烟火气息与世俗味道？

　　冰清的美食帖是亲民的，她精心地揣摩每道菜，写详尽的食谱，把自己尝试、试验了许多次，研究到极致的食谱放到网上，这需要时间、精力，特别是宽广无私的胸怀。冰清的美食帖也是文化的。80后、90后一代人人自诩为"吃货"，周游列国，吃出了异国风情，并记录在案。但把异国风情的口味带回家是非常困难的。所以，每到一处，冰清总是那个最有心的，记录下异国风情的色香味，写下一篇篇细致的博文，如哥斯达黎加的 casado 怎样配菜，知道奥巴马新年在夏威夷 Vintage Cave 餐厅吃的东西怎么做，知道如何在家吃日本寿司。

　　冰清的美食帖蕴含了丰富的历史知识。如春节她向大家推出 7 天菜谱，清蒸鲈鱼的故事中引用《晋书·文苑·张翰传》中文学家省思辞官的故事，张翰"因见秋风起，乃思吴中菇菜、莼羹、鲈鱼脍，曰人生贵适志，何能羁官数千里以要名爵乎？"让我们知道中国古代文人的人生"贵适志"，贱"名爵"，中国现代人重亲情乡情，随遇而安、少思远行的性格有了出处，我们也可以在品尝鲈鱼的过程中借冰清所阐释的"莼鲈之思"这个成语对下一代进行传统教育。我们的思想、做法、口味哪里来？与代代相传的食品肯定是相关的吧。营养学者出身的冰清还会把每道菜的微量元素、性味寒热款款道来，是非常好的科普知识推广者。把中国的鲈鱼与"加州鲈鱼"（Striped bass）相比较，有拉近文化距离的作用。准备留洋的人看到她在研究生期间为了做一个营养学 seminar，自己拼材料开了一个"豆腐坊"，会对美国高等教育中注重对学生操作性、实践性留下深刻的印象。"我一面放着幻灯片，一面从淮南王刘安发明豆腐讲起……我在讲的同时，也不断向大家展示实物。""我把话题切入法国人的实验结果：'四组小老鼠，一组喂豆腐，一组喂大豆蛋白，一组喂豆油，一组是对照，只喂平常的鼠饲料。'""我公布完数据，宣布结论"。"松了口气，等掌声平息了，继续说：'我这里准备了豆腐沙拉……'"。"美国同学说：'你知道吗？可口可乐公司前些年也推出了豆奶，可是豆味太重，市场反应不好……你做的咖啡豆奶却一点也没有豆味，很香，很好喝，我看他们下次该用你的配方。'公派来美的孟加拉同学感慨地说：'我们孟加拉人一直缺乏蛋白质，许多儿童营养不良。要是早知道价廉的豆腐营养价值这么好，可以挽救多少人的生命啊！我回去以后，一定向政府建议，多多种植大豆，用豆制品来代替肉类作为蛋白质的来源。'我的论文指导教授也拍着我的肩膀说：'我只是向你推荐了这篇文章，可是你不但做了很多额外的工作，大大地丰富了你的演讲内容，还把这个严肃的演讲弄得这么活泼，像个 party。'"① 年轻的留学生冰清在深思："豆腐在中国的历史也有上千年了，为什么至今，世界上其他国家对它还不怎么了解，是否我们的推广宣传工作做得不够？为什么在豆腐的故乡，人们对它的营养价值却没怎么研究，而让法国人抢先发表了研究成果？"读到这里，我们仿佛看到当年那个清华园长大，北大未名湖畔扎着马尾辫的爱笑的小姑娘一下子长大了。冰清在美国做生物研究多年，是一个创业者，是一个拥有自己公司、专利、产品与作品的海外中国人。我们看到她作为中国留学生不只在欧美求学中得到全 A，也在职业生涯中传播了中国营养学与食品文化，并以自己的特长与风采自立于职场之林，我从她的身上体味了更多的"异质"性，看到了东西方融合的"现代人"的素养。

冰清是打破了"女文青"形象窠臼的。她不同于伍尔芙。因为把伍尔芙的日记书信以电影《时时刻刻》去看，这位意识流创作的开拓者把家人招呼她吃饭看作对自己倾心创作的不尊重，因为为人类制造精神佳品的过程不应该被轻易打断。冰清也不同于杜拉斯。杜拉斯固然是伟大的作家与伟大的女人。作为丈夫与情人的"主心骨"，她从狱中拯救前者，与后者养育孩子。我们看到杜拉斯给儿子的长长的信，亲情与教导弥漫纸张。而这两位是中西女作家的"鼻祖"，多少"女文青"继承了她们的精神衣钵。我们感动于"广岛之恋"，畅想"挪威的森林"，感叹"生命不可承受之轻"。但试想，如果所有的"才女""淑女""美女"、职业女性、知识女性都远离庖厨，那我们孩子的一日三餐，老人的日夜护养，由谁来做呢？

---

① 冰清：《我在美国做豆腐》，http：//blog. sina. com. cn/s/blog_486c43b90100024p. html，2006 - 01 - 26/2015 - 02 - 13。

我们的社会已经进步到日常生活产业化了吗？如果说我们能记住情人的味道，爱人的声音，那母亲呢，女儿呢？当然，爱一人的方式也可以是：吃过了许多年他做的最难吃的菜，但还想要吃下去。我们承认，海外作家的队伍中有许多是烹饪高手，如虹影；但"袖手"的"女文青"还是多数吧。让我们记住冰清，从她的经历与文字中我们看到了人文与自然如何贯通，自然界与社会学中的现象怎样"兼并并购"，基因会怎样"散步"，这都是冰清对文学的"拓展"。

冰清是温暖亲切的，她笑声朗朗，在任何的天空下都一样，这笑声幻化为团团的云朵。不是她没有背负沉重的家族历史，不是她没有经历过留学的、移民的苦，她的生活一直一帆风顺，只是她的态度，她的生命意识与我的略有不同。我真的喜欢"饥饿"的深刻，认为文学应该承担忧患，必备反思与批判，但我觉得我们的文学还缺一点儿什么，哲学、文学、"心灵鸡汤"解决了我们"为什么要活着"，"怎样的人生才是有意义的人生"的问题，我们也需要知道"怎样才能活得更好"，这是全世界所有民族都需要知道的问题。冰清是有情有义的人，在文字中构建了一个温暖甜美、亲切怡人的生活幻象。

几位华人女作家，每个人都有自己的风格。吕红有她的放达与空灵，施雨有她的丰蕴与温婉，倪立秋有她的古拙与质朴，冰清有她的澄澈与绵厚。但她们均是现代人，像前辈女作家一样承继传统，历史的厚重、责任的坚定、人文的温暖在她们的文中，但她们又是一群走向世界，面向未来的女性知识分子，她们的写作是一种越界的写作。如果说真的有时空隧道的话，我看到了她们穿越时空那种历史之光、世界之光、现代之光、理性之光与启蒙之光。

（作者为济南大学文学院教授）

儒家父权和西方救赎意识中突围的女性书写

——以异族文化语境中的女作家作品为例

徐　榛

在性别概念的认知上，两性如同天平的两端，显示出惊人的"平衡感"。在文化领域的解读中，女性主义（女权）的呼喊一直在两性关系主题中释放着它所包含的"爆发力"，然而，这种"爆发力"含蓄地打破了两性关系假饰的"平衡感"；而在现实社会的语境下，女性一直没有完全撕掉传统文化强行赋予的"弱势群体"标签，这张标签迎面痛击着两性的"伪平衡"，使女性在社会性别的文化语境中，只能"生为女人"，而难以"成为女人"（西蒙·波伏瓦《第二性》中说："一个人不是生而为女人，而是'成为'女人。"）。本文尝试从《美国情人》等海外作家作品来解析女性书写的困窘与突围。

一、"娜拉"走后怎样？

中国的女性书写在进入现代文学范畴之前几乎呈现出单一的书写模式，不管是在诗词还是话本小说等文学体裁中，都在表现着女性作为两性的一极参与社会文化语境时的存在轨迹。在传统的文学话语中，女性的性别意识还是相对处于沉睡的状态，无论是诗词中的"窈窕淑女，君子好逑"式的两性美好关系的想象，还是通俗文学中"杜十娘怒沉百宝箱"式的女性对男性的埋怨与反抗，甚至在酷似美好和谐的两性关系背后，女性走上了"被牺牲"的苦闷之路。进入现代文学之后，女性与男性的关系出现了新的表现形式，即"出走"模式。鲁迅的《娜拉走后怎样》一文，将女性从以男性话语为主流的社会语境中暂时地"解放"出来，即最大可能地将女性从男性世界中抽离出来而实现其独立性。娜拉出走以后走向何处？鲁迅并没有做出明确的解答，最后的留白也实现了对女性出走命运的不同解读。自鲁迅笔下娜拉出走以后，出现了越来越多的"娜拉"，"出走"已经不再单纯地是一种行为形式，而包含了更多的文化意义。

女性的"出走"成为文学作品中表现女性性别意识觉醒的一种表现形式，甚至被运用到影视作品的表现中。曾经看过中国台湾导演蔡明亮和韩国导演金基德的电影，他们在电影中将"女性出走"的主题最大化地表现出来。蔡明亮的《爱情万岁》中林小姐与阿荣做爱之后，都会马上离开，走出原本属于自己的"家"，特别是在影片最后，她走进了大安公园，坐在长椅上从小声地抽泣到号啕大哭，最后点上了一支烟，电影在香烟的烟雾中结束。这里的场面是极其具有视觉上的冲击感的，由砖瓦隔离出来的"家"与由黄土烂泥堆叠出来的"大安公园"，在空间上形成了巨大的反差，林小姐从集装箱式的空间中逃离出来，而闯入了一个没有边界却能够容下女性释放情绪的空间之中，从悄无声息的出走到号啕大哭的释放，空旷的公园被女性释放的情绪所充满，最后持续 6 分钟之久的哭泣一方面是女性情绪的释放，另一方面是哭出了台北人在虚无的文化语境下的孤独。而无独有偶的是，时隔 10 年之后，韩国导演金基德的《空房间》与蔡明亮的电影形成了对话之势，虽然说在电影主题的表达上存在着差异，但是在表现女性性别意识的层面上，却有着千丝万缕的联系。金基德镜头下的女主人公善华在丈夫的家庭暴力之下，选择与另外一个男性泰石出走，善华辗转于不同的"家"中，完成临时性的停留，经历种种变故，最后回到了自己原先的家。然而，善华在出走前后发生了巨大的变化，经历了游历修行式的女性实现了对性别意识的感悟。两位女性都进行了"女性出走"的仪式，值得注意的是，这里还是延续着鲁迅"娜拉式"的出走模式，女性走出形式主义意义上的"家"，究其源头都是女性与男性在两性关系中发生了断裂，即女性在男性的话语空间中出现了失语的状态，然而出走之后，女性却出现了不同方向的发展：蔡氏镜头下的林小姐走向的是文化意义上的虚无，女性在男性话语中碰壁之后，她选择逃离，逃离的不仅是形式上的"家"，更是逃离男性所创造的文化语境，可是女性在逃离之后又走向何处？女性的逃亡之路是充满未知的；金氏镜头下的善华却十分有趣，她跟随着男性逃离男性话语的强势语境，她与男性发生冲突与断裂，又与男性进行逃亡，最后又回到了男性主导的空间，但是女性已经忽略了形式主义意义上的"家"的模式,而走向了对"个人"与"自我"的追寻与体验。

如果说蔡明亮与金基德是在让女性延续着鲁迅"娜拉式"出走的追寻与探索的话,那么世界华文文学的女作家们则将鲁迅笔下"女性出走模式"推向了新的高度,不仅冲破了形式主义上的"家"在空间上的桎梏,而且扩大了其所包含的文化内涵。其中,颇受关注的有北美"旧金山作家群"的重要中坚力量——吕红的长篇力作《美国情人》,这篇小说在表现"女性出走模式"的书写上,可以说是具有颠覆性意义的,在文化空间上的扩展与性别意识上的表现都呈现出极其丰富的内涵。从文化空间上来看,不仅吕红的《美国情人》一书,几乎大部分新移民女作家的作品都实现了主人公的"出走"行为。然而,此时的女性走出的不再是狭义概念上的"家",而是"(家)国"之门。从空间范围上来说,女性从最小的群体单位走向了"国"的概念,进而带来的就是文化空间意义的转变。

鲁迅"娜拉式"出走是对传统家长制中男权话语的反抗,"出走"本身与"反抗"形成了关联。然而,新移民女作家们所塑造的女主人公却呈现出另一种面貌,即在没有发生实质性家长制矛盾的前提下"出走",那么,"出走"与"反抗"的连接也就发生了断裂。观察吕红的《美国情人》,在进入新时代之后,女性对两性在社会活动中所扮演角色的认知较之传统认知发生了巨大的变化,女性积极地参与社会活动,地位前所未有地提升。在这样的大背景下,女性"出走"的文化意义就发生了变化,即从传统话语中女性在两性关系中的"生理性别冲突"到新时代女性集中于社会性别意义上的"挑战与追求"。如果说这是新移民女性从两性关系在参与社会活动时所进行的对话层面来看的话,那么,新移民女性在"出走"时还面临着新的文化冲突。从《美国情人》的标题来看,"美国"给出了新移民女性所闯入的文化空间的信息,和蔡氏镜头下的林小姐、金氏镜头下的善华不同——她们的"出走"是在同一空间与文化语境下的一次逃亡,然而,吕红笔下的新移民女性芯则闯入另一个完全不同的文化语境下,从"东方的中国"闯入了"西方的美国",即跳脱出东方文化语境(中华文化圈)进入西方文化语境中。因此,女性在进入新的文化语境之后,不仅在两性关系上面临新的挑战,而且在文化接受与融合的层面也将遭受新的冲击。不仅如此,新移民女作家笔下的女性在闯入异域的文化语境后还进行了自我挑战与追寻。

二、离散者？闯入者？

在 20 世纪 60 年代西方的女权运动如火如荼地开展并取得了一定成果之后，女权运动的种子也进入东方文化土壤中；到了 20 世纪 80 年代初，中国朦胧诗派著名女诗人舒婷的《致橡树》，将女性对自由、美好爱情的向往表现得淋漓尽致，女性所追求的是自由、自主、自愿的爱情诉求；到了 20 世纪 80 年代中期，女诗人翟永明的《女人》组诗震撼了文坛，其"黑夜意识"成了女性主义的另一个标签，而一反舒婷"光明/希望"的体验。虽然说翟永明进入 20 世纪 90 年代以后的诗歌创作和《女人》组诗有了不小的变化，但是其主张的"黑夜意识"对当时一波女诗人的影响是巨大的，它呈现了中国 20 世纪八九十年代女性主义的一个高峰。女性在男性霸权话语下，追求的是女性个性的解放与独立，而"出走"成了女性在传统东方文化语境之下，与男性话语进行对抗的重要表现形式。

中国现当代文学中女性的"出走"其实并没有实质性的定论，有时好像被男性视为女性独自沉浸于自我性别想象，甚至在他们眼中，女性的实质性体验并没有改变其在两性关系中成为"牺牲品"的命运。鲁迅的《伤逝》中，子君选择自由的恋爱而跟随涓生逃离出传统家长制的家庭，然而，子君的爱情想象在实际的社会生活实践活动中被碾压得粉碎，而最终她又再次回到了传统的两性关系的模式中，东方女性在本族文化语境中尚不能实现对性别意识的想象，那么，当东方女性进入异域的西方文化语境中的时候，就一定会表现出其文化意义上的复杂性。

美国华人教授王德威在《原乡想象，浪子文学》评述中以"离散"一词来标签海外游子浪迹天涯而又不断地回望与想象故乡的特质；亦有学者从论述聂华苓的《桑青与桃红》中女主人公在中国儒家父权和西方理性中游离、无处可走的境遇来透视华人离散者的典型生存体验。而吕红的长篇小说《美国情人》将东方女性在异域文化话语下的踌躇与纠结深刻表现出来。芯作为新时代的女性形象，和传统两性关系中的女性完全不同，她有独立的思想、稳定的工作，甚至取得了可观的成绩，也就是当代话语中的成功女性。选择"离散"与"突围"——即打破精神上的某种困惑及压抑，而独自闯入西方社会。由此可见，新时代女性似乎是出于女性本身所要求的自我改变。

如果说"美国"一词是在地域空间与文化空间上为女性的闯入提供一个具有文化意义的行为场所，而"情人"则成了另一个关键词，它表明了女性在"美国"的文化场域中所面临的实际性课题，即与两性关系相关的女性性别意识。在爱情伦理关系与婚姻伦理关系①的碰撞下，原本东西方是两种完全不同的文化语境，作为"离散者"而义无反顾地从东方男权话语中突围，而以"文化闯入者"的身份进入西方世界，执着于浪漫爱情，可是"情人"的神像却坍塌并消失了。用鲁迅的话说就是"把美好的东西撕碎给人看"。或者说女性本身即使实现了在地域和文化空间上的转移，却难以摆脱长久以来的情感或性别关系的藩篱。

小说的巧妙之处还在于吕红进行了双线创作，当读者沉浸于芯与东西方男性纠葛的漩涡中时，她又给我们描绘了另一幅场面——同为"文化闯入者"的两性关系，即中国女性与同处西方世界的中国男性的两性关系。蔷薇与林浩一波三折的情感纠葛更深刻地反映了异域中男女面对生存压力与文化冲突的不同认知与应对。

在双线书写中，芯和蔷薇在西方文化语境中表现的女性意识指向了以下三个特点，这也是笔者在讨论吕红《美国情人》性别意识与国别意识时提到的："一是女性自愿选择成为离散者；二是女性在'生为女人'与'成为女人'（'生理性别'和'社会性别'）之间存在着犹豫与矛盾；三是在现有的两种文化语境（东西方文化语境）中，实现女性独立是唯一的选择，这也是吕红尽可能为闯入异域的女性所设计的一条可行之路。"② 中国女性作为东方世界的离散者与进入西方世界的闯入者，她们所面临的文化拷问与性别纠缠表现得更加激烈与复杂，而女性在文化身份与性别意识上的独立性成了她们不可回避的主题。

三、I am Chinese.

每一个在异域奔波的人的内心都隐隐地藏着一份家国情怀。从现代文

---

① 曹菁：《爱情信仰伦》，北京：学苑音像出版社，2005 年。

② 徐榛、王乐：《再论吕红〈美国情人〉的性别意识与国别意识》，《世界华文文学论坛》2015 年第 4 期，第 64 页。

学中鲁迅所批判的国民性开始，无论国人的骨子里存在着怎样的陋习，但是在民族大义面前，每个中国人都为那缕中国红感到热血沸腾。西方文化语境中的对东方世界的偏见与误读，在华文女作家的笔下留下了明显的痕迹。在异族文化语境下，女作家吕红《美国情人》等作品凸显出东方文化身份，足以表现出她作为东方女性行走在西方世界的自信感。

在她的小说中，有这样两次有趣的对话："一个白人走近我，Are you lonely？我说 No。／有年轻人问：Are you Japanese？No，I'm Chinese. 我答。"① 这两个对话指向了两个关键词：一是孤独者；二是民族性。走在异域的女人注定是孤独的，不仅是在生活上的孤独，也有文化上的孤独，当进入西方文化圈中，东方女性是被边缘化的，甚至存在着失语的危机，即便是像芯一样的女性，在西方世界中拼搏出属于自己的一席之地，也避免不了被刻上少数族裔的标签。文化身份的孤独使得女性在异域的路上只能是形单影只，然而"我"的两个"No"让女性从内心开始承认自己的独立性与民族性，女性因为是女性而变得不再孤独。

这里的"我"是一个叫虹的女人，笔者曾经问过"虹"的塑造者另一个"红"，我问她，这里的虹是叙事者吗？她只淡淡地说："也许吧。"一个叫"红"的中国女人塑造了一个包含了五彩缤纷的"虹"。因此，红既是故事的书写者，又是故事的参与者，是芯，是蔷薇，是虹，更是她自己。一个走在异域的女人，一个坚持着"闯入者"文化身份的女人，走得自然而潇洒，她用一支笔将中国女人送上异域文化的舞台，在这场看似与东方女人格格不入的舞台剧中，"红"散发着东方女人的骄傲和自信，异域对于她们来说，不再只有孤独与冲突，因为她们是走在异域中的一群中国女人。

因此，新移民女作家的作品创作，在继鲁迅"娜拉式"出走模式之后，出现了新的表现形式和文化内涵，至少有三个层面的变化或突破：一是行为主体发生了变化。和以往文学作品或电影作品中对女性"出走"的描述不同，不再只执着于被塑造的女主人公形象，而是将塑造者与被塑造者连接在一起，实现故事内外的结合；二是行为空间的变化。女性的出走很显然是对"家"的逃离，不仅是对实物性质"家"的摆脱，也是对文化

---

① 吕红：《美国情人》，北京：中国华侨出版社，2006 年，第 1 - 2 页。

抽象性质的家长制度或是男性话语霸权反抗的，但是不管女性进行怎样的逃亡与疏离，她还是一直身处于同一文化语境之下而进行的反抗，然而，新移民女性在地域空间上，将离散迁徙的空间扩展开来；三是行为内容的变化。在以往的文学作品中女性的"出走"大多集中于对家长制的不满而引起的反抗式书写，主要还是集中于女性在两性关系与男性强权话语下对自身性别意识的觉醒与要求，在新移民文学中，已然发生了巨大的变化。女性的"出走"内涵发生了变化，尤其在《美国情人》中，女性出走是为了追寻自身价值的实现，进而带来的问题就是，女性在进入异族文化语境之后，必将面临更加强势的挑战，包括物质生活、文化身份、性别意识等多方面的冲击。综上可见，新移民女性实行"娜拉式出走"，但被赋予了更加丰富的内涵，当东方的"娜拉"走在异域的西方路上，所面临的机遇与挑战将呈现出多样的画面以及多元文化的格局。

（作者为韩国水原大学助教授）

新移民小说中的女性与战争叙事

——以《上海之死》《南京安魂曲》《金陵十三钗》为例

焦欣波

20 世纪 80 年代因"出国潮"而产生的新移民文学作家，在接受"异质化"文化熏陶、侵染的"移植"和"原乡"文化冲突过程中，不断探索文学题材的多元路径和多重视野，丰富文学艺术的表现功能和创作经验，经历了从早期的书写个人移民所表现出来的焦虑、沉沦、痛苦与奋斗的所谓的"海外伤痕文学"，进入由浮躁、粗糙而慢慢沉潜下来的对生命本身价值的追诉，反思时代、反思个体命运和民族文化。"年轻一代如何在海外创立华人的新形象，如何在经济、政治地位上寻求突破，又如何营造自己民族的文化环境，这成为新移民文学声势浩大的主旋律。"[①] 近些年来，新移民作家又渐次将宏大的历史战争题材纳入"民族审视"与"战争创伤"的美学范畴，不约而同地选择以女性视角表述民族抗战历史，从性别意识和性别文化角度颠覆了以往中国作家对抗战史的叙述与阐释，显示出独特的"民族话语"叙事和思考向度。

一、女性、英雄与历史重构

按照女性主义的理解，女性是男性重构的附属物，相对于男性，女性处于他者、弱者和被保护的位置。尽管经过"五四"新文化运动"科学"与"民主"的西方思想精神的洗礼，在面对民族独立和反对帝国主义侵略的斗争中，女性被视为参加抗战号召的对象，但实际上很难被认同为与男性平等地承担起抗战重任的主体。战争是男人的事情，女性在战争中只起

---

① ［美］陈瑞琳：《原地打转的陀螺》（上），《中外论坛》2002 年第 3 期。

着可有可无的配角作用。

众所周知，出于民族国家和政治意识形态的需要，在战火年代以及新中国成立后的较长时期内，作家们塑造了一批鲜明的"女英雄"文学形象，构建了以革命和斗争为女性生活主题的政治思维方式，原本应张扬的女性意识基本被淡化，爱情也犹如革命一般成为国家政治生活的一部分，女性的"雄性"特征明显化，实际上是将女性塑造成男性的另一个自我形象，女性的本质特征和主体意识被有意识地"改造"成"女战士"。

20 世纪 90 年代女性主义强调对"异质性"的关注，注重差异性，随之作家对小说叙事方式的思考和写作策略的运用也发生了变化。新移民作家诸如虹影、哈金、严歌苓等，经由文化"移植"的痛苦后，演绎出民族文化"回归"的渴望，"他们的一个突出精神特征就是勇于在远隔本土文化的'离心'状态中重新思考华文文学存在的意义，并能够在自觉的双重'突围'中重新辨认自己的文化身份，同时在'超越乡愁'的高度上来寻找自己新的创作理想"。① 三位作家通过对"女性—英雄"的角色转换和叙述手法，以女性体验和视角审视女性在抗战中的历史角色和个体命运，以及对民族记忆的反思和追问。

虹影在《上海之死》中几乎掩盖了主人公于堇作为女性的多重身份，单单突出于堇作为美国谍报人员的历史角色。于堇是上海有名的演员，上海被日军攻陷后，她转战香港作为美国谍报人员被训练了三年之久，后又回到上海，以表演《狐步上海》和明星身份为遮掩，周旋于日军、汪伪政权和国民党特务之间，为她的养父美国间谍休伯特窃取代号为 Kabuki 的日军行动情报。获取情报后的于堇出于中华民族自身的利益，故意将情报延迟传到休伯特手中，使得日本人成功偷袭美国珍珠港，引发美国对日宣战。

虹影曾说："我是女儿身男儿心。这男儿心也并非看不起女性，而是说性别在我身上不能说明什么，一句话，我的写作该是超性别写作。"② "超性别"写作使得虹影以更宽广的视野审视抗战历史中的女性，其人物

① ［美］陈瑞琳：《"离散"后的"超越"——论北美新移民作家的文化心态》，《华文文学》2007 年 5 期，第 35 页。

② 赵黎明、虹影：《"我在黑暗的世界里看到了光"——虹影访谈录》，《小说评论》2009 年 5 期，第 37－38 页。

形象突破了社会性别功能赋予女性历史人物的"第二性"和"女性气质"范畴。于董在第一次仔细考虑自己的人生意义与世界大事时，就想到人生需要一个真正的意义：如果能将身后的混乱世界收拾一下，那她就该尽一份力。① 虹影在文本中运用古代传说"孟姜女救父"反衬于董的民族气节，在民族灾难面前，一个女性已经不再是传统意义上"嫁狗随狗"的被动弱女子，而是主动萌发女性主体意识，积极参与"世界大事"的历史制造者、推动者和英雄。这样的女性形象使小说本身获得了对抗战和女性双重丰富的历史表述与书写经验。

《南京安魂曲》是一本回忆录形式的小说。作者哈金通过中国女子高安玲的视角，以金陵女子学院为叙述空间展开细致入微的描写，塑造了一位具有国际人道主义精神的女性形象——明妮·魏特琳。借助强国美国为后盾，明妮将金陵女子学院改为难民救济所，最大限度地收容、保护了成千上万的中国妇女、儿童和少数男子，以极大的勇气与禽兽不如的日本官兵斗争，权衡学院有限的资源照顾所有难民，与具有人道精神的国际友人、基督徒等协商，以及培训中国妇女，等等。明妮的举动使她成为中国人心目中的"女菩萨""慈悲女神""慈悲女菩萨"。

在沦陷区金陵女子学院的社会结构系统中，明妮及其率领的团队，在普施善意、救死扶伤、保护妇幼、调理抚慰、联结社会等方面起到了决定性的作用。沦陷区女性所发挥出的历史性作用，远远超过一个男性抗日战士的英勇之举。女性并不需要真正参与到战斗中去，但同样经历着战争的磨砺、痛苦与煎熬，她们组成的非正规军同样发挥着正规军所无法比拟的抗战功能。明妮收纳了一万多名妇女、儿童，正如"二战"期间中国上海保护了两万多名犹太人一样，是人道主义精神直接造就了明妮的"女性—英雄"形象。哈金主观上想书写民族的灾难，让南京大屠杀的历史再次显现在世人眼前，但其女性的叙述策略和文学空间的选择，在客观上完成了一位女性推动历史前进的美丽形象。明妮在猜忌、诽谤和冷落之中精神抑郁，自杀而亡，反而加深了这一英雄形象的悲剧色彩，从而更值得我们去反思这段历史和这段历史中的女性记录。

与虹影、哈金塑造单个"女性—英雄"形象不同，严歌苓在《金陵十

---

① 虹影：《上海之死》，南京：江苏文艺出版社，2012年，第105页。

三钗》中塑造了由十三名妓女组成的"女性—英雄"群体形象。妓女与肮脏、底层等词汇连缀在一起，不仅弱势而且边缘。严歌苓演绎了一段"妓女救国"的传奇故事，这一题材虽屡见不鲜，但反差巨大的英雄形象足以唤醒大众内心的敏感和良知，在民族的抗战和反帝国主义侵略中，还有一群名不见经传的妓女付出了生命。在战争面前，无论是妓女或是处女，贵与贱皆平等。在反抗日本屠杀的历史重任中，性别与身份并不具有决定贡献大小的作用，恰恰是独立思想、主体意识与民族自尊支撑着个人或群体。

三位作家"回归"民族历史本身，都试图挖掘民族历史的"遗忘点"，填补民族记忆中的"空白"。在谈到南京大屠杀时，严歌苓说，这个悲惨的大事件在它发生后的六十年中，始终被否认、篡改或忽略，从抽象意义上来说，它是一段继续被凌辱、被残害的历史。那八万名被施暴的女性，则是这段历史的象征。她们即便虎口余生，也将对她们的重创哑口，正如历史对"南京大屠杀"至今的哑口。① 三位作家打破了以往被政治意识形态左右的"教科书"式的对民族历史的书写，并且截取女性视角、构建"女性—英雄"这一成功的历史形象，突显民族集体无意识的淡忘心理，向正统的历史记载提出新的挑战。

二、文化身份、民族认同及其超越性

新移民作家散居世界各地，四海为家，具有明显的全球意识和跨文化"异质性"思维方式，这一方面扩展了新移民作家的创作视野和创新力度，另一方面也使得作家感到"中国、美国，似乎都是客籍，如纳博科夫所说，处处有家，又处处无家"，② 呈现出强烈的"离散"心理和身份焦虑，由此产生出一种思想的震荡和巨大的精神折磨。因此，伴随着新移民作家创作而来的一个重要现象就是作家的文化身份和民族认同问题。

---

① 严歌苓：《从"Rape"一词开始的联想——The Rape of Nanking 读书心得》，《波西米亚楼》，西安：陕西师范大学出版社，2009 年，第 155 页。

② 江少川：《走近大洋彼岸的缪斯——严歌苓访谈录》，《世界华文文学论坛》2006 年第 3 期，第 50 页。

　　"他们的写作是介于两种或两种以上的民族文化之间的，因而，他们的民族和文化身份认同就不可能是单一的，而是分裂的和多重的"。① 虹影、哈金、严歌苓等来往于中国与欧美之间，时而选择英语写作，时而选择中文创作，跨民族、跨语言、跨文化的写作方式促使其笔下的"女性与战争"文学作品以一种交叉性、多元化的空间对话结构呈现。《上海之死》主人公于堇养父为美国人，骨子里又流淌着华夏民族的血液，其文化身份与民族认同表现出双重性。在于堇与养父休伯特温暖、宁静的关系之下，掩藏着于堇对于身份认同的焦虑和痛苦。"当集体认同主要建立在文化成分，如种姓、族群、宗教派别和民族等基础之上时，认同感最为强烈。"② 于堇毫不犹豫地选择为灾难深重的中华民族付出行动，又不得不为保全养父的生命而以自杀终结一切。于堇以中华民族认同为主导的双重性身份不仅使文本充满张力，而且使作品主人公形象格外鲜明。

　　与《上海之死》相比较，哈金的《南京安魂曲》更具复调叙事艺术功能，众多女性形象具有独立的思想意识，发出不同的声音，互相比照、碰撞又交织于复杂的矛盾之中。文化认同、民族拯救、灾难戕害以及主体意识等多重作用导致文本中女性的声音呈现出一种去中心化、分散的状态。叙述人高安玲是一名协助明妮·魏特琳工作的中国人，长期受美国基督教熏陶，加之对中国国民诸如逃避冲突、缺乏责任、健忘等劣根性的痛恨，在民族危机拯救跟前，与明妮·魏特琳同样认为"这个国家需要的是基督教"，③ 而不是中国千年以来的传统宗教——道教、儒教、佛教。高安玲曾对她痛苦异常的汉奸儿子说："你要牢记自己是基督教徒。上帝会让我们对这一辈子所做的事情有个交代的。"④ 对基督教文明的信仰成为"高安玲们"在民族战争灾难面前唯一的寄托以及对民族拯救开具的处方。高安玲对美国基督教文化的自觉臣属，是文化霸权主义对弱势民族文化塑造成功的典型个案，同样，尽管明妮·魏特琳具有国际人道主义精神，对中国伸出令人尊敬的援助之手，但在文化认同方面依然站在美国文化中心主义角

　　① 王宁：《流散文学与文化身份认同》，《社会科学》2006年第11期，第172页。

　　② ［英］安东尼·史密斯著，叶江译：《民族主义——理论，意识形态，历史》，上海：上海人民出版社，2006年，第21页。

　　③ ［美］哈金：《南京安魂曲》，南京：江苏文艺出版社，2011年，第94页。

　　④ ［美］哈金：《南京安魂曲》，南京：江苏文艺出版社，2011年，第175页。

度，排斥东方文化，难以接受东西方文化的平等、对话与融合。与高安玲不同，对民族具有强烈认同感和责任心的"玉兰们"，则称《圣经》为怪物，她们在南京陷落的第一个周年"纪念日"高唱爱国歌曲，高喊抗日口号。甚至，她们私自去参军，为保卫祖国而战，准备牺牲一切，包括家庭，要像一个战士、一个英雄那样凯旋。但是，极端的民族主义情绪较难公平对待他族人民，特别是针对明妮·魏特琳进行的中伤、诬陷和诽谤，极大地伤害了国际友人的感情。

《金陵十三钗》的文化身份与民族认同较为单一，塑造了一群挺身而出、牺牲自我的妓女形象，即使被远在美国的父母寄养于美国天主教堂的书娟，也并未表现出对美国基督教文化或美国文明的向往与认同感。严歌苓曾说，"中国人的乡土观念是最强的"，① 作为第一代新移民作家，严歌苓、哈金、虹影等都难以割舍对故乡的情感，对抗战题材的深入挖掘和创作正是他们对民族、故乡情感的一种表达方式，而恰恰是他们从早期描写海外移民世界和心理纠葛，逐渐转向挖掘民族的故事和历史，深刻地反映了新移民作家内心世界的民族集体无意识状态。实际上，故乡情结是一种想象性补偿心理，新移民作家意在假借文本当中女性形象的情感方式和对话内容。在故乡情结的深处，是苍茫的流离失所感，一种存在意义上的焦虑和困惑，这番焦虑和困惑，往往是以个人化的方式来展现和体现的。② 故乡情结的背后，则是新移民作家逐步摆脱民族土地、流落在他乡而对自我身份认同的隐蔽倾诉。

不可否认，新移民作家在复杂的社会现实和多重文化身份的映照下，争做"世界人""国际公民"的意识日益强烈，更希望以一种形而上的方式叙述她笔下的故事和人物，希冀以一种中立的甚至超越民族、国籍的身份，一个作家的身份，超越单一的文化视野、民族国家看待中华民族的那一段战火岁月，并且自觉承担起维护世界和平的使命和责任。《南京安魂曲》中的明妮·魏特琳回到美国后，患上了精神分裂症，时刻不忘返回中国，她一直担心金陵女子学院在她身上花太多的钱，她把自己仅有的存款

---

① 庄园：《严歌苓访谈》，《华文文学》2006 年第 1 期，第 100 页。

② 唐小兵：《英雄与凡人的时代——解读 20 世纪》，上海：上海文艺出版社，2001 年，第 357 页。

12.5 美元捐赠给中国救济会，她同情在战争中失去家园的成百上千的中国人。明妮·魏特琳的国际人道主义精神超越了国家、民族的界限，这不仅出于一位女性的爱的意识和情感，同样还体现出完美的人性温暖。痛恨日本的高安玲，在面对日本儿媳和日本孙子的时候，依旧表现出血缘亲情，描写了能够摆脱一切阻碍和差异的人类的永恒感情，展现了人对最合乎人性本质的超越性。但明妮·魏特琳和高安玲还无法超越其民族属性和身份认同。只有霍莉，这个加入中国籍的美国女子说："国籍只是一张纸，我既不属于中国，也不属于美国，我说过，我是一个独立的人。"① 霍莉是一位具有独立人格和精神的国际"自由人"，她的彻底性超越了民族、文化的属性与认同感，使得新移民文学作品产生了更广泛的社会文化意义。

三、妓女：独特的抗战者

凯特·米利特在其《性政治》中说，所谓"政治"，是一群人支配另一群人的权力结构关系和组合，男女两性之间的关系是一种支配与从属的关系，是一种性别政治关系。性别政治最大的关系就是性权力，它是人类文明发展过程中男女关系的重要场域。妓女是这一场域中的特殊群体，也是最敏感、最隐秘和最富于文学想象的性别政治关系。

妓女依托自我身体和建立在身体之上的性作为谋生的手段，她们一向被视为低下的阶层，处于社会边缘地带。妓女及娼妓业或妓院场所所代表的放浪形骸、道德堕落、金钱欲望和消费交易，本身消解了社会伦理道德的谴责和禁锢，反而获得了文人士子的青睐，成为世界文学作家对社会阶级阶层、性别身份书写和自我认知的主要对象。进入 20 世纪，作为一种隐喻表达和思想情感想象，妓女形象不仅凸显出以男性为中心的政治问题，迫使女权主义要求建立男女平等和谐的关系，更是积极参与民族国家的崛起、自由和现代化过程。新移民作家以国际视野，通过对妓女形象的叙述和想象，来表达她们对战争中的性别政治、女性解放、民族自由等重大社会命题的再思考，以此获取对战争中女性的重新认知和价值认同。

相对于父权制下催生而被重构的"常态"良家妇女而言，妓女不仅是

---

① ［美］哈金：《南京安魂曲》，南京：江苏文艺出版社，2011 年，第 237 页。

以男性为主导的社会政治制度和伦理道德体制的牺牲品，同样也受到"常态"良家妇女的鄙视和唾弃。妓女不仅是肮脏、性病和不贞洁的代名词，也往往让人产生一种内在的畏惧感和远离感。无论是金陵女子学院的女学生，还是美国天主教堂的女孩子，没有人愿意主动接近妓女。对妓女的态度唯有鄙夷、躲避和逃逸，至于妓女的生命和安危，她们甚至可以不管不问。正是对妓女生命的漠视，明妮·魏特琳面对日本军人索要妓女一事表现出暧昧和模棱两可的态度，直接导致 21 个女孩被日本人强行拉走，从而使自身处于被怀疑和辱骂的尴尬境地，以致最后精神崩溃而自杀。

在严歌苓笔下的书娟眼中，妓女玉墨被浓彩重抹地披上了一层妖怪化的外衣。书娟看见"玉墨扭动着黄鼠狼似的又长又软的腰肢……她认为玉墨动作下流、眼神猥亵，就是披着细皮嫩肉的妖怪"。① 妓女被妖怪化最重要的原因是其自身的身体特征和性吸引力使传统良家妇女在争夺男人的竞技中处于劣势地位。传统父权制要求女性坚守贞洁、端正、顺从和保守的生活方式，女性的私有化也使得女性的性魅力大为缩减甚至丧失，在与妓女放浪形骸的性吸引力竞争中，良家妇女往往处于弱势，也由此造成无数家庭的悲剧和灾难，书娟及其母亲、外婆就是传统性别政治的受害者。这也促使被动、从属的女性加重了对妓女的排斥和贬抑。借用叙述人书娟之口，严歌苓直接跳出来写道："从传统上说，男人总是去和我外婆等成立婚姻家庭，但从心理和生理都觉得吃亏颇大。成熟一些的男人明白雌性资质高、天性多风骚的女人一旦结婚全要扼杀她们求欢的肉体渴望。"② 男人不希望自己的女人如同娼妓般的美，但更喜欢玉墨这样既有娼妓风情又有淑女气质的女人。一旦威胁到自身安全，书娟外公这个"双料博士"以出国为时机彻底甩掉玉墨，既保全了稳固的家庭，又维护了正人君子的道德形象。这是男性政治的特权。而渴求爱情的玉墨大病一场之后，继续演绎着勾引男性、自我放逐的皮肉生涯。

就中国妓女而言，能够过上三从四德的贞洁烈妇的家庭生活，是她们人生最大的向往。家庭是她们完成自我形象和命运拯救的神坛，对家庭的

---

①　［美］严歌苓：《金陵十三钗》，《红杉林·美洲华人文艺》2006 年 1 期（创刊号），第 15 页。

②　［美］严歌苓：《金陵十三钗》，《红杉林·美洲华人文艺》2006 年 1 期（创刊号），第 16 页。

神往既有基于人性中对爱情的美好幻想，更是她们摆脱底层社会身份的强大动力。因此，玉墨不顾一切地爱一个"双料博士"，正如杜十娘对于李甲的死心塌地。但是，严歌苓毕竟是一位现代作家，她笔下的妓女豆蔻与王浦生的爱情却源于纯粹的人性美、人情美，不带有丝毫的社会功利色彩。即使能与王浦拉个棍要饭，在豆蔻的内心也是一种甜美梦境，但战争毁掉了这个美好梦境。豆蔻的悲剧改变了传统意义上对妓女"商女不知亡国恨，隔江犹唱后庭花"的认知形象，使得天主教堂的孩子们为之一震，同时也唤醒了妓女们最深处的人性美和人情美。这是"金陵十三钗"内在自我形象和自我认同转换的开端，随着英勇的抗日战士一个接一个壮烈牺牲，玉墨不得不生出如此深沉的同胞情："她经历无数男人，但在战乱时刻，朝不保夕的处境中结交的陈乔治，似乎让她生出难得的柔情"①"她是个水性杨花的女人，一颗心能爱好多男人，这五个军人她个个爱，爱得肠断。"②

伴随着人性美的民族情感，诱发出妓女身上的神性力量，"金陵十三钗"以小剪刀、牛排刀、水果刀、发钗等为武器、以生命为代价替代女孩子们出席日本军人的庆典会，构筑了民族主义反帝新形象——"妓女救国"／"弱女救国"。以妓女充当民族主义抗争想象的话语，不仅隐喻了敢于牺牲的民族精神，也打碎了以往以男权为中心的战争叙事模式和以"常态"良家妇女书写的抗战故事。

对身体的主动利用是这群独特的抗战者与"常态"良家妇女抗战的根本区别，既彰显战争对女性的践踏、蹂躏和罪恶，又充分表明妓女抗战未能具备完全独立的精神人格和主体意识，妓女抗战更多的是出于人性的本真情感而与民族主义/国家主义情愫保持了相当的距离。红菱说："没福气做女学生，装装样子，过过瘾。"玉墨说："我们活着，反正就是给人祸害，也祸害别人。"③妓女们对其社会身份、地位和命运有着清醒的认识，

---

① ［美］严歌苓：《金陵十三钗》，《红杉林·美洲华人文艺》2006 年 1 期（创刊号），第 23 页。

② ［美］严歌苓：《金陵十三钗》，《红杉林·美洲华人文艺》2006 年 1 期（创刊号），第 24 页。

③ ［美］严歌苓：《金陵十三钗》，《红杉林·美洲华人文艺》2006 年 1 期（创刊号），第 26 页。

在男性主导的两性权力社会，她们摆脱不了也无法超越被压制、被践踏的宿命，反而是战争让她们获取了重生的机会。但是，妓女牺牲/献身的背后，却隐藏着对以男性为中心的政治和女性贞洁观的认同——保护少女、牺牲自我。对妓女的身体叙事依然是新移民作家最感兴趣的关注点所在。

四、结语

新移民作家所处的文化跨越性、多元化、边缘性，造就了其自由的写作姿态，这种自由的超越性与作家的主体选择密不可分，也与作家对历史、对民族、对故乡的爱与痛无法分割。虹影、哈金、严歌苓等新移民作家对战争题材的再度关注，不仅给我们提供了重新审视民族灾难的"异质性"视角和方法，同时也为海外华文文学的创作拓展出新的文学想象空间，加深了民族文学与海外华文文学之间的纽带，最大限度地实现了文学自身的美学理想。基于这一点，新移民作家的创作具有不可替代的现实意义。

（作者为西北大学文学院讲师）

为何恋爱，怎样婚姻

——作为"操演"的海外华文女性文艺

曾不容

　　婚恋故事几乎是海外华文女性文艺创作挥之不去的主题。经常看到读者和评论者对某个小说这样描述："书里的男和女都走了很多的路，造化弄人，却始终没能走到一起。"这句话可以用来形容很多不同的作品，而且这个描述暗含了一个潜意识：走了很多路，路的终点最好是和某个所谓"另一半"走到一起，这才皆大欢喜。没能走到一起，似乎就意味着漂洋过海这艰难又漫长的旅程被减去终极意义。这肯定不是所有海外华文女性作家的创作初衷，却在"创作—出版—阅读—评论—再创作"的传播学流程中，形成某种潜在的合力。

　　比如於梨华，许多评论者都强调她作品中对女性自我意识的思考，但也发现许多相互矛盾甚至是彼此纠结的因素。《又见棕榈，又见棕榈》当中的女性，要么是男性角色在美国时伴他度过一段难熬日子的有夫之妇，要么是因为他出国留学而改嫁他人的初恋女友，要么是想借他出国而通信谈起恋爱的女人。《傅家的儿女们》当中似乎隐约可见女性对家庭日常生活、对传统理念赋予自己的"母亲"与"妻子"角色的厌倦，女性生命存在与世俗日常生活之间的紧张关系，但着眼点仍然是家庭生活。似乎海外华人女性是为了生存而不得不认同传统赋予自己的"母亲""妻子"角色。《寻》中的女主人公到美国后，她的故事线似乎就是为了寻求物质的保障，迅疾做出嫁人的现实选择。《马二少》中的女主人公也仿佛只是"身无一技之长，离了婚，怎么生活？"最终恐怕还得追寻丈夫而去。连《一个天使的沉沦》里的女主人公，也好像是仅仅因为经济的原因就一度向"恶魔"姑爹屈服，充当其玩物。问题在于，这些经济问题，到底是否必须与女性对男性的传统依附式关系绑定在一起？抑或是一种性别身份的想象？

她的长篇小说《考验》几乎是重写了"娜拉出走"这个故事，放在海外女性这个主题中，似乎更确定了女性的事业/理想追求与贤妻良母家庭责任之间的二元对立。

"娜拉出走"这个话题毕竟太老，但放在当今的后现代语境中，仍值得反思。英国作家艾伦·艾克伯恩的戏剧《爬上爬下》就反写了这个主题。剧中，要出走的妻子其实原来也不过是站在后排跳舞的配角舞蹈演员，她要离开丈夫和家庭重新追寻舞蹈梦想就显得滑稽可笑。像《考验》中的女主人公动辄就把自己画画拿出来说事儿，感觉是为了家庭牺牲了理想，未免有点过于高调。《离去与道别之间》的女主人公身份是在大学教授"半时"课程的女作家，面临丈夫的全职太太召唤，与其说是丈夫召唤，不如说是自己受到某个意识形态的他者的召唤。

从另一个角度来说，恋爱和结婚，居然似乎无可避免地与事业/理想追求形成二元对立。似乎对于一个漂洋过海的知识女性而言，并没有真正属于女性自身的女性气质。

法国学者多恩指出：过多的女性气质，是与荡妇一致的，肯定会被男性看作邪恶的化身，每次她们表演她们的性以规避语言和法律时，都会被诽谤为邪恶，而她们颠覆的律法和语言都是依赖于主导观看的男性气质结构。

那么，什么是适量的女性气质？

在海外女作家的笔下，我们感觉到女性气质躲藏在这个理想与家庭二元对立的结构之中。那些迅速或者草率地寻找男性的女主人公，为什么能够迅速或者草率地寻找到男性？这里面属于身体本身的内容被淡化了，而某种经济决定论和男权主导论则得到了强化，这样，身体的内容就没有导致"过多女性气质"的阐释方向，也就不会被看作邪恶。也就是说，女性因为金钱而寻找男性，这个理由更可以被男性接受（属于男性愿意接受和习惯性承认的女性不良品质），因而也就不是邪恶的。

所以，这些作品中的事业/理想与婚姻家庭生活的矛盾，其实是包含着齐泽克所说的臣服于意识形态之后的剩余快感——没有快感的快感。

某些女性主义者，如法国著名的女权主义学者伊里加雷支持运用夸大女性气质的调情姿态，并认为这集中体现在她们刻意形成的无法破译的女性化语言上：她们经常通过一个咕哝、一声惊呼、一声耳语、一句没说完的话不知不觉地岔开话题。当她重新回到原来的话题时，谈话又要再次从其他有快感或痛感的地方开始。当人们听她们说话时，不得不使用第三只耳朵，才能够听出另一意义；意义在经历这样的变化过程，她在进行自我编造，她既能不断地拥抱词语，同时又要抛开它，以避免使意义在词语中固定和凝结下来。它只是稍微出击所要表达的意义。想让女性重复自己的话以便表达得更清楚将是徒劳的，她们已经回到了自身内部，那个沉默的、多样的、弥漫着爱抚的私处里面。如果你坚持问她们在想什么，她们只能回答什么也没想。但结果会不会仍然落入男性的他者想象，作为不可知的他者，作为不具备相等智力水平或社群能力的他者？

关键在于，运用夸大女性气质的调情姿态的投放剂量如何控制，是个很少被讨论的问题。在很多海外女性作家的笔下，只有配角人物才会考虑这个问题，如严歌苓长篇小说《无出路咖啡馆》里女主人公的闺蜜阿书，而在虹影《英国情人》这样的小说中，投放剂量又显然是夸大的。

女性主义或女性题材的创作，很难不踏进意识形态的深水区。就像女性主义学者所发现的那样，女性主义的艰难发展最大的困难可能不是来自外部他性的压力，而是来自女性群体与意识形态的同谋。强化女性气质和女性立场，导致的读者/观众分化可能使得女性更加深陷"性别二元论"框架中的他者地位。在这种情况下，我们需要通过梳理一些基本的女性意识形态来讨论如何在性别问题上还原读者/观众。

跳出性别二元论的框架，激进的观点认为，其实根本不存在性别二元（男/女）的区分，性别其实是一元的，即只有一种被标记的性别，只有被标记的一方才具有性别，另一方不是作为参照，而是根本无法显现。伊里加雷指出只存在"男性"这个性别，即只有男性受到标记，所以不存在性别二元的对立模式。"女性"这个性别不是"一个"性别，它是弥散的，是语言的一个不在场。当我们想起"女性"这个性别时，它代表着无法约束和指定的晦涩难解的部分。女性作为语言的不在场是被刻意处理的结果，从这个角度来看，列维纳斯对"女性—他者"的诸种定义，如神秘、没有语言、不可被理解的认识都和此意识相关，因为只存在男性这一种性别，当他谈论女性的时候，也只能是从自身出发，用语言努力去捕捉"女性"这一语言的不在场。在波伏瓦看来，男性是不受标记的，他们是普遍意义上的人，不是一种狭义的性别，只有女性被强加了标记，作为与男性相比匮乏的反面出现，男性身份才得以确立，"为了确保自己是'男人'，男人必须保证女子明白无误地是'女人'，与'男人'相对"。所以与女性性别相关的词汇多是负面的，至少是顺从而不积极的，它们必须代表力比多的匮乏或扭曲，因为它们的反义词才是属于男性性别的不言自明的特征。在许多语言中都采用同一个词来称呼人和男人，在所有可能的领域中，凡有缺陷的表现都被贬斥为女性，当人们不知道如何更好地称赞一个女人在同一领域内的成就时，就只能称之为"简直像男的一样"。这一事实显然归咎于文化客观因素的男性特征。历史事实是：由于我们的文化是从男人的精神和劳动中产生的，确实也只适合于评价男人式的成功。

这种性别二元论的框架所造成的意识形态（即认为男性才是普遍意义上的人，女性要参照男性，尤其是他的反面做出定义），相当深入海外华文女性作家的创作。所以，要么就是强化女性气质，要么就是比照男性气质来塑造女性角色。

某些学者提出，女性主义斗争的首要目标是消解性别，消灭"女人"这个传统概念，女性必须重新定义女性气质，作为与男性气质无关的女性的存在方式。但是消解性别的努力遭遇了很多困难，似乎这种提法本身正显示出性别体系在当下社会中坚不可摧的地位。美国女权主义者巴特勒认为，对我们中的许多人而言，这个时代对于女性主义来说是很悲哀的，甚至可以说，这是个失败的时代。女性主义理论的任务仅仅就是针对女性主义受到的挑战做出回应，因此反抗女性气质的行为其实不过是在重申女性的身份，是最为女性化的行为。齐泽克指出：性别的区别是一种在人类定义中无条件的存在。所以，并不是现有男性和女性的区别，然后你具备了一些人类特征时才定义你为人类。恰恰相反，是人就意味着是根据性别的差别来区别的。

在拉康的理论中，性别差别被刻入了符号秩序的结构当中。它不是符号的两种方式的区别，而是从属于符号秩序中的某种根本停滞。这比它看上去的更加难以捉摸，因为像这样的区别是共性的。是一个人就意味着可以用某种方式来区分，人活在某种区分当中。

对性别差异的反抗往往落入意识形态的罗网而加深了符号体系本身。福柯指出，律法不是压抑性的，而是建构性的，它生产了所谓它压抑的欲望。因此，欲望以仪式性的象征姿态被生产，并被禁止，社会模式借此巩固它自身的权力。当个人不可抗拒地被卷入这一整套意识形态机器的生产过程，当身体不是作为自然状态，而是作为一个文化铭刻的表面和场所而存在，一种新的快感，即齐泽克所言的"剩余快感"便产生了。

　　齐泽克在分析"剩余快感"或"不再有快感"（plus-de-jouir）一词时，认为它精确体现出了"痛苦的快乐"这一矛盾处境，因为"剩余快感"的产生正是因为其中包含了快乐的对立面，即痛苦，通过奇妙的转换，日常生活中痛苦的物质组织产生了"剩余快感"。这种矛盾的快感来源于参与压迫性的意识形态仪式，而其具体状态是被剥削者为自己的臣服所领取的报酬。臣服关系依靠幻想机制运行。之所以每种意识形态都会依附于某种快感的内核之上，是因为幻想以既定的方式构造我们的快感，使我们依附于主人，接受支配性的社会关系框架。一旦人们力图同幻想确立的框架拉开距离，就不再能把快感拆分为可理解的东西，不再把快感纳入意义的框架，那么，快感作为对本体性越轨和被破坏的平衡，就不再提供紧密的存在感，正如拉康所言，"这个宇宙是纯粹的虚无，是个次品，因为保护自身，这个地方令存在本身凋零，这个地方就叫作快感，正是因为缺了它，宇宙显得空虚"。就拉康而言，主体状态本身具有歇斯底里的特点，正是不停地凭借快感质问自己的存在，也就是说他或她拒绝把自己同自己的"客体"等同，一直质问"我是谁""我就是这样吗"。主体性的焦虑和快感并行不悖，相互构成某种焦灼的情况下不稳定的存在感。

　　由此可推想，为什么当女性艺术工作者和读者/观众合谋把歇斯底里、不顾一切的疯妇人这些在传统的小说、戏剧、电影、绘画等诸多艺术门类的常见元素抛弃之后，她们正不知不觉地酝酿出一整套新的幻想模式。男性体系在受到抨击和嘲弄的痛苦的同时，幻想又以既定的方式构造出相应的快感，将女性主义者扮成淫妇、一种新世界中的蛇蝎女性。正如齐泽克所言，似乎所有的这些理论分析都意在"解释这一形象所具有的无法抵挡的魅力"，"最终目的就是为我们享受这一形象提供托词"，诸如观看是为了警惕"解放的女性被威胁""男性自我要受到威胁"等。而且，男性社会接受和复制这种新女性的能力其实颇为惊人，并没有像女性主义希望的那样出现抵触。从虹影等作家的作品在传播途径中形成的波形，就能明显看出第二波女性主义的奋斗果实已经重新转化为社会女性形象的生产元素。

英国电影学者劳拉·穆尔维在分析反映女性试图挣脱性别规范的电影时指出，她们的反抗姿态是坚决的，遭遇是切身的，但为什么"即使女主角抗拒社会上明显存在的压力，最终她还是会被这个社会的无意识法则所捕获"，她们的反抗总是以一方的死亡或象征性死亡作为终结，这些从尝试沟通到死亡突变的结尾宣告着男性和女性的彻底决裂。但从另一方面说，它无意识地强化了性别二元对立的模式，使女性的突破希望变得更加渺茫。劳拉·穆尔维曾不无悲观地认为：这类以女性视角为特征的情节剧为父权制起到了"安全阀"的作用，性别和家庭的意识形态矛盾通过情节剧释放出来，使其在现实中不造成威胁，因为意识形态的矛盾才是情节剧的推动力和具体内容，女性对这类文艺作品的认同不在于发现了自我，而在于"目睹这类父权制的内部崩溃产生了令人眼花缭乱的满足感"，这释放了她们反弹的压力，使意识形态得以继续安全地运行下去。一位豆瓣网友评论说，虹影是聪明的，在《英国情人》中她让林也死了，她让林至死还爱着那个男人，于是林便高大起来，这爱情便高大起来。此说甚妙。

针对打破性别二元论中遭遇的种种困难，巴特勒在《性别麻烦》一书中提出了"操演"（performatively）这一著名概念。从"操演"的角度缓解性别认同的危机，即"性别"只是一种想象性的构成，不存在既定的性别或者性别标记，它们都是能动性地被操演出来，但是有能动性并不保证面具的背后必定有一个能动者的主体。大量的女性主义理论和文献假定行为的背后有个"行动者"，这些论点认为没有一个能动者，就不可能有能动性，因此就没有了改变社会中的统治关系的潜能。但巴特勒认为，正是对这个最终意义上的"行动者"的迷恋，企图为它做出根本定义的倾向局限了女性主义的发展。

"性别操演"理论指出：性别具有操演性，即它建构了它所意味的那个身份。同时，在性别表达的背后没有性别身份，身份被认为是它的结果的那些"表达"通过操演所建构的。它包括两个方面：第一，性别的操演性围绕着进一步转喻的方式运作，即我们被奴役于对性别本质化的期待，这种期待的结果是生产了期待的现象本身；第二，操演不是单一的行为，而是一种施加于身体的不断重复的仪式。相比而言，自然化的性别认识对真实构成了一种先发制人的暴力，"操演"理论意在说明那些我们以为是真实的、自然化的性别，以及合理的性别规范，如身体的异性恋互补性、正确的男性气质和女性气质等，实际上是一种可变、可修改的真实。但是性别的可变、可修改性之所以得不到承认，是因为性别的形成与规范性实践共同建构了身份，建构了主体内在的一致性，也就是人始终如一的特质。人的一致性与连续性并不是有关人的一些逻辑或分析的要素，而其实是建构和维系社会的理解规范，"它通过定义什么是'可理解的性别'，建立并维系生理性别、社会性别、性实践与欲望之间的一致与连续"。巴特勒指出，规范性的解释试图解答哪些性别表达是可以接受的，然而什么可以有资格成为"性别"这个问题本身，就已经证实了广泛存在的规范性权力的运作。因此那些不符合性别规范、不一致、不连续的关系一直是律法禁止和生产的对象。

在"性别操演"理论中，"易装"具有重要意义，它通过戏仿程式化的社会性别，暴露出社会本身的模仿性结构及其历史偶然性，"性别戏仿揭示了性别用以模塑自身的原始身份，本身就是一个没有原件的仿品。说得更准确些，它是一个生产，实际上——亦即从它的结果来看——却摆出仿品的姿态"，戏仿的意义在于使批评者都不能再主张自然化或本质主义的性别身份，因为它只是戏仿了内在性别化的自我假象建构的运行机制。不过巴特勒也指出，她并不是要颂扬易装，把它当作正确、模范的性别表达，而是为了说明自然化的性别只是一个"仿品的姿态"，"易装"证明的是性别"真实"的本质是脆弱的，同时，"坚持认为性别具有操演性并不是简单地坚持制造愉悦、颠覆性的画面的权利，而是将复制和挑战现实所依赖的、引人注目的、有影响的种种方式寓言化"。

因此，"操演"理论的核心即性别是一个扮演的问题，只有当女性意识到自己是在扮演女性或男性，她们才不会为身份问题过于焦虑，因为她们与社会规范保持了一定的距离而不会导致过分认同或过激反抗。性别操演的真正目的不在于消解性别，而在于打破对身份内在一致性的假设，使性别差异的框架越过二元进入多元，多元性的发现意味着我们存在的那种处于自身之外的特征，对作为人而生存下来的可能性是至关重要的，"对性别问题而言，重要的不仅是要理解有关性别的标准是怎样形成、自然化，并被作为假设而建立起来的，而且要追求二元性别体系受到争议及挑战的那些时刻，要追寻这些范畴的协调性遭到质疑的那些时刻，要追寻性别的社会生活表现出柔韧性、可变性的那些时刻"。建立性别操演的观念，不是为了确立一种新的性别化的生活方式，而是为性别打开可能性的领域，不去强制规定什么形式的可能性应该优先，这是一种去本质化的努力。

从这个角度来说，海外华文女性文艺创作还任重道远。

（作者为纽约大学表演研究系硕士）

生命的繁华与苍凉

——论美华作家吕红《午夜兰桂坊》的女性主义特质

张清芳

　　海外华文文学近年逐渐繁盛发展起来，并呈现出逐渐汇入中国当代文学创作大潮的发展趋势。很多著名作家的作品占据了从印刷品到影视剧的高收视率，其中严歌苓颇有代表性。从这个角度来说，随着中国在世界上影响力的不断增强，海外华文文学在未来必会成为中国当代文学的一个必然组成部分，在海外文坛亦将逐渐从边缘位置走向中心，成为华语创作在海外文坛展示自身强大创作实力的重要舞台。

　　从海外华人作家特别是女作家这个群体来看，她们作品所涵盖的因素，既有传统印记又不乏现代西方思潮影响，尤其深受西方女权（女性）主义理论的影响。西蒙娜·德·波伏瓦在《第二性》中提出，"女人不是先天生成的，而是后天变成的"[1]，鼓励女性由"他者"成为"主体"，打破一切社会成见、习俗观念以及自身的心理偏见，不要让自己禁锢在女性功能中，要去追求有自主意识的生活。凯特·米利特进一步揭示了性问题的政治内涵，使这一曾经充满臆断的领域暴露出其本质内容：强权和支配观念。透视读者与作者、文本之间的冲突会暴露出一部作品的潜在前提。另外，贝蒂·弗里丹主张妇女突破传统角色的局限，争取自己在社会、家庭中的地位。她们的观点甚至影响了像希拉里·克林顿这样的女政治家，后者更是以前瞻性眼光重新审视女权运动的历史与未来。

　　那么海外华人的创作思路与创作手法，在这种社会背景下会出现哪些新的变化并形成何种特色？近年新移民女作家吕红的创作颇受海内外关

---

　　① ［法］西蒙·波娃著，桑竹影、南珊译：《第二性——女人》，长沙：湖南文艺出版社，1986 年。该书影响了中西方几代文化女性。

注，她的作品亦在某种程度上给出了令人较为满意的答案。迄今为止，吕红已经发表长篇小说《美国情人》、中短篇小说集《午夜兰桂坊》和散文集《女人的白宫》《女人的天涯》等多部作品，在国内外文坛产生了一定的影响。与其他华人小说作家的作品相比，吕红小说的重点不是描绘海外华人在异国面对文化差异时所发生的各种曲折故事，而是从一个独特视角来关注并思考华人女性的命运遭遇，包括那些身处20世纪90年代改革开放大潮，社会背景剧烈变化中的中国人，以及20世纪90年代后去美国打拼的华人的命运。作者将20世纪90年代初期人们纷纷到深圳、广州等沿海发达城市寻求个人发展，与20世纪90年代后期移民到美国去实现生活富足的"美国梦"之路加以对照，并使二者相互呼应。正是在东西方社会文化对比、中美生活的对照中，力图反映出20世纪90年代后包括在海外生活的所有中国人的社会生活与内在心理世界的变化。《美国情人》和小说集《午夜兰桂坊》堪称吕红小说的代表作，后者主要收录了以上两类主题的作品共十部，前者则把中国国内社会生活与美国生活经历同时呈现在读者面前，写出了生命的繁华与苍凉，这是吕红小说在内容主题上的一个显著特点。

从艺术手法来说，吕红的小说在叙事技巧上具有"新感觉"派的某些特点，[1] 也较为娴熟地借用了蒙太奇手法、长镜头、电影对白等电影中的一些艺术手法，[2] 而且她还喜欢用充满象征意味的多种意象来表达形而上的精神追求与人性思考。例如，《午夜兰桂坊》中位于香港的兰桂坊就是其中的一个中心意象，它体现出的中西合璧的生活方式，以及在纸醉金迷夜色掩盖下那些人生故事的繁华与苍凉，均使它成为迁移到西方国家去工作生活、不愿意再返回中国居住的海外华人模棱两可的身份认同观念，以及他们精神归属的暂时栖息地。不同背景、不同肤色的人身处兰桂坊时均有类似的感受："无意间在香江做一回华丽的看客，深深地体味着人的欲望之火、魅力之源，透视香艳和浮华表象……"[3] 从这个角度来说，兰桂

---

① 邓菡彬：《表达的超限与梦幻的间离》，见吕红著《午夜兰桂坊》，武汉：长江文艺出版社，2010年。

② 江少川：《女性书写·时间诗学·影像叙事》，《世界华文文学论坛》2011年第1期；许爱珠、高翔：《流淌的生活与女性的困惑——读作品集〈午夜兰桂坊〉有感》，《世界华文文学论坛》2011年第2期。

③ 吕红：《午夜兰桂坊》，武汉：长江文艺出版社，2010年，第82页。

坊意象不但是女性心灵的象征，更是处于全球化背景下、现代性进程中的华人复杂微妙的心理世界之象征。

《漂移的冰川和花环》中的"冰川"和"花环"意象，也颇有提纲挈领的作用，前者是女主人公芯在美国打拼所面临的生存困境、家庭危机和职业烦恼的一种隐喻，而后者则是她经过不懈努力后事业得到发展，摆脱困境并迎来全新人生的象征。比如小说的结尾："此刻，新年的钟声已敲响。人们欢呼雀跃，砰地打开香槟酒，相互举杯，狂欢起来，随之即鱼儿般地跃入舞池，跳到高潮，一群群一串串相互拉起手搭起肩膀形成一个个大圈圈。不知何时，尘缘往事尽抛九霄云外。汇入缤纷的人海，脖颈也不知被谁友好地挂了一个蓝色花环，似乎象征着美丽新生……"① 正是对这些意象的巧妙运用，赋予这些小说具有鲜明的、形而上的某种现代哲理意蕴，亦成就了其独特风格。

不仅如此，吕红小说值得称道的地方还在于她对中国女性，特别是当下中国现代女性身心解放之路的思考，这亦是其中的一个主题，体现出作家在文学探索上的独树一帜。小说集《午夜兰桂坊》，如果把它收入的十部作品作为一个整体加以阅读，从第一部中篇小说《微朦的光影》到最后一篇《不期而遇》，把它们当成具有因果逻辑联系的系列小说来看，就会发现它们有着既具思想上的连续性，又具逻辑上的系统性的女性主义思想观念。换而言之，作为受过高等教育的华人知识分子，她选择了两性的内心情感世界，在男性与女性情感纠葛的坐标系中对现代中国女性获得人格独立与思想解放之路展开深入考察，同时在不同创作阶段写出的延宕起伏的爱情故事中，在美丽繁华与苍凉灰暗交错的生命体验中逐渐形成自己的女性观点，这亦是她对海外华文文学的一个贡献。

从小说中的故事背景来看，《绿墙中的夏娃》《曝光》《秋夜如水》《那年春天》《曾经火焰山》和《怨与缘》，大概大部分写于作者在20世纪90年代去美国之前，或是作者已经在国内构思出了故事框架后到国外后再写出全文。除了《那年春天》，其他五部小说均包含男女两性爱情的主线和主题，特别体现在《绿墙中的夏娃》《曝光》《秋夜如水》三篇中。如果再从故事主题进行细致推敲，会发现《绿墙中的夏娃》的写作时间最

---

① 吕红：《午夜兰桂坊》，武汉：长江文艺出版社，2010年，第147页。

早，大概是 20 世纪 80 年代，体现出作者早期女性主义思想观念中的某些特征。在这篇充满悲剧色彩的小说中，美丽能干的女护士成欣之所以堕落，主要是因为她与木讷、沉稳、迟钝的丈夫之间缺乏共同语言与共同追求，导致这个追求心灵解放、寻找自我个性的超凡脱俗的女人最后的结局是陷入泥沼，成为悲剧；然而她在灵魂挣扎的同时，也感到矛盾自责并内疚："她简直不敢回首往事重温旧梦，想不通为什么自己越想脱俗反而更深地陷入了泥泞之中。游戏人生总是件痛苦的事，那种放荡无羁的关系使她深深厌腻了，这有些像吸毒，快乐麻醉是短暂的，而痛苦却是长久的，摆脱不掉。"① 作者借好友晴霏之口把成欣堕落的主要原因归于外部社会环境："假如，在她未曾对婚姻对爱情幻灭之前，能把身心托付给一位心地坚定的伟大灵魂，而贞操，恩情，欢愉和责任也集于一人之身，她能跌得那样惨吗？会吗？她的灵魂一定在什么地方特别在幽深的不见底的黑夜里被撕扯得痛哭……"② 从中国女性解放的发展历程来说，尽管中国女性拥有与男性平起平坐、同工同酬等社会平等待遇，但是在家庭这个社会结构中仍然存在着某些隐蔽的不平等现象，女性自我精神的独立性与性别身份并没有得到充分确立，而是被限定在特定的社会背景中。③

与此前的 30 年相比，20 世纪 80 年代的中国女性模糊的性别身份与处于弱势的地位，在很大程度上并未得到改善。从作品描述及反思中对于女主人公多有同情之笔，④ 不过更重要的在于，她此时已经看到，中国女性在 20 世纪八九十年代对人格尊严与自身解放之路的艰难探索与跋涉，虽然是一种自发的、处于萌芽状态的反抗力量，但是已经蕴含着巨大的爆发力，一旦中国社会环境发生剧烈变化，即从保守走向开放，那么她们冲破社会外部环境阻力、反抗男权社会的压迫就会成为一种心理自觉意识。可以推断，男性与女性在情爱、职业等方面的相互博弈与竞争自然也将会成为女性获得自身解放的一种常用手段，这亦是现代社会发展的一种必然趋势。

---

① 吕红：《午夜兰桂坊》，武汉：长江文艺出版社，2010 年，第 176 页。
② 吕红：《午夜兰桂坊》，武汉：长江文艺出版社，2010 年，第 179 – 180 页。
③ 孟悦、戴锦华：《浮出历史地表——现代妇女文学研究》，郑州：河南人民出版社，1989 年，第 263 – 269 页。
④ 聂尔：《夏娃的坠落——读吕红小说〈绿墙中的夏娃〉》，《世界华文文学论坛》2011 年第 1 期。

随着社会变化，男女之情在《秋夜如水》中又是另一番景观，在20世纪90年代辞职下海成风的沿海开放城市背景下变得合情合理。在这部小说中，凌子没有了成欣的道德谴责与心灵波动，而是理直气壮："凌子曾爱他打开烟盒取烟的姿势，还有他开车的风度，以及说话的语气、贵族做派——噢，女孩们全这样，大事上懵懵懂懂，却对细节津津乐道、颠三倒四、梦萦魂牵。甚至懒得去考虑一些很现实的问题。"① 凌子的这种举动就如同国人争相去沿海开放地区一样的正常，此时社会变化已经使人们思想观念相应地发生很大变化，像《曝光》中与上司偷情而遭处分的吴芹，她的命运变化——在多年后成为特区节目主持人，其他女性也在社会时代的巨变中重新找到了自己的位置。

然而，处在古典爱情观与现代"豪放女人"观念之间徘徊的东方女性又是一个矛盾体，正如凌子在接到情人打电话说想念她时的不顾一切；然而另一方面却又希望两人能够突破婚外情人关系而达到天长地久。她把爱情推崇到无限高度："不管时空如何变幻，仍执着于这份古典浪漫……"② 作者似乎在寻找拯救女性走出各种困境，及在某种程度上获得精神解放的出路，即男女双方在互相理解、心灵沟通基础上建立起来的持久爱情，可以成为女性获得身心解放、追求生命繁华绽放的一个港湾。

《微朦的光影》《漂移的冰川和花环》《午夜兰桂坊》和《不期而遇》这四篇小说，很可能是作者移居美国之后写的，因为故事均为中国人迁移到美国之后的生活经历。《微朦的光影》与《漂移的冰川和花环》主要讲述了中国人到美国后的奋斗发家史，不论是前者中的"他"，还是后一部小说中的女主角芯，都曾在美国经历过辛酸的奋斗过程。这让人想起20世纪90年代风靡一时的周励的《曼哈顿的中国女人》、曹桂林的《北京人在纽约》等描述在美国奋斗、实现美国梦的小说作品。不过与20世纪90年代中国人在异国生存和获取物质财富奋斗的故事相比，进入新世纪之后在美国生活的中国人已经解决了温饱问题，他们所面对的问题，已经变成了深层次的精神困境。相较生存层面，精神问题可以挖掘的深度与延展空间更大，也更能够深层展示现代华人内在灵魂世界的波动。

----

① 吕红：《午夜兰桂坊》，武汉：长江文艺出版社，2010年，第272页。
② 吕红：《午夜兰桂坊》，武汉：长江文艺出版社，2010年，第280页。

《微朦的光影》中对画家在美国生活经历的描述颇有代表性："不知什么原因，他忽然想寻找另外一片天地、感受另一种文化、另一种活法，于是来到美国……如果你不出名，单纯搞艺术是很难活下去的。他改学了计算机设计，在一家印刷公司上班，老板也待他不薄，收入稳定，还有医疗保险。日子安宁、沉闷，就像是掉进了死水。日复一日，他渐渐就失去自己的灵感、激情火花。"① 可以这样说，在美国生活的中国人在物质生活极大丰富之后，精神世界的匮乏问题随之暴露出来。原因不仅在于富足平庸的死水一潭的单调生活方式，更是因为中国崛起后国人在国内同样富裕发达的情况对他们产生了刺激："他回国转了一圈，国内巨大的变化，物是人非。"② 这些海外华人所面对的精神压力与文化冲击、去留两难的心理徘徊，在第一代移民中具有一定的普遍性。

《午夜兰桂坊》应该是作者构思时间较长，而且在修改中增加了时代新特色的一部小说，③ 也是最能够体现出吕红女性主义观点发生新变化的代表作。《午夜兰桂坊》中的梦薇与海云是生活命运轨迹不同、性格相异的两个女主角，她们两人分别代表着出国寻求幸福与实现个人价值的两种女性形象，不过也均属于事业有成的现代女性。与梦薇相比，海云作为事业有成的中国女性代表，她在美国的成功之路更具有代表性和典型性："海云细说了她是如何在国内学校就开始苦练英文，后来才遇到先生……这一路，虽然有伴侣支持，但最终还是靠自己打拼的。"④ 海云到香港就职，不仅是遵从公司的派遣，实际上也是她对当下社会环境的一种主动响应。与生活平静无波澜的美国生活相比较，繁华热闹的香港更适合中国人就业和生活，而且作为中国连接世界的一个窗口，她在香港时刻都可以感受到国内生活变换的激烈脉动："整个社会都在被无所不在的躁动不安的

① 吕红：《午夜兰桂坊》，武汉：长江文艺出版社，2010 年，第 14 页。

② 吕红：《午夜兰桂坊》，武汉：长江文艺出版社，2010 年，第 14 - 15 页。

③ 可以把发表在期刊《安徽文学》（2010 年第 10 期）上的小说与收入长江文艺出版社 2010 年版的小说集中的同名小说相比较，可以看出后者增添了很多故事情节与时代背景细节。两相对比，可以推测出作者不断地对这篇小说在内容上进行增加和修改，以便使后者承载更多的时代内容与主题。从艺术成就来说，后者的确超过了前者，成为吕红小说的代表作之一。

④ 吕红：《午夜兰桂坊》，武汉：长江文艺出版社，2010 年，第 62 页。

欲望所折磨，压抑至于窒息。好戏连台，无时无刻不上演着各类即兴演出。"① 既然吕红已经敏锐地察觉到国内外社会背景发生变化，自然导致她小说中的华人女性在解放之路上不再满足于停留在两性相知相悦的港湾，而是继续走向新的路程，探索新的方向。

正是在《午夜兰桂坊》所铺展的新环境下，男女爱情故事从感情层面被推演到两性情感博弈的高度。作者通过海云之口进行了精辟的概括："女人在男人的世界里打天下，第一资本是美貌，第二是才干；抑或相反，第一是才干其次是美貌，但都离不开男人。男人强大也弱小，你说是辩证法也好，变戏法也罢，就是看最后谁笑得最好看！"② 这段话显然包含着两性情感博弈的基本内容。梦薇也曾在迷离恍惚的梦境与震撼灵魂的电影情节交迭时，对男女两性情感产生了新的看法："她神情恍惚，想起某导演说的，剧中人都是我的一部分，男人表现了我的身体和欲望；女人则是我的灵魂和情感。而影像呈现的，就是灵与肉的纠结，理智与情感的背离，政治与性爱的险恶诡谲……难怪，浮士德对瓦格纳说：有两种精神居住在我们内心，一个要同另一个分离！一个沉溺在迷离的爱欲中，执拗地固执这个尘世，另一个猛烈地要离开凡尘，向那崇高的灵魂境界飞驰。人啊，永远都在相互背离排斥、又互相纠缠的矛盾中窘困挣扎！"③ 此处对现代人灵魂两分裂进行的充满现代哲学意味的分析颇有深意，可知作者超越了此前女性主义观念中关于两性相知相爱的观点，也为处于国际化背景中的中国女性在两性情感博弈和竞争中占据上风做了理论上的铺垫。不仅如此，人物如此纠结矛盾的心态与性格刻画，既可看出《午夜兰桂坊》等与此前的《绿墙中的夏娃》等小说在艺术手法上的一脉相承，又可看出前者体现出的女性主义思想观念对后者的超越与转变。

然而女性在情感博弈中占据的优势地位，如同一枚硬币的两面，有时未必能够圆满解决新环境产生的新问题。具体到海云来说，在职场中如鱼得水，极大程度地实现了自己的人生价值，她如同一株艳丽逼人的牡丹，在香港这个国际化的大都市中肆意展示着女性生命的华美与活力。不过海

---

① 吕红：《午夜兰桂坊》，武汉：长江文艺出版社，2010年，第68页。
② 吕红：《午夜兰桂坊》，武汉：长江文艺出版社，2010年，第21页。
③ 吕红：《午夜兰桂坊》，武汉：长江文艺出版社，2010年，第77页。

云在香港得到高职重用的同时，却面临着美国丈夫对她的猜疑，而且在高速高压的现代生活中，她又在潜意识里充满了对其他异性感情的渴望，因此一面之缘的男子给了她短暂的情感慰藉："没想到，突然之间会陷入这种简单而复杂的情境中，不计前因后果，有的，只是感觉。无法言喻的，对心灵同频共振的渴望，欲知难知的谜面与谜底；有时，任何语言都显得苍白无力；而有时，语言又成为推进关系的关键……"①

如果说作者对成欣的不幸命运掺杂深切同情，是对当时压抑保守社会的反叛；那么海云在二十几年后的命运则体现出作者在中国现代女性得到期盼已久的身心解放、自由之后的迷茫之感和人生无常的慨叹。人性的错综复杂和男女两性天性中的弱点等有着内在原因："一位心理学家曾经断言：再美好的婚姻也不可能阉割了男人对异性的性趣和女性对异性的情趣。男人之对'性'与女人之对'情'，正是两性间人性最大的弱点。"②从这个角度来说，女性在两性情感中虽然掌握了主动权，宽容开放的社会环境与容易获取的爱欲机会使她们可以获得身体的某种解放，但是她们的精神却依然无法找到归宿和停泊休憩的落脚点。"爱太沉重，激情太飘忽，不管怎样，我们永远都做好朋友。起码我能活在你的记忆中，而成为你生命的一部分……"③ 这是海云略带嘲讽的人生感悟，或许也是经历过世界现代性潮流洗礼过的女性的喟叹：只有回忆才能够存留爱情与生命。像杜拉斯的那个中国情人，尽管跨越半个世纪，却依然栩栩如生地存活在法国女孩的记忆中。如天边那些缥缈变幻的云朵，又如何能够在芸芸众生庸常中长留？唯有让作品留给读者去思考了。

早在 1995 年吕红首次参加女性文学国际研讨会时，她就以《从情感到欲望——女性文学的流向》概括了以"五四"为起点的现代文学史上出现的冰心、庐隐、丁玲、萧红等女作家，其中仅有丁玲的创作表现出较强的女权主义倾向。张爱玲是一个特例。而近年出版的《小团圆》等亦不难发现西方女性主义的痕迹，从这个角度来说，张爱玲创作的意义与地位是独特和难以替代的。张爱玲通过对女性内心近似残酷的自省与自剖解构了

---

① 吕红：《午夜兰桂坊》，武汉：长江文艺出版社，2010 年，第 70 - 71 页。
② 吕红：《午夜兰桂坊》，武汉：长江文艺出版社，2010 年，第 80 页。
③ 吕红：《午夜兰桂坊》，武汉：长江文艺出版社，2010 年，第 78 页。

男权给女性设置的"天使"与"妖妇"这两种非此即彼的角色。波伏瓦早就清醒地认识到女人在生物性上的弱点,她承认这个现实,因此显得冷静而客观。男人有男人的弱点,女人有女人的弱点,但女人却没有意识到这个差异,这就是女人多半仍没有追求到梦寐以求的"权利"的重要因素。

相比之下,今天华人女性"第二性"的生存状态是否得到根本的改变?正如波伏瓦所言:"我认为从总体上看,对今天的女性来说,情况一点都不好,我甚至认为情况比我当初写《第二性》的时候还要糟糕,因为当我写的时候,抱着一个热切的希望,希望女性状况即将产生深刻的变化,这也是我在书的最后所说的,我说:'我希望这本书有朝一日会过时',不幸的是这本书根本没有过时。"从这个角度来说,《午夜兰桂坊》这本书亦未过时,因为它带给我们的是对(女)人和存在的本质问题的质疑和思考。当下我们经历了性解放、离婚、同居、同性恋、双性恋……百无禁忌的新背景下,不是女权(性)主义理论过时、落伍了,而是整个社会的道德观、价值体系暧昧模糊、复杂多元。被科技操纵着社会加速发展的错觉和按遥控器换电视频道的自由,人们似乎已经没有兴趣去思考自身的存在价值,无法形成自我主体性,那么女性还如何对当下社会中存在的某种男权压迫进行反抗?又能够去具体反抗什么呢?(最现实的则可能与权钱形成共谋关系)

既然新世纪的社会背景在带给华人女性身心解放机遇的同时,又使她们面临着新的迷茫、困惑与问题,那么她们在以后的解放路程中又该何去何从?怎样才能获得真正意义上的解放?女性解放之路如同斯芬克斯之谜,吸引着吕红在以后的小说创作中继续寻找答案,亦成为她不断进行文学创作的一个推动力。

概而言之,吕红在创作与研究中充分吸取了中西方文学的丰硕成果,无论是在小说作品中化用中国经典小说和最新国际电影中的某些艺术因素,还是在创作中形成的思想比较先锋的女性主义理论,某种程度上都可成为国内学者观察、了解和分析海外华文文学创作特点及发展趋势的媒介物。更期待海外华人作家不断地创作新作品,为现当代文学史提供更宽阔、更新鲜的研究视野与研究范式。

(作者为鲁东大学文学院教授)

社会透视、文化思考和女性关怀

——论美华作家施雨小说创作的三维空间

古大勇

施雨，美籍华人作家，创办了以海外华人为主的非营利性中国文学社团"文心社"，该社在各地的分社达 70 个，现任"文心社"总社社长，为推动美国暨海外华文文学创作起了重要的组织领导作用，获得"首届新移民文学国际研讨会"颁发的"突出贡献奖"，出版长篇小说《刀锋下的盲点》《下城急诊室》，诗集、散文集《美国的一种成长》《上海"海归"》《归去来兮》，译著《菲律宾总统阿罗约夫人传》等十余种著作。其作品曾经获得"中国小说学会年度小说排行榜""全国微型小说年度评选奖"等国内文学奖项。总之，施雨是海外华人作家中贡献卓著、成就突出的一位作家。本文主要以她的小说《刀锋下的盲点》《下城急诊室》《你不合我的口味》等为中心，来综合研究其小说创作所表现的主题类型。社会透视、文化思考和女性关怀组成了施雨小说创作的三维空间。

一、美国社会的多维透视

施雨曾经谈到《刀锋下的盲点》的创作目的："'生存'和'文化'或许是新移民文学、甚至更早的台湾留学生文学永远摆脱不了的母题，《刀锋下的盲点》自然也是如此。但在这部小说里，我试图摆脱华裔文化的窠臼，以全球化这样更高、更大的视域来处理小说中的人和事。很多新移民作家会在本土文化或本民族文化上大做文章，即使有些对他国文化谨小慎微的尝试性窥探，也是为了给本土提供正或反的参照。我在《刀》里则花很大的笔墨大胆、细腻地描写本民族之外的西方文化，譬如美国的医疗制度和法律。海外小说中，我们经常只看到华裔在中西文化冲突中焦虑、迷惘、痛苦与挣扎，流露出一种无根的漂泊感。其实，美国是个移民国家，也应该反映其他族裔的生存状态。西方文化的重要构成部分———其他少数族裔，这是一个非常重要的群体，正是他们才使得以欧洲裔为主流的美国文化变得多元和丰富多彩。因此，我在小说中将其他少数族裔引入了与华人文化的冲突中。这样就让小说更加真实，更加丰富，也更加深刻。"① 美国的华人文学有两种比较明显的主题，一种是描写中美两种文化的冲突，表现一种"文化无根"的困惑，典型的代表作如於梨华的《又见棕榈，又见棕榈》。另外一种是人虽生活在美国，但对表现美国的当下社会不感兴趣，反而把关注的目光再投向中国特殊年代的事情，重写中国当年"伤痕文学"或"反思文学"的故事，所以，有学者称之为"输出的伤痕文学"，② 如严歌苓的《天浴》等部分小说。施雨的小说走出了这些常规的主题套路，她不翻写"伤痕文学"的那些"陈芝麻烂谷子"，虽然也书写中西文化冲突和华裔"文化无根"的困惑，但主要把焦点对准了美国的主流社会，全面生动地描写美国社会、文化、司法、医疗、新闻等各方面的内容，有助于读者深入了解美国社会内部种种光怪陆离的感性细节真相。在小说《刀锋下的盲点》中，施雨结合自己在美国从医多年的经历，从容叙写一个医学诉讼案件故事，市长纳尔逊夫人在整容手术台上突然死亡，而主刀医生是外科医生华人叶桑，这次事故闹得满城风雨："好端端的市长夫人被一个华人庸医整死了！"但实际上纳尔逊夫人的死亡是因她手术前吸食过量毒品却没有告知医生，导致毒品在体内和麻醉药品产生剧烈反应而死亡，与叶桑的手术并无关系。但是，在真相未明之前，记者采访曝光，推波助澜；市长起诉控告，欲置叶桑于死地，叶桑面临被开除、罚款、判刑、前途毁于一旦的危险。但叶桑并没有丧气，她决定要讨回公道，证实自己的清白，维护自己的权利，后来在华人律师王大卫的帮助下，经历重重困难，经过深入走访调查取证，并在一位善良白人和其他人的帮助下，终于获知真相，讨回公道、证实了自己的清白，维护了自身的权利。这是一场争取正义、守护公理、捍卫尊严、维护人权的斗争。在这

---

① 江少川：《弃医从文　用母语坚守精神家园——施雨访谈录》，《世界文学评论》2012 年第 1 期，第 4 页。

② 施雨：《刀锋下的盲点》，北京：中国华侨出版社，2011 年，第 1 页。

场云遮雾罩、险象丛生的斗争过程中，以及与此相关联的其他事件中，不动声色地暴露了美国社会的种种现实病象。法医（验尸官）丹·福克斯参与伪造证据，掩盖真相，在尸检报告上避重就轻，故意不写安眠药的毒性反应。新闻媒体出于商业目的，不究事实地推波助澜，无辜的叶桑成为媒体追逐的对象，一夜之间成为家喻户晓的人物，陷入万劫不复的深渊。法律制度貌似公正，实被权力所挟持，如小说中苏珊为了捍卫自己的正当权利，高价请了一位辩护律师为自己辩护，"可这位辩护律师却要故意把这场官司败给同僚"，① 苏珊的母亲无意中听到两个检察官聊天："一定要让那个中年女医生败诉入狱，否则议员那里不好交代。"② "像苏珊这样的小医生，年轻、女性、弱小族裔、没有政治背景和经济实力的新移民，很容易沦为一些政客的政治工具。他们为了连任或其他目的，便采取牺牲小医生这样的手段，而换取大众的口碑，争取选票。"③ 市长纳尔逊丧尽天良，妻子的官司只是他政治计谋的一个棋子，"他要借这个机会，来做所谓顺从民意的医疗改革，博取民众的同情和支持，获取他们的选票"。④ 安德森医生自私怯懦，明哲保身，明明知道事情真相，但是迟迟不敢揭露，幸好最后良心发现，才使案情柳暗花明，真相大白。整个美国社会对女性从事医生行业充满歧视和排斥，"同行陷害"现象触目惊心，"被'同行陷害'这种事常常发生在激烈竞争的医学领域"。⑤ 错过老师的笔记，询问邻座的同学，通常被拒绝，有的还有意告知错误的答案。"在如此讲究人道、充满关怀的专业里，发生这样的事情，给初入此门的凯茜兜头一盆冷水。"⑥ 叶桑遭遇人生重大挫折，同行非但不同情，反而冷漠排挤，落井下石，如叶桑的一位同事就公开叫嚣让单位领导解雇叶桑；诬告、恶告现象无处不在，"污蔑诬告也可以是一条生财之道"，⑦ "一位妇产科医生接生过的孩子，在成年之前，只要他们的父母认为什么地方不对了，怀疑与当年接生

① 施雨：《刀锋下的盲点》，北京：中国华侨出版社，2011 年，第 229 页。
② 施雨：《刀锋下的盲点》，北京：中国华侨出版社，2011 年，第 229 页。
③ 施雨：《刀锋下的盲点》，北京：中国华侨出版社，2011 年，第 229 – 230 页。
④ 施雨：《刀锋下的盲点》，北京：中国华侨出版社，2011 年，第 151 页。
⑤ 施雨：《刀锋下的盲点》，北京：中国华侨出版社，2011 年，第 234 页。
⑥ 施雨：《刀锋下的盲点》，北京：中国华侨出版社，2011 年，第 235 页。
⑦ 施雨：《刀锋下的盲点》，北京：中国华侨出版社，2011 年，第 59 页。

的医生操作失误有关，都可以告状"。①

　　美国社会的种族偏见虽未流露其表，但实乃根深蒂固。在美国，包括华人在内的少数族裔总是谨小慎微的一群，面对姿态优越、自视甚高的美国民族，他们勤奋刻苦，希望依靠成功获得他族认同，但小心翼翼，如履薄冰，他们经不起同伴中的失足失败，即使是一个人的失败，也会使一个群体脸上无光，一个族裔声望大跌，成为一个种族的错误和罪过，这背后实乃潜伏着看不见的种族歧视立场。如叶桑事件，如不是结局柳暗花明，叶桑沉冤洗刷，那么带给华人族裔的负面影响虽不能说致命的，却是不可挽回的。施雨小说也将其他少数族裔引入了与华人文化的冲突中，如当叶桑的事件发生以后，单位的其他族裔反应各不相同。印度裔妇产科主任认为叶桑损害自己的利益，影响了医院的前途，坚决主张解雇叶桑。她说："一个坏苹果会殃及一筐好苹果，应该拈出来丢掉，你也看到电视了，叶医生素质不够好，不是一个合格的医生，她坏了我们整个市立医院的名声。"② 来自中东的普通外科主任主张不应该落井下石，对同伴应该像对病人一样仁慈。来自爱尔兰的怀特院长说理解印度裔妇产科主任的忧虑和恐惧，但不满于其对叶桑缺乏同情心。小说同时也有对南美印第安人后裔的生活的详细描写。

二、中西文化碰撞的深刻表现

　　施雨小说对中西文化冲突的主题也有比较深刻的表现和理解。《你不合我的口味》中的"口味"本义是一个饮食范畴的词语，表达的是一种饮食上的习惯癖好。"你不合我的口味"正如当下中国人在婚恋选择中说的流行语"你不是我的菜"。但恋爱语境中的"口味"和"菜"更多地意指两个人在性格、生活习惯、审美标准和价值观等方面的差异，具有明显的个人性、隐秘性和私人性的特征。《你不合我的口味》中的"口味"在第一个层面上也具有如此私人性特征：主人公茉莉是一个 "Chinese virgin"（中国处女），而她的同事亚当斯曾受过一个女人的欺骗，后来经历过多个

①　施雨：《刀锋下的盲点》，北京：中国华侨出版社，2011 年，第 53 页。
②　施雨：《刀锋下的盲点》，北京：中国华侨出版社，2011 年，第 93 页。

女人，于是他与女人只有一夜情，不谈感情，不想负责任。伊娃离过两次婚，对男人失望，从此下定决心不再嫁人，只愿意和男人同居。茉莉看不惯亚当斯和伊娃在上班期间偷情做爱，寻求刺激，游戏情感，茉莉觉得亚当斯不合她的"口味"。而亚当斯在和茉莉交往的时候，也觉得茉莉不合他的"口味"，因为他喜欢的是不谈爱情、只重性爱快乐的女人，而茉莉偏是一个维护传统爱情价值观的中国处女。亚当斯倒是觉得伊娃合他的"口味"，因为伊娃是一个非处女的、开放的、注重感官快乐、追求生活刺激的女人。当然，亚当斯的这种"口味"选择也许具有偶然性、个人性特征。但是，作者的意图还有更深的文化指向，"口味"一词显然有一种"文化隐喻"的味道。"茉莉"是中国传统文化价值观的隐喻意象，代表着对处女贞节的注重、对灵肉一致爱情的珍视、对爱情的坚贞专一和负责承担意识，这明显体现了中国保守传统的爱情价值观。而亚当斯和伊娃是西方价值观的隐喻意象，以不重处女贞节、不谈责任、注重性爱感官、刹那快乐、现世主义为主要特征，更能体现西方人的两性价值观。所以，茉莉和亚当斯之间的彼此不合"口味"，一定程度上隐喻着"中国文化"和"西方文化"之间的对立，中国传统价值观和西方价值观之间的悖逆。小说中有一段耐人寻味的描写："那时茉莉还是个住院医生，她与一个男人相爱，她做好了所有的准备，把自己给他……他的阳具坚强地抵住了她，她痛得直喊，他忽然问，你还是处女？她点头。噢，Chinese virgin（中国处女）！男人大惊失色，立刻疲软……男人走的时候对她说：Baby，I'm sorry，you are not my type。"①

《你不合我的口味》中茉莉男友对处女的排斥态度看起来令人匪夷所思，实乃由其背后体现的价值观所决定，这与中国男人对待处女的态度形成鲜明对比。试将之比较小说中中国男人对于处女的态度，以 20 世纪 20 年代的海派作家张资平的小说为例，张资平的小说中就写到许多中国男性对处女的珍视：《飞絮》吴梅所爱的是刘霞的"处女之宝"，"我决不让我以外的男人享有你的处女之宝"。《苔莉》中的谢克欧说："但是她（苔

---

① 施雨：《文心短篇小说选 2013 年》，北京：九州出版社，2014 年，第 70 页。

莉）背后的确有一个暗影禁止我和她正式结婚……她不是个处女了！"①
《不平衡的偶力》中的男主人公偶然碰到昔日的情人汪夫人后，怅然若失
地说："不能窥她的最内部的秘密！不能享有她的处女之美！这是我一生
中第一个失败，也是第一种精神的痛苦！——他想到这一点，恨起她的丈
夫来了。——他夺了我的情人！他替我享有了她的真美！他叫我的情人替
他生了一个女孩儿！——他虽不认识她的丈夫，但他的愤恨还是集中到她
的丈夫身上去。"② 这种对处女贞洁的珍视和癖好不但表现在张资平的小说
中，也普遍表现在中国其他现代海派小说中，③ 普遍表现在中国的大部分
小说中，甚至同是东方国家的日本作家川端康成的小说中也表现出浓厚的
"处女情结"。④

诚然，张资平的小说中男主人公对于"处女之宝"的珍视乃至病态的
癖好很大程度上出于一种自私的占有欲心理，即把女人的"处女之身"视
为一种"宝物"，通过占有"宝物"来获得虚荣心和自尊心的满足，而并
不一定意味着男主人公对于爱情抱着忠贞而负责的态度。但是，其对"处
女之宝"的醉心痴迷仍然代表大部分中国男性的普遍心理，而与《你不合
我的口味》中那位面对主动送来的"处女之宝"时"大惊失色""立刻疲
软"的男人形成有趣的对照，同样是"处女之宝"，中国男人梦寐以求，
得之欣喜若狂，美国男人则弃之如敝屣，毫不足惜。文化的差异，可见
一斑。

《刀锋下的盲点》中的叶桑和《下城急诊室》中的何小寒，也属于茉
莉这种类型的传统型女人。"有人喜欢拥有很多性伴侣来保持自己的新鲜
感；有人拒绝滥情，也是为了保持对爱的新鲜和敏锐，叶桑属于后者。"⑤
而在《下城急诊室》中，医学院教授用一组男女做爱的姿势来讲授药理学

---

① 张资平：《苔莉》，《性的等分线》，北京：北京师范大学出版社，1993 年，第
253 页。

② 张资平：《不平衡的偶力》，《性的等分线》，北京：北京师范大学出版社，
1993 年，第 55 页。

③ 韩冷：《海派小说中的处女情结与处子情结》，《淮南师范学院学报》2007 年
第 6 期，第 20 - 23 页。

④ 吴莲：《浅析〈雪国〉中叶子的形象——兼议川端康成小说中的处女情结》，
《文教资料》2007 年第 12 期。

⑤ 施雨：《刀锋下的盲点》，北京：中国华侨出版社，2011 年，第 110 页。

内容，令来自中国的何小寒无法接受，这背后也体现了中西两种文化的对立。

《你不合我的口味》虽然写的是中西方对于"处女"的不同态度，但是作者并非简单地表达一种中西文化对立。小说的结尾，两个彼此不合"口味"的人——亚当斯和茉莉，一个偶然的契机在一起做爱，但这次亚当斯并非逢场作戏，而是动了真情，他对茉莉说："你也不合我的口味，但我要娶你。"① 也许，亚当斯不同意茉莉的爱情观和文化观，但是，亚当斯在内心深处真的被茉莉吸引住了。在这里，人性战胜了文化。文化的权威和力量固然无所不在，可以先天地规范和约束人的行为，但根植于人性深处、最原始的两性相吸和爱情的力量似乎更强大，它在平时可能处于寂然沉睡状态，但在某个偶然的契机可以冲破一切文化的束缚与羁绊，而闪现共通人性的光芒。施雨在此显然表达了对"人性大于文化"的人类性普遍主题的思考。

以上是从对女性贞洁和性爱的不同理解角度来阐释中西文化的差异，施雨还对美国华人的"文化认同"和"身份认同"问题作出了独特的阐释。《刀锋下的盲点》出现了"芒果"和"香蕉"两个词语。"芒果"和"香蕉"比喻在美国的两类不同的华人，"芒果"的特征是"外黄内也黄"，② 从外在的肤色特征和内在的思想文化都保持着纯粹中国人的特征，他们虽然生活在美国，但是没有被美国所同化，无法真正融入美国的主流社会，其生活方式、文化认同、思想情感还是顽固地保持着中国人的习惯，如小说中的叶桑就属于此类。所谓的"香蕉"同时也叫 ABC，其特征是"外黄内白"，③ 他们从小或从出生就生活在美国，已经融入美国，被美国文化所同化，在生活方式、价值观念、思想情感方面都保持着美国特色。但他们又并非正宗纯粹的白人，无法摆脱自身的困境："一方面以少数族裔者的身份去攀社会阶梯，注定被某些人冷嘲热讽；另一方面注定要被同胞们看作是背叛，背叛了同类、传统，被同化的人一定是有背叛的，从一种文化游移到另一种文化。得到的同时，一定有东西要失去。"④ "香

① 施雨：《文心短篇小说选 2013 年》，北京：九州出版社，2014 年，第 71 页。
② 施雨：《刀锋下的盲点》，北京：中国华侨出版社，2011 年，第 154 页。
③ 施雨：《刀锋下的盲点》，北京：中国华侨出版社，2011 年，第 154 页。
④ 施雨：《刀锋下的盲点》，北京：中国华侨出版社，2011 年，第 156 页。

蕉"虽然本土化，但和真正的美国人之间存在着看不见的鸿沟，正如王大卫所说："因为我是华人，那些女孩排斥我，她们犯不着冒险，找一个让父母朋友不认同的异族男人，不同种族很难真正地交流，我说的是抵达心灵的那种。"① 这反映了像王大卫那种美国土生华裔"身份认同"的困境。身份认同是西方文化研究的一个重要概念，它追问的是"我是谁""从何而来""到何处去"的根本性问题。人往往在群体的一致性中获得保护，产生安全感；人往往在一种确定的身份中得以安身立命。当一个人发现自己无法与群体保持一致，被群体驱逐在外，自我与外部世界的和谐关系被撕裂，身份的标签被篡改撕毁时，就会产生强烈的焦虑感和不安全感，产生一种寻找身份归宿、追求身份认同的内在心理需求。而"香蕉"一词则典型地反映了美国华人"身份认同"的困境，他们或从小在美国长大，或已被美国文化所"收编"同化，但黄皮肤标志成为他们取得正宗美国人身份的障碍。一方面，他们的价值观已经西方化，已经不属于典型的传统华人；另一方面，他们也不能成为正宗的美国人，他们游移在"华人"和"美国人"两种身份之间，无法获得完整的归宿，从而造成了他们身份认同的两难困境。当然，这种"身份认同"的困境主要表现在如王大卫那种美国土生华裔或第二代、第三代华裔身上。而对于大部分华裔特别是第一代华人来说，"身份认同"中的华裔意识还是占上风的。正如施雨在小说中所说："'华裔意识'在几百年、多少代的华人移民过程中，似乎从来没有淡化过。许多民族的移民都可以顺利同化，似乎只有华人不能，或者说同化的速度缓慢得几乎被看成不可能。华人无论到海外哪个国家，都自觉不自觉形成自己的圈子：唐人街、中国城，吃中国菜、说中国话、交中国朋友，嫁娶中国人，找中国女婿和媳妇……根深蒂固，无论几代以前的移民，都还是一样的思维、一样的感情，被称为'永不同化的族群'，即使归化，黄种人宣誓做美国公民的心情也与其他族裔截然不同。"②

---

① 施雨：《刀锋下的盲点》，北京：中国华侨出版社，2011 年，第 156 页。
② 施雨：《刀锋下的盲点》，北京：中国华侨出版社，2011 年，第 75 – 76 页。

三、女性生存境遇的追问和关怀

施雨的小说对美国华裔女性的生存境遇特别是情感寻找之路作了独特的追问和思考。小说《下城急诊室》中主人公何小寒曾在国内的一所知名医科大学就读，毕业后被分到一家医院当实习医生，与自己的带教高凡伟医生相识，情感慢热的她，在与高凡伟相处过程中渐生好感，两情相悦，虽然高凡伟有过一段婚史，但她并不介意，最后决定托付终身。然而，就在他们就要修成正果、走向神圣婚姻殿堂的时候，高凡伟的前妻王静如由于丈夫发生车祸不幸死亡，又带着女儿回到他的身边，高凡伟为了安慰受伤的母女俩，便一直陪伴在她们身边，冷落了小寒，小寒有时"看到他们三人了，高凡伟抱着小女孩，王静如紧紧地跟在边上走，有说有笑，远远看去像幸福的三口之家"，[①] 他把曾经给她的"细心和体贴都给了另一个女人"。[②] 面对高凡伟的情感疏离，她不辞而别，远赴美国。事实上，高凡伟并没有变心，仍然爱着她，但小寒的眼里容不得半点沙子，她知道高凡伟对前妻还有割舍不掉的情感，她的爱不能被分享、被瓜分、被占领，如果是被分享的、不完全的爱，她宁愿一点也不要，她需要的是一份完整而纯粹的爱。小寒后来远赴美国，经过不懈努力，拿到了在美国很难获得的西医执照，成为纽约下城急诊室一位住院医生。工作忙碌而单调，她对爱情的寻找却并不绝望，在与白人同事凯文的交往过程中，燃起了追求真爱的火花，最终爱上了凯文，岂料一个偶然的契机她发现，"凯文的床上躺着一个半裸的大男人，床下一摊是杂乱无序的被单、枕头和衣物"，然而凯文"眼里没有惭愧，也没有内疚"，[③] 原来，凯文是一个 Homosexual（同性恋）。这段具有讽刺意味的恋爱遽然无疾而终，小寒"寻爱之旅"再次遭遇重挫。但小寒并没有对爱情绝望。她的上司施杰出现，为了救她而被艾滋病人的针头划伤，小寒对施杰的态度发生陡转，感情激烈升温，但施杰有无感染艾滋病毒又成为横亘在他们之间的一道障碍，最后结果柳暗花

---

① 施雨：《下城急诊室》，北京：中国华侨出版社，2011 年，第 146 页。
② 施雨：《下城急诊室》，北京：中国华侨出版社，2011 年，第 148 页。
③ 施雨：《下城急诊室》，北京：中国华侨出版社，2011 年，第 211 页。

明，施杰没有感染艾滋病毒，两人可以永远厮守，主人公的"寻爱之旅"似乎取得了最后胜利。但是出乎意料，小说的结尾，作者却把小寒的命运的定格在"9·11"恐怖事件的大灾难中，让小寒死在人类灾难的废墟中，让她的寻爱之旅终结于悲剧和虚无。

作者为什么没有迎合读者的"阅读期待"，给主人公一个水到渠成的大团圆的结局呢？笔者认为，作者的安排并非偶然，而是用心良苦，颇具深意。首先，作者想要借小寒这一形象来证明女性永远是寻爱"在路上"的主角。作者曾经在一次访谈录中说："我想通过这个寻爱'在路上'的故事，探索这类事业成功，感情生活却一再受挫折的知识女性的心路历程。"① 小说试图刻画这样一类女性群体：她们是永远的爱情理想主义者，她们认为爱情是绝对完美、毫无瑕疵的，爱情容不得半点沙子，她们为这样想象中的爱情勇敢执着地追求，无怨无悔地寻觅，可是一路看到的遇到的爱情却令她们失望，但她们并没有绝望，而是坚持不懈、百折不挠地再寻找下去，她们永远都在寻爱的"路上"，可是到头来，却不得不面对现实：这样理想的爱情在现实生活中难觅踪影，无处栖身。人世间多的是庸常、乏味、残缺，甚至自私背叛的爱。因此，有一类女性，寻爱永远"在路上"，没有完美的终点和结局。在小说中，小寒就是这样一个寻爱"在路上"的典型代表。在与高凡伟的爱情中，如果她多一些宽容，允许一点爱情沙子的存在，她和高凡伟也会有幸福的结果，毕竟高凡伟是爱她的。后来到美国，她由于自身过于理想的爱情标准，被动地错失一次次机会。而她自以为理想的凯文最后的真相又是她爱情观的一个绝妙讽刺。作者最后安排小寒死于"9·11事件"，是出于作者对小寒这类寻爱"在路上"女性悲剧命运的一种客观认知和理性判断，像小寒这类"完美型"女性，其爱情追求的结局注定是缺憾和虚妄，因为爱情其实和人生一样，都是凡俗而琐碎的，充斥了看不见的沙子，容不得半点沙子的爱情，就只能是存活在童话里的爱情。假使小寒没有死于"9·11事件"，她和施杰的爱情也不一定能善始善终，因为，不能保证他们的爱情天空里不会产生沙子。

那么，按照以上的分析，该如何理解施雨的另外一篇小说《刀锋下的

① 江少川：《弃医从文　用母语坚守精神家园——施雨访谈录》，《世界文学评论》2012年第1期，第4页。

盲点》中主人公叶桑和王大卫的喜剧性的爱情结局呢？当然，叶桑的爱情旅程并非一帆风顺，和小寒一样，她在国内也有一次夭折的爱情，在国内某医学院就读的时候，她和同校外语系的陆健明相爱，并相约一同赴美深造，但叶桑签证顺利，第一次申请就获得通过，来到美国达拉斯。而陆健明签证却七次被拒，无奈困守国内，最后因忍受不了无望的等待而移情别恋，与别的女人结婚，而叶桑却在国外痴痴等待。叶桑也是寻爱"在路上"遭遇挫折，但是不同的是，叶桑的感情最后拨云见日，苦尽甘来，在那场捍卫自己权利的官司中，与鼎力援助自己的华裔律师王大卫倾心相爱，最后修成正果。这也反映了作者对女性完美爱情的结局并非完全悲观。寻爱永远"在路上"只存在于小寒那类气质的女性身上。悲剧的结局与小寒的气质和性格有某种直接的因果关系。作者也意识到这个问题，她说："小寒永远都在退一步，她希望给对方空间也给自己空间。我们喜欢说，退一步海阔天空，但是退一步往往是阴差阳错。性格就是命运。那么好、那么聪明的女人，为什么偏偏没有抓住爱情？因为，她不够勇敢。小寒的性格是有缺陷的。一方面，她在事业上往前冲，有胆量、有魄力，在急诊室那种很男性化的职业的氛围中，她可以冲到前面去。另一方面，在感情上她是含蓄的、退却的。她没有自信，这是她的弱点，这种性格决定她抓不到东西，她在关键的时候就往后躲了。"[1] 在这里，作者明确指出小寒的爱情失败与她性格缺陷的关系，如她的被动、缺乏自信、不够勇敢大胆、过于保守等缺点，这些都是制约她成功把握爱情的负面要素。而叶桑似乎没有这些缺点，所以最后才赢得了爱情的胜利。

看来，作者对女性爱情前途的理解是辩证而暧昧的，在施雨眼里，像小寒那种类型的女性，视爱情为人生的全部，对爱情抱着完美主义的主张和理想主义的信念，为了心目中想象的理想爱情，一生寻爱"在路上"，但最后往往并无善终，这是完美主义女性无法改变的宿命。而对另一部分女性来说，如叶桑的那种类型，能在爱情的理想和现实、完美与缺憾之间寻找一种平衡，谋求某种妥协，把飘忽于空中的所谓"完美"爱情降落到大地上，反而能获得爱情。

---

[1] 江少川：《弃医从文 用母语坚守精神家园——施雨访谈录》，《世界文学评论》2012 年第 1 期，第 4 页。

余论

施雨曾在国内获得福建医科大学医学博士学位，赴美后通过考试获得比较难以取得的美国西医执照，在美国多家医院从医十多年，具有丰富的医学经验。"医学经验"是作家创作的重要资源，如鲁迅、余华、毕淑敏、张翎等人的创作皆不同程度地留下他们"医学经验"的痕迹。这种"医学经验"也给施雨带来了丰富的创作资源，这在她的三部代表性小说《刀锋下的盲点》《下城急诊室》和《你不合我的口味》中都有明显表现，施雨曾说："医生写医生的故事得心应手。写自己熟悉的东西总归比较明智。小说虚构的是情节而非细节，一部长篇小说中，不一定所有的细节都要作者亲身体验，但至少是你熟悉的、听过见过的，或者发挥想象力揣摩出来的，但这些都要符合逻辑，这样才真实，如果我写不熟悉的东西，就难免有错误，这不但给人假的感觉，对读者来说也是一种不尊重"，"医生的职业特点和素质训练，对我细致入微地观察人物言行、表情，揣摩人物的心理有帮助。"① 首先，"医学经验"给她的小说提供了丰富的创作素材，如以医院和医学事件为基本素材的小说构架，穿插在小说情节发展中、俯拾皆是的种种医学细节内容。其次，"医学经验"给她的小说带来了真实性特征，使生活真实和艺术真实达到完美的统一。最后，"医学经验"对她小说的艺术技巧也有影响，如深刻犀利、剔骨见肌的观察能力，客观冷静的叙述艺术，具有"病理学"特征的人物形象塑造等。但是，"医学经验"并非施雨小说表现的中心，"医学经验"只是作为一种背景和原始的素材，社会、文化和生存思考才是施雨所要表现的重点。对美国社会的多维透视、中西文化冲突的逼真展示、女性的生存困境的反思，人性弱点的剖析，文明与人性悖论的思考才是施雨小说的真正用心所在，从而产生重要的认识价值和思想价值。

（作者为泉州师范学院文学与传播学院教授）

---

① 江少川：《弃医从文　用母语坚守精神家园——施雨访谈录》，《世界文学评论》2012 年第 1 期，第 4 页。

走出虚幻的爱情沼泽

——读施玮小说《红墙白玉兰》

虔　谦

　　有人说过世上没有无缘无故的爱，我颇有同感。其实世间万物皆有因果，但是有时这因缘隐晦难知。施玮长篇小说《红墙白玉兰》里杨修平和秦小小之间的爱情，就令人有些纳闷。作者并没有写明修平为什么爱小小，小小又爱修平的什么。他们的首次见面以杨修平为小小点燃一支烟为主要内容。那一次秦小小给杨修平的感觉是，小小让他"仿佛看见了自己生命中最美丽、最娇嫩的梦蕾"。一见钟情，杨修平的心就这么顿时几乎要被爱胀破。

　　接下来的杨秦恋情推演，是一个极为痛苦的、既无法结合也无法割裂的令人窒息的过程，那情形与施玮的诗《彼此的存在》所述酷似。两人若即若离，仿佛是命运在作梗，又仿佛是他们不断在因为对他人的慷慨情感捐赠（这个主要表现在杨修平身上）而牺牲自身真爱。说起那些"第三者"来，紫烟其实是个很弱的因素，她自己愿意退出；有着软肋的王瑛也没有那么难缠。杨、秦两人只需加一点力和气，边上两位女人，还有那神秘的知命老人就都得退出，世界就是他们的。可他们没有这么做。他们的"谦让"和他们的"热恋"同样令人困惑。读着读着，我时而觉得他们的爱其实并不是真爱，因为互相之间毫无承诺，毫无相互捆绑在一起的力；时而又觉得这样的爱才是真爱，它不需要任何捆绑。杨修平是秦小小的初恋，小小"感到自己女性的体内有一种向他回归的渴望，好像我们是被暂时掰开的一体"。那不是一种纯而又纯的爱情初衷又是什么？而在杨修平这边，他追求"心心相印"的高度默契的爱情，这爱情可以等待，它独立于婚姻契约之外。

　　问题是，我们生活在人间烟火里。人间不完美，因而需要承诺。没有承诺的爱情，不管是因为爱得不够而没有承诺，还是因为觉得真爱不需承诺而没有承诺，都会使爱情失去可靠的支撑和维系。其结果就是如杨秦之间的无奈和最终幻灭。关于这点，小说描述得相当深刻：

> 也许因为太相爱，就以为不需要加进责任，也不肯让别的掺杂其中。于是，这爱就因"纯"而软弱，而易于融化。
>
> 在你我的人生中，它总是成为最可以退让的一面……在我们彼此的生活中，除了可以牺牲自己，唯一可以牺牲的就是自己的最爱。因为别的事物与人，都不是真的属于我们，只有这份爱不会改变，只有这个人永远会原谅自己。
>
> 这是应该的吗？

最后，这只存在于梦幻中的爱，也就随梦而逝：

> 等她终于握不住手，放开时，她发现其实手中什么都没有。

更加入木并具讽刺意味的是，秦小小曾以为，若把与杨修平的爱挖出她的心，那里定会留下一个血淋淋的大洞。然而当她被迫松开那爱时，心却是完整的，痛也是完整的。那是一段深含作者信仰思索的描述。作者接着叙述秦小小和柳如海在林中做爱之后的一段感悟，最后得出结论："经过人间进入天堂，仿佛是由性进入无性。不经过人间就不能进入天堂，而无性却正来自于两性的合一。"爱情需进入婚姻；不食人间烟火的所谓纯爱，不仅弱不禁风，有如杨秦恋之疲软，且最后难免无果而终。

柳如海是小说中的一片光亮。他和杨修平不同，除了信仰外，重要的一点就在于他懂得爱情不是请对方抽根烟然后欣赏烟圈萦绕。爱，就要进入彼此委身的承诺——婚姻。婚姻不是爱情的坟墓，而是爱情的完满，这是爱情的实心属性。小说最后柳如海说了一段意味深长的话：

> 我们男人真是应该感谢做我们妻子的女人。她们把一生放在我们手上，相信我们能爱她，成为她的依靠，成为她生命中所有贫病悲愁的呵护者。她愿意把她一切的快乐，女人天性中的奇妙与美丽来和你分享。

红墙白玉兰是一个意象，一个和红杉树相对的意象。白玉兰本是真实的，然而处于充满拘束的红墙中的白玉兰如堤下之月，迷离且可望不可求。红墙和白玉兰的组合在本书里是虚幻、脆弱、不自由的；而红杉树则是坚实真切、明媚辽阔、自由粗犷的。这些不同的意象，暗喻着书中的主人公们，也寄托着作者的婚姻爱情观。

施玮既是小说家，又是诗人和哲思者。《红墙白玉兰》既有着小说的语言，又充满了诗般的意象和思想的纵深。全书处处是思索和感悟的珠玑，它情景交织，连对物的描写都丝丝入扣。比如那只让秦小小感激的萤火虫，那丛让小小感到藏着哭泣的灌木，还有这一段：

林子里的树都落尽了叶子，枝枝杈杈地被月光投在地上，好像美丽的布纹，一瞬间又像极了老人脸上密布的皱褶。

《红墙白玉兰》不是情节剧，主人公们心灵的搏杀，使小说高潮迭起。那些珠玑，那细腻和高潮，让读者应接不暇甚至喘不过气。

作为女作家，施玮既有着细致和敏捷的感性，使她描写起小小、紫烟、王瑛等女人形象得心应手；又有着磅礴的思维力度和深度，为这部小说奠定了坚实的理性根基。

该小说并非没有可商榷处，比如杨修平这一人物内在的一些蹊跷矛盾处，又如小说中散现的宗教观和贯穿小说始终的宿命色彩之间的关系，另柳如海这一形象似太过理想化，若能多些层次或许更好，等等。不过，如此的文字、意象和思想，把作家的人性和文学特色张扬到这般极致，使《红墙白玉兰》令人叹为观止，实为与《歌中雅歌》交相辉映的灵性双璧。

（作者为美籍华人作家）

简论美国华人文学传播语境的差异性问题

张三夕

美国华人文学由华裔文学、留学生文学和新移民文学三部分构成，它们产生的历史条件、时代背景与文化语境并不相同，其传播方式、途径、对象和范围也存在很大的差异。华裔文学作品主要在英美和欧洲地区传播，后至世界各地区；留学生文学开始主要是在美国和中国台湾地区流传，后来才在中国形成热潮；新移民文学则首先是在美国和中国流传，在中国形成热潮之后，进而扩展至全球各国与各地区。美国华人文学的这三个部分传播地区的不同，与不同群体作家的来源地、生长地、写作地、旅居地的不同存在着密切的关系，同时也与他们各自采用的不同语言有重要的关系，与各个传播地不同的文化消费需求也存在必然的联系，其背后所隐含的信息是丰富的、深刻的和重要的。探讨美国华人文学三大组成部分与不同的传播地之不同，对于认识其总体结构、产生根源、运作方式与历史影响，具有重要的跨文化交流的意义与价值。

在美国华人文学的三大结构体系中，留学生文学是最早产生的，其主要成员是从中国台湾到美国留学的一批青年学生与青年作家，有的作家早在台湾读大学时就已经开始创作，有的则是到了美国以后才开始文学生涯，但他们中的许多人很快就创作出了一生中比较重要的作品。其中多半在台湾的刊物与出版社发表与出版，在华人文学圈产生了广泛的社会影响，获得了很高的文坛地位。这个群体的主要作家有白先勇、於梨华、聂华苓、陈若曦、张系国、余光中、欧阳子、王鼎君等，包括诗人、小说家、戏剧作家与散文作家等。这一批作家有的出生于台湾，有的则是青少年时代随父辈从中国大陆移居台湾的。他们基本上是在台湾读了大学，而后到美国读硕士或博士，其中有不少诗人与作家来自台大外文系。他们在美国的时间长短不一，有的数年后回到台湾，如余光中与白先勇；有的一生都在美国生活与工作，如叶维廉和非马，而大部分作家都是在中美之间来来往往，但他们在美国生活与工作的时间一般不会太短。那个时代美国所办的中文期刊是比较少的，多半是一些报纸的副刊，因为他们大部分都是用中文写作，用英语写作的人很少，所以他们发表作品的阵地主要在台湾，包括文学刊物、诗刊、学术刊物与出版社。

直至20世纪70年代后期，才有中国大陆学者所编的"台湾诗选""台湾小说选"之类的文学选本出版。随着中国的改革开放，这批作家的作品成为国内读者重要的文学阅读对象，并形成了一种热潮，产生了很大影响，在一定程度上改写了中国文学的进程与历史。后来学者所编的"20世纪中国文学史"，就包括了中国大陆、台湾、香港与澳门地区的文学，这就是所谓的"大中华文学史"的由来。有的文学史中甚至还包括海外华文文学，自然就有美国华人文学。

总体而言，美国留学生文学作家众多，作品的思想成就与艺术成就很高，成为美国文学的重要部分，也成为海外华文文学的重要部分。像上述各位代表作家及其作品，在某种意义上甚至可以说，已然成为20世纪海外华文文学的经典。虽然许多作品创作于美国，带有美国作家才会有的内容与形式，但以其特性而让传播地区的读者大开眼界，促进了台、港、澳地区文学的繁荣，并为改革开放以后的中国文学带来了必不可少的思想艺术营养，催生了许多新的文学流派与文学思潮，促进了中国文学的繁荣与发展，从而为20世纪后期建构大中华文学总体框架奠定了基础。

华裔文学的产生与繁荣，开创了继留学生文学之后的又一个文学时代，其总体文学成就也不在留学生文学之下。虽然它的产生也许要前推至19世纪50年代，但它引起关注与被认可，并且产生巨大的文坛影响，却是在20世纪60年代前后。它的最大特点是所有的作家用英语写作，并且那一批作家在美国出生与成长，许多作家在从事文学创作之前没有来过中国。他们是美国土生土长的作家，是在美国出生的第二代或第三代华人，与美国其他族裔的作家没有太大区别，是属于美国民族文学或少数民族文学中的一部分，与黑人裔文学、犹太裔文学、印度裔文学具有同样的影响力与地位。这些作家包括广有影响的黄哲伦、汤婷婷、赵健秀、谭恩美、任碧莲等，在小说、戏剧与诗歌创作诸方面取得了重要的成就，成为美国主流文学的重要部分。

这些作家一般不认为自己是华人作家，只是他们的作品与中国存在或多或少的联系，其主要内容是叙述与中国历史及现实相关的故事，同时具有中国文化特色或东方艺术风韵。因为是用英语写作，自然在美国发表、出版，许多作家还获得了美国的文学评论大奖，所以其作品的传播首先是在美国，其读者群体首先也是在美国，或者说，由英美世界的读者圈扩大至西方世界各个国家与地区的读者。其华人血统与华裔身份，后来也引起了中国读者与研究者的广泛关注，许多作品被译成中文在中国出版。不过，这多半是改革开放以后的事情了。

美国华裔文学的汉译，被认为是中美文化与文学交流史上的盛事，它们在中国的读者群相当广泛，研究其作品的学术论文不少。自 20 世纪 90 年代以来，中国产生了一个美国华裔文学接受的热潮。研究者除了看汉译，也要看英文原著，因此这样的研究具有相当的难度。这部分华人文学创作，往往不被认为是中国文学的一部分，也不被认为是海外华文文学的一部分。之所以造成这种情况，是因为海外华文文学的研究者主要是出身于研究中国当代文学的学者，他们多半只以语言为标准来进行选择，凡是用中文创作的就认为是中国文学或华人文学，而以其他语种创作的作品，就被认为是美国文学或外国文学，基本上不进行研究。华裔文学多数是由英语出身的学者进行研究，因为首先要有一个翻译的过程，向国内读者进行介绍。但语言的隔离并没有影响华裔文学的传播，其中的代表作家及其作品，在中国受欢迎的程度并不亚于留学生文学与其后我们要涉及的"新移民文学"。像汤婷婷、谭恩美、陈玉雪与黄哲伦这样一些作家与作品，在中国有许多热心的读者，在学术界也有诸多的研究者与批评者。

新移民文学是美国华人文学的最新发展与重要部分，其所取得的成就也并不比前面两个部分逊色，相反还有更大的声势与更加丰富的内容。所谓新移民文学，是指中国改革开放以后，一批从中国大陆移民到美国的诗人与作家所创作的文学，是与之前从中国大陆或台湾来美国的移民相对而言的。中国向美洲移民，在历史上曾经发生过多次，近代的中国移民可以推算到 19 世纪中后期，由于太平天国起义，一些福建、广东等地的民众纷纷漂洋过海。在 19 世纪末、20 世纪初与抗战时期，也发生过规模较大的移民活动，在美国多个城市中颇有规模的"唐人街"，就是这样产生并发展起来的。而在中国改革开放以后，许多中国人走出国门，特别是一代又一代青年学生到美国求学，而其中很多没有回国，而是留在那里从事更好的工作，过着更优越的生活，后来一些与他们相关的人士也相继到了美国。这一批移民中的作家与诗人不少，也有到了美国以后才开始从事文学创作的，代表作家有哈金、严歌苓、刘荒田、程宝琳、严力、吕红、施雨、陈瑞琳、王性初等，并且到了今天他们的队伍越来越大，成就也越来越高。他们与19世纪50年代的留学生作家不同的是，虽然他们同样多半是用中文进行创作，但他们在美国主办了一些文学刊物，一些著名报纸与刊物的副刊也同样是他们发表作品的阵地，加上十分发达的网络媒体的助力与扩展，影响力越来越大，读者群越来越多。同时，他们有的也用英文进行创作，如严歌苓、哈金，并且也在美国获得了诸多文学大奖，有一部分作家进入了美国的主流媒体与"正统"文坛。他们的作品发表，有相当一部分还得益于在中国的媒体，一经发表而多方呼应，改编成电影与电视剧，形成了很大的声势。他们的作品也被译成多种文字，在世界各国发表与出版。这一批作家与作品主要的读者群还是在中国与美国本土，一是因为他们是在中国出生并成长，二是因为他们中的一些人本来已经在中国成名，三是因为他们的作品往往也与中国相关，同时，也写到了他们在美国的新工作与新生活。所以，他们的作品很容易引起中国读者的兴趣，中国也有接受那样一些作品的文化语境与时代环境。

美国华人文学中的三大文学群体出现在不同的历史时期，形成了相对集中的传播区域，所以就传播而言，既有共时性的形态，也有历时性的形态。也就是说，留学生文学、华裔文学与新移民文学在形成时期，也都有各自的传播区域并形成了各自的热潮，而直到现在他们的创作也还在继续发展，特别是新移民文学与华裔文学。因此从文学经典的角度而言，从前所形成的文学也还在继续传播，并且其形态越来越复杂，与历史上其他文学经典的传播取得了广泛的一致，那就是循着文学批评、文学研究与文学翻译的形态而进行，不再按从前形成期的特殊状态而进行了。任何文学作品在百年之后，其传播方式都会发生类似的变化。所有的文学作品都要接受各国读者群的再次甚至多次选择，从而进入整个世界文学史，那么它本有的特殊使命已然完成，而新的使命却没有终止的一天。

　　文学作品的传播路径与区域是一个重要的现实问题，也是一个深刻的理论问题。美国华人文学中三大群体拥有各不相同的传播路径与方式，在产生的时代形成了各自不同的形态与力量，而到了今天则进入了历史的筛选通道，有的会被历史的烟尘所湮没，有的会被人不断谈论，有的可能被人理解，有的可能被人误解，有的则跻身文学经典的行列，成为艺术"星丛"的一部分。文本与接受的互动与互视，其永久的魅力在于"相看两不厌"。

（作者为华中师范大学文学院教授）

北美华文文学在媒介传播中的嬗变[①]

张斯琦

北美华文文学，是由生活在北美洲的华文作家及其作品所构成的。经过百年的历史成长，它早已经成为海外华文文学中一个极其重要的组成部分，[②] 不过它真正拥有这一地位，还是要回溯到 20 世纪五十至七十年代，特别是 20 世纪 80 年代。这两个历史时期，因为有各自不同的历史特点，所以在北美华文文学中占据了十分重要的地位，并且拥有特殊的价值和意义。正如海外华文文学名家於梨华所认为的——"海外华文文学是中国文学的延伸"，这一观点已经被国内外绝大多数的作家所认可。[③]

一、北美华文文学在华文报纸副刊的初生及发展

北美华文文学的出现与形成，与北美洲的华人移民、华文报刊有着密切的关系，所以北美华文文学从其诞生之日起，就与媒介传播有了密不可分的联系。在近现代的北美华人移民群体中，正是因为华文报刊的创办与发行，才最终促使移民群体中的知识分子群体敞开心扉，用手中的笔墨把所感所想落诸笔端，其中一部分人通过华文刊物发表见解、针砭时弊；另一些人则通过华文刊物这一载体，书写心情，表达自己对故乡的思念之情，并且通过阅读这些刊物，逐渐形成了一种对自己华人身份的认同感。

① 本文为国家社科基金项目"新媒体发展对中国文学叙事方式的影响"（14CZW049）的阶段性成果；吉林大学青年学术骨干支持计划（2015FRGG04）阶段性成果。
② 田新彬：《北美华文界的报告文学》，《"华族对美国的贡献"国际学术研讨会论文集》，纽约：Prestian 出版社，1999 年，第 20 页。
③ 陈瑞琳：《论北美华文文学》，《华文文学》2003 年第 1 期，第 2 页。

也正因为如此，华文刊物不仅仅是相关作家发表作品的创作园地，同时还逐步培养了一批读者群体。1854 年，在北美地区首次出现了华文报纸，即由基督教会主办的《金山日新录》。① 这份报纸的功能主要是为了传教，中美新闻仅占一小部分。华文报刊成为真正现代意义上的报刊，还是康有为、梁启超以及孙中山等人为了宣扬其救国治世的政治理念而在世界各地所兴办起来的。这些报刊发表大量言论，唤醒华侨的民族意识和爱国心，孙中山的基本政治主张与当时的保皇党有很大的区别，也有很多相互对立的地方，他们在海外的华文报纸上进行了激烈的辩论。特别是当时的北美华文报纸，成为当时双方辩论的主战场，这些事件对北美华文报刊及其华人受众影响深远，逐步奠定了北美华文文学产生的社会氛围与受众基础。如近现代北美华文文学常见的文学载体主要有诗、词、文、戏曲、小说等，其最大特点是类型的丰富性和包容性。自此，以华文报纸的副刊为主要依托的北美华文文学开始诞生，并且逐渐形成相应的文学生产机制。这种形式的北美华文文学在之后的很长时间内都是依托华文报纸的副刊而生存的，而这种以副刊形式生存的北美华文文学在其发展过程当中，在表达方式、故事题材等方面都受到了一定程度的限制。

　　早期的北美华文作家主要包括一些早期的中国移民，他们曾受到两种文化背景的影响，不论是在表现思乡之情方面还是关切国家荣辱沉浮等方面，他们在思想上都刻满了苦苦挣扎的痕迹。另外，由于当时华文报纸的审稿和把关都是由其副刊的编辑来承担的，他们在对相应的文学作品进行选择和再加工的过程当中，往往会与自己的喜好联系起来，从而导致早期的北美华文文学受到较为严重的影响。早期的北美华文副刊编辑，多为国内同行业的作家或媒体人，他们将民主革命的思想成果，带入北美的华文报纸，使得其所编撰的文章在形式与内容方面都紧扣中国内地的思潮节奏。如当时国内倡导白话文，摒弃文言文，而且内容方面一律以反封建、宣扬社会改良等内容为主，从而与中国新思潮遥相呼应。华文报纸副刊除了存在编辑的人为因素，也由于副刊具有较大的版面局限性，并且要受到相应的出版限制，从而导致其相应的题材和创作思路等方面受到直接影

---

　　① 吴琦幸：《北美华文报纸的五次转型》，《中国社会科学报》2014 年第 618 期，第 2 页。在此文中，作者将北美华文报纸的五次转型轨迹做了详尽的描述，当然，正是北美华文报纸的精彩转型，才有了北美华文文学的发展提升。

响。如，绝大多数的早期华文作品多以短篇为主，这绝不是因为当时的作者能力有限，无法写出长篇，而是由于版面的缘故，正常情况下无法刊发长篇作品。而一旦这种短小版式被固定下来，作者不得不调整写作方式和创作构思，全力创作短篇作品，从而使得北美华文文学的样式只能以短篇的形式出现。同时，因为是副刊，其出版时经常会受到主刊整体编排思路的影响，而且出版周期也不固定，这就要求副刊所刊载的作品不免要具有新闻性和文学性，这就直接促使现实主义文学盛行。这种现实主义文学又被北美华文作家称为"报导文学"，这种"报导文学"的写作范围是非常广泛的，因为其相应的现实价值较为突出，并且又能充分体现作者的文采，而对于作者来说，也更容易从身边找到相应的题材，使其写作变得更加容易，因此，这种以身边现实题材为主题的作品便成了相应的主流题材。在美国的《世界日报》副刊上，也有很多类似的题材，他们大多以抒写亲情、追忆往事等为主，作品清新感人，给人以较强的震撼力。另外，还有一些作家由于远离故乡而来到海外，他们大多拥有较为丰富的旅行经历，了解不同地区的风土人情，因此他们便以旅行为主题进行创作，相关作品如《莫斯科之行》《山东之旅》等。此外，"报导文学"具有较强的现实感，它们更加注重对社会问题的探讨，对人们的现实生活有较大的影响。在北美的华文文学当中，诸如移民、小留学生、人蛇集团等现实问题，都是华文作家们创作的主要题材，他们通常会相应地进行较为深入的探讨和分析，以期能够引起人们的关注，相关作品还有很多，如陈燕妮的《遭遇美国》、曹桂林的《绿卡：北京姑娘在纽约》等。① 从现实意义上来讲，北美华文的报导文学对人们的生活产生了较大的影响，并且已经发展

---

① 张抗抗：《强心录——中国当代文学中所描写的美国华族》，《小说界》2001年第 3 期，第 135 页。

为文坛重要的创作领域之一。①

二、北美华文文学在华文传媒中的蜕变

20 世纪 70 年代和 80 年代，随着中美建交、邓小平访美、中国恢复联合国常任理事国的席位，中国在国际上的地位空前提升，此时国际政治格局以及各国的文化政策和文化交流都在发生深刻的变化，在这一背景下，北美华文文学进入了快速发展期。一方面，随着第三次工业革命的成果更多地运用开来，经济水平大幅上升，越来越多的经济力量开始介入传媒行业，这种商业化趋势深刻地改变了文学创作的基本方式，使得当时的北美华文文学与传播媒介之间产生了较为复杂的联系；另一方面，单一封闭的本土传播模式被彻底打破，华语圈的传媒开始出现了互动，它们共同介入北美华文文学的创作之中，并且对相应的中文观念和思维模式进行了较为全面的改造。这一时期，媒体的力量介入了北美华文文学的创作和发展中，并给其带来了深远的影响。

20 世纪 80 年代以来，北美华文文学得到了高速发展，并且涌现出了一大批优秀作品。一方面主要是由于当时的海外中文报业纷纷加入其中，如《世界日报》《星岛日报》《明报》《国际日报》《美南新闻》《美中时报》等报纸都增加了相应的副刊版面。② 另一方面，又恰逢当时的各路作家纷纷云集，特别是大批的留学生开始进驻北美，他们带着饱含中国气息的文化氛围开始进行独具特色的创作，使得当时的北美华文文坛热闹非凡，并呈现出了"百花齐放"的局面。随着北美洲经济水平的广泛提高，传播媒介的功能也在逐渐转变，开始由早期的意识宣传转变为目前的商业

---

① ［美］弗雷德里克·杰姆逊讲演，唐小兵译：《后现代主义与文化理论》，北京：北京大学出版社，2005 年，第 195 页。杰姆逊作为美国后现代主义理论专家，其在著作中阐述："第三世界的本文，甚至那些看起来好像是关于个人和力比多趋力的本文，总是以民族寓言的形式来投射一种政治：关于个人命运的故事包含着第三世界的大众文化和社会受到冲击的寓言。"从这一论述出发，可以发现北美新华文文学的产生，实际上正是 20 多年来，中国向世界舞台迈进中自我形象的崭新亮相，也是第三世界向第一世界不断靠近和融合过程的历史折射。也由此说明，北美新华文文学自诞生之日起，就带有鲜明特色的寓言性质。

② 陈瑞琳：《横看成岭侧成峰》，《世界华文文学》1999 年第 6 期，第 2 页。

化运作模式，其所刊载的作品也大多以符合大众化的兴趣为主。早期的作品通常以描述经历、旅行以及生活艰辛等为主，后来随着大批中国留学生的进驻，北美华文文学逐渐开始出现了留学生文学作品，并且该作品变得越来越成熟，诞生了具有较高文化水平的代表作，如优秀长篇《白雪红尘》（作者阎真，《白雪红尘》是小说《曾在天涯》的海外版）。① 20 世纪80 年代以后的北美地区华文传媒，早已经完成了角色的蜕变，他们从以往新闻的幕后策划者，变成直接上台的导演和演员，因此为了更好地适应社会环境的变化，有时甚至会通过一些相应的手段来制造一些事件，以期能够引起人们的关注，赚取眼球效应，从而达到拓宽其生存空间的目的。在这种情况下，一些相应的华文文学思潮便逐渐开始产生。20 世纪80 年代后期，北美洲的留学生文学创作逐渐与中国国内的一些媒体相互协作，其中留学生文学作品具有较强的思潮性，而新移民文学也引起了人们的高度关注，因此北美华文文学的运作就与《小说界》《作品与争鸣》等期刊的运作模式非常相似。早在20 世纪80 年代，《小说界》就在市场竞争的压力下将自己的刊物推向了全世界，并将全世界作为其刊物的立场，首次推出留学生文学专栏，并且进行了一系列的专题座谈会的策划，还组织了相应的文学评论等。从1988 年开始，到21 世纪初期，留学生专栏已经先后刊载了近百篇优秀作品，成为"留学生文学"不断成长的重要园地。

三、北美华文文学在华文传媒中的革新

20 世纪90 年代，在以新移民和新生代为主体的北美华文文学现代主义风潮中，随着本土意识的不断强化，《美中时报》《神州时报》等华文报纸的副刊也是其重要的参与者，并且这些副刊还有意引起相应的文坛争论，故意刊载有争议的带有一定情绪性的文章，煽动文坛的"炮火"和"战事"。诸如"断奶论""本土中心论"等一些论断被认定为文学革新的起点，"真正同时代的人，真正属于其时代的人，是那些既不完美地与时

---

① 蔡宇、沈正军：《从边缘化、社区化走向主流化——二十世纪下半叶以来北美华文文学创作走势简析》，《唐都学刊》2005 年第6 期，第133 页。

代契合，也不调整自己以适应时代要求的人。"① 从而使得相应的作者努力寻求自身的主体性和独特性，对于推动北美华文文学的转型具有较强的影响。通常来说，大部分的文学现象和优秀作品都是通过媒介的传播，并且得到相应的筛选，才逐渐得以形成的。正是在相应的筛选过程中，大陆以及台湾等地的文学传媒才逐渐开始进入北美华文文学的发展过程，并且由于大陆和台湾等地的中文文学传播中心其自身巨大的影响力，它们逐渐成长为北美华文文学的首要出版园地，并且建立起了相应的联系，进行了紧密的合作和交流。自此，文学传媒完成了其功能性的转变，对北美华文文学的发展和经典化过程起到了非常重要的作用。如早期的白先勇、严歌苓、少君等人就逐渐得到了大陆文坛的认可。

　　事实上，与其他的一般选择性传播相比，文学评奖是一种较强的过滤机制，它对众多的文学作品进行了有效的评比，选出其中最优的。对于大多数的北美华文作家来说，能够参与到这种全球性的评奖活动当中，既是他们自己作品经典化的关键步骤，也是他们参与并打破边缘与中心的成见的重要手段，特别是对于那些具有较强影响力的大奖来说，他们具有较高的关注度，能够成为推动海外华文文学发展的巨大动力。在20世纪七八十年代，《联合报》以及《中国时报》的一些副刊，对北美华文文学的发展起到了巨大的推动作用。对于这些副刊来说，他们在选择作品和作品评选的过程当中，都具有较高的公正性和专业性，并且设有多种文学奖项。有很多的北美华文作家就是通过参与相应的文学评奖活动而脱颖而出的，当然其获奖作品也就成了经典作品。这些评奖活动能够将北美华文作家的写作功底凸显出来，同时对于作家的作品也是极大的凸显。世界华语文学传媒对北美华文文学写作方面的介入，营造了一种能够使得两种文化进行相互交流和相互借鉴的良好氛围，在一定程度上拓展了北美华文文学的发展空间，使其获得了充足的发展动力。同时当时的主流汉语文学也在北美华文文学的冲击下得到了一次自我反思和重新发展的机会。随着交流与传播的不断深入，单一封闭的主流汉语文学观逐渐开始发生转变，边缘与中心

---

① ［意大利］古奥乔·阿甘本著，王立秋译：《何为同时代》，《上海文化》2010年第4期，第7页。

的界线逐渐开始淡化。①

进入20世纪90年代，海外华文文学得到了长足的发展，出现了大量优秀的文学作品，有人将该时期的海外华文文学称为"世纪末的华丽"。然而，正是这一时期，随着电子科技的发展，传统的印刷类媒介逐渐走向衰落，相应的文学传播也开始由纸质文本向网络媒体等多元化的发展方向转变。就目前来说，越来越多的人开始由传统的"读"文学作品转向了依靠电视、互联网、电影等泛媒介传播的"体验"文学作品。这种随着电子及互联网技术发展而产生的泛媒介，已经引起了文学发展过程中的重大变革，传统的单一语言文本的传播模式将会逐渐被影视和网络文本的传播模式所代替。

事实上，网络文学的发展也是建立在一定的传统文学的基础之上的，北美华文网络文学的发展就是以传统的北美文学为基础的，它是一种全新的能够更好地吸引读者，并且能够将相关文学作品以各种不同的传播形式进行传播的重要文学园地，也是相关知识分子汲取文化养分的主要渠道。②《华夏文摘》是在1991年创建的首家电子周刊，在北美华文文学圈中可谓是开了北美新华文文学电脑创作的先河，"全球第一篇网络散文、第一篇网络小说、第一首网络诗歌、第一篇网络文学评论，都出自《华夏文摘》"。③

此外，影视渠道因为有影像、有声音，立体感传播的优势，使其逐渐变成一种被广泛接受的传播媒介，这体现了人们对视觉文化的感知方式的转变，使得人们的图像消费观念不断增强，同时也促进了传统的文学文本向数字影像文本转化。正是在这种大的传播环境下，北美华文文学才能超

---

① 黄万华：《世界华文文学对于中国现当代文学学科建设的作用和价值——以战后中国文学转型为例》，《广东社会科学》2011年第3期，第165页。

② ［美］约舒亚·梅罗维茨著，肖志军译：《消失的地域：电子媒介对社会行为的影响》，北京：清华大学出版社，2002年，第6页。在著作中梅罗维茨表示：电子媒介将许多不同类型的人带到相同的"地方"，于是很多从前不同的社会角色特点变得模糊了。由此可见电子媒介最根本的不是通过内容来影响我们，而是通过改变社会生活的"场景地理"来产生影响。所以说北美新华文文学在近20年产生的突飞猛进，正是借助了电子媒介的力量。

③ ［美］施雨：《北美华文网络文学中双重经验的跨文化书写》，《华文文学》2014年第1期，第120页。

越地域的限制，从边缘走向中心，并且不断引起人们的关注。然而，值得注意的是，由于影视剧本在其写作的过程当中与传统的文学作品之间存在较大的差异，北美华文文学在创作过程中，还出现了一些跨媒介写作与间接写作等类型的写作方式。跨媒介写作可有效将影视剧本与文学创作两者之间的差距变小，使其更加接近，从而使得相应的文学作品可以很容易地被改编为影视作品，而这一特点正是很多影视导演所看重的关键因素之一。

就目前看来，在当前以影视传媒为主要表现方式的传播环境当中，为了能够在一定程度上得到人们的关注，进而引起轰动效应，北美华文作品的相关作者也会逐渐转变为隐藏在影视屏幕背后的阴影，而他们的光芒和价值就必须要借助影视传播才能显现。在这种背景下，就会有相当多的文学作者，想要借助影视屏幕来展示自己的才能，从而使得相应的华文文学作品变成了一种不与读者直接对话的间接写作形式。随着当前各种新技术的不断出现，使得现代影视、广播和互联网技术不断进行融合，最终，网络将会成为所有传媒的空间站。网络以其高效的传播速度和大容量的信息资源，以及强大的渗透力改变了传统的时空观念和认知模式，并且正在以其独特的方式重新塑造着我们的生活模式。对于北美华文文学来说，在现代网络技术的基础上进行传播，将会大大增加其发展和生存的空间，这不仅是对传统的写作和传播模式的重新调整，更是对全新语言风格和写作模式的促进。

20 世纪 90 年代以后，全球的电子刊物纷纷在互联网技术的基础上创立，其中具有较大影响力的主要有《华夏文摘》《新大陆》《布法罗人》《新语丝》《红河谷》等。此外，还有一些网上杂志也是非常值得关注的，如《美洲文汇周刊》和《中国与世界》等，它们贯穿整个中西方文化，接纳新老作家，成为中国与世界进行沟通和交流的主要桥梁。网络的飞速发展极大地丰富了北美华义作家群体的数量与结构，因为网络具有非常广泛的受众，它可以将相应的作品提供给世界各地的读者，而不受地域的限制。正是由于网络广泛的传播途径和无门槛进入机制等特点，使得北美华文文学在创作内容上出现了多样化的发展趋势。继 20 世纪 90 年代涌现出的百余种电子文学刊物之后，又出现了一大批网络作家，他们通常不注明自己的真实姓名，所以也很难查起。

然而，北美地区的华文网络作家具有较大的自由度，他们在写作方式和思维视角等方面都存在着一些独到的见解，凸显了文化边际之上的自由与深刻。这一时期的文体风格也受到了相应的网络自由散漫性质的影响，很少在经营结构和文风方面有所刻意保留。值得研究的如曾任北美华文作家协会北德州分会会长的少君，对此影响较大的作品应当属于其自 1997 年开始创作的百篇《人生自白》系列（后结集为《奋斗与平等》《愿上帝保佑》），可谓是写尽了海内外人生的当代"清明上河图"，人物栩栩如生，文字鲜活透明，其叙述语言的真实魅力和深刻性撼动人心。"也许是先入为主，或许是横跨东西方时空及文化的生活经历与生命体验，使少君视野开阔，思想趋于深邃。这百篇人物故事的人情世故涵盖了整整一代人的悲欢离合，把从母国到他乡的游子，尤其是社会底层的众生相，以淋漓的'宣泄'，传达出作者对笔下人物的情感，让读者真切地感知和体悟不同的人生，不同的际遇，以及背后的人性拷问。"① 这些作品不仅在网上广受欢迎，而且各界报刊争相转载。②

这些泛媒介的传播途径，大大增加了北美华文文学的发展和生存空间，使得北美华文文学突破了地域性的限制，完成了其相应的转型。正是泛媒介的出现，才使得北美华文文学不再受地域特点的限制，冲出了传统的边缘与中心的格局，使得汉语文学成为主流，并且得到了更加深入的融合。

"新世纪开始，最引人注目的网络文化现象应该算是网络文学的兴起和繁荣。网络文学创作非常活跃，其中包括网络小说的写作内容与形式十分丰富多彩。在与传统小说的区别中，最具网络特点的网络文学，更富有网络特质的创作形式应该是接龙小说。接龙小说充分利用了互联网络的即时性、互动性，甚至可以超越空间、地域的特点，使文学创作变成了一项跨国界的集体参与的文学活动。"③ 然而，新环境就意味着新挑战，媒介环境也不例外，在这个环境下，北美华文文学的发展肯定也会出现一系列新的问题，如在依靠影视网络传媒获得较大发展空间的同时，又该如何面对网络传媒当中的竞争？随着网络技术的不断发展，北美华文文学应该如何继

---

① ［美］施雨：《北美华文网络文学中双重经验的跨文化书写》，《华文文学》2014 年第 1 期，第 124 页。

② 胡素珍：《论少君的创作观念和他的网络文学》，暨南大学 2008 年博士论文。

③ ［美］施雨：《北美华文网络文学中的接龙小说——试析〈古代·祈盼的青春〉》，《湛江师范学院学报》2008 年第 2 期，第 103 页。

续保持个性？

　　传播媒介对北美华文文学的塑造是一个非常漫长的过程，它贯穿了北美华文文学百余年的发展过程。从副刊、杂志到网络，从幕后到中心，从本土到全球，从封闭到开放，从单一到整合，在整个发展过程当中，其类型和运作模式都在发生变化，使得其在不同的发展阶段出现了不同的特点和问题。美国华文文艺界协会会长吕红就曾说过："海外华文媒体在推动华文文学创新与嬗变等方面发挥了重要的影响，为来自不同地域的作家学者提供对话机会和交流平台。"[1] 美国文心社社长施雨以美国影响最大的华文文学网络社团——文心社为例，指出文学传播媒介的不断变化，肯定会导致其相应的传播方式和速度的变化，导致其相应的受众的变化，同时还会影响人们的写作和阅读习惯，最终导致文学作品在结构、文字和审美等诸多方面的深刻变化，海外华文作家必须适应这种变化。

结语

　　对于任何一个文学创作者或成名作家来说，想要完全不受现实的诱惑，其实是件非常困难的事情。因为，在借助相应的讲坛、评奖、书展等方面的包装的基础上，进行推销和炒作早已经是业界的常态；但是，面对现实诱惑，北美华文文学作家们应保持警醒，在与传媒的合作中保持良好的创作心态，以保证不受或少受干扰，创作出真正的好作品，这才是北美华文文学能够得以长期发展的基础。对于文学评论家而言，应改变纸媒时代以专家姿态去点评、批评的姿势与思维，放低身段，改变观点，深入理解新形势和新传播媒介条件下，文学思维与创作模式所发生的巨大变化，才能够使他们的相关研究变得更加有价值，从而给北美华文文学的发展和提升注入更多的活力因素，让北美华文文学继续借助新媒体的优势，向着更高、更优质的方向拓展与腾飞。

（作者为吉林大学中国现当代文学博士、清华大学博士后）

---

① 吕红：《华文传媒与多元文化融合态势》，《国际话语体系的海外华文媒体：第六届世界华文传媒论坛集》，香港：香港中国新闻出版社，2011 年，第 229 页。

业余的专业写作

——论北美华文网络文学

周志雄

因互联网首先在海外被广泛使用，华文网络文学是从互联网发达的北美兴起的。在 20 世纪 80 年代以来的中国移民潮中，移民北美的华人最多，2015 年 1 月 30 日来自中新网的报道称，据移民政策研究所（MPI）发布的数据，2013 年在美华人居民一共有 201.8 万，2010 年为 168.3 万，1980 年为 38.4 万，华人居民属于在美国年龄、学历和收入的"三高人群"。新一代的移民队伍中文学爱好者众多，海外华文文学也随之渐成气候。北美华文网络文学是中国当代文学的重要组成部分，其重要意义不容忽视，这不仅在于它的阵容和影响，更重要的在于它为中国当代文学的发展提供了新的文学视域和审美追求，与中国在商业机制下制造的爆炸式网络通俗文学有很大的不同。

一、北美华文网络文学的艺术视野

网络文学对于海外的华人作家来说，只是一个工具和写作交流的通道，而早期网络文学的自由精神和那种如作家陈村所说的赤子情怀还依然保留在海外华文作家的作品中。对于海外作家来说，没有类似国内的商业文学网站，没有通俗类型文学的泛滥，在网络上写作的人和在纸质媒体上写作的人，并没有太大的区别。那些在网络上发表作品的人，最初是在网络上"练摊"，通过网络写作交朋会友，锻炼文笔，磨砺心性，倾吐心中所忧所感，文学网站上发表的文字并不能给他们带来收入，赚得的只是"虚名"和人气，但他们依然愿意将自己的作品首发在网站上。海外曾经深有影响的文学网站"ACT""橄榄树""花招""国风""银河网"等陆

续关闭，但仍有"新语丝""文学城""文心社"等网站存活下来，这些
网站所充当的功能类似"同仁"刊物，是一批海外文学爱好者的习作园
地，这些文学网站上还刊发大量成名作家的作品，文学网站也有相应的刊
物，并不断地向平面媒体和读者推荐他们的作品，策划相应的海外中国文
学丛书出版，与中国小说学会联合组织小说作家排行榜，推出了一批有影
响的作品。以"文心社"为例，自成立之后，成员人数由 2000 年的 14 名
增加到 2012 年的近 1 500 名，网站共有文章近 6 万篇；文章发表数量逾万
篇（主要发表于《侨报》《世界日报》《星岛日报》《明报》，以及新泽西
州的《新象》周刊和达拉斯的《亚美时报》上开设的"文心社专栏"
等），著作的出版平均每年超过一百种；世界各地成立分社 70 多个。"文
心社"是由一个文学网站发展起来的有影响力的文学社团，将网络媒体与
平面媒体相结合，在文学实体活动与成员的培养、作品的推介等方面做了
大量的工作，在社团经营模式上取得了成功。在创作（双语）、发表、出
版、影视、文学评论各方面都有长足的进步和发展，堪称目前北美乃至海
外，规模最大、创作最活跃、活动最频繁、影响最广、最富有潜力的民间
文学社团之一。[①]

少君曾撰文指出："中文电脑网络杂志已成为传播华文文学创作的最
佳途径，其影响力远远超过报纸和文学杂志，成为海外华人，特别是知识
分子阶层汲取中华文化的主要渠道。"[②] 早期网络文学以消费性、娱乐性、
民间性为主打特色，"橄榄树"的文学宣言是："橄榄树文学社致力于向主
流文化消费渠道倾注非批量生产的、个人的当代文学艺术创作和批评，为
独立的作者提供一个较少政治经济限制的多元包容的大众传播媒体。"这
种自由写作、即时交流的网络文学平台推出了一大批有影响的北美网络作
家，如图雅、百合、莲波、方舟子、散宜生、阿黛、少君、陈谦、王瑞
芸、王伯庆、施雨、苏炜、陈希我、融融等作家都曾通过互联网写作并日
渐成熟起来。这些作家创作的重要作品有：百合的《天堂鸟》《哭泣的色
彩》，阿黛的《处女塔——阿黛中短篇小说选》，图雅的《寻龙记》《小野

① 林雯（施雨）：《论北美华文网络文学的第一个十年》，福建师范大学 2012 年
博士论文。
② 少君：《第 X 次浪潮：网络文学》，《中国现代、当代文学研究》2000 年第 6 期。

太郎的月光》，阎真的《曾在天涯》《沧浪之水》，滴多的《心有别趣》，艾米的《山楂树之恋》，陈谦的《爱在无爱的硅谷》《特蕾莎的流氓犯》，施雨的《纽约情人》《刀锋下的盲点》《你不合我的口味》，王瑞芸的《戈登医生》，苏炜的《米调》，陈希我的《我疼》，曾晓文的《网人》，等等。

相比 20 世纪五六十年代从台湾过去的文化移民，如欧阳子、白先勇、於梨华等，20 世纪 80 年代以后的大陆新移民作家有着独特的经历，他们带着移民之前的文学趣味和历史记忆以现实主义文学的方式书写他们的精神历程和文化感受。他们的文学作品记录了他们的人生，写下了这一代人的历史记忆和对时代的反思。因为有了海外视角，有了自由写作、自由发表的网络平台，他们获得了重新观照历史的角度，他们类似于"五四"那一批作家，"两脚踏中西文化"，以新的视角重新反思人生、人性与社会历史。

方舟子采用杂文式写作，以科技人的视野，纵论古今，针砭现实。方舟子的"明代人物系列"（《张居正二三事》《严嵩的末日》《黄道周之死》《人生舞台上的海瑞》等）显示了一种理工科学生的思维，以新的历史角度重新勾画历史人物，给人以耳目一新之感。2000 年 1 月，河北人民出版社推出了方舟子主编的《网络新语丝》，收集了自《新语丝》创刊至 1998 年方舟子在网上发表的三十余篇散文、诗歌。2000 年 6 月，北京理工大学出版社出版了方舟子的个人文集《方舟在线》。《方舟在线》收录了方舟子自 1993 年开始在网上张贴的访谈、科学小品、神创论批判、进化怪论批判、伪科学批判、文史论争、文学评论、网络评论、人物评论等方面的争论文章 60 篇，近 30 万字，是"国内第一部多学科网上争鸣文集"。拥有海外生物博士学位的方舟子最终放弃生物研究，而变成了一个科普文学作者，给《中国青年报》《科学时报》《经济观察报》《长江商报》《侨报》等报刊写专栏。方舟子通过网络成就了自己的文学梦想。迄今为止，方舟子著有《进化新解说》《方舟在线》《叩问生命——基因时代的争论》《进化新篇章》《溃疡——直面中国学术腐败》《长生的幻灭——衰老之谜》《江山无限——方舟子历史随笔》《餐桌上的基因》（再版改名《食品转基因》）、《基因时代的恐慌与真相》《寻找生命的逻辑——生物学观念的发展》《科学成就健康》《批评中医》《方舟子破解世界之谜》《方舟子带你走近科学》等著作。在《新语丝》网站上，方舟子将自己的文章分为诗歌、散文、随笔、文史小品、科普作品、宗教批判、杂文、网络评论等类别。方舟子的文章思路清晰、观点鲜明、语言犀利、视野开阔、有理有据，可读性强。

为《华夏文摘》和"多维新闻网"撰稿的王伯庆，大学学习材料工程，后在美国获经济学博士，在一研究机构任经济研究经理。王伯庆的文章文笔活泼，对生活的洞察富有理性思考力，《我家有个小鬼子——中国孩子在美国》写自己女儿在美国成长过程中的点点滴滴，让我们从中看到了中西文化碰撞、较量、交融的生动情景，看到了中西文化教育观念的差异，给人颇有启示。王伯庆的随笔集《十年一觉美国梦》被称作"风靡海外的'新燕山夜话'"，作者博览群书，学通文理，其文章谈哲学、政治、社会、历史、时代、人性等，随意而谈，针砭时弊，随性洒脱，妙语连珠，通俗易读而又闪烁着思想的火花，读来趣味盎然。

陈谦的《望断南飞雁》采用女性阴柔、温婉、细腻的笔调表达女性在新的文化背景下对生活的选择和对理想的追求。小说的主人公南雁，一个相夫教子的女子，在丈夫获得美国大学的终身教职，好日子已经开始的时候，离开了自己的丈夫，离家出走，到另一个城市，去实现自己的梦想。这个"娜拉出走"的故事在新的时代有了新的内容，对比美国的教授夫人过一种"有文化的家庭主妇"的生活，主人公南雁听从内心的召唤，超越了传统的夫贵妻荣思想的束缚。当然，小说也没有简单地肯定这种价值观，小说中王镭的理想是过"居里夫人式"的生活，她在事业上是成功的，但她的情感生活破裂了，现代女强人在家庭生活上并没有得到保障，小说最后以开放的结尾把思考留给了读者，小说的"震撼性"阅读效果来自作为女性主人公听从内心的召唤坚决地离家出走。

文化冲突和心理震荡几乎是所有移民作家的写作主题。陈希我的《移民》写移民的历史和对移民心态的文化反思。在众多移民千方百计移民的过程中，他们经受了巨大的精神震荡。移民潮自晚清甚至更早就不可阻挡，中国人出国是因为他们所面对的生活条件并不好，但移民在出去、归来的过程中，中国也发生了很大的变化，在国外所经受的艰辛和在国内所面临的机遇都是共存的，在经历人生的坎坎坷坷之后，小说以理性的思考多维解析移民的问题。

融融的《开着房车走北美》有一种异国情怀，作者用大量的图片和纪实性的文字，向读者展示了异国的风光和人物风情，读来颇长见识。唐散宜编的《枫叶叩问的国风》（河北人民出版社 2000 年版）采撷了海外华语网络文学中的重要篇章，包括日本的《东北风》、美国的《新语丝》和《橄榄树》、加拿大的《国风》及丹麦的《美人鱼》，作品展示了海外华人尤其是留学生在异国生活的酸甜苦辣，内容分为四辑，分别是"红尘无泪篇""天涯问路篇""故国不思篇""破衣戏语篇"。这些篇章以海外人物和海外故事给读者带来了新的文学景观。

总体上说，北美网络文学是海外文学的一部分，它从海外传到国内，在读者中产生重要的影响，其作品的内容及所蕴含的精神情怀，从整体上展示了海外华人的生活内容，以"生活在别处"的异国风情与文化之思赢得了读者。

二、北美华文网络文学写作的动因

马克·波斯特认为："电子邮件服务和公告牌中充斥着各式故事。人们似乎很乐于把所叙之事与他们从没见过且很可能不会见到的那些人联系起来。这些故事看起来往往好像直接取自生活，但是有许多无疑是子虚乌有。将自己的故事告诉他人——告诉许多人、许许多多的其他人，这种引诱力实在太大。"① 海外中文网络文学的编辑和写作成员主体是海外的留学生，他们在异国他乡留学，文学是他们寄托怀乡之情的一种方式，而网络的出现为他们提供了一种很好的文学交流方式，可以不受发表和版面的限制，可以快捷地交流他们在异国他乡的共同感受。网络文学最初的功能就是交朋会友，排遣孤独，是非功利的，文学充当了最基本的倾诉和慰藉心灵的功能。

英国启蒙主义时期诗人杨格认为："对于职业作家和业余作家，写作不但是一种高尚的文娱活动，而且是一个幽静的避难所。它改进他们的才能，增加他们的宁静，它从这烦乱无谓的世界的忙乱中为他们开了一扇后

---

① ［美］马克·波斯特著，范静哗译：《第二媒介时代》，南京：南京大学出版社，2001 年，第 49 页。

门，通向一座长满道德与智慧花园的芬芳园地。"① 北美网络文学写作者写作的动因主要是精神需求，而不是为稻粱谋，因而他们能听从内心的需要，写自己想写的文字。少君的写作源自内心的人文情怀，他说："我不能不写作，写作使我在与金钱的游戏中得到释放，写作也使我在异域的漂泊中感到生命的价值所在。"② 陈谦说："在美国经历，打开人的眼界，开放人的心灵，甚至改变人的世界观。震撼和感慨之后的思考，是我写作的原动力。……中文网络写作最早是在海外开始的。我的很多朋友也开始写，我在海外读到他们的鲜活生动的作品很激动。在英文语境中，我突然看到有这么多中国人用中文在写，而且写得这么好，我来自儿时的对文字的爱好一下子被激活了。我就也开始上网写。"③ 对于陈谦来说，不用为了写而写，而是有了感觉才写，因此写作相对比较严谨，作品多是有感而发的。王伯庆在《十年一觉美国梦》的《作者自序》中说："我为什么写这些随笔？在海外读洋书，有空时也想读些中文，享受一下。由海外中国留学生，主要是留美学生办的第一个网上杂志《华夏文摘》，给了数十万海外中国学人每周一读的机会。我读了七年的《华夏文摘》后，想贡献一次，大家的事情大家做。于是，1997 年 5 月，我就写了第一篇随笔，登在《华夏文摘》上。发表后收到的鼓励信件使我的骨头一轻，写了下去，每周三一篇，在《华夏文摘》上形成了现在海外中国人知道的'新燕山夜话'系列。"④ 从这些作家的自述中我们可以看到网络激发了这些作家内在的写作才华，网络写作是意随心动的结果，借助网络媒体，他们在海外通过写作获得了一种别样的精神生活。

许子东在 21 世纪初对中国的 50 篇表现"文革"题材的小说进行了解读，在他的著作《为了忘却的集体记忆——解读 50 篇文革小说》⑤ 中，许

---

① ［英］杨格著，郑敏译：《论独创性的写作》，伍蠡甫主编：《西方文论选》（上），上海：上海译文出版社，1979 年，第 506 页。

② 江少川：《北美网络作家少君访谈录》，《世界华文文学论坛》2003 年第 1 期。

③ 江少川：《从美国硅谷走出来的女作家——陈谦女士访谈录》，《世界文学评论》2012 年第 2 期。

④ 王伯庆：《十年一觉美国梦　风靡海外的"新燕山夜话"》，成都：四川人民出版社，1999 年，第 4 页。

⑤ 许子东：《为了忘却的集体记忆——解读 50 篇文革小说》，北京：生活·读书·新知三联书店，2000 年。

子东认为中国的"文革"历史小说大多只是充当了通俗故事的功能，没有相应的思维深度，缺乏对人性和文化的深度反思，使中国文学停留在浅层次上。许子东所谈的这种现象正在海外华语小说中得到改变，在20世纪八九十年代出国赴美的一批人中，大多对"文革"有较深的童年记忆，有的家庭还受到"文革"的影响，因为身处海外，在各种"文革"档案相继解密及宽松的文化环境中，历史被重新反思，历史记忆因拉开了时间的距离重新发酵，历史因为海外视角和记忆的反刍而出现新的面貌，"文革"故事的叙述也开始推向更深的层面。很多海外作家意识到"文革"是中国文学的一座富矿，陈谦认为："我觉得从写作来讲，'文革'相较于'二战'之于西方，也是一个富矿。只是，从文学创作来讲我们要看怎么样去探寻。"① 陈谦的《下楼》《特蕾莎的流氓犯》都是以"文革"为背景的小说，作品写人物的创伤，写对历史的反思。陈谦认为："我意识到，面对历史的重创，如何疗伤，其实是更重要的。其实我们整个民族在"文革"中遭到的重创到今天也还没有得到足够而有效的医治。"②

白先勇先生在阿黛的小说《处女塔》的序言中介绍说，他曾在加州大学开了一门"文学作品中所反映的'文化大革命'"的课程，美国学生对中国的这一段历史很感兴趣，阿黛的家庭也受到了"文革"风暴的冲击，阿黛因此有着许多刻骨铭心的记忆。阿黛在叙述她的动人故事的时候，显示出一种饱经忧患后的成熟理性。在白先勇的鼓励下，阿黛开始创作"文革"背景的故事。《处女塔》写"文革"中历史对个人的伤害是无情的，个人在时代的风暴面前是脆弱的。因为政治的原因，毁坏的家庭导致了年轻姑娘小沁的人生悲剧。当然，《处女塔》并没有简单地将人物的悲剧归为政治现实，而是写出了一种命运感以及人性的柔弱。小说中，"我"（小沁）的父亲是"反革命"，"我"喜欢乔谦，乔谦的同学卓田有个表哥在关押父亲的那所看守监狱里工作，遂请他关照关在监狱里的父亲，因对卓田的感恩，"我"按照母亲的遗嘱和卓田结亲，后来由于父亲的"反革命"问题，"我"和卓田的婚事也遇到了阻碍。最后面临的问题是："生我的父

---

① 江少川：《从美国硅谷走出来的女作家——陈谦女士访谈录》，《世界文学评论》2012年第2期。

② 江少川：《从美国硅谷走出来的女作家——陈谦女士访谈录》，《世界文学评论》2012年第2期。

亲母亲遗弃了我，养我的父亲母亲又离开了我，我真正爱的人要与别人结婚，我应当嫁的人又拖延着婚期……实在没有任何值得留恋的了。我不怪任何人，我已经尝受过了我的生命所能尝受到的最大的幸福——我爱过。"① "我"选择了体面地死去，以此祭奠自己的青春梦想。"由于死，我的生命将会成为一道彩虹，一颗流星，一朵火花——至少辉煌了一次。就让我死得年轻，死得美丽，让我以我独特的方式流芳人间。"② 在这种抒情的笔调中，阿黛的小说中有着理想主义的情怀，小说的叙述是用第一人称"我"的叙述，如泣如诉，给人一种身临其境的感觉，从而写出了不一样的"文革"故事和"文革"人物。

在面对抗战历史时，刘振墉的小说《抗战亲历杂记》写出了抗战历史的另一面，颠覆人们对抗战惯常认识的层面。这篇小说语言上很朴素，但小说以"亲历"的叙述方式，讲述了令人"震撼"的另一面历史。这种翻烙饼式的历史，未必就是历史真实的面目，但我们看到，网络写作、海外写作使作品有了打破主流政治色彩的意味，历史面目在人物记忆中带有个体情感的体温，显示出另一种"残酷的真实"意味。

"因为海外华人无法靠撰文为生，所以除了兴趣，没有人会把写作当作一个正经的职业来投入大量的时间和精力。有时间写写，没有就不写。……温饱解决了，玩玩文学不过是兴趣和娱乐。"③ 在中国文学经受商品经济大潮的影响下，文学叙述呈现欲望化、景观化等倾向时；在商业网站的利益机制刺激下，网络文学普遍走通俗化、娱乐化路线时，海外的网络文学写作坚守了文学的赤子之心，追求精神理想和艺术意蕴的营造，有打动人心的力量。亦如薛海翔在"海外知性女作家小说丛书"的《总序》中说："海那边，写家们的作品，倒有了一种象牙塔般的古典意味，清静、悠然、孤芳自赏、与世无争。"少君 40 岁时做出退休的决定，定居美国的凤凰城，过着"自此光阴为己有，从前日月属官家"的当代隐居生活，远离官

---

① 阿黛：《处女塔——阿黛中短篇小说选》，福州：海峡文艺出版社，1999 年，第 185 – 186 页。

② 阿黛：《处女塔——阿黛中短篇小说选》，福州：海峡文艺出版社，1999 年，第 185 – 186 页。

③ 江少川：《弃医从文　用母语坚守精神家园——施雨访谈录》，《世界文学评论》2012 年第 1 期。

场、商场的争斗和算计，过着自由的生活。这份超脱、闲适赋予了海外华文网络文学作品清迈、悠远的格调。

三、北美华文网络文学的艺术格调

海外网络写作使文学获得了更大的自由空间，但对于每一个作家来说，自由地写作，不勉强自己，不为利益驱动，因而更能坚持文学性，坚持按照自己的审美追求来写。北美华文网络文学的作者身份驳杂，他们出身于不同的专业，几乎都是多面手，有独特的人生阅历，他们的作品更能见出他们自身的精神个性和才情。

涂雅写诗，写散文，也写小说，他有特立独行的个性，在网络上"神龙见尾不见首"。涂雅的作品受王朔、王小波作品的影响很明显，人物有些痞气，野性、生猛，但又都是有个性的天才。其作品语言的网络风格很浓，戏谑，风趣，文字简练，跳跃，在细节上又颇为用力，有自由之精神境界的追求。其支撑作品内核的是一种自由的、天性的民间文化。

施雨有多幅笔墨。陈瑞琳曾用"微风细雨霜满天"来评价施雨的创作，她认为施雨的作品有散文的优美，诗的沉淀，"如果说'微风'的清爽是她的'文'，'细雨'的柔密是她的'诗'，那么，'寒霜满天'的激荡浩然便是她倾尽心力的'小说'"。陈瑞琳甚赞施雨的作品："《纽约情人》，浮出北美小说文坛的一朵奇葩，缀落着鲜丽的水色，洋溢着北方凄美的芬芳。"①

阿黛 1982 年毕业于福建师范大学外语系，1988 年到美国，师从著名作家、加州大学教授白先勇教授，获加州大学亚洲研究硕士学位，并开始创作。早期的创作主要在《新语丝》上发表，是知名的网络写手。阿黛的小说"手法多变圆熟，尤其是她对小说人物身不由己的遭遇命运都怀着相当的宽容与谅解，这使得她的小说透着一股人性的温暖，这也是阿黛小说最可贵的特质"。② 阿黛小说中的女子有高尚的精神追求，《处女塔》的主

---

① 陈瑞琳：《北美新移民作家扫描》，《文艺报》，2005 年 3 月 17 日。
② 白先勇：《阿黛的故事》，《处女塔——阿黛中短篇小说选》，福州：海峡译文出版社，第 2 页。

人公在青春期阅读《牛虻》《简·爱》《呼啸山庄》《上尉的女儿》《叶甫盖尼·奥涅金》《罗亭》《巴黎圣母院》《怎么办》《悲惨世界》《战争与和平》等世界名著，追求有灵魂的爱，将一生的目标定位为追求人间难以寻找到的美和情操。

少君曾就读于北京大学声学物理专业，后在美国德州大学获经济学博士。他曾任中国《经济日报》记者、康华公司经理、美国匹兹堡大学国际关系学院副研究员、普林斯顿大学当代中国研究中心研究员。后任职美国TII公司副董事长，亦为北美华文作家协会理事及北德州分会会长，兼任美国南美以美大学和中国华侨大学教授。少君在全球第一家中文电子周刊《华夏文摘》1991 年第 4 期上发表的《奋斗与平等》是最早的一篇留学生小说。此后，少君在网上发表了大量的文学作品，并结集出版几十种。他深有影响的作品是早期在网络上发表的"人生自白"系列，这些作品反映了少君作为新闻记者的敏感和责任，他试图以访谈自述的方式记录一代移民的生活经历和情感感受。由于少君自身经历丰富，涉足学界、商界、政界、新闻界等领域，视野广阔，对人物的叙述中有较深的理性色彩，他的"人生自白"系列因而能在较深的层面上写出一代移民的现实处境和精神困境。

王瑞芸有良好的艺术修养，追求小说的雅致。1982 年毕业于南京师范学院美术系，后获中国艺术研究院西方艺术史硕士学位，1988 年进入美国俄亥俄州凯斯西方储备大学。获艺术史硕士学位。著有《巴洛克艺术》《20 世纪美国美术》《美国艺术史话》《新表现主义》《激浪派》《变人生为艺术》（美术史论文集）、《美国浮世绘》（散文集）及译著《杜尚访谈录》《光天化日》（哈金短篇小说集）。王瑞芸的《戈登医生》首发于大型文学网刊《国风》，2000 年在《北京晨报》连载，其后在《天涯》发表，同时收在 2000 年 8 月号的《小说选刊》和《小说月报》，还被选入 2000年中国最佳中篇小说集。

《戈登医生》故事细腻、纯净，悬念控制得很好，心理描写很出色，以纯粹的人物和纯粹的故事写出了对理想爱情的坚守。戈登医生因涉嫌私藏干尸罪被美国警方拘捕，成为世人眼中的心理变态狂。王瑞芸说："通过写作我认识到，好小说应该有严谨的结构、精致的美学形式，更重要的，是要有高远的意境。小说写得好，在人的心里会引起读诗一样的体验……"①《戈登医生》体现了作者这种美学上的追求，达到了作者所要追求的艺术效果。这种精致和神韵也体现在人物性格形象的设置上，戈登医生的言谈举止非常的优雅。小说以"我"的叙述展开，"我"在戈登医生家做保姆，照顾戈登医生领养的中国小孩，在整个过程中"我"所看到的戈登医生的形象是正面的，他温存、体贴、专注，做事精细，为人和气，处事优雅，这与戈登医生后来被认为是"变态狂""罪犯"的形象是大相径庭的，从而对读者形成了强大的阅读冲击力。

　　小说的魅力还来自作者优雅的叙述。"我"在对戈登医生的生活发生兴趣的过程中，作者一面努力保持着小说的悬念，制造一些看不明白的"谜"，一面是对人物精、气、神的把握。通过"我"与戈登医生之间朦胧的情愫展开，所有故事的推进都紧紧贴合着"我"的敏锐的内心感受，语言中不时迸发出诸如："在生活里，你要学会不要只活在表面上，你要越过它们，抓住它们背后的东西""人和人相知、相爱、相守是要有缘分的，丝毫勉强不得的"等充满生活哲理的警句。也不时有表现人物内心的句子，如："一个世界都站在戈登医生的对立面，只剩下凯西和我了，只有我们两个懂得戈登医生的所作所为，懂得戈登医生纯洁灵魂所遭受的玷污和他柔软心肠承受的委屈，因此他的耻辱、他的不幸注定只能由我们两个能懂得他的人来承担，这个分量太重了，我们只有痛彻心扉，抱头相哭，别无他途。"② 这段心理叙述与故事的情节推进相互融合，又一点点拨开了故事的内核，类似这样浑然天成的叙述在小说中比比皆是。"的确，没有一种激情比善良的爱情更能激发我们向往高尚和慷慨事物的心情了。"③ 正是这种"善良"使小说有一种打动人心的力量感。

　　王瑞芸将对绘画的理解用到对人物的刻画上。《戈登医生》中将"我"的丈夫和戈登医生对比："我丈夫该是一张写实主义的画，那种一丝不苟地照了现实描摹的样本，处处遵循着眼睛所能看见的实体落笔。而戈登医生却是一张表现主义的画，它并不留意图像本身，它的颜色和线条表现的

---

① 王瑞芸：《戈登医生·后记》，南宁：广西人民出版社，2004 年。

② 王瑞芸：《戈登医生》，南宁：广西人民出版社，2004 年，第 43 页。

③ ［法］圣·艾弗蒙著，薛诗绮译：《论古代和现代悲剧》，伍蠡甫主编《西方文论选》（上），上海译文出版社，1988 年，第 271 页。

是图像外的意义，这样的画意境空灵，在一个看不见的通道上洇染你的心。"① 这种现实主义与表现主义人物形象之辩实则也体现在作者对人物形象的刻画上，作者更倾向于对人物自身气质和神韵的把握，戈登医生的形象给读者留下了深刻的印象正因如此。

20 世纪 60 年代陈谦出生于广西，大学毕业后在南宁一家制药企业从事技术工作，1989 年赴美留学，获爱达荷大学电子工程硕士，后来成为美国西部硅谷的一名集成电路芯片设计师。自 1997 年起，陈谦在海外文化网站《国风》撰写专栏，长期拥有众多忠实读者。小说、散文作品散见于《今天》《小说界》《钟山》《香港文学》《红豆》《青春》《三联生活周刊》《南方日报》《侨报》《华声月报》等海内外报刊，出版长篇小说《爱在无爱的硅谷》（2002）、中篇小说集《覆水》（2004）、散文集《美国两面派》（2007）等。陈谦的小说可称为"问题小说"，探讨女性所面对的感情问题。《望断南飞雁》提出了在新的历史条件下，女性追求心灵梦想与家庭之间的矛盾。《繁枝》探讨感情出轨的问题，两代人采取不同的对待方式，最后的结局是完全不同的。《覆水》提出了老夫少妻所面临的困境问题。小说的主人公依群是一个中国女子，她嫁给了来自美国的比她大 30 岁的老德，老德在 76 岁的时候突发心肌梗塞死去，依群似乎有了精神的解脱。美国人老德将自己对年轻时恋人的热情转投到他的外甥女身上，一段异国的恋情开始。年轻的中国姑娘依群因为先天的心脏病得不到治疗，嫁给美国人，到美国治病是她能活下去的机会。小女人总是要长大的，依群病弱的身体康复了，在老德的帮助下，她用了二十年的时光，从一个弱不禁风的中国南疆小城里街道铁器厂的绘图员，成为世界顶尖级学府克莱加大的 EE（电子工程）硕士、硅谷一家中型半导体设计公司的中层主管，手下直接管着中高级职称的工程师二十多人。随着依群的成长，老德的衰老，他们之间的裂隙一点点扩大。小说用回忆的方式，细细讲述了主人公依群所经历的情感历程，写出了这对老少恋生活中感情关系的细细褶皱，不和谐的夫妻关系，最终走向分居，老德的死对于依然年轻的充满活力的依群似乎是一种解脱，但这个过程并不是那么简单。小说的故事并不复杂，显示作者功力之处在于作者突出的心理分析和对情感深入描摹的能力。老德是依

---

① 王瑞芸：《戈登医生》，南宁：广西人民出版社，2004 年，第 31 页。

群的恩人，又对她形成了钳制；依群渴望摆脱老德，但又不时回味她和老德在一起的温馨时光，她在隐隐地逃避自己的内心愿望。小说中所显示出的那种命运感，那种女性挣脱感情漩涡的回旋，体现了作者描摹深层人性的能力。

在20世纪90年代，中国的诗歌界提出了"中年写作"的概念，批评家陈晓明先生认为中国的小说写作在新世纪进入了一种"晚郁风格"的写作，这两种看法意在说明，中国当代作家经过多年的勤奋写作和积淀，已进入一种大气成熟的中年写作状态。对于北美的一批华人网络文学作者来说，他们的也大多处于人生中成熟的中年时期，在精神自由的天空下，在多元文化的碰撞中，他们的条件得天独厚，他们的经历丰富，有各自不同的专业背景，这使他们的作品内容是"刚性"的，其审美追求是多元而充满个性的。他们的业余写作从网络起步，经过多年的写作历练，自觉地寻找适合他们自己的写作方式，他们的写作也进入了一种洗练、成熟的中年专业写作状态，具有独特的文化价值和美学价值。

（作者为山东师范大学文学院教授）

海外华文文学与中华文化传播途径及影响

—— 以美国《红杉林》杂志及作家群为例

吕 红

一、红杉林打造传媒平台　传承中华文化精髓

　　海外华文文学从 20 世纪初发端到今天汹涌澎湃，已经成为世界文学的有机组成部分。近 30 年来中国世界华文学会与各地高校积极开展通力合作，在研究方面有了丰富的成果。恰如学者专家所见，当代的海外华文写作，在相当程度上承续了中华人文传统精髓。而海外华媒发挥团队力量为推动中华文化传播、社团发展及华校互动，尤其是文化传承等方面发挥了重要的影响作用，更是文化身份建构的重要资源与通向未来的坐标。

　　六千万海外华侨华人，是一个不可忽视的华文群落。华人在世界各地生根发芽，开枝散叶，精神血脉是源远流长的中华文化。犹记一百多年前，梁启超在太平洋途中感怀身世："余乡人也，九岁后始游他乡，十七岁后始游他省，了无大志。懵懵然不知有天下事。曾几何时，为十九世纪世界大风潮之势力所颠簸、所冲击、所驱遣，使我不得不为国人焉，不得不为世界人焉。"当今世纪，在全球化趋势下，网络及现代科技似无远弗届，因时空转换而命运跌宕或情感交织，提供了无限遐想的空间。打破族群和民族的边界，传递文明及其价值，创造联系彼此的精神纽带。传统被赋予新的生命，释放无穷能量而成为新的起点。新移民作家群体以开阔的视野、娴熟的笔致，构建了一个与中国本土文学殊异的文学空间，彰显出不同的文学观，并使得华人文学成为世界文学的重要一脉。

　　我自从 2004 年作为美国华文文艺界协会副会长参加了在山东威海举办的世界华文文学国际研讨会后，就几乎每年都参加国侨办主办的世界华文

传媒大会与世界华文文学大会，建立了广泛的人脉，为创建文化交流平台打下了很好的根基。

再谈一下《红杉林》与美华文协或《美华文学》在创刊、停刊之间的关联。成立于1972年的美国时代有限公司于2005年12月结束营业，旗下创办十年的《美华文学》及其网络版、《美华论坛》均停刊。① 经反复沟通磋商，由伯克利大学亚裔系主任王灵智教授牵头，在文化教育界及侨界支持下，由吕红任主编，王性初任副主编，苏炜、陈瑞琳、陈谦、施雨、刘荒田、李硕儒、朱琦、郑其贤等华人作家为主力，与伯克利大学人文学科的相关学者共同组成编委会，以荟萃人文思想和艺术精华，弘扬中华文化为宗旨的《红杉林》（国际刊号 ISSN 1931 – 6682）正式创刊。

社长王灵智先生在发刊词中开宗明义，确立了《红杉林》的宗旨："其一，提供海外华人一个文学艺术作品发表与交流的平台；其二，促进自由开放的沟通，为作家艺术家与学者们提供切磋交流园地，通过各种视角的观照和评论，让来自不同地域的创作得到更进一步提高；其三，推动全美及海外华人文学艺术的发展，系统地评估艺术创作成就，包括从文学到艺术，从电影到大众文化等；其四，让更多的海外华人（譬如晚生代华裔或对华人文学感兴趣的各族裔读者或研究生等），增进对美华人历史文化的了解，提高他们的艺术欣赏水准，以及对文学作品的分析能力，并借此对世界华人文学有更深刻更全面的了解。"

《红杉林》因秉承"高屋建瓴、开放广博；不拘一格，兼容并蓄"，"创作与研究并呈，典范与新锐兼容"之风格特色而颇受关注。特邀国际名家纪弦、聂华苓、白先勇、陈若曦、余光中、郑愁予、痖弦、洛夫、张错、张炯、公仲、单德兴、严歌苓等为顾问。南加州大学张错教授表示"这是一个很好的开始，但因要走的路尚长，需要坚持和有恒"。白先勇先生题字"祝红杉林愈来愈红"。创刊号不仅有北岛、严歌苓、苏炜、少君、沈宁、刘荒田、王性初、吕红等作品展示，同时还有公仲教授、王红旗教授与刘俊教授、陈瑞林、阙维杭等的评论。诸多文坛精英加盟支持及热切

① 在2005年《美华文学》停刊之前本人一直是该刊编委，每期提供稿件并采访及编辑。然而随着时代公司关闭而创刊10年的杂志停刊。几经周折，2007年又复刊。2010年与硅谷女性合办，2011年则全部移交由硅谷女性主办。而2015年女性协会仅出1期《美华文学》，至今未见再出刊，已失去连续性期刊性质。

关注，期冀担当起那些如雷贯耳的文学刊物的责任。

至于刊名"红杉林"的选择，编委苏炜曾给予过很好的启示。① 诚如加拿大华裔学者桑宜川教授所言："或许与美国加州湾区广为生长的红杉有关。"红杉的根被称为"慧根"，加州红杉的根在地底下紧密相连，形成一片根网，这就使得加州的红杉树都是成群结队地成片生长，而且长得特别高大——这与华人顽强的生存信念和族群情结何其相像？《红杉林》凭借顽强的意志和族裔情结在美国自诞生至今已十余年，并取得了出色的成绩，成为维系华人文化血脉的传媒之翘楚。②

海外华人文学自 20 世纪初开始发端，到了五六十年代，大批港台留学生赴美，再到 80 年代改革开放一波波大陆留学生负笈游学，形成三代作家的创作高潮。聂华苓、陈若曦、於梨华、欧阳子、白先勇等面对西方文化冲击的"精神迷失"和"文化回归"，体现了一批海外学人难以割舍的中华文化根的情怀。

其实，华人在海外创作肯定是有其精神的追寻求索的。这也是当年《现代文学》主力相继成为本刊顾问的内在动力。细解《文学杂志》《现代文学》和《中外文学》在创刊与停刊之间的更迭，可见一脉相承的人文情怀："不计成败得失，以一股缓慢却悠长的力量表达对社会的关切，形塑一种值得骄傲、值得维系的文化品格。"

《红杉林》顾问聂华苓的代表作《桑青与桃红》，有着强烈的政治隐喻和个性泼辣的叙事与结构，越界漂泊与精神的跨国流离更让作品意蕴深幽，促人回味，也是西方学者研究亚裔离散文学、少数民族文学、女性文学的重要范本。加州大学洛杉矶分校、伯克利分校和哥伦比亚大学等均选择聂华苓的《桑青与桃红》作为教材。作家洪洋认为："美籍华人女作家的作品，走进了美国第一流大学的课堂，这就是令所有中国人自豪和高兴的事！"③

《红杉林》顾问陈若曦的作品表现异乡人的失落与对乌托邦的追寻，表现这个世纪存在的症状，用海德格尔的话说：无家可归。思想精神和情

---

① 苏炜：《千岁之约》，《红杉林》2006 年第 1 期。

② 石娟：《北美华人的精神纽带及思考——以红杉林为例》，《红杉林》2016 年第 1 期。

③ 洪洋：《高速的梦幻》，武汉：长江文艺出版社，2004 年，第 29 页。

感个体都在流亡。突破藩篱，不断创新，传播中华文化，开花结果于海外。

《红杉林》顾问白先勇曾指出20世纪50年代至70年代美华作家群的几个重要特征：第一，他们旅居海外，但政治潮流和历史变动，对他们有着极其重要的影响；第二，作品热切关注民族和文化的前途和命运；第三，他们置身海外，对海峡两岸都能采取独立批评的态度；第四，他们的创作对台湾和大陆的文艺思潮都有一定的贡献和影响。作为评价那个时代美华作家群的创作主流，至今仍有一定的参考价值。从世界华文文学研究视野中来评析海外移民作家的文学创作，也是颇具启发性的。

旅居加拿大的移民作家痖弦则说：海外华文文学无须在拥抱与出走之间徘徊，无须堕入中心与边陲的迷思，谁写得好谁就是中心，搞得好，支流可以成为巨流，搞不好，主流也会变成细流，甚至不流。同时华人作家在英文创作领域也取得较大成就，如哈金的作品囊括美国所有的文学奖，在主流社会打下了一片天。① 近年来一批以英文写作的作家如李翊云等取得靓丽成绩，频频获奖。

从老移民作家到留学生作家再到新移民作家，都创作颇丰，成就傲人，并影响了一批又一批新人；在全球化背景下，在流散、迁徙的生命体验中，海内外作家、学者对艺术的思考，对人文精神的重新认识和想象，开启的探索思潮，渐成波澜迭起的文学巨流。

二、跨越语言疆界　追求卓越与独创

放眼一看，海外文坛色彩缤纷，新移民文学打破传统的叙事模式，在现代多元视域下，题材新锐、表现手法独特的佳作不断涌现，如哈金的获奖作品《等待》，严歌苓的《少女小渔》《陆犯焉识》等，阎真的《白雪红尘》，张翎的《金山》，虹影的《饥饿的女儿》，陈河的《去斯可比的路》，李彦的《红浮萍》系列，沈宁的《美国十五年》，苏炜的《迷谷》，少君的《人生自白》，卢新华的《紫禁女》，陈谦的《爱在无爱的硅谷》，范迁的《错敲天堂门》，施雨的《刀锋下的盲点》，宋晓亮的《涌进新大

---

① 江少川：《哈金：小说创作的智性思考》，《红杉林》2013年第2期。

陆》，融融的《素素的美国恋情》，章平的《冬之雪》，瞎子的《无法悲伤》，鲁鸣的《背道而驰》，孙博的《茶花泪》，余曦的《安大略湖畔》，曾晓文的《梦断得克萨斯》，袁劲梅的《青门里志》，吕红的《美国情人》以及魁北克作家薛忆沩、郑南川、陆蔚青，还有近年非常活跃的欧华作家群等，他们的创作实绩无不折射出时代风貌的深广度，或人性开掘的厚度与深度，坚韧执着在浮躁年代愈显现出特有的价值。

《红杉林》作为思想文化交流平台，凝聚了有影响力的海内外作家、评论家，追求卓越与独创。能够站在文化的高度，"位卑未敢忘忧国"，具有强烈社会责任感，有批评有建言："因为知识分子首先应该是社会的良心。"对现实无奈中或有妥协，但是缝隙中总是昂起那其实从来没有睡眠和屈服的意志。

江少川教授在与新移民文学的代表查建英的访谈中，① 详细梳理了从《丛林下的冰河》到《留美故事》、*Tide Players*（《弄潮儿》）等系列创作的心路历程，挖掘了中国留学生云游四方"为了找找看"，但生活和学业并没有如预期的那样如鱼得水，回到故土却已物是人非。作品发表后反响颇佳。后来作为学者的查建英出版的 *China Pop*（《中国波普》）被美国大学作为中国文化课程教材。

新移民文学对中西文化碰撞交融、本土文学的嬗变也提供了多层面、多角度的参照。如严歌苓小说双重文化背景和双重身份导致叙事主体的暧昧并充满悖论。从《少女小渔》到《扶桑》，再到《无出路咖啡馆》《穗子物语》《第九个寡妇》等，均塑造了理想中的女性，以其浑然不分的仁爱与包容一切的宽厚而超越人世间一切利害之争。而《陆犯焉识》则以独特视角反思人在特殊境遇里的苦难及命运，电影《归来》将影响扩展至民众。

新移民作家张翎的《金山》从清末华工方得法远赴加拿大淘金修铁路讲起，描绘了方家四代人在异国他乡卑苦的奋斗历程，探讨国际大背景下国族身份与认同。小说纵横捭阖，波澜壮阔，跨越了一个半世纪浩繁的光阴和辽阔的太平洋。

以《饥饿的女儿》声名鹊起的旅英作家虹影，在接受江少川教授访谈

---

① 江少川：《查建英访谈：找到的就已不是你要找的》，《红杉林》2014 年第 1 期。

时坦承："性爱是我小说的贯穿性旋律，我笔下的女人的性爱，哪怕缠绵欲死，也是野性狂烈的；一旦痛苦欲绝，则是摧肝裂肺的。这两者是人性的充分表现。自我意识、叙述能力与性爱结合，三位一体，可能是人性的最高表现形式。"她用想象力把这三者融合成现代中国人的人性基础。①

海外华人移民身处全球性语境的西方文化环境中，又得益于自身开放的心态，所以其创作开始呈现"五四"以来中国知识分子孜孜以求的融中西文化的境界。② 而且视角越界较多地出现在新移民作家创作中，这种跨文化视角的复杂性带来创作思维和叙事语言的丰富性和多样性。既承接传统，艺术性和思想性并重，又大胆地吸收借鉴了西方现代文学的表现手法，博采众体，熔铸百家。从各自的不同心理出发，寻找着共有的精神归宿。同时也是在双重文化的背景中建构自己的文化身份。

海外移民多重文化背景及人生经验，跨越地域之复杂性、差异性和变化性，为作家们提供了艺术翱翔的天地。宽阔的社会历史背景，涵盖华人社区、美国主流。透过现代人的观点，在如此博大的情怀和视域下产生的作品，自有其深广的腹地；兼容多项素质，并且不自觉地注入了多元与跨界的必然性：海外作家以不同的方式来诉说命运的跌宕起伏和经验的细微感知，既包容又专精，既多变又执着，形成了海外创作的丰硕景观。

三、经典重构　拓宽创作格局

当翻看文学史会不经意发现，或许由于机缘，有些作家经历了大红大紫后又被时代冷落或冷藏，而有的恰恰相反，先不被重视，时过境迁却又被追捧推崇，甚至被一代又一代读者青睐。这不能不说是文学史嬗变的奇特现象。尤其是当有的名家备受关注和肯定，而有的却迟迟未得到恰当的评价和推介。反观海外热络的众声喧哗，不禁令人深思：为何会出现如此反差？文学是人学，谁也无法否认文学的最大功能就在于对人的描写，对丰富精神世界的表现以及复杂深奥的人性的揭示。

《红杉林》顾问白先勇在重塑经典过程中表现了对历史文化的忧患意

---

① 江少川：《虹影：私生女情结·母女三部曲》，《红杉林》2013 年第 4 期。
② 黄万华：《在旅行中拒绝旅行》，北京：中国社会科学出版社，2007 年。

识，认为重新评估历史文化是当务之急。他认为因内忧外患、外压及内耗，近百年来文化的发言权几乎由西方主导，期盼几千年的中华传统文化重现光芒。① 聂华苓以创作及创立国际写作中心，对人生终极意义上的游子归宿作出探寻；② 陈若曦以小说及人生自述来呈现社会文化历史反思；③ 施叔青以跨域气魄推出具有代表性的长篇小说系列，拓宽了创作格局；王鼎钧在磅礴人生和宗教虔诚中的大化境界，呈现的世态百相以及对中华文化资源的深入挖掘都足以在华文文学史上留下辉煌篇章。

美国华文文艺界协会作为一个享誉海外20年的文化团体，一大批有思想、有才华的创作者活跃其中。首任会长纪弦，诗龄长达70多年的大诗人。第二任会长戈云，文学评论家。第三任会长黄运基，著名报人和作家。第四任会长刘荒田，著名散文家，诗人，已出版文集和诗集多种，荣获中山文学散文首奖。第五任会长沙石，小说家，创作出版小说集《玻璃房子》等；现任会长吕红，著有长篇小说《美国情人》《世纪家族》《午夜兰桂坊》《女人的白宫》《智者的博弈》等，并主编《红杉林》杂志，深受海内外文化教育界好评。她不仅编辑出版美华文协会员专辑，还联合中国华侨出版社、纽约商务出版社策划出版会员新作，多次举办新书发布会及作品研讨会。

2015年经理事会讨论决定，创刊10年的《红杉林》杂志正式成为会刊。海内外创作与评论的各路英豪，与伯克利大学亚裔研究系、中国社科院文学所、中国世界华文文学学会、暨南大学、南开大学等联合举办"跨越太平洋——北美华人文学国际论坛"；为来自不同地域的专家学者与作家提供对话和交流平台，议题包括世界华人文学创作生态及作家作品研究等。逾百位来自海内外的专家学者，与北美华人作家齐聚一堂，共襄盛举。传媒称在旧金山、洛杉矶及温哥华等地举办论坛对于推动海外作家创作、弘扬中华文化、促进中美文化交流具有深远意义。

美国国会图书馆最早将本刊作为典藏；香港中文大学、香港城市大学图书馆追踪订阅，为文学研究开启一扇窗口；而国内核心期刊有关《红杉

---

① 弘晓：《白先勇：以图影还原历史真相》，《红杉林》2013年第2期。
② 江少川：《聂华苓：往事今生三时空》，《红杉林》2015年第4期。
③ 陈若曦：《七十自述（节选）》，《红杉林》2010年第4期。

林》的介绍，引起文科院系师生关注；不少学者来函搜寻刊物及电子文本；亦有读者兴趣颇浓，称爱不释手、欲罢不能。

春华秋实，众多海外作家在海外的创作创造了辉煌，留下了精神的印记。散居在世界各地的华人移民作家及团体，创作意义同时显示在（本文化传统的）中心地带和（远离这个传统的）边缘地带。"独特的经历，使作家写出的作品往往既超脱（本民族固定的传统模式）同时又对这些文化记忆挥之不去，因此作品往往就有着混杂成分的'第三种经历'"。① 移民作家这种特征无疑体现了文化取向的多元性。因历史上的"排华"阴影、种族歧视、文化冲突等因素影响，与第一代华人移民作家相比，在居住地出生成长的第二代华裔作家与前者作品所体现的文化底蕴存在明显的差异。文学地缘的变动，虽有因疏离本土文化而生出的隔膜和痛苦，但也促使产生新的变化，反而成为海外作家得天独厚的机缘。这体现在东西方文化的结合点上，融合其丰富的人生阅历、丰沛的文化底蕴，从整体上呈现出开放多元的特征。

作为文化的表现形式之一，移民文学在很大程度上体现了全球化视域下异质文化的冲突、融合的历史。而各种文学思潮及流派、现代或后现代理论的兴起，为文学研究打开了新的视角，开辟了新的路径。海外华文作家不仅承载着传统和现代、东方和西方的文化精髓，更凸显出在全球化、现代化进程中如何建构身份、融合为全新的生命特质。因此纵观海外多元文化的形成和发展，丰富的移民生存体验上产生的超越地域时空的人文视角，使海外作家在较短时间里能将自身身份体认上产生的困惑推展为生命本体和人类认知上的难题，在创作中呈现出一种跨文化的视野。

四、拓展疆域 传递文明及价值

依照自然规律，世间事物都有萌生及发展，从低谷到高峰或从高峰到低谷的过程。在这个循环过程中或传承了精神或创造了历史或留下了辉煌的瞬间。人生既需要历史反思，也需要文化传承；既需要艺术拓展，更需要以丰富的艺术创造留下见证。本雅明说：文学生活是以期刊为中心展开

---

① 王宁：《全球化语境下的流散及汉语写作》，《文艺报》，2004 年 7 月 15 日。

的。美学家朱光潜认为：一个有影响力的文学期刊比一所大学的影响更大。当今网媒活跃，电子刊物、网络刊物四面开花，刊物内容形式亦多样化。

惊回首，一份高品质的纯文学刊物已走过 12 年历程。在海外办刊不同于国内，有财有人，尤其文学刊物更为不易。成就感与挫折感并存。就像长跑，亟须耐力支撑。创办不易，再上一个台阶更难，或许难中才显英雄本色。好在我们积累了经验及人脉，可以自豪地面对众多作家学者与不离不弃的读者群。

当今世界"八仙过海，各显神通"，网媒与纸媒并存，优势互补。弘晓、茜苓、绮屏、江雪、江蓝、陈漱等以独树一帜的风格和深度的人物访谈，以及扎实的理论功底在北美杰出传媒评选中获多项大奖；社长王灵智教授荣获终身成就奖；董事长尹集成、常务副社长陈杰民荣获特别贡献奖等，显示出良好的发展势头及人才济济的实力！

"《红杉林》作家群"办刊人员既是创作者，也是传播者，具有专业素质及奉献精神。编委活跃在海外文坛。处在地广人博、中西交汇之处的北美华人社区，依托侨团与文化团体共荣共生，搭建交流平台，促进海内外交流，功莫大焉。

迄今《红杉林》杂志已发表多个文坛名家研究专题，如关于纪弦、痖弦、聂华苓、余光中、白先勇、陈若曦、李欧梵、郑愁予、北岛、舒婷、严歌苓、查建英、张错、张翎、苏炜、喻丽清、李林德、黄曼君、潘耀明、陶然、陈楚年、卢新华、付兆祥以及王蒙等的研究专题；作品包括实力派作家方方、刘震云、阿城、陈河、陈谦、少君、薛忆沩、吕红、唯唯、江蓝、范迁、施玮、施雨、沙石、王瑞云等，散文家王鼎钧、刘荒田以及学者型作家于文胜、于文涛、何与怀、李硕儒、朱琦、沈宁、杨恒均、鄢烈山、江迅、信力建、李剑芒、工学信、曹万生、鲁晓鹏、融融、木愉、余雪、刘瑛、绮屏、姜雪、邓菡彬、曾不容等，诗人王性初、阙维杭、邹惟山、史家元、蔡益怀、曹树堃、马慕远、陈路奇、雪绒、为人、小平，施业荣、穗青、史钟麒、凌鼎年、杨建新、梁应麟等人的作品。并刊发海内外评论家及学者如张炯、饶芃子、王列耀、公仲、古远清、白舒荣、江少川、朴宰雨、陈晓明、陈国恩、陈美兰、陈菊先、陈瑞琳、刘俊、李凤亮、李林德、黎湘萍、李良、乔以钢、林丹娅、林树明、林中明、陆卓宁、王红旗、王宗法、王文胜、吕周聚、黎湘萍、赵稀方、赵树勤、丰云、景欣悦、钱红、聂尔、谭湘、国荣、林瑶、舒勤、周易、秋尘、林楠、郑一楠、卢妙清、徐学清、喻大翔、汤哲声、程国君、刘海军、宋晓英、石娟、颜敏、成祖明、张朝东、李耀威、刘笑宜、庄伟杰等人的学术论文。有赵淑侠、赵淑敏、丛苏、李黎、李彦、章缘、张让、简宛、吴玲瑶、周芬娜、姚嘉为、张纯瑛、顾月华、王克难、杨芳芷、卓以玉、黄雅纯、麦胜梅、刘慧琴、甘秀霞、陆蔚青、艾禺、虔谦、海云、枫雨、张慈、张凤、章瑛、刘瑛、张棠、江岚、依娃、依林、林烨、云霞、宇秀、孟丝、濮青、梅菁、平雅、茜苓、夏婳、林美君、宋晓英、余国英、余洁芳、徐芳芳、甄子钧、洪吕娲，欧华作家穆紫荆、老木、章平、海娆、阿朵、春阳、黄为忻，加拿大作家陈浩泉、任京生、青洋、黎玉萍、韩牧、宇秀、马新云、云羽、陈华英、冬冬、郑南川、王燕丁等数百位名家作品与新秀作品；有艺术大家徐悲鸿、欧豪年、周韶华、鲁正符、徐耀、周敏华、林中明、黄炯青、何岸、卓文、伍启中、刘惠汉、何蓝羽、区楚坚、张石培等作品推介；有蒋述卓、游江、梅国云、唐传林、彭西春、周立群、邓治等书画展示；尤其是还做了纪念辛亥革命百年专辑、国际论坛专辑、世界华文文学专辑、世华名博专辑、海外女作家专辑、美华文协专辑、北海专辑、中美青少年获奖作品专辑、海外文轩及欧华专辑等，对海内外创作研究起了相当强的推动作用。

著名诗人及文学主编痖弦从加拿大来函，称刊物办得很有规模，尤其在海外，更不易。"编辑不只是一种职业，而是事业、勋业、伟业。"① 之所以稿源丰沛、人文荟萃，也正是这样一种精神力量在延续。当今海内外兴起"国学热"，全球兴盛开花。其实早在20世纪就有华人教授与美国教授联手合作，将华夏文明思想史引入美国大学讲堂。《人文春秋·从珞珈山到旧金山》通过对教育家吴耀玉教授亲友的访问，② 探幽寻微，钩沉史料，叙述了中美教授如何以12年的艰辛努力，将深奥的东方文化精髓译介给西方读者的动人故事。

中华文化的博大精深亦吸引了西方人的关注，詹姆斯教授以英文译介

---

① 吕红：《共享这一片秋色》，《红杉林》2011年第3期。
② 《人文春秋·从珞珈山到旧金山》，《红杉林》2010年第1-2期。

《道德经》，无疑显示出跨文化交流已成今日有识之士的共识，涵盖时空、地域、思维及语言的相互交融。

高科技与信息传播使人们关注当前与未来，多元文化中的"家园情怀"却恰好成为滚滚红尘纷纭繁杂的世界中的心灵栖息地。从流散、追索进入一种自觉的身份建构，即以语言的疆界而非国家或民族的疆界来建构文学的历史。

有学者在研究中发现：文学史上所谓"中国现代文学"或"中国新文学"的主流，譬如鲁迅、周作人、郭沫若、徐志摩、梁实秋等现代文学大家，在海外文学活动后在国内掀起波澜。巴金在法国，老舍在英国，更是泡在外语环境中写出了大量中文文学经典。①

随着发掘经典的意识增强，将时代精神、传统文化和文学的审美特性进行全方位整合。这种整合又被推向世界，成为全球化语境下人类共同文化的重要组成部分。语言疆界的拓展将为文学史的重写带来新的契机。面对不断嬗变的华人文学，研究模式与结论殊然相异，最终作为重要的话语资源与参照系统，将形成"多元共生、互补交融"的格局，进而推动世界华文文学创作朝着纵深方向拓展。研究者将整个华语写作纳入一个宽广的视野，对比深入，条分缕析。全球化语境下多种文化背景交错的海外兵团，势必将为文学史的重写提供参照。

（作者为美国华文文艺界协会会长、《红杉林》杂志总编辑）

---

① 邓蔼彬：《中国现代文学视野中的当代海外华文写作》，《红杉林》2008 年第 1 期。

北美华人的精神纽带与深层思考

——论《红杉林》创新及文化建构

石 娟

从 20 世纪 90 年代至 21 世纪初，华文文学在中国当代文学创作中一枝独秀，成绩斐然。从题材、叙事、语言、主题乃至内涵等方面，均形成了较为鲜明的特色。从国家和地区的地域方面来划分，主要形成了美华文学、马华文学、新华文学、加华文学、欧华文学等几大主要板块。其中，美华文学从前辈作家聂华苓等到当下新移民作家严歌苓等人的创作，均成为 20 世纪 90 年代以来美华文学第三个高潮期的重要组成部分。然而，进入 21 世纪，虽然主题整体未变，但文本从题材到内涵都悄悄地发生了流变。当要思考这一问题时，《红杉林》杂志自然跃入我们的视野。

一

《红杉林》（季刊）创刊于 2006 年，至今已有十余年。起因是当时成立于 1972 年的美国时代有限公司于 2006 年 1 月 1 日结束营业，其旗下创办了十年的《美华文学》及其网络版、《美华论坛》均于 2005 年 12 月底停刊，而随着《美华文学》停刊，美华作家交流和发表作品的平台也一并消失。在这样的情况下，由伯克利大学亚裔系主任王灵智教授牵头，由吕红任主编，王性初任副主编，刘荒田、沙石、李硕儒、朱琦等美华作家为主力，与作家及相关学者共同组成编委会；特邀聂华苓、白先勇、余光中、郑愁予、陈若曦、张错、张炯、公仲、严歌苓等名家组成顾问团。《红杉林》正式创刊这些年来，不断地发展壮大，形成了整体气势。

在北美华界享有很高荣誉的《红杉林》，现已被美国国会图书馆及北美各大名校图书馆收藏。至于刊名"红杉林"的选择，诚如加拿大华裔学者桑宜川教授所言："或许与美国加州湾区广为生长的红杉有关。"① 1980年，绵亘400多英里的美国红杉树国家公园被联合国教科文组织列入《世界遗产名录》，而"红杉林"之所以能够成为刊物的名称，或许还有更深一层的含义：在加州，红杉的根被称为"慧根"，加州红杉的根在地底下紧密相连，形成一片根网，这就使得加州的红杉树都是成群结队地成片生长，而且长得特别高大。虽然根浅，但除非狂风暴雨大到足以掀起整块地皮，否则没有一棵红杉会倒下——这与华人顽强的生存信念和族群情结何其相像？而正如红杉林这种植物的生命意志，《红杉林》也在海外华文文学期刊中，凭借顽强的意志和族裔情结在美国自诞生至今已走过了十余年，并取得了出色的成绩，成为维系华人文化血脉和族裔文明的纸媒之翘楚。

《红杉林》以"荟萃人文思想和艺术精华，弘扬中华文化"为宗旨，作者遍布海内外，创作以海外华人作家的作品为主，北美华人文学是其中的主力，却又不限于北美一隅。在创刊号中，社长王灵智先生在发刊词中开宗明义，确立了《红杉林》的宗旨："其一，提供海外华人一个文学艺术作品发表与交流的平台；其二，促进自由开放的沟通，为作家艺术家与学者们提供切磋交流园地，通过各种视角的观照和评论，让来自不同地域的创作得到更进一步提高；其三，推动全美及海外华人文学艺术的发展，系统地评估艺术创作成就，包括从文学到艺术，从电影到大众文化等；其四，让更多的海外华人（譬如晚生代华裔或对华人文学感兴趣的各族裔读者或研究生等），增进对美华人历史文化的了解，提高他们的艺术欣赏水准，以及对文学作品的分析能力。并借此对世界华人文学有更深刻更全面的了解。"② 十余年来，刊物一直秉承此宗旨，内容上分几大板块："心灵之旅"为抒情散文；"小说拔萃"呈现优秀的小说作品；"名篇特选"一般为名家作品；"天涯芳草"为诗歌作品；"文坛纵横"多为文学评论。此外，还有一些根据需要而确立的栏目，如"中美青少年中英文大赛获奖作品选""文讯剪影"及书讯等。而且，将四封用来展示海外艺术家的艺术

---

① ［加］桑宜川：《硅谷记行，精英是怎样练成的？》，转引自《羽化成蝶，姿影翩跹——从〈台港文学选刊〉到〈红杉林〉》，见《台港文学选刊》2014 年第 11 期。
② 王灵智：《发刊词》，见《红杉林》2006 年第 1 期。

作品以及展示交流活动，文学与艺术并行。从内容上看，《红杉林》上面的文学作品类别丰富，几乎囊括了所有文类，重点关注异域视野中的文化之间的差异及统一、冲突及认同。特别值得注意的是"文坛纵横"栏目的设置，以中国批评家的文学批评为主体。由于文学评论的加入，整个刊物呈现出感性与理性并存的特质，鲜活、冷静而不刻板，为读者提供了丰沛情感资源的同时，也为作家的创作和读者的阅读提供了一些指导性意见，以供对话、交流和参考，这使得刊物从创刊起就获得了一个较高的起点。

《红杉林》风格追求的是卓越、独创，高屋建瓴、开放广博，不拘一格、相容并蓄、刊登来自世界各地的华人作家的优秀作品。中英文双语交流，访问成就卓著的精英人物并撰写报告文学；发表海内外有思想、有见地的学术文章；举办国际学术论坛及征文大赛；适时推出各类专辑以飨读者，譬如名家特辑、成都名博论坛专辑、海外作家上海采风专辑、海外女作家专辑、海外文轩专辑、世界华文作家专辑、欧华作家专辑等。

与国内一般的文学刊物不同，《红杉林》并无明确的雅俗分界，诚如发刊词所言，为"推动全美及海外华人文学艺术的发展，系统地评估艺术创作成就"，内容"从文学到艺术，从电影到大众文化"等。国内文学雅俗之争一直难有定论，纯文学与通俗文学、雅文化与俗文化在同一载体上常常是井水不犯河水，界限清晰，泾渭分明。在《人民文学》《十月》《收获》等刊物上，是很难看到像《今古传奇》类发行至上的刊物所载作品的，更难看到网络文学作品，反之亦然，甚至学术刊物上也呈现出同类景观。目前在国内学界该现象虽然有所调整，但在专业的文学研究类刊物上，纯文学研究仍然为主体。但《红杉林》摒弃了这一藩篱，既有名家作品，又处处可见不知名的新人身影，既有纯文学、高雅艺术的雅趣味，又随处可见关于电影、大众文化相关主题的创作和研究文章，如《人间林青霞》《北美华文网络文学双维写作模式初探》《开放性文本探讨：网络小说接龙》《北美网络文学纵览》，等等。这样一种中西兼顾、雅俗并举的办刊立场，使得刊物在选择稿件时在语言的雅致熨帖之外，非常关注作品的可读性，很难用时下的雅俗标准来为刊物定位，却处处可见在东西方之间往来游走的好文字、好故事。如果说一定要用一种风格来界定《红杉林》，唯一可以概括的是它的主题——一以贯之的家国情怀、人文关怀的多元叙事，这恰也是华文文学的根脉，是创作的动力和源泉。

然而，当下华文文学创作已经不再局限于"怀乡"一隅。相比 20 世纪，如今北美华人及华文文学背景也发生了极大的改变：华人移民迅速增长，海外创作日益受到关注，海内外创作交流日益频繁。在这样的背景下，《红杉林》所呈现的华文文学视野开阔，融合了东西方文化背景并传承了自"五四"时期以来的现当代文学精髓，[①] 海外作家从难融他者的失落转变为对本族文化的认同，并进而寻求民族话语。整体看来，21 世纪的华文文学创作与 20 世纪 90 年代比起来，"失意"似乎渐渐隐去，文本中呈现出来的民族自信和理性则逐渐增多，还有对超越地域的人类共有的普世价值的确认。在谈及自己的创作风格时，张翎说："长期生活在本土之外的疆界，地理上必定与本土存在着距离。而从地理距离，又会衍生出其他意义上的距离。距离意味着理性的审视空间，距离过滤了一些由于过于逼近而产生的焦虑，距离使一些模糊的东西变得清晰，有了整体感。但是距离同时也意味着与当今中国社会失却了最鲜活扎实的接触。距离让我失却了与本土生活、读者群以及出版市场的密切联系，可是距离也让我看见了两个国家、两种文化、两种语言之间的一些原本看不见的地带，这个地带具有很大的思考和联想空间。距离使得我的作品在视角选材上都具有一些独特性。海外的生活经验意味着我始终必须要在距离产生的优势和缺陷中挣扎，这也许就是我小说的特色。"[②] 这一理念不仅呈现在她的小说创作中，还呈现在她的散文中。如刊载于 2008 年夏季号的《杂忆洗澡》中，她从几次回乡亲历洗澡方式和亲见环境的变化，在温暖而浓郁的亲情之外，在那份复杂而陌生的"异乡人"情结、那份"失落"与"陌生"之下，试图呈现或者说欲言又止的，恰恰是对家人生活条件日益改善的欣慰和旅居海外的中国人对故乡日新月异的喜悦之情。

二

《红杉林》这一系列特色与风格的形成，有两方面原因，除了上述与

① 邓菡彬：《中国现代文学视野中海外华文写作——以〈红杉林〉作家群小说为例》，《华文文学》2008 年第 2 期。

② 谢颖：《倾听海外华文文学之声》，求是理论网，http://www.qstheory.cn/wh/ly/201007/t20100719_39766.htm，2010 年 7 月 19 日。

华文文学自身本无雅俗边界之分的密切联系，更为重要的是，海外华文杂志特殊的生存方式和境遇也决定了它对于读者和市场的尊重。这一点，与国内机构及官方背景的文学刊物有很大不同，也直接导致其上所载作品的内容和风格与国内一般意义上的纯文学刊物的差异。虹影（英籍华裔作家）在一次访谈中就曾说过，在英国，华文报刊是办不起来的，很多人为了办华文期刊甚至倾家荡产。有位来自重庆的华人办了一份《天下华人》杂志，出了十几期但最后也坚持不下去。海外刊物与国内报刊承受的某些压力不同，停刊不是因为来自管理层方面或某种人为因素，而多半是由于经济压力：一是稿费很高，二是办公费用高，三是邮费高。所以除了极少数惨淡经营外，基本上是难以为继，或停刊或改弦易辙。所以作家木愉在《红杉林》创刊两年时更盛赞："在海外出版中文杂志，是一个壮举。"①与国内纯文学刊物相比，《红杉林》十余年的办刊运作全部依赖杂志同仁的不懈努力，而与其前身"美华"办刊十年黯然落幕相比，办刊十余年后的《红杉林》依然呈现出勃勃生机。我们不禁要问，这份在我们看来不啻"空中楼阁"的"理想国"是如何生存下来并取得了今天的成就？回顾海外华文文学时下所取得的成就，作为研究者，就有了对这一持续了十余年的"壮举"给予认真审视的必要。

《红杉林》作为非营利性机构，董事会是支持文化教育等公益活动之力量，为刊物发展作出了种种努力。这包括几个方面，一是《红杉林》联合 APAPA 及海外传媒组织积极筹划，举办中美青少年中英文大赛。二是《红杉林》十分重视与各方的联系，积极参与社会各界的评奖活动。这一方面扩大了刊物在各界的影响，另一方面，也通过这些活动向社会各界证明了《红杉林》团队的实力。《红杉林》不仅参加了世界华文传媒联盟、海外传媒合作组织、海外华文传媒协会，同时也参加了北加州华文媒体协会，在杰出传媒从业者评比中获多项大奖。② 这使得刊物不仅得到海内外专家学者的肯定，在北美、中国也深受读者的青睐。

---

① 木愉：《读〈红杉林〉的散文和诗歌》，《侨报》2008 年 3 月，《红杉林》2008年春季号。

② 《红杉林》采编获北美传媒奖多项。社长王灵智获终身成就奖。董事长尹集成、副社长陈杰民荣获特别贡献奖。总编吕红以报告文学获最佳专题奖、新闻评论奖。副总陈绮屏、主任姜雪等亦荣获各项大奖。

　　《红杉林》创办人及管理团队的运营战略尤其值得一提。自创刊之日起，主创者团队就做好了长远规划，不仅创办之初就在加州政府注册，得到美国国会图书馆核准国际刊号并永久收藏，而且在整个运作过程中凭着高水准、高品质的优势，在美国联邦政府争取到非营利机构的免税资格。这在美国华文刊物中，可谓独一无二，为刊物的良性运营，奠定了坚实的根基。

　　乍一看，杂志的运营与其他杂志并无特别大的差异，但在同期或者更早期的杂志纷纷停刊的情况下，《红杉林》依然保持了旺盛的活力，原因何在？因为办刊人员既是创作者，也是传播者，具有专业素质及奉献精神。十余年来为海外作家搭建交流平台，刊登数百篇名家与新秀作品、重量级作家访谈及评论。所以，著名作家王鼎钧先生在纽约《侨报》演讲中称赞道："红杉林，印刷华美，撰稿者皆名家，想见人脉广，交游层次高"。①

　　正因为"海外移民多重文化背景及人生经验，跨越地域之复杂性、差异性和变化性，为作家们提供了艺术翱翔的天地。宽阔的社会历史背景，涵盖华人社区和美国主流。透过现代人的观点，在如此博大的情怀和视域下产生的作品，自有其深广的腹地。兼容多项素质，并且不自觉地注入了多元与跨界的必然性：海外作家以不同的方式来诉说命运的跌宕起伏和经验的细微感知，既包容又专精，既多变又执着，形成了海外创作的丰硕景观"②。

　　同时，我们从《红杉林》近年来刊物内容的调整中，不难看出刊物在读者与文学理想之间的平衡与努力。2012 年《红杉林》封面改版，原本典雅的艺术作品被海外华人精英占据封面三分之二的特写取代，尤其是扩展了访问人物的领域，每期内容也加入了"封面故事"等栏目，但文学类栏目仍为主打，强化创作特色及海外风格，比如在同期《红杉林》中刊发不同作家的 4 部长篇小说精选，以凸显海外作家的阵容气势及特色。

　　专家学者将整个华语写作纳入一个宽阔的视野，对比深入，条分缕

---

① 王鼎钧，北美著名作家。该文刊发在《红杉林》2016 年第 2 期。
② 吕红：《华文传媒的文化传承及流播嬗变》，《第八届世界华文传媒论坛论文集》，香港，2015 年出版。

析。"在写作态度和写作资源之外,海外作家在写作方法的选择和使用方面给了我们很大的触动。"可以为我们今日"反思80年代",特别是在文学遗产的继承方面,提供宝贵的启示。毕竟在全球化语境下,多种文化背景交错的海外兵团,势必将为文学史的重写提供参照。

而对比一下看,在美国东部新泽西州,有一份综合性的刊物《汉新》杂志,有大量在美华人生活多方面的资讯及广告,文学属于其中一栏目,做得也有声有色,每年还举办评奖活动,这也是海外杂志的生存之道。而《美华文学》无奈停刊,复刊后又几易其手,仅挂靠于女性协会之下;曾申请加入北美传媒协会,却因无法提供相关资质而被拒;一份运作多年的刊物从未注册,无刊号,无独立账户,难以为继;从过去的定期刊物,变成一年仅出版一期,最后到连一期都没有出版的窘况。其实《美华文学》在停刊前的10年里是创造了一段辉煌历程的,黄运基老会长以自己的财力支撑了刊物10年,不仅聚集了一大批优秀作家,也引起了国内学界的关注,甚至后来也被申报为国家研究课题。但很可惜,受诸多局限,这样良好的资源没有得到充分发挥与运用。

张辉先生在采访中曾说:"据我所知,绝大多数海外华文媒体老板都是'衣带渐宽终不悔,为伊消得人憔悴'、兢兢业业的文化人。虽然现在很多华文报刊都已告别报架,只剩网媒了,但毕竟在各国华人社区先后辉煌过,给中老年华人带来过网络无法取代的阅读快感。"① 不难看出,华人的情感渴求和长期养成的阅读习惯在纸媒发展中的作用依然相当重要。在新媒体日新月异的当下时空,所有的纸媒无一例外均受到数字媒体的冲击,纸媒的发展目前看来似大有被网媒取代之势。但是,如果纸媒能够把握住"内容为王"的优势,新媒体最终仍会转向纸媒寻求合作。此时,我们再来思考看似"天时""地利""人和"皆不占优势的《红杉林》十余年走过的每一道沟沟坎坎,问题似乎就没那么难解了:《红杉林》恰是凭借其"内容为王"的优势,在北美乃至海内外华人圈内,创造了它的影响力,赢得了声誉。

行文至此,我们似乎又回到了本文最初讨论的问题——《红杉林》之

---

① 常晖:《解读海外华文媒体抱团取暖新方式——访国际新媒体合作组织执行主席张辉》,《世界华人周刊》,2015年1月22日。

于华人的精神价值何在？它所呈现的华文文学创作，恰好呼应了时下华人世界的精神诉求，与现实同步，没有门户之见，在稿件选择方面，虽然重视名家创作，也同样珍惜新人作品，其所奉行的是"典雅与新锐兼容、创作与研究并存"之理念。因此，它所呈现的作品及研究，密切呼应当下，例如网络文学的理论探讨在杂志上有所反映，而与时下密切呼应的创作和评论，在《红杉林》上俯拾即是。

《红杉林》与诸多报纸和网媒相交甚好，如《世界日报》《多维时报》《台港小说选刊》《星岛日报》《明报》《侨报》等。严歌苓的《金陵十三钗》即在《红杉林》创刊号 2006 年春季刊全文发表，《世界日报》便于 2006 年 8 月 5 日的"小说世界"开始连载。而《红杉林》的电子版，多数也是由文心社的中坚，也是目前北美华文文学作家施雨协助编辑，刊物与媒体包括网络合作之密切和频繁由此可见一斑，这也恰是杂志对自身属性以及与其他媒体差异化的清醒认识所在。资源共享，抱团取暖，应该是《红杉林》的生存之道。近年来，《红杉林》也顺应媒介发展趋势，酝酿媒体转型。但与国内全然脱离纸媒不同，《红杉林》坚持在继续办好传统纸媒的基础上，推动向新媒体发展。早些年，《红杉林》在新浪开通博客的同时，一并开通官方微博，更新《红杉林》的动态，如征稿动态、活动报道动态，等等。2016 年又申请了微信公众号，借助微信公众平台，将《红杉林》曾经发表的作品及评论即时发布，广为传播，使得刊物得以超越纸媒时代的地域局限，而读者及研究界也可第一时间获知刊物信息，扩大影响，为刊物今后的数字化发展打下了基础。

过去海外有一个说法：要想谁破产，就去办报刊，说明这个行业属于"高危"行业，步履维艰。但是从中也看到传媒从业者那种不畏艰险的韧性。恰如吕红在"主编寄语"中表明的，"无论写过去还是现在或未来，也无论语风冷峭或柔韧或轻灵，都参与构成社会的精神自传。纵有千山万水，无畏者自当微笑前行"。《红杉林》自诞生至今坚持了十余年而不懈，说到底，其得以维系的物质基础，无论何种形式，都是对刊物自身的当代华人精神纽带这一价值选择的认同，更是对其深蕴的理想主义情怀、无所畏惧的勇者态度和之于华人精神世界重要地位的肯定。而通过《红杉林》从媒介运作到文本建构的种种努力，我们不仅看到了生活于美国的华人眼中的"自我"与"他者"，更有生活于中国本土的国人眼中的"自我"与

"他者"，乃至异族眼中的"自我"与"他者"。更为重要的是，穿梭于不同文化之间的华人，通过《红杉林》这一平台，通过对不同文化有所亲近又有所疏离的审视与反思，无数名篇佳作得以以华文形式"白纸黑字地""优雅地"呈现于我们眼前，其内蕴的丰富景观，无论是敏感的情思还是客观严谨的凝望，都成为海外华人族裔情结、异域文化冲突与融合乃至海外华人心灵及精神历程的记录和见证。在当代海外华文文学发展史中，《红杉林》自有其不可忽视的一席之地，而在海外华人精神血脉中，《红杉林》更有其不可磨灭的价值与贡献。

（作者为《苏州市职业大学学报》编辑部副编审、副教授）

《金陵十三钗》：小说文本与电影叙事研究

黄金萍

　　文学是以语言为手段塑造形象来反映作者对世界、对生活的看法和认知的一种艺术，是所有艺术的母体；电影是以视听画面为手段，利用视觉暂留原理，容纳了多种艺术的综合艺术。文学和电影的关系密不可分，从古至今，文学作品改编成电影的历史印迹表明，文学作品是电影创作的重要基础，电影艺术也为文学作品的传播提供了更大的舞台。

　　文学与影视艺术根源相通还在于两者均属于叙事艺术，电影的叙事技巧就是借鉴了文学的叙事，包括主题的渲染，人物形象的塑造，情节的完善等。而改编使得一种媒介形式向另一种媒介形式转换。"通过变化或调整使之更合宜或适应的一种能力——也就是把某些事情加以变更从而在结构、功能和形式上造成变化，以便调整得更恰当……把一本书改编成电影剧本，意味着把这一个（书）改变成为另一个（电影剧本），而不是把这一个叠加在另一个之上。它不是拍成电影的小说，或者拍成电影的舞台剧。它们是两种截然不同的形式。一个是苹果，另一个是桔子。"① 基思·科亨在《电影与小说——互换的动力》中曾指出，"小说和电影之间最稳固的中间环节是叙事性，它是书面和视觉语言中最普通的倾向。在小说和电影中，符号群，无论是文学符号还是视觉符号，都是通过时间被连续地理解的；这种连续性引起一个展开的结构，即外叙事整体（diegetic whole）。它永远不会在任一符号群中充分呈现，但总是在每个这种符号群中得到暗示。"② 任何电影改编都不是简单的机械复制，它的生存与文本、

---

① 　［美］悉德·菲尔德著，鲍玉珩、钟人丰译：《电影剧本写作基础》，北京：中国电影出版社，2006年，第154页。

② 　［美］达德利·安德鲁著，陈梅译：《改编》，《当代电影》1988年第2期。

导演、观众、社会历史相关，而跨媒介、跨文化的形式使电影改编更加复杂。这也预示着电影未来跨界、融合和互动的发展趋势。影视和文学都是借助叙事的感性特质虚构或再造了一个有别于现实真实世界的虚拟空间，而这个空间的存在是对现实世界一种美学意义上的重现或补偿。

　　笔者将运用传统的叙事观点对小说文本和电影文本进行分析，探讨两者在叙述上的异同，以及不同形式的媒介适应何种不同的叙事方式。两者之间的联系就是电影文学的成功改编，这种可以达到双赢的创作模式，无疑为中国电影提供了巨大的实践意义。改编文学屡获成功的案例比比皆是，呼声很高的《金陵十三钗》的成功上映，和原作者扎实的文学功底息息相关。本文锁定电影《金陵十三钗》，对其进行阐释，将其与小说文本进行对比，对影片的叙述变更、人物转换、拍摄风格进行分析。

一

　　叙述者和叙事角度是一个完整叙述文本的重要部分。叙述者就是讲故事的人，在叙述文本中扮演核心角色。但是叙述者与人物之间也存在着认知关系，这点可以借鉴托多罗夫提出的相等或不相等的方式加以概括：

　　叙述者＞人物（全知视角）：叙述者比人物知道的多，或更确切地说，叙述者说的比任何人物所知道的多。

　　叙述者＝人物（有限视角）：叙述者只说人物所知道的。

　　叙述者＜人物（视角外叙事）：叙述者说的比人物知道的要少。[①]

　　由此可见，叙述者不等同于故事中的人物。而热奈特对于视角的类型的定义得到了相当多学者的认可。热奈特提出，视角可以分为以下几种类型：①非聚焦型，即零度聚焦；②内聚焦型；③外聚焦型，"叙述者"严格地从外部呈现每一件事，只提供人物的行为及客观环境，而不告诉人物的动机、目的和情感，这种写法类似于剧本写作，严歌苓的小说对话有这样的特征；④视角变异，不是由单一的叙述方式构成，而是安排多种聚焦类型。根据视角的不同，我们也大致将叙述者类型分为几种：①异叙述者

---

　　① 茨维坦·托多罗夫：《文学叙事范畴》，巴黎：瑟伊出版社，转引自《交流》1966 年第 8 期。

与同叙述者。前者不是故事中的人物，而是在叙述他者的故事，后者是故事中的人物叙述自己或者与自己有关的故事。②外叙述者与内叙述者。前者是第一层故事叙述者，后者是故事内讲故事的人。③自然而然叙述者与自我意识叙述者。前者隐身于文本之中，不表露叙述痕迹，后者则意识到叙述者的存在，说明自己在叙述。④客观叙述者与干预叙述者。前者单纯讲故事，不表明主观态度和价值判断；后者有较强的主体意识。改编后的影视作品，与小说或多或少都会存在叙述者的细微变化。

小说《金陵十三钗》改编成电影就存在叙述视角的变更，由异叙述者变为同叙述者；由外叙述者变为内叙述者；由自我意识叙述者到自然而然叙述者；由干预叙述者变为客观叙述者。在小说《金陵十三钗》中，叙述者是"我"。虽然是"我"，可是"我"从头到尾都没有出现在故事当中，更没有见证过南京惨遭日本人的侵略，没有见证过教堂的毁灭，没有见证过那些妓女们的壮烈牺牲。而这些都是"我"从姨妈书娟的口中得知的。而这些故事似乎都是由"我"整理后写出来的，"我"具有独立的人格，是一个 29 岁、对南京惨案中那些无辜百姓和妇女们的牺牲感到万分同情的人。但是，"我"并不是事件的参与者。这就是异叙述者，没有参与故事，在讲一个关于"我"姨妈书娟的故事。而电影中的《金陵十三钗》的叙述者由一个现代的倾听者转换为书娟本人。孟书娟，教堂学生中的某一个，似乎与"金陵十三钗"中的"领头"人有丝丝缕缕的关系（在影片中导演没有刻意说明），是代表所有女学生态度转变的人物，由开始厌烦妓女们，到中间夹杂着些许的羡慕和好奇，再到得知妓女们为保护她们而甘愿牺牲时，变为敬佩和抱歉。孟书娟是故事的参与者，是典型的同叙述者。导演这样的处理，使得故事更加真实，有人情味。

小说《金陵十三钗》中，叙述者是由故事内讲故事的人，即内叙述者，转变为外叙述者。故事里的"我"所得知的故事都是由"我"的姨妈书娟告诉"我"的，这种叙述不同于外叙述者，是一种全知视角。书娟作为一个过来者，知道故事的开头和结尾。在小说原著中，作者给书娟一个特定的身份，即书娟的爸爸在外面有一个情妇，那个情妇就是赵玉墨。而这个故事里面书娟的视角发生变异，她知道赵玉墨与自己的关系，但不确定赵玉墨是否能同样感觉得到自己的特殊存在。这样，小说中的叙述者根据作者的叙述习惯和特点，可以随意切换叙述人物。而电影中，为了使观众更清晰地了解故事的核心，强调故事的主题，导演将"我"删除，只留下第一参与者书娟，变为外叙述者视角来讲述第一层事件的发生，而全篇并不是只有一个叙述视角，书娟只是作为一个发生者、一个参与者和一个幸存者，书娟与玉墨之间的关系，导演没有刻意强调。因为事件经历是发生在很多人身上的，这时候就有赵玉墨的视角，由假教父的视角交替叙述来完整概括一个故事。

无论作为小说还是影视作品都不能做到纯粹的客观或主观，因为创作本身就是一种纯主观的活动。即使通过叙述角度的外聚焦型的叙述，导演也罢，作家也罢，同样会有自己的主观情绪，左右文字的描述，左右镜头的运用。在小说中，"我"意识到自己的存在，表明自己在叙述，这种倾向是自我意识叙述者的描述，"我"就要通过事件的记录来警醒后人，警醒那些生活在和平年代却忘却苦难的人们，所以小说以"我"的回忆开始，以"我"陪伴姨妈书娟去寻找那些在战争中受害的人们结束。电影的改编虽说删掉了"我"的叙述，可是镜头的选取还是以书娟作为故事的叙述者，经常给以眼神的主观镜头和脸部表情的特写，来表明书娟是一个旁观者。但是影片的叙述从一开始还是倾向于一种自然而然的叙述，不露声色地向我们讲述故事，而把一些难以表现或者不必要的情节进行了删除，比如关于玉墨和书娟在此之前身份上的特殊性。小说中的"我"从一开始就知道故事的悲剧性结尾，叙述的语言中就有着暗示性，故事的开始就以书娟的女童时代介绍，那血红色也从色彩上预示着故事的残忍。"我"已经尽量不参与到故事中去，却不知不觉地带着怜惜、羡慕、仇恨、不满进入了小说的叙述，扮演着干预叙述者的角色。

而电影中的叙述，可以分为两部分，第一部分是豆蔻被强暴之前，妓女们被刻画为一幅"商女不知亡国恨"的情境，她们国难当头却躲在教堂的地下室抽烟喝酒。直到她们中的豆蔻被战争无情地蹂躏时，她们才意识到战争面前所有的人都是一样的，无关贵贱。后半段的描述才算是鲜活了起来，叙述者才愿意进入每一个妓女的内心，而不是一群带有标签式的简单定义。这种客观性的叙事也是带有导演的主观倾向的，配合以视听画面的承载，前半段多是战争的黑灰色调，后半段添加了情感因素，时而有着温馨暧昧的暖色调一闪而过。

二

小说《金陵十三钗》的作者严歌苓一直参加关于纪念南京大屠杀的活动。在一次采访中，严歌苓透露自己很希望通过文字展现对战争的谴责，让世界知道日本人所做的，这是对于民族仇恨的纪念。在小说中，作者试图以女性的视角、女性的身体来叙事，重新唤起民族记忆。而构成小说主线的就是关于妓女们和学生们的矛盾冲突。严歌苓的这部小说由中篇到长篇，经历了五次版本，思想内涵和构思的技巧都属于世界现代小说的体系，主题既有对比又跨越界限，高贵与卑贱，宗教与世俗，纯洁与污浊等。《金陵十三钗》在反映南京大屠杀的各种影像和叙事中不算是最突出的一部。但是它最大的特点就是揭示生命的尊严。在战争中这些侠肝义胆的女性形象在中国文学史上屡见不鲜，风尘女子的高贵品质也比比皆是，但把中国的形象与外国的宗教，将妓女与少女并置交融的并不多见。

小说的主题并非战争的残酷，而是被战争摧残的人与人性。"无论在何种文化里，处女都象征一定程度的圣洁，而占领者不践踏到神圣是不能算全盘占领的。战争中最悲惨的牺牲总是女性。"① 这是严歌苓在《悲惨而绚烂的牺牲》中写到的。战争中的性是二元对立的，一方面是污浊、下贱的；一方面是纯洁、高尚的。小说一开始就描述书娟的初潮，这个极具代表的女性身体的发育现象，象征着教堂里的女学生们都是纯洁而高尚的。而初潮这种女性体征和战争一样都赤裸裸地与生命死亡直接相连。妓女们则不同，她们的出场就是一种粗俗不堪，骂骂咧咧，即便是有着秦淮河上的风韵，即便有着花容月貌，都难以掩盖她们人尽可夫的下贱。然而在战争的面前，所有的女人都无关贵贱。小说虽然没有正面描写战争，但笔墨所及无不是血腥杀戮和生灵涂炭。这种矛盾就不能成为矛盾，她们统一起来，面对的是无法抗拒的敌人——战争。她们共同被异族征服者觊觎，圣洁与下贱相互转化，成了保卫民族的情感象征。

而电影，简化了性与战争暴力之间关系的反思，致力于表达战争下的自我救赎。处于对消费时代的妥协，故事情节跌宕起伏，却逃避了国家政

---

① 严歌苓：《当代长篇小说选刊》，人民文学出版社 2011 第 4 期，第 69 页。

治意识形态，主题发生了偏移。电影中，大部分是以书娟的视角，一种是画外音，一种是在彩色玻璃下的窥视。作为女性视角，她对性、对战争都有自己懵懂的认知。

影片一开始就是震撼的战争场面，一队战士即将出城，然而为了保护女学生，全队覆没。导演也重金打造，虽然战争场面不长，视觉效果却极为震撼。而战争的主题表达至此告一段落，之后战争都是作为背景出现，不再重点表现。影片转向了另外的主题表达。在这个侧重点上，导演却将其放到重点来表现，从书娟的窥视可见，这些妓女们进来时个个搔首弄姿，花枝招展。在地窖下面，常常衣衫不整，半遮半掩。这些放荡的妓女们与女学生们不断发生矛盾。直到日本人侵袭，企图对女学生们不轨，妓女们挺身而出，自我救赎，此时下贱就发生了变化，这些妓女变成了民族英雄。而另一个救赎的人就是假教父，约翰本是一个游手好闲的主，吃喝嫖赌，本打算混到教堂里面去混吃混喝，却在日本人第一次到教堂里面骚扰女学生时，产生了责任感。他开始保护女学生，最后帮助妓女们"易容"，成功地救出女学生，完成了自我救赎的过程。

三

高尔基在《论文学》中写道："情节即人物之间的联系、矛盾、同情、反感和一般的相互关系——某种性格、典型的成长和构成的历史。"因此，情节的发生要结合在人物、环境、事件中。故事是文本所描述的事情，是作家叙事的原材料；而情节则是讲故事的方法，或者是故事的布局方式。20 世纪英国小说家福斯特曾经有过这样的论断："'国王死了，不久王后也死去'便是故事，而'国王死了，不久王后也因伤心而死'则是情节。"①前者是按照时间顺序讲述的，前后间没有因果联系；后者是情节，虽然也是按照顺序讲述，但是前后是有因果联系的。小说中的情节，犹如人体的血液，由始至终贯穿于作家和作品的气质和灵魂，我们甚至可以认为，情节是整个作品的生命，它的重要性不言而喻。而情节的构建则需要因果关

---

① E. M. 福斯特：《小说面面观》，转引自童庆炳主编：《文学理论教程》，北京：高等教育出版社，1998 年，第 212 页。

系来进行布局、完善整个故事。

　　小说《金陵十三钗》是一部中篇小说，时间跨度不大，文本篇幅有限，故事性极强。《金陵十三钗》虽然是非常"适拍"的作品，但是由于叙述的媒介形式不同，一些故事情节就无法完全照搬到屏幕上，所以，导演需要在原著小说基本框架的基础上重新塑造部分情节。所以，这也是我们上文提到过的，没有完全的"忠实原著"的改编，成功的导演要借助必要的情节添加来丰满小说原本的故事框架。改编后的电影无论在情节还是人物设置上都发生了变化。从叙事方式来看，电影抛弃了严歌苓的女性叙事视角，转换成张艺谋式的世俗英雄主义叙事。①

　　小说中的主角英格曼神父在影片一开始就被日军的流弹打死了，取而代之的是殡葬师约翰。原著中的英格曼神父是一位慈祥仁爱、沉着冷静的老者形象，带着天主教的慈悲守护着这一群女学生。而电影中塑造的假神父约翰则不同，他为了获利来到教堂，在日军冲入教堂时他的首要选择是躲进衣柜自保，连对女学生的拯救行动也是在万般无奈中展开的。电影把一个神父带有强烈宗教色彩的拯救行为，演绎为平民的良心发现，不仅给了这个一开始被称为"二流子"的约翰一个假神父的形象，还赋予了他很多英雄式的行为，当日本兵冲进教堂疯狂地追逐女学生时，约翰选择站了出来，即使凶残的日本兵拿着刀向他走来时，他也只是低着头挡在女学生面前，没有逃避。影片结尾，将女学生送出南京城这一最后的拯救行动也是由约翰完成的。电影无疑是在告诉我们，约翰本是一个俗人，和普通人一样追求财富和美色，但在目睹日军的凶残、女学生的无助之后，他的灵魂升华为英雄。这种道德与人性的回归，使得电影在内涵上更加丰富，在情节上更具有戏剧性，在情感上更有感染力，电影塑造的是一个世俗英雄形象。这种世俗英雄人物形象的塑造方式更加符合电影语言的表达。而且，电影中李教官取代了小说中戴上校这一人物形象，与戴上校相比，李教官的形象显然更加高大。原著中的戴上校躲进教堂，与玉墨产生了感情，最后为了保护女学生和妓女，承认了自己的军人身份从而被日军杀害，这一行为本身没有体现出强烈的英雄主义。而电影在一开始，就将镜

---

　　①　赵庆超：《中国新时期文学作品的电影改编研究》，山东师范大学 2010 年博士学位论文。

头放在李教官带领的小队伍上，为了保护女学生们逃跑，他们放弃了最后的出城机会，以身体为掩护炸掉敌人的重型装甲车，做出了重大牺牲，奏响了一曲荡气回肠的英雄主义悲歌。之后，李教官又为了阻止日军在教堂中对女学生的兽行，孤军奋战，一个人对抗一小队日本兵直至与敌人同归于尽。假神父约翰的形象是从侧面表现出英雄主义，而李教官则被塑造成典型的英雄人物，成为中国军人在战场上殊死抗日的集中代表，从正面突出了电影的英雄主义叙事模式。事实上，影片中陈乔治的形象变化也很大。小说中的陈乔治是威尔逊教堂里没心没肺的厨子，信奉"好死不如赖活着"，他与妓女红菱厮混，最后被日军残忍杀害。电影中的陈乔治则是一个懂事的少年，英格曼神父死后就自动承担起保护女学生的职责，最后为了凑足十三个女学生，男扮女装舍身救人。一方面这样的情节设定增强了戏剧冲突，使得电影在情感上更具感染力，另一方面也彰显了英雄主义。

在情节方面，电影放弃了小说中关于中国人软弱的不抵抗政策和日本人的狡猾卑劣的描写，将重点放在对前赴后继、视死如归的战士群体的刻画上，以及对李教官智勇双全的英雄式神话的确立。小说中对日军的残暴行为的描写，只能唤起读者对日本人的仇视情绪以及对受害群体的同情，而电影以更高昂的姿态塑造出中国军人的正面形象，唤起了观者的民族自豪感和爱国主义精神，这种转变更加符合电影这一媒介形式。情节方面的另一变化是女性主义背景下的英雄主义叙事。小说中妓女拯救女学生的动机直接来源于戴上校等军人的被杀。而电影虽然完整地保留了玉墨发动妓女救人的情节，却修改了拯救发生的动机，女学生们在教堂顶楼企图自杀，玉墨等人为了让她们回心转意情急之下做出了代替她们参加舞会的承诺。在传统的文化语境中，所有英雄叙事都是男性叙事，即使有女英雄出现，其身份也已经潜在地"去女性化"了，西方的贞德、中国的花木兰都是如此。严歌苓的小说与经典叙事拉开了很大的距离，她的女性主义叙事十分明确，对女学生的拯救主要依靠女性自己来完成——妓女们的舍身替死，小说中的男性在全部故事中只是承担保护者的角色。电影中男性英雄的塑造改变了故事的语境，女性的挺身而出演变得像男性一样英勇无比，可歌可泣，这就将小说中的女性叙事心理成功地转变成英雄主义的颂歌。

与小说相比，电影的爱国主义精神抒发得更加充分。由小说的控诉日军侵略行为转变为电影的歌颂中国军人的英雄行为，情感获得了升华，观众避免了单纯地为自己的民族屈辱而悲痛。改编者抓住了受众这一心理，在主题立意上对电影做出了改编。由此看来，电影所侧重的爱国主义精神是对文本的一种补充，并且借助这种爱国主义的主题立意弱化了由文本中的民族主义立场带来的受伤心理，从这一重意义来看，电影的英雄主义叙事更加积极和振奋人心。

综上所述，笔者从三个方面论述了张艺谋对严歌苓同名小说的改编：其一，从小说到电影，叙述视角的变更。其二，改编成电影，小说的主题发生偏移。其三，电影对小说情节和人物的重塑。严歌苓的"影像化"写作风格使得自身的小说屡次被改编，张艺谋的电影善于从文学中获取养分，这样的两个人因为《金陵十三钗》而相遇，张艺谋曾说："《金陵十三钗》是我这30年来遇见的最好的故事。"他用5年的时间将这部小说成功地搬上了银幕，达到了双赢的效果。小说为电影提供了素材和思想基调以及成熟的读者作为潜在的观众；由于双方艺术表现形式和观众的欣赏习惯，影迷在某种程度上要多于书迷，所以电影的成功也提高了小说的知名度，在电影改编史上留下了绚丽的一笔。

（作者为陕西师范大学文学院博士生）

后殖民语境下《水浒传》英译文化词语转换研究

——以登特·杨译本为例

孙建成　张丽静

一、引言

《水浒传》英译是翻译研究领域的一个重要课题。迄今为止，学术界已有许多对各个译本的相关研究成果，文军和罗张在研究《水浒传》英译研究的过程中，搜集了从 1979 年至 2010 年发表的 68 篇论文，[①] 这其中包含绰号、地名、书名、人物语言、叙述方式、文体、修辞和文化的英译，但占 67.7% 的文献研究都集中在对赛珍珠和沙博理译本的翻译，译本的对比研究占 22%，也多数集中在这两个译本的对比翻译。登特·杨《水浒传》译本（以下简称登译《水浒传》）自 2002 年出版以来，至今已有十余年的历史，但到目前为止，对此译本的翻译研究仅有寥寥数篇，笔者所搜集到的资料只有部分书内的片段研究和两篇相关的学术论文。这足以说明，对登特·杨《水浒传》翻译的研究还有很大空间。本文将从登译《水浒传》产生的时代背景出发，探讨其译本的价值取向及其所处时代的理论依据，进而对登译《水浒传》文化词语英译转换进行研究，揭示典籍外译中文化交流的权力关系问题。

---

① 文军、罗张：《国内〈水浒传〉英译研究三十年》，《民族翻译》2011 年第 1 期，第 39 - 45 页。

二、后殖民主义理论与后殖民翻译理论概述

1. 后殖民主义理论

后殖民主义理论是殖民地独立之后所衍生出的一个新的理论，它所关心的是不同语言与文化之间的权力关系。后殖民主义理论是时代的产物。19世纪英、法、德、意、西等西方资本主义国家为了完成资本积累和资本主义的发展，在印度、非洲和拉丁美洲通过暴力建立了殖民地。他们通过入侵不发达国家、地区完成了政治经济方面的殖民扩张，殖民入侵的最终表现形式是帝国的建立，这造成对殖民地长达一个世纪的军事、政治、经济的统治。但在"二战"结束之后，西方帝国主义国家受到了严重的削弱，殖民地的民族解放运动有力地发展起来。在世界格局的压力下西方宗主国不得不放弃他们获益良多的殖民统治，国际关系自此也发生了巨大的变化。然而，殖民主义并没有随着殖民地的相继独立而真正结束，尽管殖民地取得了政治独立，他们与前宗主国之间的矛盾依然存在。在"二战"后的世界背景下，帝国主义国家很难再对前殖民地进行大规模的政治、军事入侵，而双方在政治、经济、文化发展方面的不平衡导致了另一种形式的文化控制，这表现为文化殖民主义。为达到这种目的，西方国家向第三世界国家输出文化，在文化交流过程中通过翻译扭曲第三国家的形象，其意图为同化第三世界国家，而这种文化方面的入侵是不易察觉的。尽管多数第三世界国家已取得独立，但西方国家的入侵本性并没有改变，他们的霸权统治也没有真正结束。殖民主义以另外一种形式继续存在，学者将其称作后殖民主义，表现形式为西方国家对已取得独立的前殖民地国家在文化上进行控制。后殖民主义理论就是学者对后殖民主义的评论，也可以称作后殖民主义研究。

道格拉斯·罗宾逊在其《翻译与帝国：后殖民理论解读》① 中把后殖民主义理论的研究范畴限定在了三个方面。第一个研究范畴是对欧洲前殖民地独立之后的研究：他们在独立之后是如何向殖民主义遗留成分进行回

---

① Robinson, Douglas. *Translation and Empire*：*Postcolonial Theories Explained*，Beijing：Foreign Language Teaching and Research Press，2007.

应与反抗的。这里的后殖民主义指的是殖民主义结束之后的文化研究，也可以理解为"独立之后"的研究。这一研究方法适用于印度、非洲、拉丁美洲这些特定后的殖民国家的近代史学家，他们关注独立之后殖民主义遗留成分所衍生出的新问题，诸如语言、地域与身份、政治与法律问题等。第二个研究范畴始于欧洲前殖民地沦为殖民地之始：他们自从殖民主义开始后是如何向殖民主义的文化控制做回应与斗争的。这里的后殖民主义指的是殖民主义开始之后的文化殖民，这种后殖民主义研究即为"后欧洲殖民主义"研究，其研究方法适用于致力于挖掘欧洲政治文化霸权主义根基的反霸权欧洲学者，或者通过与其他后殖民文化进行对比，致力于证实自身文化所体验帝国霸权的前殖民地学者。第三个研究范畴是对所有文化、社会、国家与民族之间的权力关系的研究：强者文化如何使弱者文化屈服于自己的意志，而弱者文化如何适应、反抗、克服这种文化压迫。这里的后殖民主义指的是 20 世纪末政治与文化之间的权力关系，此时的后殖民主义研究指的是"权力关系"研究。这一权力关系的研究方法适用于旨在突出权力关系重要地位的文化理论者。

不同的后殖民主义学者根据自己的研究在后殖民主义的上述三个研究范畴中有着自己不同的立场，尽管其研究重点有差异，研究目标却殊中有同，即讨论第三世界国家是如何反抗文化霸权主义和文化殖民主义的。后殖民主义理论家的代表有爱德华·萨义德、斯皮瓦克、霍米·巴巴等，这三位被认为是后殖民主义理论家的"三巨子"。[①] 其中，萨义德的《东方主义》被认为开创了后殖民主义时代。

2. 后殖民翻译理论

传统意义上，翻译通常与"意义""对等""准确性""技巧"等词汇相联系，而翻译活动则与词汇、句子和篇章相关联。但翻译并不是在真空中进行的，而是随着时间的变化持续发展的，因此翻译活动会受到时代与文化因素的影响。自 20 世纪 80 年代翻译向文化转向以来，从后殖民主义视角对翻译理论的考察逐渐进入翻译理论家的视线，由此成为翻译的一个新的理论研究领域。一方面，后殖民主义理论中的人类学、殖民史以及种族、性别、文化等因素成为翻译研究关注的热点；另一方面，人类学家、

---

① 刘军平：《西方翻译理论通史》，武汉：武汉大学出版社，2009 年，第 491 页。

文学家、历史学家、文化学者在试图解答不同文化之间冲突的起因、第一世界人类学家和第三世界"他者"的语言和交际问题时，也涉及翻译问题。由此，翻译研究和后殖民研究就不可避免地结合到了一起。在后殖民主义语境下，西方政治、经济、文化在翻译过程中与东方政治、经济、文化相互影响，相互作用，由此产生的二元对立诸如侵略与抵抗、控制与服从、认同与融合、权力与话语等不仅反映了帝国征服者的意志，也表明了翻译不仅仅是纯粹的语言与文本活动。作为一个跨学科理论，后殖民翻译理论涵盖了人类学、翻译学、社会学、性别种族研究、文学批评、历史学等，考察的是不同的文本及其翻译实践。在这个过程中，后殖民翻译理论关注的更多的是不同话语与文化之间的权力关系。

随着不同国家之间通过翻译进行文化交流活动的日益频繁，后殖民理论也得以发展。诸多学者从后殖民理论视角对翻译理论的发展都做出了重大贡献。霍米·巴巴、尼兰贾纳、道格拉斯·罗宾逊及劳伦斯·韦努蒂是重要的代表人物。其中霍米·巴巴从翻译的杂合特征和第三世界国家的杂合身份发展了后殖民翻译理论，尼兰贾纳关注的更多的是后殖民翻译的定位问题。罗宾逊在探讨翻译与帝国的关系方面做出了更多的努力，而韦努蒂的翻译理论则把后现代主义、后殖民主义等理论结合到他的文化翻译理论中来，其中他对翻译中归化与异化策略的探讨至今仍是现代翻译学术领域所探讨的热点话题。在《译者的隐身》中，韦努蒂通过对西方 17 世纪以来的翻译理论和实践的全面考察，发现流畅的翻译策略主导着西方 300 多年的翻译实践，它形成了英语文学中翻译外国经典的主要方法。[①] 这样的翻译方法即为主导西方翻译史的归化翻译法，而韦努蒂则对这一方法提出了质疑。他指出，这种强调流畅性的翻译策略，是为了体现西方种族中心主义及文化帝国主义的价值观，是用来归化外国文本。因为一方面它满足了文化霸权主义的需要，另一方面则使译者和译作处于一种"隐身"状态。韦努蒂关于归化与异化翻译策略的概念是基于施莱尔马赫《论翻译的不同方法》中的一段话："译者要么尽量不打扰原文作者，让读者靠近作

---

① 刘军平：《西方翻译理论通史》，武汉：武汉大学出版社，2009 年，第 440 页。

者；要么尽量不打扰读者，让作者靠近读者。"① 前者指的就是韦努蒂的异化策略，而后者为基于译入语读者立场的归化策略。归化与异化策略的问题从翻译技术层面上讲是语言的选择问题，而从文化与意识形态来看，则体现了翻译的伦理道德和文化身份认同等文化核心问题。异化翻译策略表面是在翻译过程中打破目的语的语言文化规范，实质是限制归化翻译所带来的"翻译种族中心主义暴力"。②

3. 后殖民翻译理论在中国的发展

严格意义上讲，中国在过去的一个世纪并没有正式被任何一个殖民国家所占领，中国也并不像印度或大多数非洲国家一样经历了典型的"殖民地"时期。但陈德鸿在其《殖民、反抗与后殖民理论在 20 世纪中国的应用》一文中提到："后殖民主义理论毫无疑问与所有或这样或那样的被殖民过的国家都有联系"，"一些霸权国家在某个特定的时期在中国的某些特定地区（诸如上海）行使了不仅限于领土的权力，香港曾被英国所占领，台湾也曾沦为荷兰的殖民地。"③ 基于这些考虑，同时因为本文是从后殖民主义角度探讨《水浒传》这一中国文学著作英译的文化词语转换，所以有必要考察一下后殖民主义翻译理论与中国的关系。

根据陈德鸿先生的研究，20 世纪八九十年代西方现代批评理论向中国学术界的流入是最为显著的学术活动。在这个过程中，中国赞助举行了诸多国际学术会议，但与会理论家却多数来自于西方。学术讲座介绍了西方的结构主义理论、女性主义、后殖民主义等，直至 20 世纪末，源自西方的后殖民主义理论才很好地植根于中国学术界。后殖民主义在文学、语言学领域成为一个理论事实之后，中国文学的翻译研究就会不可避免地与后殖民主义理论结合到一起。从后殖民主义视角对翻译的研究也就成为中国翻译学术界的一个重要议题。其中《水浒传》作为中国古典四大名著之一，其翻译的研究是这个过程的一个重要组成部分。《水浒传》至今为止已有四个全译本，赛珍珠的七十回译本和沙博理的百回译本通常被水浒翻译研

---

① Venuti, Lawrence. *The Translator's Invisibility*：*A History of Translation*, London and New York：Routledge, 1995：p. 19.

② 刘军平：《西方翻译理论通史》，武汉：武汉大学出版社，2009 年，第 443 页。

③ Simon, Sherry, and Paul St-Pierre, eds. *Changing the Terms*：*Translating in the Post-colonial Era*, Beijing：Foreign Language Teaching and Research Press, 2007：p. 53.

究领域所选用，登特·杨的翻译作为最新的译本，其产生的时代正处于后殖民主义理论进入中国并得以发展的时期，译者代表了西方的立场，在香港的早期翻译过程中也目睹了香港回归中国的过程，因此他们的翻译在后殖民主义时代背景下必然会带有后殖民主义的特征，他们翻译策略的选择应该受到水浒翻译研究领域的关注。

三、后殖民语境下登译《水浒传》文化词语转换方式

《水浒传》作为中国古典四大名著之一，其中包含了丰富的文化词语，译者在翻译过程中也就不可避免地会花费精力考虑文化词语的转换方法。登特·杨的翻译作为最新、最长也最完整的《水浒传》译本，翻译过程处于世纪之交的后殖民主义时期，这个过程中的文化词语转换，必然会带有明显的时代特征，而这个特征则表现在登特·杨的翻译策略的选择中。

高宪礼在《文化因素与翻译策略的选择》中把影响译者的文化因素分为了五类，分别为历史文化因素、译者的文化立场及其翻译意图、译者对原文文化背景的理解程度、原文文本的目的与类型、译入语文化。① 而从这几个方面看，登特·杨的翻译策略则很容易确定，即为归化策略。首先在历史文化因素方面，登特·杨在翻译《水浒传》初期处于香港，后大部分是在英国完成，这样一个时代背景下产出的翻译，代表的是译者的文化立场。这在本文第一部分译本的历史背景的讨论中已有论述，此处不再展开。其次，译者的文化立场和翻译意图，包括译者对原文文化背景的理解程度，在译者前言中也有体现。如前所述，登特·杨在译者前言中反复强调译文的对象是不通中文的普通读者，翻译都要妥协等，他们翻译的目的就是译出一个具有可读性的文本，其出发点是站在西方读者的立场上的。登特·杨在致谢中也提到他对《水浒传》的最初接触来自其妻子的讲述，而翻译的大部分历程也是其在回到英国后进行的，所以相对而言，译者对原文文化背景的理解也是基于他自己的立场。从这点也可以推断译者选择归化翻译策略，更多考虑的是西方的读者和译者本国文化的立场。

——————————

① 高宪礼：《文化因素与翻译策略的选择》，《广州大学学报》2003 年第 12 期，第 18 – 20 页。

而仅从理论角度推断是不够的，既然要考察研究《水浒传》中的文化词语转换，那么就要从翻译实践方面选取译本中的一些典型的文化词语来进行探讨。文化词语，在语言系统中指的是负载文化意义的词语，其中既包括直接反映文化现象的词语，也包括间接反映文化现象的词语。① 文化词语能够很好地体现语言所承载的文化信息，同时也能够代表人类的社会生活。《水浒传》中的文化词语包含诸多方面，有宗教词汇、中国古典习语、称呼词语、官衔词语、文化典故，甚至一些骂人的词汇都体现了中国古典社会的一些文化特征。而在这当中，宗教文化词语和中国古典文化习语是最典型的。

1. 宗教文化词语的转换

宗教是一个民族信仰的组成部分，与一个国家的文化紧密相关，所以宗教文化词语的转换是本文的一个重要方面。佛教、道教是中国宗教界的两个主要学派，而在《水浒传》中，这两个宗教学派都有典型的文化词语，其在登特·杨译本中的转换方法可以表明译者对中国宗教文化因素的态度，也可以从翻译实践方面验证译者的翻译策略的选择。

首先是佛教文化词语。佛教由印度传入中国，经过上千年的传播与发展，在中国已经成为具有典型中国文化特征的宗教学派，是中国传统宗教与文化的必不可少的组成部分，对中国人的日常生活与观念有着重要的影响。但在西方国家，佛教的影响相对于在中国的却不是很大，因为西方的主流宗教是基督教。对于西方译者，翻译中国佛教中的文化词语也是有难度的，想找出相应的对等词汇也并不容易。可以看几个例子：

例1：寺里有五七百僧人，为头智真长老，是我弟兄。我祖上曾舍钱在寺里，是本寺的施主檀越。

There are five or seven hundred monks at this temple. The Abbot, the venerable True Knowledge, is an old friend. My family in the past made donations and rank as donors of the temple. ②

① 王海平：《"文化词语"与"词语的文化意义"》，《文教资料》2010 年第 11 期，第 19 页。

② Shi Nai'an and Luo Guanzhong. *The Marshes of MountLiang*, Trans. John and Alex Dent - Young, Shanghai：Shanghai Foreign Language Education Press, 2011：pp. 106 - 107.

例 2：到得寺前，早有寺中督寺、监寺，出来迎接。

When they arrived before the monastery, the bursar and the novice-master were already there to greet them. ①

在登译本的翻译中，"寺"都被译成了"temple"或"monastery"，而这两个词都始源于西方文化。"temple"一词源于拉丁词汇"templum"，指的是用于祈祷或祭祀类宗教活动的一种建筑。根据维基百科的解释，"temple"可根据世界范围内不同的宗教划分为不同的类型，不同国家的"寺"各不相同，其建筑风格不同，所蕴含意义也不一样。佛教寺庙在不同国家或地区有着不同的建筑，其中有"stupa"（佛塔），"wat"（泰国佛寺），也有"pagoda"（东方寺院的宝塔）。中国佛教中的"寺"指的是佛或僧人所处的纯净圣地，在登译《水浒传》中，"寺"的翻译的选词应体现出中国建筑与文化特色，而不是简单地译为"temple"一词，"temple"一词的选择相对较广，所体现出的也只是"寺"的表层含义，如果不加解释或读者不能亲眼所见，中国的"寺"很有可能被误解，或者想象为西方基督教堂的模样。"monastery"一词的译法有着同样的问题。"monastery"源于希腊语，在不同的国家或文化中有着不同的含义。在英国，"monastery"指的是不与世俗人群居住在一起的大主教或教堂牧师工作生活的地方，也可在一般意义上指任何类型的宗教组织，如罗马天主教，甚至包括基督教的一些分支。在佛教中，"monastery"一般情况下被称为"vihara"（佛教寺院），这是梵语和巴利语中对"寺"的说法。在藏族佛教文化中，"monastery"通常被认为是"gompa"［（藏）寺院］，在泰国、老挝、柬埔寨的佛教文化中，"monastery"则被称作"wat"（泰国佛寺），因此不同的文化对"monastery"有着不同的释义，把它作为"寺"的选词同样有些偏广，如果不加具体解释，西方读者很容易站在自己的文化立场上去想象"monastery"所代表的建筑，而这样的翻译对于中国文化是不公平的。我们认为"vihara"一词是《水浒传》中"寺"的翻译的一个较好选择，因为它特指中国佛教建筑，当西方读者读到此词时会想到这一词汇所代表的源语文

---

① Shi Nai'an and Luo Guanzhong. *The Marshes of MountLiang*, Trans. John and Alex Dent‑Young, Shanghai: Shanghai Foreign Language Education Press, 2011: pp. 106 – 107.

化形象，原文文化也就不会通过翻译被目的语所归化。

在登特·杨的翻译中，不仅一些佛教文化词语的选词可以反映出译者的归化翻译策略，一些与佛教文化相关的译文句子结构的组织也能够体现出这一点。

例3：宋江向前道："久闻长老清德，争奈俗缘浅薄，无路拜见尊颜。今朝……"

Song Jiang intervened："I have heard so much of your virtue, Father，"he said，"although my destiny has not permitted me hitherto to meet you and pay my respects…"①

在这个译例当中，译者根据自己的理解把"争奈俗缘浅薄，无路拜见尊颜"意译为"my destiny has not permitted me hitherto to meet you and pay my respects"，在译文中"has not permitted"（不允许）用来代表"无路"，"meet you and pay my respects"（拜访并表达敬意）用来表达"拜见尊颜"，这并没有实现词义与句义的对等，而只是在用流畅的英文表达类似的含义。

登译本中对佛教词语"涅槃"的转换也值得探讨。宋江被黄文炳陷害，遭到蔡九毒打时有这样一句话：

例4：唤过牢子狱卒，把宋江捆翻，一连打上五十下，打得宋江一佛出世，二佛涅槃，皮开肉绽，鲜血淋漓。

He ordered the gaolers to tie Song Jiang up and give him fifty lashes on the spot without pause. Song Jiang was beaten till he lost consciousness and was half way to nirvana. ②

"一佛出世，二佛涅槃"是典型的佛教文化成语。其中"涅槃"在梵语中为"nirvana"一词，指的是人作为佛教徒圆寂之后抵达佛教的最高境

---

① Shi Nai'an and Luo Guanzhong. *The Marshes of MountLiang*，Trans. John and Alex Dent－Young，Shanghai：Shanghai Foreign Language Education Press，2011：pp. 554－555.

② Shi Nai'an and Luo Guanzhong. *The Marshes of MountLiang*，Trans. John and Alex Dent－Young，Shanghai：Shanghai Foreign Language Education Press，2011：pp. 404－405.

界。在汉语中"涅槃"指的是人世间的苦难。"一佛出世"意指一个人所处的情境非常艰难，而整句话意味着受害者已几乎被折磨致死。在此，我个人认为登译对这个佛教成语的转化是合理的，但同样是"一佛出世，二佛涅槃"的翻译，在描述李逵被罗真人进行惩罚时的译文却不尽相同。

例5：众人只得拿翻李逵，打得<u>一佛出世，二佛涅盘（槃）</u>。

The guards were obliged to throw Iron Ox down and <u>beat him to within an inch of his life</u>. ①

同样的成语，在这一译例中译者仅仅通过转译的方法译成"打得他几乎丧命"，"佛"与"涅槃"的隐含文化意义无处得寻。

从上面几个译例可以看出，登译采取了归化的翻译方法把东方佛教文化词语转译成一些起源于西方文化或背景词语，大多数关于佛教的梵文起源和中国特色在译文中没有体现。

2. 中国古典文化习语的转换研究

《科林斯词典》（*Collins Cobuild Advanced Learner's English Dictionary*）对"习语"做出的定义是"一组词汇，其用在一起时所表达的意义与单个词所表达的意义不同"②（Idiom means a group of words which have a different meaning when used together from the one they would have if you take the meaning of each word separately）。因此，"习语"是指不能通过组成习语的各个词汇<u>直接推断出含义</u>的所有表达方式。习语具有隐含或比喻意义，中国的习语深深植根于中国历史与古典文学，因此充斥着文化内涵，在《水浒传》翻译的文化词语转换研究中，习语的转换方法也值得考虑。

例6："……这唐牛儿捻泛过来，你这精贼也瞒老娘！正是'<u>鲁班手里调大斧</u>'！……"

… "Bullock Tang's a real twister." Then, turning to Tang, she said, "Do

---

① Shi Nai'an and Luo Guanzhong. *The Marshes of MountLiang*, Trans. John and Alex Dent – Young, Shanghai: Shanghai Foreign Language Education Press, 2011: pp. 242 –243.

② 作者自译。

you think you can deceive an old woman with those dirty tricks? <u>That's really try-</u>
<u>ing to teach your grandmother to suck eggs!</u> …"①

　　这个例子包含了"班门弄斧"这一成语，中国读者都知道这是传统的
文化典故，讲述的是工匠鲁班的故事，但登特·杨的译文中，这一成语被
转化成"trying to teach your grandmother to suck eggs"（教祖母吮吸鸡蛋），
这样的译文没能体现鲁班这一传统中国人物形象，而且"suck"一词在英
文中所体现的意义也比较消极，因此译文是不合适的。此外，通过看译
文，译者对"这唐牛儿捻泛过来"的理解也不透彻，这句话在描述阎婆惜
母亲的动作，本意为"把唐牛儿翻个跟头摁住"，而译者却转换成了
"Bullock Tang's a real twister"，不合乎情理。

　　例7："我当初嫁武大时，曾不听得说有什么阿叔，那里走得来！'是
亲不是亲，便要做乔家公'。……"
　　"When I got married nobody told me anything about a younger brother. <u>Why</u>
<u>should you turn up here to order us all around, even if you are one of the family?</u>
…"②

　　这句话出自潘金莲，在武松向其兄暗示潘金莲的品行之时，潘金莲为
表达不满说出了这样一番话。她用到了"乔家公"一词，意为"假装在家
中当家的人"，以此来指责武松没有接受她的示爱之后对自己生活的干预
与指手画脚。登译本中"乔家公"的形象没有体现，整句话基于译者的理
解被意译成了一个反问句。

　　例8："你正是'马蹄刀木杓里切菜'，水泄不漏，半点儿也没得落地。
直要我说出来，只怕卖炊饼的哥哥发作。"
　　"<u>I know you want to keep it all to yourself</u> because you're an old meany. All

---

① Shi Nai'an and Luo Guanzhong. *The Marshes of MountLiang*, Trans. John and Alex
Dent – Young, Shanghai: Shanghai Foreign Language Education Press, 2011: pp. 488 – 489.
② Shi Nai'an and Luo Guanzhong. *The Marshes of MountLiang*, Trans. John and Alex
Dent – Young, Shanghai: Shanghai Foreign Language Education Press, 2011: pp. 42 – 43.

right then, suppose I talk, let's see how the bread-man takes it!" ①

"马蹄刀木杓里切菜"这一习语中国读者不需解释就能够理解其形象的含义,指的是用马蹄刀在圆形有边的木容器中切蔬菜,汁水不外流。在这里的隐含意义是偷偷处理问题,不让外人知道。在登特·杨的译文中,这一习语被转换成了简单的"keep it all to yourself","马蹄刀"和"木杓"的文化形象同样也没有得到体现。这种翻译中国习语的方式是典型的归化策略,用西方人所熟知习惯的表达方式来替代原本中的文化词语与形象,而这对东方文化是不公平的。此外,"because you're an old meany"在原文中找不到根据,而"水滴不漏,半点没得落地"在译文中也没有体现,所以这个翻译是不够对等的。

四、结语

本文基于后殖民主义及后殖民翻译理论,对产生于这一理论背景下的登特·杨《水浒传》译本进行了价值取向的探讨和译本中文化词语转换的研究。通过对登译本中文化词语译例的详尽分析,最终验证了登特·杨翻译策略的选择。译者意图用英语流畅的表达方式去传递中国典型的文化因素,译文的确满足了译入语读者的需要,却也掩盖了源语的诸多文化内涵。而这些正是文化霸权和后殖民主义的体现。西方译者通过翻译对中国文化的传播进行了控制,而中国文学在这个过程中处于一个被动的"他者"地位。当然,译者对一个译本进行翻译总是要站在自己的文化立场上,登特·杨译文中归化翻译策略的选择也可以理解,译者长达八年的努力也的确为《水浒传》的对外传播起到了积极的推动作用,也为翻译学术界提供了良好的素材,但在译文的产出上,无论是《水浒传》的翻译还是其他古典文学名著的翻译,运用异化策略保留源语文化内涵的必要性应该得到译者的充分重视。

(作者简介:孙建成,天津财经大学教授;张丽静,燕京理工学院教师)

---

① Shi Nai'an and Luo Guanzhong. *The Marshes of MountLiang*, Trans. John and Alex Dent - Young, Shanghai: Shanghai Foreign Language Education Press, 2011: pp. 74 - 75.

比较：解读《西游记》的"另类"方法

陈千里

一

《西游记》①的主旨是什么？这是解读这部奇书的数百年之梦魇。

明代，世德堂主人刊刻此书时，请陈元之作序。序文称："此其书直寓言者哉！"这里的"寓言"是采用《庄子》"三言"的义旨，也就是"意在言外"，说白一点就是"讲故事为的是说道理"。至于说的是什么道理呢？陈元之说："彼以为大丹丹数也"，"孙，狲也，以为心之神；马，马也，以为意之驰；八戒，其所八戒也，以为肝气之木；沙，流沙，以为肾气之水。"认为《西游记》有"寓言"的成分，言外有意，这大约能得到多数读者的首肯。但要说整个文本是"寓言"，所"寓"又是"大丹丹数"，又落实到五行生克之上，却得不到文本的支持，也和绝大多数读者的阅读体验相凿枘。

清代沿着这一思路走得更远了。乾隆年间刊刻《新说西游记》的张书绅在《西游记总论》中讲："《西游记》一百回，亦一言以蔽之，曰：'只是教人诚心为学，不要退悔。'此其大略也。至于逐段逐节，皆寓正心修身，黾勉警策，克己复礼之至要。"他认为把主旨看作"讲禅""谈道""金丹采炼"的，都是"捕风捉影"，只有理解成克己复礼才是唯一正确的看法。鉴于张书绅讲得太绝对，牵合到原著文本实在勉强，于是又有《西游正旨》的刊刻者张含章的折中之论："（《西游记》）以《周易》作骨，以金丹作脉络，以瑜伽之教作无为妙相。"另一《西游原旨》刊刻者刘一

---

① 以下所论皆以人民文学出版社整理的繁本为据，而不再作繁复的版本辨析。

明则换了一个角度："《西游》贯通三教一家之理：在释则为《金刚》《法华》，在儒则为《河洛》《周易》，在道则为《参同》《悟真》。"而不论具体讲法有多大歧异，核心是一样的：这不是小说，主旨是某种哲理，而且渗透到全书一段一节之中。

新文化运动之后，人们接受了西方的文学观念，以胡适、鲁迅为代表的学者一扫明清三四百年的见解，认为"《西游记》被三四百年来的无数道士、和尚、秀才们弄坏了"，只是"随意附会"而已。而其主旨，则为"游戏笔墨"与"讽时骂世"的独特结合。

到了 20 世纪 50 年代，庸俗社会学的批评占据了主流，于是把前七回的大闹天宫解释为"农民起义反抗封建帝王统治的真实反映"，把西行路上的降妖伏魔讲成"铲除压迫民众的地方恶势力"。这种解读由于得到毛泽东的首肯——如其诗中所写"金猴奋起千钧棒，玉宇澄清万里埃"等，便成为解读《西游记》最为流行的思路，一直到今日，在一般读者那里，这种理解仍然占据着主导的地位。

但是，这种解读有两个难于消解的大疙瘩。

一个是，如果我们承认《西游记》是一个统一的文本，整体上应该按照相同的逻辑来理解的话，上述解读就陷入了一个自我挖就的逻辑陷阱：假若玉帝、老君以及佛、菩萨代表了黑暗的统治者，孙悟空这样的占山为王的"妖猴"代表了正义的反抗者的话，那么全书的主体部分——取经并除妖，就成为一个曾经的反抗者投降之后去剿灭他昔日的同盟军，或者叫作"起义部队"。这样解读，孙悟空便类似于清代侠义公案小说《施公案》《彭公案》中的黄天霸了。显然，说孙悟空是"农民起义的叛徒"，绝大多数读者会哄堂大笑的。同时，也不是提出这一"革命话语"者的初衷。

另一个疙瘩是，小说文本中散布着数量不菲的宗教专用语，特别是全真教修习内丹的名词、口诀乃至专论。倘若把全书简单看作"游戏之作"或"社会批判之作"，这上万字的文本存在就只能视而不见、存而不论。这样选择性的解读，当为严肃的研究者所不屑。

如何解开这两个疙瘩，如何熨平文本逻辑的褶皱，是解读《西游记》这部奇书的第一大难题。这个难题实际上还牵扯到作品的成书过程，牵扯到作品的传播与流变，牵扯到作品的宗教属性等复杂问题。不过，问题的核心却还是对小说主旨的基本理解。我们这篇小文章肯定不会去纠缠那些复杂的大问题，而是集中于核心——主旨的解读。

而解决核心问题的思路则有别于前人：他山之石，可以攻玉。比较，也许可以给我们打开一个新的"脑洞"。

二

太平洋彼岸，一百多年前，莱曼·弗兰克·鲍姆写出了享誉世界的童话《绿野仙踪》。

这部童话由于想象之丰富、形象之生动，深受孩子们的喜欢。在中国也有多种译本，包括多种连环画。同时，由于童话兼有的象征特质，人们往往还从故事的背后体悟出一些哲理。至于体悟到什么，又是因人而异，各有所得。于是，这部童话又成为美国乃至世界各国成年人的读物。

有趣的是，这本童话书在很多方面与长它三百岁、相距数万里的《西游记》有颇多相似之处。我们大略作一比较，便可以开列出以下诸多方面。如《绿野仙踪》的故事框架与人物关系：

①主人公多罗茜为了解决回家的大难题，长途跋涉，西行到神奇的翡翠城，去见无所不能的奥芝。

②善良的北方女巫给她指出方向，并用法力给她以帮助。

③一路上，先后遇到稻草人、铁皮人和小胆狮。它们各有各的难题，都想请奥芝帮助解决。再加上多罗茜的小狗托托，形成了西行的"五众"队伍。

④他们同各种困难及邪恶势力斗争，终于到达目的地。

⑤美丽的翡翠城其实只是幻境。

⑥万能的奥芝其实是个欺骗人的魔术师。

⑦但是，在战胜各种敌人的过程中，稻草人、铁皮人和小胆狮都成长起来，克服了自身的缺点。也就是说，他们依靠自己解决了自身的难题。

⑧最终，多罗茜也依靠自己的力量回到了家乡。

⑨多罗茜具有依靠金冠支配飞猴的能力，飞猴则有飞越高山大河的能力。

⑩南方女巫告知多罗茜，其实她自己原本具有轻而易举飞回堪萨斯家乡的能力，但是和朋友们历经艰难的跋涉，使他们脱胎换骨——而这才是

他们最宝贵的收获。

童话的结尾处有这样一段意味深长的对话：

"你的一双银鞋子，将带你越过沙漠，"甘林达回答说，"如果你知道它们的魔力，在你来到这个国度的第一天，你就可以回到你的爱姆婶婶那里去的。"

"但是，这样我就没有了奇异的头脑！"稻草人叫喊起来，"我将在农民的稻田里，了结我的一生。"

"我也得不到我的可爱的心，"铁皮人说，"我将站在森林中发锈着，一直到这世界的末日。"

"并且我要永远胆小地生活着，"狮子说，"在所有的森林里，没有哪一只野兽会向我说一句好话。"

"这些全是真的，"多萝茜说，"我喜欢为这些好朋友们服务。但是现在每一个都达到了他的最好的愿望，每一个都很欢乐，去领导着一个国家，我想我应该高高兴兴地回到堪萨斯州去了。"

当我们用同样的方式来分析《西游记》时，我们会惊讶地发现：

①主人公唐三藏为了解决君王的大难题，长途跋涉西行到神奇的佛国，去见无所不能的佛祖，求取真经。

②慈祥的女神——观音菩萨给他指示，并用法力给他以各种帮助。

③一路上，先后遇到孙悟空、猪八戒、沙僧及白龙马。他们都曾犯过错误，因此需要救赎。协助唐三藏取经是"立功赎罪"的机会，于是形成了西行的"五众"队伍。

④他们同各种困难及邪恶势力斗争，终于到达目的地。

⑤神圣的西天灵山原来也不是纯粹的圣地，佛陀也不免贪财，侍者更是公然索贿。

⑥万能的佛陀也玩了一个小小的骗术——传以无字白本，害得唐僧一行奔波。

⑦但是，在战胜各种敌人的过程中，孙悟空、猪八戒、沙僧，甚至白龙马都"借门路修功"（孙悟空的"总结"之语）——克服了自身的缺点。最典型的是到达目的地之后，孙悟空请师傅为自己取下象征约束与惩

罚的"紧箍"时，紧箍已不知何时自动消失了。

⑧最终，唐僧既完成了任务，也依靠自己的意志和努力回到了迷失已久的故乡——佛国。

⑨唐僧具有依靠紧箍支配飞猴——孙悟空的能力，孙悟空则有飞越高山大河、瞬息万里的能力。

⑩观音告知唐僧，必须历经艰难跋涉，才能求取真经。而一旦经过这些磨难，他们就会脱胎换骨——《西游记》结尾处也有一个意味深长的情节，写唐僧过凌霄仙渡，在即将抵达彼岸时，发现自己的"尸体"顺水漂去，于是大家都向他表示祝贺，然后：

> 三藏才转身，轻轻地跳上彼岸。有诗为证。诗曰："脱却胎胞骨肉身，相亲相爱是元神。今朝行满方成佛，洗净当年六六尘。"

"行满""洗净""脱胎"，都带有点题的性质。

看到这些相似之处，我们很难不产生两点惊讶：一是相似处之多。两部外表全然不同的作品，肌理、筋骨竟然有如此多的"同形同构"，在世界文学史上实属罕见。二是相似处层次之多。两部作品之间，既有最浅层的"五众西行""飞猴"之类相似；又同样有对"神圣"的程度不同的揶揄、解构；还有隐藏于故事背后的相近的哲理。而正是这后面一层的近似，给予了我们解读《西游记》新思路的启迪。

三

我们没有任何证据可以说鲍姆接触过早他三百年的《西游记》。也就是说，是两个经历完全不同的作者，在完全不同的文化背景下，各自独立地写出了肌理、筋骨"同形同构"的作品。这只能说是人类"味之于口，有同嗜焉"，同时似乎也说明了文学创作有其内在的逻辑——当创作者写出由 A 到 B 的时候，下一步 C 的出现就成为一个大概率的事件。

对于《绿野仙踪》的解读，一百多年间也是五花八门，经济学家、政治学家、心理学家，乃至女权主义者都从各自独特的视角，对《绿野仙踪》的主题、寓意进行过分析。虽然具体看法大相径庭，但有两点可以说是讨论的共同认可的基石。一点是，关于作品的基本属性———一部童话，但是文本存在着深度解读的可能性。另一点是，文本的主干是五个小伙伴在历险的过程中成长，其哲理也要从这里——即从文本的客观状态来发掘。至于各自发掘的内涵，倒是见仁见智。

受此启发，我们来看看《西游记》。

若把《西游记》的故事比作一条河，河的主干无疑是唐僧、孙悟空等五众西行取经的经历。而这条河的上游则是五个水量不同的支流。我们知道最早的完整的《西游记》刊本见于明代万历二十年（1592）①。但此前的二三百年间，各种“西游”的故事在书场、舞台以及传教的场所流传着。② 其中成为今本《西游记》支流的，水量最为丰沛的当属玄奘的出身故事和悟空的出身及大闹天宫的故事，③ 其次则是猪八戒的故事，再次是沙僧与白龙马的故事。无论故事内容的丰俭，这支取经队伍的成员都有“今世”与“前生”。

在上述《西游记》的前文本④中，这五众的“前生”遭际分别是：

唐三藏——父亲陈光蕊上任路上遭劫，他险些成了遗腹子；死里逃生作了“江流儿”，然后“被”出了家。再往前说呢，就是西天佛前的“毗卢伽尊者”，只因工作需要降生为陈玄奘。

孙悟空——花果山中的妖猴，因为偷盗仙丹、仙桃、仙衣、仙酒，触犯了天条，被李天王等拿获，又被观音压到花果山下。

猪八戒——摩利支天的部下，担任御车将军，不知何故盗了金铃躲到黑风洞里为妖，又拐了裴家女儿。后来被孙悟空与二郎神联手捕获。

沙和尚——名为深沙神，专与取经人作对，先后吃过多人。经过唐僧“教育”，改邪归正。

白龙马——南海火龙三太子，因“行雨差迟”犯下死罪，被观音点化

① 指现存的最早的世德堂刊本。至于有录无书的其他版本，或是“简本”系统，不予在此考辨。

② 指《大唐三藏取经诗话》《唐三藏西天取经》《西游记杂剧》等。

③ 玄奘的故事主要见于明初杨景贤的《西游记杂剧》与杂剧《陈光蕊江流和尚》。孙悟空的故事主要见于杨景贤的《西游记杂剧》和《二郎神锁齐天大圣杂剧》。

④ 这里的“前文本”指世德堂本《西游记》刊行之前，讲述玄奘取经故事，并有可能被吴承恩采撷到小说文本中来的小说、话本、杂剧等。

变马，为唐僧服役。

细读文本可以看出，这些内容大部分都被采撷、改写到了《西游记》中。其中有一点值得注意，就是"前文本"中的孙悟空、猪八戒、沙和尚与白龙马，都是犯有"严重错误"的，只有唐三藏不同，他的前生很高贵，完全是为了一个崇高的目标降尊纡贵甘愿牺牲（其父宿命"有十八年水灾"）到"此生"来的。

当孙悟空等四众由"前文本"进入《西游记》时，都是把"前世"（广义）的错误带到了本文中。换言之，吴承恩采撷旧说成就新作时，① 是接受了历史形成的带有"前科"的四众参加到神圣的取经事业之中的。可是，唐三藏的"前生"与四众不同。前文本中，他的前生是"高贵"而"光荣"的。这时，一件饶有趣味的事情发生了：吴承恩"无中生有"，给本来高贵、高尚的唐三藏强安上了一件罪名（或是一个错误）。在全书结穴的一百回"径回东土　五圣成真"中，如来有一段总结，其中对唐三藏说道：

> 汝前世原是我之二徒，名唤金蝉子。因为汝不听说法，轻慢我之大教，故贬汝之真灵，转生东土。

此前，小说有三次提到唐三藏为"金蝉子"转世，但都没有介绍这个"金蝉子"为何许人物，又是为何而转世。可以说，前面的"金蝉子"完全是制造悬念的笔法。到这里方才"抖响了包袱"② ——原来神圣的唐三藏也是带着"前科"参加到神圣的取经事业中的！

不要小看了如来的这句话，或者说不要忽略了作者这个看似简单的一笔。因为有了这一笔，整部作品的主旨在逻辑上就清晰、自洽了。

按照这个思路，我们再重新审视一下吴承恩笔下那四个成员的"前生"描写。猪八戒、沙和尚、白龙马，小说中的"前生"，与前文本三人的"前生"虽有具体细节的不同，但都是带有一种"原罪"，因而并无二致。孙悟空的情况稍有点麻烦，因为闹天宫一节实在写得汪洋恣肆，读起

---

① 吴承恩是否为《西游记》的作者，学术界存有分歧。这里暂借其名称谓作者。
② 曲艺用语，指突然给出悬念的答案。

来似乎有些"评功摆好"的感觉。但是，如果读得细一些，作者的总体意图，或者说文本的意图指向还是可以看出来的。小说第七回有一首诗赞，带有给闹天宫的猴子"盖棺定论"的意味：

猿猴道体配人心，心即猿猴意思深。大圣齐天非假论，官封弼马是知音。马猿合作心和意，紧缚牢拴莫外寻。万相归真从一理，如来同契住双林。

而此前的第四回回目也可对应来看：

官封弼马心何足　　名注齐天意未宁

显然，作者是把闹天宫看作人心放纵，欲望不满的表现，所以需要"紧缚牢拴"。也就是说，小说《西游记》中的孙悟空同样是带着"原罪"参加到取经事业中来的。

通过以上分析，我们可以看到，《西游记》在文本的大结构上，和《绿野仙踪》异曲而同工。也就是说，一个小团队，其中每个成员都是带着自己的问题聚合来的；他们有一个共同的大目标，试图到那里解决自己的问题。而在通向目标的路上，充满了险阻与考验。当他们战胜险阻、通过考验之后，他们的问题就自然地消解了。

这正是前面提到的《绿野仙踪》文本的基本架构。而《西游记》由于内容更复杂一些，作者的笔法更恣肆一些，类似的架构不是那么彰显。因而有了对主旨理解方面绵延数百年的迷雾。当我们借鉴《绿野仙踪》，两相比较之下，这个架构便较为清晰地显现出来，而《西游记》主旨也便有了逻辑自洽的解读。

四

以上讲的是《西游记》与《绿野仙踪》的相同或相似之处的比较，以及由此比较得到的启发。而还要赘述一点的是，二书毕竟是在大相径庭的文化背景中产生的，写作过程也完全不同，因而彼此间的差异也是不容忽视的。

对差异进行一番比较，对于准确解读这两部杰作，同样是大有裨益的。

前面讲到，《西游记》文本中散布着大量的宗教用语，既有佛教经典目录、佛经原文，也有道教特别是全真教的诗文、术语。粗略统计，当在万字以上。① 之所以出现这种情况，和小说复杂的成书过程有关。由于《西游记》是从真实的佛教史实演化出来的，所以里面必然有佛教的内容。而后来这个佛教的故事被道教的一个支派全真教利用，用作传教的载体，于是又掺进了道教的成分。② 这样的过程、这样的成分都影响到小说的叙事，特别是包含着哲理的叙事。我们且举一回书作例子，看一看宗教内容的渗透程度。

第十四回是"心猿归正　六贼无踪"，写的是孙悟空皈依于唐三藏，开始保护他西行取经，可以看作"西游"之河干流的发端之处。这一上来的回目就带有明显的宗教色彩。"心猿""六贼"都是佛教用语，但又被道教挦扯使用。而接下来是一篇很长的韵语：

佛即心兮心即佛，心佛从来皆要物。若知无物又无心，便是真如法身佛。法身佛，没模样，一颗圆光涵万象。无体之体即真体，无相之相即实相。非色非空非不空，不来不向不回向。无异无同无有无，难舍难取难听望。内外灵光到处同，一佛国在一沙中。一粒沙含大千界，一个身心万法同。知之须会无心诀，不染不滞为净业。善恶千端无所为，便是南无释迦叶。

这段韵文虽是通篇谈"佛"，却是出自全真教一位祖师级的道长张紫阳《悟真篇》的附录。显然，小说把这篇文字冠于卷首，不是为了引出故事——它太抽象了，怎么也不能转换成故事情节，而是要制造一种氛围，让读者注意下文故事是含有宗教寓意的。

---

① 这还不包括一般行文中提到的佛、菩萨的名号之类。

② 参见柳存仁《和风堂文集》之《全真教和小说西游记》，上海：上海古籍出版社，1991 年；陈洪：《西游记与全真教之缘新证》，《文学遗产》2015 年第 5 期。

接下来，小说写孙悟空皈依了唐三藏，执行起卫士的职能，于是碰上了一伙劫匪。劫匪的名字十分奇特：

一个唤做眼看喜，一个唤做耳听怒，一个唤做鼻嗅爱，一个唤作舌尝思，一个唤作意见欲，一个唤作身本忧。

显然，这是从佛教的"六根""六尘"理论脱化出来的。这样写，与上文同理，与叙事无关，只是在提醒读者注意作品是具有宗教寓意的。

真正的寓意在两个铺垫之后出场了：孙悟空轻率杀生暴露出原本的"恶根"仍在，于是观音菩萨授给唐僧神奇的"紧箍"，把孙悟空恣肆放纵的野心管束起来，直到历经磨难后才自行脱落。

两相对比，《绿野仙踪》在创作之初就定位于写给儿童看，因此故事是第一位的，故事背后的道理潜藏在深处，直到最后才轻轻点出。这方面，《西游记》的"耳提面命"不能认为是高明的文学笔墨。

《西游记》的这种宗教色彩还表现在取经五众各自"问题"的性质上。如果说《绿野仙踪》的小伙伴们各自的问题属于成长中性格"补强"的性质，那《西游记》五众则都属于"改邪归正"的赎罪者。他们都是带着"原罪"来谋求新生的。而产生"原罪"的"恶根"，正是取经路上对他们最大的考验。五众在战胜各种妖魔的同时，也克服了自身的"恶根"，于是有了最后的点题情节："脱胎换骨"。

非常近似的故事框架，非常近似的人物组成，产生出了近似的主旨——互为"背书"的深层寓意。而由于预设读者的差别，也由于文化背景的差异，这种形式上近似的主旨最终分道扬镳了。一个指向了少年儿童的成长，一个指向了忏悔既往的成年人对"新生"的寻觅。二者的相互映衬，对于认识其各自的思想、艺术特性，提供了事半功倍的认识路径。

（作者为南开大学文学院副教授）

全球视野　文学情结　汉语表达

——在旧金山"北美华人文学国际论坛"上的演讲

舒　婷

各位同行、各位朋友，先生们、女士们，上午好！

我这是第三次来旧金山了。

1986 年我到过伯克利、斯坦福、纽约州立等大学，并且获得了旧金山荣誉市民的证书。这张证书似乎没有期限，所以也许我可以借此申请一份老人福利补贴？这趟将近三个月的巡回朗诵的尾声，是在洛杉矶大学（UCLC），我参加了中美第三次会谈。

旅行中，除了旅馆、大学的招待所，我还被邀请在许多华人作家的家中住过，比如陈若曦、张错、王渝、於梨华，等等。那段时期，华文写作基本以这些台湾背景的海外作家群为代表。他们经过多年努力，在美国站稳脚跟，工作、房子、家庭，该有的都有了。而我所遇到的大陆留学生还处于苦苦挣扎打拼阶段，那时还没有"富二代""官二代"，人人都是穷学生，而且都极其优秀肯吃苦。他们打两份工，合租小房子，省吃俭用，积攒学分，为早日修完学业不知有多少辛酸！相信在座许多朋友感同身受，因为不少作品都淋漓尽致地体现了这段心路历程的疼痛与奋斗。

1992 年，我第二次来旧金山，同行有北岛、顾城、杨炼等诗人。由于众所周知的原因，主办方每次都提醒听众，不要提敏感问题，因为他还要回国去。真是贴心，让我印象深刻。

我还记得，当时有位 20 岁的上海姑娘风风火火闯进我的旅馆，一屁股坐在地毯上，伸直了长腿，她说："两年了，美国赢得了我，我也赢得了美国。"我不知道后来她去了哪里，也许在我们中间，她那预言似的宣称，最终被许多华人移民所证实、所实践，并且折射在文学作品里，比如严歌苓的《扶桑》，比如周励的《曼哈顿的中国女人》，比如今年广受关注的胡曼获的《白宫有请》。

2012年我们去波士顿探望儿子途中，在洛杉矶停留三天，受到洛杉矶华人作协的热情接待。我再次接触到的华文作家和诗人，比如叶周、施玮、李珊，多是大陆移民，惭愧！很多还是我的老读者。他们工作相对稳定，建立了家庭，孩子们操着纯正的英语去上学。我觉得他们已经爱上了定居的城市，以它为自豪。他们跟我说，全美华人中，他们最幸运，因为洛杉矶是个最宜居的城市。而我在旧金山也听到了同样说法。

这些华文作家来自祖国各地，他们在各地组织形形色色的文学团体，点燃一直以来不曾熄灭的文学圣火，释放沉郁已久、珠胎暗结的故事与情感，先是互相取暖，然后传播开来，汇入华文写作的急流中。

其实，这三十多年来，除了美国，我还去了不少国家，仅德国就去了5次。到哪里都能见到华人文学爱好者，在挪威小餐馆墙上看到老板自己写的打油诗，从土耳其导游手中看到翻开的华语小说，在新加坡和菲律宾参与文学夏令营或诗歌大奖赛。

就像我的题目所概括的：华文写作已经拓展了全球视野，广阔而多元，在中西文化的碰撞与交融中，独占优势、焕发异彩；文学情结则是许多人少小时期在母国就被遗传上的，它是命定的、基因性的，在渴望倾诉和抒发时，文学便是最快捷、最顺手、最具审美的通道和手段；母语写作渐渐发育成熟，建构另一个精神家园，即使谈不上普济众生，至少完成了自我救赎。

我不是理论家，斗胆来赴此盛会，一是祝贺，二是学习，三是见朋友。主办方要我与大家分享诗歌创作感言，那么，我只有简单几句话：

诗歌是那个"条条道路通罗马"的罗马，似乎谁都可以写诗歌，但是大门外围墙边，顶礼膜拜的人众多，真正掌握钥匙进入殿堂的幸运者寥寥。

一时甚嚣尘上的作品未必能成为经典，当然包括我自己。曾经流传甚广的篇章重新翻阅，不忍卒读者比比皆是。

就算如此，倘若诗歌是你终身所许，倾心所爱，那么，管他世人待见不待见，你就写吧。它不能当饭吃，而你也从未把它当饭吃。

谢谢！

（作者原名龚舒婷，现任中国作家协会主席团委员、福建省文联副主席、厦门市文联主席）

翻译的权利与边界

——以中国当代文学作品的韩文翻译为例

朴宰雨

回顾我的生涯，可以说过去四十多年生活在中国文学当中，几乎每天遨游在中国文学的海洋里。从某种角度来看，可以说名副其实地与中国文学携手同行了。而最近十多年来，我又对中国以外的海外华文文学予以关注。

其中三十年，我断断续续地把中文作家的小说、诗歌、散文、文学评论、演说文等作品与学术著作翻译成韩文并出版过，还有机会对某些中文原著与韩文翻译本做过对比。基于这些经验，下面以韩文翻译为例，我要谈一谈翻译的权利与困惑问题。具体谈谈"翻译的权利与边界"和"当代汉语的变化和扩展给翻译带来的困难与挑战"等问题。不过，由于我个人的经验有限，可能讨论得不够全面，例子还显得很不充分，望各位同仁多多批评和指教。

首先谈一下"翻译的权利与边界"问题。

依我的理解，这个命题的意思，就是翻译家有翻译的权利，但这个权利有所限制。那么，这个"权利"与"边界"如何去理解呢？譬如：翻译家没有得到外国原本的版权，就可以说没有获得翻译的权利，这是法律上的常识问题。不过这里所要谈的层面和这个有所不同。

我年轻时开始翻译中国现当代文学作品，当时就认为中文翻译家首先应该对中国文学作品的文本有全面和准确的把握，然后用本国的语言充实地、流利地翻译出来，给本国读者提供像本国语言阅读外国原著的体验。这可以说是比较基础性的、朴素的翻译观，虽然我通过翻译中国文学作品，积累了几十年的经验，但到现在也基本上还坚持这样的翻译态度。

这种态度，好像是比较消极的，好像不怎么享有翻译的权利，而是忠实于翻译的义务，也保守地考虑翻译的边界。那么我为什么会采取这样的态度呢？我在写这篇文章时，第一次反思自己为什么一直坚持用如此谨慎的态度进行翻译。后来总结出大致如下的原因：因为我从小对"汉文"有所耳濡目染，所以对中国文学本来就有亲缘性。中国文学虽然属于外国文学，但是和西方文学不同，没感觉到特别的距离感。

　　一般来说，世界的古典文学大致是在东方的"汉文""梵文"与西方的"拉丁文"的基础上发展起来的。从求同的角度来看，中、韩、日、越等东亚古典文学的共同分母可以说是"汉文"，这点与现代欧洲和美洲等西方诸国以及南亚、中东、非洲诸国迥然不同。"汉文"后来在中国发展成为"现代汉语"，韩国、日本、越南后来各自创造并发展成本国的语言如韩文、日文、越南文等表音文字。不过，韩国、日本、越南的传统文化和"汉文"的亲缘性也很大，即使是现在也不能忽视。

　　在此仅限于韩国语而言，韩国语对中文的亲缘性相当大，可以用汉字表达出来的词语占百分之六十五。所以韩国翻译家对中国传统文化的了解程度本身就相当高。无论现当代汉语如何造了很多新词新语，如何在语法上有所变化，现当代汉语如何扩展下去，这些都是在传统语言基础上进行的改革与变化、拓展而已，在文化与语言上，广泛却根本性的因袭因素占有绝对地位。所以面对同样的中国现当代文学作品，韩国等东亚翻译家与西方翻译家有着迥然不同的文化语言基础，好像相当占便宜。当然这并不一定能保障每位翻译家在翻译质量方面拿出优秀成果。跟上面提到的一样，从求同的角度来看，韩日与中国在文化基础上的根基差异不是很大。虽然从存异的角度来看，在现代性的表现方面上差别性也挺大的，尤其是1949年以后由于社会经济与意识形态的不同，有很大的差异。不过从文化的角度来看，这些大都是表层上的，本质上相同或者类似的因素还是很多。

　　至于翻译的权利与边界问题，在我看来，也由于这些原因，翻译相当顺其自然，好像不需要特别发挥"翻译的权利"，好像自然而然地消化其"权利的限制"似的。翻译的权利首先是站在"忠实于作品文本的解释与翻译"这个原则上的。那么，在这个原则上发挥到什么样的程度，能创造性地加以解释，也独创性地重新翻译，估计这对一般韩国翻译家来说，是没有这种习惯的。从反面的角度来看，这估计是翻译学上的"中译韩"与

"韩译中"领域的发展较晚的原因之一吧。

"翻译的权利与边界"的问题，顺便可以从"题目的变更""情节的调动或者删除""为符合或者避讳于当地社会政治文脉故意对某些细节修改或者增添"几个层次谈吧。

"题目的变更"问题：一般情况下，大都显露出直译倾向。但是以前在没有牵涉到版权的情况下，翻译家为了更符合本国读者的要求，有时候要考虑出版市场的要求（主要由于出版社的要求），大胆地随便更改。如杨沫的《青春之歌》被译成《满开吧，野花》；钱小惠的《邓中夏传》被译成《我的灵魂埋在大陆里》；王朔的《一半是火焰，一半是海水》被译成《社会主义式犯罪多么高兴》；张炜的《古船》被译成《黎明之河等待早晨》；柯岩的《寻找回来的世界》被译成《天津的孩子们》等。进入21世纪之后获得著者版权后翻译出版的也有很多更改的情况，这估计已经得到作家的同意了吧。如苏童的《碧奴》被译成《泪珠》；曹文轩的《山羊不吃天堂草》被译成《十七岁明子》；韩东的《小城好汉之英特迈往》被译成《恶种们》，季羡林的《阅世心语》被译成《什么都在过去着》等。

"情节的调动或者删除"问题：韩国翻译家一般很慎重，但是有时候由于出版社的要求或者翻译家自觉的需要就做大幅度删改，或者调动。韩国出版社"高丽苑"1986年把金庸的武侠小说"射雕三部曲"以《英雄门》第一、第二、第三部之名，翻译成韩文出版，[①] 全书比起原著来情节大幅度调动，也删掉三分之一的分量。结果，虽然谈不上对原本的忠实性与否，但是符合韩国读者的阅读口味与节奏，非常畅销，有人说"《英雄门》畅销几百万部，成为书店街的话题"。[②] 还有1987年韩国出版社"止扬社"出版杨沫的《青春之歌》的时候，也为了符合当时学生民主化运动的需要，大幅度地删改并加以润色，也大大地成功了。如果作家事先知道这样大幅度调动与删改的情况，估计是不会同意的。不过，后来授权出版的金庸"射雕三部曲"的韩译版，虽然忠实于原著，内容也比以前多出了

---

① "射雕三部曲"中，《射雕英雄传》翻译成为《英雄门》第一部（《蒙古之星》），《神雕侠侣》翻译成为《英雄门》第二部（《英雄之星》），《倚天屠龙记》翻译成为《英雄门》第三部（《中原之星》）。

② 武侠小说评论家剑弓人语。见2008年当时的网址：http：//www. muhupin. x - y. net/han31. htm。

很多，但是销路大幅度地减少。

"为符合或者避讳于当地社会政治文脉故意对某些细节修改或者增添"问题：现在韩国翻译界里估计很少有这样的情况，但是过去为了符合某一时段鼓动群众的目的，往往有过这样的情况。如 1988 年韩国著名文化评论家俞弘瀋教授将周钧韬的《美与生活》根据一位翻译家的翻译稿编成《美学随笔》，每篇章结尾中往往增添自己对当时韩国学生与韩国工人的号召，这就是一个典型例子吧。如果作者事先知道，不知能不能同意。

下面谈一下"当代汉语的变化和扩展给翻译带来的困难和挑战"问题。

中国进入当代以后，政治与社会环境的变化超过以前的想象，在几个历史阶段中曲折与变化尤甚，一般分为建国十七年、"文革"十年、改革开放以后的新时期、2008 年"奥运"之后等几个阶段。大幅度的社会变化与曲折复杂的历史过程，在语言里也反映得很广、很深。顺便举一举几个例子。

铁凝的短篇小说《逃跑》里描写了一个剧团的共同生活，呈现出社会主义集体生活的面貌，那就是"政府号令下的""城市居民储存大白菜的时代"。这个新的语境里出现很多新词新语，如"爱国菜""单元门口""搬菜运动""借调出国""喊同志们""领导""报销""大卡—热量""分菜码"等不胜枚举。这些新词新语如果了解中国当代各个阶段的社会情况与政治运动以及文化细节，不难理解。迟子建的短篇小说《白马月光》主要描写一个汉族抗日英雄和鄂伦春族姑娘结婚前前后后的生活，里面的"英模事迹报告团""地方政府将他安排的武装部当政委""上不了舞台，只能在文工团当道具师""安玉顺有被授予一枚三级八一勋章"等句子，如果了解当时的社会政治情况，就不难理解了。张洁的散文《我的第一本书》里描写的"摆脱了虚伪的婚姻关系的妇女""那些靠裙带关系混饭吃的人"等句子可以说是当代汉语的扩展，但是理解起来实在不难。当代汉语"变化与扩展"牵涉的领域估计比起上面所提的几个例子来复杂得多，但是如果能把握中国当代各个阶段的社会政治情况与文化细节，可以说难度不高。

不过，更有意义的是以新的意识反映新的内容的某些文章。依我的经验，文学评论之类的文章与思想家型文人的杂文、演说等文章，有时候较难理解。王家新的诗歌评论《 "……从这里，到这里" ——关于中国当代诗歌的一篇札记》里的不少文章，如"它不仅把火车运行时车厢内那种物理的寂静转化为一种隐喻"， "这种困境，正如诗人廖伟棠在一篇文章中说：'失眠的诗歌如何做梦?'"， "也许更重要的是，我也不会允许自己因为与现实的纠葛而妨碍了对存在的敞开"等句子就是较难理解的了。不过，这些文章从前后文脉的角度彻底去了解，也可以翻译了。当然，我们对陈昌平的《特务》里所表现的"文革"时的特殊社会政治情况下人们的生活有时候真的很难理解，因此"街道又来任务，要搞一台文艺演出"， "给特务上老虎凳"等句子，初看比较难翻译。

还有值得指出来的一点，就是有些文章如刘再复的演说文《多元社会中的"群""己"权利界限》之类，根据严复把穆勒的《论自由》译成《群己权界论》这一事实展开讨论"多元社会中的自我与他者的问题"，虽然属于议论散文，却是和西方哲学理论配合在一起探讨，理解起来难度较高，翻译起来也难度较高，这也算是当代汉语的扩展带来的困惑之一吧。

不过，无论中国文学还是世界华文文学，都是用中文表现出来的。我看，作为文学语言的中文，虽然有难学的缺点，但在人类不可胜数的语种中表现力是最为丰富的，最为灵活的。不少中文作家还是喜欢运用传统性的语言，但是相当一些中文作家好像每每给传统词语里注入新的含义，也往往用新的结合方式创造意象新颖的词语。我由衷地喜欢中文这样的无与伦比的表现力。在今天这样吹来初秋凉风的深夜里，我为如何顺其自然地运用这样具有深度又有灵活的表现力的中文表现出来我的想法的问题而苦恼，又为如何顺其自然地把中文作品翻译成韩文来的问题而伤脑筋。

（作者为韩国外国语大学中文学院教授）

从"乡愁"往前一步

——在旧金山华文文学研讨会上的发言

刘荒田

2002 年 12 月，在王灵智教授的主持下，旧金山举办了一次全球性的海外华文文学研讨会。13 年过去了，我们又欢聚一堂。我作为一个在这里生活了 35 年的老金山、老作者，感到格外的欣慰。这么多位学有专攻的研究者和卓有成就的写作者，不远万里而来，深入研究海外华文文学。这一活动的影响力，除了扩大到唐人街、华人社区和华文文艺界之外，将作为一件富有历史意义的文化大事、文化交流盛典，载入这座世界级文化名城、旅游胜地的史册。

我发言的题目是：从"乡愁"往前一步。先说一件小事：两个星期前，我和一群乡亲在餐馆吃饭。闲谈时，一位 30 多岁的青年，和他的乡亲发生不大愉快的争论。他的父母和我一样，原籍广东台山，20 世纪 80 年代移民到这里，他在旧金山出生、成长，在大学拿到两个硕士学位，目前从事国防科技工作。他说任何人问我，你是什么人，我的答案都是：美国人。于是来自家乡的长辈（包括他的姑妈、姑丈）愤然，指责他数典忘祖，挟洋自重。

这位青年人可以说在第一代移民于美国繁衍的后代中具有相当的代表性。他们以及他们的后代，对故国的"乡愁"一路递减，乃是自然规律。我们可以让他们从小学中文，但孩子长大后忘记了父母的母语，我们不要惊诧。我们可以宣扬故土的灿烂文明，鼓励后代继承、发扬，但是，如果他们将之与其他文明等量齐观，我们不要生气。乡愁是我们的精神必需品，但只是土生土长的后代的文化选项。

和后代不同的是，坚守华文文学营垒的写手，都是第一代移民，有的是乡愁。我们的问题是：跨过乡愁，再往前走。走过乡愁的海外华文文学将如何？我以为，一个重要特征是：不在海外扎根就写不出来。写出这样的作品的群体，应具备三个条件：一，有深厚的"中国根基"；二，在海外生活了漫长年份，富有西方人生体验；三，具备东西方交融的学养和思想。

在这方面，我想以一位尚少人知道的女作家怀宇为例。怀宇住在洛杉矶，数年前在重庆出版集团推出第一部小说集《罗马突围》，在国内读书界已引起反响，她从北京大学外语系毕业，在美国取得高一级学位，目前在创投行业工作，业余从事中文写作。学历并非决定性因素，独特的历练和悟性，对两种文明的融会贯通，对东西方社会运作的洞察，从众多个案进入的人性宏观观照和微观剖析，对英语语境中的汉语语言的把握，这些才是。她的作品所具备的国际性视野，所刻画的北美主流社会中个性鲜明、命运独特的人物，体现出以"之间"为表征的新文化人格——东方与西方之间，传统与现代之间，汉语与英语之间，第一故乡与第二故乡之间，北美现实人生和中国童年梦幻之间。这"之间"，放置的是国内主流文学难以取代的文学，所闪耀的是中西交融的思想。

怀宇的中篇《华丽派对》是以2008年北京奥运会为背景的奇情故事，说它是好莱坞大片的格局并不过分，它有三条并行的线：事业有成的中国夫妇家瑾和小弦，进入中年的爱情危机和救赎；因家瑾在北京新置豪宅中的艳遇而引发的、以俄罗斯黑帮为主角的商业谍战；家瑾与俄罗斯女郎奥尔加，以浪漫偷情为开端，以互相利用为高潮，以人性升华为结尾的戏剧。三条线从容铺开，互相穿插，互为因果。我读了这一大开大阖中充满紧针密线，阴谋、暴力、罪恶和悲悯，超越、反思并行的作品，第一个反应就是惊叹，继而是欢呼，这才是新一代华人作家的风神！尽管它一半以上的场景是在"奥运"的辉煌映照下的北京，然而它的灵魂，是美国式华丽的冒险，新大陆彪悍的生命力。它以跨越国度的泼墨式人情扫描，和新移民作家低回的乡愁，与仅及皮毛的游记体猎奇体拉开了很大的距离。

怀宇还有一篇小说，叫《罗马突围》。怀宇对那个以英语为交际工具、由西方价值观和生活方式主宰的社会的洞察力，对诸般人物个性刻画的笔力，对异国情调的表现力，都十分出色。她作品的舞台，超越国家、种族、语言和宗教的藩篱，妙笔在"地球村"的角角落落自在漫游，这不是赶时髦，不是炫耀。国际元素并非外加的佐料，而是作品的血肉。"舞台"的支柱，永远是中国情怀与中国记忆。

这样的作家和作品，代表着新移民文学的未来。

（作者为美籍华人作家、美国华文文艺界协会名誉会长）

我为什么要写长篇小说"金山伯三部曲"

——在旧金山"北美华人文学国际论坛"分组会上的发言

伍可娉

为什么要创作长篇小说"金山伯三部曲"呢？我告诉大家，我创作"金山伯三部曲"，不仅是为了实现我的文学梦，更是我血脉中一个厚重的责任。

我的家乡是中国第一侨乡广东省台山县。我出生于一个典型的华侨家庭。从历史资料得知，台山县因为稻田少，出产的稻谷只够半年粮，乡人生活艰难。故此，在一百多年前，台山县不少男人便漂洋过海，到美国去谋生。因为美国产黄金，有个城市叫旧金山，所以，乡人便把美国称为金山，把去美国谋生的男人称为金山伯，把他们留在家乡的妻子称为金山婆。金山伯离家十年、二十年甚至四五十年不归家，他们的妻子在家乡独守空房，天天盼金山伯寄钱，夜夜盼郎归。

我的曾祖父、祖父、父亲都是去美国谋生的金山伯，我的曾祖母、祖母、母亲都是金山婆。我是第四代移民，旅居旧金山三十三年。

我的曾祖父在一百多年前，与乡人乘三枝桅帆船，横渡太平洋去美国，在太平洋的惊涛骇浪中漂流几个月，经历九死一生才到达美国。

1917 年，我的祖父"走关"去美国。当时，我父亲四岁，我祖母怀孕六个月。祖父起程去美国后三个月，我姑姑出世。祖母在家伺候公婆，养育儿女，在抗日战争大饥荒时，因断了外洋钱，几乎饿死。四十年后祖父才回香港定居，我的姑姑一辈子没见过她爸爸的面。

我的人生经历是"三山"：出生在侨乡台山，工作在侨乡中山，移民在美国旧金山。我的所见所闻都是侨乡与华侨的人和事，很多事使我一辈子不能忘怀。它，像个无形的大包袱，重重地压着我，迫着我向人倾诉。而且，作为第四代移民，我觉得自己有责任把在侨乡和金山的见闻用文学艺术的形式记载下来，不能让它消失在历史的尘埃之中。

为此，在二十多年前，我便开始整理素材，构思人物，从我高龄母亲的口中得到不少珍贵的资料，例如以往台山县的风俗习例，已失传的哭嫁歌和乡间溺婴的事。我用钢笔写下大叠文稿，这就是"金山伯三部曲"的原稿，后来才输入电脑。

"金山伯三部曲"包括：第一部《金山伯的女人》，第二部《要嫁就嫁金山伯》，第三部《金山伯与弃女》。每一部都有独立的故事和人物。

《金山伯的女人》描写中国第一侨乡广东省台山县的男人赴美国谋生，他们的妻子留在家乡，在肉体和精神上受尽难言的煎熬。书中塑造了以林翠玉为代表的几个金山伯的女人的不同形象。林翠玉的原形是我一个婶婶，另一个金山婆是我的祖母。故事跨越中美两国，时间跨度一百多年。

在我的家乡，一百多年来，金山伯的女人已经形成一个相当庞大又不可缺少的特殊群体。如果只有金山伯在异国拼搏，没有这些半生甚至终生等待的女人在乡间勤俭持家，伺候公婆，教养儿女，忠贞坚韧地守着家园，撑起侨乡的半边天，便没有侨乡的繁荣。她们在侨史上有不可抹杀的地位。但是，以往有关侨乡的作品，很少提及这些金山伯的女人，我觉得自己有责任为她们说话，把她们的生活记录下来，才无愧于我的曾祖母、祖母、母亲和乡间众多的金山伯的女人。

美国华文文艺界协会名誉会长、美籍华人著名作家、首届中山杯全球华侨文学奖散文类最佳奖得主刘荒田先生在《金山伯的女人》的序言中写道：为著名侨乡万千有血有肉的"望夫石"立传。

学者认为，此书不但具有文学品位，在台山风土人情与华侨文学研究上也具有一定的价值。这是海内外第一部真实反映中国第一侨乡女性命运的长卷，填补了华侨文学史上的百年空白。

《要嫁就嫁金山伯》描写三代金山伯与他们的女人之间的悲欢离合、恩怨情仇。小说时空跨越一百多年。有修筑美国太平洋铁路的惊险镜头，有抗日战争的血腥情景，有20世纪六七十年代大学的校园恋歌，有偷渡的惊涛骇浪，有旧金山华人生存的真实写照。我试图用现实与魔幻的手法，尽力把侨乡台山、中山和美国旧金山描绘成一幅立体的多层面的彩色图画。

用"要嫁就嫁金山伯"为书名，灵感源于台山县百年来家喻户晓的民谣："有女尽嫁金山伯，掉转船头百算百。"如今，国内经济飞快发展，人民生活富足，去金山谋生并非首选，这民谣已不合时了。但是用这个题目是为了记录历史，并让读者思考。

《金山伯与弃女》主线描写中国一对知识分子夫妇为了传宗接代，逃避计划生育的惩罚而弃女的心理挣扎，和那被弃女孩在美国的成长过程，因而在中美两国引发的故事。我的家乡重男轻女，旧时代有溺婴。副线描写华侨在美国淘金热时的命案和半个世纪前的冤案。两线交错，互为因果。书中，几代金山伯的经历就像我祖家男人的出洋史。书中，真与幻，前世与今生，善与恶，爱恨情仇，东西文化碰撞，纠缠出一个"情"字：亲情与爱情。本书的创作灵感来自我的三女吴美珩荣获全美华埠小姐冠军。

"金山伯三部曲"有不少情节是真实的，是我熟悉的，有的我全程在场。不少人物有原型。但是，书中的人物都经过虚构塑造，已非原型的人了。只有我的祖母保留原型。我怀着对家乡，对祖辈、父辈的深厚感情，在繁忙的工作之余书写，我与书中的人物同笑同哭，经过无数个不眠之夜，流了无数次眼泪，在古稀之年完成这一百多万字的三部曲并全部出版。

关于"金山伯三部曲"的写作艺术，刘荒田先生指出，三部曲的写作特点是"地道"，是"原汁原味"。地道即本色，本真，不做作，不装。这虚构文本是以成色十足的"真"为品牌。广东省五邑大学文学院成慧芳教授在评论中说，这是海外华人"原生态写作"的典范。

感谢我的家乡给我写作的灵感。

感谢祖国把我培养成一个本科医师，在医学院学习期间以及在国内的医生工作使我积累了不少素材。

感谢我的父母对我的培养。以往，我们乡间称女孩为"赔本货"，女孩以嫁金山伯为第一出路，不必多读书。我的家庭并不富裕，但父母省吃俭用供我上大学。1962年，国内经济困难时期未过，广东省放宽大学生去香港探亲，我也去了。有些家长烧掉子女的回国证件，强迫子女留下。幸而我的祖父母和父亲没有这样做，我才能回来完成医学院的学业，才不像《要嫁就嫁金山伯》中的男主角那样抛下热恋的姑娘去了美国而抱憾终生。

"金山伯三部曲"在旧金山的新书发表会，被称为轰动旧金山，是唐人埠大事，前无古人。中国驻旧金山总领事馆派领事参加，前两次是吴刚领事，第三次是李春福领事。

"金山伯三部曲"深得侨胞喜爱，读者排着长队等待我签名的情景使我感动。我曾两次接受星岛电台采访，及接受华语电视台采访。

2010年10月，广东省五邑大学为《金山伯的女人》及《要嫁就嫁金山伯》开研讨会，众多学者发言。其中，暨南大学中文系黄卓才教授的发言题目是"感同身受，知识金婆坎坷人生的真实写照"。广东省五邑大学文学院白少玉院长的发言题目是"人性揭示与悲悯情怀"。两部作品被五邑大学文学院用作学生毕业论文选题。两书在广东省《江门日报》全文连载。

2014年4月，我随驻美中华总会馆访问团到北京，把《金山伯的女人》和《要嫁就嫁金山伯》赠给国务院侨办主任裘援平，得到裘援平主任亲切的鼓励与合照。

2014年5月，"金山伯三部曲"最后一部出版，中国驻旧金山总领事馆袁南生总领事亲自送来七律诗致贺，《读伍可娉大姐〈金山伯三部曲〉有怀》：

南粤英才不胜收，
侨坛文苑创新流。
根植五邑抒华韵，
立步三藩说美洲。
弃女悲欢惊日月，
山伯恩怨自春秋。
一支健笔写中外，
如海文思势未休。

我创作"金山伯三部曲"得到了家人的支持，三本书的封面都是我的女儿和孙子设计的，《金山伯的女人》封面上的女人，是我的三女吴美珩扮的。而三本书的书名，则是我的丈夫亲笔书写。这一切，都为我注入正能量。虽是古稀之年，我仍会写下去，讲好中国故事，为实现中国梦，为弘扬中华文化出点力，做好祖国与他乡之间的"桥"。

我的祈望是，"金山伯三部曲"能更广泛地进入国内同胞的视野。三年前，第三部还未出版，有相关人士提出把前两部改编成影视，并向我要了两本书，初期说得有声有色，后来没下文。我和众多海外华侨及乡亲都祈望有以第一侨乡为主题的影视，才不辜负"第一侨乡"的称号。祈望有能人把"金山伯三部曲"打造成美丽壮观的影像，为中国"第一侨乡"抹上一道亮丽的彩虹。

除了写华侨题材，我在报章上也发表其他类型的短篇小说。我的感受是，写作不算难，但是，在海外发表中文的园地有限，在国内发表与出版也不容易。希望明天会更好。

（作者为美籍华人作家、美国华文文艺界协会理事）

我为什么会在海外写作

马慕远

说心里话，我很感谢吕红会长。如果不认识她，我根本不可能在这里说话，更不可能与各位谈论文学创作以及我的新作《燕子岩下》。

自我认字以来，那是年轻时候，我从来没有想过要写书，特别是几十万字的书；第一，自己没有那种兴趣，第二，没有那种耐性。写书并不难，难的是要一格一格地爬；写出来的文章是否能令别人喜欢，那又是另一种层次。人生那么长，总有些事情值得留记下来。自己不喜欢写日记，于是选用最简单的诗词体裁把它记录了；这么多年也写了几百首。新旧体的诗都有，但我偏好旧体诗词。旧体诗词讲究平仄格律和对仗，而且汉唐宋时期，汉语有九音的（粤语比较接近古汉语），不像今天的普通话，只有四声，把一些原来属于仄声的字变成平声字，而且没有入声了。要把诗词写到既合新又合旧的声韵是有困难的。什么是诗？英国诗人拜伦曾经对诗作了一番阐述，写诗是把最好的字词作最好的排列和组合。但什么是最好的字词，他没有说明。我觉得每一个字、每一个词都有机会成为最好的文字，只要加上诗人的激情，它便会发亮闪光。如果没有诗人的激情，那只是一堆没有点着的煤球而已。后来我选出四十首诗词，把它翻译成英文。经验证明翻译不是那么容易的事。有些可以直译，例如"可口可乐"把"Coca Cola"的发音、意思，甚至连味道也准确地翻译出来了。但是"虎虎生威"便很难表达，因为在洋人眼里，老虎并不是最威猛的；那便要变通一下，把老虎翻译成狮子。所以我把小册子的"中英对照"改成"中英双写"。

过了些时候，自己的思想发生了阶段性的变化，深感对于那么复杂的人生，用诗词来表达是不够深透的；于是下了决心去干最不想干的事——"爬格子"。用业余时间写了三十多万字，后来给两件喜事打断了笔耕，足有十年之久。心里很矛盾，写，还是不写？内子曾抱怨过，你不是读文科的，为何这么费劲去写自己那些不光彩的事？可能自己心里有种使命感，要把它完成。

　　书写成了，但花了六年时间也没找到出版社；美国的出版社没人懂中文校对，并说只能负责印刷，错漏自负。找中国的出版社却没下落。刚才那位张女士（张清芳？）说应该多与那些评论家联系；可是到哪去找？中国有"门路"两个字；我看如果找不对路，那便连"门"都没有。后来我那位土生土长的表妹（不会看中文）对我说，为什么不用英文写？一句话又把我弄回格子堆里再耕三年。现在英文版本已经完成，希望在美国能找到出版社。

2015 年 5 月 11 日于旧金山

（作者为美籍华人作家）

我的文学梦奇缘

王克难

我生在抗日战争时期的常州，生时难产，一生下来母亲就带着我姐姐和我逃难，辗转从上海、香港、越南、云南、贵州，一年半才逃到四川乡下与在重庆的父亲团圆。

我从小就酷爱听故事，做梦都在听，没得听时，就自己讲给自己听，后来变成写出来给自己看，因为写下来，可以一看再看。抗战胜利后，我们回到常州，解放战争时父亲又去了重庆，母亲带了我们姐弟四个（两个妹妹留在常州外公外婆家），坐船到了台湾。十二岁在台南，我因为想念外婆写了一篇"挥泪别金陵"，不知被谁拿去登在报纸上，邻居指指点点，叫我小作家，记者又来家要稿，觉得大势不好，从那时候起连学校作文也乱写一通，但私下还是在写故事给自己看。后来到了台北，进了北一女，数学从来不及格，但国文、英文成绩一直名列前茅，初中作文比赛全校第一，从此以补考升级。考到台大外文系，四年其实等于上留学先修班。一毕业就出国，乘空舱货船越渡太平洋，一个月惊涛骇浪地到了洛杉矶，马上一人坐了九十九元灰狗长途汽车（三天两夜在车上）奔纽约而去。一到纽约就再也不想离开了，半工半读，念起社会学来。打工的钱除了付房租和吃饭，其余的都花在看电影、舞台剧，听音乐上。头一两年想家，写了一些故事，那时想与人分享了，就投到皇冠，好像都刊载出来了。后来找到一群爱玩的伴，又开始学画，就很少写。但是手还是痒痒的，因为周围想写的故事太多了。

1964 年，偶然机会读到尼尔的《夏山学校》（*Summerhill*），为他爱的教育大为感动，觉得在海外野人献曝的机会来了，两个星期不分上班下班把他的畅销书翻译成四十万字中文。后来台湾"立志"出版社，居然有人把四十万字重抄在稿纸出版。两个月后，"立志"烧火关门，《夏山学校》绝版。

20 年后，远流王荣文在休斯敦找到我，说给我最深资格翻译人的稿金一千美元买断。书都已绝版二十年了，一千美元正好拿来旅游，马上签约。出版两个月后，《夏山学校》就大大畅销，说是出了几十版。后来远流一位工作人士说，远流前一半的钱是我的《夏山学校》替它赚的，后一半是金庸的武侠小说。我迷过金庸，那年 SARS 不能回台北参加爸爸百岁大庆，就在一个月内把金庸的《笑傲江湖》翻译成六十万字的英文，但到现在还没出版。

我的翻译在中翻英方面拿过两次"文建会"赞助，一次是蔡文甫先生的短篇小说集《船夫与猴子》，一次是李宗伦的诗集《妻说》。文建会还补助了我两次音乐作曲，一次是"古词新唱"，一次是"木兰辞"。他们说给两种不同类的赞助，就我一个。而我的作曲得奖是在木兰电影在美国大红大紫几年之前。后来我的音乐伙伴去了佛罗里达，我作曲就暂停了，一停二十年，我抽屉里一大堆没发表的曲子，希望将来计算机帮我改写成文章，这是我的文学梦之一。

小说长篇、中篇、短篇，闪小说，散文，戏剧，诗歌（新，旧），汉俳甚至饶舌，我都拿来讲故事用，英文的 novel, short fiction, flash fiction, poetry, flash fiction, rap……我也都写。有一次我跟我恩师米雪儿说，人家都说我做这做那，将来会一事无成，她说我样样都行得通，应该感到幸运，有人只会写文章一件事。从此我便随心而欲，譬如我画过几年画，2008 年巧遇摄影老师罗拔库克，在他指导之下我出了五十本摄影集，每本都从几千张照片中只选出 125 张，五十本有快六千个故事，我相信将来一定会有计算机把我那些照片变成文章，那是我的文学梦之二。

至于为什么我会出那么多书呢，那要谢我从前开出版公司的丈夫，不遗余力支持我出书，出书也会有瘾，等将来计算机帮我出书该非常容易，这是我的文学梦之三。

话说我写了不少故事，至今在报章杂志登的很少，能刊载的每一篇全是编辑们的功劳，心中不免感谢，尤其要谢谢的是像《世界日报》的编辑田新彬，我多年以前投她副刊的时候她曾几乎每月帮我登一篇鼓励我，还有《新生报》的刘静娟，《国际日报》的董桂英……数不完呢。

话说几年前碰到年轻作家及总编辑吕红，在海外出版万分困难的情形下，她联合作家编委们将"红杉林"培养得林木葱茏。10 年来促进海内外作家与学者交流，推荐各类专辑及文选，成就有目共睹。

我深信世界上的事全是缘分。那些为人做嫁妆的编辑们跟我们作者是绝对的缘分，登一篇文章，出一本书也是绝对的缘分。

（作者为美籍华人作家）

新移民文学的历史挑战

黄宗之

2015 年 5 月在洛杉矶召开的"美中华文文学论坛"会议上,文学评论家陈瑞琳阐述了北美新移民文学的发展轨迹,总结出新移民文学创作的成就主要表现在两个方面:正面书写异域生活的文化冲突和从新的角度进行独特的中国书写。瑞琳提出:我们北美华文作家在"新移民文学"的道路上面临着新的历史挑战。我们如何来面对呢?我从三个方面来谈个人的想法。

一、走出疏离,迈向融合

在过去十五年的业余文学创作生涯里,作为一位新移民作家,我是处在与国内研究学者、海外文学团体以及美国主流文化相对疏离的状态中。我几乎没参加过国内外主办的各项文学盛会,也很少加盟海内外其他有影响的文学社团。尽管勤于写作,与妻子朱雪梅合作出版了四部长篇小说和二十余篇中短篇小说,但我们基本上是与整个社会主流创作群体脱轨的。我们一直坚持书写新移民文学作品,如今已经面临如何突破过去的创作主题的瓶颈。如何走出新移民文学创作主题的老路?我们与许多新移民作家同仁们一样,面临着严峻的历史挑战。

我们应该走出疏离,迈向融合。我们海外新移民作家不仅要与国内的专家学者们靠近,与海外的新移民作家群靠近,同时,更需要与居住国的主流文化靠近。我们要与其他族裔融合,让自己的视野进一步开阔,在生存空间上,在文化层面上,在文学创作主题上从边缘向中央靠拢。在心理上,从既不属于原乡也不属于异乡的窘迫疏离状态中走出来,大踏步地向融合的方向迈进。在新的生存环境里接受多元文化和观念,主动把视线转向新移民在迈向融合过程中的文化冲突、价值观碰撞，对所激发出来的火花作深入的探究和思考，积极主动地促进自己的文学创作迈向新台阶。

二、突出优势，扩展平台

我们洛杉矶新移民作家群在新移民文学的创作成就上正如瑞琳所提到的：在中国书写方面，拓展了"文革"记忆、家族记忆、市井记忆等领域；在海外书写方面，尤其在科技移民、异国婚恋、子女教育、宗教探索等领域取得了突出的成就。

我们协会不少作家写作形式多样，题材广泛。但我们中间也有不少人工作繁忙。我本人是生物科技研究人员，在一家大型生物制药公司的研究部门开发药物，可用于文学创作的时间非常有限。所以，我应尽可能要求自己不求产量求质量，写出好作品、精品。我需要挖掘自己的优势，突出自己的特色，把有限的时间尽量用到刀刃上。这次来参加论坛的一些学者建议我多尝试写一些其他文学主题的作品，扩宽自己的文学道路。但我认为，我和妻子是在一个多族裔混合的环境里工作，处在多种文化的交汇处。我工作的研究室里，十七个研究人员分别来自十个国家，我有条件近距离与各族裔的新移民接触。所以，我应该利用这一优势，始终把创作的主题紧紧扣住新移民文学的方向，坚持用一个新移民的眼光来关注和比较美中两个社会，发现热点，从最普遍的社会现象里寻找其内在的关系和深层意义，从而获取创作的源泉。

扩展平台方面，我们除了加盟文学社团、多参加国内外文学会议，还需运用各种文学刊物和网络，与海内外华文文学社团交流，请进来，走出去。作为非专业出身的业余新移民作家，我更需要谦卑求教，广学深耕，取他山之石，奠基好自己的文学之路。

三、开阔心胸，肩负使命

我们曾在中国生活过许多年，看到中国的过去，对长期生活过的那片土地怀有深厚的感情。我们现在在大洋的这一边生活，身在庐山之外，与中国有了一定的距离。我们站在远处，视野更加开阔，可以看到中国的全貌。所以，我们在书写中国时，应该用一个全新的视角来对过去回望和书写，写出与国内作家不一样的东西。

我们更需要发挥新移民的优势，具有双重的视角和开放的心胸，对原住国与居住国的人和事作客观的比较及深入的认识，把关注问题的角度敞开来。

我把自己定位为新移民作家。我将始终坚持用一个新移民的眼光，持续不断地密切观察美中两个完全不同社会的发展，客观地比较两个社会的差别。本着善意的态度和良好的愿望来看待自己的祖国。辩证地、相对客观地、历史性地、全面地看待中国的进步和存在的问题，并通过观察比较居住国的方方面面，把国外的好东西以文学作品的形式客观地介绍到国内去，以促进中国社会的良性进步和健康发展，为祖国在精神上的强大和崛起，肩负起一个新移民作家的时代担当。

（作者为美籍华人作家、北美洛杉矶华文作家协会副会长）

新局面、新视野、新思维

——在"新世纪跨国华人文学论坛"上的发言

陈浩泉

今天，加拿大华裔作家协会在温哥华主办的这一场"新世纪跨国华人文学论坛"，是最近刚在旧金山举办的"跨越太平洋——北美华人文学国际论坛"，以及洛杉矶的华文文学论坛的延续。北美三城——旧金山、洛杉矶和温哥华接连举办的这一系列华人文学论坛，相信将在未来产生良好的重要影响。

去年十月，我应邀出席首尔韩国外国语大学举办的"第一届世界华文文学国际学术研讨会"，主题为"太平洋此岸与彼岸：东南亚与北美华文文学"，以及"韩中教育文化论坛"；接着，又应邀出席釜山大学的文学会议。十一月，则应邀出席南昌大学的"首届中国新移民文学研讨会"，以及广州的"第一届世界华文文学大会"。这一连串的会议，掀起了一阵世界华文文学的热潮。这些会议表面上多是独立举办的，但实质上关系密切，互为影响，浑然一体，无形中形成了世界华文文学的一个新状态、新格局。

今天，很高兴南昌大学的熊岩、张俏静、许爱珠三位教授远道来到温哥华，出席这个论坛，还有"加华作协"的顾问王健（Jan Walls）教授与李盈伉俪，以及顾问马森教授等嘉宾光临，使今天的论坛内容广泛丰富，所作的探讨也具启发性与前瞻意义。

在这里，我想提出在新局面、新环境中，创作者与研究者应有的几个关注点与值得思考的问题。

首先，认识新世纪的新局面、新环境。近二十年间，华人移民遍布世界各地，人数激增，地域更广，世界华文文学的版图也因而不断扩大。新环境中的文化冲击、语言差异，以至写作生态的改变，对写作人和研究学者都带来了新的机遇和新的挑战。

其次，世界华文文学的统合。由过去相对各自独立的港台、东南亚、北美、欧洲、大洋洲等全球数大板块的华人文学，到现在已形成了世界华文文学的全局视野，这可视之为世界华文文学一盘棋的新思维。在去年广州的世界华文文学大会上，世界华文文学联盟的成立正是这一思维的体现。

去年的"首届世界华文文学大会"，由中国国务院侨务办公室主办，会议的承办者是暨南大学与世界华文文学学会。大会邀请了四百多位作家与学者参加，他们来自世界二十多个国家、地区，一些大家比较熟悉的作家，如陈若曦、严歌苓等人都有出席，还有各地作家团体的负责人和研究海外华文文学的重要学者。这个规模与阵容的文学会议，应该是空前盛大的。

这次文学大会除了举办研讨性质的论坛，还颁发了首届全球华文散文大赛的奖项，并宣布成立"世界华文文学联盟"。在这之前，有总部在台湾的"世界华文作家协会"，总部在香港的"世界华文文学联会"，如今，大陆成立"世界华文文学联盟"，也是好事，今后几个组织大可以携手合作，一起推动华文文学的发展。

的确，以规模来说，华文文坛是世界最大的文坛（痖弦语），而全球性文学组织的意义在于加强交流、对话，从而统合力量，促进发展。文学、文化、文明是强大的软实力，无论是对民族，还是对国家来说，它都是不可忽视的一环。我们乐见"联盟"的成立，期待未来华文文学世界的大同。

最后，在目前世界华文文学的新局面、新环境中，作家与学者同样面对着新机遇与新挑战。他们都必须有新的思维、新的视野与视角，既要有国际视野、全球观点，也应站在一个新的高度去观察世界、洞视人生，然后知道自己要写什么，表达什么，研究什么。过去，不少作家视爱国、爱民族、爱家乡为作品的当然主题，视现实人生、市井生活为当然题材，现在，笔下是否应多写共通的人性，多关注大自然与地球、宇宙与环保呢？也许这些都是值得我们深思的。

时至今天，海外华裔作家已取得了丰硕的创作成果。在南昌大学的"首届中国新移民文学研讨会"上，陈公仲教授说："他们的文学创作成就在世界华文文学领域中，已经从边缘地带，一跃而成为绝对的主力军、生力军，也成为中国当代文学一支耀眼夺目的海外兵团。"评论家陈瑞琳更认为，今天海外的华裔作家已做到了当年"五四"作家未做到的事。（大意）

在新的世纪、新的环境中，海外华裔作家宜奋发努力，以期百尺竿头，更进一步！

2015 年 5 月，温哥华

（本文根据发言稿整理而成）

（作者现为华汉文化事业公司及维邦文化企业公司董事经理、总编辑，历任加拿大华裔作家协会副会长、会长，世界华文文学联会副会长）

海外华文文学的类型

马　森

　　由于今日出国和移民的方便，华人遍布世界各地，其中自然包括了一些喜爱舞文弄墨的文人，甚至有不少在国内已经成名的作家，才使如今有所谓的"海外华文文学"。今年四月，我承美国休斯敦华文作家协会之邀去与该协会的会员见面，并做一次文学演讲，发现美国各地如今同类的华文作家协会竟多达二十余个。如果加上欧亚各国及澳、非两洲的华文作家，数目十分庞大，所产生的文学作品，也许还不能与中国的成绩平分秋色，但绝对是一个不容忽视的文学现象。

　　在海外的华文作家中，甚至有一部分改用他们居留地的第二语言从事文学创作，也都成绩斐然。像法国的程纪贤（抱一）、美国的哈金、英国的张戎，虽然都是半路出家，却都写出为当地文坛所推崇的佳作，有的连连获奖，有的成为世界性的畅销书，足见海外华文作家人才之盛。

　　有鉴于此，我们研究中国的现当代文学，不能再局限于中国，必须正视这种华文文学像英文文学一样在世界各地遍地开花的现象。既然海外的华文作家有些早已在居留国入籍，他们只能算是具有各国国籍的华人，因此如果我们也同样重视他们的作品，最好以广义的"华文文学"来取代较为狭义的"中国文学"才较为合宜。这就是为什么我原来计划写一部"中国 20 世纪新文学史"，不得不扩大范围，写成一部"世界华文新文学史"的原因。我企图超越意识形态与政治立场的干扰，写出一部比较客观的文学史。从清末写到 21 世纪初，除尽量容纳世界各地已有成就的华文作家，也广采世界各地文学史家及文学评论家的意见，为现当代的华文文学发展勾勒出一幅明晰的图景，并且厘析出"写实主义"与"现实主义"的区别以及所谓"拟写实主义"的产生及其影响。同时突破"大中原心态"的障碍，给予台、港及海外华文文学作家应有的地位。

　　此书以清末西潮东渐以来所遭遇的"两度西潮"作为理论的架构，计分三编：上编：西潮东渐：第一度西潮与写实主义；中编：战祸与分流：西潮的中断；下编：分流后的再生：第二度西潮与现代/后现代主义。希望这部新的世界华文文学史能为研究现当代华文文学的学者带来新的视野，并希望能获得各位学者的指教与批评。

　　很荣幸今天能够在加拿大华裔作家协会主办的"新世纪跨国华文文学论坛"上与远道而来的学者、专家讨论这一个问题。

　　（作者简介：马森，台湾师范大学硕士，巴黎大学汉学研究院博士班，英属哥伦比亚大学社会学博士。曾执教于阿尔伯达大学、伦敦大学和香港岭南大学等。现为加拿大华裔作家协会顾问）

当代诗歌的两大语境

青 洋

　　当代诗歌的创作手法大部分基于两大语境：一是借古，一是借外。

　　中国的诗歌创作从新文化运动开始，就在坚持古典传统和吸收现代西方文化这两端挣扎。一方面，古典传统的诗歌走向式微，另一方面，受西方影响的新诗正在抬头。以徐志摩为代表的新诗诗人，大力提倡学习西方，文风深受西方现代诗歌影响。创作手法基本上属于借外，但他们又大都具有深厚的古典文学素养，免不了受到传统诗歌格律、对仗等的束缚。新诗往往句式整齐，偶尔还掺杂些不文不白的语句。因此当时的新诗在两种语境上的界限并不那么清晰。

　　新中国成立的前三十年，是诗歌的沉默期。

　　到 20 世纪 80 年代，文坛终于等来了春暖花开。"文革"结束，文化政策相对宽松，文人们重新拿起了笔。大量西方名著翻译出版。在诗坛上，出现了受西方意象派影响的朦胧诗派。朦胧诗歌颂爱情，歌颂大自然，批判现实，反思自我，反思人生。内容上不再做政治的附庸；艺术形式上，大胆创新，突破死板的隔行押韵的形式和简单比喻的修辞手法，运用意象来创造诗的意境。当时优秀的诗人有北岛、海子、顾城、舒婷、多多、食指等。尽管古典传统诗歌也再受注目，各种唐宋诗词文本相继出版，但在当时的诗坛，还是以借外为主。

　　之后，文坛再次沉寂。唯有诗歌还有一定的发展，这和诗歌语言的特殊性相关。诗歌的篇幅决定了必须言简意赅，诗歌可以抒发小我的一己私情，即便表达一些现实主题，诗人也可以通过象征、隐喻、借代等艺术手法来隐晦地表达自己的思想。也正因为这样，诗歌在借古和借外两大语境上都有了相当程度的成绩。

　　借古派诗人采用古典诗歌的词汇、意境、典故、韵味，将它们糅合进现代的语言，借古来表现今，化腐朽为神奇。此外，古典和现代的距离感本身也形成了诗歌的美感。

借古派的佳作文字优美，意境独特，音韵和谐，耐人寻味。代表作当是台湾诗人洛夫的《唐诗解构》。

借古派的劣品或堆砌辞藻，或无病呻吟，只照搬古典语境，学了些文字词句的皮毛，而未能融会贯通，为自己所用，是为食古而不化。

借外派则是利用西方文学和中国传统文学的差异所产生的距离感，形成新鲜的美感。借外派诗人吸收了其他民族优秀的诗风、形式，以及哲学思想等，视野开放，在音韵和形式上自由度大，富于变化，想象跳跃，有弹性，有张力。其中的佳作往往遣词造句新鲜贴切，意象独特，意义深刻。

然而借外派的诗歌往往流于晦涩，为显示深奥的思想而牺牲美感，或为形式而形式，语句支离破碎，不知所云。

如今诗坛，借外派和借古派界限分明，融合了这两大语境的诗歌也有，但不多。

值得一提的是，除此之外，还有一股新兴的不可忽视的诗潮。直面人生，用朴素简单，甚至于较为俚俗的语言描写社会弊端，人生疾苦。这些诗的作者往往是草根诗人。其中不乏优秀诗人，如张二棍、萧然等。

无论借古，借外，还是用草根俚俗语言入诗，一首好诗必须遵从诗的美学，采用诗的语言。

（作者简介：青洋，毕业于复旦大学中文系。定居加拿大温哥华，现为加拿大华裔作家协会副会长）

编后记

黄汉平　吕　红

　　千里之行始于足下。"跨越太平洋——北美华人文学国际论坛"从最初的筹划联络，几经磋商，几番周折，得到了海内外学界、作家团体的积极反馈和踊跃参与，终于在 2015 年 5 月 11 日于旧金山市政中心总图书馆拉开帷幕，随后几天又先后在洛杉矶举行了"美中华文文学论坛"、在温哥华召开了"新世纪跨国华人文学论坛"。北美三城这一系列华人文学国际高端论坛，成功地实现了一次历史性的跨越。正因为有多国多地作家团体及学术机构的积极参与，让这次跨越太平洋的北美文学盛会成为可能，成为现实。让文学经典的演绎，中华文化的传承，华人文学在世界文学的发展宏图上有了可圈可点的辉煌篇章。

　　北美华人文学国际论坛的初衷是，在比较文学与世界文学的宏观视野下，通过学者专家与作家的跨文化交流，以推动北美华人作家（包括用英文创作的华裔作家）的创作为主旨，同时拓展海外华文文学研究新的学术空间。论坛的成功举办幸得强大的学术顾问团支持，加州大学伯克利分校、中国世界华文文学学会、中国社会科学院文学研究所、南开大学等学术机构的专家纷纷给予了指导；美国华文文艺界协会及《红杉林》杂志社、洛杉矶华文作家协会及加拿大华裔作家协会合力搭建平台，充分整合资源优势。出席三城论坛的作家和学者人数累计逾两百人，开创了北美华人文学界的一个新纪录。

　　近三十年来世界华文文学创作与研究蔚为大观，引起了广泛的关注。随着全球化带来的移民潮，具有跨文化经历的移民作家作品也越来越受到重视。正如著名诗人舒婷在旧金山论坛演讲中所说的，"华文写作已经拓展了全球视野，广阔而多元，在中西文化的碰撞与交融中，独占优势、焕发异彩"。从研究者角度来看，海外作家的这种执着，这种对艺术真谛的探求，这种发自内心的创作动力，他们独特的作品为人们提供了一个不同于中国本土的书写空间与异域视角，展现了海纳百川的精神向度。而在多元文化不同语种及语境中，这次论坛也为老一辈作家和新生代华文作家的切磋对话提供了一个富有成效的平台。

为了总结北美华人文学国际论坛的学术成果，大会组委会决定出版一部文选。从 2015 年大会召集专家、学者、作家共襄盛举，再到 2016 年基本汇齐文稿，一共收到近百篇文章。经过一年多时间的反复编订，文选最终收录 56 篇文章。除了 6 篇会议致辞与贺信作为"代序"，其他 50 篇按照内容类别编入五个专辑："世界华人文学的宏观视野""作家与作品评论""跨文化与女性文学研究""现代传媒与华文文学传播""作家与翻译家论坛"。

需要说明的是，由于体例和篇幅版面等方面的原因，很遗憾一些文章未能入选。原计划英文论述的选题，也因为同样的原因而忍痛割爱。所谓文章千古事，得失寸心知。作为编者，其实也是深有体会。

最后，感谢暨南大学海外华文文学与华语传媒研究中心和暨南大学出版社对本书出版的支持。对于本书学术顾问、作者以及所有做出贡献的机构和个人，也谨在此一并致谢。

2017 年 11 月于中国广州、美国旧金山